陕西师范大学中国语言文学

刘锋焘

著

关中诗歌图志

下册

中华书局

第七章　明代关中诗歌

第一节　明初关中诗歌

明代初期的关中诗歌，其作者大都是由元入明的文人。

公元 1368 年正月，朱元璋在南京即帝位，正式建立大明王朝，改年号为洪武元年。四月，明军将领冯宗异攻破关中门户潼关，进占华州。洪武二年（1369）二月，明军沿渭河北岸长驱西进。三月，占长安，受到古城人民的欢迎。随即，主帅徐达代表明王朝宣布了一系列"与民更始"的法令，并改奉元路为西安府。从此，"西安"之名沿用至今。四月，明朝于西安府设陕西行中书省（后改布政司）。此时，元朝余孽已北窜漠北，关中正式纳入明政权的统治之下[①]。

明政权统治关中之后，对陕西尤其是西安予以特别的重视和关照，减免赋税，兴修水利，招民垦荒，整顿吏治，惩腐倡廉，使元末饱受战乱灾荒之苦的关中人民稍得喘息。一些能官良吏也被派往陕西。这些官员自然是受过文化教育的，是文人，他们在关中，也就留下了不少诗歌作品。

---

① 参郭琦、史念海、张岂之主编，秦晖、韩敏、邵宏谟著《陕西通史·明清卷》第 1 章，陕西师范大学出版社，1997 年 3 月第 1 版。

一、思乡、怀古、纪实：殷奎的关中诗

从经历而言，此时的文人，大都是由元而入明的。有些人，一生主要经历在元朝，但其关中的创作却是在明朝，殷奎就是典型的一位。

殷奎（1331—1376），字孝章，一字孝伯，号强斋。昆山（今属江苏）人。洪武四年，赴吏部参加考试，中高等。"而朝廷方眷注于儒，不次进用。司选者欲擢置郡县。力以母老辞。不允，故调西安之咸阳。咸阳罢兵革久，庙学荡然。至则芟夷荆榛，作室若干楹，以居弟子员。躬亲教养，民遂知学。无何，省府聘考多士。甲寅，归觐亲。既返而省府修关中诸郡图经，仍董其事。恒以母老道远弗克就养，抑郁不获信，因病内伤，遂不起矣。其入关时以五陵门候自号。及卒，知县庄九畴具棺衾葬咸阳原上，竟符其言。"[1]殷奎因思乡念母心切，抑郁成疾，在任四年即离开人世，永远地埋在了咸阳原上。殷奎著作集名《强斋集》。与关中有关的著作有《咸阳志》《关中名胜集》《陕西图经》《渭城寐语》等。

殷奎辞家别母而远赴咸阳时，心情是很郁闷的，对家乡和亲人充满了眷恋，有两首诗可见其此时的心情以及他对家人的安排。《留别乡中诸故旧》诗曰："天官谬选到非才，相府陈情许放回。岂意冷员叨忝去，却从新例调迁来。亲庭七十年方近，客路三千

---

① 殷奎生平，引自袁华《故咸阳县儒学教谕文懿殷君墓志铭》（文渊阁四库全书本《强斋集》卷10附，台湾商务印书馆影印，第1232册，第516页）。关于殷奎调咸阳事，卢熊《故文懿殷公行状》云："先生恳请愿为近地学官，以便奉养老母。拂上官意，遂调西安之咸阳。"（殷奎《强斋集》卷10附，文渊阁四库全书本，台湾商务印书馆影印，第1232册，第514页）。谓"拂上官意"与袁华墓志铭说同；而《明诗综》卷14诗人小传则谓"忤帝意"（朱彝尊《明诗综》，中华书局，2007年3月第1版，第636页）。

里向开。遥想故人能念我，题诗留别重裴徊。"①卢熊《故文懿殷公行状》记：殷奎"拂上官意，遂调西安之咸阳。又请告还乡里，辞亲以往。"②这首诗，当是此时所写。又有《初之咸阳别二弟》诗曰："地远知难别，官闲识异恩。桑榆身未老，松柏操终存。亲养情弥切，儿婚礼欲论。政须烦二弟，成此好家门。"③把家事交给了自己的弟弟。

　　殷奎从南京往陕西咸阳的行程，其纪行诗《关外纪行四十韵》作了完整的记录。关中诗，从入关（潼关）起，按照从东向西的顺序，便有《入关》《望华山作》《骊山怀古》等：

入　关

秦关已入重行行，道远尘深两恨并。

足倦每因佳境健，眼昏偏傍古碑明。

拾遗徒步归何日，庄舃孤吟叹此生。

何母故园头雪白，倚门朝暮若为情。

望华山作

泰华三峰秀可知，官桥驻马已多时。

削成平地五千仞，壮观西州第一奇。

雪压天池龙卧稳，云深仙掌鹤归迟。

先天旧学无从问，几度踟蹰剧望思。

---

① 杨镰主编《全元诗》，中华书局，2013 年 6 月第 1 版，第 64 册，第 73 页。

② （明）殷奎《强斋集》卷 10，清文渊阁四库全书本，台湾商务印书馆影印，第 1232 册，第 514 页。

③ 杨镰主编《全元诗》，中华书局，2013 年 6 月第 1 版，第 64 册，第 73 页。

骊山怀古

绣岭岧峣十九盘，翠华当日驻层峦。

惯听羯鼓花前鹿，争舞霓裳月里鸾。

函谷东开无复夜，雪山西顾不胜寒。

可怜一派汤泉在，国耻千年洗未干。[①]

　　这三首诗，当为初入关时所作。而三首诗中表达的主题：思家念母、咏怀古迹、写实纪行，则贯穿了此后的全部关中诗。现存殷奎的关中诗，有五六十首之多，基本上不离这几种主题。

　　殷奎的关中诗，思乡思亲主题往往渗透在各种题材的作品中，如下列诸作：

春 草

东风到咸阳，吹起原上草。

偶然出门去，迷却平陵道。

此处断人肠，得似江南好。[②]

夜 雨

一床夜雨梵王宫，预送秋声到客中。

孤梦晓来休唤醒，要从渭北过江东。[③]

---

① 此三首诗均出自杨镰主编《全元诗》，中华书局，2013年6月第1版，第64册，第81页。

② 杨镰主编《全元诗》，中华书局，2013年6月第1版，第64册，第82页。

③ 杨镰主编《全元诗》，中华书局，2013年6月第1版，第64册，第88页。

西原游望

层原横百里，一望五陵空。云过山城黑，风来野烧红。

吟身驴子上，归思雁行东。薄暮沙尘起，令人叹转蓬。①

二月七日省牲诸陵沿道杂赋五首 （其一）

一树残花媚晓晖，淡香偏袭旅人衣。

春风落尽东阑雪，三载江南未得归。②

杜曲二绝句 （其一）

棱棱桑田带水田，夕阳幽兴满樊川。

秖疑身在江南处，放我溪头罨画船。③

看到咸阳的春草，他想到家乡江南。正因为时刻记得家乡的亲人，所以"处处怜芳草"；雨中秋夜，他做梦也是"要从渭北过江东"；骑驴吟诗，引起归思；看到花开花落，想到"三载江南未得归"。

有时，他似乎也能自我开解。《宿渭城田舍》一诗曰："陶然一室野人庄，榻席当门石枕凉。饮食更怜淳朴俗，礼从宜处便随乡。"④舒心的环境、淳朴的民俗，或许还有热情的主人，也能使他有一种"此心安处是吾乡"的感觉。然而，这只是暂时的。对家乡、对母亲的思念，贯穿在他关中诗歌的始终。

---

① 杨镰主编《全元诗》，中华书局，2013 年 6 月第 1 版，第 64 册，第 110 页。
② 杨镰主编《全元诗》，中华书局，2013 年 6 月第 1 版，第 64 册，第 111 页。
③ 杨镰主编《全元诗》，中华书局，2013 年 6 月第 1 版，第 64 册，第 114 页。
④ 杨镰主编《全元诗》，中华书局，2013 年 6 月第 1 版，第 64 册，第 88 页。

汉高祖长陵，全国重点文物保护单位。摄于 2010 年春。李世忠供图

　　殷奎的关中怀古诗很多，在他全部的关中诗中占很大的比重，计有《陪祀长陵作》《茂陵》《马嵬坡》《重赋一绝》《陪吴令访古长陵，留宿萧城僧舍》《张将军庙》《兴庆宫怀古》《登长陵》《阳陵》《渭陵》《顺陵独游》《长陵晓望》《登乾陵作》《望昭陵》《鸿门》等近二十首。

　　殷奎的关中怀古诗，大都写景有据，造境浑茫，而又常常有自己的见解。如《陪祀长陵作》前四句："黄蒿生野飙，渭水正鸣咽。下马汉家陵，落日照残阙。"[1]首句是实写，蒿草茂盛，秋风劲疾，正是渭北高原的实际情形；次句则融入了诗人自己的情感判断；三、四两句，造境可谓浑茫大气，不减李太白"西风残照，

---

[1] 杨镰主编《全元诗》，中华书局，2013 年 6 月第 1 版，第 64 册，第 82 页。

昭陵陵山。摄于 2017 年 10 月 26 日

汉家陵阙"之气象。又如《望昭陵》写："仰止昭陵莽苍中，孤峰奇峭插秋空。因山政恐劳民力，琢石何须象战功。"①前两句确是昭陵实景。昭陵是唐太宗李世民与文德皇后长孙氏的合葬陵，因山为陵，位于关中中部礼泉县东的九嵕山。九嵕山山势突兀，海拔 1188 米，远望确实是"孤峰奇峭插秋空"；后两句是作者自己的评判语：长孙皇后临终时遗言薄葬，后来李世民建陵时亦有虞世南建议他像尧帝那样薄葬，因山为陵，既节俭民力又能防盗，最终为李世民所采纳。这两句诗前句即是述说这一史实并予以肯定，但后句却又提出批评：既然"因山政恐劳民力"，又何必琢刻那么多石像来宣示自己的战功呢？

---

① 杨镰主编《全元诗》，中华书局，2013 年 6 月第 1 版，第 64 册，第 116 页。

又如《茂陵》一诗："欲修封禅觅蓬莱，武节巡边万里回。祠灶有方能却老，茂陵还近习仙台。"①前两句概括汉武帝一生的主要功业和重要事件，后两句便含蓄而复杂：汉武帝好神仙、求长生，便有方士趁机进见，《史记·孝武本纪》载："是时而李少君亦以祠灶、谷道、却老方见上，上尊之。"②习仙台为汉武帝宠妃李夫人的陵墓，其位置在汉武帝茂陵西侧，相距约一华里左右。李夫人是当时音乐家李延年的妹妹，亦善乐舞，深得武帝宠爱，不料红颜薄命，因病早逝。诗称对汉武帝而言，既有却老之方，他的爱妃却那么年轻就去世了；而如今，武帝自己也早已化为尘土，并未能长生不老。所以，诗中的讽刺批判义还是比较明确的。

汉武帝茂陵，全国重点文物保护单位。摄于 2020 年 10 月 12 日

---

① 杨镰主编《全元诗》，中华书局，2013 年 6 月第 1 版，第 64 册，第 83 页。
② 《史记·孝武本纪》，中华书局，1959 年 9 月第 1 版，第 453 页。

殷奎有两首咏杨妃的怀古诗，《马嵬坡》一首写"马嵬坡上草青青，血染妖魂唤不醒"①，称杨妃为"妖魂"，自是传统的女人祸水的看法，而另一首《重赋一绝》则颇有新意，诗曰：

> 嬖女伏诛临内闱，贼臣留讨付东宫。
> 马嵬已定中兴业，灵武谁夸第一功。②

诗人认为，正是马嵬事变给了东宫太子李亨讨贼的机会，使其能够北上灵武而即帝位，所以说"马嵬已定中兴业"，真是别具只眼。

这里，再引一首《登乾陵作》，以见殷奎怀古诗之不同凡响：

> 观阙倾颓石兽残，凉风侧帽话长安。
> 函香不觉天能雨，移檄空怜土未干。
> 月过三原秋淡淡，云来九嵕夜漫漫。
> 谁能唤起裴宫监，为说当初创业难。③

乾陵，是唐高宗与皇后武则天合葬墓，位于今陕西乾县北部的梁山上，亦是因山为陵。同前几首一样，此诗首句可称实写，写出乾陵目前景象。次句点出一"话"字，"话"实为本诗之重点。"函香"一联用了两个典故，都是扣写乾陵：《新五代史·温韬传》载，晚唐军阀温韬盗唐十七陵，见昭陵内"床上石函中为铁匣，

---

① 杨镰主编《全元诗》，中华书局，2013 年 6 月第 1 版，第 64 册，第 83 页。
② 杨镰主编《全元诗》，中华书局，2013 年 6 月第 1 版，第 64 册，第 83 页。
③ 杨镰主编《全元诗》，中华书局，2013 年 6 月第 1 版，第 64 册，第 16 页。

乾陵述圣纪碑，武则天撰文，唐中宗书丹，记高宗之文治武功。摄于 2016 年 8 月 7 日

悉藏前世图书，钟、王笔迹，纸墨如新，韬悉取之，遂传人间。惟乾陵风雨不可发"[1]。这是"函香"一句所写；而徐敬业起兵反武则天，骆宾王代作檄文，有"一抔之土未干，六尺之孤安在"之句[2]。颈联写云过月来，来的方向是三原和九嵕。九嵕即九嵕山，为唐太宗昭陵所在，位于乾陵东部稍偏北，两地相距约 100 华里，三原在更东边，那里有唐高祖李渊献陵、唐敬宗李湛庄陵、唐武宗李炎端陵等，比昭陵更远出约 50 华里。这一联，视野开阔，实际上人是看不到那么远的，只是诗人根据自己的地理知识做出的一种推想和判断（这似乎是殷奎写诗的一个特点，比如他《雨后望

---

[1]　《新五代史·温韬传》，中华书局，1974 年 12 月第 1 版，第 441 页。

[2]　《新唐书·骆宾王传》，中华书局，1975 年 2 月第 1 版，第 5742 页。

终南山作》一诗写"华岳三峰晴戴雪，草堂六月昼生寒"[1]，其实华岳和草堂，他都是"望"不见的，只是心里的一种想象而已）。尾联纯属议论，裴宫监即裴寂，唐初人，曾参与策划太原起兵，在唐高祖、太宗朝屡有功绩。至此，以议论结，突出本诗"话"的主题。

殷奎还有一首《张将军庙》。据诗中"况闻生时在当阳，据水横矛气如霓。曹家水步八十万，瞑目一呼无敢击"，"将军自是熊虎将，猛力雄姿万人敌。长刀不斫严颜头，国士之风何傥俶。功存汉鼎三国分，义却秦兵千载激"等句来看，应是张飞之庙。诗写"咸阳县中春寂寂，官寺民居皆瓦砾。岿然一殿渭河边，暮雨荒垣翳蓬荻。人言此庙祀张侯，作创年深失来历"。而百姓对之恭敬有加，朝拜祭祀，几成庙会，"但见舟人渔子事之谨，常具盘餐致私觌。七月二日庆生朝，十队水嬉飞画鹢。露台百戏竞娱神，变幻鱼龙走巫觋。口称将军主吾渡，渡口流传多伟绩。盲风怪雨白浪翻，过客乞灵无没溺"。而庙宇颓败，"暮雨荒垣翳蓬荻"，"只今香火甚萧条，风雨前时破堂壁。貌像摧颓府藏空，旌旐散落门庭阒"，"县官倘有修葺意，愿效区区答涓滴"，于是"我听此语为踟蹰，祀典民情两相阅"，"作诗荐愤代牢羞，投卷中流同吊汨"[2]。张将军庙，今已不存。故此诗有一定的史料价值。

殷奎的关中诗，还有约四十多首纪行、写实、抒怀，其数量超过了他关中诗的一半。

《除夕》诗写："一身漂泊路三千，长乐坡前逆旅边。寒榻愁眠残雪夜，不知明日是新年。"[3]喟叹新年孤寂，从首句来看，应

---

① 杨镰主编《全元诗》，中华书局，2013 年 6 月第 1 版，第 64 册，第 114 页。

② 杨镰主编《全元诗》，中华书局，2013 年 6 月第 1 版，第 64 册，第 88—89 页。

③ 杨镰主编《全元诗》，中华书局，2013 年 6 月第 1 版，第 64 册，第 81 页。

是新到关中所写。又有《咸阳官舍述怀》一诗："兵后咸阳也可怜，饥民延喘待丰年。一城瓦砾黄尘里，万井蒿莱白日前。就养路遥惭禄薄，从游地僻失英贤。情知自古儒官冷，未似吾官冷最偏。"[1]也应是新到不久所写，一方面写自己的孤寂清冷，同时也写了咸阳饥民"延喘待丰年"以及"一城瓦砾黄尘里，万井蒿莱白日前"的景象，这与史料记载关中经元末明初战乱后的景象是吻合的。也就是说，其诗中客观上反映了当时的现实，这在元代以来的关中诗歌中是少见的。而这一特点在其《春草》（其二）中更有体现，诗曰："叹息复叹息，打蒿充夕食。春风自东来，野草回生色。东风能生草，不能生饿殍。"[2]以蒿草充饥，不致饿死，这是当时的关中景象，是当时关中人民生活的真实写照。

《别永寿孟明府》是一首赠别诗，诗写"急雨凉风一院秋，五更归思逐东流。不堪又与君为别，万里乾坤独自愁"[3]。本是送别，却因别愁引出乡愁。正如前文所说，其思乡思亲之情时刻未曾消释。这样的情思，也体现在他的其他一些诗中，如《重登长安鼓楼》，诗写："秋半长安特地寒，西风不管客衣单。晚晴贪看南山色，百尺危楼独倚阑。"[4]"客衣单"，正是羁愁；而"独倚阑"，情感更复杂，表达也更含蓄。

自然，他毕竟是一位文人、一位诗人，所以，很多诗歌表达出诗人特有的情思和情调。如下面几首：

① 杨镰主编《全元诗》，中华书局，2013 年 6 月第 1 版，第 64 册，第 81 页。
② 杨镰主编《全元诗》，中华书局，2013 年 6 月第 1 版，第 64 册，第 82 页。
③ 杨镰主编《全元诗》，中华书局，2013 年 6 月第 1 版，第 64 册，第 105 页。
④ 杨镰主编《全元诗》，中华书局，2013 年 6 月第 1 版，第 64 册，第 106 页。

二月七日省牲诸陵沿道杂赋五首
其二

昔日平陵卖酒家，冰槽春色夜能赊。

而今酒尽游人散，零落空垣一树华。

其三

景帝陵前野草花，也曾沾被旧繁华。

只今开遍无人管，付与牛羊卧日斜。

其五

碧椀分来杏酪香，风前浇我渴诗肠。

野人今度相辞汝，立马题诗又夕阳。①
绝句

灞陵桥下水潺湲，人影离披夕照间。

来往总怜车马好，西风破帽独南还。②

诗中表达的，是只有诗人才有的一种情思、一种格调、一种雅趣。殷奎还有一首《长安新城》，有一些纪实性，诗曰：

贤王来镇陕关西，增广都城弗敢稽。

势兼北苑一绳直，声殷南山万杵齐。

晴角远从天汉落，春旗平拂斗杓低。

喜看保障如磐石，为赋秦风气似霓。③

---

① 杨镰主编《全元诗》，中华书局，2013 年 6 月第 1 版，第 64 册，第 111—112 页。
② 杨镰主编《全元诗》，中华书局，2013 年 6 月第 1 版，第 64 册，第 117 页。
③ 杨镰主编《全元诗》，中华书局，2013 年 6 月第 1 版，第 64 册，第 112 页。

现代修复后的西安明城墙。摄于 2020 年 8 月 31 日

朱元璋曾对太子说："天下山川，惟秦中号为险固。"[1]他认为，要巩固江山，"非深沟高垒，内储外援，不能为备"[2]。而关中又是朱元璋特别看重的地区，所以，洪武二年（1369），明军占领关中，设西安府，第二年朱元璋就把次子朱樉封为秦王，坐镇西北。在朱樉尚未就任时，就命长兴侯耿炳文和都督濮英在元代城墙的基础上重新扩建增修西安城。此诗以"势兼北苑一绳直"写城墙之规制，以"声殷南山万杵齐"写筑城人夫之多、场面之大。至于"贤王"则是奉承之语，实际上这位秦王是个很不成器的皇子，到西安后干了不少坏事，以至于连朱元璋后来也忍无可忍，予以惩

---

① （明）黄求升《昭代典则》，明万历二十八年周曰校万卷楼刻本，爱如生《中国基本古籍库》。

② （明）谈迁著，张宗祥校点《国榷》卷3，中华书局，1958 年 12 月第 1 版，第 399 页。

处。所以，此诗称"贤王"，又说"为赋秦风气似霓"，可称颂谀
之诗了。

殷奎的关中诗，有一首比较特别：

侯叔庸同行过其故居见迎春一株

野花一株何人栽，欲开未开迎春来。
主人归来花欲语，欲语不语令人哀。
往年看花年正少，花前把酒花长笑。
妻能歌舞妾能弹，门外催租无吏到。
二十年来院落空，兔葵燕麦竞为容。
墙角一丛憔悴煞，年年无主泣东风。
今日归来君不住，君今又向何州去。
上林骑马听莺时，慎勿长忘故园树。①

殷奎《毕原庄图记》云："毕原庄者，咸阳侯叔庸氏之旧业
也。其地在城北十有五里，上车之社直文王之陵之西，原高而泉
深，林木幽迥，风气完固，其生材也朴茂而能贤。侯氏自宋金以
来，隐约于是者盖三百余年矣。"②可知侯叔庸故居在咸阳城北塬
上，此诗也就是一首地道的关中诗。

诗写侯氏故居之迎春花"欲语不语令人哀""年年无主泣东
风"，又写"上林骑马听莺时，慎勿长忘故园树"，这本可以理解
为文人惯有的多情善感。但诗中又有两句写二十年前"妻能歌舞

---

① 杨镰主编《全元诗》，中华书局，2013 年 6 月第 1 版，第 64 册，第 111 页。
② （明）殷奎《强斋集》卷 3，清文渊阁四库全书本，台湾商务印书馆影印，第
　　1232 册，第 412 页。

妾能弹，门外催租无吏到"。此时为洪武初年，"二十年前"是元王朝，诗写侯氏在元朝的逍遥，其意何在？令人思索。

二、访古与纪行：汪广洋的关中诗

明初关中的另一位重要诗人是汪广洋（？—1380）。广洋字朝宗，高邮（今属江苏）人，流寓太平（今属安徽）。说他是诗人，其实并不确当，他当时更重要的身份是官员，后来一直官至右丞相。洪武十二年，因胡惟庸案牵连，被贬南海，途中赐死。洪武二年至三年（1369—1370），汪广洋曾任陕西参政。在关中时期，写了不少诗。

汪广洋的关中诗，基本都是一些纪行诗，记写自己行旅途中的见闻及感受，包括参访一些名胜古迹的感受。作品有《游玄都观》《游开元寺》《重游华清宫》《长安晓起闻鹊》《宝鸡县》《宿益门镇》《过茂陵》《咸阳道中》《月夜过马嵬坡》《九日观太白山雪》《过岐山古城》《过古桃林》《关中怀古》（四首）等。这些作品，从题材的丰富性和主题的深刻性来看都比不上殷奎，大都比较浮泛，或因作者身居高位之故耳。

汪广洋半数以上的纪行诗，与访古或怀古有关，这些诗，大都根据相关古迹发一些感慨，没有多少真实的感情和发自内心的感受。个别作品也还有一点意义，如《月夜过马嵬坡》一首，诗曰："关月明明良夜何，秋风肠断马嵬坡。也应不为真妃惜，只憾当初白骨多。"[①]重视百姓的白骨胜过杨妃的玉殒，算是这首诗有见地之处。不过这种主题，前人也写过很多了。另有一些作品如《咸阳道中》云："五陵原上路漫漫，瘦马行吟日半竿。归思好如

---

① 杨镰主编《全元诗》，中华书局，2013年6月第1版，第56册，第210页。

南去雁，强冲风色过长安。"[1]瘦马行吟，显示出文人固有的特色与情调，"归思"，应该算是他此类诗歌中少有的真情实意了。

汪广洋有一首《长安晓起闻鹊》，诗云："帘幕轻风度早春，树枝乾鹊噪清晨。若非边报收遗寇，定有家书寄远人。"[2]此诗也是古诗词传统内容的写法。《西京杂记》卷三："乾鹊噪而行人至，蜘蛛集而百事喜。"[3]所不同的是，前人多以思妇的口吻或角度来写，而此诗以第三者的角度写，旁观者的视角，故而写来比较冷静，也不带多少感情色彩。

《关中怀古》四首，大概是汪广洋比较用心的作品了，录其第二首如下：

> 缭绕阿房观阙崇，旌旗五丈建当中。
> 万人曾和千人唱，一世焉知二世终。
> 水落石鲸埋碧草，露寒金狄泣秋风。
> 酒池炙树皆尘土，无复离宫复道通。[4]

此诗重点写阿房宫。"万人曾和千人唱"，写修建时人夫之多；"一世焉知二世终"，写秦朝世祚之短；以下用石鲸、金狄、酒池、离宫等历史意象，写沧海桑田、历史兴替，突出怀古主题，算是比较成功的咏史怀古之作。

---

① 杨镰主编《全元诗》，中华书局，2013 年 6 月第 1 版，第 56 册，第 210 页。
② 杨镰主编《全元诗》，中华书局，2013 年 6 月第 1 版，第 56 册，第 209 页。
③ （晋）葛洪著，周天游校注《西京杂记》卷 3，三秦出版社，2006 年 1 月第 1 版，第 157 页。
④ 杨镰主编《全元诗》，中华书局，2013 年 6 月第 1 版，第 56 册，第 181 页。

三、痴迷于华山的诗画家：王履的华山诗

王履（1332—1391？），字安道，号畸叟，昆山（今属江苏）人，元末明初著名医学家、画家、诗人。

王履对华山，对画华山，到了痴迷的程度。洪武十六年（1383），52岁的王履游华山，兴奋不已，作图，作记，作诗。其总记曰："图传神，记志事，诗道性情，此三者所以不能已于太华之游也。太华，天下名山之冠也。故古人以得游为快，以不得游为恨。余也恨于昔而快于今，可无图欤？无记欤？无诗欤？"①画册完成后，作《图成戏作此自庆》，谓："昌黎曾到不能画，摩

王履《游华山图记诗叙》，上海博物馆藏。选自天津人民美术出版社《王履〈华山图〉画集》

---

① 本节所引王履诗文，均取自明编《赵氏铁网珊瑚》卷16，清文渊阁四库全书本，台湾商务印书馆影印，第815册。

诘能画不曾到。万秀千奇不出山，秘作深深鬼神奥。海滨野客一何幸，直抵峰尖问苍昊！"又作《帙成戏作此自讥》诗曰："为图为记复为诗，毕弋置罘也是痴。何似酒徒浑烂醉，不知天地与我谁。"又在诗后记曰："余自少喜画山，摹拟四五家余。卄年常以不得逼真为恨。及登华山，见奇秀天出，非摹拟者可摹拟。于是屏去旧习，以意匠就天出则之（按，"天出则之"，《列朝诗集》作"天则出之"）。虽未能造微，然天出之妙，或不为诸家畦径所束。……昌黎《南山》诗，二百四句，铺叙详，文采赡，议者谓其似《上林》《子虚》赋，才力小者不能到。是固然矣，然余窃观之，其'吾闻京城南，兹维群山围'、'东西两际海'、'西南雄太白，突起莫间簉。藩都配德运，分宅占丁戊。逍遥越坤位，诋讦陷乾窦'、'昆明大池北'、'前寻径杜墅，坌蔽毕原陋'、'初从蓝田入'等十余句，可以施之于终南山外，此则凡大山皆有之，皆可当，不独终南也，移此以指他山，谁曰不可？况又每有梗韵生意，使文辞牵缀而义理不得通畅者，固才力小者不能到，但恐非终南之本色耳。故先正谓文章当使移易不动，慎勿与马首之络相似。窃谓纵不宜规规然传神写照，亦岂宜泛泛然驾虚立空。非驾虚立空之不足以成文，然终无一主十客之理。务驾虚立空以夸其多，不亦虽多亦奚以为乎？少陵则不然，其自秦入蜀诗二十余篇，皆揽实事实景以入乎华藻之中，既不传神写照，又不驾虚立空，是故高出人表而不失乎文章之所以然也。余平生读之，未始不起夫仿之之心，然迹囿一隅，不得骋心纵目于其所欲之胜而止。今也幸于兹游，故得以偿其昔之所欲而不能遂者。然余也安敢自谓轶昌黎而配少陵哉？不过庶免乎马首之络之弊而已。虽然，神秀无匹如此，未始游者得微亦以余为驾虚立空而近于诬人哉？"

王履为他的华山画册四次作记，第四次记曰："既登山回，即为是图。甫十有四字敚，于故不得讫工。九月传送中，就船作记、作叙，岁暮所敛者已。越明年，图成。又明年，帙成。吁，此非诚正修齐之事，何缱绻若是？泉石之心、城市之迹故也。左足既痿废，虽舟车重许，亦不过引领平地而已。俗缘挠中，姑寄诸此，因题之曰宣郁云然。不知古今人登是山，亦有缱绻似余者否？"这种痴迷，正如他自己所说，不知古今之人有似于他者否？

对华山，确如王履自己所说，他作记，作画，作诗。记方面，他写有《始入山至西峰记》《上南峰记》《过东峰记》《宿玉女峰记》，又作《重为华山图序》《披图喜甚复戏赋此》等。画方面，画了四十幅华山图，两年始毕其役，并为画册四次作记。绘华山，更新、提高了王履的绘画观，提升了他的绘画理论。当他后来对华山及绘画有新的认识时，又重新画过华山图。其《重为华山图序》云：

　　　　画虽状形，主乎意，意不足谓之非形可也。虽然，意在形，舍形何求意？故得其形者意溢乎形，失其形者形乎哉？画物欲似物，岂可不识其面？古之人之名世果得于暗中摸索耶？彼务于转摹者，多以纸素之识是足而不之外，故愈远愈讹，形尚失之，况意！苟非识华山之形我其能图邪？[①] 既图矣，意犹未乎满。由是存乎静室，存乎行路，存乎床枕，存乎饮食，存乎玩物，存乎听音，存乎应接之隙，存乎文章之中。一日燕居，闻鼓吹过门，惕然而作曰："得之矣夫！"遂麾旧而重图之。斯时也，但知法在华山，竟不晤平日之所谓家数者何在。

---

① 按，此句，原作"苟非华山之我余余其我耶"，据文渊阁四库全书本《佩文斋书画谱》卷16改。

《披图喜甚复戏赋此》最后这样说：

> 图未满意，时欲重为之，而精神为病所夺；欲弗为之，而笔力过前远甚。二者战之胸中，久不决。弟立道谓此古今奇事，不宜沮力激之。由是就卧起中强其所不能者，稍运数笔，昏眩并至，即闭目敛神，卧以养之。少焉复起，运数笔，昏眩同之，又即卧养。如是者日数次。劳且悴不可言。几半年幸完。鸣乎，意于是乎满矣。然傅色将半，忽精神顿弊，甚欲毕焉，而掖与推举不足用，思"满城风雨近重阳"一句尚可寄人，况此乎？遂罢。弟立道、儿子绪皆酷好画，惜不暇习。吾心思目力已竭于此矣，再可强耶？因授焉，以慰其所酷好。既授矣，珍之亦可，忽之亦可，私之亦可，公之亦可，用为睹物思人之具亦可，视为手泽使后子孙相与慎惜亦可，贻之好事亦可，吾不能效平泉山为身后计也。

这些，足可见他的痴迷，也可见他的认真。

同样认真的是，在此期间，他写了150首华山诗。这在古今文人当中，恐怕也是绝无仅有的了。他对华山是如此的痴迷，以至于写到其他地方，也总是情不自禁地想到华山，如《过渭南》诗，前两句写"挂冠寻竹渭南村，那识无人与有人"，后两句就写"但怪此心笼不住，时时飞上华山云"；《游华清池》一诗，一开始就写"肺浮山与华山邻，不敢同清却占春"，其实华清池所在的骊山（即肺浮山）与华山相距甚远；《至新丰丘丈寓所，期与理旧情而吐今意，不料已先我东还矣。不胜怅然，因为是诗，俟便寄与》一开始就写"太华天下特，故作四岳冠。深深括神秀，眼到不忍换"，正因为此，他自己也把这些诗一起纳入到他的华山诗系列当中。

　　王履的华山诗，如果单读一两首，亦觉无奇。其少数诗作颇
具华山特色，一读便知是写华山，如《西峰》前两联"渭水载残
日，金蛇烂西游。分光到岩阿，烛我岩之幽"①写黄昏时分站立华
山之巅向北眺望，但见残阳的余晖洒在渭河上，随着水波的荡漾，
犹如无数条金蛇在蜿蜒西游。而其光线反射过来，则映照得幽崖
有一些光亮。这明显是华山顶上眺望的情形。但其大部分华山诗，
也有他批评韩愈诗的问题，即"凡大山皆有之，皆可当"，"移此
以指他山，谁曰不可"。即如这"渭水"两联，如果站在渭河岸边
其他高峰上眺望，亦约略有此情状。但如果一首首连续读来，则
大不一样，读者自会有身临其境之感，如入华山之中，神清气爽，
心情会随着诗人步履的联翩移换而变化。试引数首如下：

入　山

庐山秀在外，华山秀在里。

要识真面目，即彼铁锁是。

铁锁悬当云上头，纵横曲直是谁谋。

吾今判着浮生去，不见神奇不罢休。

　　这是他初入华山的诗。先将华山与庐山相比，指出"华山秀
在里"，并拈出他先看到的华山特征性实物——铁锁。对于此锁，
他又有专诗具体叙写。诗的最后，写出此次游山的决心："不见神
奇不罢休。"

---

① 本句或作"我我岩之幽"，或作"我在岩之幽"，据清人汪学金辑《娄东诗派》
卷 1 改。清嘉庆九年诗志斋刻本，爱如生《中国基本古籍库》。

千尺撞百尺撞

千尺亭亭百尺连，只缘奇观在层巅。

欹斜朽级难为步，飘忽飞魂只看天。

云谷可探神未许，松风宜听耳无权。

老夫敢向危中过，不是真仙也近仙。

　　此诗题目，明人张维新编《华岳全集》作《过千尺幢百尺硖》，其他收录此诗的集子皆作《千尺撞百尺撞》，若以现在的实际论，则《华岳全集》近是，诗写的就是华山上的千尺幢和百尺峡。千尺幢和百尺峡皆为华山上的险要地段、特色景观。二者相接，过了千尺幢就是百尺峡，故曰"连"。此二处极险峭，游人攀登时不觉魂飞天外，不敢向侧向下看，故曰神不许探云谷、耳无权听松风。最后一联写自己临危不惧，见其豪迈，见其自得。

苍龙岭

岭下望岭上，夭矫蜒蜿飞。背无一仞阔，旁有万丈垂。

循背匍匐行，视敢纵横施。惊魂及坠魄，往往随风吹。

午日晒石热，手腹过蒸炊。大喘不可当，况乃言语为。

心急足自缚，偷眼群峰低。烟烘浪掩掩，日走金离离。

松头密如麻，明灭无断期。谁知万险中，得此希世奇。

真勇是韩愈，乃作儿女啼。

　　苍龙岭，是华山上又一著名险要。此诗先写从岭下向上观望，宛若龙飞，姿态夭矫。再写苍龙岭本身：岭脊狭窄而旁边就是万丈悬崖。再写攀爬之状，匍匐而行，魂惊魄坠，不敢旁视，不敢大声言语，并引用了韩愈的典故。相传当年韩退之至此，被眼前的险要吓得大哭，以为从此不得生还，并写了遗书投下山去。诗人这里引韩愈之典，突出苍龙岭的险要，也突出自己的勇敢。

王履《华山图·千尺㡂》，故宫博物院藏。选自天津人民美术出版社《王履〈华山图〉画集》

华山苍龙岭。冯春摄于 2008 年 9 月 26 日

东峰顶见黄河潼关

双松阴底故临边，要见东维万里天。

山下有人停步武，望中疑我是神仙。

地通荒楚延秋色，河借斜阳透野烟。

敢问郁华离垢后，有谁张口下层巅。

此诗写东峰顶向北眺望，但见黄河东流，野烟袅袅；而山下之人仰望山上，看见山顶的他，以为是神仙。其实也是极写东峰顶之高。

隔林泉声随风出不得见

窈窕锵鸣不见形，两情相倚进无声。

闲云忽似神交意，行到声边再不行。①

此诗写听闻山中泉声，但寻觅时却不得见。而从"闲云忽似神交意，行到声边再不行"两句可以看出，其实诗人自己也大有"行到水穷处，坐看云起时"之意趣。

古藤疑为蛇惕然

神伤山行深，杜子岂欺我。古藤屈蟠处，欲进还不可。

李广石饮镞，于兹见么么。绛宫一方寸，天渊复水火。

可系竟何时，含羞涧边坐。②

---

① 按，"神交意"，原作"神交倚"，据《列朝诗集·甲集第十六·王高士履》改。见（清）钱谦益编，许逸民、林淑敏点校《列朝诗集》，中华书局，2007年9月第1版，第1691页。

② 按，"天渊复水火"，《列朝诗集·甲集第十六·王高士履》作"天渊复冰火"；"李广石饮镞"，原作"李远石饮镞"，据《列朝诗集》改。见钱谦益编《列朝诗集》，中华书局，2007年9月第1版，第1691页。

此诗颇有趣。杜甫诗《法镜寺》有句"神伤山行深，愁破崖寺古"[1]，诗人颇有同感，故曰"杜子岂欺我"。看到山上古藤蟠屈，以为是蛇，吓得不敢前进。绛宫谓心，天渊即高天和深渊。高山上看到"蛇"，一颗心忽而天上忽而深渊，忽而凉到冰点忽而又似火烧，极写惊惧之状。李广射"虎"之典，说明此"蛇"非蛇。末句最可乐，待得确认古藤非蛇，"含羞涧边坐"，自己也觉得不好意思，为自己刚才的胆怯而羞惭。读来令人忍俊不禁。

关下林中二石如虎，奇不可状，于是悟画之所以然

描貌三十年，接折纸绢里。
槃礴谢班寅，微风走秋水。

此诗写见山中奇石如虎而悟绘画之理，三十年的苦苦探索，此时忽然顿悟，豁然开朗。与前文所引之"（摹拟）三十年，常以不得逼真为恨。及登华山，见奇秀天出，非摹拟者可摹拟。于是屏去旧习，以意匠就天出则之"同一意思。《庄子·田子方》曰："宋元君将画图，众史皆至，受揖而立；舐笔和墨，在外者半。有一史后至者，僤僤然不趋，受揖不立，因之舍。公使人视之，则解衣般礴，臝。君曰：'可矣，是真画者也。'"[2]"般礴"，或作"盘礴"，本谓箕踞而坐，后引申为不拘形迹。王安石《虎图》诗曰："想当盘礴欲画时，睥睨众史如庸奴。"[3]黄庭坚亦有诗《题伯时天育

———

① （唐）杜甫著，萧涤非主编，张忠纲统稿《杜甫全集校注》，人民文学出版社，2014年1月第1版，第1727页。
② （清）王先谦著，沈啸寰点校《庄子集解》，中华书局，1987年10月第1版，第181页。
③ （宋）王安石著，秦克、巩军标点《王安石全集》，上海古籍出版社，1999年6月第1版，第411页。

骠骑图二首》，题下注"老杜有《天育骠骑歌》。天育，唐厩名也"，诗曰："明窗盘礴万物表，写出人间真乘黄。"①后来清人钱谦益《题宋徽宗杏村图》诗也写"至尊盘礴自游艺，宛是前身画师制"②。对绘画而言，这一不拘形迹往往指恣意作画，即"自游艺"的状态，上述几联诗，写的就是这个意思。另外，盘礴亦往往有傲视之意。此处二者兼而有之。"微风走秋水"，字面义是说有如微风从水上拂过那么自然，实则也是用庄子《秋水》之典，说自己有如一下子看到了大境界而豁然开朗。

王履的华山诗，还有这样两首：

初上山时，过上方峰，逢樵子，余问青柯平尚悬几里。
唯放歌去，不吾对。及吾下山至石关，而数樵过。问余来
处曾有伐木者否？余亦笑而不答，戏赋六言诗，高唱而下

昨问青柯远近，长歌一似无闻。

欲验朋从何处，请君自上重云。③

由上方峰根北转遇三樵人

寻常笑疑客，病自杯方始。败叶卒一鸣，摄吾悬藤里。

泠风分寥寥，送过回峦趾。三樵适相遇，问去青柯几。

含笑了无言，飘然自歌起。

---

① （宋）黄庭坚著，（宋）任渊等注，刘尚荣校点《黄庭坚诗集注》，中华书局，2003 年 5 月第 1 版，第 353 页。
② （清）沈德潜等编《清诗别裁集》卷 1，上海古籍出版社，1984 年 3 月第 1 版，第 3 页。
③ 按，前二句，《列朝诗集·甲集第十六·王高士履》作"昨问青柯远近，长歌一是无闻"，见（清）钱谦益编，许逸民、林淑敏点校《列朝诗集》，中华书局，2007 年 9 月第 1 版，第 1690 页。

王履《由上方峰根北转遇三樵人》（故宫博物院藏）。选自天津人民美术出版社
《王履〈华山图〉画集》

前诗写自己上山时，遇见三位樵夫，诗人向樵夫打听此去青柯坪尚有几许远，樵夫笑而不答，唱着山歌，飘然而去。后首写自己下山时也碰见几位樵夫，樵夫问他可曾见山上有伐木之人，他也笑而不答，高歌而下。并写诗说：你要是想知道，自己上去看吧。从这两首诗，可以看到已经52岁的诗人颇有些调皮的童心，亦让人忍俊不禁。

王履还有一首与樵夫有关的华山诗《樵声蝉声相杂》，诗曰：

悠扬樵音窅窱中，似将律吕与蝉通。
出山一片皆平地，尚待朝南暮北风。①

高远幽深的大山中，樵声与蝉声，听起来都那么的悦耳，似乎是美妙的音乐。而走出大山，眼前开阔一片，皆为平地，"待朝南暮北风"用典。唐人李贤注《后汉书·郑弘传》曰："孔灵符《会稽记》曰：射的山南有白鹤山，此鹤为仙人取箭。汉太尉郑弘尝采薪，得一遗箭，顷有人觅，弘还之，问何所欲，弘识其神人也，曰：'常患若邪溪载薪为难，愿旦南风，暮北风。'后果然。"②后人因称为"樵风"。这里用此典故，切合题目中之"樵"字。

四、明初其他人的关中诗

王祎（1322—1374），字子充，义乌人。元末以文章名世，隐居青岩山。朱元璋取婺州，召见，用为中书省掾史。后与宋濂

---

① 按，"出山一片皆平地"，《列朝诗集·甲集第十六·王高士履》作"出山一见皆平地"，见（清）钱谦益编，许逸民、林淑敏点校《列朝诗集》，中华书局，2007年9月第1版，第1696页。

② 《后汉书》，中华书局，1965年5月第1版，第1154页。

同为总裁，修《元史》。"书成，拜翰林待制。奉使招吐蕃，至兰州召还。"①

王祎行经关中，写了不少纪行诗，其中代表性的是《长安杂诗十首》。录三首如下：

其一

自昔天子宅，雄丽称长安。右瞻控陇蜀，左顾俯河关。
清渭北据水，太白南联山。其间八百里，陆海莽平川。
神皋奠天府，风气固以完。周家本仁厚，国统最绵绵。
汉唐能树德，亦复祚胤延。秦隋秉虐政，二世即倾颠。
在德不在险，古语谅弗谖。嗟兹异代后，遗迹已茫然。
宫殿皆劫灰，城市尽荒阡。迤逦陇首坂，萦纡乐游苑。
老树带落日，平芜被寒烟。凭高一览古，千载在目前。
盛衰有天运，兴废复何言。②

其八

长安王霸都，中更九朝业。城夷池亦堙，复孰窥浩劫。
旧物奚所存，独有慈恩塔。高标穹昊摩，壮阯坤倪压。
缅怀唐盛时，士子重科甲。石间所题名，先后纷杂沓。
岁月曾几何，声光俱黯黯。吾将登绝顶，俯仰凌六合。
天风从东来，凉意客怀惬。③

---

① （清）朱彝尊选编《明诗综》卷 3，中华书局，2007 年 3 月第 1 版，第 125 页。
② （清）钱谦益编，许逸民、林淑敏点校《列朝诗集》，中华书局，2007 年 9 月第 1 版，第 1437 页。
③ （清）钱谦益编，许逸民、林淑敏点校《列朝诗集》，中华书局，2007 年 9 月第 1 版，第 1438 页。

其十

人生百年中，穷通无定迹。譬如风前花，荣谢亦顷刻。

当时牧羊竖，尊贵今谁敌。憔悴种瓜翁，乃是封侯客。

丈夫苟得时，冀土成拱璧。一朝恩宠衰，黄金失颜色。

古昔谅皆然，今我何叹息。①

　　第一首（其一），对长安的地理形势、历史盛衰、兴亡原因等
方面做了高度的概括。第二首（其八），回顾了长安作为都城的历
史，尤其回顾了唐代"重科甲"的功业，拈出长安的独特地标慈
恩塔，写自己将"登绝顶"而俯仰六合，末联胸襟开阔、气象不
凡。最后一首，喟叹人世荣谢，乃是人生的思考和感叹。这在本
组诗的其他几首中也有表现，如其二写"我行咸阳野，但见多坟
茔。大者王与侯，小者犹公卿"，"想当在世日，贵富臻显荣"，
"焉知百岁后，泯然无所称。累累一抔土，仅与垲垤并"；其三写
"神仙不可得，寿龄亦寻常"，表明作者的思考是比较深远的。

　　熊鼎有一首《长安怀古》：

立马平原望故宫，关河百二古今雄。

南山双阙阿房近，北斗连城渭水通。

龙去野云收王气，鹤巢陵树起秋风。

英雄事业昭前哲，看取秦皇汉武功。②

---

① （清）钱谦益编，许逸民、林淑敏点校《列朝诗集》，中华书局，2007 年 9
　月第 1 版，第 1439 页。"穷通"原作"究通"，"譬如"原作"仇如"，据
　清康熙刻本《四朝诗》改。

② （清）钱谦益编，许逸民、林淑敏点校《列朝诗集》，中华书局，2007 年 9
　月第 1 版，第 1537 页。

　　《明史·熊鼎传》载，洪武八年，"西部朵儿只班率部落内附，改鼎岐宁卫经历。既至，知寇伪降，密疏论之。帝遣使慰劳，赐裘帽，复遣中使赵成召鼎。鼎既行，寇果叛，胁鼎北还。鼎责以大义，骂之，遂与成及知事杜寅俱被杀。"[1]岐宁在西凉，今甘肃境内。诗或是熊鼎赴任途经陕西而作。正因为作者的秉性、胸襟、怀抱，所以这首诗写得立意高远、气象雄浑、豪迈大气。此外，他还有一首《上巳日浴温泉》，诗曰："骊山宫殿锁温泉，天宝遗踪故宛然。绣谷春融丹井火，金波月满鉴池莲。玉颜承宠专恩泽，翠辇来游惜暮年。我亦逢时修禊事，白头空负丽人天。"[2]与时人相比，也是比较有特色的。

　　谷宏，闽人，一云新淦人，洪武间任中书舍人。有《行经华阴》一诗：

> 云开太华倚三峰，积翠遥连渭水东。
> 远塞雁声寒雨外，离宫草色暮烟中。
> 秦关日落行人少，汉畤天阴古戍空。
> 寂寂武皇巡幸处，祠前木叶起秋风。[3]

　　此诗比较大气，苍阔而有气象。洪武年间的诗，大都写得比较大气，不萧瑟，不拘促，或有苍凉但少颓废。

　　方孝孺（1357—1402），宁海人，字希直，一字希古，号逊

---

[1]　《明史·熊鼎传》，中华书局，1974 年 4 月第 1 版，第 7418 页。

[2]　（清）钱谦益编，许逸民、林淑敏点校《列朝诗集》，中华书局，2007 年 9 月第 1 版，第 1537 页。

[3]　（清）钱谦益编，许逸民、林淑敏点校《列朝诗集》，中华书局，2007 年 9 月第 1 版，第 1893 页按。按，"汉畤"原作"汉畤"，据《明诗综》改。

志，明代前期大臣、学者、文学家、思想家。

方孝孺有一首《潼关》诗，异于时人。诗曰：

> 潼关将军才且武，五千士卒健于虎。
> 朝廷养汝为阿谁，盗贼公行如不睹。
> 昨日官车将到关，西风放颠尘满天。
> 钱囊衣箧系车后，欻来掣去同鹰鹯。
> 南望京师五千里，僮仆所资余有几。
> 离家渐远亲故稀，向我长号泪如雨。
> 嗟嗟僮仆汝莫愁，圣人在上治九州。
> 会看海内皆富足，关不须防无盗偷。[①]

洪武二十二年（或谓二十五年），方孝孺除汉中府教授，次年经长安到汉中。"途中过虎牢、崤函、潼关之壮，瞻华岳、终南、太白之秀，观周秦之故都，吊贤君哲士之陵墓，循汉祖就国之故道，追惟一时俊杰奇谋雄烈，令人慨然而思，恻然而感，忘乎所经之险、所之之远也。第恨病余才思拙涩，不能悉见诸咏歌，以发胸中之所蕴，以是惭负古人耳。"[②]此诗当为途经潼关时所作。与当时其他人的诗歌相比，此诗反映了当时盗贼的猖獗，揭露了潼关守将的渎职和罪责。就诗歌本身而言，也反映了一个有社会和时代责任感的思想家的心声。这在当时是难能可贵的。也正因为有这样的一种责任感和使命感，所以方孝孺后来慷慨赴死，毫无惧色。

---

① （明）方孝孺《逊志斋集》，宁波出版社，2000 年 1 月第 2 版，第 806 页。
② （明）方孝孺《逊志斋集》，宁波出版社，2000 年 1 月第 2 版，第 374 页。

宗泐有不少关中诗。宗泐（1318—1391），字季潭，别号全室，俗姓周，临海人。明初著名僧人。洪武十一年（1378），奉诏出使西域，以花甲之年，"涉流沙，度葱岭，遍游西天，通诚佛域，往返十有四万余程"[1]，最终到达天竺，取回了《庄严宝王》《文殊》《真空名义》等经卷，丰富了中国佛教经藏，还成功地招徕藏人来京朝贡，对民族团结和国家统一颇有贡献。其赴西域途中，经关中，作有《发扶风》《过凤翔》《汧阳雪中》《长安雪中》《度潼关》等。

度潼关

潼关西去入秦京，今古人多此路行。
谁料不缘名利客，黄尘扑面听车声。[2]

长安雪中

岁暮长安道，天寒积雪深。凄凉游子意，款曲故人心。
未遂终南隐，徒怜灞上吟。明朝又西去，秦树晚沉沉。[3]

发扶风

晓发扶风县，云低欲雪时。长河王莽寺，独树马超祠。
营窟炊烟早，牛车度阪迟。非熊无复梦，渭水自逶迤。[4]

---

[1]　（清）释自融《南宋元明禅林僧宝传》卷13，续藏经本，引自爱如生《中国基本古籍库》。
[2]　杨镰主编《全元诗》，中华书局，2013年6月第1版，第58册，第444页。
[3]　杨镰主编《全元诗》，中华书局，2013年6月第1版，第58册，第423页。
[4]　杨镰主编《全元诗》，中华书局，2013年6月第1版，第58册，第423页。

过凤翔

驱车过凤翔，驿路入汧阳。地接戎羌远，山连蜀陇长。
平川将尽处，重谷转荒凉。明日关山道，登高望帝乡。①

汧阳雪中

朝寒拥衾坐，隔屋间书声。起扫车上雪，千山云雾冥。
春泥没深辙，前路不可行。虽无督迫令，恻恻如有程。
邑中贤令佐，尤笃乡里情。暖屋延笑语，照眼双璧清。
慰此逆旅怀，忘却留滞并。行客何所愿，长歌望天晴。②

这些诗，基本上是忠实的纪行诗，从关中最东部的潼关到最
西部的汧阳（今陕西千阳县，近陇山），行旅途中的情况都有记
述。在诗里，倒看不到僧人的迹象，更像是一位寒士文人的生存
境遇和心境。

唐之淳有一首《长安留题》，诗曰：

晓阁疏钟午店鸡，客途风物剩堪题。
葡萄引蔓青缘屋，苜蓿垂花紫满畦。
雁塔雨痕迷鸟篆，龙池柳色送莺啼。
前朝冠盖多黄土，翁仲凄凉石马嘶。③

唐之淳名愚士，以字行，山阴人，建文三年（1401）卒。

---

① 杨镰主编《全元诗》，中华书局，2013 年 6 月第 1 版，第 58 册，第 427 页。
② 杨镰主编《全元诗》，中华书局，2013 年 6 月第 1 版，第 58 册，第 398 页。
③ （清）钱谦益编，许逸民、林淑敏点校《列朝诗集》，中华书局，2007 年 9
　月第 1 版，第 2151 页。

"洪武中，为李景隆子师，数从景隆遍历燕、蓟、周、秦名都故迹。酒酣以往，作为歌诗，高咏击节。其诗尤雄隽。"[1]此诗写实兼怀古。就此诗而言，倒不"雄"却颇"隽"。"葡萄"一联极形象，葡萄蔓之青与苜蓿花之紫，相映成趣。"雁塔"一联颇传神，"鸟"与"莺"一虚一实，对偶巧妙。末联抒发怀古之意，苍凉而不颓废。

　　总之，明初的关中诗，其作者都是由元入明的，入明以后又大都担任官职。他们对明政权是不排斥的，甚至是认可和拥护的。所以，他们的诗歌中没有一般朝代更迭之际遗民诗人的那种游离和排斥的心绪，写起诗来也比较"入戏"，从感情上来说"不隔"。就内容来说，这一时期的关中诗主要以怀古、纪行、写景为主，反映社会现实面不算广，也谈不上深刻。

---

① （清）钱谦益编，许逸民、林淑敏点校《列朝诗集》卷22"唐侍读之淳"小传，中华书局，2007年9月第1版，第2145—2146页。

第二节 建文至弘治年间的关中诗

洪武三十一年（1398），明太祖朱元璋病逝，惠宗允炆奉诏继位，改元建文。允炆在位不足五年，便被燕王朱棣推翻，允炆自焚，朱棣称帝，是为成祖，改元永乐。此后，又先后有仁宗朱高炽、宣宗朱瞻基、英宗朱祁镇、代宗朱祁钰、宪宗朱见深、孝宗朱祐樘等继位，前后约160年。这些年中，关中社会逐步缓慢发展，尤其是在英宗天顺、宪宗成化年间，关中的历史进入了一个比较好的发展时期。历史学者指出："如果说在全国范围内洪武、永乐时期是明王朝的'黄金时代'的话，这个时代在陕西却并不怎么有光彩。而到了明中叶的天顺、成化之际，全国范围内时事日非，陕西的状况却相对好起来。洪武年间频繁发生民变，以至爆发金刚奴、高福兴起义这样长达数十年的农民战争的陕西，到天顺、成化年间却出现了某种升平气象，吏治相对清明，经济相对发展，民生比较安定。与这一时期东南地区的动荡不宁、民变频起形成了明显的对比。我们可以把这段时间陕西的'盛世'称为天、成之治。"[1]并指出，天、成之治的最明显特征是这一时期陕西出了不少较有作为的地方官。如英宗、代宗时期先后在陕任职十余年的陈镒，代宗、英宗天顺初期抚陕的耿九畴，英宗天顺年间巡抚陕西的项忠，宪宗成化年间巡抚陕西的马文升，天顺至成化年间先后在陕任职17年之久的余子俊，成化至弘治年间仕陕20年的秦纮，还有越南裔的阮勤等。这些人治陕，根据实际情况，或宽或严，或重在与民休息，或重在整顿吏治，或重在发展农耕与水利，或重在边政，

---

[1] 郭琦、史念海、张岂之主编，秦晖、韩敏、邵宏谟著《陕西通史·明清卷》，陕西师范大学出版社，1997年3月第1版，第62页。

都取得了很好的治绩，深得百姓爱戴，对陕西的发展做出了贡献。"总之，天顺、成化年间（以及此前的正统，此后的弘治年间），由于在全局上明初过分严酷的体制趋于软化，在陕西范围内又出了一些廉臣、能臣，加上其他一些条件，使得陕西出现了一段省政较为清明、省情较为良好的时期。而在这个社会危机与边患都继续发展的有明中叶，朝中宦官专权，西厂特务横行，国内流民起义不断发生，北方鞑靼继瓦剌之后兴起，入据河套，造成此后八九十年间北边不得安宁。在这样的历史阶段中陕西能有如上省情，应当说是很幸运的。"① 而关中，是陕西的中心，也是以上状况表现最为明显的地区。与社会的发展相适应，这一时期的关中诗歌，也体现出一种平稳的状态。

当然，需要说明的是，由于这一时期没有什么大的突发性的社会或时代性的事件，作家的一生也大都跨越几个皇帝的统治时期，所以，诗歌史上的时段划分只是相对的，没有一个绝对的时间界限，前后两个阶段总有一个交叉时期。

一、抒怀纪事、骨力健朗：建文到弘治年间关中诗坛概况

这一时期，关中的诸多诗作，表现出大致类似的格调。

陈镒（？—1456），字有戒，吴县人。永乐十年（1412）进士。英宗、代宗年间，陈镒先后三次至陕西任职，颇得陕西父老爱戴。《明史》本传有这样的记载："英宗即位之三月，擢右副都御史，与都督同知郑铭镇守陕西。北方饥民多流移就食。镒道出大名见之，疏陈其状，诏免赋役。正统改元，镒言陕西用

---

① 郭琦、史念海、张岂之主编，秦晖、韩敏、邵宏谟著《陕西通史·明清卷》，陕西师范大学出版社，1997 年 3 月第 1 版，第 72 页。

兵，民困供亿，派征物料，乞悉停免。诏可。”“六年春，以镒久劳于外，命与王翱岁一更代。七年，翱调辽东，镒复出镇。岁满当代，以陕人乞留，诏仍旧任。时仓储充溢，有军卫者足支十年，无者直可支百年。镒以陈腐委弃可惜，请每岁春夏时，给官军为月饷，不复折钞。从之。”“九年春进右都御史，镇守如故。秦中饥，乞蠲租十之四，其余米布兼收。”“景泰二年，陕西饥，军民万余人，‘愿得陈公活我’。监司以闻，帝复命之。镒至是凡三镇陕，先后十余年，陕人戴之若父母。每还朝，必遮道拥车泣。再至，则欢迎数百里不绝。其得军民心，前后抚陕者莫及也。”①

陈镒的关中诗，有一首《宜君山中纵目》，诗曰：

> 石磴迂回匹马迟，峰岚掩映树参差。
> 几回按辔看云度，涧底人家总不知。②

宜君，位于关中北部地区，北接陕北，今属陕西铜川市。此诗前两句，形象地写出了关中北缘的地貌特点。后二句更是传神。涧底，即沟底，涧底人家即指居住于沟底的人家。当然这里也有一些夸张的成分。夸张与写实相结合，方有诗意。

童轩，字士昂，鄱阳人，后家于金陵。景泰二年（1451）进士，天顺初改户科。成化中历右副都御史等，累擢礼部尚书致仕。童轩有一首《晚至华阴拟唐人作》，诗曰：

---

① 《明史·陈镒传》，中华书局，1974年4月第1版，第4331—4332页。
② （清）陈田辑《明诗纪事》乙签卷10，上海古籍出版社，1993年12月第1版，第724页。

　　马首日将晡，行行岁欲徂。古祠寒藓合，仙掌断霞孤。
　　山暝闻啼鸟，溪晴见浴凫。洛城知不远，宫树晚模糊。①

　　此诗当是作者由西向东而行，途经华阴所作。所谓"古祠寒
藓合"，既是古祠，又兼傍晚光线昏暗，所以说"寒藓合"。仙
掌指"华岳仙掌"，位于华山东峰。"溪晴见浴凫"，见出当时
之溪水生态。洛城即洛阳，是他所要去的方向，表明诗为行旅
之作。

　　童轩还有一首《咸阳晚眺》，诗曰："渭水东流落日西，咸阳
秋色望中迷。荒烟古渡人稀到，衰柳空城马自嘶。霸业已消三月
火，断碑犹载数行题。东门牵犬人何在，空见年年碧草齐。"②写
实兼怀古咏史，咸阳为秦之都城，故用项羽火烧咸阳、李斯东门
牵犬等典故。全诗章法谨严，喟叹兴亡而无衰颓之气。

　　王越（1426—1498），字世昌，浚县（今属河南）人。景泰
二年（1451）进士，《明史》有传。王越有军事奇才，一生屡次镇
守陕西：进士及第后，"授御史，出按陕西。闻父讣，不俟代辄
归，为都御史所劾。帝特原之"③。后于成化、弘治年间，又领兵镇
陕，亦曾专程去谒见秦王。虽然他的成就主要在军事方面，但作
为一个进士及第的官员，在关中期间也颇有诗作。其《长安怀古》
诗曰：

①　（明）童轩《清风亭稿》卷5，清文渊阁四库全书本，台湾商务印书馆影印，
　　第1247册，第142页。
②　（明）童轩《清风亭稿》卷6，清文渊阁四库全书本，台湾商务印书馆影印，
　　第1247册，第150页。
③　《明史·王越传》，中华书局，1974年4月第1版，第4570页。

渭水桥边独倚阑，望中原是古长安。

斩蛇赤帝留神剑，堕泪铜仙泣露盘。

宫锦为帆天外落，霓裳成队月中看。

不堪回首风尘后，北斗城荒雁塔寒。^①

　　首联点出长安。中间两联分别用了汉高祖刘邦、汉武帝刘彻、魏明帝曹叡、隋炀帝杨广、唐明皇李隆基的典故，高度概括这些朝代的历史。末联以"北斗城荒雁塔寒"作结，是这一时期诗歌的普遍特点，有些苍凉，但不衰颓，亦不拘狭。

大雁塔（慈恩寺塔）。摄于 2018 年 8 月 25 日

---

① （清）钱谦益编，许逸民、林淑敏点校《列朝诗集》，中华书局，2007 年 9 月第 1 版，第 2832 页。

王越另有一首《雁塔》：

> 慈恩古塔一闲登，瘗鹤铭亡问寺僧。
> 旧壁遍题唐进士，远烟多见汉原陵。
> 感怀已寄无穷事，纵目还须最上层。
> 不省风铃缘底语，只今谁是佛图澄。[①]

此诗专咏雁塔。中间两联甚佳：眼前有唐代进士题名（说明当时还可见到唐人题辞），远望则可见众多的汉陵。"纵目"句当从"欲穷千里目，更上一层楼"化来，而与"感怀"句组合，浑融且有骨力。末联点出风铃与佛图澄，更切扣诗题。

成化年间，有一位僧人"方一庵"，住持凤翔大金佛寺，与众多当地名人有交往。在现存不多的当时人的诗歌当中，就有不少与他往还的作品，如张文《送方上人一庵住大金佛寺》、周同伯《送方上人一庵住大金佛寺》、伍福《送大金佛寺方上人一庵还京》、梁觐《送大金佛寺方上人一庵还京》、梁璟《题大金佛寺方上人一庵》、刘玙《送大金佛寺方上人一庵还京》、孙阅《送大金佛寺方上人一庵还京》等。这些人，不少是当时当地级别最高的官员，如伍福官陕西按察副使、梁璟为陕西布政使、刘玙为凤翔知府。这，除了方上人的名望、背景等因素之外，是否能说明当时佛教的地位还比较高？

马中锡（1446—1512），字天禄，故城（今属河北）人，成化十一年（1475）进士，曾任陕西督学副使。《明史》有传。有诗《晚渡咸阳》：

> 野色苍茫接渭川，白鸥飞尽水连天。
> 僧归红叶林间寺，人唤斜阳渡口船。
> 表里山河犹往日，变迁朝市已多年。
> 渔翁看破兴亡事，独坐秋风钓石边。①

此诗为秋日所作。暮色苍茫，水天相接，白鸥远去，说明当时的自然生态相当好。末联大有"古今多少事，渔唱起三更"②之感。全诗苍阔而不衰飒、不颓唐。这也是此一时期关中诗的共同特点。

金献民，字舜举，绵州（今四川绵阳）人。成化二十年（1484）进士。正德年间，擢佥都御史，巡抚延绥（今属陕西榆林）。世宗年间，"土鲁番速檀满速儿寇肃州，命献民兼右都御史总制陕西四镇军务"③。其《元日寓邠州有感》一诗，就写大捷之后的轻松、高兴、愉悦：

> 仗钺东还岁已终，捷书先报大明宫。
> 邠州暂驻貔貅队，铁骑频嘶雪夜风。
> 入梦忽惊海放白，回京须待杏纾红。
> 而今西徼应无事，谅在天颜一笑中。④

---

① （清）钱谦益编，许逸民、林淑敏点校《列朝诗集》，中华书局，2007 年 9 月第 1 版，第 2870 页。

② （宋）陈与义《临江仙·夜登小阁忆洛中旧游》，（宋）陈与义著，吴书荫、金德厚点校《陈与义集》，中华书局，1982 年 10 月第 1 版，第 494 页。

③ 《明史·金献民传》。中华书局，1974 年 4 月第 1 版，第 5141 页。

④ 霍松林主编，陕西省地方志办公室编纂《历代咏陕诗词曲集成》（古代部分·下），三秦出版社，2007 年 12 月第 1 版，第 284 页。

徐震有《咸阳怀古》：

> 阿房宫殿对南山，阁道萦回霄汉间。
> 伯业终随烽火尽，游魂俄载属车还。
> 三千童女空浮海，十万貔貅已入关。
> 留得当年遗恨在，长城血泪土犹斑。①

据明人王鏊《静庵处士墓志铭》，徐震，字德重，其家为洞庭巨族，家世好文。其本人有诗名，"久之，谢宾客，归山中，日焚香垂帘，虽邻里无行迹，而诗终不废也"。弘治三年卒，年七十八②。未知何时到过关中。观诗题，当为写实。诗作视野宏阔，有骨力。

叶盛有诗《和尚原》：

> 和尚原头日未西，肩舆来此重攀跻。
> 可怜宋主功垂就，不道金人计已迷。
> 往事已随深谷变，青山还与白云齐。
> 道傍草树凄风起，疑是将军铁马嘶。③

叶盛（1420—1474），字与中，昆山（今属江苏）人。正统十年（1445）进士，历仕正统、景泰、天顺、成化四朝达三十年之久，累官至吏部左侍郎。和尚原位于今陕西宝鸡市西南，与大

---

① （清）钱谦益编，许逸民、林淑敏点校《列朝诗集》，中华书局，2007 年 9 月第 1 版，第 2566 页。
② （明）王鏊《震泽集》卷 27，清文渊阁四库全书本，台湾商务印书馆影印，第 1256 册，第 418 页。
③ （清）朱彝尊选编《明诗综》卷 20，中华书局，2007 年 3 月第 1 版，第 1015 页。

散关同为控扼川、陕交通的要地。宋、金曾于此大战。故诗中提及"宋主""金人"。颈联写物是人非，尾联于凄清中振起，收结有力。

顾清有诗《题辋川别业》：

> 白首忘轩冕，移居向辋川。看云常坐石，垂钓或临渊。
> 树隐南山骑，花迎晓渡船。东风农事起，还欲树春田。①

顾清（1460—1528），字士廉，松江华亭（今属上海）人。弘治六年（1493）进士。嘉靖初，以尚书致仕，卒。本诗"题辋川别业"而不是"题辋川别业图"，从"移居向辋川"看，似为实写，但就顾清之生平经历看，似乎不大可能为实写。抑或别处亦有辋川？或是作者另有其人耶？姑存之。

（嘉靖）《礼泉县志》卷四录有礼泉人李琰的一首《洪堰水利》："山断岩峣水出洪，前人从此树奇功。穿开峻石千层阻，导出泾流百里通。东作灌浇禾黍盛，西成饱暖室家同。任他菜色盈关陕，五县黎民独岁丰。"从诗意看，写的是本地泾河水利工程，尾联尤其写出水利之伟功。关于李琰其人，（乾隆）《醴泉县志》卷八称："以经明行修历，官云南道监察御史，抗直秉公，不避权要。归田，以诗歌自娱。"②（乾隆）《西安府志》卷三十四谓："李琰、张厚，俱天顺时御史。"③此诗未知作于早年抑或晚年，或许作于晚年"归田，以诗歌自娱"之时，姑于此述之。

---

① （雍正）《蓝田县志》卷4，清钞本。
② （明）蒋骐昌修，孙星衍纂（乾隆）《醴泉县志》卷8，清乾隆四十九年刻本，爱如生中国方志库。
③ （乾隆）《西安府志》卷34，清乾隆刊本，爱如生中国方志库。

这一时期的关中诗，开朗而有骨力。此时关中大地虽有饥馑，亦有兵事，但诗中却难见正面记述，而更多的是一种开朗的表达。

二、仁者之心、言为心声：秦简王朱诚泳的关中诗

朱诚泳（1458—1498），或作成泳，明秦简王。成化二十三年（1487）袭封秦王。"性孝友恭谨，尝铭冠服以自警。秦川多赐地，军民佃以为业，供租税，岁歉辄蠲之。长安有鲁斋书院，久废，故址半为民居，诚泳别易地建正学书院。又旁建小学，择军校子弟秀慧者，延儒生教之，亲临课试。王府护卫得入学，自诚泳始。"①

西安市长安区朱诚泳墓出土彩绘仪仗俑群。2020 年 9 月 1 日摄于陕西历史博物馆

诚泳既为秦王，又饱读诗书，于秦中自多吟咏。

---

① 《明史·朱诚泳传》，中华书局，1974 年 4 月第 1 版，第 3561 页。

武功道中

五原三時隔西东，此地人言是武功。

杨柳池塘科斗水，杏花村店酒旗风。

农耕绿野春台里，客在青山畫画中。

日暮官程催去马，树头微雨正蒙蒙。[①]

　　这，俨然一幅太平盛世的田园图画！他此类诗很多，如《予尝目摩诘〈辋川图〉，爱其山水之秀，以为绘者之巧而造化未必有此。及自骊山迤逦入蓝田，皆摩诘图中景也。因又叹造化之巧而远非绘者所及。矧其春日晴明而山光花气有足悦者，因作〈春山晓行〉》：

雨霁春山青插天，悬崖飞瀑皆春泉。

朝来光景弄晴旭，眼前物物皆芳妍。

肩舆随处踏芳草，一路好山青未了。

天翁为我展诗图，却笑无诗被山恼。

岚光滴滴东风晴，林间好鸟相和鸣。

山花含露解迎我，翻因花鸟关幽情。

红绿扶春诗满目，却愧才非义手速。

看山且进紫霞杯，涤我尘埃三万斛。

西秦自昔隔东吴，兹山能比吴山无。

凭谁唤起王摩诘，为我写取春山图。[②]

---

① （明）朱诚泳《小鸣稿》卷10，清文渊阁四库全书本，台湾商务印书馆影印，第1260册，第347页。"杏花村店酒旗风"原作"杏花村席酒旗风"，据《列朝诗集》及《明诗综》改。

② （明）朱诚泳《小鸣稿》卷10，清文渊阁四库全书本，台湾商务印书馆影印，第1260册，第357页。

好一幅秀美的春山图！好一次惬意愉悦的游山之行！说到底，好一种令人羡慕的舒畅心境！

类似的作品，朱诚泳诗集中如《予行蓝田道中，而想念古人餐玉之法，盖不可传矣。因爱其山川风物，遂有作云》前六句曰："东华晴色动春朝，谷口云开雪尽消。四面好山青绕郭，一溪流水绿平桥。鸡鸣草店炊烟乱，雉雊桑田土脉饶。"①亦是祥和、宁静，给人一种很安闲、很放松、很安全的感觉。其他还有写辋川的《予经辋川而爱其风物，实诗中之画也。所惜者摩诘不作，徒见黄鹂之唭于夏木、白鹭之飞于水田而已。缅想昔人，不觉有述。噫嘻，摩诘其有知乎哉》，写王顺山的《蓝田县之东，有山高入云表，甚秀拔。予问从臣此山奚名，有知者对曰：此李唐仙人王顺登仙山。因以一绝纪之》，写白鹿原的《向读〈三秦记〉，闻周平王东迁，见白鹿于此原，以是得名。予自辋川经此，漫思往事而姑识之以诗》等，仅从这长长的说明性的题目，便可知其内容。这几首诗写的地方，辋川自王维以后便颇为知名，王顺山至今为旅游胜地，而白鹿原因当代作家陈忠实的小说《白鹿原》亦广为人知。

朱诚泳还有一首《予既祀华山，将之蓝田之温泉。复取道骊山。从者告予曰：此焚书坑也。予叹虐政之狂、奸斯之恶，为之弹指者久之。于乎始皇其坑儒耶？儒其坑始皇耶？后人必有能辩之者。虽然，六经之道炳如日星，而阿房之宫、骊山之墓，盖已付楚人之一炬，牧竖之遗烬矣。太息之不足，因作长歌以哀之》②，评点历史，抨击暴政，显示了他的仁者之心。诗先写"我来

---

① （明）朱诚泳《小鸣稿》卷10，清文渊阁四库全书本，台湾商务印书馆影印，第 1260 册，第 357 页。

② （明）朱诚泳《小鸣稿》卷10，清文渊阁四库全书本，台湾商务印书馆影印，第 1260 册，第 356 页。

刮目骊山下，为爱骊山一驻马。从臣指我焚书坑，不觉风前清泪
洒。却忆当年秦始皇，鱼肉六国真豺狼。奸斯阿附助凶焰，困敝
黔首如牛羊。虐政翻嫌人腹议，偶语诗书者弃市。"介绍了写此诗
的缘由，引出对秦始皇的批判。最后写"祖龙死去楚人来，秦宫
三月飞烟埃。空有骊山山下墓，珠襦玉匣俱成灰。远恨狂秦还一
笑，驱车又上蓝田道。斜阳荆棘满荒陵，行人惟吊旌儒庙"，写
项羽一把火烧了秦宫，始皇陵墓枉然而存，而后人"惟吊旌儒
庙"。旌儒庙，唐玄宗时建。故址在今西安市临潼区东南，相传为
秦始皇坑儒处。贾至《旌儒庙碑》："开元末，天子在骊山之宫，
登集灵之台，考图验纪，周览原隰，见乡名坑儒，颓堑犹在。慨
然感亡秦之败德，哀先儒之道丧，强死千载，游魂无依，乃诏有
司，是作新庙。"①

朱诚泳墓出土彩绘仪仗俑群。2020 年 9 月 1 日摄于陕西历史博物馆

① （清）董诰等编《全唐文》卷 368，中华书局，1983 年 11 月第 1 版，第 3739 页。

最后，再引一首朱诚泳写温泉浴的诗：

予既浴太白之凤泉，再浴临潼之温汤，又浴石门之温泉，仰承明诏，盖三浴矣。圣天子之优眷如此，予忝为宗臣，亦将何以报称于万一哉？感激之余，谨以一诗识之

我生遘微恙，足弱勇不前。人言有神水，可以一洗湔。
封章达天子，优诏容二年。春和时雨霁，驱车历原甽。
初经太白山，灵源名凤泉。沸水若汤煮，遥看起炎烻。
顺途骊山下，莲汤尚依然。宁非至阳精，日夜劳烹煎。
回车石门道，温流亦涓涓。应疑一脉通，地轴相钩连。
初浴觉身轻，再浴忻体便。三浴莹于玉，洋洋和气宣。
衣裳易鲜洁，飘飘若飞仙。非惟尘垢去，果见沉痾痊。
维藩愧无似，乃承天所怜。周旋如所愿，微恙幸已蠲。
感恩何以报，圣寿祈同天。宗臣老西土，永守秦山川。[1]

西安周边多有著名温泉，如东边的临潼骊山温泉，西边的太白山温泉。而这里写的则是今西安市蓝田县汤峪镇的温泉，与太白山"西汤峪"相对应的"东汤峪"，唐玄宗时曾命名大兴汤院。清人谈迁《枣林杂俎·名胜·温泉·陕西》这样介绍："西安府临潼县东南二里骊山温泉，下乃矾也。秦始皇于此砌石起宇，汉武加修饰，唐时建温泉宫。蓝田县西南四十里石门汤泉。武功县太乙山有水，沸涌如汤，可疗百疾。凤翔府宝鸡县太白山有温泉，可治百病。"[2]而

---

① （明）朱诚泳《小鸣稿》卷10，清文渊阁四库全书本，台湾商务印书馆影印，第1260册，第358页。
② （清）谈迁著，罗仲辉、胡明校点校《枣林杂俎·名胜·温泉·陕西》，中华书局，2006年4月第1版，第379页。

元人骆天骧《类编长安志·石门汤泉》则说得更为具体："在蓝田县西南四十里石门谷口。《旧图经》曰：'唐初有吴僧止于此，大雪，其地雪融不积，僧曰："必温泉也。"掘之，果有汤泉涌出。遂置舍两区，凡有病者，浴多痊损。后有白鱼之瑞，复神女频降，遂立玉女堂于汤测。明皇时，赐名大兴汤院。'"①除过对温泉的介绍之外，这首诗当中，我们更关注的是，作者本人的感恩之心、忠爱之心、平和之心。正因为有这样的心态，他才能生活得如此充满幸福感，也才能写出如此美好的诗篇。

　　朱诚泳又有诗咏马融读书石室及楼观老子说经台之系牛柏。此二诗，(雍正)《陕西通志》卷九十六又作马文升诗，诗题分别为《马融读书石室》和《说经台系牛柏》。马文升，字负图，别号约斋，晚号三峰居士，河南钧州人。成化年间巡抚陕西，镇乱有功。关于马文升生平，可参明人郑晓《吾学编·名臣记·太傅马端肃公》、(嘉靖)《辽东志》卷五《官师志》。而文渊阁四库全书本朱诚泳《小鸣稿》亦收录此二诗，诗题分别为《盩厔之南三十里有台焉，相传为马融读书之所。予闻六籍穿凿于汉儒，而女乐生徒之缪，亦可资千古一笑。途次口占一律，聊以吊南郡太守云》和《予闻秦始皇好神仙，于尹喜楼南立老子庙。晋惠更新，即今之楼观也。厥后废毁，胜国时安西王乃大加修饰，而于今为盛，盖天下第一福地也。有系牛柏，相传为周时故物，殆亦后人附会而补植之者。予缅怀青牛老人，第无自而闻其道德之言，姑成一诗以写胜概云》。从题目看，"马文升"诗仅六个字，而"朱诚泳"诗题目则是几十字至百字左右，详细说明写诗的来龙去脉，这与朱

---

① （元）骆天骧著，黄永年点校《类编长安志》，中华书局，1990 年 8 月第 1 版，第 190 页。

楼观台宗圣宫遗址老子系牛柏，树龄 2600 余年。一级保护古树。摄于 2020 年 8 月 5 日

诚泳的很多诗题风格类似，当以朱作为是。

总的来看，朱诚泳的诗明快流利，反映了一种轻松愉悦的心情。当与其秉性为人有关。将他的诗与史书对他本人的记载和评价对读，可以看到什么是"言为心声"。

顺带要说的是，为了防止宗室对皇权的威胁，明朝廷对藩王的活动有一定的管控，不得随意出行，所以王府的活动就相对多一些，也就有些相应的宴集及诗词创作活动。今西安碑林博物馆藏有一方石刻"瑞莲诗图"，为朱诚泳宗弟永寿王朱诚淋所制，有诗有跋。或谓"跋文中通过对莲花所蕴含品格的赞赏，隐喻出弘治五年（1492），秦王朱诚泳在秦王府东门体仁门外举行赏莲之会的史实。全图刻绘了莲花、红蓼花、茨菇和菖蒲四种植物，分别代表清廉、不忘本、仁义和勤俭等寓意。永寿庄僖王朱诚淋欲借此图夸赞其宗兄秦王朱诚泳的仁政和贤德"[1]。细观碑刻，诗后题识云："秦藩体仁门外，莲塘数亩，时花盛开，众中一茎并蒂，两花香清可爱，诚世之罕见者也。说者谓古之双秀两岐、嘉禾合颖，乃异世同符，非我宗兄贤王深仁厚泽

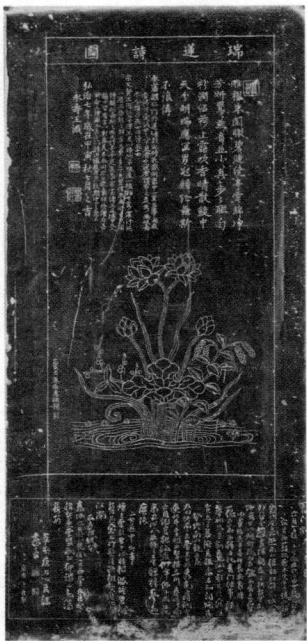

瑞莲诗图，明弘治七年朱诚淋书，周凤仪、周凤翔刻。图下附刻康乃心诗为"京兆卜氏"刻。图片来源：西安碑林博物馆官网

---

[1] 西安碑林博物馆官网图下之释文。

不足以臻此，弟惟莲一植物也？秀濯污泥，一尘不染，较之群芳又累累多子，夫岂偶然无所自哉？周诗麟趾螽斯之兆，又于是乎见矣。我宗室诸王及城中文人韵士皆有言以彰盛美。弟忝同宗，目睹嘉祥，欣跃尤甚，因命工绘图而系之以诗，用识岁月兼致期望之意云。弘治七年，岁在甲寅秋七月之吉。"诗曰："雕槛朱阑瞰碧涟，绕亭云锦净芳妍。莺莺燕燕肩肩并，小小真真步步联。匀粉润沼荷上露，吹香晴散镜中天。分明瑞应宜男兆，麟趾螽斯不浪传。"确是记录了王府的"雅集"，所谓"宗室诸王及城中文人韵士皆有言以彰盛美"，也表达了作者对秦王朱诚泳的赞美之意。

三、尽职谦和的地方大员：杨一清的关中诗

杨一清（1454—1530），字应宁，其先云南安宁人，后其父丧葬丹徒，遂家焉。一清成化八年（1472）进士。成化年间，以副使督学陕西。弘治年间，擢都察院左副都御史，督理陕西马政。番寇陕西，受命巡抚陕西，仍督马政。武宗立，命一清总制延绥、宁夏、甘肃三镇军务。后因权宦刘瑾陷害而致仕。安化王寘鐇反，诏起一清总制军务，与总兵官神英西讨。此时，杨一清完成了一件大事：策划铲除了大宦官刘瑾。嘉靖三年，诏一清以少傅、太子太傅改兵部尚书、左都御史，总制陕西三边军务。此时，他已是古稀之年。后为首辅大臣，加正一品俸[1]。杨一清一生，历成化、弘治、正德、嘉靖四朝，为官五十余年，官至内阁首辅，出将入相，时人比之唐之姚崇与郭子仪。

杨一清一生多次镇陕，有多首作于陕西的诗歌，其中不少作于秦

----

[1] 杨一清生平，参《明史·杨一清传》，中华书局，1974年4月第1版。

岭以南亦即今陕南地区，少量作于今陕北地区，也有不少作于关中。

　　杨一清有多首诗，写他每次进入关中和离开关中时的感受。如：

入关

手提文印七年还，五载乘轺又入关。

化雨三千秦子弟，秋风百二汉河山。

恩深欲报无遗力，位重非才有厚颜。

却望华峰仙掌近，丹梯何地可跻攀？ [①]

再入关用前韵

三秦人迓使车还，玉敕金符晓度关。

转觉臣身衰似柳，可胜君命重于山。

筹边亭在颁新令，体国堂深识旧颜。

多少前贤经济略，千年逸驾苦难攀。 [②]

三入关用旧韵

云霄倦鸟早知还，又趁刚风上九关。

举手未能扶日毂，弯弓犹欲射天山。

消磨岁月频搔首，指点平生一汗颜。

却忆江南山水窟，尽多名胜待跻攀。 [③]

[①] （明）杨一清《石淙诗稿》卷7，明嘉靖刻本，爱如生《中国基本古籍库》。

[②] （明）杨一清《石淙诗稿》卷10，明嘉靖刻本，爱如生《中国基本古籍库》。首句"三秦"原作"二秦"，据同书卷17校改。

[③] （明）杨一清《石淙诗稿》卷17，明嘉靖刻本，爱如生《中国基本古籍库》。

这些诗，一方面有或谦虚、或写实的"非才""身衰""汗颜"等述写及倦鸟思归之念，但主要的是表达自己尽职尽责的态度，"恩深欲报无遗力""筹边亭在颁新令""弯弓犹欲射天山"，就是其心态、行动及愿望。

与入关相应，他也有同样的几首出关诗。《出关·用入关韵》诗曰："九重优诏许东还，行李萧萧人出关。塞上风尘新白发，江南松菊旧青山。只因多病偏成老，可是先忧未解颜。若遣身闲还复健，丹崖翠壁尚能攀。"①《再出关用原韵》曰："千里承恩驿召还，三边休戚尚相关。空将身迹驱尘海，岂有威名重雪山。出塞偶缘随骥尾，入朝初喜识龙颜。华峰一柱擎天在，仰止徒劳未易攀。"②《三出关用旧韵》曰："四十年来数往还，君臣大义苦相关。怀乡好似梦中梦，报国敢辞山上山。谩向龙门寻底柱，且蘄清渭濯尘颜。病来已谢鹓鸾伴，野鹤冥鸿自可攀。"③

其实，杨一清本人也对他屡次入关又出关、再入关又出关的经历很在意。《石淙诗稿》卷十七在《三入关用旧韵》后有"附录旧作四首"，这四首诗即为此前所作《入关》《出关》《再入关》《再出关》。作者将它们集中起来抄录了一遍，并在每首诗题下补注了其当初的写作时间及背景，且对个别字句作了修改：《入关》题下自注："弘治癸亥八月，奉命督理陕西马政。"并将末句改为"丹梯千仞若为攀"④；《出关》题下自注："正德丁卯五月，钦准谢病还江南。"次句"行李萧萧人出关"改为"行李萧萧又出关"⑤；

①　（明）杨一清《石淙诗稿》卷7，明嘉靖刻本，爱如生《中国基本古籍库》。原题作《次王虎谷出关》，同书卷17"录旧作"作《出关》。

②　（明）杨一清《石淙诗稿》卷10，明嘉靖刻本，爱如生《中国基本古籍库》。

③　（明）杨一清《石淙诗稿》卷17，明嘉靖刻本，爱如生《中国基本古籍库》。

④　（明）杨一清《石淙诗稿》卷17，明嘉靖刻本，爱如生《中国基本古籍库》。

⑤　（明）杨一清《石淙诗稿》卷17，明嘉靖刻本，爱如生《中国基本古籍库》。

《再入关》题下自注:"正德庚午五月,诏起仍总制陕西军务。"第
五句原作"颁新令",再录稿漫漶不清,似为"须新令"①;《再出
关》题下自注:"正德庚午十月,敕取驰驿赴京。"②其实,这些诗
此前每一次写作时都标明"用原韵""用旧韵",这本身就说明诗
人自己很在意一次次入关的经历,以及每次写的入关、出关诗。

这些诗,除了表达自己的谦虚以及对君国的责任感外,也都
提到了华山和江南山水,表明作者对山水是有浓厚兴趣的,尤其是
对关中第一名山华山。他的第一首入关诗就表达了对华山的向往,
"却望华峰仙掌近,丹梯何地可跻攀?"而《再出关》一首末联写
"华峰一柱擎天在,仰止徒劳未易攀",说明他忙于公务,一直到
第二次离开关中,尚未登华山。其作品集中有《谒西岳祠》,又有
《祭西岳华山文》云"一清奉天子明命,节镇陕西诸军事。道经山
前,瞻拜严祠,敬陈薄祭,神其降鉴,相我武功,以宁我人"③,未
知作于哪一次入关,从他再入关"总制陕西军务"的自述看,或许
作于第二次入关之时。大概第三次入关,他终于如愿以偿地登上华
山了。集中有《华山杂咏》等咏写华山的诗,其中以《青柯坪》一
首颇具代表性。诗曰:

老去寻幽兴未悭,每逢岩壑便跻攀。
谷云黯黯低垂树,涧水潺潺曲抱湾。
小径斜穿萝莴密,残碑半蚀藓苔斑。
平生不信难行路,夷险都归一笑间。④

---

① (明)杨一清《石淙诗稿》卷17,明嘉靖刻本,爱如生《中国基本古籍库》。
② (明)杨一清《石淙诗稿》卷17,明嘉靖刻本,爱如生《中国基本古籍库》。
③ (明)杨一清《石淙诗稿》卷17,明嘉靖刻本,爱如生《中国基本古籍库》。
④ (明)杨一清《石淙诗稿》卷17,明嘉靖刻本,爱如生《中国基本古籍库》。

　　首联写其游兴之浓，"每逢岩壑便跻攀"，亦可间接证明他前两次入关，数年间居然未曾游览华山，实属太过繁忙。中间两联写山中所见。尾联表达了他的心态，亦可见其平生态度。至此，我们不得不再一次感叹，明代这一时期的关中诗，一点也见不到历史上很多时期文人诗中的那种愁苦幽怨。这能不能说是一种时代特征呢？

　　杨一清的关中诗，写得最多的还是拜谒先贤祠墓，表达对先贤的怀念与敬仰之情。这大概也是他平时生活的真实记录。毕竟，历代先贤的祠墓（尤其是祠）大都在一些交通比较便利的地方，前去瞻拜不必像登华山那样艰难。

　　这些诗中，代表性的有《谒横渠先生祠》，诗曰：

　　　　洙泗咽不流，道源眇于丝。寥寥千载下，濂洛起浚之。
　　　　源深流以长，波及秦之鄙。至今横渠派，河洛争分驰。
　　　　万方被泽润，岂但九里滋。我生半江海，望洋徒尔为。
　　　　兹行窃一勺，颇觉心神怡。穷源顾未得，临流动遐思。[1]

眉县张载祠。摄于 2020 年 8 月 5 日

---

[1]　（明）杨一清《石淙诗稿》卷4，明嘉靖刻本，爱如生《中国基本古籍库》。

　　横渠先生即张载，北宋著名哲学家，理学创始人之一，曾经提出过著名的"为天地立心，为生民立道，为去圣继绝学，为万世开太平"①的格言。张载祠在今陕西眉县横渠镇，为元代元贞元年（1295）在原张载讲学的"崇寿院"（横渠书院）旧址上修建。杨一清诗赞扬了张载继承孔孟传统"源深流以长""万方被泽润"的功绩，而他自己"兹行窃一勺，颇觉心神怡"。杨一清又有《鄠县谒明道先生祠》，明道先生即北宋理学家程颢，洛阳人，当时鄠县（今西安市鄠邑区）有其祠堂。诗赞扬"斯文旧秩千年祀，遗爱新严一瓣香"，且"庭槐手种今千尺，多少邦人护召棠"②。杨一清还有《谒寇莱公祠》，寇莱公即北宋名相寇准，华州下邽（今陕西渭南）人，渭南有祠。此诗写"楼台不用生前起，祠宇能延没后香"③，可谓发自内心。还有《谒杨太尉墓二首》。杨太尉即东汉名臣杨震，弘农华阴（今陕西华阴）人，为官公正清廉，正直敢谏，人称"关西夫子"，其墓位于今潼关县境内，渭河岸边。此诗最后写"莫道经过频下马，家声我亦托弘农"④，因作者自己亦姓杨，故有此说。

　　此类诗中，尤其值得一提的是《华州谒汾阳王祠》，题下有序云："比岁公卿台谏齿及老朽姓名，或以汾阳相拟。兹奉命节制诸军于陕西，祇谒王祠下，不觉自愧，口占一诗。"诗曰：

① （宋）张载著，章锡琛点校《张载集》，中华书局，1978年8月第1版，第376页。按，"立道"，他本多作"立命"；"去圣"，他本或作"往圣"。
② （明）杨一清《石淙诗稿》卷4，明嘉靖刻本，爱如生《中国基本古籍库》。
③ （明）杨一清《石淙诗稿》卷17，明嘉靖刻本，爱如生《中国基本古籍库》。
④ （明）杨一清《石淙诗稿》卷17，明嘉靖刻本，爱如生《中国基本古籍库》。

一木能支大厦颠，令公忠义可回天。

威行朔漠三千里，身系安危二十年。

直以丹心扶日月，长将赤手障风烟。

向来荐剡虚相拟，追想遗功独赧然。^①

　　汾阳王即唐代著名政治家、军事家郭子仪，华州郑县(今陕西渭南华州区)人，封汾阳郡王。郭子仪祠位于华州区莲花寺镇，北宋仁宗至和元年（1054）修建。此诗歌颂郭子仪一片丹心，力保大唐江山的丰功伟绩。而对于时人将自己比作郭子仪而自觉"赧然""自愧"。杨一清的诗中，屡见"自愧"之类字词，足见其为人之谦逊与胸襟之阔大。

礼泉郭子仪墓。申威隆航拍于 2018 年 4 月 3 日

① （明）杨一清《石淙诗稿》卷17，明嘉靖刻本，爱如生《中国基本古籍库》。

杨一清还有一些访古怀古诗，如《九成宫》写"唐皇避暑此溪山，宫观销沉草树间。惟有侍臣金石刻，长留书法在人间"[①]。首句写唐太宗避暑九成宫，次句写九成宫今日现状。后两句写欧阳询的《九成宫醴泉铭》

清袁耀《九成宫图》。图片来源：名画油画网

书法影响长存。又有《浴泉二绝句》和《温泉怀古》，后首云："华清浴罢已斜阳，胡孽终成祸有唐。人世几回惊代谢，泉声元不管兴亡。霓裳舞绝川原静，绣岭云深草树荒。过客登临归去晚，月华山色共苍凉。"[②]华清怀古，为传统题材，很容易落入俗套。此诗虽无甚新意，却也左右开阖，怀古抒慨，颇有意境。

杨一清又有《蓝田道中遇雪》一首：

> 风雪交加岁暮时，不知寅斗已前移。
> 担头奇货楮材卷，袖里春风咏雪诗。
> 野店夜寒人语静，山村云渺灶烟迟。

---

① （明）杨一清《石淙诗稿》卷4，明嘉靖刻本，爱如生《中国基本古籍库》。
② （明）杨一清《石淙诗稿》卷17，明嘉靖刻本，爱如生《中国基本古籍库》。"泉声元不管兴亡"他本作"泉声何自管兴亡"。

　　　　秦川近看无多路，信步何须问险夷。^①

　　此诗让人称叹的是最后两联。"野店"一联写蓝田道中冬日傍晚景象，亲切传神。"灶烟迟"，黄昏雪地里，几缕炊烟袅袅升起，多么优美的画面！末联，因大雪铺地，所以近看也"无多路"；"信步何须问险夷"，不畏寒、不畏险，让我们再次惊叹：此一时期的关中诗中，看不到畏畏缩缩、小心谨慎、瞻前顾后的心态，看不到格局狭小的作品。

　　杨一清的关中诗，尤其值得一提的是一首94句的长诗《自汧阳往宝鸡，风雨大作，溪涨不可渡，阻村寺中两昼夜。至宝鸡，闻南关为水所冲，民多压溺者。作长句以纪之》^②。此诗先写自己的出行，"七月七日趋宝鸡，出门先涉汧阳溪"，而"是时雨余秋水足，村村禾黍青莲畦"，庄稼长势还不错。而后写天气骤变，狂风暴雨突然降临，"须臾挽起天河翻，恍惚蛟龙在平地。马前物色不可辨，但觉飞泉满衣袂。俯临巨壑仰高原，败木摧岩动交坠。有耳如聩目如盲，有足更如舟不系"。而后写道路不通，冷饿交加，于是经人指点去寺庙暂避。而当地村民听说他这个一向受人爱戴的大清官困在了这里，纷纷前来相助，"村农知我困泥涂，负担挈壶勤数子。麦粉舂来银缕长，溪芹采得青丝美"。他也借此机会了解民情，与村民互相交流："因之抚慰兼咨询，今岁秋成定何似？长安亢阳数月许，赤地茫茫极愁予。向来雨泽颇沾足，复恐秋霖败禾黍。自从关陕频告荒，白屋萧条废耕籽。扶伤那忍重遭

----

① （隆庆）《蓝田县志》卷2，明隆庆五年刻本，爱如生《中国方志库》。

② （明）杨一清《石淙诗稿》卷4，明嘉靖刻本，爱如生《中国基本古籍库》。"况复知方如此者"，"复"原书模糊，据沈乃文主编《明别集丛刊·第一辑》第69册《石淙诗钞》卷2改（黄山书社，2013年5月第1版，第442页）。

伤，哀此鳏恫置何所！农儿稽首双涕流，知公夙抱苍生忧。我贫未离桑梓乐，公行岂为身家谋？衣裳黯淡尘土色，颇闻一出春复秋。吾侪野人本无识，一语合比千金酬。”这一段，有诗人这一地方大员对百姓的抚慰，也有百姓对他的感激，所谓"一出春复秋"也非虚语，杨一清自己有一首《还司》诗曰"二月西巡八月归，此身真逐塞鸿飞"①，确也是"春复秋"了。而有感于百姓的生活状况，作者不由得心生感慨："秦人气概雄天下，况复知方如此者。谁云忠敬代有宜，仿佛民风是殷夏。居常滥给五升粟，应变空怀万间厦。渠虽不语吾自知，往事分明成蕉苴。"诗的最后又因此次突遇暴雨的经历参悟人生的哲理："流行坎止任天机，自保贞心向迟暮。"这样的诗，既是纪实，又有反思，无论写法还是内容、境界，都有老杜"诗史"诗的一些特质，表现了一位尽职官员关心民生疾苦的责任心，也表现了他的思想境界。

　　这里还有一点比较奇特，诗写寺庙的僧人"有一老僧面如鬼，焚香露顶走相迎"而招待他。当时许多人的诗中都写寺庙、写与著名僧人的交游。而杨一清诗中似乎没有写这些。在这首诗中出现的招待他避雨暂住的僧人却用"面如鬼"三字来括写。这"面如鬼"是褒是贬？是不是包含了作者什么样的情感评判？似乎是一个可以思考的问题。

　　与同时期的其他诗人一样，杨一清的关中诗也以开朗劲健为其基调。他的诗，虽也有如《自汧阳往宝鸡》一首长诗中通过村农之口述写灾荒情况，但更多的是正面表现他的进取精神。而且由于他地方大员的身份及其自身的秉性，其诗在内容方面有两个明显的特色：尽职，谦虚。

---

① （明）杨一清《石淙诗稿》卷4，明嘉靖刻本，爱如生《中国基本古籍库》。

第三节　嘉靖前后的关中诗

这里所说的嘉靖前后，主要指嘉靖年间，也包括了此前的正德和此后的隆庆年间。嘉靖是主要的时期，正德是前奏，而隆庆可称尾声。在此期间，关中诗歌出现了一个高峰。主要是因为当时文学界重量级的人物，所谓"前七子"中的大部分都到了陕西（时间在正德和嘉靖时期），在关中创作了不少作品，并影响了当时关中作家群体的兴盛。这其中，王九思、康海二人的创作最为典型，他们都是陕西人（李梦阳的家乡也属当时的陕西行省，现属甘肃省），二人后半生皆落职而定居乡里。他们的创作，把当时的关中诗歌带到了一个高峰。

一、从昂扬抒怀转向具体思考：李梦阳等"前七子"成员的关中诗

正德年间的关中诗歌，主要作者是"前七子"中的一些成员。

李梦阳（1473—1530），字献吉，号空同，陕西行省庆阳（今甘肃庆阳）人，"前七子"的领袖人物。李梦阳的作品，基本上都作于嘉靖以前，其中关中诗歌，有这样两首值得注意：一是《乾陵歌》：

> 九重之城双阙峙，前有无字碑，突兀云霄里。相传翁仲化作精，黄昏下山人不行。蹂人田禾食牛豕，强弩射之妖亦死。至今剥落临道傍，大者虎马小者羊。问此谁者陵，石立山崔嵬。铜铁锢重泉，银海中萦回。巢也信力何由开。君不见金棺玉匣出人世，蔷薇冷面飞尘埃。百年枯骨且不保，妇人立身何草草。①

---

① （明）李梦阳《空同集》卷19，沈乃文主编《明别集丛刊》第1集，第92册，黄山书社，2013年9月第1版，第145页。

乾陵翁仲。摄于 2016 年 8 月 7 日

乾陵石马。摄于 2016 年 8 月 7 日

与古今许多诗人咏乾陵的诗相比，此诗有两个特点：一是写了一个民间的传说故事，这种故事其实很多的帝王陵或殿庙遗址都有，即石兽等（此诗为翁仲）成精或是化为活物，总是在黄昏或夜间出来害人，毁坏庄稼，食家畜；另一个特点是对乾陵陵主的评论："妇人立身何草草。"异于他人。

李梦阳另一首值得注意的关中诗是《过邠州有感》。此诗可注意者一是写了邠州的地理形势："高原骢马晓嘶风，历历封疆一望中"，二是诗末写"读罢二南歌七月，始知深虑是周公"①。写邠州引用《诗经·豳风》，说明他对"豳风"之地域的认识。豳，指今关中西北部的彬州、旬邑、长武一带。近年来有学者对其地域提出新的看法。李梦阳的认识，可以作为当今讨论的佐证。

何景明（1483—1521），字仲默，号大复山人，弘治十五年（1502）进士。正德十三年（1518），出任陕西提学副使。正德十六年（1521）因病归，抵家卒。

何景明的关中诗数量不少，大多为游览古迹名胜，有感而作。如《鸿门行》《太白山歌》《说经台》《草堂寺》《磻溪》《武关》《鹿苑寺即摩诘宅》《过华清宫》等。其中《秦岭谒韩祠》和《登五丈原谒武侯庙》值得注意。前首诗曰：

扪萝登峻岭，级石上荒祠。雪阻南迁路，云停北望时。
文衰真有作，道丧已前知。千载经行地，高山空尔思。②

---

① 本诗，见（民国）《邠州新志稿》（民国十八年钞本，不分卷）及（光绪）《永寿县志·重修新志》（光绪十四年刊本）卷9，个别字有差异。《永寿县新志》题为《古豳道中诗》。

② （明）何景明《何大复集先生》卷22，明万历五年刻本。

诗首尾二联写自己，中间两联写韩愈。末联"千载经行地，高山空尔思"，突出一种时空的空旷感。韩愈祠位于今陕西商州牧护关镇的秦岭山巅，身临其地，前后相望，确实是一种空旷寂寥之感。

《登五丈原谒武侯庙》诗曰：

> 风日高原暮，松杉古庙阴。三分扶汉业，万里出师心。
> 星落营空在，云横阵已沉。千秋一瞻眺，梁甫为谁吟。①

此诗在写法上与前一首同一机杼，首尾两联写自己的感受，中间两联写诸葛亮，只是与前首相比，此诗首尾两联更抽象、更空阔一些，而且兼顾了自己及诸葛武侯两个方面。

岐山五丈原诸葛亮庙。摄于 1906—1910 年。图片来源：赵力光主编《古都沧桑》

此外，有一首《到鄠简王敬夫》，写"好陪王学士，杯酒日从容"②，说明他曾到鄠县且与王九思有过交游。

王廷相（1474—1544），字子衡，号浚川，开封府仪封县（今属河南兰考县）人，弘治十五年（1502）进士，"前七子"之一。正德七年（1512）巡按陕西。

---

① （明）何景明《何大复集先生》卷 22，明万历五年刻本。
② （明）何景明《何大复集先生》卷 22，明万历五年刻本。

　　王廷相有一首《秦川杂兴》诗曰："古陵在蒿下，啼鸟在蒿上。陵中人不闻，行客自怊怅。"①十分通俗，有如民谣，却也道出了沧海桑田的感慨和惆怅。

　　王廷相有一首长诗《曲江池醉歌赠长安诸公》，醉中抒慨，慷慨激昂，气势豪迈，笔力顿挫，而形式相当灵活，盖当时之"自由体"诗耳。他还有一首短诗《潼关》也写得很豪迈："天设潼关金陡城，中条华岳拱西京。何时帝劈苍龙峡，放与黄河一线行。"②另一首绝句《过骊山》诗曰："玉女霓裳斗彩虹，君王仙去凤楼空。只今惟有垂杨树，留得寒蝉咽故宫。"③前后两联，大对比，大反差，突出了历史的沧桑感。总的来看，气势豪迈，是王廷相关中诗的特点。

　　朱应登（1477—1526），字升之，号凌溪，扬州府宝应县人，弘治进士。与李梦阳、何景明、边贡、康海、王九思等人号称"十才子"。正德六年至八年（1511—1513），朱应登任陕西按察副使，督学关中。

　　朱应登的关中诗，有行旅诗，如《同州道中》《再过同官道中作》《渭南道中》等；有赠别诗，如《潼关道中与元瑞叙别二首》《浒西山庄留别康修撰海》等；有览胜诗，如《登王孙亭望华岳》；有访古诗，如《秦岭首中谒昌黎先生祠》等。《渭南道中》一首较有特色，诗曰：

---

① （明）王廷相著，王孝鱼点校《王廷相集》，中华书局，1989 年 9 月第 1 版，第 353 页。

② （明）王廷相著，王孝鱼点校《王廷相集》，中华书局，1989 年 9 月第 1 版，第 363 页。

③ （明）王廷相著，王孝鱼点校《王廷相集》，中华书局，1989 年 9 月第 1 版，第 363 页。

历历晨光树外明，西来几日又东行。

骊山自绕秦宫尽，渭水空萦汉畤平。

岂有芳菲通旧苑，只惊禾黍暗高城。

凭谁指点兴亡地，岁晚令人百感生。①

　　诗题曰"渭南道中"，实是写沧桑之感，有怀古咏史之意味。
"西来"一句实为此诗之关捩，由身不由己的"西来几日又东行"
之无奈联想到历史盛衰、古今变化的不以个人意志为转移，因此
而"百感生"。

　　从上述诸人诗作，可以约略看出，这一时期的关中诗，诗人自
己的独立思考和见解比此前多了一些，如李梦阳对武则天的评价，
如何景明、王廷相面对古迹的思考，如朱应登的兴亡"百感"，都显
示出这种特征。这是否表明，诗人们开始由理想转向了现实人生？

二、批判现实与徜徉山水：王九思的关中诗

　　王九思（1468—1151），字敬夫，号渼陂，一号碧山，别署
碧山野史、紫阁山人，陕西鄠县（今西安市鄠邑区）人。弘治九年
（1496）进士，官至翰林院检讨、吏部郎中。正德五年（1510）八
月，一度把持朝政的宦官刘瑾被诛。因王九思与刘瑾是关中同乡
（刘瑾为陕西兴平人），被视为瑾党，贬寿州（今安徽寿县）同知。
次年底，罢寿州同知，致仕。因盗贼遮道等原因，正德七年秋才
回到家乡。是年，九思45岁，此后一直在家乡鄠县，除与乡亲们
修涝河桥及教育生徒外，主要的生活内容就是游览关中山水、吟
诗作曲，历40年，84岁辞世。

---

① （明）朱应登《凌溪先生集》卷8，明嘉靖刻本。

王九思的关中诗，首先值得重视的是他反映民生疾苦的诗。这类诗，可以称为纪实诗，以《卖儿行》一首为典型代表：

> 村媪提携六岁儿，卖向吾庐得谷四斛半。
> 我前问媪："卖儿何所为？"
> 媪方致词再三叹：
> "夫老病卧盲双目，朝暮死生未可卜。
> 近村五亩止薄田，环堵两间惟破屋。
> 大儿十四能把犁，田少利微饭不足。
> 去冬蹉跎负官税，官卒打门相逼促。
> 豪门称贷始能了，回头生理转局缩。
> 中男九岁识牛羊，雇与东邻办刍牧。
> 豪门索钱如索命，病夫呻吟苦枵腹。
> 以此相顾无奈何，提携幼子来换谷。
> 此谷半准豪门钱，半与病夫作饘粥。"
> 村媪词终便欲去，儿就牵衣呼母哭。
> 媪心戚戚复为留，夜假空床共儿宿。
> 曙鼓冬冬鸡乱叫，媪起徬徨视儿儿睡熟。
> 吞声饮泣出城走，得谷且为赡穷鞠。
> 儿醒呼母不得见，绕屋长号更踯躅。
> 观者为洒泪，闻者为颦蹙。
> 吁嗟！猛虎不食儿，更见老牛能舐犊。
> 胡为弃掷掌上珠，等闲割此心头肉？
> 君不见富人田多气益横，不惜货财买童仆。
> 一朝叱咤嗔怒生，鞭血淋漓宁有情。
> 岂知骨肉本同胞，人儿吾儿何异形。

呜呼！安得四海九州同一春，无复鬻女卖儿人。[①]

　　这首诗，写一农村老妇因生活所迫而将六岁小儿忍痛卖出，以所得之四斛半谷子去救病卧在床的丈夫并还豪门的债务，而这债务又是因交官家的租税所欠。诗写农妇与儿子别离的场面，"村媪词终便欲去，儿就牵衣呼母哭。媪心戚戚复为留，夜假空床共儿宿。曙鼓冬冬鸡乱叫，媪起彷徨视儿儿睡熟。吞声饮泣出城走，得谷且为赡穷鞠。儿醒呼母不得见，绕屋长号更踟蹰"，痛人肝肠，令"观者为洒泪，闻者为颦蹙"。由此，诗人引出"猛虎不食儿"以下的感叹，并发出这样的长呼："安得四海九州同一春，无复鬻女卖儿人！"此诗从内容到写法，都有老杜《石壕吏》《茅屋为秋风所破歌》等诗的影子，而其情境更为凄惨。

　　前文已述，明代的关中诗，自明朝开国以来，大都比较健朗明快，没有见到这种写民生疾苦的作品，即便开国之初那样动乱的时代也没有这样的作品，偶见如前述杨一清的一首诗写其从汧阳往宝鸡途中突遇暴雨时的困境，涉及到了百姓的灾难。但那只是因一次突发的情况而涉及到百姓的疾苦，不像这首诗这样直接、具体，更不像这首诗这样主题鲜明、场面惨痛。能写出这样的诗歌，一方面或许与当时的时代背景有关，更与王九思本人的遭际引起的思想变化有关。

---

① （明）王九思《渼陂集》卷3，国家图书馆出版社，2014年8月第1版，第4页。

村媼提攜六歲兒曾向吾廬得穀四斛半我前問媼賣
兒何所為媼方致詞再三歎夫老病臥看雙目朝暮死
生未可卜近村五畝止薄田環堵兩間惟破屋大兒十
四能把犂由少利微飯不足去冬蹉跎貧官稅官卒打
門相過促家門縊賣始能了回頭生理轉號縮中男九
歲識牛羊催甦隴陂辨菽枝豪門索錢如索命病夫呻
吟苦楚腹以此相顧無柰何提攜幼子來換穀此穀半
准豪門錢半與病夫作餰粥村媼詞終便欲去田見統辜

曾見行

君不見南國甘棠非橋陵萬歲千秋思召伯

渼陂集卷三

《渼陂集》（明嘉靖刻本）

王九思还有一首《马嵬废庙行》：

秋风落日马嵬道，道南废庙颜色新。
立马踟蹰问野叟，野叟须臾难具陈。
请予下马坐树底，展转欲语还悲辛。
正德丙丁戊巳年，寺人气焰上薰天。
寺人原是马嵬人，大筑栋宇求福田。
马嵬镇里东岳祠，一时结构何参差。
渎神媚鬼意未休，浸淫及汉寿亭侯。
方岳郡县为奔走，憿官牒吏争出头。
占民畎亩不与直，费出帑藏多蟊蟘。
工徒淋漓血满肤，昼夜无能片时息。
东楼西观对南山，巍巍新庙落何棘。
木偶尽是金缕纹，驿车挽载自京国。
翩翩羽客招呼至，考钟击鼓空坐食。
更有文章颂功德，穷碑大书为深刻。
我本田家孟诸野，但认犁耙字不识。
往往才士过吟哦，尽道台臣与秉笔。
听来依稀记姓李，云是文章名第一。
豪华转眼不足恃，乾坤变化风雷异。
寺人已作槛中囚，道路忽传邸报至。
百姓欢呼羽客走，殿宇尘生谁把帚。
当日台臣尚秉钧，寄语县官碑可掊。
横曳碎击亟掩藏，至今文石埋郊薮。
予闻野叟言，坐来生感激。
赫赫台臣苟如此，寺人微细何嗟及。

月明骑马陟前冈，仰天一笑秋空碧。①

　　此诗所说马嵬废庙，当是刘瑾在位时在家乡所修的生祠或其他类似性质的建筑。刘瑾为陕西兴平（今咸阳市所辖县级市兴平市）人，与诗中"寺人原是马嵬人"正相吻合。"正德丙丁戊巳年，寺人气焰上薰天"，当指正德元年到四年。正德元年为丙寅年，二年为丁卯年，三年为戊辰年，四年为己巳年。刘瑾正德五年伏诛，此前几年正是其气焰熏天之时。诗写当时为此建筑，当地的历史遗迹都被破坏，百姓田地被无偿侵占，而各地官员竞相奔走奉迎："渎神媚鬼意未休，浸淫及汉寿亭侯。方岳郡县为奔走，檄官牒吏争出头。占民畎亩不与直，费出帑藏多蠡蠡。工徒淋漓血满肤，昼夜无能片时息。"而朝中大臣也都借机巴结，文章天下第一的李姓大臣为其撰文歌颂。不想顷刻之间风云变化，"寺人已作槛中囚"，"百姓欢呼羽客走，殿宇尘生谁把寻"。值得注意的是，诗写"当日台臣尚秉钧"，此前巴结奉迎刘瑾的朝中官员仍在高位，批判的锋芒甚为尖锐。而到最后，诗人"月明骑马陟前冈，仰天一笑秋空碧"，这"仰天一笑"中，有快慰，有愤懑，有诗人对时局的强烈批判，也有其心中强烈的激愤与不平之鸣。

　　王九思关心现实、描写现实的诗篇，也包括对自然现象及对人民生存和生活影响的叙写。如《苦雨》一诗写："仲夏雨泽繁，流潦何纵横。腴田豆苗烂，灾沴产妖螟。来牟被原野，熟腐滞登场。西北羽书至，犬戎侵我疆。王师远出征，列县供刍粮。挽车趋好畤，暮夜走且僵。丁男去未返，稚子饥徬徨，寡妇叹幽室，农叟泣道傍。日望南山巅，云滞风不扬。谁能吁苍旻，回兹白日

<hr>

① （明）王九思《渼陂集》卷3，国家图书馆出版社，2014年8月第1版，第9—10页。

光。"①在靠天吃饭的古代社会，旱涝灾害都会对人民生活造成不可估量的影响。此诗写连绵的夏雨使河水泛滥、庄稼腐烂，而后又是螟蝗横行。明代蝗灾非常多，翻看《明史》，关于蝗灾的记载比比皆是。而此时，"西北羽书至，犬戎侵我疆"，天灾又加上人祸，便使得人民生活雪上加霜，"丁男去未返，稚子饥徬徨，寡妇叹幽室，农叟泣道傍"，诗人也只能呼天抢地，"谁能吁苍旻，回兹白日光"。而在干旱缺雨的季节，诗人又有《喜雨》诗，欢呼"皇天无弃物，亢极雨斯沛。丰泽沃四野，勃然兴万汇"②。在这样的作品里，我们多少能感受到杜甫和白居易同类诗歌的影子。

王九思的关中诗，常常写自己的日常生活。

正德七年秋，他被罢官致仕后回到家乡，写了《至家三首》：

一

西风吹雨丝，游子归故里。亲朋知我至，候我城东趾。
下马拜亲朋，相见悲复喜。盗贼满淮南，居民半凋毁。
怪我羽翼短，何为遽脱此。行行入城闉，问对未能已。
大雨忽沾湿，分携各远迤。

二

冒雨入吾门，柏槐相映绿。老父立堂上，母亦出后屋。
牵衣哭不休，泪下满胸腹。宗族尽掩泣，邻人亦颦蹙。
群弟苦劝止，跪拜始能肃。叹我白发生，忧煎累万斛。
顷刻欲具陈，何由尽所蓄。

① （明）王九思《渼陂集》卷1，国家图书馆出版社，2014年8月第1版，第16页。
② （明）王九思《渼陂集》卷2，国家图书馆出版社，2014年8月第1版，第4页。

三

雨稀众客散，诸父仍淹留。晚炊香稻熟，园蔬青且柔。
春酒浮满缸，相劝洗我忧。对此团圞夜，谁能辞巨瓯。
新词自述作，高唱激清秋。语及阻贼中，潸然还涕流。
愿老南山下，此外将安求。①

第一首写初到家时情形，十分亲切。细细的秋雨中，带着心里的创伤远道归来。正如老杜诗"柴门鸟雀噪，归客千里至"，看见了家，心里就有了安慰。而此时，"亲朋知我至，候我城东趾"，怎不令人感动？彼此相见，不免"悲复喜"。边走边聊，忽然雨大了起来，于是大家分头回家去了，十分自然。

第二首写回到家中情形，"老父立堂上，母亦出后屋。牵衣哭不休，泪下满胸腹"，实实令人泪目，这是人间最真诚的关心与牵挂。弟兄们跪拜苦劝，方才止住了慈母的眼泪，但却仍然感叹着远道归来的儿子头上已生白发。家人团聚，万语千言，暂且不表。

第三首写邻里之慰访。前首"宗族尽掩泣，邻人亦歔欷"，已有"邻人满墙头，感叹亦歔欷"②的关切。这里"雨稀众客散，诸父仍淹留"，"春酒浮满缸，相劝洗我忧"——众客散去，一些亲近的长辈仍然留下来继续嘘长问短。其情形，颇类杜诗"问我久远行，手中各有携"。而自己"新词自述作，高唱激清秋"，亦类"请为父老歌，艰难愧深情"③。只是最后表示"愿老南山下，此外

---

① （明）王九思《渼陂集》卷1，国家图书馆出版社，2014年8月第1版，第14页。
② 杜甫《羌村三首》，见萧涤非主编《杜甫全集校注》，人民文学出版社，2014年1月第1版，第934页。
③ 杜甫《羌村三首》，见萧涤非主编《杜甫全集校注》，人民文学出版社，2014年1月第1版，第938页。

西風吹雨絲遊子歸故里親朋知我至候我城東趾下
馬拜親朋相見悲復喜盃賊瀰滿淮南居民半凋毀惟我
羽翼短何為遠脫此行入城闉問對未能巳大雨忽
沾濕夕接谷遠適

至家三首

冒雨入吾門柏柁相映綠堂上毋亦出後屋室
衣哭不休涙下滿腑腸宗族盡掩淚鄰人亦顰感群弟
苦勸止晚拜始能肅歎我白髮生憂前萬萬頃刻欲
且陳問由盡所蓄

雨稀衆客散諸父仍海留晚炊香稻黍園蔬青且柔春

《渼陂集》（明嘉靖刻本）

将安求",这是诗人遭遇不公、被遣还乡的心灵创伤,是他以后的人生打算。

王九思诗中的日常生活,有具体甚至琐细的场面,如幼童随他摘菜,"儿童晨摘菜,随我到西园"(《摘菜》)[①];如山里的和尚给他送竹笋,"山僧紫阁来,馈我春笋芽"(《病起至后园得六绝句》其五)[②],等等。

而与其日常生活相联系,王九思返乡后诗中更多地是表现他平时的幽兴、游兴、逸兴、诗兴。

王九思的后半生被迫返乡,在家乡生活了四十年。而相对于一般百姓,他毕竟是不愁吃穿的人,又有文人之雅兴,加之对社会的不满、对当局的失望乃至绝望、愤懑,所以,他总是沉迷于山光水色中,或是与有同样心境的诗友兼儿女亲家康海一起沉醉于新兴的流行小曲之中。一方面是兴趣爱好,另方面也是藉此来排遣心中的郁闷和愤懑,二者融为一体。如其《南山操并序》,《序》云:"渼陂子既老栖于南山之阿,作南山之操五首,月夜独坐,被之丝桐,抒情素(愫)焉。"前两篇云:"我栖兮南山,有佩其兰兮,有芝可餐,绮皓逝矣,谁与我兮盘桓!""南山之陬兮,我憩我游。桂树丛生兮,其叶飕飕。王孙归来兮,与尔淹留。"[③] 可以说正是这种心态的写照。而且用楚辞体,自然会让人联想到"游于江潭,行吟泽畔"的屈原,联想到"沧浪之水清兮,可以濯吾缨;沧浪之水浊兮,可以濯吾足"的渔父之歌。

---

① (明)王九思《渼陂集》续集卷上,《续修四部丛书》影印明嘉靖刻崇祯补修本,第1334册170页。

② (明)王九思《渼陂集》续集卷上,《续修四部丛书》影印明嘉靖刻崇祯补修本,第1334册186页。

③ (明)王九思《渼陂集》卷1,国家图书馆出版社,2014年8月第1版,第9页。

　　随着时间的推移和长时间山水田园风光的熏染，王九思诗中的愤懑不平渐趋淡化和消失，而逸乐的成分越来越多。试看几首作品：

罨翠楼听歌

凭空览苍翠，登兹百尺楼。春风荡击筑，高歌发秦讴。
梁间转流丽，云际回歌喉。阳春寡酬和，佳人不可求。
恍疑碧桃谢，景与瑶池牟。曲终意未极，青枫生远愁。①

闻 鸠

时禽媚旭景，并吟芳树林。飘风自南来，洋洋流好音。
仿佛金石奏，聆之悦我心。我心匪物移，天机自不禁。
渊云各有适，羽翔鳞乃沉。嗒然已忘言，谁为徒羡歆。②

赴西村饮

城下河流浅，桥西石路分。缓行由马性，闲卧见鸥群。
近树烟村入，迎风社鼓闻。主人能爱客，泥饮到斜曛。③

园亭秋兴六首（选二）

一

一片闲云西圃，几丛瘦菊东篱。
诗兴催人挥洒，书声隔树吾伊。

---

① （明）王九思《渼陂集》卷2，国家图书馆出版社，2014年8月第1版，第10页。
② （明）王九思《渼陂集》卷2，国家图书馆出版社，2014年8月第1版，第4页。
③ （明）王九思《渼陂集》卷4，国家图书馆出版社，2014年8月第1版，第5页。

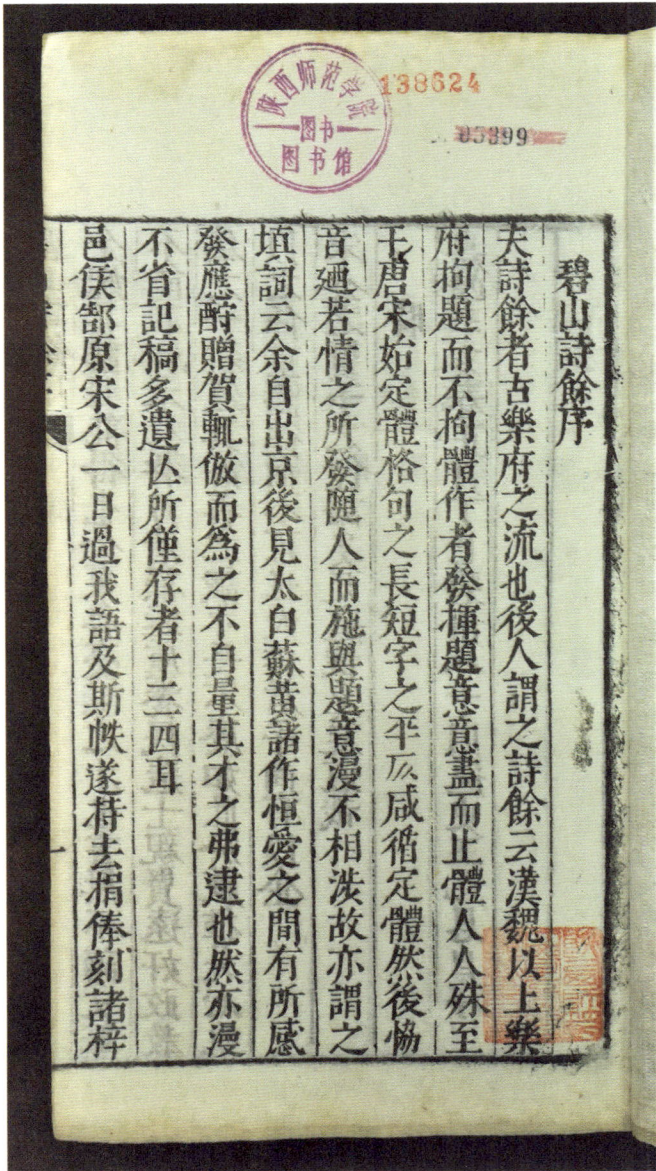

碧山詩餘序

夫詩餘者古樂府之流也後人謂之詩餘云漢魏以上樂
府拘題而不拘體作者發揮題意音盡而止體人人殊至
于唐宋始定體格句之長短字之平仄咸循定體然後協
音廼若情之所發隨人而施與題意漫不相涉故亦謂之
填詞云余自出京後見太白蘇黃諸作恒愛之間有所感
發應酬贈賀輒倣而爲之不自量其才之弗逮也然亦漫
不省記稿多遺迟所僅存者十三四耳
邑侯鄣原宋公一日過我語及斯帙遂荷去捐俸刻諸梓

《碧山诗余》（明嘉靖刻本）

二

秫酒有时独酌，柴扉尽日长关。

醉卧梦中北阙，觉来枕上南山。①

这几首诗，第一首或是返乡后不久作，心中还有一些未能消解的郁积，有一些幽怨、孤愤和苦闷。第二首则是怡然自得，颇有一些法乎天然、超然物外的庄子式的意味。第三首则是世外桃源式的情景，人与人的交往也是无拘无束、任性自然的。最后的《园亭秋兴》二首则充满了诗兴、雅兴，俨然乎羲皇上人了。

这种逸兴、诗兴，更多地表现在词曲类体裁中。如：

蝶恋花

夏　日

门外长槐窗外竹，槐竹阴森，绕屋重重绿。人在绿阴深处宿，午风枕簟凉如沐。　　　树底辘轳声断续，短梦惊回，石鼎茶方熟。笑对碧山歌一曲，红尘不到闲人屋。②

风入松

夏日睡起

流莺窗外语叮咛。午枕梦初醒。南薰恰似知人意，送园花香满虚楹。石鼎茶烹谷雨，蔷薇露胜金茎。　　　坐来更喜晚凉生。潇洒兴堪乘。小词一阕吟方就，唤孙儿、写上围屏。避却红尘滚滚，任教华发星星。③

① （明）王九思《渼陂集》卷6，国家图书馆出版社，2014年8月第1版，第6页。

② 饶宗颐初纂，张璋总纂《全明词》，中华书局，2004年1月第1版，第483页。

③ 饶宗颐初纂，张璋总纂《全明词》，中华书局，2004年1月第1版，第484页。

　　而他在 60 岁以后到 72 岁，每年生日时都要写一首自寿曲，72 岁以后也还写过几首。下面这首可视为代表作：

水仙子
六旬自寿

　　瘦身躯只可一羊裘，粗手策难修五凤楼，老精神愿比双鹤寿。伴着这自在诗，快活酒，喜儿孙渐觉温柔。草团标安心长坐，花甲子从头再数，藜杖儿信脚闲游。[①]

　　草团标，亦作草团瓢，指圆形茅屋。有自在诗、快活酒、好儿孙、双鹤寿、信步游，这就是他的喜好和愿望，也是他晚年的生活。
　　这种生活和愿望，他有很多曲子来表现：

普天乐
游化羊谷赠樵夫

　　问樵夫，来何暮？青山昨夜，细雨模糊。趁晓晴，寻前路。渺渺烟村归来处，步斜阳稚子提壶。村醪自沽，茅檐醉舞，土坑谁扶？[②]

普天乐
重游化羊谷赠樵夫

　　问樵夫，来何处？云山依旧，风景何如？贫则贫梦

---

① （明）王九思著，沈广仁点校《碧山乐府》卷 1，上海古籍出版社，1989 年
　　12 月第 1 版，第 3 页。
② （明）王九思著，沈广仁点校《碧山乐府》卷 1，上海古籍出版社，1989 年
　　12 月第 1 版，第 6 页。

不惊,苦则苦心无虑。宝马香车长安路,那些儿容得樵夫!功名抱虎,光阴烂斧,谁是安途? [①]

普天乐

对酒

世事且衔杯,勋业休看镜。桑榆易晚,龙虎难成。恋阙心,登山兴,醉倚东风阑干凭,笑英雄白发星星。且看这花间锦筝,樽前绣领,柳外春莺。 [②]

沉醉东风

西村晚归

明暮野青山彩霞。绕孤村流水桃花。天生成杜甫诗,雨染就王维画,落东风数点栖鸦。本待还归兴转加,因此上垂杨系马。 [③]

寨儿令

夏日即事

豆角儿香,麦索儿长,响嘶啷,茧车儿风外扬。青杏儿才黄,小鸭儿成双,雏燕语雕梁。红石榴花满西窗,

① (明)王九思著,沈广仁点校《碧山乐府》卷1,上海古籍出版社,1989年12月第1版,第7页。
② (明)王九思著,沈广仁点校《碧山乐府》卷1,上海古籍出版社,1989年12月第1版,第7—8页。
③ (明)王九思著,沈广仁点校《碧山乐府》卷1,上海古籍出版社,1989年12月第1版,第9页。

黄蜀葵叶扫东墙。泥金团扇影，香玉紫纱囊。将佳节遇端阳。①

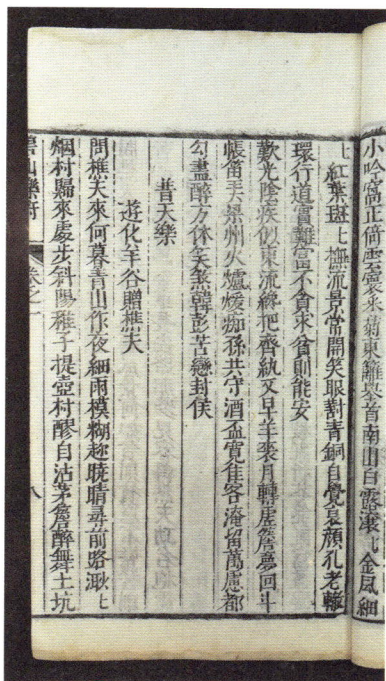

《碧山乐府》（明嘉靖刻本）　　　《碧山乐府》（明崇祯刻本）

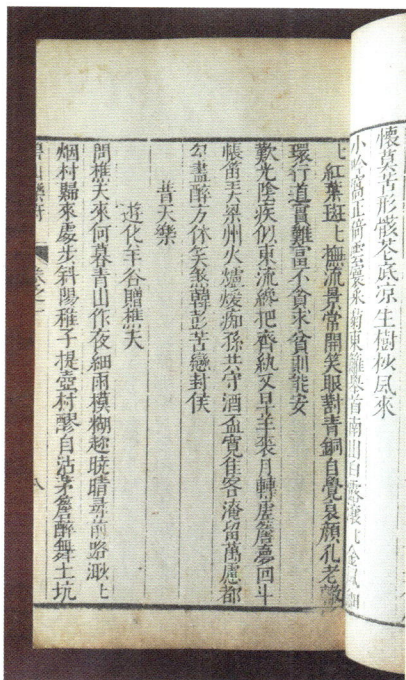

尤其是在同乡好友康海也被贬归后，他与康海时相过从，徜徉唱和。而更多这样的作品，也促进了当时关中乃至全国俗文学的繁荣。相关作品如：

①　（明）王九思著，沈广仁点校《碧山乐府》卷1，上海古籍出版社，1989年12月第1版，第10页。

[越调] 浪淘沙

次对山四时闺怨（选一）

倦绣唾绒香，闲步横塘。离怀自觉日偏长。因共小鬟听语燕，立尽残阳。（么）恨煞少年狂，雨泪成行。浮花浪草野鸳鸯。约定归期都误却，空十羊肠①

驻云飞

次对山漫兴四首（选一）

花外提壶，醉倒花阴不用扶。住向云中麓，自酿杯中物。嗏！渴思欲吞湖，酒颂堪娱。笔势凌云，不谢《长杨赋》。笑煞人间小丈夫。②

最后，我们再完整地引一组套曲《归兴》，以见王九思此类作品之情调：

[双调新水令] 忆秋风迁客走天涯，喜归来碧山亭下。水田十数亩，茅屋两三家。暮雨朝霞，妆点出辋川画。

[驻马听] 暗想东华，五夜清霜寒控马；寻思别驾，满厅残月晓排衙。路危常与虎狼狎，命乖却被儿童骂。到如今，谁管咱，葫芦提一任闲顽耍。

[沉醉东风] 有时节露赤脚山巅水涯，有时节科白头柳堰桃峡。戴甚么折角巾，结甚么狂生袜，得清闲不

① （明）王九思著，沈广仁点校《碧山乐府》卷1，上海古籍出版社，1989年12月第1版，第32页。
② （明）王九思著，沈广仁点校《碧山乐府》卷1，上海古籍出版社，1989年12月第1版，第31页。

说荣华。提起封侯几万家，把一个薄福的先生笑杀。

[折桂令] 问先生有甚生涯？赏月登楼，遇酒簪花；皓齿朱唇，轻歌妙舞，越女秦娃。不索问高车驷马，也休提白雪黄芽。春雨桑麻，秋水鱼虾。痛饮是前程，烂醉是生涯。

[雁儿落] 再休题玄都观里花，再休说丹凤楼前话。卖不着青钱万选才，挣不上黄阁三公大。

[得胜令] 不追随绿鬓阁乌纱，不思量紫殿草白麻。也不饮七宝红玉斝，也不骑千金赤兔马。素指拨琵琶，把一个碧荷筒忙吸罢；翠袖舞烟霞，把一领绛罗袍典当咱。

[沽美酒] 我则见蜜蜂儿闹午衙，粉蝶儿恋春葩，蝶使蜂媒劳攘杀。且妆聋做哑，不烦恼不惊怕。

[太平令] 爱的是碧莎长夜雨鸣蛙，绿槐高晓月啼鸦。风吹绽芭蕉两叉，露滴湿蔷薇一架。呀！傍青门种瓜，学玉川煮茶。买这等光阴无价。

[离亭宴歇指煞] 想着那人间富贵同飘瓦，眼前岁月如奔马。不是俺自夸：脱离了虎狼关，结识上鸥鹭伴，涂抹杀麒麟画。登山不索钱，有地堪学稼。闷了时书楼中戏耍。吟几首少陵诗，写两个羲之字，讲一会君平卦。羊裘冒雪穿，驴背寻春跨。醉了时齁齁的睡咱，看我这没是非，一枕梦儿甜，索强似争名利千般意儿假。①

---

① （明）王九思著，沈广仁点校《碧山乐府》卷2，上海古籍出版社，1989年12月第1版，第44—46页。

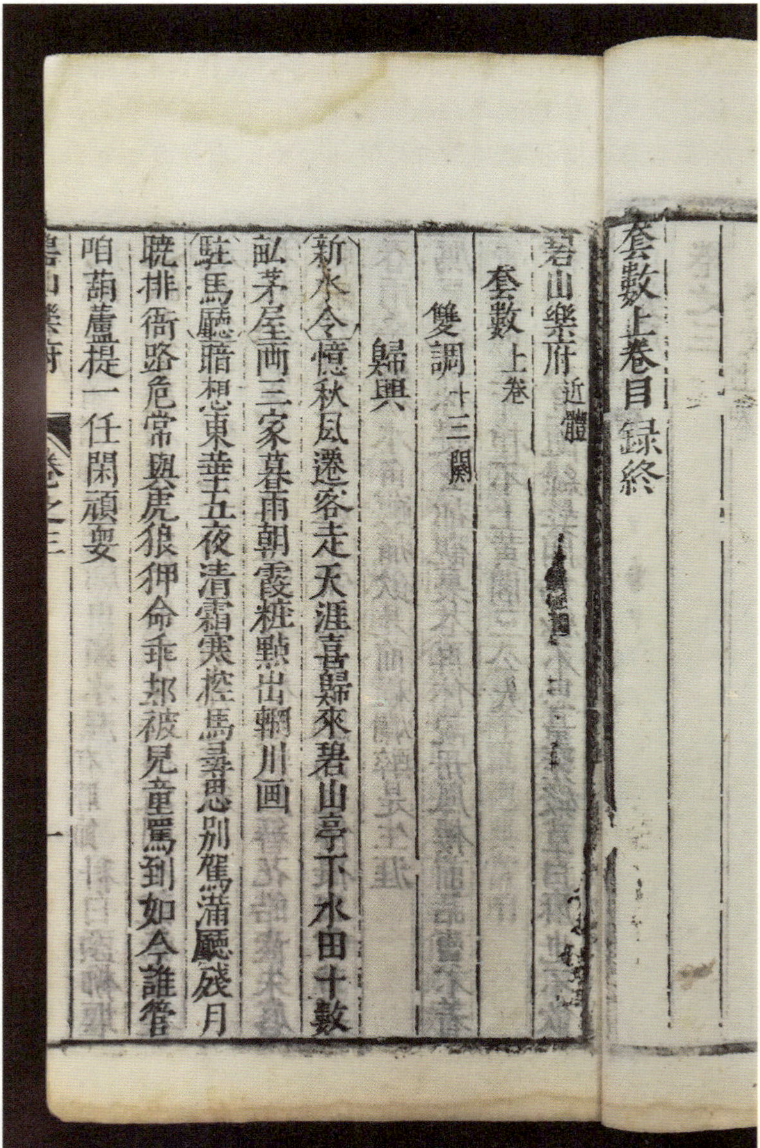

碧山樂府　近體

套數　上卷

雙調　十三闋

歸興

新水令　憶秋風遷客走天涯喜歸來碧山亭下水田十數

扁茅屋兩三家暮雨朝霞糚點出輞川畫

駐馬聽暗想東華五夜清霜寒控馬尋思別駕蒲廳殘月

曉排衙路危常邇虎狼衙命乘邨被兒童罵到如今誰管

咱葫蘆提一任閑頑耍

碧山樂府　卷之三

《碧山乐府》（明嘉靖刻本）

总之，王九思的关中诗，先有写民生疾苦、批判现实之作。而后，因长年徜徉山水的生活，其作品更多地转写山水清趣，抒逸乐之情。而在体裁方面，又多有词曲创作，尤其对通俗的流行时曲的创作，贡献尤多。

三、山水声色之娱与俗曲创作：康海的关中诗

康海（1475—1541），字德涵，号对山，又号浒西山人、沜东渔父等，陕西武功人。弘治十五年（1502）状元，后任翰林院修撰，"前七子"之一。武宗时，宦官刘瑾专权。刘瑾为陕西兴平人，因同乡关系以及康海的名气，刘瑾多次笼络康海，康海不为所动。后因"前七子"之一的李梦阳被刘瑾陷害下狱，康海为救李梦阳而找刘瑾联络。正德五年（1510），刘瑾伏诛，康海被视为瑾党而免官。

对康海的遭际，《明史·康海传》这样记载：

> 康海，字德涵，武功人。弘治十五年殿试第一，授修撰。与梦阳辈相倡和，訾议诸先达，忌者颇众。正德初，刘瑾乱政。以海同乡，慕其才，欲招致之，海不肯往。会梦阳下狱，书片纸招海曰："对山救我。"对山者，海别号也。海乃谒瑾，瑾大喜，为倒屣迎。海因设诡辞说之，瑾意解，明日释梦阳。踰年，瑾败，海坐党，落职。①

---

① 《明史·康海传》，中华书局，1974年4月第1版，第7348页。

武功康海墓园，陕西省重点文物保护单位，摄于 2020 年 8 月 5 日

《明史纪事本末》这样记载：

　　梦阳代韩文草疏，瑾已谪出之，犹未释也，复罗以他事，械至京下狱，将置之死。时翰林修撰康海与梦阳同有才名，各自负不相下。瑾慕海，常欲招致门下，而海不往。瑾恒先施，海辄睊亡答之，竟不一见。至是，梦阳客左氏者，诣狱语梦阳曰："子殆无生路矣！惟康子可以解之。"梦阳曰："吾与康子素不相下，今死生之际始托之，宁不愧于心乎？"左曰："不谓李子而为匹夫之谅也！"强之再，梦阳乃以片纸书数字，曰："对山救我，唯对山为能救我。"对山者，海别号也。左持书诣海，海曰："是诚在我，我岂客恶人之见，而不为良友一避咎也！"遂诣瑾。瑾大喜，延置上座。海曰："昔唐玄宗任高力士，宠冠群臣，且为李白脱靴。公能之乎？"瑾曰："即当为先生役。"海曰："不然。今李梦阳高于李白，而公曾不为之援，奈何欲为白脱靴哉！"瑾曰：

“此朝廷事。今闻命，当为先生图之。”海遂解带与之饮，
达曙别去。梦阳由是得释，而海与瑾往复，竟罹清议矣。①

　　据此可知，康海与李梦阳虽同列“七子”，平时却也“各自负
不相下”。但为了救即将被陷害致死的李梦阳，康海却主动去找平
时不愿意来往的刘瑾。而当刘瑾事败被诛后，李梦阳成了反对刘
瑾的英雄，康海却被当作刘瑾党人而罢职免官，并且受时人的鄙
视。所以，后来康海写作的杂剧《中山狼传》，前人就认为其中的
中山狼是影射李梦阳的。对此，当代学者多有辩说，认为《中山
狼传》并非影射李梦阳，且李、康二人后来的关系一直还不错。且
不管《中山狼传》如何，康海经历了这样一个变故，无辜被连累，
完全出乎意外，心中如何能不郁闷、不愤怒！于是，他回到家乡，
与同因“瑾党”被罢归乡里的王九思等人“每相聚沜东鄠、杜间，
挟声伎酣饮，制乐造歌曲，自比俳优，以寄其怫郁”②。

　　康海还乡，“仕宦之志，自庚午秋根株悉拔”③。所以，他最后
的三十多年里，在家乡的生活就是寄情山水，寄情于诗词曲赋。他
有一首《同承裕升之过浒西别业》，诗曰：“还耕惬初愿，揖世返
空林。虽非志士理，已获静者心。”④此当为康海还乡不久作，表
达了他回到家乡后远离官场纷争的心情。他另有一首《杂兴》，写
“浒西亦佳胜，日日有襟期。田渔俯川陆，葵藿满阶墀。野叟遗浊

---

① （清）谷应泰著，河北师范学院历史系点校《明史纪事本末》，中华书局，
　　2015年8月第1版，第640—641页。
② 《明史·康海传》，中华书局，1974年4月第1版，第7349页。
③ 康海《鉴蔡承之》，见金宁芬校点《对山集》卷5，社会科学文献出版社，
　　2016年8月第1版，第315页。
④ （明）康海著，金宁芬校点《对山集》卷5，社会科学文献出版社，2016年8
　　月第1版，第38页。

幽思欲主却老覓長年語既執我手歡笑樹厮然

振袖出兩藥光如朝日鮮把彼松露下同吞各一圓

五內倏清爽神采非昔爲我岳太白下君盧太山巓

采芝拾瑤草登玉茄井蓮欲會但瞬息躊躇何翩翩

素松作參伍玉女侍几筵翛然萬物表世網安可牽

雜興

澗西亦佳勝日日有襟期田園俯川陸葵藿滿堦畦

野麥遺淪醴嘉樹遞涼飇微驪上崇巘遙眺引東菑

牧笛風外來園禽鳴別枝睡足發新懷此心誰得知

觀魚梁

對山文集　　　卷之九

《明状元康对山先生全集》（清乾隆刻本）

醪，嘉树过凉飔。微曛上崇巘，遐眺引东菑。牧笛风外来，园禽鸣别枝。睡足发新怀，此心谁得知"[1]；还有一首《咏怀》："穷居无别惊，扫径揖清霭。浊醪自斟酌，幽花复芬馤。虽微恣性欢，亦鲜迷津嘅。寒虫相续鸣，潦水参互沛。节物渐以更，人事纷相代。猗彼巢由徒，旷音昭物外。"[2]有一种陶渊明式的自在，但总感觉有一丝孤寂。他还有一首《泾西村见野老邀食》："野老支筇笑问予，桃花飞处即吾庐。尚思漉酒呼村妓，可暂偷闲驻小车。指点杯盘无别馔，坐谈筐篚有农书。双颧豁磊衣衫古，尔雅安闲我不如。"[3]更是一种"衣冠简朴古风存"的桃花源境界了。然而，这种诗人臆想化、理想化了的农村境界，其实也是其真实心境的别种方式的反映。一首《听雨》，又将其心中的不平、将其复杂的心情尽皆道出：

> 达旦不成寐，卧听秋雨声。雨亦竟不歇，吾意何时平。
> 前年秋八月，淫雨百谷盈。禾稼尽腐黑，况云屋圮倾。
> 此雨复弥月，岩崖千里崩。不知上帝意，岂欲移沧溟。
> 吾生殊坎坷，一纪事农耕。两田俱不稔，百口常见婴。
> 奈何赴庸调，已欲樵栋楹。老妻向我道，但坐且勿惊。
> 人事尚莫定，天道宁易明。修短有恒数，丰歉惟所丁。
> 床头有美酒，馨香盈玉瓶。君姑自斟酌，可以助颓龄。
> 醉卧忽将午，此物方雷鸣。[4]

---

[1]　（明）康海著，金宁芬校点《对山集》卷4，社会科学文献出版社，2016年8月第1版，第30页。

[2]　（明）康海著，金宁芬校点《对山集》卷15，社会科学文献出版社，2016年8月第1版，第202—203页。

[3]　（明）康海著，金宁芬校点《对山集》卷5，社会科学文献出版社，2016年8月第1版，第45页。

[4]　（明）康海著，金宁芬校点《对山集》附录，社会科学文献出版社，2016年8月第1版，第604页。

彻夜弥月的秋雨，扰乱了诗人的心境。他想到了前年的秋雨，也是这样下个不停，毁坏了庄稼，毁坏了房屋；想到了自己坎坷的人生。所以引出了老妻的劝慰，引出了床头的美酒。然而，这些，真的能够消解他心头的块垒？恐怕他自己也没有信心。

康海很反感别人要他结交官府显贵。如果有人向他提这样的建议，他甚至向别人发怒动手。明人焦竑《玉堂丛语》卷七载：

《对山先生全集》（明万历刻本）。取自爱如生《中国基本古籍库》

> 康海罢官，自隐声酒。时杨侍郎廷仪，少师廷和弟也，以使事过康，康置酒，至醉，自弹琵琶唱新词为寿。杨徐谓："家兄居恒相念君，但得一书，吾当为君地。"康大怒，骂曰："若伶人我耶！"手琵琶击之，杨走免。康遂入，口咄咄"蜀子"，更不复见。[1]

康海鄙视乃至痛恨侍郎杨廷仪让他攀附自己的哥哥少师杨廷和，认为这是把他当作了伶人。其实康海本人平时本就诗酒美人，放浪不羁，时常与伶人一起徜徉，且每每作曲一起娱乐，某些行

---

[1]　（明）焦竑《玉堂丛语》，中华书局，1981 年 7 月第 1 版，第 244 页。

为在他人看来亦与伶人没有太大差别，但他此时却如此愤怒。在他看来，去巴结权贵，显得比伶人更没有骨气；而且，这杨廷和兄弟本就不是什么好人，人品极差。明人陈建著《皇明历朝资治通纪》援引了同时代人王琼《双溪杂记》的一段记载：

> 杨廷和、刘忠既升南部侍郎，忠谓廷和曰："比行须别瑾否？"廷和曰："瑾所为如此，不可再见之。人知，必以我辈交瑾矣。"忠然之。廷和密以锦币辞瑾，瑾曰："刘先生不足我耶？"自后，瑾遂厚廷和而疏忠。时刘宇为兵部尚书，托保国公家人朱瀛者交通刘瑾，无日不来兵部。廷和弟廷仪为兵部郎中，每伺瀛出，则邀入司署，留坐款语，遂因瀛通情于瑾，传旨："罢南京户部尚书秦民悦，以廷和代之。"既而，廷和复因朱瀛，求瑾取入内阁，许谢白金二千两。瑾许之。①

《明史纪事本末》卷四十三"刘瑾用事"条亦有相同记载。而《皇明通纪》的作者陈建引用了这段记载后这样评说：

> 建按：弘治乙丑岁，廷和犹以春坊学士主考会试。不三四年，即以尚书入阁，进少保，位一品，亦太骤矣，所以不能不起人之议与。昔人谓："誉共、驩者，必非正；朋跖、蹻者，必非廉。"愚谓周旋刘瑾之党，与夫钱宁、江彬之俦，而无一忤者，必非端士。尚论人物于正德之世

---

① （明）陈建著，钱茂伟点校《皇明通纪》卷30，中华书局，2008年12月第1版，第1076—1077页。按《双溪杂记》历史上版本较多，文字出入亦较大，现存常见本《双溪杂记》未见此段记载。

者，此其大都云。[1]

可见康海对这些人物的憎恶，不是没有根据的。

康海在家乡的三十多年，其创作重点主要在曲方面，他总是在散曲这种当时流行的通俗文学体裁中任意驰骋、自由挥洒，抒写自己的抑郁不平之气，表达强烈的避世乐闲的思想愿望。所以，这些作品，也最能体现他的真实心境。

康海的散曲集《沜东乐府》卷一中有两首《沉醉东风》，分别是：

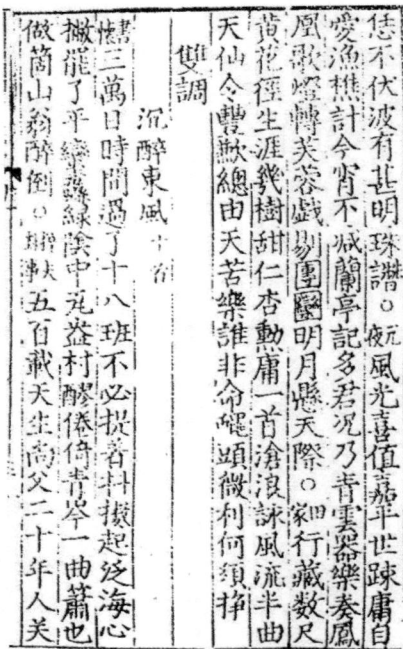

《沜东乐府》（明嘉靖刻本）。取自爱如生《中国基本古籍库》

书 怀

三万日时间过了，十八班不必提着。抖擞起泛海心，撇罢了平蛮纛，绿阴中瓦盎村醪。倦倚青岑一曲箫，也做个山翁醉倒。[2]

---

① （明）陈建著，钱茂伟点校《皇明通纪》卷30，中华书局，2008年12月第1版，第1077页。

② （明）康海著，［新加坡］陈靝沅编校，孙崇涛审订《康海散曲集校笺》，浙江古籍出版社，2011年4月第1版，第8页。

对酒次韵

望翠巘频移坐榻，爱微风半帻巾纱。呼僮将绿蚁斟，做伴把白云迓，小槽空不用喧哗。但典春衣向酒家，这便生刘生大雅。[1]

两首曲子，皆称要摆脱功名（十八班，指官职品级），青山白云为伴，终日酣醉。这就是他平日的生活，也是他想要的人生。

他的散曲，还有一首《折桂令·田家》：

正春风布谷声喧，雪霁东皋，润足西田。稚子鞭牛，老妻牵索，犁断寒烟。福分小蔓菁饭软，意思甜杯水心便。丰稔随天，勤苦当先。禾黍秋郊，金玉华轩。[2]

老妻稚子，一同种田，勤苦当先，至于丰稔，就随老天去安排吧。颇有"只顾耕耘不问收获"之意。这当然是诗人美化了的田家生活。真的农夫，是很关心收成的，因为这关系到人的生存。

他还有两首《折桂令》，题目分别是《春山》和《浒西小集》：

春 山

喜东风又送春来，翠满苍山，青满平台。嫩柳抽金，鸣泉喷玉，子笋分钗。霞彩明千峰弄色，雨云消一带如揩。

---

① （明）康海著，［新加坡］陈靝沅编校，孙崇涛审订《康海散曲集校笺》，浙江古籍出版社，2011年4月第1版，第9页。
② （明）康海著，［新加坡］陈靝沅编校，孙崇涛审订《康海散曲集校笺》，浙江古籍出版社，2011年4月第1版，第16页。

不动风霾，不见尘埃。佳景无边，好酒当开。①

浒西小集

　　小桃开园苑闲游，笑睹妖红，满引金瓯。花落花开，人生人老，恰便似云去云留。则不如唤双娥舞翠袖时来劝酒。遮莫且招逸客泛兰舟兴到狂讴。交错觥筹，脱谢忧愁。梦境嬉嬉，心绪悠悠。②

　　闲对春山，赏景，饮酒。人生有如花开花落、云去云留，且得及时行乐，喝酒，宴游，珍惜当下。这，便是他此类作品反复表现的主题。

　　康海还有一组四首的《清江引·酒醋作》，某种程度上可以看作他对自己人生的总结：

　　　　浒西主人非是懒，世事都经惯。十年紫凤城，一梦黄粱饭，快抽头闭门还是晚。

　　　　浒西主人非是慵，世事如春梦。千金燕子楼，百尺华清栋，那里也都着狐兔冗。

　　　　浒西主人新梦惺，试语黄花听。前年虎背游，今日泉头咏，何处费心何处省。

---

① （明）康海著，［新加坡］陈靝沅编校，孙崇涛审订《康海散曲集校笺》，浙江古籍出版社，2011 年 4 月第 1 版，第 16 页。
② （明）康海著，［新加坡］陈靝沅编校，孙崇涛审订《康海散曲集校笺》，浙江古籍出版社，2011 年 4 月第 1 版，第 17 页。

浒西主人非懵懂，富贵知无用。淮阴汗马功，磐谷泉石咏，问你个那蜗儿没惧悚。①

自称非懒非慵，而是经历了人世的种种，看惯了官场的一切，深知世事如春梦、富贵如浮云，所以才得如此。在他看来，这似乎是一种觉悟。

尤其是，渐渐的，"年华又老了，筋力又少了，后面事全难料"②，更愿意"结庐，挂车，寻个安身处。园中花果沼中鱼，足满山林趣。或酒或茶，无忧无虑，闷了吟诗句"，"问柳寻花，谈天说地，无一事萦胸臆。丑妻，布衣，自有天然味"③。

在现存康海散曲中，至少有五组《四时行乐》，内容大体相同，写一年四季的生活情趣。可见他对这种生活、这种人生设计是何等的向往！下面一组堪为代表：

傍妆台

四时行乐

好年光，滔滔一去鬓成霜。遇酒须欢饮，有事且徜徉。
寻芳草，咏沧浪。拚酩酊，恣疏狂，抱琴终日卧斜阳。
坐云林，青山万叠昼阴阴。无酒呼僮贳，有酒也宜斟。
年须老，兴还深。邀名侣，谢凡襟，碧桃花下听鸣琴。

---

① （明）康海著，［新加坡］陈靝沅编校，孙崇涛审订《康海散曲集校笺》，浙江古籍出版社，2011年4月第1版，第28—29页。
② （明）康海《朝天子·自叹》，见［新加坡］陈靝沅编校，孙崇涛审订《康海散曲集校笺》，浙江古籍出版社，2011年4月第1版，第127页。
③ （明）康海《朝天子·遣兴》，见［新加坡］陈靝沅编校，孙崇涛审订《康海散曲集校笺》，浙江古籍出版社，2011年4月第1版，第30页。

火西流，梧桐一叶报新秋。雨过凉生坐，云净月当楼。
歌金缕，饮琼瓯。心无系，事何忧，明朝酒醒再扶头。

翠屏寒，鼽鼽高卧笑袁安。有意吟江阁，无梦到天山。
重酾酒，更凭阑。风如刽，夜将残，中天月色好谁看。①

康海在家乡几十年的生活及其情趣，不仅有山水之乐，还有
声色之娱。这一切，也都与他的好友王九思密切相关。二人为同
乡，是好友，也是儿女亲家，也都因同样的原因被罢黜回乡，有
相同的经历和心境。康海家在武功，王九思家在鄠县，两地相距
并不算远，又都闲居在家，所以时相往还。二人也有共同的情趣，
也都有音乐爱好且善于弹奏乐器。《列朝诗集》王九思小传云：

　　敬夫、德涵同里同官，同以瑾党放逐沂东、鄠、杜
之间，相与过从谈宴，征歌度曲，以相娱乐。敬夫将填
词，以厚赏募国工，杜门学按琵琶、三弦，习诸曲，尽
其技而后出之。德涵尤妙于歌弹，酒酣以往，掇弹按歌，
更起为寿，老乐工皆击节自谓弗如也。②

同书康海小传云：

　　德涵既罢免，以山水声妓自娱，闲作乐府小令，使
二青衣被之弦索，歌以侑觞。西登吴岳，北陟九嵕，南

① （明）康海著，［新加坡］陈靝沅编校，孙崇涛审订《康海散曲集校笺》，浙
　　江古籍出版社，2011年4月第1版，第134—135页。
② （清）钱谦益编，许逸民、林淑敏点校《列朝诗集》，中华书局，2007年9
　　月第1版，第3490页。

访经台、紫阁，东至太华、中条，停骖命酒，歌其所制感慨之词，飘飘然辄欲仙去。居恒征歌选妓，穷日落月。尝生日邀名妓百人，为百年会，酒阑，各书小令一阕，命送诸王邸，曰："此差胜锦缠头也。"①

康海自己又夫子自道：

　　适得二青衣，能鼓十三弦及琵琶，号称绝艺，古今曲调，又能审其雅俗之语，和律依永，殆同天授。予作每出，二青衣不踰时辄能奏成。洋洋遂遂，合宫叶调，予未尝不抚掌私庆也。身丁盛时，溢承祉福，有安宁，鲜疑畏，归田三十二年，益肆志于登山临水之际，而二青衣若兴助之，其乐讵有涯乎？②

所以，他们一年四季、朝朝暮暮乐此不疲的生活，除了山水、词曲，亦还有红袖呢！这些，在他们二人的散曲中，都有体现，且看：

风入松
戏对山子

　　粉墙青竹雨潇潇。华馆夜相邀。冰丝雾縠金樽外，歌喉啭风暖莺娇。碧簟乍横湘玉，朱楼低弄秦箫。　　垂

---

① （清）钱谦益编，许逸民、林淑敏点校《列朝诗集》，中华书局，2007 年 9 月第 1 版，第 3485—3486 页。

② （明）康海《沜东乐府后录序》，见［新加坡］陈靝沅编校，孙崇涛审订《康海散曲集校笺》，浙江古籍出版社，2011 年 4 月第 1 版，第 105 页。据爱如生《中国基本古籍库》明万历十年潘允哲刻本《对山集》校改。

柳侵晓拂长条。金勒马嘶骄。邻鸡唤醒裴航梦，都分付、半幅鲛绡。离思赠将芍药，愁心暗卷芭蕉。①

折桂令
即事

　　叹流光易去难来，昨日春归，今日花开。气序侵凌，韶华荏苒，节物经该。杨柳岸春风不改，牡丹亭夜月何哉。睹事伤怀，感旧怜才。一曲秦筝。万盏吴醅。②

普天乐
宴集

　　赏元宵，开帘幕。花灯灿烂，星月婆娑。一派歌，千人和。玉罍金厄非常个，醉归时扶有双娥。衣罗笑脱，钗金谩裹，明日如何。③

　　上列三首作品，《风入松》的作者是王九思，另二首的作者康海。赏景听歌，玉罍金厄，娇莺双娥，乐在其中。

　　将他们二人作品相比较，可以看出，康海在家乡三十年的诗曲创作，与王九思相比，内容相对单一，缺乏王九思对现实的关切，这或许是个人心性的原因，或许也与他意外被罢职的特殊缘由更有关系。他的这些作品，表现了一个被社会、被时局、被生活所欺

---

① 饶宗颐初纂，张璋总纂《全明词》，中华书局，2004年1月第1版，第484页。

② （明）康海著，［新加坡］陈靝沅编校，孙崇涛审订《康海散曲集校笺》，浙江古籍出版社，2011年4月第1版，第15页。

③ （明）康海著，［新加坡］陈靝沅编校，孙崇涛审订《康海散曲集校笺》卷1，浙江古籍出版社，2011年4月第1版，第34页。

骗、抛弃的文人受挫折后的心态与人生。其作品中的生活，在很大程度上也是被他臆想化了的生活、理想化了的社会、诗意化了的人生。这种生活与心性，某种程度上有一种自暴自弃的意味，抗争、颓废、洒脱、任性、率意，等等，兼而有之。康海去世之前一年多，他的散曲集《沜东乐府后录》编辑而成，辑录了他返乡后几十年的散曲作品，康海本人亲自作序，称"顾景物所触，则亦莫能自已，必随时赋事，被之管弦，以达其趣。年积月累，至于今日，暇省所录，忽已倍前，则又笑予疏狂若是。盖野人志愿，惟以乐其日用之常，莫自知其时之费也"①。"野人志愿"、"疏狂"，说的确是比较到位。

如同前文叙述王九思一样，我们最后也举一套康海的散曲，对他作一小结：

菩萨蛮
漫兴

开窗却喜青山拱，探杯自洗尘氛冗。闷访鹿皮翁，闲登天柱峰。

【双鸳鸯】指华嵩，立勋庸，散步庭阶笑倚筇。尽是南华蝴蝶梦，好寻工部碧荷筒。

【蛮姑儿】这机关既懂，那出处难同。肯将兽锦换龙钟。览芳圃，坐高春，甚闲愁敢拢。

【芙蓉花】草凄迷昔人冢，花掩映神仙洞。举廿谁分鸥和凤，咄咄书空。割不掉浮华閈，蹇蹇眠松，是会脱樊笼控。

---

① （明）康海《沜东乐府后录序》，见［新加坡］陈靕沅编校，孙崇涛审订《康海散曲集校笺》，浙江古籍出版社，2011年4月第1版，第105页。

【黑漆弩】高车驷马知何用，舍生忘死陪奉。想今来古往英雄，个个堪悲堪痛。

【甘草子】心头猛，昏黑丛中，瞧下个光明缝。市井讥妻挐讼，由他攘不须穷。但守着桑榆学栽种，有安闲无怖恐。席地幕天欢笑永。随意息愚蒙。

【煞尾】浒西风月堪游咏，沜上林泉好遁踪。似这等前溪后陇，山光水容，花殷酒浓，免向那滚滚红尘觅人唝。①

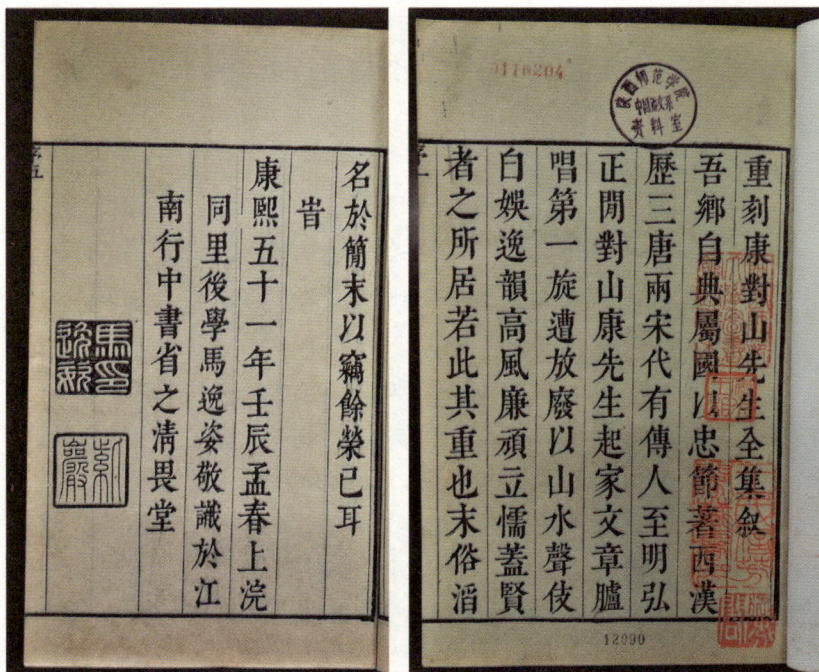

《康对山先生全集》（四十五卷本，清康熙五十一年刻本）

---

① （明）康海著，［新加坡］陈靝沅编校，孙崇涛审订《康海散曲集校笺》，浙江古籍出版社，2011 年 4 月第 1 版，第 147 页。

这套曲子，与他别的作品一样，内容上不外乎写摆脱尘世、寄情山水，甚至去寻访神仙的生活志趣，并无多少新意。其体式与写法却比较特殊，有学者指出："此套式甚少见。郑骞《北曲套式汇录详解》（页12）云，正宫散套大多数首曲用《端正好》，不用者只有三套，两套用《月照庭》，一套用《菩萨蛮》。"①

康海的散曲就是这样，主要表现他自己率性而为，无有拘束、寄情山水的生活；反映了当时文人的一种典型形态；同时，反映

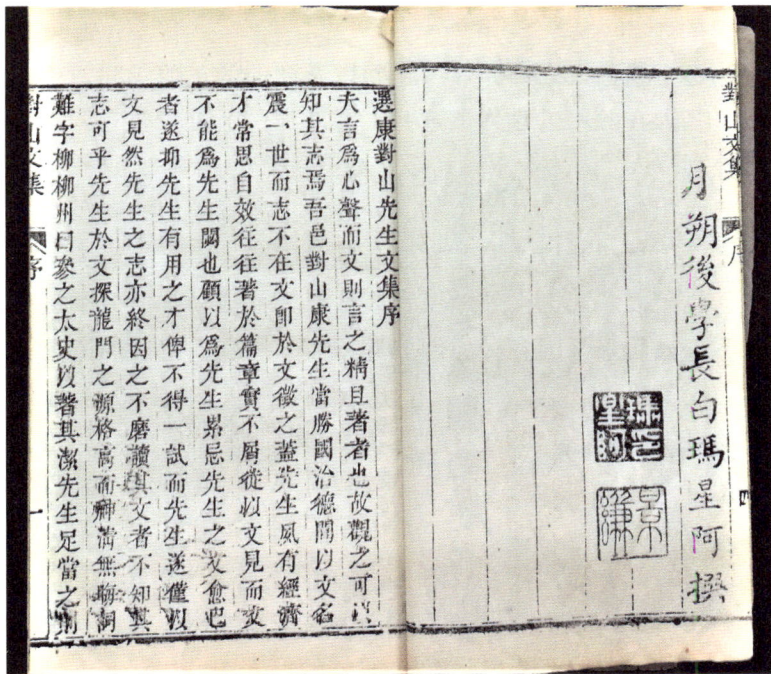

《康对山先生文集》（孙景烈选十卷本，清乾隆刻本）

---

① （明）康海著，［新加坡］陈靝沅编校，孙崇涛审订《康海散曲集校笺》，浙江古籍出版社，2011年4月第1版，第147—148页。

了当时关中地区文学，尤其是俗文学的兴盛。而这一兴盛局面，又是康海与王九思等人的创作促成的。而且，康海以及王九思等人的创作，对当时的陕西文学乃至全国的文学创作，产生了很大的影响。《列朝诗集》王九思小传云："万历中，广陵顾小侯所建游长安，访求曲中七十老妓，令歌康、王乐府，其流风余韵，关西人犹能道之。""评者以为不在关汉卿、马东篱下。"①正好说明了康海、王九思等人的文学影响。

四、其他人的关中诗

除过上述诸人之外，嘉靖年间以及此前的正德年间，也还有其他一些人在关中的创作。这些人，从身份上讲主要有两类：一类是外籍诗人（因为本书谈诗歌，姑且称其为诗人），这些人主要是来陕西担任官职，在关中的时间有限，所以他们的诗歌主要是写行旅途中之感受以及游览古迹名胜的感受；另一类为关中本土诗人。他们很多人也去外地做官或从事其他活动，但关中是其故土，不少人后来又因各种原因罢职回乡。所以，他们的诗歌内容相对比较多样。

杨慎（1488—1559？），字用修，号升庵，正德六年（1511）状元，官翰林院修撰等，卒于嘉靖三十八年（1559），或谓卒于隆庆二年（1568），又说卒于嘉靖四十一年（1562）。

杨慎的关中诗，有《咸阳》《华山阻雪》《重过华清宫》《望华山》《兴教寺海棠》《凤翔阻雨兼闻寇未靖拨闷》等，其中《重过华清宫》一首较有特色，诗曰："绣岭仙人阁，华清玉女汤。山

---

① （清）钱谦益编，许逸民、林淑敏点校《列朝诗集》，中华书局，2007年9月第1版，第3490—3491页。

川犹气象，台殿久荒凉。暖水生烟雾，寒松受雪霜。碑文无岁月，螭首卧牛羊。"①"碑文无岁月，螭首卧牛羊"，写出了华清宫彼时的荒凉。

齐之鸾，字瑞卿，桐城人，正德六年（1511）进士。嘉靖八年，任陕西按察金事，后升副使。齐之鸾的关中诗有《始皇墓》《邠州晓发二首》等。《邠州晓发》云："残月征人早，州城奥突闲。呼船渡泾水，立马望豳山。禾黍高低垄，烟云远近关。谁能渠白石，种稻浊泥湾。""泾北山横绝，穿厓细路高。偏悬疑有麓，峻极乃平皋。岭露催禾黍，秋风飒苣袍。忧勤见遗俗，无地立蓬蒿。"②"禾黍高低垄，烟云远近关"，"偏悬疑有麓，峻极乃平皋"等句，形象地写出邠地的地形地貌特点，而"呼船渡泾水"则与今日之情形大不相同，说明当时今彬州一带的泾河水文状况与现在不同，当时的水流应该比较大，所以能够行船。

刘成穆（1514—1532），一名嘉寿，字玄倩，又字文孙，崇庆人。刘成穆的才气及性情都与唐代的李贺有点相似，七岁能诗文，十岁博识，十五究经史百家。嘉靖十年（1531）举人，又试春官，不第，发愤卒，年未弱冠。刘成穆的关中诗，《过汉武陵》和《温泉宫》两首写得比较好，《过汉武陵》云："岁暮霜残过汉都，武皇陵墓旧荒芜。不将玉匣藏天马，犹使金灯照野狐。赋客词园清露尽，仙翁丹灶白云孤。千年惟有秋风曲，渭水长流啼夜乌。"③赋客指司马相如，仙翁指汉武帝时的方士李少君之流，秋风曲则指汉武帝所作《秋风辞》。诗中句句有实指，诗风则有些李贺的影

子,《温泉宫》一诗也用"碧洞霜泉""翠华宫冷""明月""野蛮"等意象,也有点类似李长吉。

　　孙应鳌(1527—1584),字山甫,号淮海。贵州清平卫(今贵州凯里)人,嘉靖三十二年(1553)进士。嘉靖四十年(1561),任陕西提学副使[1]。嘉靖四十一年(1562)登华山,作《华山诗》八首。又有《重经华阴》《洞元石室》等诗。其《华山杂咏》一诗较有特色,诗曰:"玉女窗开眼倍明,仙童肃队奏鸾笙。海云初散蓬莱股,人在苍龙背上行。"[2]"人在苍龙背上行"一句,写游人攀登华山苍龙岭情形,形象传神。

孙应鳌华山诗碑(明嘉靖四十一年)。2019 年 12 月 9 日摄于西安碑林博物馆

　　本土诗人中,比较早的有张原(?—1524),字士元,三原人。正德九年(1514)进士。为官刚正,嘉靖三年,因哭谏大礼而触怒世宗,被杖,创重卒。张原的一首《骊山》诗很有特色,诗

① 关于孙应鳌生平,参李独清著,岳国钧、任鸿文校订《孙应鳌年谱》,贵州师范大学学报编辑部,1990 年第 1 版。

② (清)朱彝尊选编《明诗综》卷 44,中华书局,2007 年 3 月第 1 版,第 2172 页。

曰："烽火空余百尺台，华清宫殿已成灰。两家失国由妃子，落日行人谩自哀。"①所谓两家，指周幽王和唐玄宗，前者在骊山烽火戏诸侯而导致失信，后者在骊山宠溺杨贵妃而不理朝政，最后发生了安史之乱。"落日行人谩自哀"，苍凉落寞。

正德、嘉靖年间在世的朝邑（今属陕西大荔县）人王三省，有多首诗写到朝邑的相关建筑等，尤其是几次咏写饶益寺及饶益寺塔。寺与塔今已不存，故其诗可作为史料。此外，他有一首诗《逃亡民舍》，诗曰："数椽山下屋，门巷尽蒿莱。夜半狐为主，春分燕不来。诛求民力尽，飘泊旅情哀。此意凭谁诉，踟蹰野水隈。"②写逃亡百姓屋舍的荒凉景象，在当时的诗中不多见。

这一时期的本土诗人，还有马理、乔以宁等人。

马理（1474—1556）③，字伯循，陕西三原人，正德九年（1514）进士。宦海沉浮多年。死于嘉靖三十四年关中大地震。

马理有数首涉及康海的诗，其中一首《中秋日浒西访对山》云：

为念平生友，西来一见之。论文及六籍，取善更多师。
翔舞清秋节，尊倾白雪辞。相亲贪受益，忘却鬓篷丝。④

对山即康海（康海号对山）。马理家在三原，康海家在武功，故曰"西来"。这首诗值得我们注意的是，谈及康海说"论文及六

① （清）刘於义等监修，（清）沈青崖等编纂（雍正）《陕西通志》卷97，清文渊阁四库全书本，台湾商务印书馆影印，第556册，第670页。
② （清）王兆鳌纂修（康熙）《朝邑县后志》卷8，清康熙五十一年刻本。
③ 马理死于嘉靖三十四年十二月十二日关中大地震。此日对应的公历为公元1556年2月2日。
④ （明）马理著，许宁、朱晓红点校《马理集》，西北大学出版社，2015年1月第1版，第393页。

籍"。六籍即六经，指《诗》《书》《礼》《易》《乐》《春秋》。也就是说，康海回乡以后，平时的生活以及与友人的谈论，也常涉及到儒家的经典。这些，在康海的关中诗（尤其是曲）中很难看到。这表明，康海毕竟是一个传统的文人，他的日常生活，当不至于完全沉溺于山水饮食、红袖小曲之中。和好朋友在一起，他也可以谈论儒家经典（或许不谈官场），也不至于像对杨廷仪那样一谈到他不爱听的就把别人赶走，甚至动手打人。

　　马理有一组十首的《平川书院十咏》，标题分别为《孝经堂》《弘道堂》《清风轩》《明月庵》《清谷草堂》《嵯峨山房》《凝墨池》《诗亭春光》《桧林夜诵》《楸巷夏弦》。诗题曰"平川书院"，平川，当指与马理同时而比马理年长一点的王承裕。王承裕（1465—1538），字天宇，号平川，陕西三原人。弘治六年进士，官至户部尚书。弘治年间曾告假还乡，开门授徒，建"弘道书院"。致仕后又林居十年，嘉靖十七年卒。马理与王承裕为同乡，多有来往。王承裕去世后，马理撰有《南京户部尚书平川先生王公行实》。这里的"平川书院"当是王承裕的宅第或教书育人之书院。以组诗的形式写风景等，是王维以后常见的形式。这里，用这十个小标题，或许是"平川书院"本身的建筑等决定的，但从选题也可以看出马理自己的志趣，与王九思和康海（尤其是康海）等人同类形式的诗题相比，就更能见出其特点。毕竟，马理是一个崇尚传统学问的文人，明代后期的陕西诗人冯从吾有一首诗《溪田马先生》专写马理，称他"声望高山斗""立朝无多日，强半在畎亩。富贵与功名，视之如敝帚"，"吁嗟如先生，百代名难朽"[1]。从秉性和志趣等方面看，马理和康海是不同的两种类型，

---

① （明）冯从吾著，刘学智、孙学功点校《冯从吾集》，西北大学出版社，2015年1月第1版，第350页。

虽然他们是朋友。

马理有多首诗涉及到蒲城，如《蒲城访赵文学公遗事有感》《次蒲城》《蒲州道中》等。其中《蒲州道中》诗曰："野次山行几日强，惯于马上见荒凉。泫然泪落蒲关道，风景依稀似故乡。"①蒲城与诗人的家乡三原俱在关中，两地相距也就170华里左右，都在渭北关中，他就泫然想故乡了。看来故乡情结真是很浓重。试比较一下康海与王九思。康海的家乡武功与王九思的家乡鄠县相距也140华里左右，但二人平日之来往，就像是邻里之间的往来一样自如，主要还是心境的原因。

与其他诗人不同的是，马理有四首奉和他父亲的诗，诗题为《奉赓家父韵四首》，其中第一首写："嵯峨山下爱骑驴，朝释长镵暮荷锄。卧稳黄茅一箸后，诗成绿醑两杯余。醉嗔野鹤频来往，闲看岩云自卷舒。却笑许公穷不惯，朱门终日曳长裾。"②嵯峨山，即作者诗中多次写到的家门口的山，整个山脉位于今三原、泾阳、淳化三县之间。诗写和乐安闲而自在的生活，俨然桃花源世界，而且是酬和父亲的诗作，可见父子有共同的情趣。

与这首诗的情调类似，他还有一首《夏闻布谷》："四月麦秋布谷啼，村东语罢又村西。农家播种休看历，趁此深耕雨一犁。"③虽未知作于何时何地，但写的确是关中一带农村之情形。此种情形，至今未变，读来十分亲切。

① （明）马理著，许宁、朱晓红点校《马理集》，西北大学出版社，2015年1月第1版，第431页。
② （明）马理著，许宁、朱晓红点校《马理集》，西北大学出版社，2015年1月第1版，第449页。
③ （明）马理著，许宁、朱晓红点校《马理集》，西北大学出版社，2015年1月第1版，第516页。

马理的怀古诗有《长安吊古》《咸阳怀古》等。《咸阳怀古》云:"咸阳原上望秦中,渭水依然带故宫。指鹿臂鹰人恶说,青山惟爱茹芝翁。"①其主题也非新创,但与此前明初以及天顺、成化时期的怀古诗显然有所不同。他此类怀古诗,重点不在于写兴亡沧桑之感,而在于写隐逸之趣。此外,他还有一首《下马陵》:"三尺孤坟禁苑头,王侯至此下骅骝。儿童为问缘何事,千载真儒在此丘。"②下马陵相传为汉代大儒董仲舒之坟墓。"旧说:董仲舒墓门,人过皆下马,故谓之下马陵。"③而民间传说则谓汉武帝刘彻经过这里时,为了表示对董仲舒的尊敬,特意下马步行,因此人称下马陵④。下马陵原在长安(西安)城南曲江附近。嘉靖二十一年(1542),陕西巡按都御史赵廷锡将其迁至今西安市和平门旁边,在现今的和平门与文昌门之间顺城巷内。诗写"禁苑头",说明当时还在曲江旁边,有如杜甫《丽人行》诗写"芙蓉小苑入边愁"(《秋兴八首》)、"忆昔霓旌下南苑,苑中万物生颜色"(《哀江头》);也说明此诗作于嘉靖二十一年之前。

---

① (明)马理著,许宁、朱晓红点校《马理集》,西北大学出版社,2015年1月第1版,第418页。

② (清)刘於义等监修,(清)沈青崖等编纂(雍正)《陕西通志》卷97,清文渊阁四库全书本,台湾商务印书馆影印,第556册,第670页。西安和平门内董仲舒墓前残存明代断碑亦刻有此诗。

③ (唐)李肇《唐国史补》,上海古籍出版社,1979年1月新1版,第59页。

④ 有人认为,董仲舒墓在陕西兴平市东北,《太平寰宇记》等均持此说。贾三强先生考证:"南北朝以前人已认为今西安城外东南沙坡的汉墓是董仲舒墓,称为下马陵,相沿不改。明代中期其墓埋没,正德初年提学王云凤等募民重修,居功甚伟者是士人马能政。然而嘉靖三年(1524年),陕西高官王珝、喻茂坚在今之和平门内下马陵处设董祠,有人将祠内之墓附会为董墓。从此城南六里处下马陵渐次销声匿迹,湮没无闻。"(贾三强《明代西安下马陵方位变迁考——兼论董仲舒墓所在地之争》,刊《中国历史地理论丛》第27卷第3辑)

此外，马理有一首《和东郭泾野观梅》，其中有两句"天公知我求三益，竹畔松前故放梅"①。如今关中渭北一带已经很少见到梅花（尤其是野生梅花），这是否说明当时气候与现在有所不同？

乔世宁(1503—1563)，字景叔，陕西耀州（今铜川市耀州区）人。年少时，何景明督学陕西，赏识其才。嘉靖十七年(1538)，中进士二甲第八名。官至四川按察使。丁忧回乡，潜心文史，著书立说，直至终老。

乔世宁有一首《经始皇墓》，诗曰：

> 雄图不可见，墟墓亦无凭。宝藏应先发，泉宫侈后称。
> 只余双岭月，长作万年灯。山下东原道，人人说霸陵。②

诗以秦始皇陵与汉文帝霸陵比较，以"人人说霸陵"表达人们对"无为而治"的太平盛世的怀念，也表达作者自己反对暴政而赞颂治世的思想。

乔世宁有一首《题后冈山房》，写他自己在耀州的居处，诗曰："家在幽林下，青天对草堂。开门见山水，终日命琴筋。一系郎官授，空留桂树芳。十年频北望，目极雁云长。"③写幽居生活及其情趣。类似的诗还有一首《望巘峼山》："门对南山近，开门即见山。望中常紫气，元自接仙关。捐佩缘何事，灵岩尚未攀。

---

① 沈乃文主编《明别集丛刊·第一辑》第94册《溪田文集》卷10，黄山书社，2013年5月第1版，第432页。

② 沈乃文主编《明别集丛刊·第二辑》第80册《丘隅集》卷3，黄山书社，2013年5月第1版，第411页。

③ 沈乃文主编《明别集丛刊·第二辑》第80册《丘隅集》卷3，黄山书社，2013年3月第1版，第411页。

遐心将去鸟，缥缈翠微间。"①两首对读，更可见其心志兴趣。还有一首《课耕》也写"中岁厌风尘，归逢五柳春。明时甘自负，微尚与谁论。荷耒元吾分，遗安况古人。山田良已薄，足雨未愁贫"②，表达的也是自足自安的思想心绪。值得注意的是，在嘉靖以前的明代关中诗里，见不到这种情趣及格局的诗。此前的诗歌，大都格局比较阔大，志趣比较昂扬健朗。

再看几首他的怀古和即兴抒慨诗：

昭陵六骏图

世代如流水，悠悠几变迁。
残碑留古迹，六马至今传。
尚想驰驱日，应多将相贤。
所嗟人异马，空复叹凌烟。③

西京故城

芜城临渭水，知是汉长安。
王气经时歇，黄图想像看。
望仙曾桂馆，承露更金盘。
今日皆荒草，秋风立暮寒。④

---

① 沈乃文主编《明别集丛刊·第二辑》第 80 册《丘隅集》卷 4，黄山书社，2013 年 3 月第 1 版，第 418 页。
② 沈乃文主编《明别集丛刊·第二辑》第 80 册《丘隅集》卷 4，黄山书社，2013 年 3 月第 1 版，第 418 页。
③ 沈乃文主编《明别集丛刊·第二辑》第 80 册《丘隅集》卷 4，黄山书社，2013 年 3 月第 1 版，第 414—415 页。
④ 沈乃文主编《明别集丛刊·第二辑》第 80 册《丘隅集》卷 4，黄山书社，2013 年 3 月第 1 版，第 416 页。

昭陵六骏之青骓，西安碑林博物馆藏。摄于 2015 年 12 月

咸阳原

萋萋原上草，累累原上丘。

陵原望不尽，渭水日东流。[1]

　　表达的都是一种无奈、憾惜、低沉、忧伤、抑郁的感叹，缺乏一种蓬勃向上的力量、一种劲健高朗的格调。这，与明初和天顺、成化年间的关中诗实在有很大的不同，不能不说其中有时代的因素。

　　此一时期的关中诗，如大荔人王传有《西林寺》一诗，写"策杖西林寺，村郊横暮烟。雨深溪并涨，树密果初园。地僻容

---

[1] 沈乃文主编《明别集丛刊·第二辑》第 80 册《丘隅集》卷 7，黄山书社，2013 年 3 月第 1 版，第 431 页。

吾老，时清荷有年。相将几樵侣，日晏坐忘还"①，表达的也是一种幽居情趣。当然此诗作于诗人因不满官场而辞职还乡之后，有特定的写作背景，但无论如何也是反映了作者的心态。他的另一首诗《大秦寺》起句写"终南佳气郁苍苍"，颇为壮阔，后面又写"鹤归晴院松阴静，龙过秋潭雨气凉。欲问长生还未信，重阳宫殿已斜阳"②，本来可以写得很大气的诗，到最后也都归于幽寂。这有个人的缘由，也有时代的因素。

许宗鲁（1490—1560）字东侯，号少华，陕西咸宁（今西安市）人。正德十二年（1517）进士。嘉靖三十一年，致仕归，卒年七十。《列朝诗集》许宗鲁小传谓其"家本秦人，承康王之流风，罢官家居，日召故人置酒赋诗，时时作金、元词曲，无夕不纵倡乐。关中何栋、西蜀杨石，浸淫成俗。熙朝乐事，至今士大夫犹艳称之"③。其诗歌，确是多游赏之作，如下面几首：

春兴

野雾花争发，川长柳渐齐。
春光更何许，多在杜陵西。④

春日园居雨中作

南山云雾暗长安，坐惜芳菲欲向阑。
海燕归迟春色暮，谷莺愁剧雨声寒。

---

① （清）王兆鳌纂修（康熙）《朝邑县后志》卷8，清康熙五十一年刻本。
② （清）刘於义等监修，（清）沈青崖等编纂（雍正）《陕西通志》卷96，清文渊阁四库全书本，台湾商务印书馆影印，第556册，第631页。
③ （清）钱谦益编，许逸民、林淑敏点校《列朝诗集》，中华书局，2007年9月第1版，第3872—3873页。
④ （清）朱彝尊选编《明诗综》卷36，中华书局，2007年3月第1版，第1760页。

柔添柳线垂金水，湿重花梢压绣栏。

安得东风开暖霁，曲江走马恣游观。①

城南游览怀古

杨柳今无渚，芙蓉旧有园。

请看蒿里地，即是乐游原。②

总的看来，平和中缺乏健朗，即如其《九日同刘司徒慈恩寺登高》一首写"登高尚觉秋怀壮"，下句就写"抱病深嗟酒兴廉"，总是振作不起来。

与许宗鲁同时且时常游乐的何栋，字伯直，号太华，陕西长安人，正德十六年（1521）进士，官至兵部左侍郎。嘉靖三十二年（1553）以疾乞休。他的一首《未央宫》写得比较有气势：

秦火才燃楚已东，酂侯重筑未央宫。

终南山色横门外，清渭涛声绕禁中。

壮丽岂缘夸后世，悲歌犹恐似新丰。

千年王气难消歇，荒址犹含返照红。③

秦火，指秦始皇焚书之火。焚书甫毕，楚人已反，写出作者的评判态度。本诗尤其是额联和末联，相当有气势，"荒址犹含返照红"，有寓意，有诗意。

---

① （清）钱谦益编，许逸民、林淑敏点校《列朝诗集》，中华书局，2007 年 9 月第 1 版，第 3875 页。

② （清）朱彝尊选编《明诗综》卷 36，中华书局，2007 年 3 月第 1 版，第 1760 页。

③ （清）刘於义等监修，（清）沈青崖等编纂（雍正）《陕西通志》卷 96，清文渊阁四库全书本，台湾商务印书馆影印，第 556 册，第 632 页。

　　王崇古（1515—1588），字学甫，蒲州（今山西永济）人。嘉靖二十年（1541）进士，长于军事，明朝著名的边疆大臣。嘉靖四十三年（1564）任右佥都御史，巡抚宁夏。隆庆初，陕甘边患严重，加右副都御史，进兵部右侍郎兼右佥都御史，总督陕西、延、宁、甘肃军务。"在陕七年，先后获首功甚多。"[1]《明通鉴》"隆庆四年"载："改总督三边都御史王崇古总督宣大、山西军务。崇古在陕七年，数建袭塞功。至是谍报谙达将大举，乃有是命。"[2]《考异》云："据《明史》崇古本传，以嘉靖四十三年总督三边。传言'在陕七年，以是年正月改督宣大、山西。'今据书之，为巴噶奈济归降张本。"[3]据此，王崇古写作关中诗，当在隆庆初年。

　　王崇古的主要职责和功绩在边防方面，他写的诗也多与此有关，有《过哭泉祠二首》及《金锁关即事》等。《过哭泉祠二首》其一曰：

　　姜女来千里，荒祠隔万山。哭泉疑楚泪，刺竹拟湘斑。
　　遗骨悲难返，贞魂苦未还。漆用与江水，流恨日潺潺。[4]

　　哭泉祠位于今铜川市宜君县哭泉乡，其地因秦时孟姜女传说而得名，古时有祠。《陕西日报》2003 年 7 月 28 日有报道《陕西

① 《明史·王崇古传》，中华书局，1974 年 4 月第 1 版，第 5838 页。
② （清）夏燮著，沈仲九标点《明通鉴》卷 65，中华书局，2009 年 5 月第 2 版，第 2299 页。
③ （清）夏燮著，沈仲九标点《明通鉴》卷 65，中华书局，2009 年 5 月第 2 版，第 2299 页。
④ （清）袁文观纂修（乾隆）《同官县志》卷 9，清乾隆三十年钞本，爱如生《中国基本古籍库》。

铜川宜君姜女泉。摄于 2020 年 7 月 28 日

铜川印台孟姜女祠，相传始建于北宋，陕西省重点文物保护单位。摄于 2020 年 7 月 28 日

宜君出土明代孟姜女诗刻碑》，称："近日，宜君县哭泉乡出土一块明代题咏孟姜女诗刻碑，这是哭泉林场在距今哭泉泉眼 50 多米处修建办公楼挖地基时发现的。该碑的出土为研究孟姜女传说和哭泉孟姜女祠提供了不可多得的史料。""这块明代石碑碑长 145厘米，宽 75 厘米，厚 18 厘米，碑文题为'题孟姜女哭泉祠诗'，共二首，有引文长达 300 余字，是反映当时传说的重要史料。诗为两首七律，其一为'以哭名泉更有祠，孟姜此事古今奇，客程历尽风霜苦，妇道无亏天地知。香骨久随尘共化，芳名留与日俱驰。偶从父老询遗迹，驻马挥毫为赋诗'。诗作者不详，碑文为明弘治十年（公元 1497 年）延安知府李延寿书，立碑者为明嘉靖十三年（公元 1534 年）宜君知县阎泰，至今已有 470 多年。"

王崇古的这首《过哭泉祠》比较悲婉。诗写孟姜女对爱情的忠贞及其悲苦。泉疑楚泪，竹有湘斑，遗骨难返，贞魂未还，写诗人的同情与感慨。"流恨日潺潺"，写出遗恨之连绵。

与此诗相似，杨巍也写过一首《题同官孟女祠》。杨巍（1517—1608），字伯谦，号梦山，山东无棣人，嘉靖二十六年（1547）进士。嘉靖四十五年（1566），蒙古军进犯陕西，杀两总兵，朝廷命杨巍仍任佥都御史，巡抚陕西。故其诗当作于嘉靖末至隆庆初。其在陕任职时间及作诗时间与王崇古都比较接近。其诗曰："烈女山头还有庙，秦人塞上已无城。经过莫听漆河水，犹似当年号哭声。"[1]由此可见，姜女庙在明代中期比较有名，也比较受人们的关注。这或许与当时此地边事频发以及由此导致的人们生活状态以及心态的变化有关。

---

[1]　（明）杨巍《存家诗稿》卷 7，清文渊阁四库全书本，台湾商务印书馆影印，第 1285 册，第 538 页。按，（乾隆）《同官县志》卷 9 末句为"犹似当年咆哭声"。

铜川金锁关，摄于 2020 年 7 月 28 日

王崇古《金锁关即事》诗曰：

> 牡丹川北兜零发，柳树坪西羽箭稠。
> 分陕独怜金锁夜，抱关犹记玉门秋。
> 征人倚堞烟双峡，病戍筹边月半楼。
> 稍喜嫖姚整戎幕，荒村拂曙听啼鸠。[1]

此首，写边关之情势及守边之情形，紧张，肃穆。兜零，笼子。《史记·魏公子列传》曰："公子与魏王博，而北境传举烽。"[2]裴骃集解引汉文颖语曰："作高木橹，橹上作桔槔，桔槔头兜零，以薪置其中，谓之烽。"[3]此处指烽火、烽烟，与下句"羽箭"相

---

① （清）刘於义等监修，（清）沈青崖等编纂（雍正）《陕西通志》卷 96，清文渊阁四库全书本，台湾商务印书馆影印，第 556 册 634 页。

② 《史记·魏公子列传》，中华书局，1959 年 9 月第 1 版，第 2377 页。

③ 《史记·魏公子列传》，中华书局，1959 年 9 月第 1 版，第 2378 页。

对。虽然形势紧张，但诗却透着一种意气风发的感觉。

　　需要说明的是，嘉靖三十四年，关中大地震，是中国历史上迄今最为惨烈、损失最为严重的大地震。而据我们所看到的材料，当时的关中诗，却极少见到反映这一重大自然灾害的作品，令人颇为不解。

　　从大的趋势看，嘉靖时期的关中诗，与此前相比，可以不很恰当地说，由理想转向了现实。诗歌创作的格调，不再像此前那样昂扬、劲朗、向上。诗人们的笔下，更多地写现实，写自身的日常生活及其情趣。咏史怀古之作，也多了几份低沉和感伤。

第四节　万历以后的明代关中诗

　　这里的"万历以后"，是指从万历年间到明代灭亡这一段历史时期。这一时期关中诗的作者，少有文学大家，大都是地方官员，从其身份来看，总的来说可分为入陕诗人和陕籍诗人两类。

　　一、豪迈气势与安闲心态：万历年间入陕官员的关中诗

　　王祖嫡（1531—1591），字胤昌，别号师竹，河南信阳卫人[1]。万历二年（1574）春，奉命到陕西陇右册封韩王，途经关中，有数首诗作。其内容，主要是纪游览胜和寻访古迹等。

　　万历二年五月，王祖嫡途经华山，登绝顶，兴奋异常。此后所作《太华赋》序中借胡僧之口这样描述华山："以为名山胜此者、高此者、广此者、幽此者、修此者，深而邃者、险而怪者多矣，若夫四面神削，一雷鬼迷，幻晴空之芙蓉，雄天都之雉堞，虽在尘寰寔标仙府，未有兹山之俪者也。"而他自己"以使节之暇，获恣探讨，宿最高之危峰，穷无尽之大界，未尝不怅然自失，疑蕉鹿柯蚁，非真境也。及瞑目遐思，又复历历，知非梦游"[2]。《与陈光州云浦》中又这样说："甲戌奉使陇右，登太华绝顶，宿悬崖石床。时当五月，烧松柴火彻夜乃得寝。天未明，榻政东向，开小窗，见赤日腾涌，发狂大叫，以为人知日观而不知此。""极目全陕，惟见黄河、渭水如金蛇蜿蜒，或隐或见，惊神眩目，宇宙大观宁复踰此？若夫絫千尺撞，过乌龙岭、日月崖，至玉井，稍平其间，

---

① 王祖嫡生平，参付瑛《王祖嫡年谱》，刊《信阳师范学院学报》（哲学社会科学版）1988 年第 1 期；牛建强《明代河南学者王祖嫡行实研究》，刊《黄河文明与可持续发展》第 3 辑（2012 年）。
② （明）王祖嫡《师竹堂集》卷 1，明天启刻本，爱如生《中国基本古籍库》。

凌飞虹，入空翠，神工怪窟，鸟骇猿愁，昌黎痛哭之区、少陵怅望之所，不佞直欲御风而游，不知其险与否也。"①华山给他的印象是如此的强烈、震撼，以至于他一连写了《希夷峡》《宿张超谷次日登华山》《由千尺㠉至南峰绝顶》等多首诗。其中《由千尺㠉至南峰绝顶》这样写：

> 云㠉千寻上，天窗一线通。仰攀猿挂树，俯视马行空。
> 夜度飞虹险，神留凿翠工。应嗤韩子怯，吾欲驾长风。②

"仰攀"一联，读来如临其境，令人心神摇慑。"应嗤"一联，写出作者的豪迈之气。

王祖嫡的关中诗，大都比较豪放，如：

潼关阻雨盛敏叔馆丈邀登城楼

雉堞孤悬灌木丛，凭阑纵睇起悲风。
三峰太华重岚外，九曲长河急雨中。
阡陌总非秦故土，丹青遥忆汉离宫。
只今万国车书混，设险何须百二雄。③

骊山怀古

华清遗迹乱峰间，弭节聊乘半日闲。
绣岭春回空寂寞，温泉人往自潺湲。

---

① （明）王祖嫡《师竹堂集》卷 34，明天启刻本，爱如生《中国基本古籍库》。
② （明）王祖嫡《师竹堂集》卷 4，明天启刻本，爱如生《中国基本古籍库》。
③ （明）王祖嫡《师竹堂集》卷 5，明天启刻本，爱如生《中国基本古籍库》。

千秋不复陈金鉴，七夕徒怜誓玉环。

阿滥曲终村笛晚，牛羊满目下骊山。①

乾　陵

乾陵双阙峙高冈，象马夷酋俨列行。

一代大伦争子侄，三朝宏业忽周唐。

南山枉费秦皇锢，西盗终窥吕后葳。

无字穹碑谁记述，九原重起骆宾王。②

乾陵。摄于 2016 年 8 月 7 日

---

① （明）王祖嫡《师竹堂集》卷 5，明天启刻本，爱如生《中国基本古籍库》。

② （明）王祖嫡《师竹堂集》卷5，明天启刻本，爱如生《中国基本古籍库》。
　　按，"吕后"，《明诗纪事》作"吕雉"。

　　这些诗，大都鼓荡着一股雄劲之气，因为怀古的原因，又多一种苍凉的格调。同时，又有着自己的历史评判在其中，如《乾陵》一首，"一代大伦争子侄"，对武则天有着严厉的批判，末联引出骆宾王，亦是借其《讨武曌檄》表达对武则天的态度。《温泉》一诗末联写"荆榛一闭朝元路，惟有悲风吹晚松"，同《邠州大佛洞》末联"往迹无劳多感慨，茫茫劫劫总飞尘"一样，从一个比较高的角度，发历史兴亡、桑田沧海之感。

　　王祖嫡的诗之所以有如此格调，当与其家世以及他的个人经历、秉性有关。王祖嫡出身军户家庭，有祖代相传的军人的刚性气质；他4岁时，至狱中探望父亲，就表现出刚烈的个性；少时受人歧视，又使他发奋读书①。这些，都促成了王祖嫡个性与诗风的雄劲特点，也为当时的关中诗歌，增添了一丝雄劲的气质。

　　张维新，字宪周，汝州（今属河南）人，万历五年（1577）进士。曾任陕西副使、陕西参政、按察使，进布政使。万历十九年（1591）前后任陕西参政使，万历二十四年（1596）任潼关道兵备副使，历时五年左右。他有两首潼关诗，《登潼关山河一览楼次杜少陵韵》诗云：

独倚山楼对酒尊，望连芳草忆王孙。
露华泛艳仙人掌，云影霏微玉女盆。
烽火几回惊陇塞，泥丸谁复重关门？
黄河见说来天际，欲上星槎一溯源。②

---

① 王祖嫡12岁时，其父设宴招待进京赴试的举人，结果从午至夜分，连促再三，举人均不至，遂语祖嫡兄弟："汝父为武弁，为人所轻，汝辈努力，举人岂天上人耶？"参付瑛《王祖嫡年谱》，刊《信阳师范学院学报》（哲学社会科学版）1988年第1期。

② （清）唐咨伯修，（清）杨端本纂（康熙）《潼关卫志·潼关志》卷上，清二十四年刻本，爱如生《中国方志库》。

　　（康熙）《潼关卫·潼关志》卷上载："山河一览楼，在麒麟山上，兵宪张维新建，公余常课士于此。"此诗屡屡用典，"望芳草"句化用《楚辞》"王孙游兮不归，春草生兮萋萋"而并无其意，只是望芳草而引发诗情。仙人掌指华山仙掌。玉女盆，在华山中峰玉女祠南之崖石上，为几个大小不一的天然石臼，相传臼中有水，旱不干，雨不溢，传说中是仙女（有传说具体为弄玉）洗发之地。杜甫曾有诗云"安得仙人九节杖，拄到玉女洗头盆"[①]。《后汉书·隗嚣传》记隗嚣部将王元"请以一丸泥，为大王东封函谷关"[②]，喻指险关要隘。"黄河"句，古来黄河天上来之典多不胜数。星槎，晋张华《博物志》载，汉代曾有人从海渚乘槎到天河，遇牛郎织女。诗东说西说，地下天上，实则是登楼眺望，引发诗兴，抒写其豪逸之情而已。另一首写潼关的《入潼关》："烽色何年息，羁心着处迷。雕戈辞海上，玉剑引关西。夜月风陵渡，秋空鲍雁低。古来雄百二，珍重一丸泥。"[③]则洋溢着一种凌厉肃穆之气，有如大军冬夜疾行，虽则寒冷，却也充满凌厉风发之气。

　　张维新又有多首华山诗，如《青柯坪二首》《青柯坪雨》《华山赠蓬头道人》《游华山十二韵》《登华山二首》《山荪亭二首》《怀希夷先生》等，足见其对华山之钟爱。

　　张维新的华山诗[④]，总的来说有两种格调：一类豪逸，一类

① （唐）杜甫著，萧涤非主编，张忠纲统稿《杜甫全集校注》，人民文学出版社，2014 年 1 月第 1 版，第 1144 页。
② 《后汉书·隗嚣传》，中华书局，1965 年 5 月第 1 版，第 525 页。
③ （清）唐咨伯修，（清）杨端本纂（康熙）《潼关卫志·潼关志》卷下，清二十四年刻本，爱如生《中国方志库》。
④ 此节所引张维新华山诗句，除特别标注外，均引自张维新《华岳全集》，明万历二十五年刻大顺曹士纶印本。

静怡。前者如《游华山十二韵》，先写"西来登太华，探胜更无山"，颇类前述王祖嫡对华山的评价；又写"气岸青天入，风襟翠壁环"，前句写华山之高，后句写山之陡峭，皆为登山之切身感受：仰看高峰直入云天，眼前峭壁近身；又写"巉岩悬日月，飞瀑响潺湲"，乃是华山早晚之景象；再写"少室晴烟外，全秦夕照间"，则是东西眺望之所见。最后写"结隐知何日，高歌且破颜"，高歌，正见其豪情。《青柯坪雨》写山中下雨情形为"天昏五里雾，瀑洒半山松"，而雨后自己则是"拄杖尘都尽，折巾兴不慵"，兴逸情豪。《登华山二首》亦是豪情满满，如第二首写"仙人露泛金天晓，玉女池涵太乙秋。诗侣何须携谢朓，卢敖一杖快兹游"。这里，不妨全录第一首如下：

> 五岳寰中白帝雄，登登蜡屐蹑鸿蒙。
> 三峰翠削芙蓉出，一带黄浮渭洛通。
> 绝壑松涛吹片雨，回崖瀑雪舞长风。
> 尘氛已隔藤萝外，把酒天门倚日红。

首句总赞，次句写登山。"三峰"一联写华山之高耸、之险峭。"绝壑"一联气势回旋，极有力度，末句"把酒天门倚日红"，更是豪逸之极，令人钦羡。

他的另一些华山诗，则表现出一种静怡的特点，甚至是幽寂，如《青柯坪二首》："望望华峰高，飘飘散行迹。酌霞繁虫吟，不觉松萝夕。落叶点荒苔，栖云宿危石。徘徊抚幽柯，晚山与争碧。""岩阿环秋鲜，何言气萧爽。地迥绝世喧，山深但泉响。浮云散峡门，明月弄仙掌。划然坐峰阴，因之断尘想。"《山苏亭二首》写"看天聊自广，笑拥万峰青"，"酣歌兴未已，题竹一林青"，虽然不乏豪兴，但更多的是幽静的情怀。

华山东峰云海。崔建平摄影

王九皋，字鹤鸣，濮州（治所在今山东鄄城）人，万历十年
（1582）举人。万历二十四年（1596）任鄠县令。有《初夏过渼
陂》一诗。

渼陂真胜地，海内此奇观。水漾烟波冷，堂开空翠寒。
终南横黛色，紫阁拱朱栏。陇麦轻花落，池荷小叶团。
潜虬翻锦浪，鲜鲤跃金盘。沽酒倾囊去，题诗待墨干。
天涯逢乐处，官况倚能宽。①

---

① （清）刘於义等监修，（清）沈青崖等编纂（雍正）《陕西通志》卷97，清
文渊阁四库全书本，台湾商务印书馆影印，第556册，第652页。

　　诗写鄠县的"名片"渼陂湖，而且是夏天的渼陂湖，写湖中的荷叶、鲤鱼。在初夏的天气里，"水漾烟波冷，堂开空翠寒"，更让人觉得清爽。而周边则是麦花轻落，终南横黛。对此美景，官闲事少的诗人自是倾囊沽酒、吟诗作赋，好不悠闲。

　　袁宏道（1568—1610），字中郎，湖北公安人，万历二十年（1592）进士，著名的"公安三袁"之一。万历三十七年（1609），袁宏道奉命典试陕西，入关中。

　　作为一个文学大家，袁宏道在公事之余，对关中的风景名胜颇有兴趣，对骊山和华山尤为向往（华山尤甚），散体文写了《游骊山记》《华山记》《华山后记》《华山别记》；诗写了《骊山怀古》《过华清宫浴汤泉有述六首》等骊山诗和《经太华二首并序》《登华六首》《猢狲愁》《避诏崖》《卫叔卿博台》《擦耳崖》《岳顶归至青柯坪示同游道人》《华顶示同游樗道人》《公超谷》《希夷峡二首》《回心石》《千尺㠉至百尺峡》《苍龙岭》等多首华山诗。他对华山是如此地喜爱和推崇，以致"见人辄问三峰险处"[1]，且谓"凡山之名者，必以骨，率不能倍肤，得三之一，奇乃著。表里纯骨者，唯华为然"[2]。这里，且录其华山诗一首：

苍龙岭

瑟瑟秋涛谷底鸣，扶摇风里一毛轻。

半生始得惊人事，撒手苍龙岭上行。[3]

---

[1]　（明）袁宏道《华山别记》，引自钱伯城《袁宏道集笺校》，上海古籍出版社，2008年4月第2版，第1472页。

[2]　（明）袁宏道《华山记》，引自钱伯城《袁宏道集笺校》，上海古籍出版社，2008年4月第2版，第1468页。

[3]　（明）袁宏道著，钱伯城笺校《袁宏道集笺校》，上海古籍出版社，2008年4月第2版，第1455页。

　　首二句，通过谷底秋涛和风中的大鸟，写华山之高，一听觉，一视觉，同时又有一种超越视听觉的通感。后两句，写人生过半，方得有机会做此惊人之事，居然在苍龙岭上"潇洒走一回"。此时，作者42岁。故曰"半生"。

　　袁宏道的诸多华山诗，大都明快劲朗，快意潇洒，有昂扬之气。其他诗，即便是写思乡，也没有一般同类诗的缠绵哀怨，如《宿华州公署》："古槐修柏琅玕竹，晓日晴岚翡翠山。疏影半窗鸠忽语，湘南烟水梦初还。"诗写梦里思乡，但整首诗却清新俊爽，毫无低沉之气。

　　邢云路，字士登，安肃（今河北徐水）人，万历八年（1580）进士。万历二十七年，分巡河西道。万历三十四年，任陕西按察司副使。

　　邢云路的关中诗，有《扣希夷睡》《春日游云台》等写华山。看来在万历年间，华山仍是入陕诗人游览的首选目标，而且写得也都比较健朗。邢云路又有《东湖杂咏二首》，写凤翔东湖："朋好合风光，维舟引兴发。景涵天上下，人在水中央。岸柳含衣绿，晴波射酒黄。更堪修禊事，新月下沧浪。""追赏耽浮景，春游白日间。采风来穆穆，好鸟语关关。水荇牵衣带，林花上酒颜。乘槎斗牛宿，天路不知还。"①安乐，祥和，恬静，俨然一幅太平盛世的游乐图。

　　邢云路还有几首写辋川的诗，表现的也是这种情境，如《辋川》写"暖谷晴关腊月春，绿苔碧草自鲜新"②。而《入辋峪》一首则更为闲逸，诗曰："入峪疑无路，寻山忽有村。隔林闻犬吠，或

---

① 政协陕西省凤翔县文史委编《凤翔文史资料选辑》第5辑，1987年，第35—36页。
② （清）吕懋勋、袁廷俊等（光绪）《蓝田县志·文征录》卷6，清光绪元年刊本，爱如生《中国方志库》。

恐是桃源。"①确是桃源境界了。

　　龙膺（1560—1622？），字君御，武陵（今湖南常德）人，万历八年（1580）进士。曾在青海及甘肃等地军中任职，历官至太常寺正卿。万历三十四年（1606）秋，授陕西按察佥事，治兵甘州。他的一些关中诗，大概就作于此时。《发咸阳次礼泉怀古》诗曰："原沙莽莽冻云流，极目偏增异代愁。苔蚀碑阴图紫燕，槐蟠屋角幻苍虬。灰飞秦烬空归汉，瓦解唐墟候易周。莫讶礼泉泉已竭，铜驼荆棘几千秋。"②感喟比较深沉。

　　祁伯裕，大名府滑县（今属河南）人。万历三十二年（1604）后任陕西提学副使、陕西右参政，编有《关中陵墓志》。祁伯裕有一首《过礼泉有感》，诗曰："世路谁醒眼，忧心如醉狂。漫夸泉是醴，我自爱沧浪。"③与前述龙膺礼泉怀古诗相比，多了一份弃世之感。

　　万历四十一年（1613），任蓝田县令的山西潞安人沈国华，有一首《辋川烟雨》："右丞已去白云留，时有高人续胜游。花洗红妆春雨过，树连青霭晓烟浮。川原掩映山阴道，洲渚萦回巫峡流。松竹人家鸡犬寂，一声金磬落林丘。"④从"胜游"上续王右丞，诗风也续右丞，写辋川烟雨、静逸田家。不过字里行间还是比右丞诗多了些世俗气。与前述邢云路的辋川诗比，也多了些生活气。

---

① （清）吕懋勋、袁廷俊等（光绪）《蓝田县志·文征录》卷6，清光绪元年刊本，爱如生《中国方志库》。

② （清）刘於义等监修，（清）沈青崖等编纂（雍正）《陕西通志》卷96，清文渊阁四库全书本，台湾商务印书馆影印，第556册，第636页。

③ （清）蒋骐昌修，（清）孙星衍纂（乾隆）《醴泉县志》卷13，清乾隆四十九年（1784）刻本。

④ （清）吕懋勋、袁廷俊等（光绪）《蓝田县志·文征录》卷6，清光绪元年刊本，爱如生《中国方志库》。

　　李本固，河南固始人，进士出身，官至大理卿。万历十一年（1583）任蒲城县令①，稍后巡按陕西。他写的一些关中诗，着重表现一种幽静之趣，如《岐阳署中竹》："庭院青春静，幽怀自不任。危栏间徙倚，绿竹共萧森。雨洗琅玕色，风飘环佩音。比君浑可对，世事谩相侵。"《蓝桥道中二首》："郁郁苍松翠柏，磷磷白石丹沙。玉杵元霜何在，洞门深锁烟霞。""不尽山青水绿，都来鸟语花香。揽辔蓝桥幽处，浑忘身在他乡。"②都是一种幽寂的、恍然世外的感觉。

　　傅振商，字君雨，汝阳人，万历三十五年（1607）进士。万历后期巡按陕西。崇祯元年，迁南京兵部侍郎。崇祯十三年（1640）病故。

　　傅振商的关中诗，首先值得关注的是一首《凤翔道中山家》："径仄疑无地，山回远岸奢。白云闻犬吠，流水见人家。板屋吹烟小，柴门竹影斜。狉狉饶古意，不晓市朝哗。"③此诗所写，完全一派超然世外的山家景象：细窄的小径，曲折的山峦，弯弯的流水，悠悠的白云，一声声的犬吠，一缕缕的炊烟，柴门掩映，竹影横斜，而往来活动的，则是牛羊豕鹿之类（狉狉，兽群走动貌。柳宗元《封建论》："草木榛榛，鹿豕狉狉。"），诗曰"不晓市朝哗"，读来也确实给人一种忘却市井喧哗的感觉。

　　傅振商的关中怀古诗，有《孟姜女祠》《重过昭陵》等。《孟姜女祠》诗云：

① （乾隆）《蒲城县志》卷6，清乾隆四十七年刻本，爱如生《中国方志库》。
② （清）吕懋勋、袁廷俊等（光绪）《蓝田县志·文征录》卷3，清光绪元年刊本，爱如生《中国方志库》。
③ （清）达灵阿等修，周方炯纂（乾隆）《凤翔府志》卷10，清乾隆三十一年刻本，爱如生《中国方志库》。

　　　遥瞻绝塞暮云间，万死寻夫岂望还。

　　　招得遗魂从旧骸，千秋同对女回山。①

　　此诗，（乾隆）《同官县志》作王崇古诗，文字略异。诗用孟
姜女寻夫故事。关于女回山，有多种传说，如《古今图书集成·职
方典》卷 495 载："同官县女回山，在县北四十里。相传孟姜女负
夫骸回，经此，追兵将至，山回遮之，故名。"（嘉靖）《雍大记》
卷九记："女回山，在同官县。旧云孟姜至长城寻夫回，卒于山下，
葬焉。世号其山曰女回。"②（雍正）《陕西通志·山川·同官县》载：
"女回山，在县北四十里 …… 俗传秦筑长城，孟姜女负其夫骸经
此而返，故名女回。"③（雍正）《陕西通志·陵墓·同官县》"秦孟
姜女墓"条载："女回山在同官县北三里，按《通志》：孟姜女至
长城寻夫而回，卒于山下，遂葬焉。故曰女回山。"并说："秦始
皇时，姜女者，楚澧人范郎妻也，归三日而范郎赴长城之役。其
后赍寒衣至城所，寻问范郎，已埋版筑中矣。女乃绕城哭，城隅
为隳，隳所范郎见像。女即其处求骸，骸多不可辨，乃啮指出血
滴骸入骨，不可拭知为夫骸。遂负之，由君子济渡，经雕阴而奔。
夫长白其事主将，命追之。女至宜君山同官界所，登山，渴甚，
痛哭，地涌甘泉。今其地名曰哭泉。时女倦甚，不能奔，而追将
及。忽山峰转移，若无径然。追者乃返。女至同官水湾，筋力竭
矣，知不能返澧，乃负骸置西岩石龛下，坐于傍而逝。同官人即

────────────

① （清）刘於义等监修，（清）沈青崖等编纂（雍正）《陕西通志》卷 97，清
　　文渊阁四库全书本，台湾商务印书馆影印，第 556 册，第 671 页。

② （明）何景明（嘉靖）《雍大记》卷 9，明嘉靖刻本，爱如生《中国方志库》。

③ （清）刘於义等监修，（清）沈青崖等编纂（雍正）《陕西通志》卷 13，清
　　文渊阁四库全书本，台湾商务印书馆影印，第 551 册，第 683 页。

铜川印台孟姜女祠。摄于 2020 年 7 月 28 日

其遗骸处塑像祠之。"①（乾隆）《同官县志》卷九所记略同，个别细节更具体，如"时烈女倦甚，不能奔趋，而追骑将及。忽山峰转移遮路，若前无径然。追者乃拨马而反"。诗写孟姜女对夫妻感情的坚贞，"万死寻夫岂望还"，可谓视死如归。"千秋同对女回山"，他们夫妻二人同对女回山，后世瞻仰者也同对女回山而心生敬意。

　　傅振商的《重过昭陵》诗，蕴涵则比较复杂："九嵕山色隐龙蟠，犹想松楸古殿寒。七德不闻弓剑地，一杯聊当鼎湖看。嘶风六骏苍苔没，扈殡元勋片碣残。神武更摧安史乱，御营生气自桓

————————

① （清）刘於义等监修，（清）沈青崖等编纂（雍正）《陕西通志》卷71，清文渊阁四库全书本，台湾商务印书馆影印，第 555 册，第 290 页。

桓。"①尤其是末联，表达了不同常人的见解。

李景萃，龙泉（今属浙江）人，嘉靖二十六年（1547）进士，曾任陇州知州，陕西参政。李景萃有《将登吴岳途中遥望二绝》："凤翔西望是吴山，隐约遥峰霄汉闲。行尽柳林三十里。青莲一朵出云间。""青莲一朵出云间，直上巍巍不可攀。我欲凌风登绝顶，扪天长啸看尘寰。"②二首之后，意犹未尽，又作《登吴岳重续前句》："扪天长啸看尘寰，越水秦川指顾间。我本清狂五岳客，宦游到处有吴山。""宦游到处有吴山，却被山灵笑未闲。何日拂衣归此地，餐松弄月不开关。"③此诗所咏之吴山，原名岍山，位于陇山山脉的南部，连接陇县和千阳县，是关中之西缘。诗作表达的情绪，是愉悦乐观的，甚至有一些兴奋。这，直接缘由自然是登山当时的心境，但也与彼一时期关中诗歌总的基调相吻合。

万历年间，诗写吴山的比较多，写凤翔东湖的也比较多。

写东湖诗的，有一位苏濬。据（雍正）《陕西通志》及（乾隆）《商州志》，苏濬，字君禹，福建晋宁人，万历五年（1577）进士，万历十八年（1590）前后任陕西参议，领商洛道。（宣统）《郿县志》卷四又载，万历四年，苏濬任郿县知县。或为同一人耳。苏濬《东湖》："鉴湖亭上暮云收，霁月浮光满郡楼。千载交情联下榻，一时豪客共登舟。黄花香泛珍珠酒，华发荣分汗漫游。此夜须知兴不浅，任他鼓角急城头。"④表现出一种十分喜乐的情调，甚至还相当豪迈洒脱。

① （明）蒋骐昌修，孙星衍纂（乾隆）《醴泉县志》卷第 13，清乾隆四十九年刻本。
② （清）罗彰彝等纂修（康熙）《陇州志》卷 7，清康熙五十二年刻本。
③ （清）罗彰彝等纂修（康熙）《陇州志》卷 7，清康熙五十二年刻本。
④ （清）达灵阿等修，（清）周方炯纂（乾隆）《凤翔府志》卷 10，清乾隆三十一年刻本，爱如生中国方志库。

　　万历十一年进士，后在甘陕任职的岳万阶，也有两首《东湖杂咏》："新月映湖光，从流逸兴长。投胶情更笃，飞羽落无央。竹影摇波绿，梅桩照酒黄。坐听盈耳奏，钧乐下沧浪。""最爱艳阳景，且偷忙里闲。清言频对酌，意乐两相关。云影摇仙舫，花光开笑颜。和风收满袖，载月夜深还。"①诗的基调仍是一"乐"字。这，在某种程度上能够说明当时人的普遍心态。

　　丁应时，安邑（今山西运城）人，万历二十二年（1594）进士，万历四十三年（1615）前后，任凉州同知。其《东湖》诗曰："如鉴湖光一望收，况逢皓月转层楼。飞觞忽忆兰亭约，鼓棹还登赤壁舟。万里烟云随眼阔，一时冠盖快神游。更阑剩有寻芳兴，片叶须穷天际头。"②此诗见于（乾隆）《凤翔府志》卷十，咏写凤翔东湖。诗写东湖之阔大，不无夸张，而值得关注的，是诗中表现出来的喜乐愉悦之兴致，与这一时期的其他关中诗颇为吻合。

　　嘉靖四十年（1561）进士，万历初年"进员外郎，录囚陕西"的艾穆，写过一首《鄠县马明府拉游渼陂空翠堂纪兴》，诗写"为有波光清入酒，况兼山色淡宜人"③。说明当时渼陂湖仍是鄠县胜景，空翠堂仍是文人向往之所。渼陂湖，以杜甫《渼陂行》诗中"岑参兄弟皆好奇，邀我远来游渼陂"的句子而广为人知。空翠堂，宋代所建，因杜甫本诗中有"丝管啁啾空翠来"之句而命名，此后历代（直至民国）皆有修茸。而如今，"老旧"的空翠堂已荡

①　政协陕西省凤翔县文史委编《凤翔文史资料选辑》第5辑，1987年，第36—37页。
②　（清）达灵阿等修，（清）周方炯纂（乾隆）《凤翔府志》卷10，清乾隆三十一年刻本，爱如生《中国方志库》。
③　王云五主编，陈田辑《明诗纪事》已签卷13，上海古籍出版社，1993年12月第1版，第2086页。

然无存，而被新的建筑所取代①。

许孚远（1535—1604？），字孟仲，号敬庵，浙江德清人，嘉靖四十一年(1562)进士。万历年间任陕西提学副使。许孚远有一首《游辋川》，诗曰："辋川不似唐朝盛，空费文人自远来。画上诗篇虽不改，图中景致已难猜。风生母塔摇青草，雨润丞祠长绿苔。惟有当时鹿苑在，游人到此叹徘徊。"②母塔，指王维母亲葬地母塔坟。诗写辋川与诗人心目中的唐代王维辋川别业大不相同，且因此而生感叹。这大概是唐代以后几乎所有的文人游辋川共有的感受。不过许孚远当时好歹还能见到母塔和鹿苑寺。塔与寺今俱不存，1963 年此地建工厂时被毁。如今去游览，会更多一份喟叹。

于若瀛有一首《雨宿潼关》，诗曰："明灯虚馆凄清夜，细雨萧萧乱客肠。秋入关门悲鼓角，年来驿路老星霜。家临济水菰芦白，垅接南山黍谷黄。千里故园愁阻绝，梦还京国亦他乡。"自注："时寄家京邸。"③于若瀛（1552—1610），字子步（一说号子步），晚号念东，济宁卫（今山东济宁）人。万历十一年（1583）进士。万历三十七年（1609）正月巡抚陕西④。次年二月卒于任。从诗中的"秋"字看，当作于万历三十七年秋。诗写乡思乡愁，颈联用

---

① 2016 年 9 月，当地大兴"潏陂湖水系生态修复工程"时，将"破旧"的省级重点文物保护单位"空翠堂"毁除，几年后又新建了"空翠堂"。

② （清）吕懋勋、袁廷俊等（光绪）《蓝田县志·文征录》卷 6，清光绪元年刊本，爱如生中国方志库。

③ （清）朱彝尊选编《明诗综》卷 54，中华书局，2007 年 3 月第 1 版，第 2744 页。

④ （清）刘於义等监修，（清）沈青崖等编纂（雍正）《陕西通志》卷 22，清文渊阁四库全书本，台湾商务印书馆影印，第 552 册，第 187 页。（明）谈迁著，张宗祥校点《国榷》卷 81，中华书局，1958 年 12 月第 1 版，第 4999 页，第 5016 页。

"济水"和"南山"将千里之外的故乡和己身所在的长安联系起来。或许因为年老体衰的原因，加之时值文人容易产生悲愁之感的秋天，又是雨夜，诗中弥漫着浓郁的抑郁愁闷之气。

朱燮元有一首《马嵬坡》，诗曰：

> 六龙回辇此重过，遗恨秋坟掩袜罗。
> 南内萧萧风雨夜，凄凉应比寿王多。①

民间传说，马嵬的杨贵妃墓中并没有杨玉环的尸体，而只是埋了她穿的袜子，所以诗说"坟掩袜罗"。后两句写长安收复后，

兴平马嵬杨贵妃墓。摄于 1906—1910 年。图片来源：赵力光主编《古都沧桑》

---

① （清）朱彝尊选编《明诗综》卷 57，中华书局，2007 年 3 月第 1 版，第 2860 页。

唐玄宗回到长安，独处南内，有如被软禁一般的孤寂生活。此时的他，心灵是很孤独寂寞的，所以说"凄凉应比寿王多"。这里反用李商隐"夜半宴归宫漏永，薛王沉醉寿王醒"①诗意，别出心裁。

朱燮元，字懋和，浙江山阴人，万历二十年（1592）进士。《明史》有传。万历四十四年（1616），任陕西按察使。此诗应该作于这一时期。

傅淑训有一首《题香积寺》，诗曰："平甸草铺似绣，高峰石削如门。牛羊十里五里，鸡犬前村后村。"②绘出一幅风景秀美的田园图画。

傅淑训，河北孝感人，万历二十九年（1601）进士。《明诗综》诗人小传谓："淑训字启昧，孝感人。万历甲辰进士，滁知濮州，调泽州，入为工部员外，进郎中，出知平阳府，升山西按察副使，寻提督学政，历陕西参政，四川按察使，迁太常少卿，累迁户部尚书。"③《明诗纪事》傅淑训小传大略相同，"陕西参政、四川按察使"后云"入为太仆少卿，坐杨涟姻家，削籍。崇祯初，起顺天府尹，累迁户部尚书"④。据考证，傅淑训万历后期知泽

① （唐）李商隐著，刘学锴、余恕诚集解《李商隐诗歌集解》，中华书局，1988年12月第1版，第1684页。

② （清）朱彝尊选编《明诗综》卷59，中华书局，2007年3月第1版，第2982页。

③ （清）朱彝尊选编《明诗综》卷59，中华书局，2007年3月第1版，第2982页。

④ （清）陈田辑《明诗纪事》庚签卷21，上海古籍出版社，1993年12月第1版，第2609页。

州①。这样，傅淑训入陕，当在万历后，崇祯前。不过，这首《题香积寺》所写，与长安香积寺之地貌似不吻合。姑录于此，诗具体作于何地，所写为何处香积寺，俟考。

总的来看，万历时期的关中诗，表现出两种格调：一是从万历前期起，许多诗就有一种豪迈的气势，有一种昂扬的心态（如王祖嫡、张维新等），尤其表现在游览华山的诗中。这与前一个时期有了很大的不同；二是不少诗表现出一种平和安闲甚至幽静的心态。这两种心态与格调，其实是一种处于上升时期的时代特征，却出现在了万历年间的关中诗中，值得研究。当然，也有少量诗作，因为作者个人际遇的原因，情况有所不同。又有一些诗，因为题材的原因，如怀古诗，尤其是万历末期的怀古诗，情调稍稍复杂一些。

二、怀古、低徊、哀怨：明末入陕诗人的关中诗

万历以后的关中诗，又体现出明显不同的格调。

范文光，内江举人，崇祯初，为邠州学正。崇祯五年，任礼泉县令。他写过好几首关于乾陵的诗，如《晓行乾陵山下》《首夏上乾陵》《乾陵》等。这些诗，应当作于崇祯初年，作者任邠州学

---

① 刘泽民、李玉明总主编，杨晓波、李永红分册主编《三晋石刻大全·晋城市城区卷》（三晋出版社，2012年12月第1版，第629页），《迁烈妇郎氏祠文》之"简介"称："勒石于明万历三十一年至三十三年（1603—1605）间。傅淑训撰。原在泽州城内……傅淑训，万历后期泽州知州。"刘泽民、李玉明总主编，王丽分册主编《三晋石刻大全·晋城市泽州县卷》（三晋出版社，2012年12月第1版，第218页）之《青莲寺傅淑训诗刻》"简介"谓："明万历三十五年（1607）夏勒石。现存青莲寺大雄殿东窗下。"马金花编《山西碑碣：续编》（三晋出版社，2011年10月第1版，第394页）《傅淑训青莲寺丁未夏日诗碑》，谓"又考，明万历三十五年（1607），傅淑训知泽"。

正之时。对于乾陵，他特意去做过踏访。(雍正)《陕西通志》、(乾隆)《礼泉县志》、(光绪)《乾州志稿》等都录有范文光《昭陵乾陵说》一文。而各志之间，文字有个别出入，如"乎"与"矣"、"怀"与"坏"及"抔"、"进"与"埋"、"鸣"与"史"等，大都不影响文意理解。

上述诸志所录《昭陵乾陵说》一文，其中《礼泉县志》中明确写明为"唐太宗象石刻"。此刻原石现藏昭陵博物馆。笔者曾专程探访，发现上述文字与碑石原刻都有差异。现将相关文字互校，录全文如下：

文光居邠，尝走长安道，过谷口，问太宗祠，人不识为太宗也，辄应曰"唐王祠"。即及昭陵，人亦应之曰"唐王陵"。私心怪之，以为帝也何王之有？然至奉天，问乾陵，人亦不知有高宗也，辄应之曰"武则天陵"。范子曰：光今而后知小民之口胜史氏之笔多矣。太宗虽帝，要其功业，著于为王时。当隋季之乱，出之膏火，震以风雷，一时奉唐家者，独此王耳。故至今王之也，实当年有以传此名也。然则人心所属，众誉所归，虽帝王位号赫著人间，斯民固有不从其尊者矣。若夫金轮氏淫毒窃攘，使异世下一抔之土，且专其名，君子听之，犹有祸心之恶焉。然高宗实不能夫，特称之曰则天陵。所以愧后世之夫不能有其妻者，虽掘地及泉，骨可埋而名不许。嘻其甚矣！考亭、涑水，大儒秉笔，然定不敢易帝而王，去帝而后，而小民直与之、直夺之，百世千秋，万人一舌，先正谓春秋史外传心，岂知史外传口，民言可畏，过者思之。

范文光《昭陵乾陵说》及唐文皇小像碑，现藏昭陵博物馆。摄于 2017 年 10 月 26 日

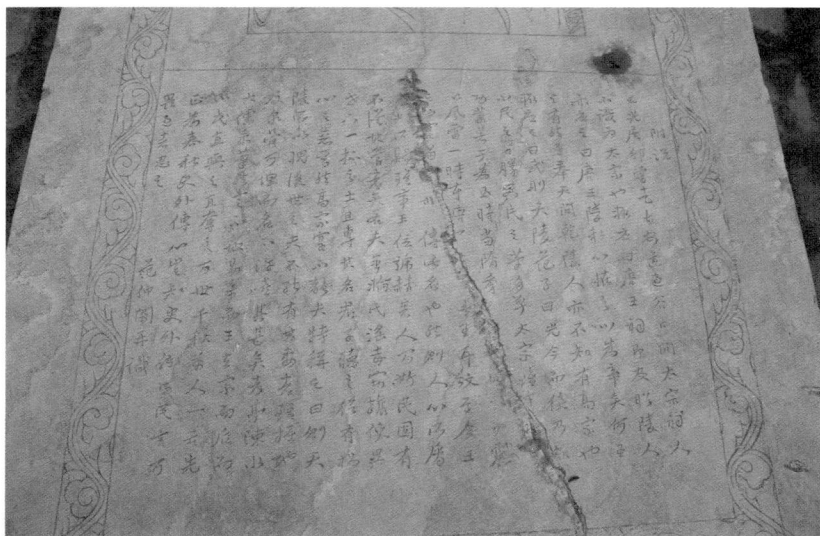

范文光《昭陵乾陵说》碑刻，摄于 2017 年 10 月 26 日

　　与上文相应，他写的乾陵诗中对武则天也是同样的评价。《首夏上乾陵》诗曰："薄游驱老马，暇日此追随。麦熟黄垂地，苔深绿绕碑。妒风腥草木，妖气染熊罴。自丑生前事，难题石上辞。"①"麦熟黄垂地"，画出关中地区夏日麦熟时之景象。末联认为武则天是自己觉得生前所做之事为丑事，所以碑上不刻文字。这是作者对乾陵著名的无字碑的解释，也是他对武则天的评判态度。

　　汪乔年（1585—1642），字岁星，浙江遂安（今浙江淳安）人。天启二年（1622）进士。崇祯十一年，督学陕西。十四年，升陕西按察使，后升总督。崇祯十五年二月，李自成兵围襄阳，汪乔年死之。

　　汪乔年有一首《商於怀古》，诗曰：

> 路入商源万壑回，据鞍怀古思悠哉。
> 茹芝高士坟犹在，徙木奸雄骨已灰。
> 计绝楚援游客诈，诗题秦岭逐臣哀。
> 古今得失俱陈迹，惟有山花岁岁开。②

　　此诗怀古，提到商山四皓、商鞅、张仪、韩愈等与此地相关的历史人物。末联将一切历史人物与事件一笔抹倒，"惟有山花岁岁开"，令人沉思，令人怅惘。

　　同时期的关中怀古诗还可注意的是陈鸣鹤的《马嵬驿》："春雨梨花暗马嵬，霓裳声断不胜哀。鸟嘻剑阁空相忆，人去骊山竟不回。驿路几时迎翠辇，佛堂千载闭苍苔。多情惟有华清月，还

---

① （清）周铭旗纂修（光绪）《乾州志稿》，别录卷3，清光绪十年刻本，爱如生《中国方志库》。
② （清）朱彝尊选编《明诗综》卷72，中华书局，2007年3月第1版，第3586页。

照宫中歌舞台。"①亦是低沉徊徨，有"哀"意，表现出末世的特征。陈鸣鹤，字汝翔，号雪楼，福建侯官人，明末天启、崇祯间诸生。未知何时入陕。抑或诗并非实地所作也。

顾咸正，字端木，昆山（今属江苏）人，崇祯六年（1633）举人，崇祯十三年，任延安府推官，后殉国死。顾贤正有几首华山诗，《猢狲愁》写"人心险于山，平地覆车马"；《登华山》写："倚杖高台万里秋，山川元气共沉浮。金神法象三千界，玉女明妆十二楼。井钺参旗皆北拱，浊河清渭自东流。愁看杀气关中满，独立南峰最上头。"②诗人立于华山之巅，所见所感是"愁看杀气关中满"。这与此前万历时期众多的华山诗有着明显的不同。

黄道周（1585—1646），字幼玄，号石斋，漳州镇海卫（今福建东山)人。天启二年（1622）进士。南明时，任吏部尚书兼兵部尚书、武英殿大学士，抗清殉国。黄道周有一首《思在华山顶》，诗曰："苍龙岭下少人来，铁锁春深滑碧苔。欲上岭头吹玉笛，长安不见使人哀。"③从诗意看，当是实地所作，未知何时入陕。而诗情诗境，与前述万历年间的华山诗大不相同，没有了万历时期华山诗那种豪情、那种劲朗、那种明快，而洋溢于字面的，则是末世的"哀"。

当然，凡事皆有例外，明末也有个别诗显得有豪逸之兴，虽然是个别现象。《明诗纪事》录有陈子升《咸阳》一诗："羸马垂鞭气亦豪，关门胜迹莽相遭。锡来鹑首霸秦缪，会去鸿门兴汉高。

---

① （清）陈田辑《明诗纪事》庚签卷 30 上，上海古籍出版社，1993 年 12 月第 1 版，第 2775 页。
② （清）朱彝尊选编《明诗综》卷 75，中华书局，2007 年 3 月第 1 版，第 3709 页。
③ （清）陈田辑《明诗纪事》辛签卷 4，上海古籍出版社，1993 年 12 月第 1 版，第 2879 页。

三辅依然环帝里，二崤不动表神皋。少年却在远林下，闲臂角鹰新放绦。"[1]诗不仅首句称"气亦豪"，末联也写少年驾鹰走马，有如汉诗中的五陵年少，也多少有点类似唐诗中的少年游侠。陈子升（1614—1692），字乔生，号中洲，南海人。南明弘光时，以明经举第一，拜授中书舍人。后与兄陈子壮起兵抗清，明亡后皈依佛门，杜门不出，清康熙三十一年（1692）卒。陈子升一生经历明崇祯、清顺治、康熙三个朝代。从诗意看，本诗当作于咸阳，而根据现有资料，却未知其何时曾经入陕。据诗意，当不会作于明亡之后。姑存之。

三、以诗纪实：本土诗人的关中诗

万历以后的关中本土诗人也有不少，他们当中的一些人，成年后也去外地做官，但关中总是他们的根。

温纯（1539—1607），字景文，陕西三原人。嘉靖四十四年（1565）进士，历官至工部尚书、左都御史。卒于明神宗万历三十五年，赠少保。熹宗天启初年，追谥恭毅。《明史》本传评他"纯清白奉公。五主南北考察，澄汰悉当。肃百僚，振风纪，时称名臣"[2]。

三原古城，有清峪河水横贯其中，将古城分为两半，河上原有木桥，时常为水冲断，造成居民生活不便，水涨时会有更大危害，威胁到当地居民的财产和生命。地方官员欲改木桥为石桥，苦无资金。温纯居家守制期间，慷慨解囊，并倡导集资建桥，从万历十九年（1591）破土动工，历时十二年，于万历三十一年

---

① （清）陈田辑《明诗纪事》辛签卷11，上海古籍出版社，1993年12月第1版，第3070页。

② 《明史·温纯传》，中华书局，1974年4月第1版，第5802页。

三原龙桥，摄于 2015 年 8 月 8 日

（1603）最终建成，是为龙桥。知桥成，远在京城的温纯喜作《闻谷中桥成志喜》，诗曰："悬空飞渡俯清流，为倚慈航在上头。题柱不劳歌蜀道，吹箫似已到扬州。彩虹斜向双龙挂，紫气高连二华浮。欲济巨川思大楫，应知明主梦相求。"①表达了内心的喜悦之情。龙桥至今尚存，成为三原县的一张名片。

温纯的关中诗有《过武关》："关塞空秦汉，风尘感岁华。猿啼惟鸟道，犬吠有人家。孤嶂天疑近，穷途日易斜。商山知不远，吾欲了生涯。"②未知何时过武关而作，因武关距商山不远，诗人

---

① 按，此诗（乾隆）《三原县志》卷 17 诗题作《谷中桥成志喜》。此处据《温恭毅公文集》卷 22，明崇祯十二年温氏刻本，爱如生《中国基本古籍库》。
② （明）温纯《温恭毅公集》卷 21，明崇祯十二年温氏刻本，爱如生《中国基本古籍库》。

自然想起了商山四皓的故事，因此"吾欲了生涯"。

与万历年间的许多官员诗人一样，温纯也有游华山的诗《游青柯坪》二首①，写得也颇有些壮阔之气，"徙倚探奇恣壮游""正好乘风凌绝顶"，皆与此时期的华山诗风比较接近。

冯从吾（1556—1627），字仲好，号少墟，西安府长安（今陕西西安）人。万历十七年（1589）进士。万历二十年抗章上疏，触怒皇帝，几遭庭杖，后因此削籍，家居二十五年。天启年间再次起复。冯从吾是著名的关学家。关学研究外，他最大的兴趣和贡献是办学教书。在京城时，他就"与邹元标共建首善书院，集同志讲学其中"②。在家乡，最大的贡献也是兴办书院，著名的关中书院就是他创办的。

与办书院、讲学有关，冯从吾的诗，不少都是这方面的题材，如：

戊申暮春，偕王惟大郡丞、宜化汝刺史、刘孟直郡丞、杨工载进士周淑远大参、张去浮学博、宜叔尚文学讲学太华山中，同志至三百余众

征会来莲岳，良朋喜共游。白云时去住，野鸟自夷犹。
雨霁千岩翠，春深万木稠。山灵真有待，吾道重千秋。

青柯亭榭依山偎，喜见儒冠济济来。
心性源头原有辨，睹闻起处岂容猜。
三峰直欲凌霄汉，九曲常看满草莱。

---

① （明）温纯《温恭毅公集》卷 22，明崇祯十二年温氏刻本，爱如生《中国基本古籍库》。
② 《明史·冯从吾传》，中华书局，1974 年 4 月第 1 版，第 6316 页。

关中书院。新中国成立后在此建西安师范学校，现并入西安文理学院。摄于 2020 年 8 月 31 日

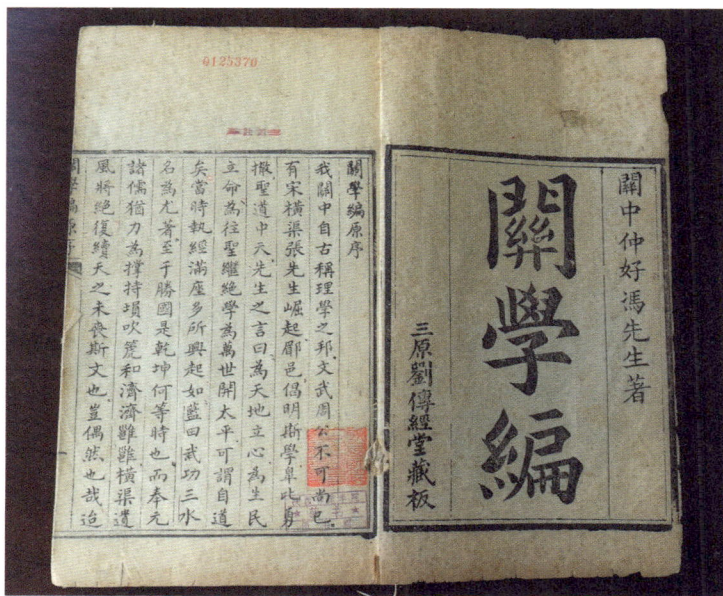

（明）冯从吾著，（清）李元春续编《关学编》（清光绪重刻本）

此会莫言闲眺玩，百年道运自今开。[①]

这两首同题诗，作于万历三十六年（1608），表现了作者与朋友相聚、讲学论道的愉悦心情。太华书院在华山青柯坪。（雍正）《陕西通志》卷二十七载："太华书院，在青柯坪，万历三十六年，华阴令崔时芳、教谕张辉为侍御冯从吾建。"[②]两首诗都写了华山中美好的自然景象，写了志同道合的友人，二美兼具，心情自然也是美好的，展望未来，也是充满了期待与自信，也充满着担当，所以诗称"山灵真有待，吾道重千秋"，"百年道运自今开"。他还有一首《与同志讲学太华书院》："太华峰头好振衣，雨晴百卉竞芳菲。孔颜博约传心诀，尧舜危微泄性机。玄鹤远从天外至，白云时傍洞中飞。功夫须到真源处，才得吟风弄月归。"[③]诗情与诗境，与前两首大致相仿佛。

赵崡，字子函，一字屏国。盩厔（今陕西周至）人。万历三十七年（1609）举人。家有傲山楼，藏书万卷，尤喜古金石名书。"时跨一驴，挂偏提，搨工挟楮墨以从。每遇片石阙文，必坐卧其下，手剔苔藓，椎拓装潢，援据考证。略仿欧阳公、赵明诚、洪丞相三家，名曰《石墨镌华》。自谓穷三十年之力，多都玄敬、

① （明）冯从吾著，刘学智、孙学功点校《冯从吾集》，西北大学出版社，2015年1月第1版，第354页。按，此诗题目，（清）朱彝尊选编《明诗综》卷55诗题作《戊申暮春讲学太华山中》，个别字有差异，见该书（中华书局2007年3月第1版）第2805页。

② （清）刘於义等监修，（清）沈青崖等编纂（雍正）《陕西通志》卷27，文渊阁四库全书本，第552册，第429页。

③ （明）冯从吾著，刘学智、孙学功点校《冯从吾集》，西北大学出版社，2015年1月第1版，第357页。

杨用修所未见也。"①

　　赵崡喜欢收集整理历代碑文，也时常带着拓工出入荒野丛中访拓碑文。他的诗也就多涉古迹。有《茂陵》一诗曰："黄山历尽见孤城，城上楼高眼倍明。芳树寝园今北望，暮云宫阙旧西京。芙蓉昼冷仙翁露，苜蓿春闲宛马声。回首长杨夸猎地，何人得似子云名？"②诗咏汉武帝茂陵，末云"何人得似子云名"，因扬雄（字子云）写过《长杨赋》，这里提到他也是很自然的事情，同时也是说所谓帝王的功业，还不如一介文士的作品能够长留世间。

　　赵崡写昭陵的诗比较多，《觅昭陵陪葬碑》一首，感叹历来拓碑的人太多损毁庄稼，以致农夫有意坏碑，诗人"日暮聊骋眺，长啸增郗嘘"③。《将登昭陵阻大风雨》一首感慨："愿提一斗酒，浇君青树根。尽洒英雄恨，千古雨卷风收天地昏。"《谒昭陵》一首写："众山忽破碎，突兀一峰青。地脉蟠千里，神功辟五丁，风云行殿合，松柏翠华停。寂寞攀髯者，何人问夜扃。"此诗首联写昭陵所在九崚山之状貌，"突兀一峰青"颇形象，突出陵山于群山之中突兀拔起之状；而"众山忽破碎"实则用杜诗之典，杜甫《同诸公登慈恩寺塔》有句"秦山忽破碎，泾渭不可求"，其实《觅昭陵陪葬碑》一首就已经提到了"感彼杜甫诗"，因为杜甫曾经写过《行次昭陵》与《重经昭陵》。本诗末联写"寂寞攀髯者，何人问夜扃"。攀髯者，指当年汉武帝的从臣，典出《史记·孝武本纪》："黄帝采首山铜，铸鼎于荆山下。鼎既成，有龙垂胡髯下迎黄帝。

---

① （清）王士禛《陇蜀余闻》，见袁世硕主编《王士禛全集》，齐鲁书社，2007年6月第1版，第3632页。
② （清）朱彝尊选编《明诗综》卷60，中华书局，2007年3月第1版，第3013页。
③ 本段所引赵崡所有诗作均出自（乾隆）《醴泉县志》卷13，清乾隆四十九年刻本，爱如生《中国方志库》。

黄帝上骑，群臣后宫从上龙七十余人，龙乃上去。余小臣不得上，乃悉持龙髯，龙髯拔，堕黄帝之弓。百姓仰望黄帝既上天，乃抱其弓与龙胡髯号。"①问夜屙，则又是用杜甫诗典。老杜《春宿左省》诗云"明朝有封事，数问夜如何"，这里，一方面评判武帝从臣的责任感，另方面慨叹往事如烟，沧海桑田，深沉而又苍凉。

"突兀一峰青"——昭陵陵山，摄于 2018 年 10 月 27 日

　　寇慎，同官（今陕西铜川）人，万历四十四年（1616）进士。作为同官人，他的诗多涉同官本地，如《夜过黄堡故墟》《城隍庙古柏》等，明同官城隍庙今已不存，故此诗有史料意义。他的《姜女哭池》也是写同官孟姜女故事的："漫道鲛人珠泪奇，何如烈女

①《史记·孝武本纪》，中华书局，1959 年 9 月第 1 版，第 468 页。

泪成池。鲛人泪尽珠还止，此泪千年永陆离。"[1]就内容而言，与外籍诗人所写并无多少区别。

同样为万历四十四年（1616）进士的三原人来复，也写过不少关中诗，其中有《蓝田郊望》一首，写蓝田的地势地貌、周边交通等。诗写了蓝田的王顺山、辋川，写蓝田西通鄠杜、南连武关，又写山中"井亩尚无数"。题曰"郊望"，其实诗中所写，有些是望中可见的，也有一些是望不到的，是诗人自己所了解的蓝田周边的情况。

雷于霖，字午天，朝邑（今属陕西大荔县）人，崇祯六年（1633）进士。明末及清初，时有寇乱，地方不宁，雷于霖倡众筑堡，当地民众得以保全。

雷于霖的诗多涉时事，乃纪实之作。而且，相关诗，题下都有长序，如：

河灾免租歌并序

　　吾邑东邻黄河，下禹门，滚落平滩。每当夏潦秋霖之时，茅舍没入蛟宫，绿畴翻为白浪。司计者按籍催租，鱼民逋赋，其为里甲之累甚大。前邑侯袁凤彩曾申河灾地一万三千亩免征租税，又申免解本色三分。伊时里人感之，歌曰："玄夷苍使受金简，两峰凿开禹门险。鳄鱼妖蛟争龙涡，浪卷平畴一电闪。梦许琼弁与玉缨，刑马沉璧终难厌。谁能鞭山驱海印青泥，奠我茅绹清潋滟。我公一臂障黄河，力排九关愬沉疴。提携儿女登彼岸，繁役重赋归逝波。"

---

① （清）袁文观纂修（乾隆）《同官县志》卷9，乾隆三十年钞本。

马需我草，军需我粮。

我欲贡之，道路悠长。

华麓石齿齿，漆渭水洋洋。

将几济之兮，浐无舟楫灞无梁。

赖公获免兮，国有帑金野有仓。①

　　诗写黄河水灾对当地民众的祸害，而官府按户催租，这就使得人民灾上加灾。因此之故，人们感谢免去租税的官员。实际上，一方面是感谢相关官员，另方面也是对当时政策弊端的一种揭露。

　　雷于霖另有一首《赠刘加恩并序》，赞扬一位为了民众而屡次上访、要求减去当地赋税而最终成功的里民刘加恩。序曰："邑距潼关仅六十里，凡关门应供，多取足于朝邑，且外加协济马一十五匹、岁费民金五千两。穷黎莫支，竟无一人敢言者。里民刘加恩，年七旬，鸣鼓而愬辕门，扣马而见诸侯，书上十数，时经三载，往来路头（途）万里。妻孥怒而不恤，旅主笑而不已，以期事之必济。遇驿传道高公，哀君之愬，力革潼关协马，垂碑勒铭，其造于朝民者何如哉！余故录之以讽来世云。"诗曰："刘老过街人笑颠，不耘己田耘人田。挟书扣马愬民艰，冲雪冒雨路万千。马归沙苑人停鞭，卖马买牛犁草阡。鼕鼕社鼓赛山川，谁念刍老岁雨钱。"此外，他有一首《高公祠诗并序》亦是同类作品。为篇幅计，略去其诗，其序云："诏令官养站马。官不养而委之里民，里民不敢养而雇之市卒，市卒乘急横索，民力已不堪任，且协济潼关马一十五匹，半犹之负大担，而再益之重，颠蹶几毙。

---

① 本诗及本节所引雷于霖、王钺所有诗作，均引自（康熙）《朝邑县后志》卷8，康熙五十一年刻本，爱如生《中国方志库》。

驿传道高公，亲历下邑，大惩市棍，且据里民刘加恩之愬，力裁群议，革去潼驿协马，立石勒禁，永照来兹。一时民乐更生，为公立祠，予仰公而为之赋云。"这样的诗，完全是纪实性质的，反映的是当地民众的现实生活，这也是本地诗人与外籍诗人的区别，因为他们有切身的体验，或者说这些问题直接与他们自己或者亲友的生活密切相关。这样的诗，旁观者是不大能写得出来的。

　　与雷于霖同时代、同乡里的朝邑人王钺，也有类似的作品。

　　王钺，字弢甫，别号松园，朝邑新市镇人，崇祯十二年（1639）举人。入清后曾任吴桥知县等。他的诗如《黄河民谣》写："河在朝之东，忽崩朝之西。黄昏鬼也哭，白昼人也啼。鬼无墓，人无庐，百万田产了无余。减口卖我牛，省费贷我驴。驴兮瘦不逢价，牛兮疲不中沽。黄河田，何日出？黄河水，何日枯？水枯未必沃，田出未必腴。田难出，水难枯，吾属死须臾。"又有《运米行》云："今日明日事西征，朝运夕运千里程。生死向前不敢后，何劳长官怒不平。无何父母哭子单，农事无人先误耕。可伤老翁成老聋，柔声告语听不清。高言我属朝廷民，拜而登之版有名。既为男子当国艰，公家军需敢云轻？王事在身夫何辞，再告慈母莫心惊。士卒垂老在战场，元戎终日不归营。况道君王忧西顾，宰相戎衣出帝京。君臣分离杯酒时，兵凶战危托远行。天子不如一闲人，吾属何须怨此生？只愁将骄不惜粟，粟米如金等土羹。与师百万资糇粮，掘鼠何能养众兵？圣王贵谷不贵三，转输效我小人诚。道路逢人便开言，问到收支何权衡？人言大帅不好杀，军中解纳极分明。犹恐人生欺我愚，乡士旧识再相迎。确道主将不厉人，英雄有勇复有情。即寄父母勿垂涕，阃外将军如父兄。"诗颇有杜甫"三吏三别"之韵味，而诗中多用诘问句式，正是表达了诗人的愤懑之情。这样的诗，都是纪实诗，反映了末世人民生活的艰辛，更有现实意义。

第八章　清代关中诗歌

清顺治二年（1645）正月十八日，多铎率军攻占西安。从此关中被清朝控制。虽然清初各种抵抗清军的斗争此伏彼起（包括明军将领、大顺起义政权将领等），但历史趋势已不可扭转。

第一节　清代前期的关中诗

就作者而言，清代前期的关中诗坛，多为明末遗民诗人。

一、拒与新朝合作：清初遗民诗人的关中诗

这些遗民诗人，最著名的当属顾炎武和屈大均等人。

顾炎武（1613—1682），字宁人，又字石户，昆山人。明万历四十一年生，清康熙二十一年卒。顾炎武在清朝生活的时间多于明朝，但他17岁时加入复社，清军南下时又义无反顾地参加抗清斗争，此后又一直在大江南北从事秘密的反清活动。所以，他的确是一位标准的遗民士人。

顾炎武晚年，曾两次入关中。一次是康熙二年（1663），51岁时入陕西，与关中著名遗民文士王弘撰、李因笃、李颙等订交。二是康熙十六年（1677，本年65岁）以后的几年间，他拒不与清廷合作，卜居陕西华阴等地。这两次关中之行，都有诗作。

前一次，有《潼关》《华山》《骊山行》《长安》《乾陵》《楼观》《将去关中别中尉存杠于慈恩寺塔下》等七八首诗作；后一

次，有近三十首诗，如《雨中至华下宿王山史家》《过李子德四首》《春雨》《寄同时二三处士被荐者》《井中心史歌》《夏旱》《梓潼篇赠李中孚》《和王山史寄来燕中对菊诗》《关中杂诗五首》《过朝邑王处士建常》《寄子严》《寄次耕，时被荐在燕中》《次耕书来，言时贵有求观余所著书者，答示》《云台观寻希夷先生遗迹》《友人来坐中口占二绝》《酬族子湄》《朱处士鹤龄寄尚书埤传》《哭李侍御灌溪先生模》《华下有怀顾推官》《华阴古迹二首》等。而这些诗作，最显著的特点，就是时时事事皆可联系到亡明之事，表达了诗人对前明王朝的忠爱之情。

前一次入关中的诗，《潼关》诗曰：

> 黄河东来日西没，斩华作城高突兀。
> 关中尚可一丸封，奉诏东征苦仓卒。
> 紫髯岂在青城山？白骨未收崤渑间。
> 至今秦人到关哭，泪随河水无时还。①

此诗，王冀民先生"笺"曰："诗以'潼关'为题，虽选用故事而未尝显言孙传庭潼关之败，盖诗贵含蓄，只于言外见意也，先生诗史大抵类此。"王先生以为，此诗主要就孙传庭战潼关事而发感慨议论。并于"奉诏东征苦仓卒"句注孙传庭事曰："孙传庭（一五九三——一六四三）字伯雅，代州振武卫人。万历进士，官吏部主事。天启中，以魏忠贤乱政，乞归。崇祯九年擢右佥都御史，巡抚陕西，俘杀农民军首领高迎祥，屡败李自成军，在陕

---

① （清）顾炎武著，王冀民笺《顾亭林诗笺释》，中华书局，1998 年 1 月第 1 版，第 628 页。

三年，关中告靖。十一年冬，清兵犯京师，本兵杨嗣昌召传庭率陕西兵入卫，因留其兵守蓟。传庭以为留陕兵则关中将复堕农民军手，嗣昌不听，传庭乃引疾乞休，嗣昌劾之，下狱三年。十五年正月，再起兵部侍郎，总督陕西。九月，朝命出关讨李自成，传庭上言兵新募，不堪用，帝不听。十月，传庭大败于郏县（即"柿园之役"），复归陕，扼潼关以守。自是李自成破襄阳、承天；张献忠破武昌、衡岳，豫鄂俱失，朝廷震动。十六年五月，命兼督陕、豫、川三省，改称'督师'，严责东征。传庭顿足叹曰：'奈何乎！吾固知往而不返也！'八月出潼关，转战郏县、襄城、汝州，败退南阳。李自成空壁追之。一夜官军北奔四百里，至于孟津，死者四万余。传庭单骑渡河至垣曲，复由阌乡济，跃马大呼殁于阵。十月，李自成遂破潼关，入西安，建国称王焉。"注"白骨未收崤渑间"句曰："此借蹇叔哭师与秦封崤尸二事，痛惜朝廷处事之误"，"此句意谓秦人虽败，终能封崤雪耻，不似潼关之败，至今白骨尚弃而未收也"。并摘录顾炎武《书故总督兵部尚书孙公清屯疏后》以为佐证，尤其强调这样两段："国家当危乱之日，未尝无能任事之人，而尝患于不用；用矣，患不专；用之专且效矣，患于轻徙其官。使之有才不得遂其用，以至于败，而国随之，若总督兵部尚书孙公之事，可悲矣！""然则天下未尝无人，而患于不用；又患于用之而徙。用、徙之间无几何时，而大事已去，此忠臣义士所以追论而流涕者。呜呼！先帝末年之事可胜叹哉！"[1]说到底，认为此诗不是一般的怀古发议论，而是就明末具体的事件而发，作为一位忠诚的遗民，诗人始终不忘思考明

[1] （清）顾炎武著，王冀民笺《顾亭林诗笺释》，中华书局，1998 年 1 月第 1 版，第 628—631 页。后文所引顾炎武零散诗句，俱出自本书。

亡的教训。所论甚是。

　　《骊山行》一首，谓"君不见天道幽且深，败亡未必皆荒淫"，"我来骊山中哽咽，四顾彷徨无可语。伤今吊古怀坎轲，鸣呼其奈骊山何！""游骊山而怀先帝"①，眷恋亡明之意甚明。

　　后一次入关中，首先值得注意的是《春雨》《寄同时二三处士被荐者》诸诗。当时，吴三桂等人发动"三藩之乱"已有几年，形势也发生了有利于清廷的明显变化，王辅臣、耿精忠、尚之信等相继兵败降清。康熙帝或是有感于汉人的不断反抗，为了笼络人心以巩固自己的统治，下诏"一代之兴，必有博学鸿儒振起文运，阐发经史，以备顾问。朕万几余暇，思得博通之士，用资典学"②。于是修明史，开博学鸿词科，招徕天下文士，对前明遗老尤为笼络。这就是几首诗的写作背景。诗人勉励其他遗民之"被荐者"（如王弘撰、李因笃等）保持气节，不要为清廷效力。而在此次事件中，李颙被召，以死相拒，表现了坚强的气节，顾炎武又作《梓潼篇，赠李中孚》表达感佩之情。王弘撰被召，力辞不免，入京后不谒贵游，以老病辞不入试，作《燕台对菊寄呈亭林先生》诗云："御水桥边秋叶黄，一枝寒菊度重阳。临风每忆陶元亮，恐负东篱晚节香。"以爱菊之陶元亮为喻，表达自己的心志，顾炎武亦作《和王山史寄来燕中对菊诗》相答："楚臣终是餐英客，愁见燕台落叶时。"③表达了深切的同情。

　　顾炎武二次入关中，还有《关中杂诗》五首，诗曰：

① （清）顾炎武著，王冀民笺《顾亭林诗笺释》，中华书局，1998 年 1 月第 1 版，第 635—637 页。
② 《清史稿·圣祖本纪》，中华书局，1976 年 7 月第 1 版，第 196 页。
③ （清）顾炎武著，王冀民笺《顾亭林诗笺释》，中华书局，1998 年 1 月第 1 版，第 927 页。

文史生涯拙，关河岁月劳。幽情便水竹，逸韵老蓬蒿。
独雁飞常迅，寒鸡宿愈高。一窥西华顶，天下小秋毫。

皇汉山樊久，兴唐洞壑余。空嗟衣剑灭，但识水烟疏。
寥落三都赋，栖迟万卷书。西京多健作，傥有似相如。

谷口耕畬少，金门待诏多。时情尊笔札，吾道失弦歌。
夜月辞鸡树，秋风下雀罗。尚留园绮迹，终古重山阿。

徂谢良朋尽，雕伤节士空。延陵虚宝剑，中散绝丝桐。
名誉荪兰并，文章日月同。今宵开敝箧，犹是旧华风。

缅忆梁鸿隐，孤高阅岁华。门西吴会郭，桥下伯通家。
异地情相似，前期道每赊。请从关尹住，不必向流沙。①

王冀民先生解题曰："'杂诗'，实同'杂感'，既不专纪事，亦非同时同地之作。"②并笺曰：

> 庚申岁（一六八〇）李云霶南归，先生托致戴笠书（《文集》卷六《与戴耘野》）云："关中诗五首，寄次耕诗一首呈览，可以征出处大概。"古人最重出处，此诗既系先生晚年自叙出处之作，故不可以寻常"杂诗"

---

① （清）顾炎武著，王冀民笺《顾亭林诗笺释》，中华书局，1998 年 1 月第 1 版，第 928—932 页。
② （清）顾炎武著，王冀民笺《顾亭林诗笺释》，中华书局，1998 年 1 月第 1 版，第 928 页。

观之。第一首笼罩全题，多用虚笔……先生不甘为辟世之士甚明。第二首前半叹山河不改，人事已非，仍不过关中怀古诗意；后半则隐然以文章博学自许，显系先生寄意所在。……第三首全因时局而发。首二联一"少"一"多"，一"尊"一"失"，两两对举，极伤时之痛；三联一"辞"一"下"，笔意急转，然后末联一"留"一"重"，始无孤硬凑句痕迹。又"谷口"、"园绮"皆关中故事，章法既严，扣题亦紧。第四首离题抒感，盖为"次第亡友遗诗"而作。"亡友"为谁，自注虽未明指，然据"苏兰"、"日月"之拟，必系归庄、万寿祺、吴炎、潘柽章诸人，而程正夫、殷岳辈宜不与焉……知其为江南志士无疑。第五首由古及今，由远及迩，实写华阴定居，与第一首用虚笔异……先生眷眷恢复，至老不衰，于此诗可以概见。①

确是深刻之见。

康熙十九年（1680），顾炎武在关中，还有《酬族子湄》一诗：

> 二纪心如昨，诗来觉道同。微禽难入海，寒木久生风。
> 谷口青门外，沙头白蚬东。不知耆旧里，何处有庞公？②

顾湄，炎武远族侄，湄先有诗寄炎武，故炎武以此诗酬之。

① （清）顾炎武著，王冀民笺《顾亭林诗笺释》，中华书局，1998年1月第1版，第932—933页。

② （清）顾炎武著，王冀民笺《顾亭林诗笺释》，中华书局，1998年1月第1版，第991页。

诗首言"二纪"，自谓北游至此已有二纪，再言"诗来觉道同"，因顾湄《寄族叔亭林先生四绝句》有句"头白孤臣气拂膺，半生心事汉诸陵"，故称道同，还是指"孤臣"气节而言。

屈大均，是到过关中的另一位著名遗民诗人。

屈大均（1630—1696），初名绍隆，字介子，广东番禺人。明末诸生。清兵入广州前后，曾参加抗清义军，事败，削发为僧，易名今种，字一灵。后还俗，改名大均，字翁山。工诗，与梁佩兰、陈恭尹并称"岭南三大家"。

康熙四年（1665），屈大均从金陵出发，北上关中。"岁暮，抵三原，出城南寓庆善寺。"①次年，游华山、西安等地，与李因笃等人交往，访游荐福寺、慈恩寺、杜子美祠等。而后离陕入晋。

屈大均此次北行，有研究者认为是为凭吊故国、考察军事，是为抗清事业而奔走，有着深层的政治意图。盖基于其遗民身份也。而屈大均自己给朋友的一封信中却说："西入秦，非有所欲干也，欲游太华之山耳。华阴有王山史者，素爱仆诗、古文，延至其家，因遣子伯佐导上三峰。"但同是这封信中，紧接着又说他登上华山，"值三月十有九日，于巨灵掌上痛哭先皇帝，雨雪满天，大风拔木，仆寒栗，口噤不能言，忽思足下，不知已归黄山否？在黄山天都，遇此日，不知恸哭何如也？有《三月十九日华山哭先皇帝诗》四章，奉寄足下和焉"②，又表达了对前明皇帝的真切怀念，亦即对明朝的深切怀恋。这封信中特别提到的，正是明崇祯皇帝自缢的日子。信中所言接待他的王山史，名弘撰，号山史，陕西华阴人，明诸生，颇重气节，是清初关中遗民的代表人物。王山

---

① 邬庆时《屈大均年谱》，广东人民出版社，2006 年 2 月第 1 版，第 99 页。
② 屈大均《与孙无言》，见欧初、王贵忱主编《屈大均全集》第 3 册，人民文学出版社，1996 年 12 月第 1 版，第 243 页。

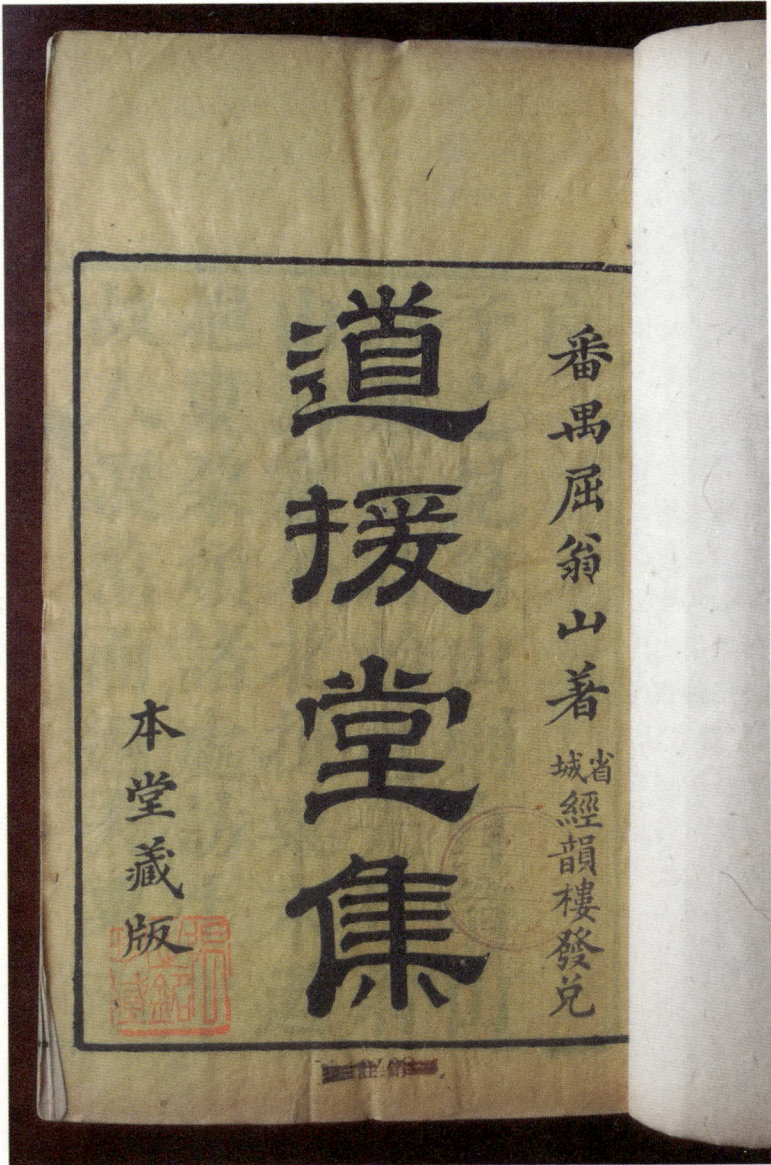

屈大均《道援堂集》（清康熙刻本）

史之具体情况，后文详述。把这一切联系起来，可知他此行入秦，心态是复杂的，即便没有明确的目的，所见所闻，也会时时被触发许多心事。而这些心事，几无例外的与对新旧两朝的政治态度有关。且看他此行写的几首华山诗：

太华作二首

仙掌三峰立，天门半壁扃。
莲花围白帝，玉井出明星。
横度苍龙磴，高歌落雁亭。
河山襟带尽，两戒据天经。

昨夜闻长笛，依稀鸾凤音。
三峰吹落月，一半驻空林。
人道水帘里，玉姜时弄琴。
神仙不可接，怅望白云深。[1]

华游口号二首

身轻忽到巨灵旁，长揖明星乞玉浆。
十丈莲茎持作杖，因探玉井不嫌长。

洗头盆里水初寒，明月偏宜镜里看。
二十八潭闲照遍，玉颜新似水花丹。[2]

① （清）屈大均著，陈永正校笺《屈大均诗词编年校笺》，上海古籍出版社，2017 年 8 月第 1 版，第 338—339 页。
② （清）屈大均著，陈永正校笺《屈大均诗词编年校笺》，上海古籍出版社，2017 年 8 月第 1 版，第 326 页。

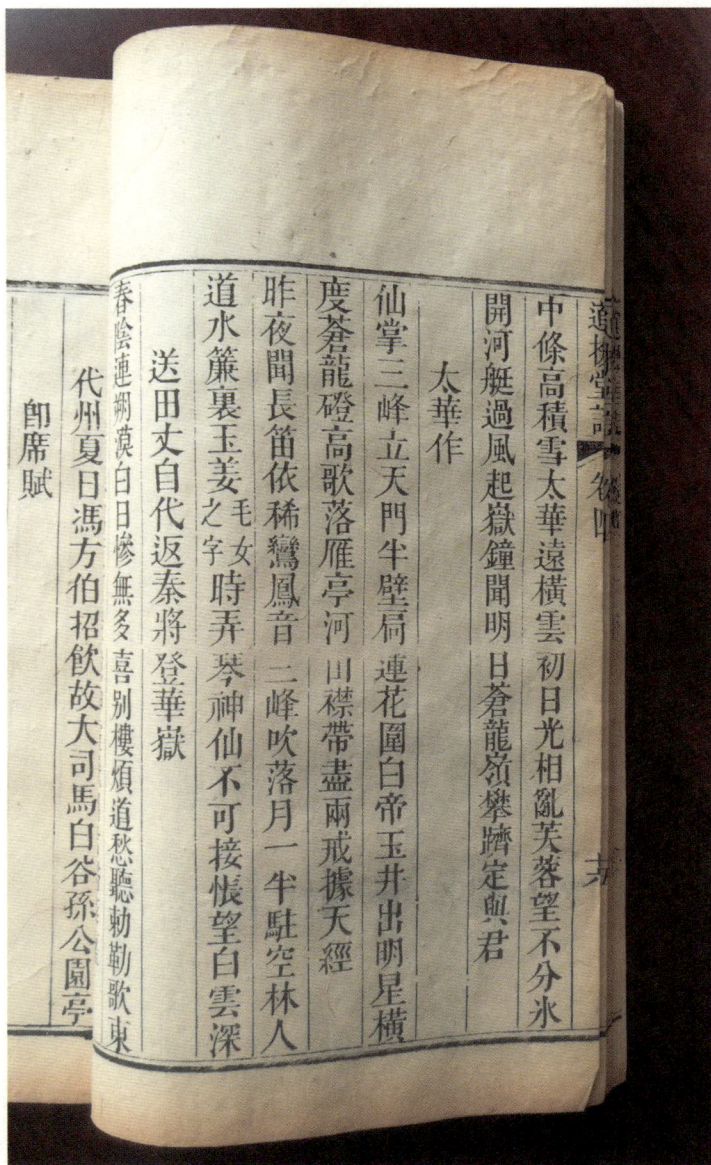

郎席賦

代州夏日馮方伯招飲故大司馬白谷孫公園亭

送田丈自代返秦將登華嶽

春陰連朔漠白日慘無多喜別樓煩道愁聽勅勒歌東

道水簾裏玉姜之字時弄琴神仙不可接懷望白雲深

昨夜聞長笛依稀鸞鳳音二峰吹落月一半駐空林人

慶苕龍磴高歌落雁亭河田襟帶盡兩戒據天經

仙掌三峰立天門牛壁扃連花圖白帝玉井出明星橫

太華作

開河艇過風起嶽鐘聞明日蒼龍嶺攀躋定與君

中條高積雪太華遠橫雲初日光相亂芙蓉望不分氷

道援堂詩卷四

屈大均《道援堂集》（清康熙刻本）

华山下二泉

玉女祠前有醴泉，张超谷在玉泉边。

二泉酿就三峰去，醉向仙人掌上眠。[①]

华顶放歌同王伯佐

太华峻极惟南峰，脚踏万朵青芙蓉。

东西二峰尚匍匐，白帝上宫不敢即。

天柱摇摇风欲倾，元气茫茫日无色。

我行飞栈若惊鸿，君骑搦岭如游龙。

君过玉女饮三浆，我向将军攀五松。

狂啸翩翩凌绝顶，目营四海神光骋。

水帘高卷入珠楼，莲叶深披探玉井。

黄河浩浩泻愁心，明月苍苍逐孤景。

尘垢犹堪铸帝王，清虚何足留箕颖。

形势依然天府雄，龙争虎斗谁途穷。

千里金城收一掌，万年甘露待重瞳。[②]

几首诗，豪放俊爽，时有出尘之境，乍看之下，确系一般的兴致高昂的登岳诗。而最后一首《华顶放歌同王伯佐》中却间或表达出一种比较明显的感时之意，如"黄河浩浩泻愁心，明月苍苍逐孤景"，"形势依然天府雄，龙争虎斗谁途穷"，"万年甘露待重瞳"等。重瞳，向来多指虞舜，此诗亦是。这几首诗，与前述写给孙无

---

① （清）屈大均著，陈永正校笺《屈大均诗词编年校笺》，上海古籍出版社，2017 年 8 月第 1 版，第 322 页。

② （清）屈大均著，陈永正校笺《屈大均诗词编年校笺》，上海古籍出版社，2017 年 8 月第 1 版，第 329 页。

华山南天门。摄于 2006 年 10 月 7 日。华山景区供图

言的书信一样，近似于书信先说入秦只为游太华，而刚说两句又情不自禁地"痛哭先皇帝"，诗作背后的心境是复杂而敏感的。

屈大均在西安写的诗，如《乐游原上寻终南隐者不遇》："终南万里带秦天，宫阙虚无苍霭边。白阁寻君还紫阁，似闻清啸出风泉。"①《杜曲谒杜子美先生祠》："城南韦杜滍川滨，工部千秋庙貌新。一代悲歌成国史，二南风化在骚人。少陵原上花含日，皇子陂前鸟弄春。稷契平生空自许，谁知词客有经纶。"②前首俊朗中带惆怅，后首感怀老杜而又寓含自身之抑郁，"花含日""鸟弄春"难掩心中之苍凉悲慨。

---

① （清）屈大均著，陈永正校笺《屈大均诗词编年校笺》，上海古籍出版社，2017 年 8 月第 1 版，第 346 页。

② （清）屈大均著，陈永正校笺《屈大均诗词编年校笺》，上海古籍出版社，2017 年 8 月第 1 版，第 346 页。

长安杜公祠。摄于 2017 年 3 月 8 日

屈大均这两年（康熙四年至五年）在关中写的词，如初入关中写的《柳梢青·三原春日》，欢快明畅。而更多的词作，与其此时诗风不同，呈现出豪壮沉雄的特色，如这两首潼关词：

念奴娇

潼关感旧

黄流呜咽，与悲风、昼夜声沉潼谷。天府徒然称四塞，更有关门东束。未练全军，中涓催战，孤注无边腹。阌乡秋早，乍寒新鬼频哭。　　谁念司马当年，魂招不返，与贼长相逐。麾下兴平余大将，难作长城河曲。朔骑频来，秦弓未射，已把南朝覆。乌鸢饥汝，国殇今已无肉。①

---

① （清）屈大均著，陈永正校笺《屈大均诗词编年校笺》，上海古籍出版社，2017 年 8 月第 1 版，第 1903 页。

过秦楼

入潼关作

　　五谷三崤，函关天阻，大河吞渭同流。叹虎狼秦灭，但百二关山，四塞空留。守险少人谋。把西京、御气全收。剩虚无宫阙，斜阳千里，隐映林丘。　　喜华阴庙口，琵琶女、唤征人系马，槐曲消愁。教两三莺燕，各衔将紫荨，乱作觥筹。看白帝多情，有明星、玉女绸缪。且兴亡莫问，飞杖明朝，云外相求。[1]

　　潼关，历史上一直是一个至关重要的关隘，有着重要的政治和军事意义。心思敏感而又心情复杂的诗人身处潼关，自然会有很多的历史感慨。前一首，提到"阌乡秋早"。阌乡，河南省旧县

潼关，关下为渭河汇入黄河处。摄于 2018 年 10 月 2 日

① （清）屈大均著，陈永正校笺《屈大均诗词编年校笺》，上海古籍出版社，2017 年 8 月第 1 版，第 1902 页。

名，1954 年并入灵宝县，其地在潼关之东。故此词当是诗人康熙四年初到潼关时所作。词写潼关形胜，重在发历史感慨。后一首，当作于前首之后，"入潼关"而写。"华阴庙口琵琶女"的多情、华山的高峻，唤起诗人的云外高致，故"且兴亡莫问"。这倒符合他给孙无言的信中所说"西入秦，非有所欲干也，欲游太华之山耳"。至于是否真的如此，也只有他自己知道了。

关中本土的遗民诗人，以王弘撰与"关中三李"为典型代表。

王弘撰（1622—1702），字无异，号山史，又号待庵，华阴人。明诸生。《清史稿》将其列入《遗逸传》，对他的行事与为人有简明的载述："博雅能古文，嗜金石，藏古书画金石最富。又通濂、洛、关、闽之学，好易，精图象。学者翕然宗之，关中人士领袖也。与李颙、李柏、李因笃齐名，时以得一言为荣。凡碑版铭志非三李则弘撰，而弘撰工书法，故求者多于三李。弘撰交游遍天下，甲申后，奔走结纳，尤著志节。……当时儒硕遗逸皆与弘撰往还，颇推重之。弘撰尝集炎武及孙枝蔚、阎尔梅等数十人所与书札，合为一册，手题曰《友声集》。……康熙间，以鸿博征，不赴。初与因笃同学，甚密，及因笃就征，遂与之绝。弘撰所居华山下，有读易庐，与华峰相向，称绝胜。"[1]邓之诚《清诗纪事初编》谓其"明亡，高隐不仕，与关中三李齐名"[2]。

王弘撰生于明天启二年(1622)，卒于清康熙四十一年(1702)。与其他不少明遗民相比，他在明朝只生活了 23 年，入清时年龄并不算大，但他的遗民心志与气节却是相当坚定的，被顾炎武誉为

---

[1] 《清史稿·王弘撰传》，中华书局，1977 年 8 月第 1 版，第 13858—13859 页。

[2] 引自钱仲联主编《清诗纪事·明遗民卷·王弘撰》，江苏古籍出版社，1989 年 7 月第 1 版，第 695 页。

"关中声气之领袖"①。康熙十八年的博学鸿词科考试，他也被迫赴京，但在京期间，不谒权贵，终以老病坚辞，罢归②。其实，当时赴京的关中人士，像他这样拒不与清廷合作的不乏其人，如另一关中名士孙枝蔚，也被迫赴京。"时大司寇昆山徐公乾学私党与，京城为之语曰'万方玉帛朝东海，一点丹诚向北辰'，东海，乾学郡也，枝蔚耻之，求罢不允；促入试，不终幅而出。天子雅重枝蔚，命赐衔以宠其行。部拟正字，上薄之，特予中书舍人。始，枝蔚以老求免试不得，至是诣午门谢，部臣见其须眉皓白，戏语曰：'君老矣！'枝蔚正色曰：'仆始辞诏，公曰不老。今辞官，公又曰老。老不任官，亦不任辞乎？何旬日言岐出也。'部臣愕谢之"③。真是耿直到家了。

王弘撰有《病中对雨》诗二首，其一曰："何处可逃俗？茅斋愧未能。百年身是客，昨夜梦为僧。细雨休群雀，高檐敞一灯。囊空无药物，不觉病朝增。"④又有《雨中感怀》诗："兵火息还未，萧斋奈老何。墅云高缀树，急雨暮翻荷。病久琴书好，愁深魑魅

---

① （清）顾炎武著，华忱之点校《顾亭林诗文集》，中华书局，1959 年 8 月第 1版，第 244 页。

② 关于王弘撰被迫赴京参加博学鸿词科考试一事，王弘撰同时代的人，包括他的朋友以及参加过这场考试的人，一致记述王弘撰以疾病坚辞，没有参加考试。近年来有个别研究者认为王弘撰其实参加了这次考试。但也称王弘撰应试期间作应制《省耕诗》有"素志怀丘陇，不才愧稻粱"之句，而最终得以返籍归里，欣然曰"所幸者庶几得免无耻二字焉"。参张立敏《论博学鸿词科对明遗民的影响——以王弘撰为例》，刊《苏州大学学报》（哲学社会科学版）2017 年第 5 期。

③ （清）钱仪吉纂，靳斯校点《碑传集》，中华书局，1993 年 4 月第 1 版，第 4145 页。

④ （清）王弘撰著，孙学功点校《王弘撰集》，西北大学出版社，2015 年 1 月第 1 版，第 1084 页。

多。百川东去尽，谁与问明河？"①或为家居作，表现的都是对现实的无奈。而他临终的《绝笔》诗，更是对自己平生心志的总结：

"负笈江南积岁年，归来故里有残编。自从先帝宾天后，万事伤心泣杜鹃。""八十衰翁沮溺徒，祖宗积德岂全孤。平生不作欺心事，留与子孙裕后谟。"②

　　王弘撰的生命力是极其旺盛的，西安碑林博物馆存一石刻《太华全图》，为"三秦观察使"贾鉝于康熙三十九年（1700）华山祈雨后绘制，左上角题记称"山人山史王弘撰以华向无善图索余绘此刻石"。这说明，华山祈雨的传统当时依然流行，也说明王弘撰对生活的热情。要知道，王弘撰此时已79岁高龄，两年以后的康熙四十一年(1702)，他就去世了。

《太华全图》，清康熙三十九年贾鉝绘图并题识，李士龙、卜世刻石。2019年12月9日摄于西安碑林博物馆

---

① （清）王弘撰著，孙学功点校《王弘撰集》，西北大学出版社，2015年1月第1版，第1085页。

② 康乃心《王贞文先生遗事》，见（清）王弘撰著，孙学功点校《王弘撰集·附录》，西北大学出版社，2015年1月第1版，第1144页。

　　关中三李，即盩厔李颙、郿县李柏、富平李因笃。

　　李颙（1627—1705）[1]，字中孚，自署二曲土室病夫，学者称为二曲先生。陕西盩厔（今周至）人。李颙是一位极具孝义节气之人，与富平李因笃、郿县李柏，共称"关中三李"；又与容城孙奇逢、余姚黄宗羲，鼎足称"海内三大儒"。明崇祯十五年，其父李可从随汪乔年，在襄城与李自成部大战，死之。康熙九年，李颙丁母忧期满，乃徒步赴襄城，历尽艰难，求父骨以归。一时名流如顾炎武等皆有诗咏其事[2]。李颙在当时，对新兴的清政权，采取坚决不合作的态度，当他被逼参加博学鸿词科考试时，竟拔刃自杀以相抗。虽然清廷对他一直比较器重和宽容。"康熙戊午，荐举博学鸿儒，以死拒之。后居土室，不接宾客，唯顾亭林至始具鸡黍。康熙帝西行传召，辞以废疾，乃御书'关中大儒'四字以颜其庐。"[3]但这并不能改变他的政治态度。

　　李颙的诗，存世极少，《华山志》存有他一首咏华山的诗。俞陛云《吟边小识》云："李二曲先生 …… 生平作诗绝少，遍访之，

---

① 李颙生卒年，据张波《李颙评传》，西北大学出版社，2015 年 1 月第 1 版。

② （清）顾炎武《读李处士颙襄城纪事有赠》序曰："处士之父可从，崇祯十五年以壮士隶督师汪公乔年麾下，以五千人剿贼，至襄城，死之。处士年十六，贫甚，与其母彭氏并日而食，力学有闻。越二十九年，始得走襄城，为汪公及其父设祭，招魂以归。余与处士交，为之作诗。"（王冀民《顾亭林诗笺释》，中华书局，1998 年 1 月第 1 版，第 790—791 页。）

③ （清）顾炎武《读李处士颙襄城纪事有赠》（王冀民《顾亭林诗笺释》"解题"，中华书局，1998 年 1 月第 1 版，第 791 页）。按，《清史稿》本传谓："康熙十八年，荐举博学鸿儒，称疾笃，舁床至省，水浆不入口，乃得予假。自是闭关，晏息土室，惟昆山顾炎武至则款之。四十二年，圣祖西巡，召颙见，时颙已衰老，遣子慎言诣行在陈情，以所著《四书反身录》、《二曲集》奏进。上特赐御书'操志高洁'以奖之。"（《清史稿》，中华书局，1977 年 8 月第 1 版，第 13109 页。）

周至李颙墓。摄于 2020 年 8 月 5 日

于《华山志》得其《桃林坪》一绝云云。诗以人重，一诗之珍，等于尺璧矣。"①诗曰：

> 阴崖风雨泻回湍，一朵芙蓉不可探。
> 流水断桥缘石过，野花随意倚晴岚。②

此诗写华山桃林坪，表面看来写的是泉瀑、山石、断桥、野花，而这"野花随意倚晴岚"当中，是否也寄寓着诗人对时世的态度呢？

---

① 钱仲联主编《清诗纪事·明遗民卷·李颙》，江苏古籍出版社，1989 年 7 月第 1 版，第 466 页。
② 钱仲联主编《清诗纪事·明遗民卷·李颙》，江苏古籍出版社，1989 年 7 月第 1 版，第 800 页。

"关中三李"之中，与李颙一样不与新朝合作的是李柏。李柏（1630—1700）[1]，字雪木，陕西郿县（今眉县）人，明诸生。李柏之不与清廷合作，一方面是自身天性的原因，另方面也有忠于前朝故国的因素。这从前人之记述中可以见出：徐世昌《晚晴簃诗汇·诗话》载："雪木孤贫力学，尝负锄出芸，家人馈之食，方倚树读《汉书》。又尝驱羊出牧，背日诵《晋处士传》，羊亡而不知。母殁，弃诸生，结庐太白山中，读书学道。与中孚、子德齐名，称'关中三李'。文率出自胸臆，不蹈袭前人。诗则自成一家，而声韵颇与彭泽相近。好作书，自言'吾希觏前贤名迹，而以山中之见闻发之于书'。盖以山为骨，水为肉云。"[2] 邓之诚《清诗纪事初编》谓："（李柏）与鳌峄李颙、富平李因笃，号为关中三李。柏甘寂寞，不务声施，隐居太白山，忍饥乐道，非二子所及也。……诗文皆极险怪逋峭，盖心伤故国，歌哭行吟，通天入地，以寄其悲愤无穷之感。若加绳墨，则为不知柏者也。《南游草》有云：'嘉靖、天启以来，笃实君子在野，虚文小人满朝廷，上欺其君，下虐其民，民不堪命，聚而为盗。盗满天下，由盗满朝廷也。'此顾炎武、黄宗羲所不能道者。观其浮潇、湘，吊屈、贾，不啻以屈、贾自居。清初遗逸多矣，如柏者实罕。"[3]

李柏的诗，写出世、避世的作品很多，如《长安秋夕二首》之一："上林云锁松暝，下苑风敲竹斜。赢得秦楼一醉，任他月落

① 据常新《李柏评传》，西北大学出版社，2015年1月第1版，第2页。

② 徐世昌编，闻石点校《晚晴簃诗汇》，中华书局，1990年10月第1版，第262页。

③ 钱仲联主编《清诗纪事·明遗民卷·李柏》，江苏古籍出版社，1989年7月第1版，第833—834页。

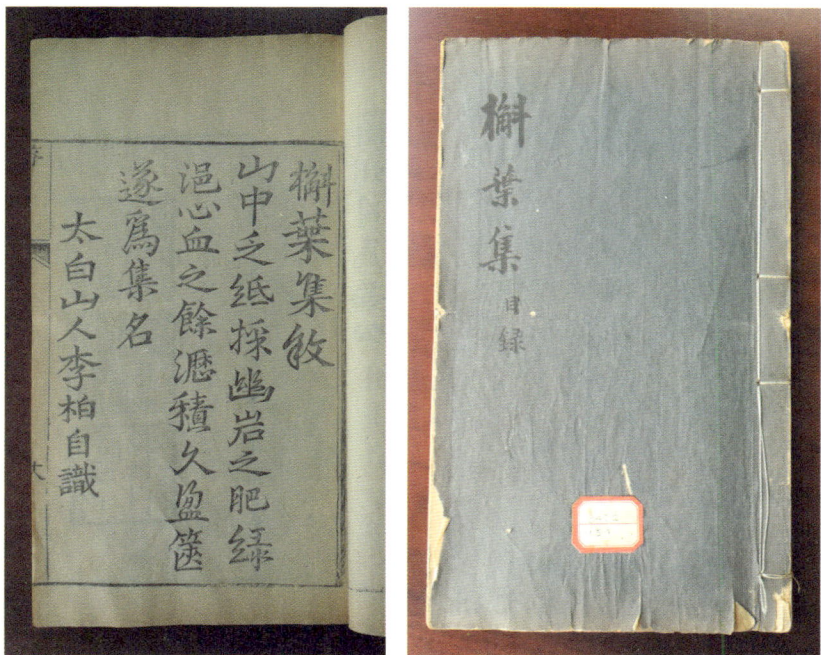

李柏《棁叶集》（清康熙刻本）

谁家。"①"任他月落谁家"，任性，随意，有颓废，更有洒脱。他如《登太白山》云"卧看板屋读离骚"，《秋日曲江对酒》谓"江上秋山对酒看"，都表达的是这种心态。而下面几首，亦是典型之作：

避世二首

十月移家太白巅，千峰白雪一峰烟。

---

① （清）李柏著，程灵生校点《李柏集》，西北大学出版社，2015 年 1 月第 1 版，第 191 页。本节所引李柏零散诗句，除特别注明外，俱引自本书。

烟光不冷雪花暖，月在水心人在天。
一入深山抱月眠，华胥国里梦年年。
觉来白眼看浮世，枫化老人海变田。①

壬申春岐阳客舍有怀

花鸟深山二月春，松堂薜荔自抽新。
寒流带雪杳然去，岩下谁为洗耳人？②

太白山房（其一）

绿树丛中云霭霭，白云堆里树浓浓。
云光树色遥相映，隔断红尘路几重。③

　　其他诗作，如《山房咏怀》组诗写"莫笑老农负性疏，一丘
一壑乐何如"，"迂儒性癖爱岩居，谁谓清贫体若臞"，"今古虽
云南面乐，野人只有一床书"，"客来如论元缥事，笑指飞鸿过太
虚"④；《在频山子德大弟宅喜晤子祯宋隐君，歌以赠之》欣羡"谷
口有田一百亩，躬耕尝与渔樵邻。近日愁见石壕吏，掉臂东来陟
嶙峋。一卧西堂十余载，青鞋布袜折角巾。胸藏千卷不知富，家

---

① （清）李柏著，程灵生校点《李柏集》，西北大学出版社，2015年1月第1版，
第210页。

② （清）李柏著，程灵生校点《李柏集》，西北大学出版社，2015年1月第1版，
第211页。

③ （清）李柏著，程灵生校点《李柏集》，西北大学出版社，2015年1月第1版，
第206页。

④ （清）李柏著，程灵生校点《李柏集》，西北大学出版社，2015年1月第1版，
第232页。

徒四壁不知贫。世间万事不知好，惟有研田可隐身"①，都是这种天性与心志的表达。

李柏的诗，写山、水、月的很多。这一点，近乎前文所引其自道书法"以山为骨，水为肉"。上述几首大都用了山、水、月等意象。其他的作品还有很多，如《太白中峰坐月》写"皎皎天上月，湛湛岩下水"②；《太白山雪月二首》写"夜坐山中月，月光复映雪。雪因月更白，月以雪增洁"③；《东湖》写"水能涵月相，月能印水空"，等等。又有《草堂坐月》写"草堂一片月，长与故人期。永夜弹琴后，焚香独坐时。梧桐不解语，杨柳亦无知。只此南山叟，爱吟醉白诗"，竟有些王右丞甚至陶彭泽诗的意味了。

因家居太白山下，他很多的诗写太白山以及太白山中的特有风物。前述诸作以外，还有《太白山》《登太白山》《太白山月歌》《太白山房》《古松行》《古柏行》等。

李柏的怀古咏史诗也很多，大多写关中的古迹，往往能够高度概括，如《刘文靖墓》写"太原一遇李公子，便定唐家三百年"；《韩信冢》写"良弓高鸟已堪愁，可惜将军死女流"；《五丈西风》写"只今五丈吼松风，杀气吹遮渭水黑"；《潼关》写"三国封疆分一水，五陵锁钥寄孤城"，"割据由来非一姓，岂徒失鹿是秦嬴"；亦多有不同他人的议论，如《穆公墓》，赞颂了秦穆公的功绩，又说"不复为盟主，以殉三良故"（另一首《穆公墓》亦

---

① （清）李柏著，程灵生校点《李柏集》，西北大学出版社，2015年1月第1版，第174页。

② （清）李柏著，程灵生校点《李柏集》，西北大学出版社，2015年1月第1版，第153页。

③ 按"雪因月更白"，西北大学出版社《李柏集》作"雪白月更白"，此据清康熙刻本《槲叶集》。

写"三良遗恨知何处？木落棘门鸟自啼"）。需要指出的是，李柏咏写诸葛武侯的诗有多首，《五丈西风》以外，还有《望五丈原有感》《五丈原吊忠武侯》等，写"赤精衰歇已多年，尽瘁报刘那问天"，"只手补天功未遂，寒猿野鸟亦吞声"，对诸葛亮寄予了无限的景仰与同情。

李柏的诗，反映时政，抨击社会，表达对时局的态度，其大胆程度，令人震惊，如下面两首：

老　人

道傍大哭人，老有八十岁。头发成白雪，面皮浮垢黡。
衣裳甚褴缕，齿牙亦毁敝。相逢忽相惊，问其奚陨涕。
自言有两儿，大儿远赘婿。小儿年四十，家贫无伉俪。
老妻赴黄沙，子耕为活计。近年为欠租，囹圄久械系。
父子恩虽深，无力相救济。昨闻无完肤，拚老欲代替。
行来数十里，人传杖下毙。输纳无所出，不敢去收瘗。
老牛思舐犊，返哺阿谁继？此苦是何苦，吾亦愿速逝！
侬听老人言，为之数掩袂。眼余千泪落，囊乏一钱惠。
谚云尝瓮酒，唯将一滴唏。今日观此老，可知天下势。[1]

卓烈妇

前指挥卓焕妻钱氏，乙酉扬州郡城陷，先一日投水死，从死者长幼七人，哀而赋之

---

[1] （清）李柏著，程灵生校点《李柏集》，西北大学出版社，2015 年 1 月第 1 版，第 167 页。"拚"原作"拼"，"愿"原作"原"，"亦"原作"已"，据清康熙刻本《槲叶集》改。

槲葉集　　卷之陽

事可知禍亂不遽巳而今憶其言句何關治理而今過其
地步步牽棘枳不知何王世乃得復舊只仰面看青天云
何其吁矣

老人

道傍大哭人老有八十歲頭髮成白雪面皮浮垢鶉衣裳
甚藍樓齒牙亦毀微相逢忽相驚問其奚隕涕自言有兩
兒大兒遠贅壻小兒年四十家貧無忕儸老妻赴黄沙子
耕爲活計近年爲欠租囹圄又械繫父子恩雖深無力相
救濟昨聞無完膚挤老欲代替行來數十里人傳杖下斃
輸納無所出不敢去收瘞老牛舐犢返哺阿誰繼此苦
是何苦吾亦願速逝儂聽老人言爲之數揮淚餘千淚

李柏《槲叶集》（清康熙刻本）

黑云压城城欲摧，北风吹折琼花飞。

扬州乙酉遭屠戮，卓氏贞魂至今哭。

将军已降丞相死，一家八口齐赴水。

池中土作殷红色，血渍波痕转逾碧。

何时流恨到东海，门外长江终不改。①

　　前一首，揭露社会之黑暗，超过了杜甫之《石壕吏》；后一首，表达对扬州屠城的态度，胆量惊人。这，远远不是一位避世之士的行为了，反映的不再是他喜好尘外的天性，而表现的是对当局的态度。

　　李柏有《鹑衣二首》，可以看作他自己的"自画像"：

渭阳秋老雁南飞，傲骨崚嶒着破衣。

半被芦花浑不寐，卧看山月上柴扉。

菊花冷落霜花飞，风劲松堂半掩扉。

揽镜自怜诗骨瘦，权将米桶作温衣。②

　　"傲骨崚嶒着破衣"，"卧看山月上柴扉"，"揽镜自怜诗骨瘦，权将米桶作温衣"，俨然是作者的自我写照。

　　"关中三李"当中的另一位李因笃，其情形与前两位同中有异。

　　李因笃（1632—1692），"字子德，一字天生，富平人。明诸

---

① （清）卓尔堪编《遗民诗》卷 11，华东师范大学出版社，2013 年 3 月第 1 版，第 747 页。又，徐世昌，闻石点校《晚晴簃诗汇》录此诗，末联作"曾闻精卫能填海，一勺之池想易改"（中华书局，1990 年 10 月第 1 版，第 262 页）。

② （清）李柏著，程灵生校点《李柏集》，西北大学出版社，2015 年 1 月第 1 版，第 196 页。

生。值寇乱，走塞上，访求勇士，招集亡命，思以歼贼。见无可为，归而闭户读经史，为有用之学。以文学负重名，与二曲、雪木并称为'关中三李'。亭林游关中，订交，论学至契……康熙己未，召试博学鸿词，授翰林院检讨。被征时，以母老多病，力辞，有司强迫就道。既授职，呈请归养。格于吏议，乃自上疏陈情，词旨切挚。其疏为时传诵。得请归侍母，晨夕不离。母丧后，遂称病不出"①。

　　李因笃与另二李相同的是，原本都是明遗民；不同的是，他后来参加了康熙十八年（1679）博学鸿词科考试并被录取。这一

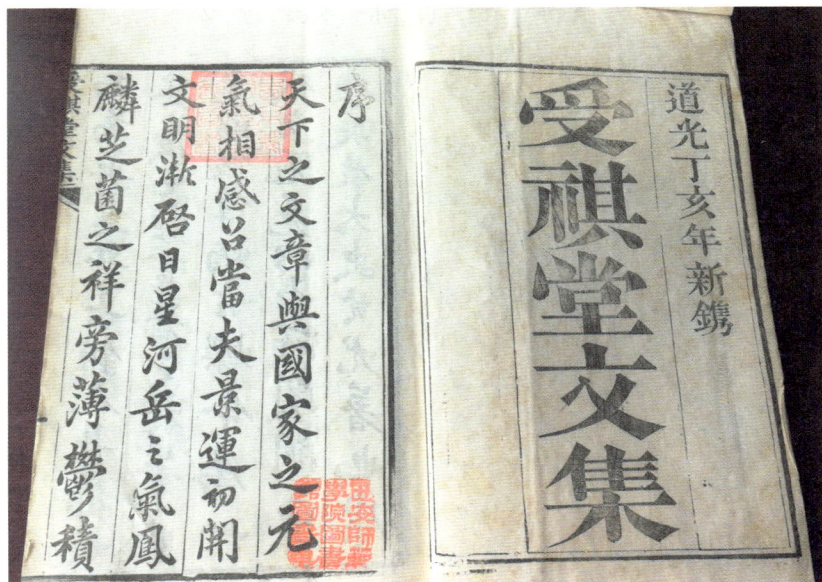

李因笃《受祺堂文集》（清道光刻本）

---

① 徐世昌等编纂，沈芝盈、梁运华点校《清儒学案》，中华书局，2008年10月第1版，第350页。

事件，被一些人认为是他投向了新兴的清朝，或以为其晚节有亏。当时遗民的代表人物（也是李因笃的故交）顾炎武和远在岭南的屈大均就表示不满，分别作书写诗表达自己的态度，而本来的同乡、好友、同学王弘撰竟"及因笃就征，遂与之绝"。实际上，李因笃入京赴试本是被迫的，入京以后，他反复以母亲老病需要照料为由，请求放他归乡，在与新朝官员唱酬时也时常表达他归隐的愿望，其实是反映了他对清廷的抵拒心态。他最终得以如愿离京，也令当时的士人赞许他的节气，"出都之日，士大夫诗文赠送者数百人。海内高之"①。而此后所见所历的事实，让他一方面赞颂康熙皇帝、认可了清朝的正统地位；同时又想保全他遗民的志节。返乡侍母，一直到母亲去世后称病不出，就反映了这种心态。对李因笃及其代表的一类遗民士人的心态变化，已经有学者做了很好的论述②。

　　顺治十五年（1658），李因笃28岁，在西安，作《秋兴八首长安作》。此组诗共8首，诗题或作《长安秋兴》，或作《西京秋意》，或作《秋兴客长安作》等，兹录几首如下：

其一

　　　　西风萧瑟陇云游，沃野黄图一气秋。

　　　　地阔河源寒自泻，天清华掌翠同流。

　　　　烟霜渐老伊人色，日月犹悬故国愁。

　　　　捣练声悲摇锦树，长安独倚最高楼。

---

① （清）余金辑《熙朝新语》卷3，上海古籍书店影印清道光年刊本，1983年12月第1版，第1页。

② 参代亮《清初博学鸿儒群体的心态流变——以李因笃为中心》，刊《山东大学学报》（哲学社会科学版）2015年第4期。

其二

芙蓉苑侧驻新军，鼓角喧声剧夜分。

邸路遗坊潜下马，王家故老夙能文。

层霄寂寞千门月，列障纵横万垒云。

碧竹香兰违岁暮，仙舟玉佩冷同群。

其三

三川水绕翠微开，万壑晴吟野树哀。

古殿蒿梁通覆栋，空村石鼓半生苔。

秋深猎骑捴弓出，日晚渔舟击棹回。

漫对诸峰怜画蠛，当年双阙引蓬莱。

其五

雕轮汗马络青丝，翠羽明珠漾雪姿。

黍逼故宫秋正满，鸿飞中泽暮何之。

浮云回首悲关塞，返照经心有岁时。

蟋蟀多愁音屡变，榛苓在望好谁思。

其七

江头池馆静含虚，水荇篱花照客车。

采地纵观周召邑，沧波高枕汉唐渠。

春期未歇商飚后，夕宴长明晓漏余。

藉草微歌今不再，抚时怀古一踌躇。[1]

---

[1]　（清）李因笃《受祺堂诗集》卷1，清康熙刻本，第17—18页。

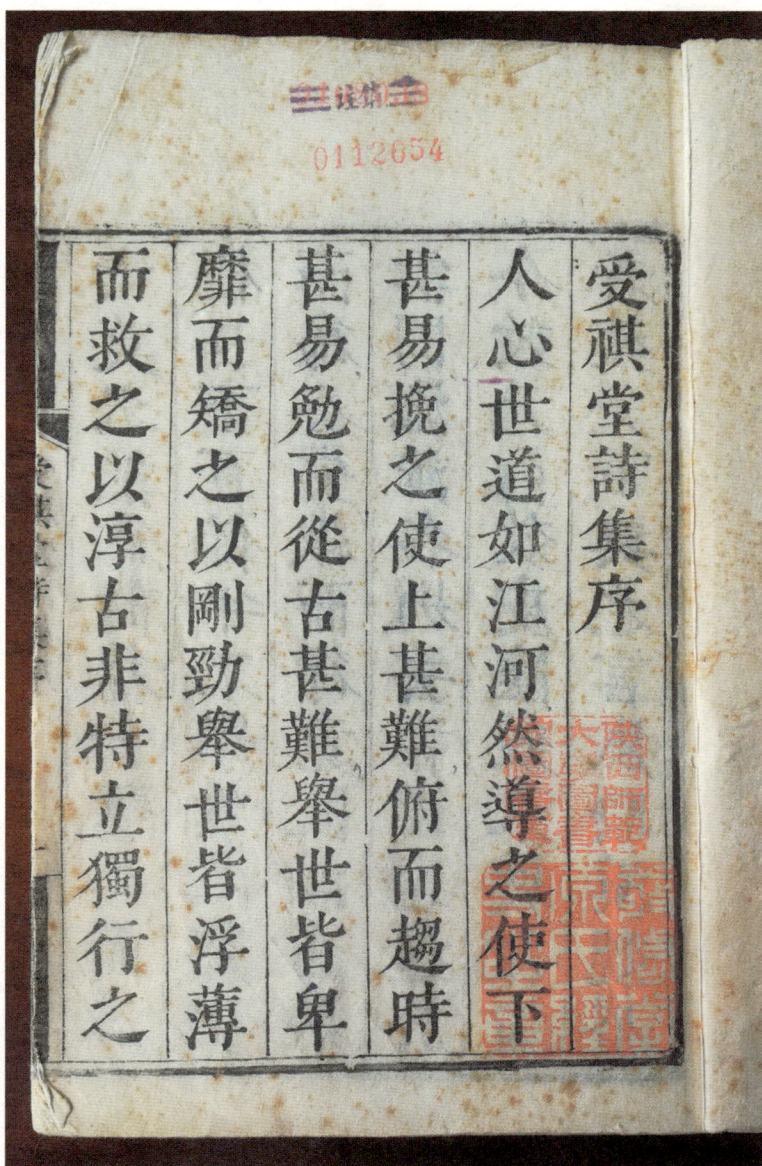

受祺堂詩集序

人心世道如江河然導之使下
甚易挽之使上甚難俯而趨時
甚易勉而從古甚難舉世皆卑
靡而矯之以剛勁舉世皆浮薄
而救之以淳古非特立獨行之

李因笃《受祺堂诗集》（清道光刻本）

诗怀古慨今，"黍逼故宫秋正满"，"古殿蒿粱通覆栋，空村石鼓半生苔"，今昔对比，不胜慨叹；"芙蓉苑侧驻新军，鼓角喧声剧夜分"，描述现实；"烟霜渐老伊人色，日月犹悬牧国愁"，"捣练声悲摇锦树，长安独倚最高楼"，"浮云回首悲关塞"，"西风萧瑟陇云游"，"蟋蟀多愁音屡变，榛苓在望好谁思"，抒写惆怅、悲抑之情；"鸿飞中泽暮何之"，"藉草徵歌今不再，抚时怀古一踟躇"，写出诗人的犹豫与彷徨。这组诗，清人陈维崧辑《箧衍集》、沈德潜等编《清诗别裁集》之所收录，与《受祺堂诗集》本字句差异颇大，或为传抄之讹，也可能是作者自己屡作修改所致。后两个版本中所收诗作，字句全同，与《受祺堂诗集》字句不同者，如"曲江池水已成墟"，"芙蓉苑北驻新军，羯鼓声悲剧夜分"，"近说西羌诸部劲，秋深牧马过边来"，"村春寥落斜阳里，野哭分明旧创余"，更显沉痛悲抑。而其七末联则作"咫尺杜陵连郑谷，抚时怀古一踟躇"，杜陵，位于今西安市南郊；郑谷，即汉郑子真隐居之谷口，其地在今陕西淳化县与泾阳县交界处，距西安约 100 公里。欲往郑子真隐居处，似乎只咫尺之遥也，然而现实中的许多客观因素，又令诗人徘徊难定，彷徨犹豫之情，表现得更为明显。

次年，顺治十六年（1659），李因笃 29 岁，在西安. 曾住兴善寺，有《洁之伯贞来兴善寺》一诗，诗曰："丈夫意气深，图大遑矜细。安能舍生平，苟免时俗议。君看五柳公，自寓桃源记。幸托素心侣，何辞终夕醉。"[1]明显地表达自己坚守气节、不与新朝合作的志向。

---

[1]　（清）李因笃《受祺堂诗集》卷 2，清康熙刻本，第 2 页。

　　李因笃的诗，追怀古迹，多有吟咏潼关和五丈原之作。这也是当时其他同类诗人的共同特点。八百里秦川，遍地古迹而偏重潼关与五丈原，当非偶然。因潼关自古为战略要地，而五丈原为诸葛武侯祠庙之所在。诸葛亮六出祁山，一心统一中原，最终命殒五丈原，成为后世历代文人感喟不已的沉重话题。也更能触发李因笃等遗民诗人的诗兴。

　　李因笃的五丈原诗，如《五丈原次何仲默先生韵》，感叹"垒大星中陨，天高汉骤沉。空传伊吕烈，二表一长吟"①，《再叠前韵同子祯赋五丈原并序》诗感叹"三军遗泪迹，六出系愁心"②。又有《早秋五丈原谒诸葛忠武公庙，承茹明府陪往……怀古八首》组诗，此组诗共 8 首，兹录第二首如下：

> 星落天空里尚存，誓师原上想云屯。
> 徐兴礼乐封梁父，久驻樵耕控益门。
> 羽扇潜挥南向泪，云山长守北征魂。
> 沙明草偃今犹昨，仿佛回车有旧痕。③

　　诗中之"里"，原注"有落星里"；"益门"，原注"益门镇，公所置邸阁聚粮处"。诗颂诸葛之功，而抒发的心情是复杂的。诗人原本前朝遗民，有遗民心志。而此时已是康熙十八年之后，清朝大势已定，诗人自己的心态也有了复杂而微妙的变化。诗题中的"茹明府"茹仪凤也有一首咏写五丈原诗，或为同时所作，可

---

① （清）李因笃《受祺堂诗集》卷 28，清康熙刻本，第 5 页。
② （清）李因笃《受祺堂诗集》卷 28，清康熙刻本，第 5 页。
③ （清）李因笃《受祺堂诗集》卷 27，清康熙刻本，第 7 页。

五丈原诸葛亮庙内陨石。摄于 2019 年 4 月 24 日

以参看。诗曰："曾挥羽扇坐临戎，六出丹心对碧空。忽使大星垂永夜，犹残归骑咽秋风。旌旗久隔江云短，伏腊长悬汉月同。蒋费犹堪凭社稷，一时忍泪属归鸿。"①

康熙十八年博学鸿词科考试以后，李因笃一方面想保持遗民气节，另方面，他亲身感受到了新朝的优待，看到了国家统一后朝廷的一些值得肯定乃至拥护的理政治国政策，看到了人民生活渐趋安定的局面，对新朝的态度有了变化，对清王朝有了一定的认可，尤其是对一些真心为民的地方官员作真诚的称赞。相关诗作有《春日岐山诣茹明府紫庭，感旧述怀，赋近体十首》等。"茹明府"即前文所涉之茹仪凤，康熙十八年至二十五年任岐山县知县。这是一位一心为民的地方官员，以致当时百姓自发地为他建生祠，李因笃为其作记。对此，《岐山县志》这样记载：

> 茹仪凤字紫庭，宛平籍，河内县监生，十八年任。工诗文，有胆识，凡教养之务，必尽力为之。尝修庙学，创立朝阳书院，而尤以苏民困为急。先是岐民当兵燹之后，苦荒田追赋，历有余年。往令亦由是屡去，然难于议蠲。仪凤伤之，慨然以为己任，遂力白上官，以请于朝，竟得免荒田一千余顷。士民感之，为建生祠。富平李太史因笃为之记。②

在《春日岐山诣茹明府紫庭，感旧述怀，赋近体十首》这组诗中，诗人赞扬了茹仪凤这位身具"屈宋才"的"高士"，兹录两首如下：

---

① （光绪）《岐山县志》卷3，清光绪十年刻本。
② （光绪）《岐山县志》卷5，清光绪十年刻本。

赐复民田汉诏同，美人辛苦慰哀鸿。

残疆铁骑雕戈后，孔道函关陇树中。

曲转蒿莱通帝力，徐修礼乐逮王风。

循良旧在麒麟上，不用旁占渭水熊。

近筑宫墙数仞齐，还营讲肆戟门西。

他年闾里充羔雁，尽日风雩散鼓鼙。

水傍横渠群涧小，山登太白万峰低。

旷怀遥接文公庙，周鲁渊源望不迷。①

前一首，自注曰："岐已困于荒田，明府力请得豁。"诗也充分赞扬了这位循良"通帝力"而救民困的功绩。后一首，自注曰："时葺泮宫，创朝阳书院，修周公庙，皆不赋民。"诗也赞扬了这几项功绩，且以"水傍横渠群涧小，山登太白万峰低"对"茹明府"作了高度的评价，横渠指张载张横渠，宋代大儒，郿县人，关学创始人。太白山为秦岭之主峰，在郿县境内。郿县位于岐山东邻，二县均属凤翔府。诗以张横渠及太白山来形容茹仪凤的功绩，评价不可谓不高。末尾以遥接文公庙、周鲁渊源结束，还是在赞颂茹仪凤的功绩。

康熙二十年（1681），李因笃给富平县令作《岁暮感怀，呈郭明府献素四首》，其三曰："十载征输甫息肩，三农鼓腹颂尧年。怀新陇麦俱争秀，得气郊花早放妍。听断才高佳兴发，登临情寄野航偏。幽人偶亦来城市，洗耳恭闻单父弦。"②不仅直接以百姓"颂尧年"、幽人听"单父弦"等正面歌颂，还以麦争秀、花放妍

---

① （清）李因笃《受祺堂诗集》卷26，清康熙刻本，第8页。

② （清）李因笃《受祺堂诗集》卷23，清康熙刻本，第11页。

这样的景物描写侧面烘托，赞扬郭县令的政绩。这，其实表明了诗人自己心态的一种变化、表明他对新朝态度的一种转变。

李因笃《柬任凤翔明府觉之二首》诗有句"晴窗醉卧即吾庐"。无论时局怎样变化，晴窗醉卧，是无数士人的一种理想生活。

当然，也有一些明遗民，因为种种原因，并没有太多的遗民情结，至少在诗歌作品中——尤其是关中所写的诗作中，并没有多少遗民情操的表达。如下面一些人：

王铎(1592—1652)，字觉斯，一字觉之，号十樵、嵩樵等，河南孟津人。明末清初书画家，书法成就尤高。明天启二年(1622)进士，累官至礼部尚书等。入清后仍被授礼部尚书。

王铎入清后，贰臣的身份对他的心理或有不小的影响，所以颓然自放，沉迷于书画。王铎亦曾至关中，而其关中所作之诗则看不出明显的对时局或曰对新朝的态度，其《登华山绝顶》诗曰"星衢寒暑繇元籥，陆海兴亡几暮钟"①，《近望牛头寺》诗曰"钟磬不关兴败事，藤萝犹挂古今秋"②，都是这种心态的表露。

朱嘉征，字岷左，号止溪，浙江海宁人。明崇祯十五年（1642）举人，清顺、康之际选授叙州府推官。朱嘉征亦曾至关中，所作诗多抒倦游之感，如《武关第十三盘》诗曰"浮云游子情，悠悠卷飞斾"，《涉灞水》诗曰"宦拙思江总，辞家已白头"③。"倦"，是朝代更迭之际另一种典型的心态，一方面不愿意奔竞仕途，另方面要糊口，只好以一种被动、被迫的心态来应对现实。

---

① （乾隆）《华阴县志》卷17，1928年铅印本。

② 徐世昌编，闻石点校《晚晴簃诗汇》，中华书局，1990年10月第1版，第620页。

③ 徐世昌编，闻石点校《晚晴簃诗汇》，中华书局，1990年10月第1版，第701页。

二、吟咏名山胜迹：顺治朝进士的关中诗歌

这里，我们再来梳理一下顺治朝进士出身的士人在关中的诗歌创作情况。虽然这些人，和前面所述诸人，以及下文将要讨论的康熙朝登第的士人，在经历上并没有太大的区别——大都是在明朝出生，甚至在明代中举登第或当官，很多也主要活动在康熙时期，但是，还是有些不同。康熙前期，平定"三藩之乱"，天下大势已定。尤其是康熙十七年诏开博学鸿词科考试，这是一个标志性的事件。很多士人因此而分成了两个不同的思想阵营，表明了对清政权的不同态度。而在顺治朝，还不存在这样的背景。顺治时期应试赴考的士人，大都是主动、自愿的，他们在心理上是另外一种状态。应该说，这一时期赴考之人，对新政权基本是接受或认可的，至少是不抗拒的。

宋琬（1614—1674），"字玉叔，莱阳人。父应亨，明天启中进士。令清丰，有惠政，民为立祠。崇祯末殉节，赠太仆寺卿"[①]。明崇祯末年，清兵南下，围攻莱阳，宋琬父宋应亨率父老拼死抵抗，死难。宋琬一生，前30年在明，后30年在清。他入清后不久即于顺治四年参加了科举考试并中进士第，并成为清廷官员，后累官至按察使。但在清期间，曾两次入狱，加之其父抗清被杀，这些，对他的心理不可能没有深刻的影响，所以，他的心理其实是矛盾的。

顺治十一年（1654），宋琬分巡陇右道。康熙十一年（1672），任四川按察使。两次都可能途经关中。其诗如《岐山谒周公庙》《雨中过访东云雏孝廉山居》《华州同东云雏王心古过孙氏竹园》《登西岳庙万寿阁》《云台观》《同东云雏王心古诸君登华山云台峰》《登华岳作》诸作，据考证，为顺治十四年迁直隶永

---

① 《清史稿·宋琬传》，中华书局，1977年8月第1版，第13327页。

平道，途经关中时所作①。其中华山诗较多，有 8 首。但大都写得比较空洞，如《同东云雏王心古诸君登华山云台峰》，诗曰："丹梯千仞倚嵯峨，万转盘纡出薜萝。少华西来朝白帝，太行东望走黄河。欲从玉女窥莲井，须向仙人借斧柯。幞被同君星汉外，方知天上白榆多。"②语言、结构、用典等方面都相当圆熟，但从情感方面来看，空洞无感，难称上乘。至少，他的关中诗，与其当时"南施北宋"的诗歌成就和诗坛地位不相符合。

季振宜（1630—1674），字诜兮，号沧苇，泰兴人。生于明崇祯三年（1630），清顺治四年（1647）进士，历官监察御史，巡按山西盐课、户部郎中、浙江道御史等。清初著名的藏书家、版本目录学家和校勘家。前人有称他"以风节著名"③，亦有研究者证明他为富不仁，待人很刻薄且不守信用④。

《潼关有感》，是一首关中怀古抒慨诗，评述历史上的兴亡成败。诗曰："兴亡非一代，形胜览层楼。渭水千年浊，秦山万里秋。豺狼互吞噬，盗贼化王侯。邮置无余马，黄华不肯休。"⑤"豺狼"一联，表达出作者对史上成王败寇的强烈厌恶。

王庭，字言远，号迈人，嘉兴人，顺治六年（1649）进士。据清人李稻塍记述，王庭甫登第，便被委以重任，"时天下初定，两广犹负固。廷臣以先生有才略，豫授广州知府，令往岭表从军。穿敌垒，渡危泷，羽檄交驰，飞挽旁午，先生安之若素，指挥自

---

① 李娟《宋琬年谱》，兰州大学 2008 年硕士学位论文。

② （清）宋琬《安雅堂诗·七言律》，清顺治十七年刻本，第 13 页。

③ （清）阮元辑《淮海英灵集》丙集卷 1，清嘉庆三年小琅嬛仙馆刻本。

④ 参朱宗宙《清初扬州著名藏书家——季振宜》，刊《扬州大学学报（人文社会科学版）》2000 年第 4 期。

⑤ 徐世昌编，闻石点校《晚晴簃诗汇》，中华书局，1990 年 10 月第 1 版，第 788 页。

如，日督诸将攻战，所向皆克捷"①。平定广东后，又"擢广西左江道按察副使"，同样英勇赴敌，"单骑驰赴，以大义激励将士"，最终取得胜利。后历官山西布政使等，享年八十有七。

王庭也有一首《潼关》诗，曰："关门高锁处，飞鸟不能过。雉堞连群嶂，风烟俯大河。代更千战少，势在一夫多。入夜闻刁斗，军声壮若何。"②这首诗，最大的特点是大气，气势宏大，十分豪壮。

梁熙（1622—1692），字曰缉，号皙次，河南鄢陵人，明御史梁克顺之孙。梁熙在明代生活了20多年，其父祖辈为明朝官员，其中不乏抗清之将帅。梁熙于清顺治十二年（1655）考中进士，授官陕西咸宁知县，后官至云南道监察御史。史料谓其冰洁自矢，性淡泊。

梁熙的关中诗，有《咸阳》等。这里要关注他的《潼关》一诗："川原缭绕望中收，西映残阳旧戍楼。形势长连三辅壮，风云自涌大河流。泥封函谷无诸国，瓜种东陵有故侯。还忆繁台沦陷日，曾开玉帐控中州。"③末联或指崇祯末年李自成兵围攻开封、孙传庭等守潼关事。此诗的总体特点还是雄壮，怀古抒怀，慷慨雄壮。

冯云骧，字讷生，山西代州人，顺治十二年（1655）进士。康熙二十六年以佥事督理陕西粮储道。冯云骧有一首《迓黄河入关》："晓日横波际，清风一叶舟。予怀正渺渺，吾道付悠悠。秦晋中分界，乾坤万古流。孤村回首远，烟外几飞鸥。"④这里的关指

---

① （清）李稻塍辑《梅会诗选》二集卷5王庭小传，清乾隆三十二年寸碧山堂刻本，爱如生《中国基本古籍库》。
② 徐世昌编，闻石点校《晚晴簃诗汇》，中华书局，1990年10月第1版，第827页。
③ 徐世昌编，闻石点校《晚晴簃诗汇》，中华书局，1990年10月第1版，第930页。
④ （康熙）《潼关卫志》卷下，清康熙二十四年刻本。

潼关。诗写得淡雅清新而不乏高古，不同于他人的潼关诗。冯云骧又有《潼关行》一首，记崇祯末年孙传庭及乔迁高等与李自成军潼关死战之事，悲壮慷慨，声可裂石。然题曰《潼关行》却不一定作于潼关，故不详说。

冯云骧还有一首《入关过华山》："平生想象三峰胜，今日星轺拜华山。削壁朱霞纷照耀，石桥冰涧互纤湾。莲花有路闻猿啸，仙掌何人跨鹤还。愧我十年尘土梦，徒教怅望白云闲。"与前一首《过黄河入关》类似，写得不凌厉，不峭拔，不夸张，不恢宏，不壮阔。这，大概就是冯云骧的心态。

华山诗，顺治朝进士还有很多人写过。

孙蕙，字树百，号泰岩，又号笠山，山东淄川人。顺治十八年（1661）进士。曾任数县知县。《清史列传》将其列入《循吏传》，又列入《文苑传》。

王士禛《笠山诗选序》称其"读书之余，尤喜为诗。虽舟车行役，簿书期会，未尝辄废。西游咸秦，南穷瓯越，诗日益工"，并举例谓其五言如"禁烟寒食路，霁雨杜陵春"，七言如"河声入洛三门合，岳色来秦万里明"等数十句，"虽古作者无以加也"[1]。

孙蕙写华山的诗，有一首《太华绝句》：

> 绝顶青冥露掌开，仙人风迹隐楼台。
> 云间忽敞中原色，俯看黄河一线来。[2]

---

[1] （清）王士禛著，袁世硕主编《王士禛全集》，齐鲁书社，2007年6月第1版，第1547—1548页。

[2] 徐世昌编，闻石点校《晚晴簃诗汇》，中华书局，1990年10月第1版，第1087页。

华山苍龙岭。图片来源：图行天下网

即便没有登过华山的人，也可知此诗为山顶而作：近看云雾缭绕，胜迹隐隐；云开雾散，俯看山下，大地辽阔，黄河一线。一种豁然开朗的感觉。

孙蕙还有一首《秦川怀古》，总写关中：

> 内史新丰不可求，长陵王气已全收。
> 千盘鸟道归隆准，百战鸿沟割沐猴。
> 风雨满天来渭北，麒麟遗冢自南丘。
> 几经汗马劳诸将，紫塞黄榆起暮愁。[①]

诗前两联总写关中，首联以新丰和长陵两个象征性地标，写关中之地；次联以刘邦与项羽两个象征性人物及其占据关中的典故，写关中的历史[②]。后两联，在"风雨满天"的背景中发历史感慨，"紫塞黄榆起暮愁"，深沉苍凉。

沈永令（1614—1698），字文人，或作闻人，以手有枝指，号一枝，又称一指，江苏吴江人。顺治五年（1648）副榜。曾任陕西韩城县知县、潼关道副使、高陵知县等。沈永令生于明万历四十二年，卒于清康熙三十七年。前半生的30年都是在明朝度过的。

沈永令写华山的诗有《登华》，诗曰：

> 历历星辰尺五悬，洮云陇树望相连。
> 天高西北长空尽，势控燕秦大地偏。

---

① 徐世昌编，闻石点校《晚晴簃诗汇》，中华书局，1990年10月第1版，第1087页。
② 隆准，《史记·高祖本纪》："高祖为人，隆准而龙颜。"沐猴，《史记·项羽本纪》："人言楚人沐猴而冠耳，果然。"中华书局，1959年9月第1版，第342、315页。

烟杪一丸关百二，河流如线路三千。

此身托足知何处，仙掌擎来霄汉边。①

还有一首总咏关中的诗《秦中》：

深秋沙草马长嘶，塞柳千条覆曲堤。

水落渭河诸派合，天围华岳万峰低。

旧游金谷云烟散，故国铜驼枳棘迷。

紫气近来东望满，函关何用一丸泥。②

又有一首关中诗曰《咸阳寓中》：

老应甘弃世，壮已不如人。楚越燕秦路，东西南北身。

镜中俱是雪，塞外不知春。何日沧江返，矶头稳钓纶。③

前二首气象雄浑，《登华》一首，"天高西北长空尽，势控燕秦大地偏"，气势开阔，气魄宏大，而末联似有出尘之想。《秦中》一首，"水落渭河诸派合，天围华岳万峰低"，以渭水、华山突出关中之形胜，尾联豪情激荡，踌躇满志。至于《咸阳寓中》一首，则颇显衰颓之态且表达归隐之念，当是晚年失意而作。对前两首，尤其是上述两联，前人有不同看法，清人潘德舆这样说："沈永令诗

---

① （清）沈德潜等编《清诗别裁集》，上海古籍出版社，1984 年 3 月第 1 版，第 81—82 页。

② （清）沈德潜等编《清诗别裁集》，上海古籍出版社，1984 年 3 月第 1 版，第 81 页。

③ （清）沈德潜等编《清诗别裁集》，上海古籍出版社，1984 年 3 月第 1 版，第 81 页。

'水落渭河诸派合，天围华岳万峰低'；'烟杪一丸关百二，河流如线路三千'，归愚赏其气象。然'渭河'二字不典，'如线'对'一丸'不工。秦得百二，应劭《汉书注》'得天下之利百二'；苏林注：'秦地险固，二万人足当百万人。'非关百二也。此袭杜诗唐赋而误。黄河路止三千，又何谛切？气象虽佳，不耐考索，终非深诣。"①归愚即沈德潜之号。潘德舆不同意沈德潜的看法，实为二人评论的角度不同。而"河流如线路三千"，一方面是写望中所见，另方面，联系下句"此身托足知何处"，当有人生之感慨寓焉。

河流如线路三千 —— 华山东峰俯瞰。王成刚摄于 2012 年 7 月 22 日

---

① （清）潘德舆撰，朱德慈辑校《养一斋诗话·补遗》，中华书局，2010 年 8 月第 1 版，第 248 页。

沈永令还有一首词《离亭燕·龙门怀古》，亦颇有气势：

> 谁把飞流横泻，秦晋一丝分界。翠壁凿痕千仞立，万里银涛天挂。隔岸倚危楼，掩映琳宫红榭。　几朵雪花轻洒，百尺冰桥高跨。陇树洮云何处是，惟有莲峰太华。遥望夕阳关，片片轻帆东下。①

黄河，是秦晋两省的分界。龙门，乃黄河之咽喉，位于陕西韩城市与山西河津市之间，地形险峻，河流湍猛，所谓"千仞""天挂"是也。本词上片气象雄浑，过片转为洒脱，至结拍"遥望夕阳关，片片轻帆东下"，轻松带过，体现出一种高超的词章及语言驾驭能力，体现出一种洒脱轻松的心境。

董文骥，字玉虬，号云和，又号易农，江苏武进人，顺治六年（1649）进士，历官甘肃陇右道等。董文骥的关中诗，《晚晴簃诗汇》卷二十五收录了两首：《暮抵蒲城望余雪》诗曰："秦山雪后看，余雪半峰寒。马色斜阳尽，车声古道干。金城悲麦秀，玉殿想云端。暮鸟归飞急，王程尚未安。"《骊山温泉》诗曰："山上千门山下池，玉环何处洗奚儿。野人分得温泉水，菜甲红于锦荔枝。"②两首诗，所表现出的情调都比较平和。前首虽然以"暮鸟归飞急"映衬自己的客旅，但总的来说还是比较平和愉悦的。后首怀古咏史，亦平和超脱，显示出一种安宁的心境。这说明，在顺治时代，很多的文人，已经接受了清朝这个新兴的王朝。

---

① （清）蒋景祁辑《瑶华集》卷7，清康熙二十五年刻本，中华书局．1982年11月影印，第450—451页。

② 徐世昌编，闻石点校《晚晴簃诗汇》，中华书局，1990年10月第1版，第828—829页。

　　王士禛（1634—1711），字子真，一字贻上，号阮亭，中年又自号渔洋山人。山东桓台人。雍正即位，因"禛"犯御讳，改称士正；乾隆间，又诏改士祯。王士禛生于明亡前十年，清顺治十四年（1657）进士，主要活动在康熙一朝，历官至刑部尚书。

　　王士禛一生，曾几次过关中。康熙十一年六月，奉命典四川乡试，七月初一从京师出发，九月底从成都回返。赴蜀途中经关中，对太华、少华、终南、太白等关中名山印象深刻。诗人自己《蜀道驿程记》详纪其事。康熙三十五年二月初三至七月二十四日，王士禛奉命往陕西、四川祭告西岳、西镇、江渎，往返近半年，行程一万一千里。此行往返均途经关中，其《秦蜀驿程后记》对往返行程有详细记载。

　　王士禛途经关中，作诗甚多。总的看来，基本上都可以说是旅游纪行诗，主要内容一是吟咏关中的名胜古迹，再就是某某"道中"、某某地之类的作品多。

　　与前述诸人一样，王士禛也有写华山的诗，而且他的关中诗，写具体的关中名胜的，以华山为最多。如《望见华山二首》《望华山》《华山杂诗七首》等，此外，相关的还有如《送王山史归华山》《送戴务旃游华山》等。康熙十一年，他典试四川，甫入关中，写的第一首诗就是《望见华山二首》，其一曰：

　　　　　蒲阪南来问钓船，风陵堆上隔风烟。
　　　　　黄河一曲流千里，太华居然落眼前。[1]

---

① （清）王士禛著，袁世硕主编《王士禛全集》，齐鲁书社，2007 年 6 月第 1 版，第 732 页。后文引王士禛之零散诗句，均出自本书。

"黄河一曲流千里，太华居然落眼前"形象地写出了乍见华山的惊喜。此外，如"山河两戒首，气压崤函东"，"峨峨司寇冠，独立青云中"（《望华山》），写华山的高峻；"青冥风露冷，仿佛见天衣"（《毛女洞》）写华山仙女的传说；"二十八潭悬，飞瀑从天下"（《青柯坪》）写青坷坪的特点，都比较到位。

王士禛的关中诗，按其行程顺序，一个个地点写过去，通俗点说，就是一个外地人在关中的旅游纪行诗，诗题也大都冠以某某"道中"，或以某某地名为题。如康熙十一年入蜀途经关中所作，相关的题目就有《望见华山二首》《潼关》《华阴道中》《华州道中》《渭南道中》《丰原》《金氏陂》《新丰》《灞桥寄内二首》《铜人原》《咸阳》《晚渡沣渭》《汉武帝通天台》《咸阳早发》《茂陵》《武功道中》《扶风道中》《凤翔府》《宝鸡道中》《宝鸡县》《石鼓山》《益门镇》《大散关》等；康熙三十五年再行关中，诗题有《风陵渡河抵潼关》《华山杂诗七首》《新丰》《骊山温泉》《灞桥》《曲江》《慈恩寺》《韦曲》《杜曲》《扶风县早发》《马融绛帐村》《汧阳县》《登陇二首》《登吴岳》《祀鸡台宝鸡县三首》《宝鸡县南入栈感成》等；返程途经关中又有《四过东湖题宛在亭》《重题茂陵》《早发临潼》《华州西溪》等。仅从诗题，就可以清晰地看出作者的行程路线。

康熙十一年入关中，诗人的心情是相当愉悦的，第一首诗"黄河一曲流千里，太华居然落眼前"就充分表现了心中的喜悦。而后写的《华阴道中》诗曰："平田漠漠稻花香，百道清泉间绿杨。二十八潭天上落，无人知是帝台浆。"好一派优美的田园风光！这简直就是古人向往的"如在山阴道中"，充分表现了诗人自己此时的愉悦心情。紧接着写的《雨宿岳庙万寿阁》也说"扶筇未到希夷峡，先对三峰一夜眠"，表达了一种十分惬意的心情。值得一提的是，他此时写的《华州道中》有"泉飞名岳雨，稻熟野塘风"之句。关中地区的农作物，向来以小麦为主，很少种植水稻，但在渭河两岸，尤其是南岸也有种植。对此，史料中也偶有记载，尤其是到了清代，方志中多有记载。这首诗也正是一种形象的反映。后来，康熙三十五年诗人再次途经关中游览西安城南所作《牛头寺》一诗中也有"明月生秦岭，清光满稻田"这样的句子。这一方面可能是真的看到的稻田，秦岭峪口水资源丰富的地域，历史上也常种水稻，今日的长安也还有当地著名的"桂花球"稻米；当然也有可能是诗人在月光下并不清楚的视线中加入了自己的理解和想象。继续前行，《渭南道中》一诗写"秦川秋色迥，四望极风烟"，"花开玉井鲜"，"山翠入蓝田"；《丰原》诗写"秋晴渭川望，遥见蓝田树"等，都以眼中所见的优美景色，传示了心中的愉悦之情。一直到了武功写的"千里终南山色好，一枝筇竹万缘轻"（《武功道中》），在扶风写的"田园情话好，何事不归来"（《扶风道中》），也都是表达这种心情。在武功写的《武功怀古》诗不仅写了"高原山色里，小邑夕阳中"这样优美的自然景色，还称"乐府康王好，何时访沜东"，康王即本地明代散曲作家康海和王九思，康海自号沜东渔父。王士禛这样的诗句，表达了他的雅兴，也说明了他此时愉悦美好的心情。一直到关中西部的宝鸡，诗人才有了一些"倦"意，《宝鸡道中》一诗谓"时序飒已变，征蓬何处休"，"龙钟三十九，白尽老夫头"，正是这种心态和心情的流露。但总的说来，此次关中之行，诗人的心情是相当愉悦的。而二十多年后，康熙三十五年，诗人再次关中之行，心情就没有这么愉悦了。刚到潼关，所写《风陵渡河抵潼关》一诗便称"永怀黄绮侣，白首卧商颜"，表示想要归隐了。到达西安东郊写的《灞桥柳》更称"今日攀条憔悴绝，树犹如此我何堪"，叹老伤逝，树犹如此，人何以堪！西出关中时写的《宝鸡县南入栈感成》一诗写"长白山前一茅屋，何时送老白云边"，再次表达了归隐之念。而此次返京途中经关中，写的诗只有《四过东湖题宛在亭》《重题茂陵》《谒段忠烈公祠》《早发临潼》《华州西溪》等寥寥七首。一方面可能是几次途经，失去了新鲜感和灵感，另一方面也可能是诗人没有多少好的心情去游览和写诗了。

王士禛《题城南诗》，"府学教授吴攀桂"刻石，2019 年 12 月 9 日摄于西安碑林博物馆

　　王士禛的几次关中之行，写过不少怀古诗。如《骊山怀古八首》：

　　　　鹦鹉何年问上皇，野棠风折缭垣长。
　　　　销魂此日朝元阁，亲试华清第二汤。

　　　　路满香尘拾坠钿，诸姨五队夹城边。
　　　　花开绣岭看调马，雪下离宫有赐钱。

舞罢惊鸿岁月徂，长门深闭长青芜。
君王自爱霓裳序，不记楼东一斛珠。

内殿传呼菊部头，梨园弟子按梁州。
善才零落龟年老，渭水犹明羯鼓楼。

蜀王音信渺天涯，青鸟西飞日又斜。
断粉残香谁得见，承恩只有玉莲花。

凤凰原下鹿槽旁，虢国夫人有赐庄。
无数青山学眉黛，当年谁入合欢堂。

不复黄衫舞马床，更无片段荔支筐。
秖余今古青山色，留与诗人吊夕阳。

空城几曲水潺潺，松柏凄凉满旧山。
辇道无人秋草合，年年呜咽到人间。①

　　第一首亦古亦今，切入主题；接着五首咏唐明皇与杨妃故事；
最后两首写唐以后境况，"留与诗人吊夕阳"，诗意绵绵。
　　怀古诗，写杨玉环的比较多，如《马嵬怀古二首》："何处
长生殿里秋，无情清渭日东流。香魂不及黄幡绰，犹占骊山土一
丘。""巴山夜雨却归秦，金粟堆边草不春。一种倾城好颜色，茂

①　（清）王士禛著，袁世硕主编《王士禛全集》，齐鲁书社，2007年6月第1版，
　　第736—737页。

汉武帝茂陵，侧后方为其妃李夫人墓。杨恩成摄于 2008 年 12 月 23 日

陵终傍李夫人。"①又有《杨妃冢》："怨粉愁香委路岐，只留罗袜使人悲。梨园教就霓裳谱，不似三乡陌上时。"②诗中的李夫人，即汉武帝宠妃李夫人，其墓在兴平，距汉武帝茂陵及杨玉环墓均不远，所以王士禛另有一首《李夫人冢，在茂陵西北数步》："长门买赋草萋萋，冤魄云阳杜宇啼。惟有佳人解倾国，英陵长傍茂陵西。"③英陵，即李夫人墓。

总之，如前所说，王士禛的关中诗，总的看来就是一位外地文士来关中的游览诗，主要是写旅途见闻并览胜抒怀（包括怀古）。对本书的主旨而言，显得并不怎么重要。

---

① （清）王士禛著，袁世硕主编《王士禛全集》，齐鲁书社，2007 年 6 月第 1 版，第 741 页。
② （清）王士禛著，袁世硕主编《王士禛全集》，齐鲁书社，2007 年 6 月第 1 版，第 1254 页。
③ （清）王士禛著，袁世硕主编《王士禛全集》，齐鲁书社，2007 年 6 月第 1 版，第 1254 页。

还有一位董元恺。他与上述诸人稍有不同：一是他在关中写了多首词（而不是以诗为特点），二是他未考中进士（但也在顺治朝考中了举人）。因其此后再未应试，姑置于此处叙述。

董元恺（1630？—1687），字子康，号舜民，江苏武进人。顺治十七年（1660）举人，次年因"奏销案"被黜。后游历四方，晚年归居家乡，建"苍梧别业"，悠然度日。

相比于其他诗人，董元恺更以词名世。他的关中词，多为登临怀古之作，如《金浮图·登慈恩寺浮图》《镇西·逾黄芦岭度金锁关》《金人捧露盘·骊山怀古》《凤凰台上忆吹箫·临潼斗宝台晚眺》《曲游春·曲江春游》《霓裳中序第一·过华清宫》《雨霖铃·过马嵬》《过秦楼·上秦始皇陵》等，录几首如下：

金人捧露盘
骊山怀古

遍骊山，云杳杳，路漫漫。恨古今、成败无端。周原烽火，还留祸水响潺湲。西风落叶，惊回首、一炬烟寒。　　几何时，英雄泪，枫叶染，晓霜丹。总萧条、绣岭花残。五陵无树，依然明月照秦关。还试问，金钗玉笛，天上人间。①

曲游春
曲江春游

春色终南霁，正西郊跨马，曲江之曲。滚滚飞沙，但满衣尘土，满林樵牧。问江头宫殿，还掩映、数间茅

---

① （清）董元恺《苍梧词》卷6，清康熙刻本，第1页。

屋。断堤细柳搓黄，高原蔓草凝绿。　　何处雕轮绣毂。望杏苑春深，野花如簇。阅尽沧桑，恰水涨浮萍，种成乔木。落日长安远，东风外，澄溪漾玉。那更双燕归处，萧条极目。①

凤凰台上忆吹箫
临潼斗宝台晚眺

渭水东流，鸿门左控，骊山霁色初开。恰凭高一望，落日楼台。霸业至今安在？空留下、绣岭苍苔。只二世，咸阳王气，休说秦哀。　　徘徊。山河依旧，遍春风罗绮，满目蒿莱。更敦盘雾锁，复道烟煤。自是当时天醉，吹海水、添入金杯。频惆怅，昆明浩劫，历尽余灰。②

《金人捧露盘》一首标明怀古，另二首其实亦有怀古之意。怀古的内容与主题，加上词体的特殊句式，极具顿挫之感。和诗相比，给人以不一样的感觉。当然，这也与作者的遭际经历有关。词人因事被黜，心中抑郁不平。《清名家词》本《苍梧词》作者简介谓："怀才不遇，复遭诖误，侘傺不自得。故激昂慷慨，悉寓于词。"陈维崧《苍梧词序》曰："叩丹霄而无路，攀紫闼以谁阶。泣不成声，逝将安适。时则四海谁容，三年不笑。西游螯屋，听鸡渡函谷之关；东返轘辕，立马望咸阳之坂。北风拉沓，高台飒其无人；南内荒凉，夜乌咽而相语。此皆扶荔遗基，长杨废馆。金戈夜响，则群雄蹴踏之乡；铁垒晨摩，则悍帅奋扬之地。汉高皇大风置酒，起

---

① （清）董元恺《苍梧词》卷9，清康熙刻本，第14页。
② （清）董元恺《苍梧词》卷8，清康熙刻本，第1—2页。

舞悲来；唐玄宗夜雨闻铃，沾襟泪下。既美人骏马之安在，亦故宫陈迹之极多。于是万感风生，千端猬集。"尤侗《苍梧词序》曰："董子以兰陵佳公子为名孝廉，忽遭讪误，侘傺不自得。于是西出秦关，东走粤峤，登大梁之城，泛小孤之渚，过咸阳吊祖龙之陵，入乌江哭重瞳之庙，陟夫椒问吴王之故宫，眺邺台寻魏武之遗迹，则有兴亡如梦，慷慨余哀者矣。"①这些，都有助于我们对这些词作的认识和理解，也有助于我们理解当时关中诗词的意蕴。

还有一位黄家鼎，亦未考取进士，但也在顺治朝拔贡。

黄家鼎，字升耳，号一庵，安徽颍上人。顺治朝拔贡，康熙初年任咸宁知县。清廉耿介，勤于政事。又延请人修县志八卷，"详而洁，简而明，允称典则。寻擢兵部主事，士民遮道泣留，得旨复任，以劳瘁卒官"②。(乾隆)《颍州府志》载其"授咸宁令，平狱慎刑，筑堤劝农，举乡耆，严保甲，修学宫，立社学，诸政备举。卒时四壁萧然，止余瓦器数件，敝庐塞窗，身卧破毡，上覆褐被而已"③。(同治)《颍上县志》卷九亦载，其殁后众多大吏亲往祭奠，百姓越境送其枢归。

黄家鼎在关中写了不少诗，甫入关中，便有《自豫入秦途次所经各得一律》，计有《阌乡之潼关》《潼关之华阴》《华阴之华州》《华州之渭南》《渭南之临潼》《临潼之长安》等多首。这些诗中，写"路自秦中出，关从天际开"，"莲华峰咫尺，王事

---

① 陈乃乾辑《清名家词》，上海书店据开明书店 1937 年初版复印，1982 年 12 月第 1 版，第 3 册，《苍梧词》，第 1—3 页。"奋扬"原作"夺扬"，据康熙刻本陈维崧《迦陵集·苍梧集序》改。

② (清)刘於义等监修，(清)沈青崖等编纂(雍正)《陕西通志》卷 53，清文渊阁四库全书本，台湾商务印书馆影印，第 554 册，第 318 页。

③ (乾隆)《颍州府志》卷 8，清乾隆十七年刊本。

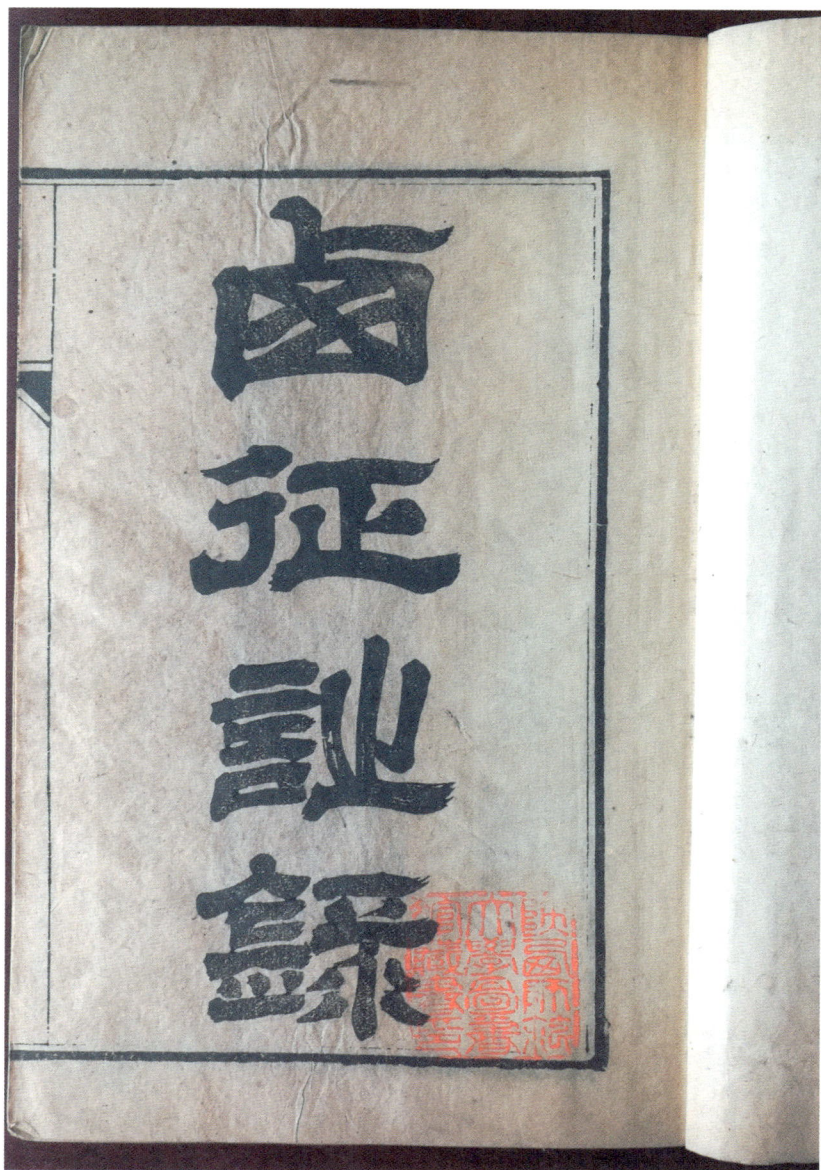

黄家鼎《西征诗录》（清光绪刻本）

阻登攀”，“欲觅汾阳迹，咸林月一钩”，“鸿门亭外过，日暮出啼鸦”，“几多忠孝士，祠墓半芳菲”，“灞桥怀汉馆，浐水吊唐贤”，“关中征战靖，锁钥夜为悬”[①]等，反映了他行程之匆匆，以及对关中古迹的浓厚兴趣。

　　黄家鼎喜欢写组诗，类似的还有《西安访古十六咏》，写了《秦阿房宫》《秦始皇陵》《汉未央宫长乐宫》《汉李夫人墓》《隋大兴宫》《隋西苑》《唐兴庆宫》《唐太宗昭陵》《女娲氏补天台》《苍颉造书台》《幽王烽火楼》《秦始皇灰堆》《曲江》《慈恩塔》《元都观》《碑林》等。又有《自西安南旋，陆行赴龙驹寨纪游十六首》，包括《野河村野望》《蓝田县》《辋川谷》《蓝田山》《蓝关》《秦岭》《胭脂关》《商山四皓墓》等。这些诗，以及《登潼关东城楼感赋》《鸿门行》等，或写沿途所见风景，如“人家烟里辨，岐路水中蟠”，“蓝玉已无种，良田多草莱”，“露入灯火灭，当窗山月明”，“路静犬沉睡，霜浓鸡声幽”，“山头挂残月，晓色粘梧楸”，或抒感慨评论，如在潼关，写“不解西凉英孟起，如何无计敌曹兵”；在鸿门，写“至今新丰故城东，村鸟犹能作楚语”；在长生殿故址，写“于今只有双青鸟，连理枝头作泣声”。这些，都表明，诗人兴致浓，劲头大，精神好。既有浓厚的游览兴致，又有能力、有政绩，说明他的身体状态和精神状态都很好。而一些作品也记载了当时的古迹情况，如《元都观》一诗写“桃花千树已无栽，道士迎人扫石苔”，记录了当时玄都观的情形。

　　这里，我们拈出黄家鼎的两首作品，藉以了解他的精神状态：

---

① （清）黄家鼎《西征诗录》，清光绪刻本，第12—14页。本节所引黄家鼎零散诗句，均出自本书。

华阴道中过华陀班超墓各系以诗（其二）

纪功碑圮华表没，蔓草荒郊余残碣。

我将投笔出关行，欲乞先生封侯骨。①

秦岭题韩文公祠（二首）

感时谏佛本忠诚，远谪何愁此地行。

天恐岭头无点缀，横云拥雪接先生。

骨肉相逢合有悲，书怀权藉七言诗。

世人饶舌生憎甚，翻说先生哭路岐。②

　　第一首，面对班超墓，"欲乞先生封侯骨"，表现了作者强烈的入世事功精神。后两首，表达了作者自己对韩愈《左迁至蓝关

秦岭韩愈祠，原址新建。摄于 2018 年 11 月 25 日

---

① （清）黄家鼎《西征诗录》，清光绪刻本，第 15 页。
② （清）黄家鼎《西征诗录》，清光绪刻本，第 25—26 页。

送侄孙湘》一诗及相关情况的认识，也表现了作者开朗的心境和积极向上的昂扬心态，有自己的个性。

　　魏际瑞，是入陕诗人另一种类型的典型代表。魏际瑞关中活动的时间，在康熙七八年间①。因他是"顺治十七年岁贡生"，故置于此处讨论。

　　魏际瑞（1620—1677），原名祥，字善伯，一字伯子，宁都人。明诸生。崇祯初，荐举、征辟皆不就。"明亡后，禧、礼（按，即魏际瑞弟魏禧、魏礼）并谢诸生。际瑞叹曰：'吾为长子，祖宗祠墓，父母尸饔，将谁责乎？'遂出就试。顺治十七年岁贡生。宁都民乱，赣军进讨，索饷于山砦。际瑞身冒险阻，往来任其事，屡濒于死。际瑞重信义，翠微峰诸隐者暨族戚倚际瑞为安危者三十余年。"②康熙十六年，吴三桂部将韩大任踞赣，当局欲招抚之，大任曰："非魏际瑞至，吾不信也！"际瑞遂受命前往招抚，被害。

　　魏际瑞不是心志坚决的明遗民，也不是主动与清廷合作、自愿认可清廷的文士。他在明崇祯时期，便辞谢征辟。入清以后，就试入仕，纯粹是因为"祖宗祠墓，父母尸饔"，为了生计。所以，他的诗歌作品中，就看不到什么明显的政治态度，更多的是以一个文人的眼光、文人的心态去感知、评判所闻所见并付诸诗篇。

---

① 邱国坤《易堂九子年谱要录》："一六六八年，戊申，康熙七年……魏际瑞四十九岁，客长安。"（《江西教育学院学刊》［哲学社会科学版］1987年第5期）朱宏秋、谢源《魏际瑞及其〈四此堂稿〉初探》："康熙八年（1669年），魏际瑞还曾客居陕西都御使白公（名失考）处。"（《郑州航空工业管理学院学报》［社会科学版］2009年第3期）
② 《清史稿·魏际瑞传》，中华书局，1977年8月第1版，第13316—13317页。

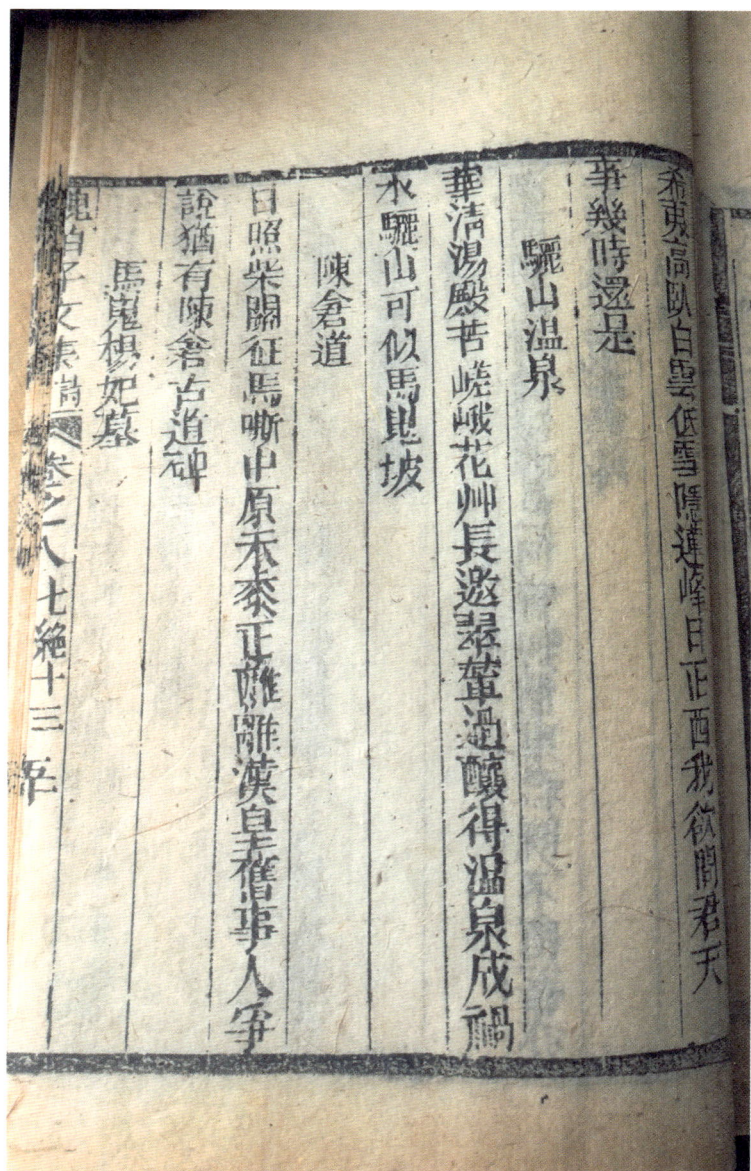

魏际瑞诗（清刻本《魏伯子文集》）

　　他的关中诗，有一首写骊山的《骊山温泉》，诗曰："华清汤殿苦嵯峨，花草长邀翠辇过。酿得温泉成祸水，骊山可似马嵬坡。"①"酿得温泉成祸水"，思维奇特，末句又将骊山与马嵬坡联系起来，使"成祸水"落在实处。善于联系而又不显生硬，似乎是他此类诗的一个特点。他的另一首《马嵬杨妃墓》写道："倾国犹存土一丘，马嵬红粉尚风流。景阳楼下姻脂井，艳色都成千古愁。"②"姻脂井，故址在今南京市玄武湖旁。昔隋兵南下过江，攻占台城，陈后主与妃张丽华等投此井，后为隋兵所执，故后人又称此井为辱井。此诗将马嵬杨妃墓与千里之外的姻脂井联系起来，杨妃与张丽华身份相同，唐明皇宠爱杨妃与陈后主宠溺张丽华亦相同，安史之乱与陈亡国亦相似，所以这一联系就显得很自然了。

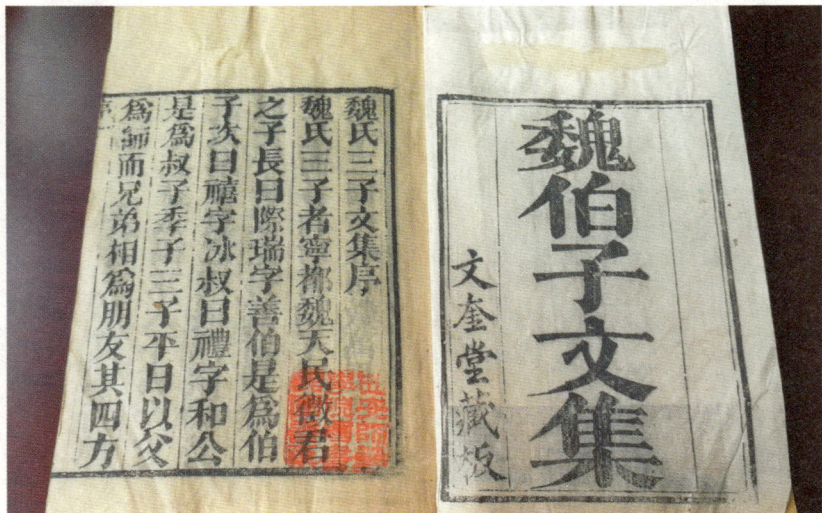

魏际瑞《魏伯子文集》（清刻本）

---

① （清）魏际瑞《魏伯子文集》，文奎堂藏版，清刻本，卷8，第50页。下引魏际瑞零散诗句，俱出自本书。

② （清）魏际瑞《魏伯子文集》，文奎堂藏版，清刻本，卷8，第50页。

　　值得注意的是，魏际瑞的不少关中诗，能别出新意，如《渭水》诗写"渭水黄河色，从来尽说清……遂令千载误，传注竟无征"①;《磻溪》诗写"独疑来就养，何以钓磻溪"②;《新丰》诗写"自是高皇夸故里，非关太上乐新丰……尽道沛公多长者，欺人自古是英雄"③等，思维均与众不同。而他的怀古诗，大都有深沉的感喟，如《过潼关》诗写"明皇自失哥舒翰，一路无门挡禄山"④;《陈仓道》诗写"汉皇旧事人争说，犹有陈仓古道碑"⑤等，均是如此。

　　这里要附带谈一下魏际瑞的弟弟魏礼。魏氏兄弟有三人：际瑞、禧、礼，均为当时名儒。明亡入清后，魏际瑞为"祖宗祠墓，父母尸饗"而就试出仕，而禧、礼二人依然故我。

　　魏礼（1628—1693），字和公，一字季子。《清儒学案》称其"既弃诸生，乃远游，历闽、粤，北抵燕京，过汴、洛、沔、汉入秦，足迹几半天下。所至，交其贤豪，访遗佚。慷慨好义，所得金，随手尽。居翠微峰顶，榜曰吾庐，更以自号。卒年六十六。"⑥《清史稿》本传谓其"寡言，急然诺，喜任难事。以郁郁不得志，乃益事远游。所至必交其贤豪，物色穷岩遗佚之士。年五十，倦游返，于翠微左干之巅构屋五楹。……独身率妻子居十七年，未他徙。卒，年六十六"⑦。这样算来，他入秦时间当在康熙十五年

---

①　（清）魏际瑞《魏伯子文集》，文奎堂藏版，清刻本，卷7，第50页。

②　（清）魏际瑞《魏伯子文集》，文奎堂藏版，清刻本，卷7，第51页。

③　（清）魏际瑞《魏伯子文集》，文奎堂藏版，清刻本，卷8，第30页。

④　（清）魏际瑞《魏伯子文集》，文奎堂藏版，清刻本，卷8，第49页。

⑤　（清）魏际瑞《魏伯子文集》，文奎堂藏版，清刻本，卷8，第50页。

⑥　徐世昌等编纂，沈芝盈、梁运华点校《清儒学案》卷22，中华书局，2008年10月第1版，第868页。

⑦　《清史稿·魏礼传》，中华书局，1977年8月第1版，第13317页。

（1676）之前[①]。

　　魏礼的《西行道上一百三首》很多为关中诗，我们感兴趣的是其中两首写到司马迁的诗："古柏穿坟出，交根葬子长。文章真绝世，武帝大难当。日落芝川镇，河流高里旁。忠臣遗石碣，千古在祠堂。""降敌千秋辱，原情惜李陵。虎臣沉异类，蚕室谢良朋。石父伤无赎，清娱为守贞。黄垆邻并好，杵臼及程婴。"[②]前首写司马迁墓，写实，真切。芝川镇即司马迁墓地所在，这里是太史公的家乡。河流即黄河，在墓祠之旁。后一首，写了"清娱"，这在为数众多的咏司马迁或司马迁祠墓的诗中相当少见。清娱，

古柏穿坟出 —— 司马迁墓。摄于 2015 年 7 月 26 日

①　邱国坤《易堂九子年谱要录》（《江西教育学院学刊》［哲学社会科学版］1987 年第 5 期）称康熙四年（1665），魏礼"三十七岁，岁尽魏礼自西秦归，有西行道上诗一百零三首"。
②　（清）魏礼《魏季子文集》，清刻本，卷 4，第 32 页。

相传为司马迁之妾，司马迁殁后不久就忧伤而亡，其墓在同州。唐人褚遂良有《故汉太史司马公侍妾随清娱墓志铭》曰："永徽二年九月，余判同州，夜静坐于西厅，若有若无，犹梦犹醒。见一女子，高髻盛妆，泣谓余曰：'妾汉太史司马迁之侍妾也，赵之平原人，姓随名清娱，年十七事迁。因迁周游名山，携妾于此。会迁有事去京，妾侨居于同。后迁故，妾亦忧伤寻故，瘗于长乐亭之西。天帝悯妾未尽天年，遂司此土。代异时移，谁为我知？血食何所？君亦将主其地，不揣人神之隔，乞一言铭墓，以垂不朽。余感寤铭之。'"[1] 杵臼和程婴墓，传说中有多处。其中今韩城市南之堡安村，有三义墓，相传为赵武、公孙杵臼及程婴墓。祠堂等已毁，现存墓葬，有碑记和墓碑。本诗所言，显然是指这里。有这样的义士在地下陪伴着，太史公也不会太过寂寞。

顺治朝登第的关中本土诗人，有王又旦等人。

王又旦，陕西郃阳（今合阳）人。顺治十五年（1658）进士。《清史列传》将其列入《循吏传》，为官敬业有为。

王又旦有多首华山诗，如《苍龙岭》《自千尺幢抵云台峰作》《玉井二首》《夜坐仰天池》《落雁峰看月》《大风雨自玉井归西峰，宿范湘滨道人复庵作》《下山》等，其《苍龙岭》云：

> 削壁突断绝，微径始跻攀。
> 长虹驰远影，飞落青冥间。
> 迅飙两崖起，猎猎云气还。
> 连峰若动摇，我行亦孔艰。
> 天色扑莲花，瑶草何斑斓。

---

[1] （清）董诰等编《全唐文》，中华书局，1983年11月第1版，第1515页。

陟危千万虑，旷望忽开颜。

璇宫应不远，从此排天关。①

　　首联，一惊一乍式的描写，写出了初登华山时的惊奇、惊喜。接下来数联，俱写华山之险、奇，以及登山途中特有的快感。末联，大有"会当凌绝顶，一览众山小"之意。此首之外，其他诗句如"散发卧绝顶，疏星下清池"，"白云上下飞，深松罗四垂"（《夜坐仰天池》）②，"冥色起西山，虚壁孤峥嵘。天风赴万壑，松涛向我鸣"，"雾市传张超，博台思叔卿"（《落雁峰看月》）③等，也大都与此类似。

　　王又旦还有一首《太史祠隔河望孤山》：

绝巘连云出，秋风隔水多。韩原中缺处，山翠压黄河。④

　　诗写在韩城司马迁祠隔着黄河眺望对岸山峦的情形，也是写出了奇崛、奇险的特色，"绝巘连云出""山翠压黄河"，可谓源于现实又高于现实。王又旦写太史祠的还有《太史祠晚照》："云中堕下三重岭，天上流来九折河。水面红霞摇不定，晴空一点是羲和。"⑤

---

① （清）陈维崧辑《箧衍集》卷1，清乾隆二十六年华绮刻本，收录于《四库禁毁书丛刊》集部第39册，北京出版社，2005年8月第1版，第342页。

② （清）陈维崧辑《箧衍集》卷1，清乾隆二十六年华绮刻本，收录于《四库禁毁书丛刊》集部第39册，北京出版社，2005年8月第1版，第342页。

③ （清）陈维崧辑《箧衍集》卷1，清乾隆二十六年华绮刻本，收录于《四库禁毁书丛刊》集部第39册，北京出版社，2005年8月第1版，第343页。

④ （清）陈维崧辑《箧衍集》卷1，清乾隆二十六年华绮刻本，收录于《四库禁毁书丛刊》集部第39册，北京出版社，2005年8月第1版，第409页。

⑤ （清）刘於义等监修、沈青崖等编纂（雍正）《陕西通志》卷97，清文渊阁四库全书本，台湾商务印书馆影印，第556册，第671—672页。

他还有一首长诗《谒司马子长祠》，表达对司马迁的怀念之情，诗末联"歌罢归来鼓枕卧，山头月脚悬东篱"[1]，出人意表；而吟咏韩城龙门的《龙门》一诗，写"怒涛如奔驷，百折天外落"[2]，同样表现出奇崛的特色。

这些，其实表现了诗人的一种心态和心境，即不颓唐，不萎靡，与当局没有抵触情绪，心中充满着一种向上进取的志向。

王又旦的怀古诗，如《谒苏子卿墓》："荒原下马读残碑，知是当年属国祠。千古鸿名闻朔漠，一丘黄壤接边陲。山临落昭羊来晚，路入西风雁去迟。此日茂陵芜没尽，可怜家冢向南枝。"[3]苏武墓在陕西武功县，此为诗人实地拜谒而作，诗有真实的感慨，不空洞。这都说明，诗人的心中，是不空虚、不萎靡的。

值得一提的是，王又旦还有一首《糜麦叹》，诗曰：

> 夏阳城边麦欲落，妇姑腰镰陇头获。
> 连村靡靡才登场，仿佛如闻饼饵香。
> 催租昨夜府帖下，仓皇先问西市价。
> 输官营私那得停，十日阴雨何冥冥。
> 满场糜烂真可惜，凄凉半掩苔花青。
> 君不见南郑仓中粟粒黑，雨淋日炙马不食。
> 赤羽使者又下乡，野水光照黄金勒。[4]

---

① （清）陈维崧辑《箧衍集》卷2，清乾隆二十六年华绮刻本，收录于《四库禁毁书丛刊》集部第39册，北京出版社，2005年8月第1版，第443页。
② （乾隆）《韩城县志》卷14，清乾隆四十九年刻本。
③ （乾隆）《韩城县志》卷14，清乾隆四十九年刻本。
④ 霍松林主编，陕西省地方志办公室编纂《历代咏陕诗词曲集成》（古代部分·下），三秦出版社，2007年12月第1版，第686页。

韩城和郃阳均有“夏阳”。王又旦是郃阳人，又屡至韩城，故暂不能确定此夏阳为郃阳或是韩城之夏阳，但二地相邻，均属今陕西渭南市。此诗颇有白居易新乐府诗之意味，揭露现实，反映民生疾苦，可以让人联想到白居易的《观刈麦》《杜陵叟》《卖炭翁》《轻肥》，以及张籍《野老歌》等诗作。这种诗，在前一个朝代前期——明代前期的关中诗中是很难看到的。

李念慈，一名念兹，字屺瞻，陕西泾阳人。顺治十五年（1658）进士，历任新城县、天门县知县。吴三桂起兵，清军驻荆襄，李念慈保障后勤有功。康熙十八年，赴博学鸿词科考试，不第。《碑传集·关中人文传》称其“不第，隐居峪口山”[①]，（雍正）《陕西通志》亦谓其“十七年，举博学宏词科，复报罢，遂绝意仕进”[②]。《四库全书总目》谓其“是集皆其未第以前所作，故欢愉之词少，而愁苦之音多”[③]，可见他的入世之心是比较强烈的，在康熙十八年博学鸿词科考试失败后才失望而“绝意仕进”。也正因为他的这种入世之心，顺治朝他就积极地参加了新兴王朝的考试并中进士。

李念慈有《登太华南峰绝顶谒上清宫还出四眺》一首，诗曰：“众山祖昆仑，五岳兹雄长。峭壁出青云，巍然俯群象。高标五千仞，三峰石非两。绝群迥独尊，赴天成孤往。窈窕玉女祠，仿佛巨灵掌。竭尽筋力能，驯致青冥上。短衣谒白帝，问源伫仙仗。海云东南生，夕日下林莽。偃仰天池侧，四顾爱森爽。学仙亦荒唐，

① （清）钱仪吉纂，靳斯校点《碑传集》，中华书局，1993年4月第1版，第4146页。
② （清）刘於义等监修，（清）沈青崖等编纂（雍正）《陕西通志》卷63，清文渊阁四库全书本，台湾商务印书馆影印，第554册，第856页。
③ （清）永瑢等《四库全书总目》卷182，别集类存目九《谷口山房诗集》，中华书局，1965年6月第1版，第1650页。

驰思聊自广。何当营茅茨，洒然遗尘网。"①末二联感慨议论，"何当营茅茨，洒然遗尘网"，当是他对平生仕宦经历的总结和感慨。

宋振麟，字子桢，陕西淳化人。"顺治十二年恩拔贡生。性狷介，博极群书，尤究心理学。部檄应受职，以疾辞。及当事荐举博学，复坚辞不应。所至，郡邑诸有司先达争聘，致为经师。康熙三年，贾中丞延修《通志》，与华阴王三史、朝邑季叔则诸君同任纂辑。叔则题像赞有'文献不足有宋存焉'之句，富平李天生又云其貌古以苍，其神清以刚，其操洁而行芳，其中坦而外方，亦可见其为人矣。"②（雍正）《陕西通志》亦载："康熙己未，以博学鸿词征，不起。所至，人争聘为经师。"③

宋振麟的关中诗，除《终南山》《兴善寺》等作品外，大都写家乡淳化的古迹与景物。如《登汉露台遗址》《秋日甘泉宫》《云陵曲》《岱岳庙》等。还有《淳化八景》组诗，计有《南郭山色》（自注：仲山中峰正对县门，《甘泉赋》所云橡峦山也），《北寺钟声》（自注：寿峰寺红崖西，时冶水东流，有唐人写经碑），《东阁尺天》（自注：文昌阁东山，上筑台所起，其地高旷）、《西楼步月》（自注：山城飞楼，每初月夕生清啸欲绝），《天门古柏》（自注：东岳庙，山势独起盘曲而上翠柏成林，东沟水与冶水交流而下），《春苑新提》（自注：聚坪柿林栉比，数里中有清渠以溉蔬圃），《灵谷碧潭》（自注：撑底谷两岸，悬崖数百丈，潭鱼繁息，敛喁香藻。每泛小艇其中，独钓而返），《秋崖红树》（自注：坡头村跨涧而望，

① 徐世昌编，闻石点校《晚晴簃诗汇》，中华书局，1990 年 10 月第 1 版，第 1042 页。

② （乾隆）《淳化县志》卷 20，清乾隆四十九年刻本，1936 年重印。

③ （清）刘於义等监修，（清）沈青崖等编纂（雍正）《陕西通志》卷 63，清文渊阁四库全书本，台湾商务印书馆影印，第 554 册，第 825 页。

断崖虚谷之上，红林成绮）。如今，八景已成传说，岱岳庙也已不存，他的诗倒有了史料意义。这里，抄录一首他的《云陵曲》：

> 野草生珠斑薜荔，螺黛和泥黑云覆。
> 道旁雉母引雉子，农家种麦兼种粟。
> 山魈土魅何处立，移将野火照红玉。
> 昔时三万汤沐户，化为一斛蝼蚁族。
> 君不见，钩弋宫，年年岁岁起秋风。[1]

汉云陵。摄于 2016 年 9 月 2 日

云陵，即汉武帝钩弋夫人墓。"道旁雉母引雉子，农家种麦兼种粟"，写出淳化一带的典型状貌，至今无二。"昔时三万汤沐户，化为一斛蝼蚁族。君不见，钩弋宫，年年岁岁起秋风"，与

---

[1] （乾隆）《淳化县志》卷 28，清乾隆四十九年刻本，1936 年重印。

许多咏汉武帝茂陵的诗总以"年年秋风"作结一样，写出令人怅惘的桑田沧海之感。

三、吟咏山水与怀古中的复杂心绪：康熙朝中举登第士人的关中诗

康熙时期，是清朝的一个重要时期，在很多方面具有转折性的特征。平定"三藩之乱"而后又收复台湾等事件，客观上稳定了政权，对天下人的心态、心理有着决定性的宏观影响。尤其是康熙十八年的博学鸿词科考试，对广大士人来说是一个标志性的事件。士人对这次考试的态度，明显地显示出其民族心理，表达出对清廷是否认可的政治态度；而此次考试后，士人对清廷的心态明显有了整体性、普遍性的变化。

本节所讨论的诗人，主要是指在康熙朝中进士，尤其是参加了康熙十八年博学鸿词科考试（其中有的人在顺治朝已中进士，有的参加了这次考试但最终未被录取），或主要活动在此时期的文人。由于客观的原因，一些人的生活时代必然与此前此后两个时期相重叠，此处只是就主要因素考虑。

许孙荃，合肥人，康熙九年（1670）进士。"康熙中，由户部郎中出督陕西学政，勤于课士，行部所至，遇古圣贤名迹，力为修复。表章敬待名儒李容（颙）辈，为刻其所著书行世"①。

许孙荃的关中诗，写得最多的是华山，但基本都是望山而抒怀。甫入关中，《入关》诗就写："五岳华独峻，四渎河称宗。此

---

① （嘉庆）《大清一统志》卷226，四部丛刊续编景旧钞本。（乾隆）《甘肃通志》卷28记"康熙二十三年任（提督学政）"，（雍正）《陕西通志》卷23记"康熙二十四年任（提督陕西学院）"。

当小天下，海岱特附庸。"①又有《入关望太华七首》，其《望华》一首云："华岳青霄上，三峰碧汉边。削成疑玉斧，耸出自金天。密迩见云雾，其高闻五千。跻攀有龙岭，吾肯让飞仙。"②写了"望华"而未登华的感受，既有见其"青霄上""碧汉边""耸出自金天"，又有闻其高"五千"，见出诗人跃跃欲试的登岳心态。《入关太华山下作》诗云："何须灵境说蓬莱，到此真令眼界开。苍翠有时离石罅，白云不断宿山隈。传言玉女峰头出，亲见仙人掌上来。便欲辞家依绝顶，削成千仞首重回。"③依然是"山下作"而未登山。又有《望终南太华有怀》，依然是"望"。又有《万寿阁》一首。万寿阁，乃西岳庙之建筑，依然是华山之下，未知诗人是否有登山之举及登山之作。

许孙荃在关中，写了大量的怀古诗，有见古迹而写的，如《岐下谒周元公庙六首》《游太湖洞唐孙思邈先生旧隐在耀州》《五丈原次大复韵》《郑白渠》《未央故址》等，亦有临自然山水而作的，如《辋川怀古吟四首》《渭川怀古》等。这些怀古诗，当然首先表达的是诗人自己对吟咏对象的褒贬态度，如《无字碑题诗》写"突突孤孤插太清，行人遥指是乾陵。则天虐焰今何在，台殿焚烧石兽崩"④，表达了对武则天"虐焰"的反感。值得注意的是，在这些诗里，大都流露出诗人思归思隐之意，如《五丈原次大复韵》写"薄暮秋风急，如闻梁父吟"⑤，除过追怀诸葛孔明之外，亦有

---

① （康熙）《潼关卫志·潼关志》卷下，清康熙二十四年刻本。
② （康熙）《潼关卫志·潼关志》卷下，清康熙二十四年刻本。
③ （康熙）《潼关卫志·潼关志》卷下，清康熙二十四年刻本。
④ （光绪）《乾州志稿·乾州志稿别录》卷3，清光绪十年刻本。
⑤ （清）刘於义等监修，（清）沈青崖等编纂（雍正）《陕西通志》卷96，清文渊阁四库全书本，台湾商务印书馆影印，第556册，第616页。

自己思归之意。《游太湖洞唐孙思邈先生旧隐在耀州》一诗写"青山连故里，白发恋华簪。顾已惭疲薾，凭谁下砭针。神仙不可接，怅望夕阳岑"[1]，表达得更明显。《渭川怀古》一诗写"西风残照急，渭水奔东流。不见持竿叟，烟深古渡头"[2]。此诗虽短，表达的意绪却更复杂，有一种可以意会而不可言传的惆怅与忧伤在其中，也夹杂着一种思归之意。类似心绪，在其他诗中也有表达，如《晚至渭川》：

> 川长涵碧空，帆远漾天风。古人此垂钓，吾意与无穷。
> 心期弄绿水，霞色明于绮。晚景浩烟波，秋芳澹苹芷。
> 野性本忘机，时清未拂衣。萧萧洲渚上，鸥鸟莫惊飞。[3]

第二联、第三联，以及最后两联，都传示着诗人浓浓的归隐之意。

许孙荃的关中怀古诗，有一首《郑白渠》颇值得重视：

> 韩欲疲秦使凿渠，渠成斥卤皆膏腴。
> 遂令富饶甲天下，数传霸业开雄图。
> 乃知灌溉民所利，亦有白公踵其事。
> 衣食关中亿万家，池阳谷口欢声沸。

① （清）刘於义等监修，（清）沈青崖等编纂（雍正）《陕西通志》卷97，清文渊阁四库全书本，台湾商务印书馆影印，第556册，第655页。
② （清）刘於义等监修，（清）沈青崖等编纂（雍正）《陕西通志》卷97，清文渊阁四库全书本，台湾商务印书馆影印，第556册，第660页。
③ （乾隆）《凤翔府志》卷10，清乾隆三十一年刻本。

　　　　　高岸为谷谷为陵，两渠中更几废兴。

　　　　　熙宁成功未克告，遗爱人传耿右丞。[1]

　　诗前两联写郑白渠的修建之由以及建成后的意外之功，正如《史记·河渠书》所记，"于是关中为沃野，无凶年。秦以富强，

白渠故道遗址，全国重点文物保护单位。摄于 2020 年 7 月 30 日

郑白渠遗址，全国重点文物保护单位。摄于 2020 年 7 月 30 日

① （乾隆）《泾阳县志》卷 10，清乾隆四十三年刻本。

卒并诸侯"①。再写白公续修之功，以及渠水之利、人民之欢欣。最后写宋、明两代继修失败与成功的教训与功绩②。一首诗，写尽了郑国渠的历史，也说明了水利对农业、对民生的重要性。

许孙荃的关中诗，还写了关中的民俗，如《上郡颇多石屋，经行即事》一首，写"我昨上郡行，家家石代瓦。天然器适用，不必烦陶冶"的秦地"土俗"，而这种居室建筑，令诗人"三叹过其门，夕阳频驻马"③。

许孙荃作为地方长官，注意劝化民风，也积极表彰当地人民的孝义之举。（光绪）《蒲城县新志·孝友》中有这样一段记载：

> 宋希寅，桑落坊人，家贫未学，性笃孝，瓦盆脱粟，奉养必至。常贸绳易饼以供膳。父母相继逝。既葬，希寅守冢三年，穿土穴为居，掘草根以食，几灭性。既释服，众强之归。每登城望墓，辄痛哭不已。尝见其父俨然在寝，旋出门疾追至墓下，讫不见。又尝恍惚见母来卧室牵衣而哭，亦行至冢畔，讫相失。因恸绝，野老舁入土穴，逾时始苏。先是，希寅独居土穴时，有犬重鬌赤清，昼夜旋绕不去。又有两狼，日蹲踞墓上，驯若篱落间物。又尝于墓侧种瓜，鸟啄邻田瓜，而希寅独无一损，人皆谓至孝所感。学使高尔公造庐礼之，为作《孝子传》。

---

① 《史记·河渠书》，中华书局，1959 年 9 月第 1 版，第 1408 页。

② "熙宁"句后自注"宋神宗时，有殿臣某建明二渠之利，兴役踰年，功已有叙而害能者巧为沮止，见伊川先生《代上宰相书》"。"遗爱"句后自注"明耿公复修二渠，民咸赖之"。

③ （清）刘於义等监修，（清）沈青崖等编纂（雍正）《陕西通志》卷 95，清文渊阁四库全书本，台湾商务印书馆影印，第 556 册，第 572 页。

　　学使许孙荃诗云："驱车西郭门，一步一欷歔。白杨声
萧萧，中有孝子庐。入门见彼美，泪尽血沾裾。床头奉
麦饭，垅上陈束刍。云昔伊父母，爱逾掌上珠。为儿已
五十，不判离斯须。孤魂逝旷野，体魄藏丘墟。伤哉终
古别，忍与妻孥俱。荆榛手自剪，负土躬奔趋。闻言仰
天视，衔块来群乌。"①

　　许孙荃的这首诗，（乾隆）《蒲城县志》卷 15 诗题作《庐墓
行》，并有诗序曰："奉先有孝子宋希寅者，桑落坊编户也。父殁，
宿枢前数载。母继殁，合葬而庐于墓。余往视其庐而作歌。"②这
样的行为及诗作，表现了作者作为地方官员的为政态度。

　　纪炅，字仲霁，号朏庵，直隶文安人。纪炅参与了康熙十八
年的博学鸿词科考试。但对其具体情况，清人却有不太一致的记
述：（雍正）《畿辅通志》载："纪炅，文安人。康熙己未，举博学
鸿辞，授中书舍人。"③《国朝词综补》卷 4 记："纪炅，字仲霁，文
安人。诸生。康熙中举鸿博，未遇。"④《己未词科录》卷 5《传略·到
京称疾不与试者二人》谓："纪炅，字仲霄，直隶文安人，诸生，
一作献县人。"并据纪昀《如是我闻》称："河间纪炅，举鸿博，以
天性疏放，恐妨游览，称疾不与试。"⑤

---

① （光绪）《蒲城县新志》卷 11，清光绪三十一年印本。
② （乾隆）《蒲城县志》卷 15，清乾隆四十七年刻本。
③ （雍正）《畿辅通志》卷 61，清文渊阁四库全书本，台湾商务印书馆影印，
　　第 505 册，第 437—438 页。
④ （清）丁绍仪辑《清词综补》卷 4，中华书局，1986 年 2 月第 1 版，第 67 页。
⑤ （清）秦瀛辑《己未词科录》卷 5，清嘉庆刻本，第 26 页。

纪昀有一首《登华山未至莎萝坪而返》，诗曰："云气遮山腰，半入仙人掌。萦怀数十年，兹晨慰景仰。石径如箭筈，篮舆遽来往。身到眼界空，岩峣无殊象。共指奇峭处，变幻绝顶上。帝座不可通，明星分霄壤。始知天下事，毕念在鹤鼗。留着莲花峰，尚作未来想。"[①]登山且是"萦怀数十年"的名山而未至峰顶，只是"留着莲花峰，尚作未来想"。看来这位喜"游览"并未达极致，"天性疏放"倒是真的。

康熙时期来关中的文人，写华山的非常多，如康熙十八年参加过博学鸿词科考试的山西人吴雯，写过《望华山》；辰熙十八年参加过博学鸿词科考试的长洲人尤侗，写过《太华行》；康熙三十三年进士、浙江嘉兴人高孝本，写过《登华山三首》；康熙三十三年进士、河南新安人吕履恒，写过《观华山瀑布》；康熙四十二年特赐进士、江南长洲人吴廷桢，写过《晓望华岳》；康熙四十八年进士、河南新安人吕谦恒，写过《望岳》；康熙五十三年举人、直隶文安人纪迈宜，写过《登岳》，等等。其中一些诗作，颇具特色，如纪迈宜《登岳》诗中句子如"或红如砂莹，或绿如绮靡。或如鼎彝斑，或如樗蒲齿。或如兽欲搏，或如翼斯企。或矗如危榭，或截如平垒。或陷如刬凿，或突如角犄。或如海图坼，或如雁行比"等[②]，颇有杜甫《北征》诗之意味；而其中另一些诗句如"奇峰堕我前，峭壁青冥倚。其态乃万变，屡折愈俶诡"，"侧身仅得过，飞湍怒啮趾。二十八潭悬，乱舞琼膏委"，"轰若车百辆，雷吼何时已。以兹蕴灵异，神瀵化为髓。苍翠洞

---

① （清）陶梁辑《国朝畿辅诗传》卷22，清道光十九年红豆树馆刻本，第18页。
② 徐世昌编，闻石点校《晚晴簃诗汇》，中华书局，1990年10月第1版，第2408页。

肌肤，融冶滴崖址。千仞青芙蓉，一气混茫里"等①，又有李太白诗之感觉。而曲阜人、康熙六年进士颜光敏的华山诗则尤为典型。颜光敏写过十数首华山诗，如《青柯坪》《望华山》，以及总题为《登太华山》的组诗《千尺峡》《瀑布》《犁沟》《白云峰》《擦耳崖》《苍龙岭》《西峰》《南峰》《东峰》等。他的华山诗，极力描状华山之险峻，诗风也险峭奇崛，如《千尺峡》写"天矫转蛇龙，窅冥穿魑魈。侧闻天籁发，旷野雷霆斗。仰井窥秋旻，浮云袅清昼。白帝飾百神，众峰为笾豆"②；《瀑布》写"天逼多烈风，飘洒无时定。细沫随雾消，大珠如星迸。石罅昔未辟，停泓绝人径"③；《犁沟》写"危柯袅撑挂，修缏垂毫芒。仰睇愁瞑眩，况乃穷八荒"④；《擦耳崖》写"振衣更南登，诡状乃非一。蚁行缘危栈，逡巡皆股栗。侧身常飙耳。茹趾妨啮膝"⑤；《南峰》写"侵晨望南峰，岩峣更天半。仰凌变寒温，俯视殊昏旦"⑥，均极尽奇险之状，令人如临其境，胆战心摇。不妨整体录一首《青柯坪》如下：

> 我从华阴来，秋怀苦凄怆。
> 一登十八盘，喈焉如尽丧。
> 手拂岫幌开云关，峰峦变灭无停状。
> 狸狌啸雨猿昼啼，咫尺但愁失路向。
> 苍藤幂历穿危栈，高下冥迷那得辨。

① 徐世昌编，闻石点校《晚晴簃诗汇》，中华书局，1990 年 10 月第 1 版，第 2407—2408 页。
② 徐世昌编，闻石点校《晚晴簃诗汇》，中华书局，1990 年 10 月第 1 版，第 1294 页。
③ 徐世昌编，闻石点校《晚晴簃诗汇》，中华书局，1990 年 10 月第 1 版，第 1294 页。
④ 徐世昌编，闻石点校《晚晴簃诗汇》，中华书局，1990 年 10 月第 1 版，第 1295 页。
⑤ 徐世昌编，闻石点校《晚晴簃诗汇》，中华书局，1990 年 10 月第 1 版，第 1295 页。
⑥ 徐世昌编，闻石点校《晚晴簃诗汇》，中华书局，1990 年 10 月第 1 版，第 1296 页。

石棱涧道仅数寻，渭水秦山几回转。

举头忽讶青天开，垣屋鳞鳞缀晴巇。

长松挂壁森蓬葺，细雾缘扉袅烟篆。

吁嗟青柯坪，壮观真崔嵬。

三峰高造天，于我何有哉！

安得巨灵咆哮重擘裂，二十八潭倾帝台。

手挽铁船入天汉，仰攀十丈莲花开。

回头却笑羡门子，坐看东海生黄埃。[1]

纵横开阖，瑰丽沉雄，壮观之极！

相比之下，他的《望华山》一首，因是"望"，并未登，所以写得比较平和，诗曰："潼关西上见嵯峨，路入云台佳气多。万壑

华山西峰顶。冯春摄于 2007 年 7 月 6 日

---

[1] （乾隆）《华阴县志》卷 17，1928 年铅印本。

深松寒白日，三峰积雪照黄河。天鸡晓彻扶桑涌，石马宵鸣翠辇过。拟向青冥销永夏，莲花玉井竟如何。"①大气而不失平和，也显示了心境的一种自信。

华山之外，也有人写潼关、骊山（华清宫）、五丈原、灞桥等。这与其他时期有所不同。比如，有些历史时期，大量出现在诗中的乾陵、茂陵、秦始皇陵等，在这一时期的关中诗中比较少见。

汪灏，字文漪，号天泉，山东临清人，康熙二十四年(1685)进士，官至河南巡抚。康熙四十二年提督陕西学院。汪灏有一首《灞桥》，诗曰：

> 长乐坡上秋风清，销魂桥畔班马鸣。
>
> 颓梁敧柱虹断续，沙碛隰畔水纵横。
>
> 离人酒照杨柳泪，骚客鞭敲风雪情。
>
> 无花古树不复见，伤心春草年年生。②

诗不外乎是传统的惜别主题，再加入一些伤古之情，便显得低回婉转，熟悉而又不觉俗套。

陈豫朋（1672—1751），字尧凯，号濂村，山西泽州人，康熙三十三年（1694）进士，历官翰林院编修、礼部郎中等。居官清介自守，名重一时。康熙四十四年（1705）任耀州知州。

陈豫朋居关中期间，有《骊山温泉》《灞桥》等诗。《骊山温泉》二首曰："私语长生殿里秋，深恩忽断陇西头。朝元阁外青山在，不见斜阳羯鼓楼。""一从兵衅怅云耕，怨粉愁香事杳冥。留

---

① 徐世昌编，闻石点校《晚晴簃诗汇》，中华书局，1990年10月第1版，第1300页。
② 徐世昌编，闻石点校《晚晴簃诗汇》，中华书局，1990年10月第1版，第1873页。

得人间长恨曲，那堪三叠雨霖铃。"《灞桥》诗曰："草碧云疏浪影摇，水烟初敛涨痕消。断肠桥畔天涯路，愁杀青青杨柳条。"[1]或怀古，或抒怀，题材与主题均无新意，但却不流于空洞。

李宗渭，字秦川，"康熙五十二年顺天乡试第二人，除永昌知府，未赴任以忧去，旋卒"[2]。

李宗渭有《樊川》一首，诗曰：

> 司勋去已久，零落野人家。一夜杜陵雨，满村山杏花。
> 鬓丝天共老，归思客长嗟。踏草行吟遍，樊川春日斜。[3]

长安樊川，唐以后播名于世者，一为杜牧杜司勋，一为桃杏花。此诗即借此生发，实际上要表达的，是"鬓丝天共老，归思客长嗟"的羁客思归之情。诗末以"樊川春日斜"结束，余音袅袅。

据上，康熙朝中举登第的诗人，其诗多写关中山水，写得最多的是华山，又有咏写骊山、潼关、灞桥、渭水的。当然，还有怀古等题材的作品。他们在山水的吟咏中流露出复杂的心绪，并无一个普遍的共同心态。

四、咏写家乡古迹名胜：康熙时期关中本土诗人的作品

康熙时期的关中本土诗人，主要有康乃心、张云翼、马械士等人。

---

① 陈豫朋三首诗，均引自刘爱军、冯志亮、李豫等编《阳城历史名人文存》第四册，三晋出版社，2010 年 4 月第 1 版，第 316 页。

② （光绪）《嘉兴县志》卷 25，清光绪三十四年刻本。

③ 徐世昌编，闻石点校《晚晴簃诗汇》，中华书局，1990 年 10 月第 1 版，第 2402—2403 页。

　　康乃心（1643—1707），陕西郃阳人，是王弘撰与"关中三李"之后关中文人的代表性人物（生年稍晚一些）。乃心"字孟谋，号太乙，又自号耻斋"①，康熙三十八年举人。（雍正）《陕西通志》载："康乃心，字太乙，郃阳人，少善属文，试辄冠其曹。工诗，甫脱稿即远近传播。……康熙乙卯举于乡，庚辰春试不第。诸大臣欲荐之，固辞，归里。四十二年，大驾西巡，驻潼关，问关中经明行修之士，韩城刘荫枢以乃心名奏，上首肯久之。"②《清史列传·康乃心传》载："昆山顾炎武往来关中，与容（按，即李颙）及王弘撰等读书讲道，乃心复与之游。新城王士禛奉使祭告西岳，见所题秦襄王墓绝句于慈恩塔上，亟称之。翌日，诗名遍长安，而乃心不知也。……秦人语曰：'关中二李不及一康。'"③其在当时的地位及影响，清人钱仪吉纂《碑传集》中有这样的记述："凡碑板铭志，非三李则宏撰，而宏撰工书法，故尤多于三李。然三李、宏撰常在京兆、扶风间，冯翊以东，推康乃心……自三李至乃心，皆同时稍有先后。其间宏撰、乃心最少，乃心尤小于宏撰，宏撰晚年，三李辈已殁，犹有乃心。乃心老，宏撰亦故，士乃零落矣。"④

　　康乃心的关中诗，写得最多的是韩城一带的景物。吟咏司马迁祠墓的诗，有一组就多达十二首，诗题曰《太史公司马子长墓》，谨录其三、其六如下：

① （乾隆）《郃阳县志》卷3，清乾隆三十四年刻本。

② （清）刘於义等监修，（清）沈青崖等编纂（雍正）《陕西通志》卷63，清文渊阁四库全书本，台湾商务印书馆影印，第554册，第858页。

③ （清）佚名著，王钟翰点校《清史列传·康乃心传》，中华书局，1987年11月第1版，第5305页。

④ （清）钱仪吉纂，靳斯校点《碑传集》，中华书局，1993年4月第1版，第4146页。

六经千载去，秦火令遗编。独抱名山志，遥思大道传。
兴亡燎指掌，历数启星躔。柱下鸿文重，何须倚相贤。

士奇多遘祸，名盛岂堪居。计赂家贫断，论交在难疏。
愤深游侠传，泪尽少卿书。一自河梁去，飘零老石渠。[1]

诗赞颂了司马迁的存史之功，并对其"遘祸"深表同情与愤懑，"愤深游侠传，泪尽少卿书"，可谓司马知音。

司马迁祠墓。摄于 2015 年 7 月 26 日

[1]　（乾隆）《韩城县志》卷 12，清乾隆四十九年刻本。

康乃心写韩城的诗，还有《九日游龙门》二首，其第二首曰：

大野苍山断，洪波两岸开。石岩惊立壁，河势似奔雷。
俗自唐虞古，功从忠孝来。居人传禹墓，是否漫相猜。①

诗写得极有气势，前两联写龙门的地形，第三联写当地民俗与民风，此地至今有大禹庙，末联发议论，看似可有可无，却也别具心裁，有意外的效果。

《象山晚眺》也是一首吟咏韩城的诗，诗曰：

登临万壑秋，薄暮怅悠悠。一片蘼芜草，山中不可留。②

这里的象山，指韩城境内的山。明末韩城县令左懋第《新西城门楼记》记："登其城……西望之，土人指巍屼者象山，又南梁山也。"③在明清两代的地方志中，又称为大象山。诗写秋日傍晚登山之感怀，"怅"是本诗之主调，而尾句"山中不可留"耐人寻味。昔淮南小山有句"王孙游兮不归，春草生兮萋萋"。这里则是秋草凋零，"不可留"似也可以理解。王维《山居秋暝》曰"随意春芳歇，王孙自可留"，而康乃心则"山中不可留"，联系第二句之"怅悠悠"，是否透露着一丝跃跃欲试、想要有所作为的念头呢？

---

① （乾隆）《韩城县志》卷12，清乾隆四十九年刻本。
② （乾隆）《韩城县志》卷12，清乾隆四十九年刻本。
③ （乾隆）《韩城县志》卷11，清乾隆四十九年刻本。

苏武墓，中间墓碑为清陕西巡抚毕沅题写。摄于 2020 年 8 月 6 日

康乃心的怀古诗，也写得很有味，如：

谒苏子卿祠墓

苏卿真在此山隈，石径荒丘老碧苔。

风雨千年云护穴，南枝三百影含哀。

烟消阁上麒麟去，霜破长空鸿雁来。

有客登临寻短碣，黄昏歌下少梁台。①

华清宫四首 （选二）

开元天子幸温泉，万乘旌旗拥渭川。

一自马嵬铃雨后，华清清梦杳如年。

---

① （乾隆）《韩城县志》卷 12，清乾隆四十九年刻本。

按歌台上新声歇，羯鼓楼边夕照红。

莫向行人频问古，杏花零落旧离宫。①

秦庄襄墓

园庙衣冠此内藏，野花岁岁上陵香。

邯郸鼓瑟应如旧，赢得佳儿毕六王。②

几首诗，都能紧扣史实史典，又能于当下之所闻所见中深寓历史之感慨，如"有客登临寻短碣，黄昏歌下少梁台"，"一自马嵬铃雨后，华清清梦杳如年"，"莫向行人频问古，杏花零落旧离宫"等，韵味绵渺，令人回味。而《秦庄襄墓》一首，在当时就为王士禛所激赏而为作者赢得大名。

康乃心另有一些诗，又写得比较明快高昂，如《重九云台观》：

---

① （乾隆）《临潼县志》卷8，清乾隆四十一年刻本。

② 袁世硕主编《王士禛全集》（齐鲁书社，2007年6月第1版）之《杂著之十六·渔洋诗话》（宫晓卫点校）载："余以户部侍郎祭告西岳，游慈恩寺，见塔上有二绝句（《题秦庄襄王墓》）：'园庙衣冠此内藏，野花岁岁上陵香。邯郸鼓瑟应如旧，赢得佳儿毕六王。'问知为合阳康乃心太乙所作，亟称之。翼日诗名遍长安，而康不知也。康以此得重名"（《王士禛全集》第4753页）；而《诗文集之十·蚕尾续文集卷五·游樊川诸胜记》（宫晓卫等点校）云："康熙丙子三月十二日，出永宁门，至荐福寺……左壁有康乃心《题秦庄襄王墓》绝句，云：'园庙衣冠此内藏，野花岁岁上陵香。邯郸鼓瑟应如旧，赢得佳儿毕六王。'赏咏久之。"（《王士禛全集》第2046—2047页）；而《杂著之八·秦蜀驿程后记》（牟通点校）卷上记："十二日，晴。出永宁门，至荐福寺，即唐胜容院也，有小雁塔，……左壁有康乃心《题秦庄襄王墓》绝句。"（《王士禛全集》第3558页）。三者同出《王士禛全集》，所记时间一致，而地点则一曰慈恩寺（大雁塔），二云荐福寺（小雁塔），必有一错。但对康乃心诗作的抄录及评价则一致。

两度名山次第来，烟霞常傍古云台。
于今吸尽莲花露，可当登高酒一杯。①

云台观为华山名观，时逢重九，面对名山烟霞，自然会兴致高昂，诗也就写得令人振奋了。

张云翼，字又南，咸宁(今属西安市)人。袭封靖逆侯，康熙二十五年（1686）任福建陆路提督。

与同时代的很多人一样，张云翼对华山也情有独钟。他有《登华岳》组诗六首。第一首写"我来问真源"，欲登华山，"直须陟层巅，立此万仞身"；第二首具体写登山；第三首写山上景象及相关典故传说；第四首写夜宿山顶，赏月，次日凌晨看日出；第五首写日出后赏景；第六首写山下雷雨山上红日的奇特景象，以及由此引发的感怀："长年怀赤松，未许辞圣世。"最后写下山："出山揖三峰，幽思尚凌厉。"兹录第二、三首如下：

悬磴穿幽峡，石罅天光渺。危峡复千尺，铁繘援云表。
断岩驾飞梁，儵然出窈窕。丹楼度紫霄，一览渭川小。
振衣岚翠落，蹑足青霞绕。峻岫愁行猿，峭壁绝高鸟。
言登白云峰，憩坐万松杪。洞口吹桃花，深秋疑春晓。

高崖悬日月，钩梯通别嶂。峻岭引苍龙，云雨时飞飏。
谁攫此蜿蜒，直挂青霄上。玉女接明星，落黛寒相荡。
浣手洗头盆，还扶九节杖。载陟灵掌尖，博台屹相向。
叔卿驾白鹿，汉武先惆怅。玉简浮金液，今古閟灵贶。②

---

① （乾隆）《华阴县志》卷5，1928年铅印本。
② 徐世昌编，闻石点校《晚晴簃诗汇》，中华书局，1990年10月第1版，第1982页。

前一首主要写华山之高之险及登山之感受，突出险、奇；后一首主要写华山之名胜（如苍龙岭、玉女洗头盆、仙掌等）以及相关典故与传说（如明星仙女、仙人卫叔卿等），突出仙山的特点。整组六首诗，给人一气呵成的感觉。

马棫士，或作稑士，字相九，同州府大荔县（今陕西大荔）人。（道光）《大荔县志》载："马稑士，字相九，号奚疑子。……顺治初补博士弟子员，食廪饩，康熙三十二年贡成均，四十八年卒。"[1]

马棫士的关中诗，兹引《登潼关城楼》及《同诸兄弟游圣寿寺》二首，诗曰：

> 歇马维芳树，登楼雨正晴。河流当晋曲，山势入秦平。
> 浪打关门险，砂浮驿路明。西京多事日，不见弃繻生。
> ——《登潼关城楼》[2]

> 野寺同游处，秋光雨后晴。空阶疏树影，古木乱蝉声。
> 客至僧还定，时危境自清。暂来忘俗虑，共坐夕阳倾。
> ——《同诸兄弟游圣寿寺》[3]

前首写潼关之地势及其地处要冲之位置。末言"西京多事日，不见弃繻生"。用汉时终军入关弃繻立志之典，慨叹时无立志成大业者。后首所游之圣寿寺，当是位于秦岭北坡今西安市长安区塔寺沟内之圣寿寺。该寺始建于隋代仁寿年间，寺内至今还存有

① （道光）《大荔县志》卷12，清道光三十年刻本。
② 徐世昌编，闻石点校《晚晴簃诗汇》，中华书局，1990年10月第1版，第2083页。
③ 徐世昌编，闻石点校《晚晴簃诗汇》，中华书局，1990年10月第1版，第2083页。

清朝道光二十九年（1849）的《观音大士伏龙赋并序》碑，为全
国重点文物保护单位。本诗突出了空、疏、清之境界，并表达了
"暂来忘俗虑"的欣慰。两首诗都提到"西京多事日""时危"，
未知作于何时。因其"康熙三十二年贡成均，四十八年卒"，故置
于此。

程必升，字东旭，陕西韩城人，顺治十二年（1655）进士，
授山东栖霞县知县。康熙十八年，程必升又参加了博学鸿词考试，
结果未能高中。而他在顺治、康熙两朝都去参加考试，说明他对
清廷是认可的，至少是不抗拒的。程必升有诗写自己的家乡韩城，
如《龙门》《青龙阁》《太史公墓》等，未知作于顺治年间抑或是
康熙年间。《龙门》诗云：

> 云连山万迭，峡劈水千寻。断岸分秦晋，急流亘古今。
> 桑田归圣德，刊凿寄天心。何怪三辰雨，纷纷尽是金。[1]

《太史公墓》诗曰：

> 三里芝阳镇，一丘司马坡。淡云斜岭近，啼鸟夕阳多。
> 古道余苍柏，空台照绿莎。徘徊登眺处，犹忆汉山河。[2]

前诗写晋陕交界之龙门景象，形象传神，又旁及"圣德""天
心"。后诗咏司马迁墓，多用虚写的手法，渲染烘托，而末联之
"犹忆汉山河"是否有寓意，不得而知。

---

[1] （乾隆）《韩城县志》卷14，清乾隆四十九年刻本。
[2] （乾隆）《韩城县志》卷14，清乾隆四十九年刻本。

司马迁祠墓，摄于 2015 年 7 月 26 日

五、两位特殊的诗人：李渔与屈复

康熙时期来关中的文人，有两个特例：一个是李渔，一个是屈复。他们虽不属于我们前文中界定的在康熙朝中举登第，但其在关中的活动与创作在康熙时期。

李渔，是一个很另类的文人。

李渔（1611—1680），初名仙侣，后改名渔，字笠鸿、笠翁等，别署笠道人、湖上笠翁等，浙江金华府兰溪人，生于雉皋（今江苏如皋）。明末清初著名文学家。李渔生于明万历三十九年，卒于清康熙十九年。经历了明清之际的时代动乱和嬗变，他最终选择抛弃功名而做了一个放荡不羁的文人。

康熙五年（1666），李渔 56 岁，应陕西巡抚贾汉复之邀游秦地，次年游华山①。在关中，李渔写有《题西安旅舍》《秦游家报》《潼关阻雨》等诗。而最有激情与特色的还是他的几首华山诗。

　　与同时期的其他文人一样，李渔入关中，少不了游华山。其实，他此次似乎并未登顶，其《华山歌寿贾大中丞胶侯》一诗写"太华峰高高插天，我游几及升其巅"可证。但他的《登华岳四首》却是充满了激情。其第一首写道："不必曾游过，名山故友同。终朝书卷上，彻夜梦魂中。思熟苍龙径，题残玉女松。兴由龆龀始，相对已成翁。"②诗人称自己此前虽未至华山，但却在书中、在梦里，无数次地游览过华山，无数次地爬过了苍龙岭、在玉女松题了字。现在终于亲自登临了，心中的喜悦自不待言，但"兴由龆龀始，相对已成翁"，却是令人感慨唏嘘。不过，这并不影响诗人的兴致，后面几首就写"升腾犹鸟捷，轻便若云浮"，"前贤犹痛哭，我辈却高歌"，"主人游兴癖，从者尽成魔"。"前贤"句指韩愈苍龙岭怯惧而哭事，和韩愈被吓哭相比，他却是"高歌"。而此时，他已是57岁的人了，足可见登华山的喜悦之情。

　　屈复，是康熙时期又一个有代表性的特例。

　　屈复（1668—1745），字悔翁，陕西蒲城人。年十九，试童子第一。康熙三十三年（1694），屈复27岁，东出潼关，游走四方。暮年决意归关中故里，因病逝未能如愿，灵柩归葬蒲城父茔。

　　屈复生于康熙七年，卒于乾隆十年，并不是明朝遗民。然屈复祖上世食明粟，屈复晚年，拒不接受朝廷的延聘，不应乾隆朝的博学鸿词科。"时人方之林和靖"③；后世也有不少人称屈复是有

---

① 参郑雷《李渔年谱考叙·初编》，中国艺术研究院 2010 年博士学位论文。
② 霍松林主编，陕西省地方志办公室编纂《历代咏陕诗词曲集成》（古代部分·下），三秦出版社，2007 年 12 月第 1 版，第 820 页。
③ （清）钱仪吉纂、靳斯校点《碑传集》，中华书局，1993 年 4 月第 1 版，第 4148 页。

民族气节的文人（按，指抗清），当代有人撰文，从题目到内容都称其为"爱国诗人"①。而其《琵琶行》一诗自序云"琵琶行，悲西陲也。王辅臣叛，人民杀戮，妇女被掳掠，金粟子伤之，而作是诗"，称王辅臣为"叛"，似可证其以清廷为正统。总之，在当时的时代，以他的身世，心态应该是很复杂的。

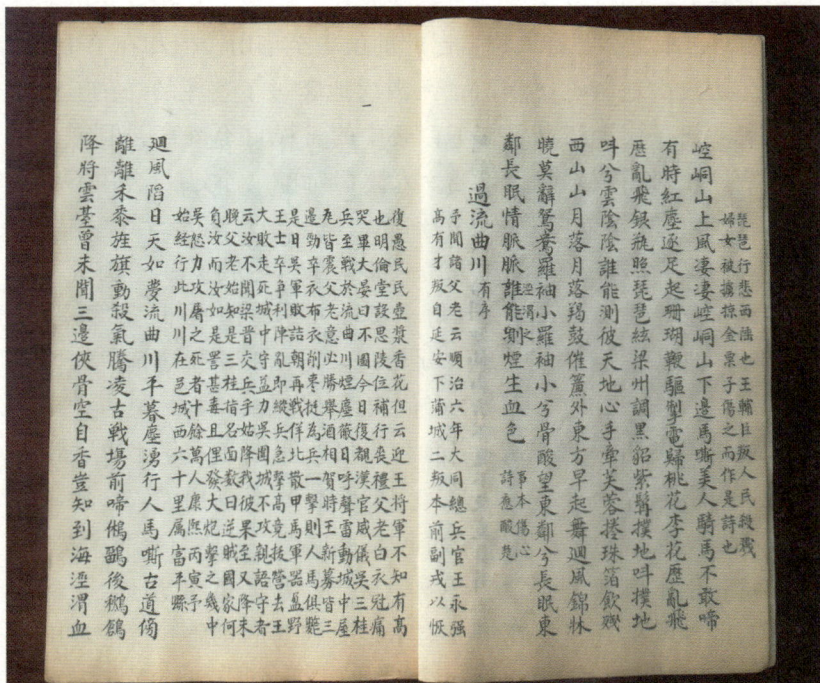

屈复《弱水诗稿》（清乾隆七年钞本）

---

① "爱国诗人"之称显然不妥，屈复生于清康熙七年，卒于乾隆十年，一生都生活在清朝，而且出生时清朝已立国40多年，某些论文所称他爱的"国"显然不存在。

　　屈复的《琵琶行》，写王辅臣事，自称"悲西陲也""伤之"。
王辅臣叛清时，屈复不到十岁，此诗不大可能是当时所作。且诗
序称"金粟子伤之"而作①，屈复晚年自号金粟道人，亦可证本诗
不作于早年。

　　但，另有一首《过流曲州》，自序明确称作于"康熙丙寅"即
康熙二十五年，是年，屈复 19 岁，在家乡。诗曰：

> 回风陷日天如梦，流曲川平暮尘涌。
> 行人马嘶古道傍，离离禾黍旌旗动。
> 杀气腾凌古战场，前啼鸺鹠后鹙鸧。
> 降将云台曾未闻，三边侠骨空自香！
> 岂知到海泾渭血，寒潮不上天山雪。
> 井底蛙声竟何在？十万游魂哭夜月。
> 满地闲花落新愁，至今河汉皆东流。
> 同入蒲城化为碧，仙人掌上芙蓉色。②

　　本诗写蒲城被屠事。顺治六年，清军围蒲城。蒲城居民固守
不降，清军破城后屠戮居民，史称蒲城之屠。诗之《自序》，明确
清楚地述说了该诗的写作背景："予闻诸父老云：顺治六年，大同
总兵官王永强、高有才叛，自延安下蒲城。二叛本前副戎，以恢
复愚民，民壶浆香花，但云迎王将军，不知有高也。明伦堂设思
陵位，补行丧礼。父老白衣冠痛哭毕，大宴曰：不图今日复睹汉
官威仪！吴三桂兵至，战于流曲川，烟尘蔽日，呼声雷动，城中

---

① （清）屈复《弱水集》卷 3，清乾隆七年贺克章刻本。
② （清）屈复《弱水集》卷 4，清乾隆七年贺克章刻本。

屋瓦皆震，父老意必胜，举酒相贺。时王新募皆三边劲卒，衣布衣，削枣梃为兵，一击则人马俱毙。是日吴军败，诘朝再战佯北，散甲马军器盈野，王士卒争利阵乱，即纵兵急击，高竟拔营去，王大败走死。城中守益力，吴围城不攻，亲语守者云：汝不闻梁晋交兵乎，姑降我，彼果至，又降未晚。父老始知是三桂，指名面数曰：'逆贼，国家何负汝？而汝如是。'罟甚毒且俚，发大炮击之，几中，吴怒，力攻屠之，死者十余万人。康熙丙寅，予始经行此川，川在邑城西六十里，属富平县。"屈复的叔父屈谐吉在此次清兵围城时坚守北城，大骂吴三桂，城破被杀，数以万计的父老乡亲殉难，此事对屈复心理的影响可想而知。

屈复《三月二十八日登东城楼感往事作》组诗，题下小注："事详七言古《曲川诗》序"，诗中亦直斥吴三桂卖国求荣，放言无忌。有句云"降将豺狼性，孤城虮虱臣"，写战后情形曰"新鬼满城哭，通宵鸣断猿"，最后一首云："中有吾家季，时危守北城。敌人惊铁面，从此有骁名。雾塞昏天地，烟消隔死生。高堂今白首，哭弟泪交横。"①可见其叔父不但参与抗清，而且骁勇善战，对屈复一生产生了重大影响。

清代一些代表性诗评家对屈复诗的评价，如沈德潜《国朝诗别裁集》谓"悔翁以布衣遨游公侯间，不屈志节，固有守士也"；郑方坤《国朝名家诗钞·弱水诗钞·小传》称"其所见于诗篇，大率多残山剩水之思，麦秀黍离之感，如白首狂夫，歌哭道中，辄向黄河乱流欲渡，令其累欷增戚而不能已已。疑若夏肄周遗之所为作，又或附凤攀龙，与前明有瓜葛者近是。……今试取《弱水集》读之，繁音促节，词多悠谬，知翁之寄托，固自有出天入地，

---

① （清）屈复《弱水集》卷6，清乾隆七年贺克章刻本。

而莫可穷诘者。古之伤心人别有怀抱，不足为外人道也"[1]。这些同时代人的评判，有助于我们理解屈复的心志及诗歌。

总体性地看，这一时期的关中诗，写古迹名胜的，华山诗尤多，其次是潼关、骊山（华清宫）、五丈原等。这与其他时期有所不同。比如，有些历史时期，大量出现在诗中的乾陵、茂陵、秦始皇陵等，在这一时期的关中诗中比较少见[2]。

---

[1] 钱仲联主编《清诗纪事》，江苏古籍出版社，1989年7月第1版，第4765—4766页。

[2] 需要附带说明的是，康熙时期，所谓"关中八景"（又称"长安八景"）就已经很有名了。如今西安碑林博物馆内藏有两套清代的"八景"石刻，最有名的便是康熙十九年朱集义绘制的《关中八景图》石刻，每一幅小景皆配有一首七绝诗。另有一套条屏式《关中八景图》。这些，理应是本书要涉及的题材。但因其具体作地（包括一些作品的作时）均不确定，只好舍弃不论。

第二节　雍正、乾隆时期的关中诗

本节，讨论雍正、乾隆时期的关中诗。其中个别"诗人"，虽是康熙朝进士，但明确可知其关中诗作于雍正年间的，亦置于雍正时期讨论。

一、真实经历、真情实感：袁枚的关中诗

袁枚（1716—1798），字子才，晚号随园，浙江钱塘人。袁枚生于康熙五十五年，卒于嘉庆二年，一生历康熙、雍正、乾隆、嘉庆四朝。《清史稿·袁枚传》载袁枚"幼有异禀，年十二，补县学生"，"乾隆四年，成进士，选庶吉士。改知县江南，历溧水、江浦、沭阳，调剧江宁"，"枚不以吏能自喜，既而引疾家居。再起发陕西，丁父忧归，遂牒请养母。卜筑江宁小仓山，号随园，崇饰池馆，自是优游其中者五十年。时出游佳山水，终不复仕"，"上自公卿下至市井负贩，皆知其名。海外琉球有来求其书者。然枚喜声色，其所作亦颇以滑易获世讥云"①。

孙星衍《故江宁县知县前翰林院庶吉士袁君枚传》载：

> 迨枚侨居江宁，山无墙垣，数十年盗贼不忍攘其什物者，其得民如此。旋以母疾去官。服阕，发陕西以知县用，丁父艰归，遂牒请养母，卜筑于江宁之小仓山，号随园。聚书籍为诗古文，如是五十年，终不复仕。
>
> 当是时，清兴且百年矣，海宇又安，物力充裕，江左当道以其余力开阁延宾，枚以山人预其游，排日燕乐，

---

① 《清史稿·袁枚传》，中华书局，1977年8月第1版，第13383页。

或畏其雌黄，争致金币。枚又崇饰池馆，高高下下，随
山结构，杂以五色云母窗，绚烂岩谷，畜珍禽奇兽，张
灯耸动游人。自皇华使者，下至淮南贾贩，多闻名造谒
请交欢者。相国某柄政，极豪侈，至命工图绘其园方而
作第。经略大僚有驰书甘执贽门下者，一时名誉倾动四海。
然枚诙谐跌荡，自行胸怀，未尝为势要牵引。年逾耳顺，
犹独游名山，尝至天台、雁宕、黄山、匡庐、罗浮、桂林、
南岳、潇湘、洞庭、武夷、丹霞、四明、雪窦，皆穷其胜。
舟车所过，攀辕授馆，疑古人复生，乃至道释闺阁之能
诗者，皆就质焉。[①]

　　从时人及后人（包括袁枚的文友如孙星衍）的记载中，可知
袁枚是一位才士，做地方官时官声极好，深受民众爱戴；同时
又"不以吏能自喜"，对仕途没有多少兴趣，"尽其才以为文辞诗
歌"；喜交游，广泛结交各阶层人士；又颇喜山水园林。不过，
前述诸记述中，亦有微辞焉："然枚喜声色，其所作亦颇以滑易获
世讥云"，"或畏其雌黄，争致金币"，也披露了袁枚一些不太好
的习性。

　　乾隆十七年（1752），袁枚37岁，改官秦中，到陕西做知县。
本年年初，得补官陕西之命，颇感意外，盖其原望复官金陵[②]。五
月，入关至陕。是年秋，闻父丧，即刻南归，丁忧，随乞养母。
此后不复出仕。

---

① （清）孙星衍《故江宁县知县前翰林院庶吉士袁君枚传》，载（清）钱仪吉纂，
　　靳斯校点《碑传集》，中华书局，1993年4月第1版，第3066—3069页。
② 参郑幸《袁枚年谱新编》，上海古籍出版社，2011年10月第1版，第229页。

　　袁枚得任官陕西之命，其心情是复杂的，有《赴官秦中》二首："十年辞阙竟重还，一檄文书又赴官。双履凫飞朝汉远，五羊皮少入秦难。歌声旧爱伊凉听，山色新添华岳看。传说关中多胜迹，男儿须到古长安。""六朝云物旧淹留，更向咸阳作壮游。万首诗编秦楚地，半生官领帝王州。未知两陕谁吾土，孤负三吴说故侯。到得函关应四月，行人争耐一春愁。"[①]在这两首诗里，他眷恋"六朝文物"，用百里奚之典，慨叹"五羊皮少入秦难"；但又说"歌声旧爱伊凉听，山色新添华岳看"，"传说关中多胜迹，男儿须到古长安"，"更向咸阳作壮游"，对从未到过而又有着深厚文化积淀的陕西，还是充满了好奇与向往的。

　　袁枚估算"到得函关应四月"，实际上他入关至陕，已是五月。当月，就有《登华山》诗。这与当时其他入陕诗人一样，华山的险峻对诗人总是充满吸引力的，何况袁枚入关之前就向往着"山色新添华岳看"。在这首诗里，诗人先总写华山之整体印象"太华峙西方，倚天如插刀"，而后写了他登山的过程及心理感受，"我来蹑芒跷，逸气不敢骄。绝壁纳双踵，白云埋半腰。忽然身入井，忽然影坠巢。天路望已绝，云栈断复交"，把登山途中的景致变化及心理感受的变化写得惟妙惟肖，最后写登山归来，"归来如再生，两眼青寥寥"，令人忍俊不禁。

　　袁枚在关中，只有短短几个月的时间。所以，他的关中诗，题材与主题并不广泛，主要是游览古迹名胜的记游抒怀诗，另有少量与时事及经历相关的其他诗。

　　袁枚的关中诗，《秦中杂感》八首组诗，从总体上抒写对秦中

---

① （清）袁枚著，王英志校点《袁枚全集》，江苏古籍出版社，1993 年 9 月第 1 版，第 138 页，并据爱如生《中国基本古籍库》之《小仓山房集》（清乾隆刻增修本）校改。下文引袁枚零散诗句，均出自王英志校点《袁枚全集》。

的感怀。而具体的诗作，以咏怀古迹之作居多。他在刚得到陕西任命之时所作的《赴官秦中》中就写"传说关中多胜迹，男儿须到古长安"，入关之初写的《灞上》一诗也说"秦云临水薄，古迹入关多"。关中古迹，是他最感兴趣的事物之一。可贵的是，即便是览古之诗，却能表达诗人自己独到的见解。如《过新平吊苻坚》诗写"休将成败英雄论，千古遗民哭五将"；《王猛墓》诗写"不叹沧桑叹遭际，为君流泪古碑前"；《钩弋夫人通灵台》诗写"官家日暮途穷事，莫向英雄传上看"，等等。尤其值得一提的是，袁枚以马嵬为题，先后写过两组八首有关杨贵妃的诗。前一组诗题为《马嵬》，后一组诗题为《再题马嵬驿》。这两组诗，都有独特的议论，如前一组诗第二首写"莫唱当年长恨歌，人间亦自有银河。石壕村里夫妻别，泪比长生殿上多"；后一组第二首写"到底君王负旧盟，江山情重美人轻。玉环领略夫妻味，从此人间不再生"。都是很深刻而且感情强烈的独到议论。另有一些诗句，亦别具深刻的讽刺意味。如前一组诗中写"兴元一诏三军泣，何必伤心向佛堂"，兴元诏，指晚唐"泾原兵变"后，唐德宗于兴元元年下罪己诏，情辞恳切。诏下，"士卒皆感泣"，局势得以控制[1]。后一组诗写"将军手把黄金钺，不管三军管六宫"，讥讽陈玄礼等人，都是有感情、有见地的议论。

　　览古迹而抒怀，这样的诗，袁枚在关中写过不少，如《武后乾陵》《杨震墓》《昭陵》《汾阳王故里》《杜牧墓》《盘古冢》，等等，而《秦始皇陵》一首，最具个性，诗曰：

　　　生则张良之椎荆轲刀，死则黄巢掘之项羽烧。启然

---

[1]　《资治通鉴·唐纪四十五》，中华书局，1956年6月第1版，第7392页。

秦始皇帝陵。摄于 2016 年 5 月 24 日

一抔尚在临潼郊。隆然黄土浮而高。祖龙邯郸儿，奇货居大贾。鸢目而豺声，横绝万万古。既灭周家八百年，更扫三皇五帝如灰土。长城一带中华墙，金人闪烁青铜光。虎视六合内，自非天崩地坼何所妨？只恐悠悠白日沉扶桑。高登泰岱山，大呼海船来。童男童女三千人，寻花采药金银台。赭山鞭石鼋鼍走，惟有蓬莱宫阙无人开。归来不作神仙游，转身翻为白骨愁。上象三山，下锢三泉。凿之空空如下天。百夫运石千夫舂，鱼膏蜃炭楠柟封。美人如花埋白日，黄泉再起阿房宫。水银为海卷身泻，依然鲍鱼之臭吹腥风。骊山之徒一火焚，犁钯楠杆来纷纷。珠襦玉匣取已尽，至今空卧牛羊群。乾隆壬申岁五月，诏遣牲牢祀百王。大官骑马踏冢过，不掷天家一炷香。①

---

① "居然一抔尚在临潼郊"，"抔"《小仓山房集》本作"坏"，坏土，坟墓也。"鸢目而豺声"，王英志点校本《袁枚全集》第 145 页 "目" 作 "日"，据清刻本改。

诗咏秦始皇陵，对秦始皇的一生功过以及始皇陵的修建做了褒贬评判，诗笔大开大阖，颇具气势，正如他的《秦中杂感》第六首中所说"新诗自挟秦风壮"，诗风与诗的内容极为协调。

袁枚的关中诗，时或能反映一些关中的民俗或现况，如《秦中杂感》组诗中写过"不信新婚亦素冠"，自注"秦人新婚亦戴白帽"；写过"惆怅无双李都尉，低头还盼大将军"，自注"时制军巡边"，等等。而直接纪实的诗则有《送黄宫保巡边》四首，诗中有句"九月防秋毕"，当写于九月（是年秋，袁枚离陕，回乡丁忧）。这组诗，是送陕甘总督黄廷桂巡边而作。作为地方官员，适逢这样的事件，当然会有应酬的成分，但客观上也以诗歌的形式反映了当时的重大事件。诗用"万马立清霜，将军出朔方"，"虎帐风云气，龙沙剑戟光"等句写总督出巡的威武气势，又以"凌烟赵充国，心不重横行"等句表达了自己对边疆问题的看法，这种看法，在组诗的最后一首中表达得更明确，诗曰："九月防秋毕，孤烟大漠空。班超留侍子，宋璟黜边功。耀甲天山雪，鸣笳瀚海风。燕然有人在，濡笔待明公。"诗人对黄总督的期待是"濡笔"，而不是希望他去勒燕然。

袁枚反映关中状况的诗，还有一首《长安苦热》，诗竭力写长安的暑热："手摇大扇两腕脱，黄沙飞与炎风俱。欲走郊原散暑气，曲江久绝昆明废。关内真成火德王，渭河也作汤泉沸。"最后写"忆种江南十亩桑，北窗高枕清风凉"，与关中的酷热相比，竟然觉得江南的"十亩桑"要比长安凉快了。这当然是诗人的心理感觉，是客居异乡之人的特殊心态罢了。

袁枚来关中，并非情愿，在关中的时间也不长。但他在关中写的诗，有真情实感。相比其他一些短期入陕或途经关中的著名诗人的作品，如前文所述宋琬关中诗之笼统、王士禛之"旅游诗"，袁枚的作品就很令人感佩了。

二、公事之余的风雅酬唱：毕沅及其幕府诸人的关中诗

毕沅（1730—1797），字纕蘅，号秋帆，又号弇山、灵岩山人等，江南镇洋（今江苏太仓）人。乾隆二十五年（1760）状元。乾隆三十六年（1771）正月，授陕西按察使。十月，授陕西布政使。三十八年（1173），擢陕西巡抚。五十年（1785），调河南巡抚。在此期间，除乾隆四十四年至四十五年丁忧守制外，其他时间，均在陕西任上。

毕沅在陕西的主要成就，在于文化建设方面。史载他不长于治军，对于地方治理，他的功绩也是比较平庸的，没有突出的政绩，也没有什么明显的过错。事实上他也曾有一些切实的安民、利民、富民设想，但未能实行。《清史稿》本传载："沅先后抚陕西十年，尝奏：'足民之要，农田为上。关右大川，如泾、渭、灞、浐、沣、滈、潦、潏、河、洛、漆、沮、汧、汭诸水，流长源远。若能就近疏引，筑堰开渠，以时蓄泄，自无水旱之虞。古来云中、北地、五原、上郡诸处畜牧，为天下饶，若酌筹闲款，市牛羊驼马，为界民试牧；俟有孳生，交还官项，余则界其人以为资本。耕作与畜牧相兼，实为边土无穷之利。'议未行。"[1]

毕沅对陕西文化，做出了重大的贡献。他在陕期间，重修关中书院，延访知名学者讲授，辑刻《经训堂丛书》（含《山海经新校正》《三辅黄图》《关中金石记》《说文解字旧音》等）、《续资治通鉴》、《史籍考》等书，编修地方志，编著《关中胜迹图志》，尤其是延揽、重用文人，所谓"激扬士类"，对关中文化乃至中华文化做出了很大的贡献。

① 《清史稿·毕沅传》，中华书局，1977 年 2 月第 1 版，第 10977 页。

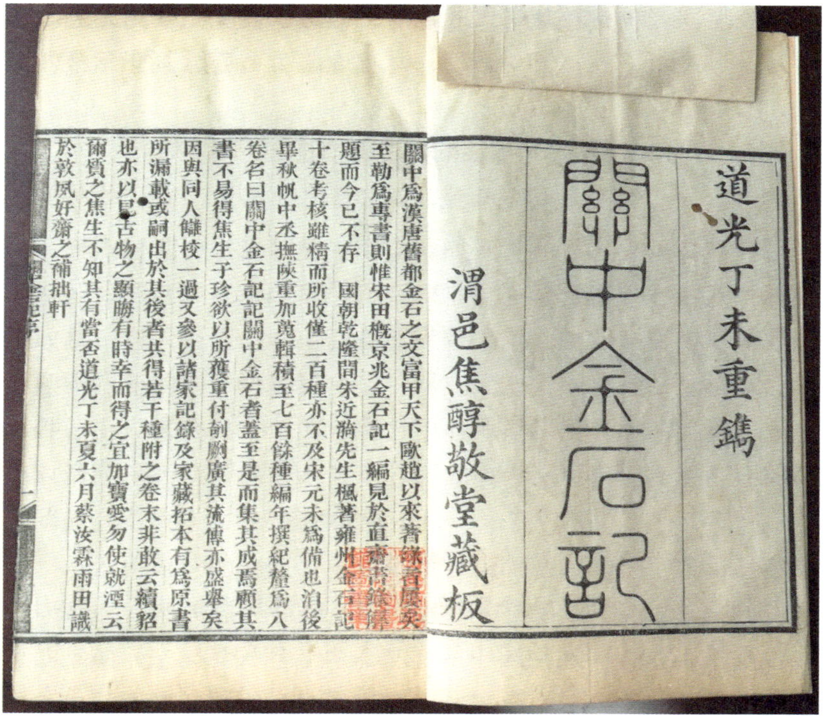
道光丁未重鐫
關中金石記
渭邑焦醇敬堂藏板

關中爲漢唐舊都金石之文富甲天下歐趙以來著錄者屢矣至勒爲專書則惟宋田㮣京兆金石記一編見於直齋書錄解題而今已不存　國朝乾隆間朱近漪先生楓著雍州金石記十卷考核雖精而所收僅二百種亦不及宋元未爲備也洎後畢秋帆中丞撫陝重加蒐輯積至七百餘種編年撰紀釐爲八卷名曰關中金石記記關中金石者蓋至是而集其成焉顧其書不易得焦生子珍欲以所獲重付剞劂廣其流傳亦盛舉矣因與同人讎校一過又參以諸家記錄及家藏拓本有爲原書所漏載或嗣出於其後者共得若干種附之卷末非敢云續貂也亦以見古物之顯晦有時幸而得之宜加寶愛勿使就湮云爾質之焦生不知其有當否道光丁未夏六月蔡汝霖雨田識於敦夙好齋之補拙軒

毕沅编《关中金石记》（清道光二十七年重刻本）

作为进士一甲第一名的文人、学者，毕沅对关中的文物古迹有超乎寻常的兴趣，自然也少不了咏史怀古诗。这方面的作品，如《长安咏古四首》，分别咏写关中先秦、秦、汉、唐史事；《禹庙》，写大禹事；《汉太史司马迁墓》，咏司马迁事，且“临风载把芳醪奠，曾读遗文溯典型”，等等。这里选录几首比较典型的怀古诗：

咸阳怀古二首（其一）

杜邮落日接孤城，古础方花积藓生。
原庙精灵呼夜雨，河山煨烬怆神京。

断碑不辨何王号，破瓦犹镌古殿名。
多少兴亡铅水泪，月明清渭咽无声。　①

寻元都观旧址三首（其二）

兔葵燕麦境全荒，宾客诗名枉擅场。
我笑桃花太无赖，一生轻薄误刘郎。②

马嵬十首
其二

龙武空传仗钺威，延秋门外夜乌飞。
若教郭李从西幸，肯舍强藩杀贵妃。

其三

玉笛吹残唤奈何，军门倚杖涕痕多。
羽衣法曲渔阳鼓，并入迎娘水调歌。

其四

绣岭风凉月殿空，凭肩私语两心同。
无情最是填河鹊，不渡双星到寿宫。

---

① （清）毕沅《灵岩山人诗集》卷 27《青门集》，《清代诗文集汇编》第 369 册，上海古籍出版社，2010 年 12 月第 1 版，第 587 页。下引毕沅零散诗句，均出自本书，不再另行作注。
② （清）毕沅《灵岩山人诗集》卷 28《终南仙馆集》，《清代诗文集汇编》第 369 册，上海古籍出版社，2010 年版，第 592 页。

其五

女祸由来惯覆邦，忠言苦口未能降。

纵令姚宋犹当国，难免前车鉴曲江。①

上述几首诗，《咸阳怀古》一首，从古迹残存的础柱、石花、苔藓、断碑、破瓦等着笔，最后以"多少兴亡铅水泪，月明清渭咽无声"作结，写出了历史变迁的沧桑。《寻元都观旧址》一首，元都观即玄都观，此诗从刘禹锡的两首玄都观诗生发，从旁观者的角度述说刘宾客"玄都观里桃千树，尽是刘郎去后栽"，"种桃道士归何处，前度刘郎今又来"的故事，也写"兔葵燕麦境全荒"的沧桑变化。几首马嵬诗，第一首（其二），批判玄宗的龙武禁军只会对杨妃耀武扬威而不敢去击退安史叛军，并假设如果郭子仪、李光弼随从西幸，必当是另一种情况；第二首从唐明皇与杨贵妃共同喜好也有共同语言的音乐着笔，抒发对二人的同情。《全唐诗》卷 567 有郑嵎《津阳门诗并序》一诗，有"迎娘歌喉玉窈窕，蛮儿舞带金葳蕤"及"三郎紫笛弄烟月，怨如别鹤呼羁雌。玉奴琵琶龙香拨，倚歌促酒声娇悲"之语。前两句自注"迎娘、蛮儿乃梨园弟子之名闻者"，后四句自注"上皇善吹笛，常宝一紫玉管。贵妃妙弹琵琶，其乐器闻于人间者，有逻逤檀为槽，龙香柏为拨者。上每执酒卮，必令迎娘歌《水调曲遍》，而太真辄弹弦和歌，为上送酒。内中皆以上为三郎。玉奴乃太真小字也"②，而最后，渔阳鼙鼓扰乱了霓裳羽衣曲，杨妃殒命，徒唤奈何；第三首以牛女二星相会的鹊桥为切入点，将绣岭（骊山华清宫）甜蜜相会的

---

① （清）毕沅《灵岩山人诗集》卷 31《终南仙馆续集》，《清代诗文集汇编》第 369 册，上海古籍出版社，2010 年 12 月第 1 版，第 630 页。

② （清）彭定求等编《全唐诗》，中华书局，1960 年 4 月第 1 版，第 6562—6563 页。

明皇、杨妃与孤寂的寿王李瑁联系起来，有同情、有讽刺和批判；第四首，批判明皇宠溺杨妃而导致安史之乱，即便有姚崇、宋璟做宰相，亦在所难免。"鉴曲江"，曲江指张九龄。《安禄山事迹》卷上载："二十四年，禄山为平卢将军，讨契丹失利，守珪奏请斩之。九龄批曰：'穰苴出军，必诛庄贾；孙武行令，亦斩宫嫔。守珪军令若行，禄山不宜免死。'玄宗惜其勇锐，但令免官，白衣展效。九龄又执奏，请诛之。玄宗曰：'卿岂以王夷甫识石勒，便臆断禄山难制耶？'竟不诛之。玄宗至蜀，追恨不从九龄之言，遣中使至曲江祭醊，其诰辞刻于白石山崖壁中。"①

作为一位在陕西执政十几年的地方大员，毕沅的关中诗还有一些反映了关中的风土人情，如下面两首：

长武道中

山村废堡少人烟，淳闷风如太古前。

儿与牛羊同皂食，妇随鸡犬上房眠。

兵休行旅皆安枕，农惰衣租总信天。

零落杏花春暮里，土垣缺处故嫣然。②

再游韦曲

碧桃门巷停双桨，流水浜兜聚一村。

日住红霞川谷里，却从世外问花源。③

---

① （唐）姚汝能著，曾贻芬点校《安禄山事迹》卷上，上海古籍出版社，1983年9月第1版，第2页。

② （清）毕沅《灵岩山人诗集》卷30《终南仙馆集》，《清代诗文集汇编》第369册，上海古籍出版社，2010年12月第1版，第620页。

③ （清）毕沅《灵岩山人诗集》卷32《终南仙馆续集》，《清代诗文集汇编》第369册，上海古籍出版社，2010年12月第1版，第634页。

　　两首诗，写出了长武、韦曲一带的不同民俗与风情，尤其是韦曲，从诗中描写可知，当时的水资源比现在要丰富得多。

　　毕沅的关中诗，亦有不少即时遣兴之作，这类诗，当以《访唐王右丞辋川别业二十首》最有代表性。组诗序曰："壬寅仲秋，出巡汉南，归途取道蓝田，与冬友游王右丞辋川别业。叩之清源寺僧，茫无以应。因按名考迹，半已湮没，不禁怅然久之。爰依《辋川集》中王、裴倡和诗数，成二十章，记灵境之难逢，感清游之非偶，至于词旨荒芜，远愧前哲，所弗计也。"[1]20 首诗，包括《孟城坳》《华子冈》《文杏馆》《斤竹岭》《鹿柴》《木兰柴》《茱萸沜》《宫槐陌》《临湖亭》《南垞》《欹湖》《柳浪》《栾家濑》《金屑泉》《白石滩》《北垞》《竹里馆》《辛夷坞》《漆园》《椒园》等。兹录几首如下：

文杏馆

　　曩时文杏馆，今日青莲界。幢影翻磬声，照佛一灯挂。
　　此景能追摹，即是诗中画。

白石滩

　　乱石白凿凿，空滩碧沄沄。安能三亩宅，占断一湖云。
　　持竿不在钓，寄情聊尔云。

辛夷坞

　　幽寻值秋仲，可惜后花期。不见芳菲节，群擎紫玉卮。

---

[1] （清）毕沅《灵岩山人诗集》卷 31《终南仙馆续集》，《清代诗文集汇编》第 369 册，上海古籍出版社，2010 年 12 月第 1 版，第 628 页。

愿借生香笔，湖山写小诗。①

作者从汉南归西安，途经蓝田，想起王维的故事，顿起诗兴，不仅寻访王维旧迹，亦仿效王维《辋川集二十首》而作诗 20 首。诗本身当然远逊于王维诗，但这一举动，显然表现了毕沅的诗人性情。

这里还要补充一点，毕沅称当时辋川旧景，"按名考迹，半已湮没"，而乾隆十九年（1754）进士王昶，作有《秋霁》一词，称"将赴商州，宿蓝田馆舍，问辋川诸景，云悉已芜没，惟华子岗、竹里馆尚存"②，可与毕沅诗序互参。

《新春效长庆体赋生春诗四首》也似即兴抒情之作，诗曰：

何处生春早，春生在画堂。彩乌环毂暖，金燕帖钗忙。
物象饶和气，心花贮妙香。村城灯火盛，谱曲奏欢场。

何处生春早，春生在远山。晓青螺髻润，晚翠月眉弯。
雨作云难暇，泉奔石转屏。遥峰樵径出，时见一僧还。

何处生春早，春生在小园。莺声轻唤梦，草色暗消魂。
境僻香为国，枝交树作门。夜深还秉烛，芳讯几番抢。

① （清）毕沅《灵岩山人诗集》卷 31《终南仙馆续集》，《清代诗文集汇编》第 369 册，上海古籍出版社，2010 年 12 月第 1 版，第 628—629 页。
② （清）王昶《春融堂集》卷 28，《清代诗文集汇编》第 358 册，上海古籍出版社，2010 年 12 月第 1 版，第 318 页。

何处生春早，春生在麦畦。碧添新水外，红衬夕阳西。
雪足蟠根稳，云深压陇低。长安十万户，从此免饥啼。①

　　诗写春天来临时的欢欣之情。唐代诗人元稹有《生春》组诗
20首，每首首句皆为"何处生春早"，成为后世文人仿效的一个
题目。毕沅幕府中文人时常雅集酬唱，毕沅此组诗题为《新春效
长庆体赋生春诗四首》，洪亮吉诗集中有《消寒七集，招同人集
朝华阁分赋长庆集生春诗四首》，或为同时所作。而将毕沅这组
诗与洪亮吉的诗相比，显然毕作稍嫌乏味。但"从此免饥啼"这
样的民生关怀，则是毕沅这位地方大员所独有的。

　　与身份相关，毕沅的这种遣兴诗常常与公务公事联系在一
起，如《甲午监临试院即景抒怀四首》等，从题目就可以看出来，
其"即景抒怀"乃是"监临试院"时发生的事情。其他诗如《上元
前一日喜雨》，本是写春雨，最后却写道"多谢岳灵施巨手，三
秦久已盼甘霖"；《花朝复雨》一首，也是写雨，最后又写"洗兵
伫看边氛静，上市喧传米价平。不是天心频锡泽，灾余何以活苍
生"，将雨与久旱、与农时联系起来，这大概是一位地方官员的近
乎本能的思维。

　　毕沅还有一些直接反映现实、表达对民生关心的作品，如
《望雨三首》写："其雨其雨雨弗来，六月不雨忧成灾。火云肆虐
焰作堆，焚轮动地声如雷。吏民仓皇向天诉，叩头望天朝又暮。
白云不谅病夫愁，须臾收拾归山去。""河底波涸龟兆交，石田出

---

① （清）毕沅《灵岩山人诗续集》卷32《终南仙馆集》，《清代诗文集汇编》
　　第369册，上海古籍出版社，2010年12月第1版，第634页。

火秋禾焦。农夫千点万点泪，挥洒不救半死苗。"[1]《暑雨缺少大田需泽甚切作诗以写忧怀》写："早谷虽出土，稀疏短于发。新绿一寸柔，力难争酷日。枯焦已渐形，安望再长发。晚禾未下籽，土作龟兆裂。翻犁恐失时，昨交初伏节。农夫辍耒叹，氾胜亦无术。王师尚西征，促浸稽翦灭。秦蜀唇齿连，烽燧犹未撤。羽檄星火驰，兵符飞电掣。帑金六千万，输向蚕丛窟。秦民最急公，大义众所怵。报以屡丰年，穷阎庶存活。如何灵泽枯，不雨过六月。终南多蛰龙，痴卧势蝥屑。上天一滴雨，下民一点血。盼雨先盼云，云腾雨又歇。金乌扇炎威，煎熬到心骨。或者人事乖，大吏有缺失。"[2]反映久旱不雨的现实，表达了对时雨的渴求、对民生的极度关心之情。此外，如《闻官兵攻克美诺连破碉卡杀贼大胜志喜》等，也是对时政、对现实关注的作品。

毕沅喜欢写组诗，如《马嵬十首》、《访唐王右丞辋川别业二十首有序》、《游终南山十五首》、《静寄园杂咏十二首》(计有《终南仙馆》《环香堂》《海棠坞》《镜舫》《纸窗竹屋》《绚云阁》《石供轩》《贮月廊》《退思斋》《小方壶》《澄观台》《雪涛峰》等)、《题琴心倚梅图四首》、《夏日园中杂咏》(计有《茇竹》《栽花》《薙草》《移树》等)、《重游终南山》十七首、《上元灯词》十首，等等。从上述诸题来看，除《马嵬十首》外，其他似乎都是他颇有兴致，或是心境甚好时所作。而《马嵬十首》显然也是有感而发的作品。这方面，最典型的是他的华山诗，他将华山大大小小的景点都一一写了诗，居然达99首之多。另有《华岳庙落成，

---

① (清)毕沅《灵岩山人诗集》卷29《终南仙馆集》，《清代诗文集汇编》第369册，上海古籍出版社，2010年12月第1版，第602页。

② (清)毕沅《灵岩山人诗集》卷29《终南仙馆集》，《清代诗文集汇编》第369册，上海古籍出版社，2010年12月第1版，第602—603页。

诗以记事》《谒华岳庙》等相关诗作。

　　毕沅作华岳庙诗，有其具体的背景与缘由。乾隆四十一年，毕沅奏请朝廷批准，对西岳庙进行了大规模地全面修缮，历时四年之久，耗银 18 万两。《关中胜迹图志》卷十三这样记述："庙制，旧正殿六楹，寝殿四楹，前为金天门，再为棂星门，再为五凤楼，楼前为颢灵门，殿后为万寿阁。臣于乾隆四十一年七月入觐，面奉谕旨修建。今正殿廊八楹，寝殿廊六楹，万寿阁前设碑楼一座。凡两翼司房以及穿堂、配殿、牌坊、钟楼、鼓楼、香亭、碑亭、石栏、界墙等处，无不踵事增饰。于乾隆四十四年三月，以工届垂成，仰恳钦颁联额及御制碑文具奏。蒙朱批：'待得时发去。'旋即接得御书'岳莲灵澍'四字及'作庙自西京升歆在昔，侑神比东岳鼎构维新'联额，并御制《重修岳庙碑记》。臣敬镌贞珉，用昭不朽。两朝胜迹，掩映后先。银榜焕穹霄之彩，丽烛雕甍，奎章敷大地之文，光增翠琰，灵宇于此生辉，神庥于焉永奠矣。"[①] 这段文字，是以散文的形式记述其事，而毕沅的诗作《华岳庙落成，诗以记事》则是以韵文的形式纪其事且抒发诗人自己之感怀的，一散一韵，可以对读，以见诗之纪事功能。诗曰：

　　　　　　万仞莲华接昊苍，金天灏气障西方。
　　　　　　紫云盖冠三霄上，白帝源通一气傍。
　　　　　　汉代集灵崇展祀，虞廷望秩记巡方。

---

① （清）毕沅著，张沛校点《关中胜迹图志》，三秦出版社，2004 年 12 月第 1 版，第 431 页。

金函玉节遗徽远，月殿云窗奕叶荒。
圣代即今崇胪飨，备员于此护封疆。
一封章奏陈丹陛，亿贯金钱费玉皇。
巨础直思移碣石，宏材真欲截扶桑。
役夫杂沓晨昏聚，鼛鼓玎琤远迩扬。
蠽蠽飞檐凌鸟道，潭潭突厦亘虹梁。
雕镂灵怪栖方栱，画彩簪缨肃两廊。
夭娇铜龙衔日出，襳襹铁凤入云翔。
霞凝仙掌丹房丽，洞掩珠帘紫阁香。
万丈玉流飞玉阙，千层云步入云阊。
神仙三岛长生乐，左右双丸终古忙。
殿迥早沉千嶂月，地高先得九秋霜。
山川盘郁迷秦陇，松桧阴森识汉唐。
突兀穹碑磨岳麓，辉煌金榜丽仙乡。
考工数载崇轮奂，会享群真列豆觞。
殷荐岂祈身葆禄，吉蠲惟祝岁丰穰。
为襄盛典窥天藻，珠璧光捎星斗芒。①

① （清）毕沅《灵岩山人诗集》卷31《终南仙馆续集》，《清代诗文集汇编》
第369册，上海古籍出版社2010年版，第624页。

　　苛刻点说，毕沅的诗，总感觉少了点诗味，很多作品读起来也不是那么的流畅舒心。在文人的角度，他更是一位学者而不是一位诗人。或许正因为这个原因，他的诗歌在当时和后世影响都不大。而就关中诗歌而言，他更大的功绩不在于他自己的诗歌创作，而在于他招贤纳士、爱惜人才。在他的幕府里，笼络了众多的文人。这些人，于工作之余，或独自赋诗，或雅集酬唱，创作了大量的作品。清人李星沅《张诗舲中丞〈关中集〉序》中提到了当时毕沅"提倡风雅"之情形："关中古帝王都，于山见华岳之高，于水见黄河之大且深。伊古以来，人才辈出。传之声诗，名卿寓公难更仆数。我朝开府重望，近惟桂林陈文恭公。至提倡风雅，英奇云集，则毕秋帆尚书，殆称一时之盛。今节署终南仙馆，即当日觞咏地也。"①徐世昌《晚晴簃诗汇·诗话》亦云："秋帆少从归愚游，以能诗闻。天性和易，笃于故旧。开府西安时，爱才下士，老友如吴竹屿、严东有、程鱼门，门人如邵二云、洪稚存、孙渊如、钱十兰诸人，咸招致幕中。一时名流翕集，流连文酒，殆无虚日。"②毕沅在其公署之内辟有"终南仙馆"，作为众人酬唱之所，频频雅集，诗作日多，最后结集而成《乐游联唱集》刊行。其雅集酬唱，名目众多，比如冬日的"消寒"之会，史善长《弇山毕公年谱》乾隆四十八年载："公以去冬关中年丰人乐，因与吴舍人及幕中文士为消寒之会。自壬寅十一月十七日始，每九日一集，至癸卯二月二日止，分题拈韵，成《官阁围炉诗》二卷。"③在这个风雅

---

① （清）李星沅著，王继平校点《李星沅集》，岳麓书社，2013年5月第1版，第1030页。

② 徐世昌编，闻石点校《晚晴簃诗汇》，中华书局，1990年10月第1版，第3687页。

③ 史善长《弇山毕公年谱》，载《北京图书馆藏珍本年谱丛刊》第106册，北京图书馆出版社，1999年版，第178—179页。

群体里，代表性的人物是洪亮吉、孙星衍、吴文溥等人。

洪亮吉（1746—1809），字君直，一字稚存，号北江，别号藕庄、梦殊、对岩、华封，晚号更生居士，江苏常州府阳湖县人。洪亮吉科考之路十分坎坷，乾隆五十五年（1790），45岁时终于以一甲第二名的成绩高中进士，授翰林院编修。在此之前，乾隆四十五年（1780），洪亮吉36岁时，已入毕沅幕府的同乡好友孙星衍写信给他，"并札言陕西巡抚毕公沅钦慕之意"①，洪亮吉于是来到关中。在毕沅幕府，洪亮吉除协理日常事务外，主要协助毕沅编校图籍、修纂方志，直至乾隆五十年（1785）元月毕沅移任河南，才于同年二月离开西安前往开封。

"游幕陕西期间，洪亮吉生活相对稳定，心情愉快舒畅，为其安心参与学术活动、从事学术研究创造了条件。与之前困窘的生活相比，洪亮吉游幕陕西期间，基本结束了长期以来捉襟见肘、为衣食温饱忧劳奔波的生活。此一时期洪亮吉的诗文作品格调明快，积极向上，鲜见之前的凄楚与悲凉，这种变化主要得益于毕沅的资助。毕沅爱惜人才，礼贤下士，奖掖后学，不遗余力。……同时，乾隆中期，政局相对安定，洪亮吉与流寓陕西的学者名儒遍游秦中名胜，频繁地举行诗会，赋诗唱和，其乐融融……因此对洪亮吉来说，稳定的生活、愉悦的心情、宽松的环境、浓郁的学术氛围，有利于他专心致志地从事阅读写作和学术研究。此外，洪亮吉游幕陕西期间，有机会接触学者名儒，方便阅览图书文献和参与各种学术活动，可谓如鱼得水。"②作为文人，洪亮吉在陕

---

① （清）洪亮吉著，刘德权点校《洪亮吉集》附录《洪北江先生年谱》，中华书局，2001年10月第1版，第2335页。

② 王雪玲、王梓奕《洪亮吉在陕西的学术活动及影响》，刊《长安大学学报（社会科学版）》2016年第2期。

清光绪三年授经堂重刊洪亮吉遗集附《洪北江先生年谱》

期间，自然也写了不少诗歌。

洪亮吉的关中诗，大概有 120 多首，另有联句诗四五首。

洪亮吉最早的关中诗，是《自河南入关所经皆秦汉旧迹车中无事因仿香山新乐府体率成十章》中的《潼关门》与《华清宫》两首。《潼关门》一首中，他感叹"壮哉龙门涛"，期待着"早有太华开心颜"①;《华清宫》中，他想象当年"秦皇坟上野火红，万人烧瓦急筑宫"，描述"山前四月开海棠，早有野人来试汤"，既是写眼前所见，亦是感叹历史变迁。

初到关中，洪亮吉的心中时或有些凄凉的感觉，尤其是秋雨之夜，他的两首《十二夜雨坐》就表露了这种心境，诗曰："弹琴留白云，凉雨入今夕。离离秋葵花，深黄落如积。闲房雨中坐，细酌尊酒白。寒意吹不开，空怜倚风笛。""所居堂西偏，秋气亦逾冷。房栊既深静，蟋蟀共凄警。三更檐雾入，澹此红烛影。欲展江南书，先悲客秦岭。"②"凉雨""寒意""空怜""偏""冷""悲"等词汇，无不表达了他客居异乡的凄凉感。这样的心境，也表现在其他诗中，如与孙星衍的同名唱和之作《八月十一日夜终南仙馆坐月听赵芝云弹琴作》。而将他们二人的这两首诗对读，就更能体会到这种心态：

> 秋花黄，秋月凉，细步曲折行秋堂。秋堂美人琴思生，
> 起唤静者弹秋清。南山月明一千里，北堂琴弦三四鸣。
> 声迥欲入月，弦和不惊秋。东西十五房，虫韵咽不流。

① （清）洪亮吉著，刘德权点校《洪亮吉集》，中华书局，2001 年 10 月第 1 版，第 505 页。下引洪亮吉零散诗句，俱出自本书，不再一一注出。
② （清）洪亮吉著，刘德权点校《洪亮吉集》，中华书局，2001 年 10 月第 1 版，第 510 页。

一声何低，一声复扬。天宇乍湿，微吹新霜。弦凄弦切
四五声，此时秋声毕入城。江南梦远忽归去，听此柔橹
空中行。茫茫神明区，杳杳不可攀，怪灵千年巢此山。
有时白云成美人，青琐窥客垂双鬟。有时玄鹤化童子，
丹顶未脱遨人间。风车月驭倏忽倘过此，惊我忽断忽续
一一空中弹。虚房无人素月团，飞雨入夜青苔寒。幽音
欲乞紫府和，空腹冀得明霞餐。君不见，弹鸣琴，忆仙驾。
月宜秋，琴宜夜。

——洪亮吉作 [①]

秋河下映秋池清，中间月出随波盈。烟中影结多时绿，
风里辉流不定明。秋堂主人有仙骨，授简宾僚待秋月。
珠履宵沾白露移，碧纱暮对青山揭。此时分照入千门，
十二闲街静碾尘。断续城中传柝响，依稀楼畔捣衣人。
银屏夜落横琴影，月底弄琴琴索冷。指上清光凌乱生，
弦中商意分明紧。一弹秋月生波澜，再弹秋花欲语言。
流萤乍落看还住，断雁将飞似更还。石阑前头百重树，
叶叶枝枝化烟雾。楼阁疑浮海上来，风泉忽到山深处。
曲终月淡天为高，何处仍吹宛转箫？一声约住流云影，
万里鱼鳞艳不销。主人寻幽足幽思，何必东山挟声伎。
君不见，终南仙馆夜深琴，门外终南碧无际。

——孙星衍作 [②]

[①]　（清）洪亮吉著，刘德权点校《洪亮吉集》，中华书局，2001 年 10 月第 1 版，
第 509 页。
[②]　（清）洪亮吉著，刘德权点校《洪亮吉集》附，中华书局，2001 年 10 月第 1 版，
第 509—510 页。

　　相比之下，洪诗意境虽可说优美但更多的是愁思，孙诗所表现的则完全是一幅优美的仙境般的意境，虽然其中也有一缕淡淡的愁思。孙星衍是洪亮吉的同乡好友，先期入陕，此时已经完全适应了毕沅幕府的环境，心情心态要好得多。两首唱和诗，很能说明各自的心境。

　　洪亮吉的这种心态，在《十五夜》这样的作品中，稍有改变，后半首写"多年客思金尊满，一夕天风玉笛愁。好把浓阴尽吹却，庾公清兴在南楼"，一方面有客思，有愁，而同时又有"庾公清兴"，可见他的心境在改变。到了后来，因为毕沅的百般照顾和器重，他的心态已有很大的改变，如《春睡》写："春睡觉来美，窗桃发数枝。无人自开卷，初日上帘时。"① 可见是何等的惬意。

　　洪亮吉对自己的诗才是相当自信的，也是一位直性子，他有一组《马嵬》诗，诗前有序："马嵬驿旁佛堂三楹，唐杨贵妃旧缢所也。今岁三月，余偕庄公子逵吉至郿县，二鼓抵此，以烛视壁间石刻，断句约百余首，率无佳者，因相约出新意为之，至漏四下，各成六截句，乃上马而去。"② 我们现在无从得知他见到的壁间石刻是何年何月何人所为，亦不知其诗质量到底如何，因而也无从判断洪亮吉自己的六首绝句是否就真的比前人的高明，但这种自信与自"二鼓"至"漏四下"而"出新意"的认真精神确令人感佩。

　　洪亮吉走过关中的许多地方，也就自然有很多游历诗，西安、华山、骊山（华清宫）、马嵬、龙门、周至、五丈原、郿县（今眉县）、鄠县（今西安市鄠邑区）等地，都有诗作。如写西安市内大、小雁塔的两首诗，《慈恩寺上雁塔》诗曰："忆从初地擅名场，阅

① （清）洪亮吉著，刘德权点校《洪亮吉集》，中华书局，2001 年 10 月第 1 版，第 522 页。
② （清）洪亮吉著，刘德权点校《洪亮吉集》，中华书局，2001 年 10 月第 1 版，第 511 页。

慈恩寺及大雁塔，摄于 1906—1910 年。图片来源：赵力光主编《古都沧桑》

华阴西岳庙，始建于汉代，此后历代有修葺，全国重点文物保护单位。此为西岳庙万寿阁俯瞰西岳庙全景。雷静摄于 2020 年 8 月 6 日

劫来游竟渺茫。韦曲花深愁暮雨，终南山古易斜阳。高张岑杜诗
篇冷，天宝开元岁月荒。莫笑众贤名易朽，塔前杯水已沧桑。(自
注：寺外即曲江，今阔不数步)"①《九月初三日雨后，偕黄二、孙
大游荐福寺》诗曰："荐福寺中秋气阴，寂寥一辈惬幽寻。唐余旧
碣苔文暗，僧老闲庭竹树深。金碧楼台清磬响，青苍岩谷暮鸦沉。
眼中历历皆千古，留与诗人劫后吟。"②均写游访之感受，突出了
"沧桑"的感觉。

　　和其他几乎所有的同时代诗人一样，洪亮吉也去游过华山，
也有写华山的诗。他的华山诗，顺着游踪，从《初三日抵玉泉
院》，到《自玉泉院至五里关》，到《由车箱谷经十八盘诸险》，
到《自莎萝坪至青柯，坪小憩》，到《从天井上千尺幢》……，最
后到《下抵玉泉院口占，答华阴令送酒》，一口气竟写了19首。
此外与华山相关的诗还有《华阴庙六十韵》长诗。这些诗，多能
写出华山之特色与登山之真实感受，如《从天井上千尺幢》一首：
"空胸冲松风，侧笠敌日色。危瞻千尺幢，出井级已百。惊沙乱迷
目，瘦隼莽攫客。虽云级凌厉，益鼓气峭直。手滑铁索熟，足落
石势侧。几将随崩涛，险复堕崖脊。调神久方定，置命往逾力。
唇焦呼声劳，力竭心气逆。汹汹云俱垂，荡荡天若壁。同侪讵能
顾，出险未过刻。身今逾轻猨，猨竿只百尺。"③写出了千尺幢的
险峻，也写出了登山时烈日之曝晒，"瘦隼莽攫客"亦是高山上特

①　(清)洪亮吉著，刘德权点校《洪亮吉集》，中华书局，2001年10月第1版，
　　第514页。
②　(清)洪亮吉著，刘德权点校《洪亮吉集》，中华书局，2001年10月第1版，
　　第514页。
③　(清)洪亮吉著，刘德权点校《洪亮吉集》，中华书局，2001年10月第1版，
　　第546—547页。

有之现象，这些，非有真实经历所不能道也。

除过华山外，洪亮吉也有诗作吟咏另一关中名山太白山。太白山是秦岭之主峰，与华山同属秦岭山脉，现代技术测知其海拔3767.2米，是中国大陆青藏高原以东第一高峰。因其高峻，山顶常年积雪不化，成为人们向往的登赏奇观。洪亮吉有组诗《郿县道中望太白山积雪，越日清晓，复由县抵清湫镇，入太白山三里，憩上池，作五首》，兹录两首如下：

其一

兹山何皑皑，一白天际突。奇标隐难见，太古已积雪。
阴崖绝风云，寒影刺日月。宁惟樵径断，鸟道亦已绝。
游踪届岩局，当午气凛冽。天风偶吹荡，时落飞霰屑。
洗眼看北山，岩光较清切。

其四

亭半泉脉落，石浅泉流深。一掬石上泉，能令千里阴。
映泉凿深池，凉至披客襟。奔瀑灌顶来，四注竹柏林。
颓峰屈成梁，半里石脊黔。嶙峋出东南，建此杰阁寻。
坐酌太古雪，永清尘外心。支枕卧石龛，泉声戛鸣琴。[1]

两首诗，着力突出了太白山清峻的特点以及游山时清冷的感受。组诗其二写"昨来南山风，一雨山半绿。危瞻上峰雪，倒影射飞瀑。三更寒雾重，青气溢郊谷。皎月出上方，泠泠四山肃"，

---

[1] （清）洪亮吉著，刘德权点校《洪亮吉集》，中华书局，2001年10月第1版，第558页。

亦是突出了"清"的特点，而"一雨半山绿"又形象精妙地写出了春天草木返绿的景象。

洪亮吉的关中诗，还涉及到其他的内容，如《杂诗》六首，评判历史及历史人物；《将赋南归呈毕侍郎六十韵》，感谢毕沅的知遇之恩，回忆幕府中情事，评说幕府中交游之人物；另有《过终南镇》写"终南镇前一万家，均饮山绿餐山霞。山溜注水还无涯，良田出门百余步"，描绘终南镇当时的自然景观和百姓生活；《癸卯三月十六日孙大将入都并车送至灞桥折柳为别。因忆己亥春孙大送我石城东畔至此已五年矣感而赋此》，送孙星衍入都而作，从诗题和诗的内容看，当时还继承着灞桥折柳送别的习俗。

洪亮吉在毕沅幕府，经常与幕中诸人雅集，他集中的联句诗就是这种雅集的产物，如《华清宫故址联句》《周忽鼎联句》《开

太白山，廖少明供图

成石经联句并序》《集终南仙馆观董北苑潇湘图卷联句》等，诗中明确说明联句的作者有毕沅、严长明、吴泰来、孙星衍、张复纯、吴绍昱、钱坫等人。尤其是，《开成石经联句》的序中，记录了毕沅修复开成石经的经过："明嘉靖乙卯地震，石半摧陷。本朝康熙庚子，曾经裒辑，未蒇厥功。乾隆壬辰，中丞毕公，持节关右，释奠伊始。询访古刻，见下字倾圮，植石零落，顾瞻悚息，旋于榛莽锼会，复得遗刻数十方。爰议修建堂庑，排比甲乙，分植其间，用以侈锡方夏，垂示永久……壬寅春正月上丁，中丞致祭庙廷，同人咸往观礼。竣事后，循览贞石，相与共赋长律一章，以志其事。凡八百字，并属泰来书于碑末，用代题名云尔。"①具有宝贵的史料意义。《开成石经》现存西安碑林博物馆，为镇馆之宝、国宝级文物。共114石，65万字，碑石高约2.16米，是中国古代保存最早、最完好的儒家刻经。能完整保存至今，毕沅

开成石经，现藏西安碑林博物馆，陈根远摄于2018年6月7日

---

① （清）洪亮吉著，刘德权点校《洪亮吉集》，中华书局，2001年10月第1版，第535页。

功不可没。

　　甚至，天热天寒，他们也能借其由头屡屡雅集酬唱，他的诗集中就有《消寒一集，登静寄园平台望南山积雪分赋得雪字》《消寒二集，同人集姚观察颐冠山园分赋斋中草木》《消寒三集，吴舍人泰来招集讲院席上同赋食品二首》《消寒四集，十二月十九日为东坡先生生日，同人集终南仙馆设祀并题陈洪绶所画笠屐象后》《消寒五集，严侍读长明招集寓斋分赋岁事四首》《消寒六集，同人集花镜堂分赋青门上元灯词》《消寒七集，招同人集朝华阁分赋长庆集生春诗四首》《消寒八集，同人集小方壶赋忆梅词》《消寒九集，同人出西安城西南访第五桥故址，回途至香积寺小憩，约赋六言二章分韵得长头二字》等，很多诗都写得欢快流畅，反映了作者当时愉快的心情。如《消寒七集，招同人集朝华阁分赋长庆集生春诗四首》：

小楼

何处春生早？春生在小楼。
月中帘影上，风里笛声柔。
绿意枝梢破，红情烛畔流。
三更乍闻语，香气落墙头。

画廊

何处春生早？春生在画廊。
一双人影瘦，十二曲阑长。
扫壁云涛涌，巡檐月露凉。
微闻屐声近，知欲探疏香。

類熳紅燭得我即酲後闌珊六尺牀邊歌短苦難散
五更催着舞衣忙

消寒七集招同人集朝華閣分賦長慶集生春詩四首

小樓
何處春生在小樓月申簾影上風裏笛聲柔綠
意枝梢破紅情燭畔流三更乍聞語香氣落墻頭

畫廊
何處春生在畫廊一雙人影瘦十二曲闌長掃
壁雲濤沕巡檐月露涼微閒燦聲近知欲探踈香

遠山
何處春生在遠山多時看窗影幾日驗眉彎地
覺晴雲上天霎翠還遥遥數重樹先合夢中攀

曲池

清光绪三年授经堂重刊洪亮吉遗集之《卷施阁诗集》

远山

何处春生早？春生在远山。

多时看窗影，几日验眉弯。

地觉晴云上，天将空翠还。

遥遥数重树，先合梦中攀。

曲池

何处春生早？春生在曲池。

水纹开宛转，鱼眼动参差。

旧梦牵萍叶，新愁飐雨丝。

凌晨卷帘看，波影上来迟。①

　　一组诗，欢快流畅，色调明亮，体现着诗人愉悦欢欣的心情。也可见当时毕沅幕府的文学气氛以及他们友好相处的良好环境，某种程度上也体现出当时关中的文化氛围。在当时全国范围内文字狱正盛的背景下，这种良好的生存状态尤见可贵。

　　孙星衍（1753—1818），字渊如，阳湖（今江苏武进）人，少与洪亮吉、黄景仁等以文学齐名。乾隆五十二年（1787）一甲二名进士，授翰林院编修。《清史稿》将孙星衍列入《儒林传》，这样记载："星衍雅不欲以诗名，深究经、史、文字、音训之学，旁及诸子百家，皆必通其义。……博极群书，勤于著述。又好聚书，闻人家藏有善本，借抄无虚日。金石文字，靡不考其原委。"②

① （清）洪亮吉著，刘德权点校《洪亮吉集》，中华书局，2001 年 10 月第 1 版，第 542—543 页。

② 《清史稿·孙星衍传》，中华书局，1977 年 8 月第 1 版，第 13224—13225 页。

　　毕沅主政陕西期间，孙星衍是其幕府的主要成员。乾隆四十五年（1780），孙星衍 28 岁，岁末，赴陕西毕沅幕府，乾隆五十年二月，毕沅调离陕西后他也离开陕西。

　　有上司的理解和呵护，有同僚"奇文共欣赏，疑义相与析"，孙星衍在毕沅幕府的生活是愉快的，也时或有些小惊喜。他有一首《长安得古印，文曰孙喜，与予小名同，口占一律》，其具体情形，宋咸熙《耐冷谭》云："孙渊如观察小名喜，后于长安得一古印，其文亦曰孙喜。属同人赋诗，和者数十家。观察自纪一律云云。"诗曰："土花斑驳掩真珠，不在秦残亦汉余。一代识君非浪漠，千秋得我是相如。随身便抵腰悬绶，压卷新排手订书。莫笑百年人似客，后来人爱倩因予。"①确实是一个小惊喜了。

　　孙星衍与洪亮吉是同乡好友，少时便以文学齐名。在毕沅幕府期间，二人朝夕相处，多有切磋，也常有诗词唱和。其《八月十一日夜，终南仙馆坐月听赵芝云弹琴作》一首，前文洪亮吉部分已经叙述。再看他们二人同时同地同作的《十五夜》：

> 阑干千尺雨声收，坐久频看烛影流。
> 秦岭云高连太白，上元月澹应中秋。
> 多年客思金尊满，一夕天风玉笛愁。
> 好把浓阴尽吹却，庾公清兴在南楼。

　　　　　　　　　　　　　　　　——洪亮吉

---

① 见钱仲联主编《清诗纪事·乾隆朝卷》，江苏古籍出版社，1989 年 7 月第 1 版，第 6564 页。按，"非浪漠""人似客"，四部丛刊景嘉庆刻本《孙渊如先生全集》作"非冥漠""身似客"。

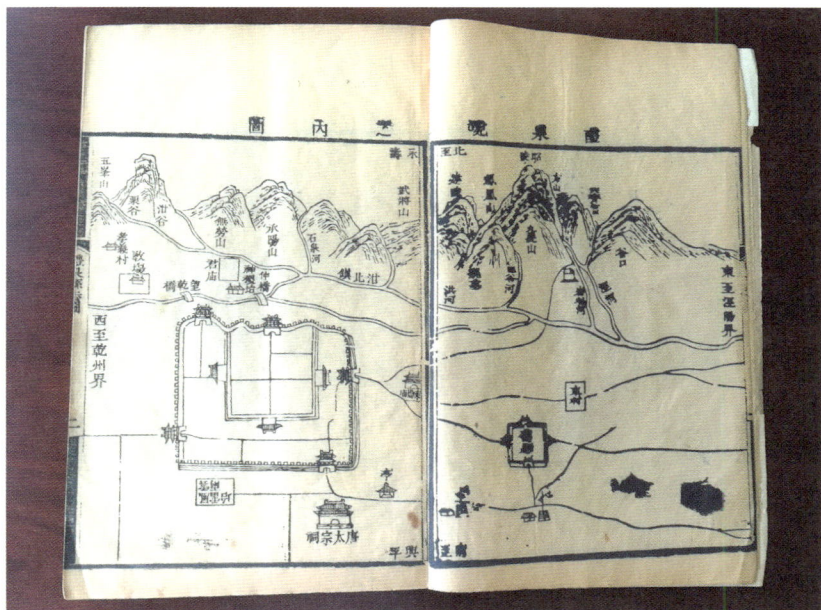

孙星衍等修《礼泉县志》（清乾隆刻本）

常时偏忆此宵情，直到今宵客恨成。
如此月愁终夜对，往来云爱一天生。
旧游似梦依依在，酒力输心细细清。
又是芳筵忘未得，芙蓉池上共吟声。

————孙星衍 [1]

虽然都有因佳节思乡的客愁，但洪诗曰"庾公清兴在南楼"，孙诗曰"芙蓉池上共吟声"，好友同聚，赏月吟诗，亦是快乐的。

[1] 上二诗，俱见刘德权点校《洪亮吉集》，中华书局，2001年10月第1版，第512页。

　　乾隆五十年二月，孙星衍离开长安，作《别长安》诗 17 首，可视为他对自己长安几年工作与生活的总结，写得也很有情义，兹录几首如下：

其一

翩然归骑出青门，草色长亭绿未匀。

不信朝朝花底醉，东风偷换六番春。

其三

洛下东西屋接联，等闲人望若神仙。

未妨皇甫轻居易，日日危谈动四筵。

其七

红灯和月影参差，每日闲街罢宴迟。

守尉平生多狎侮，不妨马上细吟诗。

其十一

城南风日入秋清，忆得携朋落拓行。

雁塔联吟一长啸，本来李杜不题名。

其十五

识字时时一座倾，著书往往食前成。

傍人漫说狂如故，北海如今荐正平。①

---

① （清）孙星衍《孙渊如先生全集·澄清堂续稿》，四部丛刊景清嘉庆兰陵孙氏本，第12—14页。

第一首（其一）写别离，星衍乾隆四十五年来陕，此时出关，取整数正好六年，故曰"东风偷换六番春"；第二首回忆同僚相处、互相讨论的日子，自注"予与严道甫、钱献之、洪稚存、王秋塍客节署最久，议论时有不合"，虽观点时有不合，而彼此的学术讨论是愉快的；第三首回忆众人诗酒宴聚；第四首自注曰"黄仲则游秦，曾与稚存及予访城南胜迹"，黄仲则即黄景仁，稚存即洪亮吉（字稚存），三人本为同乡好友，少时即以文学著名，能在关中相聚，自然是愉快且值得回忆的事情；第六首用孔融（曾于北海为相，人称孔北海）荐举祢衡（字正平）之事，写毕沅对自己的器重。是年正月，毕沅入觐，向朝廷举荐孙星衍及洪亮吉等人。而这里将自己比作祢衡，也很符合他自己的性格。星衍性情直率，好骂人，常常引起同僚的强烈不满。洪亮吉《书毕宫保遗事》载："公（毕沅）爱士尤笃……余与孙兵备星衍留幕庑最久，皆擢第后始散去。孙君见幕府事不如意者，喜慢骂人，一署中疾之若雠，严侍读长明等辄为公揭逐之，末言：'如有留孙某者，众即卷堂大散。'公见之不悦，曰：'我所延客，诸人能逐之耶？必不欲与共处，则亦有法。'因别构一室处孙，馆谷倍丰于前，诸人益不平，亦无如何也。"①星衍此诗，也可谓客观，也表明了对毕沅的感激之情。

吴文溥（1736—1800），字博如，号淡川，浙江嘉兴人。乾隆四十二年（1777）被毕沅召入关中，佐幕二载。乾隆四十五年至四十七年，客泾阳三年。

吴文溥有《入关马上作九首》，基本上是按行程顺序，写了

---

① （清）洪亮吉著，刘德权点校《洪亮吉集》，中华书局，2001年10月第1版，第1037页。

从潼关到鄠县（今西安市鄠邑区）的经历，涉及华山、潼关、骊山、九嵕山、太乙山、咸阳、渼陂，等等，描绘了沿途景色，记写了途中体验及感受。这其中，当有想象之辞，如"甘泉废驰道"等。组诗写"久客忆江南，兴尽非吾土"，实则他此时年龄并不大，当是刚入关不久，仕途也不顺，故总有羁思客愁。

吴文溥在毕沅幕府待了两年就去了泾阳，所以他的诗与其他幕府人员又有所不同。

吴文溥有《西京咏古八首》，咏关中古迹形胜如未央宫、阿房宫、茂陵，咏刘邦、项羽、萧何、汲黯、王昭君、王猛等历史人物。其中也提出一些深刻的议论，如"天亡不在兵，多杀徒尔为"；又多苍凉之感，如"长城万里月，曾照蛾眉哭"等。他如《马嵬坡》一首，谓"玉笛吹天上，金筵动地来。蛾眉仙不死，虎旅横相摧。栈雨经秋滴，祠花照夜开。至今思锦袜，不忍踏坡苔"[1]，又显示出诗人的脆弱多情之心。

吴文溥还有几首华山诗，如《登华山》诗写"无边紫塞秋风起，一片黄河落照来"[2]，苍阔遒劲；其他的诗如《咸阳原》写"渭水东流急，咸阳落日低"[3]，《登雁塔》诗写"今古此雄刹，登临一振衣。万山秦树落，九月塞鸿飞。天地霁秋色，川原明夕晖"[4]，也都苍阔大气。清人阮元曾回忆说："丙辰秋，按试至嘉兴……试毕将行，有诸生献其父诗《南野堂集》二帙。舟中阅之，知为嘉兴吴澹川文溥所作。披吟终日，定为浙中诗士之冠。《关中草》《闽游编》尤为直逼古人。澹川居湖北汪抚军新戎幕，及归浙谒余于

---

① （清）吴文溥《南野堂诗集》卷3，清乾隆五十九年刻本，第21页。
② （清）吴文溥《南野堂诗集》卷3，清乾隆五十九年刻本，第4页。
③ （清）吴文溥《南野堂诗集》卷3，清乾隆五十九年刻本，第10页。
④ （清）吴文溥《南野堂诗集》卷3，清乾隆五十九年刻本，第15页。

僕少好吟詠浪藉筆墨迄今老矣而性嬾散不自
收拾佚者過半同里沈桐君酷愛僕詩頗多鈔輯
落落三十餘年浮生蹤藉是以存是以知其所以知
我者乃自知也歟昔丁敬禮詞後世誰相知
不能工汎而無所飾蓋荒蕩佚而不知止居游坐
臥常握一卷之書放乎天地之外志乎物我之間
老於江湖之瀕其斯為我也哉有以俾父目我者
即以我詩為犇說之需也可南野堂主人後序
編次為六卷卷各自序凡以見僕之為詩也輒自
張思光憶古人不見我今桐君與僕何如也輒自

南野堂詩集

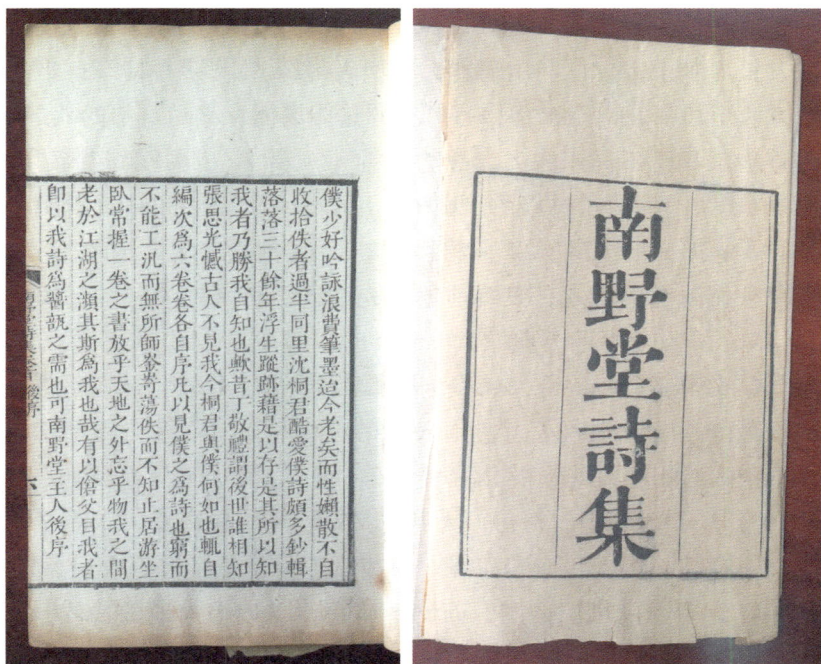

吴文溥《南野堂诗集》（清乾隆五十九年刻本）

杭州，与语两湖戎事，了如指掌，颇具才略，不可徒以诗人目之。余出先大父征苗刀示之，澹川走笔作歌，震夺一席。"① 此类作品，就体现出了遒劲苍阔的特点。

　　吴文溥有一首《观猎》，诗曰："霸上将军来，鸡鸣壮士肃。关门动铙吹，猎骑分部曲。高原抗华旌，浅草飞逸足。西控越长杨，南驰穷御宿。空中霹雳开，一呼四边逐。火枪迸神珠，硬弩决利镞。腥风虎豹焦，血雨狐狸哭。锦雉各摧毛，苍鼺齐洞腹。

---

① （清）阮元《定香亭笔谈》卷2，清嘉庆五年扬州阮氏琅嬛仙馆刻本，光绪二十五年浙江书局重雕，第1页。

观其所击杀，始知贵神速。一麾倏已退，不欲尽其族。军门夜闻歌，长刀割余肉。仁网山河宽，春回天地绿。"①诗写将军打猎的地方西至长杨，南至御宿；写打猎的具体场面；又写打猎的战果。因狩猎工具已不同于古人，故与王维《观猎》、韩愈《雉带箭》、苏轼《祭常山回小猎》及《江城子·密州出猎》等古人诗词有明显不同。此外，虽然写了"不欲尽其族""仁网山河宽"，但却总给人一种血淋淋的感觉，没有前述古人诸诗那种豪气淋漓的畅快感和诗味，末句"春回天地绿"与全诗也总觉不谐。

吴文溥还有一些诗，如《春暮鄠县望终南山》："终南当鄠县，风物最幽森。流水写人意，闲云适鸟心。不知何路入，惟见落花深。紫阁遥相望，苍苍横夕阴。"②又有闲适之意。而另有诗如《鄠县早春》云："马上看梅树，天涯岁又新。当垆村店女，压酒暮溪滨。未解客心苦，相逢满面春。为言君不醉，花月笑行人。"③则是一幅生动的民风民俗图。而诗中所写，与现今当地的物候、风俗均不吻合，倒也值得注意。

但总的说来，吴文溥在关中期间，仕途不畅，生存状态不佳，心境抑郁，常有思乡思亲之念。这种心绪，在他各类题材的诗作中都能随时触发。如《三原夜发》："马背江南梦，春星满客衣。可怜杨柳月，空照故园扉。累岁依人活，全家饱食稀。老亲应倚望，无米亦来归。"④思念故园，思念"老亲"。他又有《抵潼关寄家书作》一首，写"旧圃黄花绽，高堂白发生"⑤。由此可见，不管

---

① （清）吴文溥《南野堂诗集》卷3，清乾隆五十九年刻本，第20页。
② （清）吴文溥《南野堂诗集》卷3，清乾隆五十九年刻本，第10页。
③ （清）吴文溥《南野堂诗集》卷3，清乾隆五十九年刻本，第5页。
④ （清）吴文溥《南野堂诗集》卷3，清乾隆五十九年刻本，第5页。
⑤ （清）吴文溥《南野堂诗集》卷3，清乾隆五十九年刻本，第4页。

其家中情况如何，家有"老亲"则是事实。又有《杜陵曲》写"金鞍玉勒杜陵客，驻马垂鞭望南陌。杨花作雨不湿人，竹枝如烟澹暮春。忽忆江南春暮好，踏青湖上多芳草。如此风光独异乡，杜陵花月使人伤"[①]，亦是思乡。《雪霁陪幕府诸公登平台眺终南山》写："一府神仙寒曳氅，满城儿女暮摛筝。可怜三载青门客，虚忆高堂浊酒觥。"[②]前两句正自惬意，而后两句又不由得想到了家中高堂。《泾阳述怀》一首写"窃感知己故，谬当国士申……忽来泾水上，两隔青门春……辄思东归好，垂钓清江滨"[③]，虽则有上司知己，但思归之情是无法消除的。

吴文溥有一首《出关》，或是其最后离开关中时所作，诗曰："圣世身犹贱，亲年梦屡惊。荒鸡鸣野渡，疲马越孤城。岁月衣裘薄，风霜皮骨轻。入关无一事，书剑愧平生。"[④]他，毕竟是一位落拓的书生，最终还是带着怅恨离开了关中。

三、抒慨激昂、写实犀利：管世铭、李骥元等人的关中诗

雍、乾时期，外籍入关中的"诗人"，还有很多。

任兰枝（1677—1746），字香谷，一字随斋，江苏溧阳人。康熙五十二年（1713）进士。后历官至礼部尚书。其诗集中有数首关中诗，以《潼关》一首最有代表性。《雍正上谕内阁》卷53《雍正五年二月上谕四十道》谓："初五日，奉上谕：……又据四川学臣任兰枝到京口奏，于正月初九日在潼关渡河，亲见河水清

---

① （清）吴文溥《南野堂诗集》卷3，清乾隆五十九年刻本，第5页。
② （清）吴文溥《南野堂诗集》卷3，清乾隆五十九年刻本，第16页。
③ （清）吴文溥《南野堂诗集》卷3，清乾隆五十九年刻本，第21页。
④ （清）吴文溥《南野堂诗集》卷3，清乾隆五十九年刻本，第22页。

澈。"①据此，任兰枝《潼关》诸作，当作于雍正五年、六年间。《潼关》诗曰：

> 昔年冲雪出潼关，归路重看势险艰。
> 岳色迥临青嶂外，黄河直下白云间。
> 曾闻司马婴城哭，谁救中原战血殷。
> 揽辔时当烽燧息，村烟社鼓破愁颜。②

诗写潼关地势之险要，北临黄河，南倚秦岭，西连华岳；中间回顾历史上关外中原大战；最后写如今天下太平，百姓安宁，"揽辔时当烽燧息"，又流露出一种踌躇满志的自得之情。

雍正时期，还有一位特殊人物的关中诗值得一提。说他特殊，是因为其身份与众不同。此人就是允礼。

爱新觉罗·允礼（1697—1738），清康熙帝第十七子，雍正帝异母弟。初名胤礼，因避雍正胤禛名讳而改名允礼。一生深受康熙、雍正、乾隆三任皇帝器重，封果郡王，后又晋封亲王，位尊权重。

雍正十二年（1734）底，允礼奉旨赴泰宁（今属四川甘孜藏族自治州）送达赖喇嘛回西藏，沿途阅视地方驻防及军备，十三年春还京师。此次行程，入川赴藏时于雍正十二年十一月上旬到中旬过关中，次年三月返京时再次路过关中。其诗作《西安》《宝鸡》《兴平》等，当为沿途所作。

---

① （清）允禄、弘昼编《雍正上谕内阁》卷53，清文渊阁四库全书本，台湾商务印书馆影印，第414册，第540页。
② 徐世昌编，闻石点校《晚晴簃诗汇》，中华书局，1990年10月第1版，第2384页。

　　《西安》一诗，望"八川犹浞浞""林表隐终南"，"遥想虎踞年"，发历史之感慨。从诗之首联"横鞭上灞桥，回眺秦封域"①看，当是雍正十三年返京途中过西安而作，此时已出西安，至东郊的灞桥，故"回眺"。相比较而言，《宝鸡》与《兴平》两首写得比较有诗味。

　　《宝鸡》诗曰："蠢蠢西山万玉篸，塔河津渡晓霜含。樵夫指点秋林外，桥栈连云三十三。"②从内容看，此诗显然是去往四川时所作。从宝鸡再去四川，要过秦岭，所以看到"蠢蠢西山万玉篸"。"篸"有多义，此处当同"簪"。韩愈《送桂州严大夫》诗有"江作青罗带，山如碧玉篸"两句，清人方世举注释说："篸，祖含切，与'簪'同。梁元帝赋：'麾灵琚之左转，光玳簪而右篸。'刘孝威诗：'玉篸久落鬓。'"可为辅证③。而进入秦岭，便是接连不断的栈道，远远望去，直接云端，所以"桥栈连云三十三"。《兴平》诗曰："棠梨瑟瑟水无波，词客千秋托兴多。汉庙唐陵残照里，路人偏指马嵬坡。"④兴平一带，多有汉庙唐陵，但"路人偏指马嵬坡"说明了一般人的共同特点，对历史上的帝王将相并无多少兴趣，而对杨贵妃这样的艳情悲情故事，却有着浓厚的兴趣。

　　允礼还有一首五言排律《骊山温泉作》，当也作于此行途中。诗曰："西陲来奉使，经此古温泉。沸诧阳冰涣，潜疑阴火然。溅波千点雪，澈底一泓天。可使纤埃净，能教积滞捐。神功元一

①　徐世昌编，闻石点校《晚晴簃诗汇》，中华书局，1990年10月第1版，第82页。
②　徐世昌编，闻石点校《晚晴簃诗汇》，中华书局，1990年10月第1版，第85页。
③　（唐）韩愈著，（清）方世举编年笺注，郝润华、丁俊丽整理《韩昌黎诗集编年笺注》，中华书局，2012年5月第1版，第653—654页。
④　徐世昌编，闻石点校《晚晴簃诗汇》，中华书局，1990年10月第1版，第86页。

气，灵迹俨双仙。荡涤洪鑪翕，沧涵银汉连。虚无来素女，仿佛遇丁芊。风佩摇声细，云鬟照影妍。鸿蒙浮玉海，激溅泛珠渊。下上华清月，东西绣岭烟。宝箴张道济，绮语杜樊川。宫怜初唐建，名垂正观年。"诗称写作背景是"西陲来奉使，经此古温泉"，然后写了骊山温泉的温度、形态状貌、神奇功效，又写了温泉一带的旖旎景致和仙境般的风光，而后带出写过骊山的著名诗人张说和杜牧，最后点出华清宫的建造历史。全诗紧凑明快，一气呵成。从诗歌的角度，也接续了南北朝以来诗作表现骊山温泉的传统，实际上也反映了骊山温泉被人们看重并利用的经久不衰的历史。

管世铭(1738—1798)，字缄若，号韫山，江苏阳湖人。乾隆四十三年进士，授户部主事。官至监察御史。管世铭生于乾隆二年，卒于嘉庆三年，一生几乎与乾隆朝相始终。

允礼骊山温泉诗碑。原碑藏西安碑林博物馆。图片来源：碑林博物馆官网

管世铭集中，有不少关中诗，如《秦始皇冢》《汉通天台金铜仙人歌》《唐昭陵石马歌》《华清宫旧址》等。这其中，咏怀古迹之作所占比例不小，如《华清宫旧址》有句云"昔贤到此感兴废，琼琚玉佩词无遗。我来访古复何道，一事愿豁前人疑"，显系实地考察之作。且录两首如下：

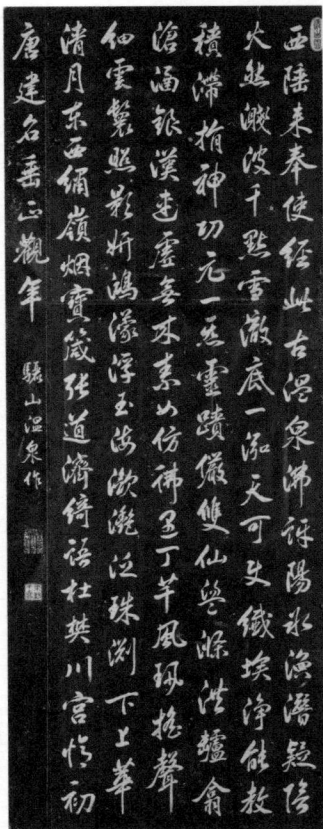

秦始皇冢

平生每读秦本纪，颇怪始皇脱三死。一不死荆卿匕，把
袖袖绝王得起；再不死渐离筑，实筑以铅锥不复；最
后险绝博浪椎，副车一击声如雷。祖龙岂亦有天幸，
三十六年获终令。奈何甫葬骊山隈，戍卒夜叫函关开。
诗书余烬未销歇，反风遂使阿房灰。乃知扶苏未北辒辌
返，嬴祚不应若是短。嗣王足盖前人愆，虽百赵高几上
窬。杀秦一君乃有君，子房几作秦功臣。岂如假手少子
亥，毋俾育种屠黡黭。亡秦者胡又必楚，始皇身存籍如
许。苍璧直献镐池君，诽谤之刑空偶语。水银江海黄金
凫，朽骨安知殉鲍鱼！西来重瞳怒一掘，遂令万代陵寝
生艰虞。歌莫哀，君勿恐。功德在人终不动，樵采毋侵
柳下垄。陈涉何人但伙颐，异代犹为置守冢。①

秦始皇陵兵马俑，摄于 2016 年 5 月 24 日

---

① （清）管世铭著，马振君、孙景莲校点《管世铭集》，凤凰出版社，2017 年 5
月第 1 版，第 60 页。

华清宫旧址

温泉之上绣岭侧，旧是天宝华清基。昔贤到此感兴废，
琼琚玉佩词无遗。我来访古复何道，一事愿豁前人疑。
杨妃马嵬既就殒，游魂血污归来迟。收京改葬命力士，
香囊俱在亡其尸。安知乘乱非剧盗，窃意腐骨余金赀。
锹锄夜半劫藏瘗，潜弃山谷何由知。贴身锦袜落市媪，
况乃钿合金钗为？使者恐失上皇指，妄以蜕去为之辞。
临邛道士太狡狯，偶拾残物萌奸欺。双星夜半誓虽密，
帐外那得无闻窥。泄之方技取重赂，或亦藉博天颜怡。
乐天据传谱长恨，以妄传妄聊言之。世上几人能善读？
蕉鹿不醒愚公痴。遂谓蓬莱列仙阙，真许妹妲称瑶姬。
破家亡国岂足悔，自有海上千秋期。暮年南内事辟谷，
犹牵诞说心茫迷。扬言适借贼奴口，膳服悉屏同赢黎。
金粟堆前见潘绰，方悟久被通幽嗤。①

前一首，先写秦始皇命大而"脱三死"，然后写其刚死不久，
陈涉起义爆发，焚书的余灰尚未销歇阿房宫就被烧成了灰。因此
指出以德治天下的重要性。后一首更是异想天开，因为他要"豁
前人疑"，居然解释为何马嵬墓中没有杨妃尸体，可能是盗贼为
图杨妃身上的金银首饰而盗挖了墓，然后将杨妃尸体抛弃山谷。
诗人说得煞有其事：连杨妃贴身的锦袜都落在了市媪手中，何况
钿合金钗？而后来如白居易《长恨歌》以及一些传说中所谓七夕
夜半私语之事，安知帐外没有人偷听到？然后又写"破家亡国岂

---

① （清）管世铭著，马振君、孙景莲校点《管世铭集》，凤凰出版社，2017 年 5
月第 1 版，第 62 页。

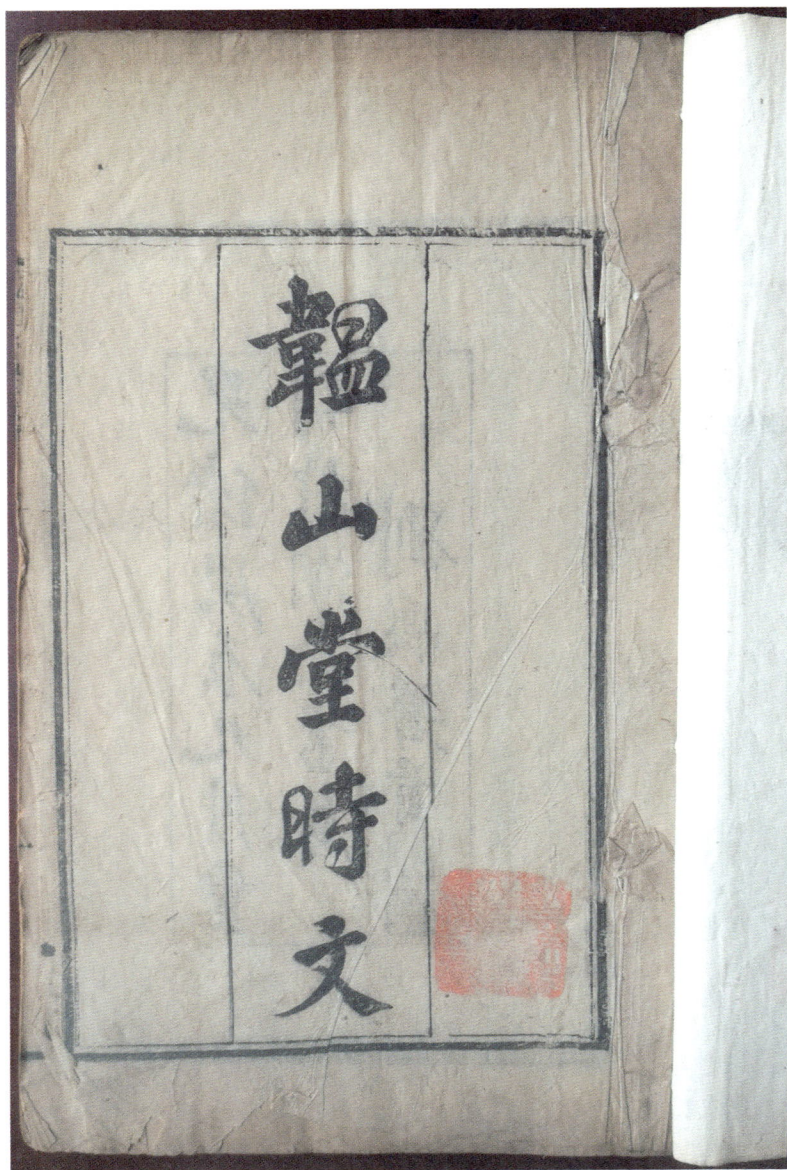

管世铭《韫山堂时文》（清光绪六年湖南书局刻本）

足悔，自有海上千秋期。暮年南内事辟谷，犹牵诞说心茫迷"，讽刺唐明皇迷信玄悠妄说。最后，"金粟堆前见幡绰，方悟久被通幽嗤"，喟叹深沉。金粟堆，指唐玄宗泰陵。

管世铭关中诗最大的特点是慷慨激昂，凛凛有生气，不仅篇幅较长、句式相对自由的古体诗如此，近体诗也是如此，当然以长篇的古体最为突出。管世铭还有一首《唐昭陵石马歌》，写昭陵六骏。诗一开始写"虬髯真人二十四，手挽黄间射欂棳。百战未尝轻失利，出死入生凭一骑"，先写李世民的英勇，再写他百战百胜、出死入生主要靠着一骑神骏。然后写"凡驷何堪假鞭箠，蹀躞六龙天上至"，水到渠成地引出六骏。然后写安史乱中六骏夜间显灵奔袭潼关，"仿佛先帝神灵来，骑马杀贼贼气催"。再写太宗令雕以石马。再感叹六骏"生能腾骧死犹怒，不负文皇颜屡顾"。最后再作评价感慨。全诗慷慨激昂，酣畅淋漓。

管世铭在关中写过不少怀古诗，如五律《杨太尉墓》《寇莱公祠》等，也都生气凛然。除过一些散篇外，还有组诗，如《七陵怀古》，计有《长陵》《安陵》《霸陵》《阳陵》《茂陵》《平陵》《杜陵》等，集中咏写关中的七座汉代帝陵。也还有一些怀古与即兴相糅的作品，如《慈恩寺塔》《灞桥》等。

管世铭有五律《潼关》，又有七律《函关》《武关》《萧关》《散关》诸诗，关中的几个关，他都写遍了，或乃有意为之，各诗也都写得劲健有力、风骨凛然。

胡天游（1696—1758），字稚威，号云持，浙江山阴人。一生坎坷，晚年（乾隆十八年，1753 年，时 58 岁）赴山西，修地方志，最终客死山西。

胡天游有一些关于关中的诗歌，从作品来看，显系实地之作，大都是写与山西交界的关中东部潼关、渭南、华阴等地的作品，也有个别作品是写西安的。或为晚年居山西期间游关中而作。

　　《望岳》称"岳如古贤人，中立危其冠"①，并从不同角度形容这一"古贤人"。宋时辛弃疾词描绘灵山为"我觉其间，雄深雅健，如对文章太史公"。这里诗人又称华山如"古贤人"，同样给人以新奇之感。

　　胡天游的关中诗，能描绘出景物的特征，如《上龙门》写晋陕交界黄河龙门一带的地势地形是"大河岸峡中，郁屈龙蜿蜒。千里互束盘，秦晋合一门"，《华阴城北楼》写阴雨中远望渭河、华山的景象是"树低天入渭，岳送雨浮秦"，等等。在这些诗中，也时时流露出诗人的多情，如《灞桥》一诗，先写"灞桥曾是销魂地，今日偏怜灞上过"，最后写"诗句枉题情断处，年年争奈有情何"②。

　　一些作品，如《华阴漫兴》二首，又是借华阴（弘农）的历史名人如杨伯起（杨震）、董景道"不辱归其真"，"木叶自可衣，腥氛岂能污"来写他自己仕途不畅却仍然要抱节守真的情操。

　　胡天游还有《题华山三绝句》，其三云"云台峰下谪仙人，孤醉狂眠不记春。唤起梳头看玉女，天风吹醒悟前身"③，表现了他的自负与狂傲，而其《华阴漫兴》二首又借古人写自己怀才不遇的牢骚与愤懑。这些作品综合起来，似乎可以看到诗人复杂而真实的内心世界。

---

① （清）胡天游《石笥山房集·诗集》卷1，清咸丰二年刻本，第19页，爱如生《中国基本古籍库》。下文胡天游零散诗句，俱引自此书。

② （清）胡天游《石笥山房集·诗集》卷7，清咸丰二年刻本，第3页。安，此诗又入任端书《南屏山人集·诗集》卷2，清乾隆刻本，唯有诗中"一分秋色"彼书作"一分春色"，"情断处"作"情尽处"。

③ （清）胡天游《石笥山房集·诗集》卷10，清咸丰二年刻本，第9页。

　　李骥元（1755—1799），四川绵州罗江人。《清史列传·文苑传》之《李调元传》后附有其传，曰："骥元，字凫塘。乾隆四十九年进士，改翰林院庶吉士，散馆授编修。六十年，充山东乡试副考官，迁左春坊左中允，入直上书房。以劳瘁卒官，年四十五。"①（嘉庆）《罗江县志》卷36所载李调元《李骥元传》谓："李骥元，字其德，号凫塘……己未年五月初三，忽得咯血之疾，始犹勉强上朝，因误服凉药，遂至不起。"②李调元与李骥元为兄弟，当以他写的传为准，故骥元当是字其德，号凫塘。

　　李骥元有一首《卖女行》，题下有序："西安饥，鬻女者以斤计值，一斤十钱，百斤者每斤减两钱。"诗曰：

　　　　秦女饥馑时，贱同石与瓦，一斤鬻十钱，百斤价还下。
　　　　老翁怨儿肥，持权泪盈把；老妇不忍离，娇儿呼平野。
　　　　虎猛子不食，鸠慈子难舍。骨肉奚无情？岁俭衣食寡。
　　　　却窥大吏门，珠玉别真假。十金买奇花，百金买良马。③

　　诗写饥馑年月，西安百姓卖女之事，惨痛之极，令人不忍卒读。尤其是"老翁怨儿肥，持权泪盈把"（权，秤也），因为"以斤计值"，"百斤者每斤减两钱"。而诗最后写豪门贵族"十金买奇花，百金买良马"，强烈的对比，其震撼性丝毫不输白居易的《轻肥》等新乐府诗。这样的作品，不仅在清代，在整个关中诗歌史上，都是不多见的。

---

① （清）佚名著，王钟翰点校《清史列传·李骥元传》，中华书局，1987年11月第1版，第5918页。
② （嘉庆）《罗江县志》卷36，清嘉庆二十年修同治四年重印本。
③ （清）张应昌辑《清诗铎》，中华书局，1960年1月第1版，第568页。

顾嗣立（1665—1722），字侠君，江苏长洲人。康熙三十八年举人，康熙五十一年进士。顾嗣立的关中诗，有一首很难得的《关中民》，对现实民生的关注程度，超过了同时代的大多数人。诗曰：

> 关中三年旱风起，大麦焦黄小麦死。
> 儿哭耶娘妻觅夫，杂踏饥民如集市。
> 官家蠲租诏发棠，煮糜调粥疗饥肠。
> 长吏公私多扣刻，一斗止合三升粮。
> 携囊挈瓶争领牒，口饥打手踵相接。
> 县官三日不开仓，十人八九僵路傍。^①

查《清史稿》，康熙三十年、三十一年，及五十九年前后，陕西都发生旱灾。顾嗣立卒于康熙六十一年，未知此诗为何时所作。诗写关中大旱对民生造成的大灾难，直击现实，最后写"县官三日不开仓，十人八九僵路傍"。因只为反映民生疾苦，故语言通俗直白，不假雕饰。无论主题还是语言，都很接近于白居易的新乐府诗。这在当时，是很难得的。

这一时期，还有一位值得注意的女诗人钱孟钿。

钱孟钿（1739—1806），字冠之，号浣青，江南武进人。其父为状元、吏部侍郎钱维城，其夫崔龙见后官至荆州知府。乾隆三十四年（1769），钱孟钿34岁，随夫入关中，其夫崔龙见任三原县令，此后十几年间，又任宝鸡县令、富平县令等。这期间，钱孟钿绝大部分时间亦随夫在关中。

---

① （清）顾嗣立《秀野草堂诗集》卷15，《清代诗文集汇编》，上海古籍出版社，2010年12月第1版，第214册，第116页。

钱孟钿是当时著名的女诗人，居关中期间，与陕西巡抚毕沅、毕沅幕府成员洪亮吉，以及后来亦入关中的表兄管世铭等人都有交游唱和。

钱孟钿的诗，有的写得相对比较婉约，如《青门柳枝词》（四首其一）："渭城风物又经春，嫩绿初齐客思新。记向大堤和雨折，泥他青眼盼行人。"①而同样是赠别诗，也有写得相当洒脱的，如《古别离》："呜咽清渭滨，纷披灞桥柳。今古伤别离，扬鞭各挥手。"或者说，洒脱、大气，是她关中诗的主要特点，如下面两首：

华清宫怀古

霓裳歌吹动华清，小辇曾催花底行。

池上鸳鸯怜并宿，天边牛女笑长生。

空悲此日金钗擘，何事当时白练轻。

一曲淋铃传夜雨，寿王宫内月同明。②

潼关

潼关天险郁嵯峨，天外三峰俯大河。

六国笙歌明月在，五陵冠剑夕阳多。

时来杰士能扪虱，事去将军竟倒戈。

终古丸泥凭善守，英雄成败感如何。③

---

① 徐世昌编，闻石点校《晚晴簃诗汇》，中华书局，1990年10月第1版，第8285页。

② 徐世昌编，闻石点校《晚晴簃诗汇》，中华书局，1990年10月第1版，第8286页。

③ 徐世昌编，闻石点校《晚晴簃诗汇》，中华书局，1990年10月第1版，第8286页。

潼关东城门楼，摄于 1927—1929 年。图片来源：赵力光主编《古都沧桑》

　　《华清宫怀古》一首，虽不是特别阳刚，但词句、构思、意境等，都不是一般小女子之情状，末联虽也是古来惯用的写法，而妙在能将蜀地的夜雨淋铃与长安的寿王宫联接起来，"传夜雨""月同明"，凄凉中透着大气。《潼关》一首，词句本身就很大气，"天外三峰俯大河""五陵冠剑夕阳多"，充满刚性之美。此诗多用典，颔联用典切关中，颈联用典切潼关：扪虱，用王猛见桓温典；将军倒戈，当是哥舒翰潼关倒戈之典，也可能包函了其他类似的典故。全诗劲健有力、阳刚大气。这样的诗，出自一位女子之手，着实令人称叹。

　　此外，钱孟钿其他一些诗，如《始皇冢》《汉通天台铜人歌》等，也都很大气。

四、理学家笔下的家乡生活与山水：王心敬等关中本土诗人

雍正、乾隆年间的本土诗人有王心敬、张洲等人。其实他们也都是理学家。对关中文化传统而言，更合适的称谓是关学家。

王心敬（1656？—1738）[1]，字尔缉，号丰川，学者称为丰川先生，著名理学家、教育家。陕西鄠县（今西安市鄠邑区）人。王心敬生于顺治十三年，卒于乾隆三年。他的一生，完整地经历了整个康熙、雍正时期。到雍正元年时，王心敬已经68岁。我们将其置于本节（雍、乾时期）讨论，一则因为雍、乾时期，关中有成就的本土诗人太少，再则因为雍、乾年间，王心敬的知名度和影响力达到了顶峰：且不说地方大员，最高统治者对他也极为关注、高度评价。史料记载："陕西总督额忒伦、年羹尧先后上章荐于朝，两征不起。羹尧以礼招致幕府，心敬见其所为骄纵不法，避而不见，亦不往谢。世宗闻而重之。乾隆初，有蒲城新进士应廷试，鄂西林相国问丰川安否。丰川，心敬之号也。进士不知为何许人，茫无以对。相国笑曰：'若不知若乡有丰川，亦成进士耶！'"[2]雍正八年，雍正皇帝见心敬之子王功，称赞"名儒子，果不凡"。雍正十二年，果亲王因西藏事过陕西，派人向其顾问。

有学者将王心敬的人生概括为三个阶段，其第三个阶段是69岁（即雍正二年，1724年）以后，用王心敬本人的诗句"山林容病老"来概括[3]。我们本节讨论的是雍正、乾隆时期的诗歌，大体上相当于上述第三阶段而又再稍稍上延几年。

---

① 按，王心敬生年，有1656年和1658年两说。此从一般说法。

② （清）江藩著，钟哲整理《国朝汉学师承记》，中华书局，1983年11月第1版，第157—158页。

③ 刘宗镐《王心敬评传》，西北大学出版社，2015年1月第1版，第二十章第一节。

序

關學編序

關學有編創自前代馮少墟先生其編蓋首孔門四子實始宗之橫渠終明之秦關近今且產也自泰關……乃總其固陋取自少墟至今搜羅聞見缺然後之徵攷文獻者將無所取材……有記擢焉間乃……關學者編關中道統之……編之既復自念……朗絡也橫渠特宗關學之始耳前此如楊伯起……慎獨不欺又前此如泰伯仲雍之至德文武之……

夫子所謂君子善人有恒而不甘流俗者也顧周元公之言曰士希賢賢希聖聖希天則又以明善人有恒之士苟能希聖希賢自可至於聖至於賢而無能我斯也然則千百世下凡生吾關中者讀羲文武周之書誦洙泗以來諸儒先之傳潮流窮源可無復洋洋之嘆因是孜孜亹亹用以仰慰吾夫子思見聖人之本懷是則後死者之貴而先聖賢之所正待也夫

豐川後學王心敬爾緝盥手題

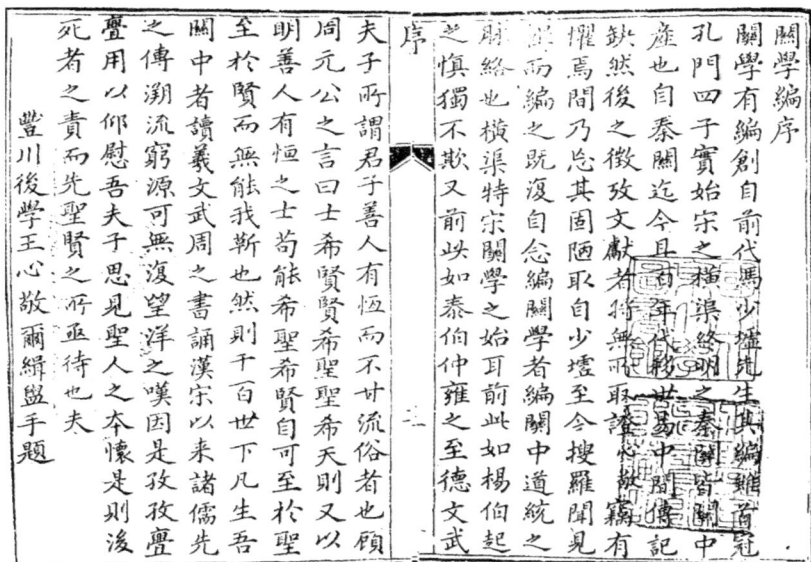

王心敬增修《关学编》（清嘉庆刻本）。图片取自爱如生《中国基本古籍库》

实际上，王心敬给自己的《戊戌草》写的序，可以帮助我们了解他晚年的思想和诗作：

> 甲申归自江东，二年中更不复为一诗。逮丙申以后西事浸兴，军需供亿劳费倍常，暨以三边荒旱延及三辅，流氓满目，亦复民情在在嚣然不安，遂不觉有感之鸣不能自已，故己亥夏有《紫阁》一草以志时遇。暨戊亥至今，有《戊戌》一稿备纪阅历。然是自鸣其感，取于道志消愁，宫商节奏既所未详。兼触目动心，冲口辙出，扇头楮尾，过辙散遣。以是乙巳之秋，汇叙七八年来残稿，仅得古近体若干首，但依岁次编为一帙，更不复如前以类相从。呜呼！是编也，境遇之顺逆在是，家

乡之苦乐在是，即予学力之进退、情况之惨舒无不于是
乎在。正可当予六十二岁以后，七十岁以前历年纪略
也。凡我子孙无视为故纸而用以覆瓶幸矣！①

　　根据这个自序，可知他甲申（康熙四十三年，1704）从南方
归来以后的几年没写过诗，后来有感于"丙申以后"时局动荡、久
旱天灾（"西事浸兴""三边荒旱延及三辅""流氓满目"），不能
自已，遂又写诗，编为《紫阁草》。所谓"丙申"为康熙五十五年
（1716），此时王心敬已年过六十。他《紫阁草》作成的时间是"己
亥"，即康熙五十八年（1719）。而《戊戌草》一编，他自称是编于
"乙巳之秋"。乙巳为雍正三年（1725）。所谓"戊亥至今"，戊亥
当指戊戌和己亥，即1718、1719两年，从此时到乙巳年即雍正三
年（1725）的作品汇编，正是诗人所谓"汇叙七八年来残稿"。这
里有一点需要注意，诗人称此编"正可当于六十二岁以后，七十岁
以前历年纪略也"。关于王心敬的生年，有1656年和1658年两说，
均出自于王心敬自己的著作。按这里的"六十二岁以后"，则王心
敬当生于1658年；若论"七十岁以前"，则当生于1656年。稍有
不符。对此问题，不是本书讨论的重点，我们知道一个大概年月即
可。总之，《戊戌草》一编，记录了他"六十二岁以后，七十岁以
前"的所闻、所见、所感、所思、所想，可以说记录了他这些年的心
路历程。
　　王心敬的晚年，住在终南山太平峪的太平山房，其平日生活，
亦类乎于山林隐士。他的诗歌，也就反映了这种生活和心境。且
摘录《山居》组诗中的几首：

---

① （清）王心敬著，刘宗镐、苏鹏点校《王心敬集》，2015年1月第1版，第1093页。

其一

插天山势万株松，占得终南第一峰。

莫怪柴门常不闭，等闲时有白云封。

其二

林间阵阵鸣好鸟，岩畔时时见异花。

莫怪终年客到少，等闲知契是云霞。

其四

翠岭难形照旭日，碧峰那写过新霖。

莫怪经时不饮酒，等闲岚翠醉人心。

其五

文昌仙吏时来就，赤水真君共此庵。

莫怪经年不食肉，等闲蕨术胜肥甘。

其六

缊袍度夏日时久，布被经冬岁月深。

莫怪不炉并不扇，等闲寒暑那能侵。

其九

时温论孟两三叶，日训童蒙四五人。

莫怪深山忘世教，等闲教读即经纶。①

---

① （清）王心敬著，刘宗镐、苏鹏点校《王心敬集》，西北大学出版社，2015
年 1 月第 1 版，第 1134—1135 页。

　　几首诗，描绘出宁静优美的山间景色，以及诗人宁静怡然的心情。读几本圣贤书，教几个小学生，也是十分惬意的事情。至于"不炉并不扇"，恐怕主要不是生活太艰苦的原因。这也可以在同时代人那里得到佐证，如与王心敬基本同时的陕西另一大儒孙景烈，清人李元度著《国朝先正事略》及《清史稿·儒林传》等均记载他的学生王杰称他"冬不炉，夏不扇，如邵康节"①。这其实是一种自我约束。

　　《感兴》，或许也是这一时期的作品。诗曰："坐久林风发，翩翩吹予袂。悠然有会心，乃在山东际。陟岫望邹鲁，渺渺目难继。岂必道远长，哲人早已憩。徘徊歧路侧，日午阴未霁。浩歌泪盈把，存心将何寄。归来濯玉女，天空白日丽。"②此诗（雍正）《陕西通志》卷95诗题作《太平山房感兴》，题下自注："在紫阁峰西。"紫阁峰，终南山名峰，位于今西安市鄠邑区与长安区交界处。诗写了太平山房一带优美宁静的自然景色，又"望邹鲁"，时刻不忘孔孟。末言"濯玉女"，自注"二曲泉名"，字面写清泉，其实也有理学洗心的意思，作者是关中大儒李颙（字中孚，号二曲）的学生，他至老不曾忘记自己弘扬理学的使命。

　　王心敬还有两首《山斋春事》，暂未知具体作年，或者也是晚年的作品，诗曰："夜雨新晴晓露寒，南轩春睡对青峦。呼儿莫去窗前草，生意油油正可看"③"绵绵细雨暗长空，一卷初终河上

① （清）李元度著，易孟醇点校《国朝先正事略》，岳麓书社，1991年5月第1版，第883页；《清史稿·孙景烈传》，第13127页。

② （清）王心敬著，刘宗镐、苏鹏点校《王心敬集》，西北大学出版社，2015年1月第1版，第949页。按，此诗现存各版本有异文，"坐久"或作"久坐"，"山东"或作"东山"，"存心"或作"寸心"。

③ （清）王心敬著，刘宗镐、苏鹏点校《王心敬集》，西北大学出版社，2015年1月第1版，第1012页。

翁。春到人间知几许，隔帘早见海棠红。"①全然一派悠然自得的太平安详景象。

王心敬还有几首《春日重游樊川》，诗中的景象和心态，也是与上述诸作相同或相通的。其中两首写道："磊磊两山高，湾湾一水朝。近山多绿树，傍水烂红桃。时有云霞现，殊无虎豹骄。武陵托迹客，只恐让逍遥。""绿柳荫前隈，红桃艳后溪。只疑春烂漫，不辨境东西。翠竹多依道，山泉尽入溪。再来还有信，却恐路重迷。"②眼中所见，笔下所写，尽是一派世外桃源景象。

实际上，王心敬中年时期就有归隐之心，也有抒写隐逸之致的诗作。晚年的心境和作品，不过是中年时期的延伸，只是因为年龄、体力、精力、阅历等原因，晚年有了进一步的发展而已。

然而，王心敬的晚年，其生活、其诗作，并不只有山水隐逸之致，他也时刻关心着时局和民生，也写了不少反映现实，表达对民生、对百姓之同情和忧虑的诗作。他的《紫阁草》中就有《忧旱》《感旱》《哭旱》等多首心系现实的作品。题下自注作于"庚午五月朔十"的《忧旱》组诗就写"积旱连三年，寡筹忧未休。浑忘草野士，梦上流民图"③。而另一组自注作于"己巳四月望日"的《哭旱篇》题下诗序云："旱天不吊荒疫，历五年而未已。生平不解音律，独当愁伤无聊时，不觉冲口而吟，积久浸多，暇日汇而

---

① （清）王心敬著，刘宗镐、苏鹏点校《王心敬集》，西北大学出版社，2015年1月第1版，第1015页。

② （清）王心敬著，刘宗镐、苏鹏点校《王心敬集》，西北大学出版社，2015年1月第1版，第1167页。前一首，（雍正）《陕西通志》卷96作："蠡蠡两山高，涓涓一水逶。近山多绿树，隔水烂红桃。时有游鱼现，兼饶谷鸟娇。武陵托迹客，诚恐让逍遥。"

③ （清）王心敬著，刘宗镐、苏鹏点校《王心敬集》，西北大学出版社，2015年1月第1版，第1086页。

录之，题曰《哭旱》。呜呼！他日有采风而陈者，斯帙其郑监门之《流民图》乎！"①明确表明他用以备"采风"的写作目的。到了《戊戌草》，这样的作品，丝毫没有减少。

《戊戌草》中有两首绝句《冬寒倍常，目睹流民冻馁之状，怆乎难忍而又束手无策。呜呼！我生不辰，逢此百忧，乃知〈雅〉"不自我先，不自我后"之怨为发于情不能自默也。两绝鸣哀，又冀吾乡仁人君子共闻余言耳》。诗人同情"流民冻馁之状"，希望通过自己的发声引起"吾乡仁人君子"的注意和重视。诗曰："饥里苦寒安有涯，东人虽馁尚凭家。最难流至边头侣，破屋围垆计亦赊。""五载流离口半亡，孑遗破庙作家堂。寒风莫御饥难忍，啼号宁须待晓霜。"②为了百姓，他通过各种途径向统治者寻求帮助，其《行归》诗曰："草树根皮处处无，残黎何计守残庐。夜深浑忘老眼暗，挑灯尚续救荒书。"③虽然自己年迈眼疾，但仍挑灯续写"救荒书"。而当京师的亲友传来好的消息，他及时真诚答谢，如《荒中得复庵弟书于京师，知于此荒极厪念。调剂之殷，诗以答之》："奇荒殷祝雨，多病欲忘缘。身世情相戾，光阴日似年。长安书晚到，老眼灯前看。多谢贤亲意，苍生抱远悬。"④他把百姓的疾苦当成自己的疾苦，把百姓的事情当成自己的事情。

①　（清）王心敬著，刘宗镐、苏鹏点校《王心敬集》，西北大学出版社，2015年1月第1版，第1085页。按，上二诗编于《紫阁草》中，自注写作时间与编集时间有所不符。

②　（清）王心敬著，刘宗镐、苏鹏点校《王心敬集》，西北大学出版社，2015年1月第1版，第1097页。

③　（清）王心敬著，刘宗镐、苏鹏点校《王心敬集》，西北大学出版社，2015年1月第1版，第1094页。

④　（清）王心敬著，刘宗镐、苏鹏点校《王心敬集》，西北大学出版社，2015年1月第1版，第1095页。

当朝廷采取措施赈灾时，他衷心感谢，有诗《寄复庵弟于京师》，题下小序曰："天旱亦甚，独得庙堂捐赈叠施，流移渐少。而寒家之时，荷保全尤为倍深。古语有云'皇恩深似海'。呜呼！吾乡今日之仰戴皇恩不谓之似海也不可矣。喜而赋此，缄寄复庵家弟于京师，使其遥为吾家吾乡喜且慰耳。"诗曰："三边积旱罕耕人，西风今来旱亦频。不是皇恩深似海，东民流尽似西民。""东民流尽似西民，口众之家倍苦辛。不是皇恩深似海，儿曹也作剑南人。"①并且，他还有《颂圣》诗："王圣由来臣尽贤，残黎纵馁尚安眠。一年整整零三月，门上无人催税钱。"②因为朝廷减免赋税，他真诚地颂圣谢恩。他对百姓的疾苦是如此地挂牵，以至于即便写景，也忘不了流民百姓。他有一组写关中八景的诗，题下小序曰："秋苗虽成，谷收尚遥。流氓土著，窘俱难堪。因和友人初渡渭之章，不禁触动前二十年一友索题八景之约。走笔撰造，漫得十章有奇（按，11 首）。一则下笔时情之所溢，题有余波；一则寄愁笔墨，可娱时目耳。如写景志胜，而篇中往往波及边事旱灾，则根心之痛不觉缘感辄发，亦不自知其然而然也。达人且当笑予，仁人或当谅予也夫。"③可见其仁者心境。

　　王心敬这种心境及相应的诗歌创作，或许可以用他的信念来解释。他是一位理学家。喜好田园、自耕自给，怡然自乐，这一方面是他的天性以及文人的某些传统喜好，另方面当也有儒家传统影响

---

① （清）王心敬著，刘宗镐、苏鹏点校《王心敬集》，西北大学出版社，2015年 1 月第 1 版，第 1097 页。

② （清）王心敬著，刘宗镐、苏鹏点校《王心敬集》，西北大学出版社，2015年 1 月第 1 版，第 1098 页。

③ （清）王心敬著，刘宗镐、苏鹏点校《王心敬集》，西北大学出版社，2015年 1 月第 1 版，第 1101 页。

的因素。而关心民生、关心百姓疾苦，应当说，正是他内心理念的外在表达。

雍正五年（1727），王心敬 72 岁，有《除日》三首，其一曰："细忆一生事，如同水上行。一回风水顺，一回逆浪生。顺既心不喜，逆亦心不惊。七十人间世，只信心为凭。千秋名不顾，矧惜区区荣，独怜六经注，辛苦晚经营。孔孟今已矣，何人一证明？"①这首诗，可说看作他此时生活的写照，也可以看作他对自己一生的总结，晚年依然苦心注解六经，这也是一位理学家发自内心的使命感②。

张洲，武功人，乾隆二十二年（1757）进士。乾隆四十五年（1780），为同年进士吴湘作墓表③。乾隆四十七年，关中理学家孙景烈殁，又为其作行状④。可见，他的主要活动当在乾隆时期。

张洲的关中诗，一部分是咏怀古迹、览古抒怀，如《岐山道中望卷阿遗址》《马嵬行》《大散关》《茂陵》等；一部分是抒写旅途所见所感，如《高陵晓行》《泾阳早发渡泾即目》等。

张洲咏古迹，能把景色写得非常美，然后再生发出或相同、或相背的议论和感怀来。或者说，善于烘托。如《岐山道中望卷

---

① （清）王心敬著，刘宗镐、苏鹏点校《王心敬集》，西北大学出版社，2015年 1 月第 1 版，第 1165 页。

② 事实上，王心敬的一生的许多诗，都在讲他自己对孔圣之道的理解，如《感兴》组诗中写"学道莫为名，为名道心漓。至矣大成圣，绝四而无知"，"圣贤模万世，岂不在六经。云胡听中道，途说充栋楹"，"大巧不可学，规矩出神奇。如何弃周道，出入任路岐"，"大道如壤泉，掘地无弗盈。善性如江月，三五处处明。饮食男女间，正自可通灵"，等等。

③ 张洲《吏科给事中吴君湘墓表》，见（清）钱仪吉纂，靳斯校点《碑传集》，中华书局，1993 年 4 月第 1 版，第 1616—1617 页。

④ 张洲《征仕郎翰林院检讨孙先生景烈行状》，见（清）钱仪吉纂，靳斯校点《碑传集》，中华书局，1993 年 4 月第 1 版，第 1366—1370 页。

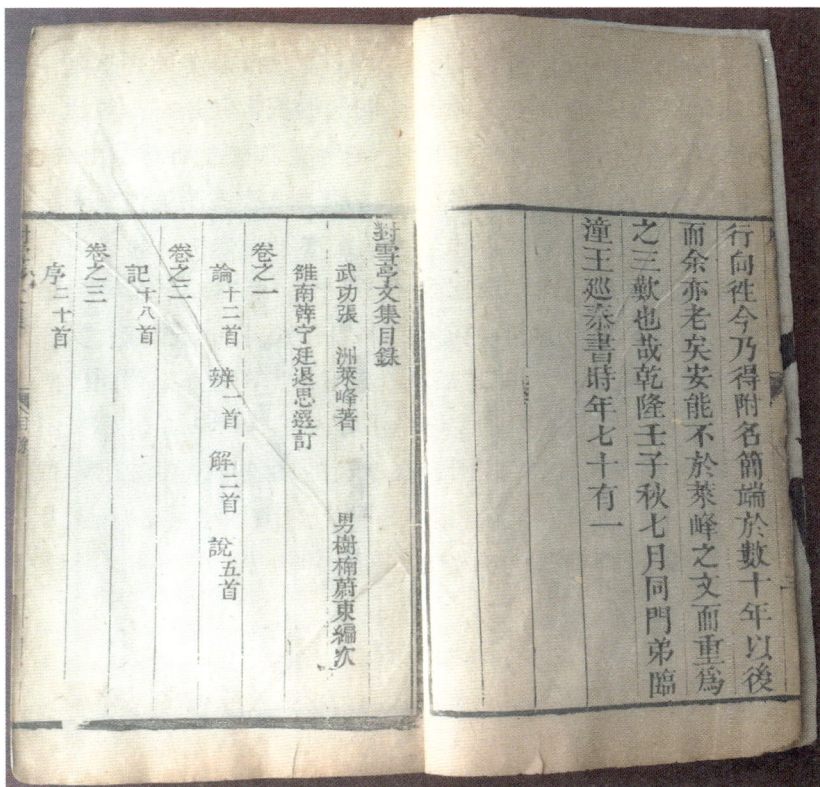

张洲《对雪亭文集》（清乾隆刻本）

　　阿遗址》，先写"云树连延昌翠微，二月东风吹客衣。千声百声鸟
喁唽，十株五株杏芳菲"，然后写"直北曲阿迥重冈，行行马上
望依依"，最后又写"嗟我舟车南北间，筐篚徒悲风雅违"①。《马
嵬行》又是另外一种烘托对比："七月七日语温柔，天孙河鼓意绸
缪。仓皇戎马直西奔，忍别芳魂入剑门。草莽三尺藏恨土，銮舆

---

① （清）张洲《对雪亭诗钞》卷1，清乾隆五十七年刻本，第25页。

归来不忍睹。女儿争拾遗粉回，笑向妆台夸媚妖。"①"七月七日"两句的两情缱绻与"仓皇"两句及"草莽"两句的生死别恨是一个对比，中间四句的惨痛与"女儿"两句的欢快又是一个对比。在这种对比之中，历史的沧桑与无情，被不着痕迹地表达了出来。

张洲还有一首怀古诗《茂陵》，诗曰："终古茂陵槐里东，寒原秋色落晴空。儿童樵唱西风里，鸿雁飞鸣返照中。路去通天云暧暧，墓连倾国草戎戎。唐家西幸真长怅，毕竟雄才未与同。"②这首诗，与前首《马嵬行》又有些联系。茂陵与马嵬坡，同在兴平。所以，"墓连倾国"即是指茂陵连着马嵬杨妃冢。因此，雄才大略的汉武帝也就和"唐家"联系了起来。本诗中，"儿童樵唱西风里，鸿雁飞鸣返照中"，同样在优美的景色中，传达出一种怀古的怅然。

再看他的两首可以被称为行旅诗的作品：

高陵晓行

霜冷鸡声苦，行人鹿苑旁。残星明渭北，晓树出泾阳。
客久稀归梦，心惊到故乡。逢人问农事，稍喜垅苗长。③

泾阳早发渡泾即目

烟水孤城外，清晨渡浊泾。渔舟维曲岸，沙鸟起回汀。
到处春花白，行边陇麦青。武功山色近，遥望出林垌。④

---

① （清）张洲《对雪亭诗钞》卷1，清乾隆五十七年刻本，第25页。
② （清）张洲《对雪亭诗钞》卷2，清乾隆五十七年刻本，第15页。
③ （清）张洲《对雪亭诗钞》卷2，清乾隆五十七年刻本，第7页。
④ （清）张洲《对雪亭诗钞》卷2，清乾隆五十七年刻本，第7页。

　　两首诗，都写清晨上路早行，都与思乡返乡相关（高陵今属西安市，在东，泾阳今属咸阳市，在中间，诗人的家乡武功今属宝鸡市，在西边），都写到了垅苗，后一首明确写"春花""陇麦"，前一首也应该是写春天，虽然首句写到了秋日诗惯用的"霜"，但春天也是有霜的，而且尾句写"垅苗长"当指春天的庄稼苗，再具体点，应该也是前首诗中的麦苗。两首诗中，虽有客思之苦，但景色的描写都很优美，鹿苑、晓树、麦苗、渔舟、沙鸟、春花，一组组意象，以及"残星明渭北，晓树出泾阳"，"渔舟维曲岸，沙鸟起回汀"这样的组合，给人一种优美的感觉。而第二首中的"渔舟""沙鸟"等告诉我们，当时泾河一带的自然环境，与现在是不同的。

　　当然，也还有些诗人诗作，不能归入上述几部分（亦即几类）之中。如乾隆初年任陕西布政使的帅念祖也有一组《秦中杂咏十首》，首章曰："天设雍州险，居高俯驭轻。枢机持禹甸，龙虎卫金城。尺土资王霸，清时洗甲兵。汉唐兴废事，千古一棋枰。"末联表现出一般怀古诗超然的心态。

帅念祖《秦中杂咏十首》石刻，2019 年 12 月 9 日摄于西安碑林博物馆

　　而就整组诗来看，这组诗还有三个特点：一是视野广，写了秦中多地，如"鼎足三城峙，黄河绕旧边"写陕北，"子午通深谷，风雷护阵图"，"丹江一线水，白鹿七盘云"写陕南；二是写了当时的民生情况，如"农给膏腴值，官售子女钱"，自注："民人牛犋出口，岁给地租。夷人子女，持旨命有司赎还之。""依然岐周地，七月古豳风"，自注："凤翔植桑，已逾五十万株。"这表明，他的"杂咏"，不仅是一般文人的发感慨或怀古，还有着地方大员特有的心态，有自己职责范围的关注点；第三，这组诗还屡见颂本朝"国恩"的句子，如"本朝恩似海，蠢尔莫欺天"，"脂膏民力苦，休戚国恩多"，这自然又体现了他一个国之臣子的本位心态。

第三节　嘉庆、道光年间的关中诗

嘉庆以后，关中社会开始走下坡路，诗歌也渐渐地发生了变化。

一、咏史怀古、有意出新：陆元鋐、蒋湘南等人的关中诗

嘉庆三年，张问陶途经关中时所写的一组诗，集中地反映了当时白莲教起义的情况。

张问陶（1764—1814），字仲冶、柳门、乐祖，号船山等。祖籍四川遂宁，生于山东馆陶，乾隆五十五年（1790）进二，累官至吏部郎中等。著名诗人、画家。

嘉庆二年（1797）9月，张问陶回四川葬父，次年年初返京，途经宝鸡，作有组诗《戊午二月九日出栈宿宝鸡县，题壁十八首》。这组诗，写的虽然多是在四川及陕南的见闻和感触，但作于关中，是标准的关中诗。

组诗反复写当时白莲教与清廷的斗争，以及由此引起的对社会和百姓的危害。诗甚长，仅摘录数句如下："群盗如毛久未平"，"关山销尽轮蹄铁，猛虎磨牙看此行"，"石磴萦纡战马粗，入山符叠辟兵符。杀人敢恕民非盗，报国真愁将不儒。豺虎纵横随地有，貂蝉恩宠愧心无。荒寒驿路匆匆过，焦土连云万骨枯"，"磷火飞残新战垒，骷髅吹断旧人烟"，"大帅连兵甘纵贼，生灵涂炭已三年"，"穷山避乱敞军门，威望遥遥万马屯"，"不战岂能收杀运，无功先已负君恩"，"一样沙场征戍死，模糊敢信是忠魂"，"民穷转觉军中好，寇过惟从壁上观。俗吏飞腾推挽易，妖氛飘瞥送迎难"，"山中城破官仍在，阃外兵哗将不闻。大贾随营缘我富，连村无寇是谁焚。烽烟未扫偏流毒，万鬼含冤指阵云"，"连城闭后万山荒，忍弃郊原作战场。贼有先声如唳鹤，官无奇策任

亡羊。飘摇鸿雁飞难缓，潦草弓旌气不扬。犹胜骄淫诸将吏，移营终岁避锋铓"，"忧愤书来处处同，故人几辈尚从戎"，"东溟西域曾帷幕，猛将还应忆海公"，"攘劫翻夸裨将勇，需求谁谅县官贫。贼能退舍尊廉吏，令敢枭渠起义民"，"战斗心疲千帐冷，惊呼声乱一城秋。老师糜饷成何事，宵旰空贻圣主忧"，"三川人满欲烹珠，曾问今年米价无。饷道几难通剑阁，商船新已断夔巫。蝉联粮运舟车险。错杂民风土马粗"，"汉沔东流雪未消，军符络绎马蹄骄。仓皇鬼蜮来无定，破碎峰峦望转遥"，"焚掠难归皆盗贼，风波未定且吹嘘。伤心已乱无全策，只仗天威尽剿除"，"议抚招降计已施，凋残民力久支持"，"花鸟三春禁雨雪，关河千里见戈矛"，"几人还唱从军乐，何日真逢拨乱才。行尽残山重叹息，年时已是贼中来"，"夔万巴渠鸟路长，通秦连楚斗豺狼。天如有意屠边徼，我忍无情哭故乡"，"风诗已废哀重写，不是伤心古战场"[①]。且不管诗写的具体细节，也不管诗人的具体态度，诗中反复叙写的"兵""贼""群盗""猛虎""战马""枯骨""磷火""骷髅""沙场""妖氛""烽烟""战场""戈矛"等意象，触目惊心，以诗歌艺术的形式，反映了当时社会的真实现状。

　　如前所说，这组诗，是关中诗，但所反映的主要是四川和陕南地区的情形。而大量的关中诗人写于关中且描写关中的诗，却与此不同。

　　陆元鋐，字冠南，又字彡石，浙江桐乡人，乾隆五十二年（1787）进士，官至广东高州知府等。嘉庆十四年（1809），主讲渭南书院。嘉庆十六年（1811），主讲同州书院。

　　陆元鋐甫入关中，为其壮丽的景色所激发，写了一些壮阔的

① （清）张问陶《船山诗草》，中华书局，1986 年 1 月第 1 版，第 378—380 页。

即景抒怀诗。《渡河》当是第
一首作品：

> 风陵堆外水浮天，
> 鼓棹中流思浩然。
> 直下龙门飞白雨，
> 回看蒲坂渺苍烟。
> 城阴险扼潼关甲，
> 岳色晴开华井莲。
> 两戒中分逾万里，
> 探源拟到斗牛边。①

陆元鋐《青芙蓉阁诗钞》（清刻本）。图
片来源：爱如生《中国基本古籍库》

　　诗写作者从风陵渡渡过黄
河而入潼关时之情形。壮阔，
大气，自然景色与诗人心中的浩然之气融而为一，可谓豪气干云。

　　另有一首《潼关行》，当是进入潼关的作品。诗先状景写实：
"北风吹雪天冥冥，河流动地雷冬鸣。片帆如席竟飞渡，关楼突出
连云平。"再回顾潼关的历史，用了哥舒翰守潼关失败而安史叛军
入潼关、黄巢起义军入潼关建大齐政权、项羽入潼关而火烧咸阳等
历史典故，说明险关之重要性，又指出"乃知恃德古有训，扼险
尤在毋佳兵"。而后称"方今车书大一统，赤寰向化黄舆宁"，或
为肺腑之言，或为应酬之语。最后，"我从蒲坂溯潼水，时清无路
非由庚。道旁有酒且复酌，醉呵冻笔歌西京。回看太华雪亦霁，

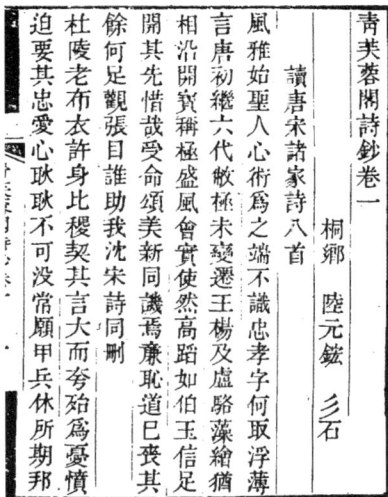

---

① （清）陆元鋐《青芙蓉阁诗钞》卷3，《清代诗文集汇编》，上海古籍出版社，
2010年12月第1版，第428册，第83页。下引陆元鋐零散诗句，均出自此书，
不再另注。

玉女擎出莲花青”①，颇有些顾左右而言他的味道，落拓与逸气、豪情与牢骚，亦复融合。

　　陆元鋐的关中诗，更多的是咏史怀古之作。有一些是泛泛的咏古诗，如《长安咏古四首》，分咏周、秦、汉、唐；又如《郭汾阳故里》：“两京重见旧山川，百战功成再造年。世望中兴无此速，天私奇福到公全。如神岂但惊回纥，欲杀偏能遇谪仙。莫问当时歌舞地，倚楼凭吊已荒烟。”末联自注：“赵碱经汾阳旧宅诗‘今日独经歌舞地，古槐疏冷夕阳多。’”②诗写郭子仪的功绩，最后写沧桑之感，不脱常规咏古诗之格套。而如《唐昭陵石马歌》就有了一些新的变化。诗先写李世民“太原公子人中龙，挥斥八极云而风。生年十八事征战，上马杀贼摧贼锋”；然后写他的战马，“当时六马尽神俊”，写六骏之神异，然后称“从来名将有名马，况乃帝子真英雄”；再写安史乱中石马显灵夜赴潼关拒敌之传说；最后写“阿瞒老悖不晓事，青骡蜀栈行匆匆。可怜骅骝亦凋丧，天闲立仗寻无踪。何如此马汗犹泾，足使四十万匹群皆空”③，用唐玄宗后期的昏悖与唐太宗的英明作对比，有青骡而无骏马，既歌颂太宗之六骏，亦是写人。像这样的诗，与一般的咏古诗相比就有了些新意，对唐玄宗的晚年昏聩作了批判。又如《杜曲吊牧之墓》：“牛李分门日，江湖载酒时。狂言何有罪，党论得无私。遗恨山东失，孤魂杜曲悲。却忘寒士泪，曾为赞皇垂。”写到牛李

---

①　（清）陆元鋐《青芙蓉阁诗钞》卷3，《清代诗文集汇编》，上海古籍出版社，2010年12月第1版，第428册，第83页。

②　（清）陆元鋐《青芙蓉阁诗钞》卷3，《清代诗文集汇编》，上海古籍出版社，2010年12月第1版，第428册，第83—84页。

③　（清）陆元鋐《青芙蓉阁诗钞》卷3，《清代诗文集汇编》，上海古籍出版社，2010年12月第1版，第428册，第84—85页。

党争对杜牧的影响。诗后自注："牧之撰僧孺墓志，谓李太尉专柄五年，多逐贤士，天下恨怨，非公论也。"[1]杜牧受牛僧孺器重，亦曾受李德裕提携，故诗人称其"忘却寒士泪，曾为赞皇垂"（李德裕，赞皇人也），对杜牧提出批评。像这样的咏古诗，就有意识地出新意，有自己的见解。

陆元鋐关中咏古诗最大的特点就在于有鲜明的态度，在于批判。如《骊山怀古四首》，诗曰：

> 得宝歌成惑女戎，髦余君听岂能聪。
> 如何讲武骊山日，便欲加诛郭代公。

> 遗簪堕珥拥红妆，瑟瑟珠玑拾道旁。
> 乱后钗钿亦流落，又教方士赚君王。

> 鼙鼓渔阳祸已成，萧条榆柳失边城。
> 当时促柱吹高管，谁识凉州入破声。

> 无复霓裳月下游，凄凉南内不胜愁。
> 伤心风雨蒲城夜，难觅荒陵玉髑髅。[2]

第一首，首二句写唐明皇得杨妃而失去睿聪。"《得宝歌》，一曰《得宝子》，又曰《得鞊子》。明皇初纳太真妃，喜谓后宫曰：

---

① （清）陆元鋐《青芙蓉阁诗钞》卷 3，《清代诗文集汇编》，上海古籍出版社，2010 年 12 月第 1 版，第 428 册，第 85 页。

② （清）陆元鋐《青芙蓉阁诗钞》卷 3，《清代诗文集汇编》，上海古籍出版社，2010 年 12 月第 1 版，第 428 册，第 84 页。

'予得杨家女，如得至宝也。'遂制曲名《得宝子》。"①郭代公即郭元振，名震，字元振，以字行，因功大而进封代国公。明皇骊山讲武，因郭元振军容不整，竟欲斩之。这一首，已经开始批判明皇之不聪。第二首，写杨妃马嵬死后钗钿珠玑散落，方士借此装神弄鬼，又来欺骗明皇。按，前文管世铭《华清宫旧址》诗，亦持同样观点。似乎是此一时期文人的一种普遍认识。第三首，用李謩吹笛事，实则讽刺明皇与杨妃溺于音乐歌舞而致安史之乱。第四首，前两句写安史乱后明皇回到长安，"凄凉南内不胜愁"。后两句，蒲城，明皇泰陵之所在。作者自注曰："玉髑髅事，见宋王銍《默记》。"按，《默记》有这样一则记载："晏元献守长安，有村中富民异财，云素事一玉髑髅，因大富。今弟兄异居，欲分为数段。元献取而观之，自额骨左右皆玉也，瑰异非常者可比。见之，公喟然叹曰：'此岂得于华州蒲城县唐明皇泰陵乎？'民言其祖实于彼得之也。元献因为僚属言：'唐小说：唐玄宗为上皇，迁西内，李辅国令刺客夜携铁槌击其脑。玄宗卧未起，中其脑，皆作磬声。上皇惊谓刺者曰："我固知命尽于汝手，然叶法善曾劝我服玉，今我脑骨皆成玉；且法善劝我服金丹，今有丹在首，固自难死。汝可破脑取丹，我乃可死矣。"刺客如其言取丹，乃死。孙光宪《续通历》云：玄宗将死，云："上帝命我作孔升真人。"爆然有声。视之，崩矣。亦微意也。然则，此乃真玄宗之髑髅骨也。'因潜命瘗于泰陵云。肃宗之罪著矣。或云，肃宗如武乙之死，可验其非虚也。"②诗人引经据典，亦实亦虚，说到底，是咏唐明皇杨贵妃之事，具体而言，是批判明皇宠溺杨妃而导致国事败坏、

---

① （唐）段安节著，吴企明点校《乐府杂录》，中华书局，2012 年 3 月第 1 版，第 145 页。

② （宋）王銍著，朱杰人点校《默记》，中华书局，1981 年 9 月第 1 版，第 7 页。

安史乱生。方士的骗、南内的愁、蒲城的风雨，对明皇既批判又同情。

　　同类作品，陆元鋐还有《茂陵行》。诗一开始就写"祖龙之死无百年，纷纷又复谈神仙"，求仙求长生的秦始皇死后还不到百年，所谓英明的汉武帝却不汲取教训，又开始侈谈神仙之事。不仅佞仙，武帝还"好仙兼好兵，烽火远照敦煌城"，兵发西域，结果只是将蒲桃和苜蓿引进了内地。诗人批判道："蒲桃苜蓿岂灵药，忍因方物劳边氓！"诗中还写"文成伏诛栾大死，惜不楼船学徐市。轮台诏下悔已迟，老泪秋风挥不止"①。文成、栾大，均为汉武帝时期的著名方士，炫惑武帝，后被武帝发觉而处死。徐市，秦始皇时方士，诡称海上有仙山仙药，于是始皇帝命其带童男童女三千，楼船入海去寻取仙药，结果一去不回。诗人在这里重点不是可惜文成、栾大没有学徐市那样逃得性命，仅仅是顺带写一笔而已。轮台诏，汉武帝征和四年（前89），桑弘羊等人上奏请求在轮台屯田，武帝遂下《轮台诏》，声明："当今务在禁苛暴，止擅赋，力本农，修马复令，以补缺，毋乏武备而已。"②诗说武帝虽然下诏息兵安民，但已经有些晚了。"槐里"，地名，即武帝茂陵之所在。诗咏汉武帝事，喟叹中有批判。

　　这种以批判的眼光和态度写的咏古诗，在陆元鋐的关中诗中还有不少，如组诗《马嵬吊杨妃墓八首》：

> 深闺生小色倾城，岂有人从寿邸迎。
> 红泪湿衣遗晕在，此身谁道不分明。

---

①　（清）陆元鋐《青芙蓉阁诗钞》卷3，《清代诗文集汇编》，上海古籍出版社，2010年12月第1版，第428册，第85页。

②　《汉书·西域传》，中华书局，1962年6月第1版，第3914页。

龙武新兵宿卫多，翻教魂断马嵬坡。
可怜也似虞姬婿，只向军前唤奈何。

撇笛宫墙说李暮，新声传自月中无。
开元早有梨园曲，莫为霓裳怨玉奴。

春从春游荷宠光，忍言专席又专房。
外庭许进闲花鸟，那有官人闭上阳。

腹剑谋成国本危，曾闻风有出宫闱。
马前忍使蛾眉死，何不先诛武惠妃。

新旧唐书擅体裁，谰言删尽不须猜。
早时镜殿飞鹦鹉，史笔何曾曲讳来。

朝无贤相国终沦，归罪红颜总失真。
何事杜陵老诗史，也将褒妲比佳人。

不断情根历劫存，钗分钿擘亦君恩。
若教通替棺能见，定不烟销紫玉魂。[①]

　　第一首，一反前人关于杨妃本为寿王之妃的记载，并自注：
"王仁裕《开元天宝遗事》载，杨贵妃初承恩召，与父母相别，涕

---

① （清）陆元鋐《青芙蓉阁诗钞》卷3，《清代诗文集汇编》，上海古籍出版社，
　　2010年12月第1版，第428册，第85—86页。

泣登车。时天寒，泪结为红冰。与《骊山记》所云处子入宫者颇合。"不知是有意"出新"抑或是别有意图。第二首，谓皇帝的龙武卫军那么多，居然让自己心爱的妃子魂断马嵬坡！而明皇本人，就像是虞姬的夫婿项羽死别时那样，徒唤奈何。"龙武新兵宿卫多，翻教魂断马嵬坡"，这样的批评，在此前毕沅的《马嵬十首》中也同样表达过。这是否也是当时人的一种普遍认识？第三首，自注："开元初，选乐工、宫女数百人，自教法曲于梨园。时妃尚未入宫。"而这里的玉奴，是指杨玉环。郑嵎《津阳门诗并序》"三郎紫笛弄烟月……玉奴琵琶龙香拨"下自注："内中皆以上为三郎，玉奴乃太真小字也。"[1]俞樾《茶香室丛钞》云："明邝露《赤雅》云：杨妃井在容州云凌里，妃姓杨，名玉奴，别字玉环，号太真。按玉奴之名，人所罕知，即其为云凌里人，亦自来歌咏杨妃所未及也。"[2]第四首，又对杨妃受宠"专房"的说法发议论，亦自注曰："天宝末，有密采艳色者，当时号花鸟使。见香山《上阳白发人》诗注。"第五首，更是激进："马前忍使蛾眉死，何不先诛武惠妃。"第七首，表明"朝无贤相国终沦"，并批评有"诗史"之称的老杜诗也将杨妃比作褒姐。第八首，指出李杨二人"不断情根"。诗中所谓通替棺，是一种像抽屉一样可以随意开闭的棺木。《南史·后妃传·宋孝武殷淑仪》："及薨，帝常思见之，遂为通替棺，欲见辄引替睹尸，如此积日，形色不异。"[3]这一组诗，整个在同情唐明皇与杨玉环二人，多有自己的见解，有些议论，甚至已经违背了历史记载，可见作者有意出新的心态。

---

① （清）彭定求等编《全唐诗》，中华书局，1960 年 4 月第 1 版，第 6563 页。

② （清）俞樾著，贞凡、顾馨、徐敏霞点校《茶香室丛钞》，中华书局，1995年 2 月第 1 版，第 115 页。

③ 《南史》，中华书局，1975 年 6 月第 1 版，第 323 页。

这种勇发新见的咏怀古迹之作，也表现在他对佛道的态度中，如其《法门寺》一诗。诗云"佛牙脱落佛亦老，佛骨迎来死复早"，批判唐宪宗不听韩愈谏阻而迎佛骨，"当时淮西甫办贼，陕洛生民未休息。剜身乞脑亦何为，忍使残黎更骨立"。质问这样做"是为祈福为禳灾？佛大欢喜人悲哀。贪痴未绝一再误，何异灵药求天台？"甚至说"仙耶佛耶两茫昧""从古神仙亦魑魅"，其态度之激烈，甚为少见。

秦穆公墓，摄于 2020 年 8 月 3 日

为了表达自己的不同见解，陆元鋐的咏古诗常作翻案文章，如《过秦穆公墓有感东坡咏三良事而作》：

凤翔八观诗，词高笔雄劲。何云秦三良，死非由乱命。
穆公乃英主，此案颇难定。而谓徇公意，所死亦非正。

　　昔公袭郑疆，劳师失其政。三良时在朝，曷不以死诤。
　　迄乎三帅囚，辱国所同病。奋身死疆场，亦不失豪横。
　　奈何均未闻，甘自纳诸穿。古无殉葬礼，檀弓说可证。
　　岂有股肱良，乃以血气胜。信如坡公言，是侠非儒行。
　　作诗而悖经，适足乱群听。何如石鼓诗，博辨资考订。①

　　苏轼在凤翔时，作有《秦穆公墓》一诗，原诗见本书第三章
第一节"苏轼"部分。苏诗的意思是说，当年"三良"殉秦穆公而
死，并不是秦穆公的意思，而是"三良"自愿的，是他们"如齐之
二子从田横"。苏轼诗意，与《诗经·秦风·黄鸟》的主旨相反的，
《黄鸟》一诗是说"三良"是被逼殉葬，"临其穴"而"惴惴其栗"，
引发后人无尽的同情。而陆元鋐又是另一种观点，他不同意苏轼
的观点，"穆公乃英主，此案颇难定。而谓徇公意，所死亦非正"。
并从几个方面、几个层次辨驳：先说当年穆公袭击郑国，劳师伤
民，当时三良正在朝中，为什么不以死谏？再则若能身死疆场，
"亦不失豪横"。而这些都没有听说过，为什么他们会自愿葬于墓
中（穿，同阱，此处指墓穴）？再说古代并无殉葬之礼，岂有股肱
良臣而以血气胜？如果确如坡公所言，亦"是侠非儒行"。所以，
此诗最后的结论是："作诗而悖经，适足乱群听。何如石鼓诗，博辨
资考订"，认为苏轼此诗惑乱视听，不如他写的石鼓诗那样有详瞻
的资料考订，可供后人参考。其实，苏轼后来专门针对"三良"还
有《和陶咏三良》，观点已与前诗完全不同，认为"杀身固有道，

---

① （清）陆元鋐《青芙蓉阁诗钞》卷3，《清代诗文集汇编》，上海古籍出版社，
2010年12月第1版，第428册，第86页。

大节要不亏。君为社稷死，我则同其归"①，而如果君并不"有道"，"我"则完全不必盲从。坡公两次作同一题材的诗，主旨完全不同，自有其特定的时、地及其遭际、心境的原因。博学多识如陆元鋐者，自然不可能不知道这些，也都只是抒发特定的感怀罢了。

陆元鋐关中诗的另一个普遍主题是思乡。《同州书院晓起》写："岳色落窗几，征风开晓晴。岭云含石气，庭鸟作春声。艾乏三年蓄，轮期四角生。故乡好山水，昨夜梦经行。"②美景如画，难消病身思乡之情，在梦里，总是回到故乡的山水当中去。《同州留赠方郡守载豫三首》其三曰："老我贫犹病，依人倦更游。刘桢时伏枕，王粲惯登楼。寄远凭黄耳，耽吟到白头。与君期后会，夜雨话巴州。"③倦游之意更浓，把自己比作建安七子中写"余婴沉痼疾"的刘祯（桢）和登楼思乡的王粲。《除夕卧病西安》更是集中地抒写强烈的思乡之情："青门有客涕沾裳，倚枕何心更举觞。梦入春场犹少日，听来岁鼓是他乡。游秦范叔寒逾甚，思越庄生老自伤。灯火萧寥人卧病，一年偏觉此宵长。"④可见一位漂泊异乡、仕途不畅的游子的心情。

陆元鋐的关中诗，有一个明显的特点：疑古，喜欢在诗中发表自己的独特见解。而当时的学术风气，则是考据之风盛行。这也是学术风气的影响？抑或是作者才气的发泄？或者是士人的思

---

① （宋）苏轼著，（清）王文诰辑注，孔凡礼点校《苏轼诗集》，中华书局，1982年2月第1版，第2184页。

② （清）陆元鋐《青芙蓉阁诗钞》卷6，《清代诗文集汇编》，上海古籍出版社，2010年12月第1版，第428册，第117页。

③ （清）陆元鋐《青芙蓉阁诗钞》卷6，《清代诗文集汇编》，上海古籍出版社，2010年版，第113页。

④ （清）陆元鋐《青芙蓉阁诗钞》卷6，《清代诗文集汇编》，上海古籍出版社，2010年12月第1版，第428册，第113页。

想要挣脱牢笼的先兆？

蒋湘南（1795？—1854？）[1]，字子潇，河南固始人。道光举人，道咸之际著名的回族学者。他先后多次入陕，撰有旅陕行记《西征述》和《后西征述》，先后主讲于关中书院、同州书院，并

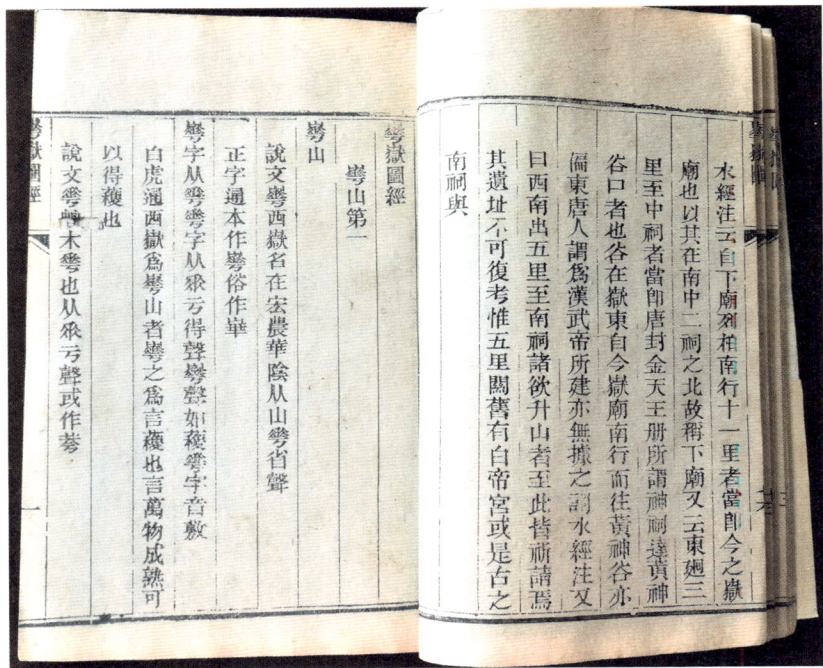

蒋湘南撰《华岳图经》（清咸丰元年刻本）

---

[1] 关于蒋湘南的生卒年，学界有不同的观点。可参看多洛肯、李超《清代回族学者蒋湘南及其诗文研究述评》（《甘肃联合大学学报》［社会科学版］2013年第1期）、关爱和《蒋湘南文学略论》（《中州学刊》1985年第3期）、王雪玲《清末学者蒋湘南与陕西地方文献》（《西安石油大学学报》［社会科学版］2012年第3期）等相关论文。

编纂了《陕西通志》及《同州府志》《泾阳县志》《华岳图经》《后泾渠志》等，为陕西地方文献做了不少的工作，最终客死凤翔。

蒋湘南的《春晖阁诗选》卷三及卷四的大部分内容是吟咏陕西的篇章，卷三关中诗尤多。这些诗，大都是寻访古迹、咏古抒怀之作，亦有少量行旅或日常生活之作。

《潼关》或是其入关之初的作品，诗曰："黄河下天天不喜，乱山兜逐三万里。山到潼关蟠不回，黄河一跌跑风雷。关门矗入云，锁钥笼蒸变。俯瞰中原收一线，扶桑红影摇入扇。周龙秦虎蟠踞高，山河气与兴王遭。紧守函关作外户，古帝王都真坚牢。时清不尚兵威重，但宜通商裕国用。我来论古兼观形，战守在人非地灵。庸人成败何足叹，可怜孙传庭，最笑哥舒翰。"①此诗主旨，正如诗中所言："我来论古兼观形，战守在人非地灵。"前八句写潼关之地势地形，用险硬的语言极写其险要。再写其战略位置之重要，而"时清不尚兵威重，但宜通商裕国用"，是说和平年月潼关的作用。最后点出历史上两位守潼关的名将 —— 明末孙传庭及唐代哥舒翰，"可怜""最笑"，显示出作者高傲的心态。

潼关而西，沿途有鸿门宴旧址、秦始皇陵、华清宫、灞桥等重要古迹。蒋湘南皆有诗。

《鸿门》一诗，题曰"鸿门"，实是借鸿门宴的典故咏汉代历史，末了转到韩信身上，"刺刺淮阴轻妇人"，构思奇特。

《秦始皇陵》云："丞相臣斯昧死言，七十万人陵筑完。凿之不入烧不然，陛下居此千万年。华阴道上山鬼笑，隔年预为祖龙吊。乃知匕首铅筑博浪椎，不及镐池苍璧光一曜。辒辌车从沙丘

---

① （清）蒋湘南《春晖阁诗选》卷3，1921年陕西教育图书社本，第6页。下文引蒋湘南零散诗句，均出自此书，不再另注。

来，鲍鱼恨帝非仙才。亡秦者胡更有楚，金凫银海扬红灰。亭长道亡白帝死，天锡七十二黑子。送徒本为筑陵来，翻曰吾从此逝矣。万古虎气眈眈横，过秦腐论谁书生。臣斯昧死敢逃死，君不见左侧便是坑儒坑。"①此诗前四句，是用诗歌的形式叙述一段史实：李斯督造秦始皇陵，功将成，"奏之曰：'丞相臣斯昧死言：臣所将隶徒七十二万人治骊山者，已深已极，凿之不入，烧之不然，叩之空空，如下天状。'制曰：'凿之不入，烧之不然，其旁行三百丈，乃止。'"②中间写始皇之死，然后写刘邦。《史记·高祖本纪》载："高祖以亭长为县送徒郦山，徒多道亡。自度比至皆亡之，到丰西泽中，止饮，夜乃解纵所送徒。曰：'公等皆去，吾亦从此逝矣！'徒中壮士愿从者十余人。"从此走上了造反的道路③。最后再次批判李斯，"左侧便是坑儒坑"便是极大的讽刺，而"过秦腐论"再次显示出作者心气之高。

《华清宫》一诗，咏史，评史，涉及西周、秦、唐，而重点是唐代。末了"一千年后山色荒，号风不断松柏香。虮虱小臣行旅仓，怀抱古悲来试汤"，令人有啼笑皆非之感。

《灞桥》一首比较有意思，诗曰："飞沙如雨灞桥荒，驴背新诗写艳阳。一语殷勤问垂柳，今人可比古人忙。"④有类于陆放翁"细雨骑驴入剑门"之意趣。与其他诗相比，此诗总体的感觉比较柔婉，但首句"飞沙如雨灞桥荒"，依然显示出蒋湘南关中诗歌的总体特征。

① （清）蒋湘南《春晖阁诗选》卷3，1921年陕西教育图书社本，第7—8页。
② （宋）马端临著，上海师范大学古籍研究所、华东师范大学古籍研究所点校《文献通考·王礼考十九·山陵》，中华书局，2011年9月第1版，第3836页。
③ 《史记·高祖本纪》，中华书局，1959年9月第1版，第347页。
④ （清）蒋湘南《春晖阁诗选》卷3，1921年陕西教育图书社本，第9页。

　　《长安》四首，第一首有句"欲向金城问兴败"，当是前往兰州途中行经关中所作。组诗咏长安（关中）的兴衰史，最后一首转写自身："男儿能到岂徒然，金石匆匆出野田。古月自寒京兆驿，春风不暖灞桥烟。胸宽直荡千寻塔，口渴思吞十丈莲。市上金龟谁肯解，狂歌正待酒家眠。"①依然是语言硬峭、秉性狂放。"千寻塔"或指西安雁塔，而"十丈莲"则是指华山。最后以李白长安市上酒家眠的典故自比，仍是其狂傲本色。

　　蒋湘南还有一首比较独特的《城南纵猎》，诗曰：

　　生平鹿鹿愧周处，不能为患乡里苦，又不能手杀南山白额虎。男儿须到古长安，谈兵说剑风雷寒。道逢围猎忽心喜，鼻端出火真无难。一怒突奔花叱拨，雪洒金鞭四蹄热。片月落壕只一瞥，射倒元熊饮其血。狐兔何足污吾刀，饥鹰侧目苍天高。旁人私论燕颔相，封侯谁为龙额豪。昨闻将军耀旌钺，镝声半死天山月。胡姬怀抱金粟糟，珠帷酒暖鸳鸯活。书生大言学东方，不但章句如秕糠。张充侥蒉岂足算，要在决策平边疆。噫嘻，黄獐歌好谁肯听，解鞍归注阴符经。②

　　此诗写"观猎"，但不同于此前比如王维的"观猎"，更不同于苏轼自己的"出猎"，是自己"道逢围猎忽心喜"。而诗末写"噫嘻，黄獐歌好谁肯听，解鞍归注阴符经"。唐无名氏《黄獐

① （清）蒋湘南《春晖阁诗选》卷3，1921年陕西教育图书社本，第9页。
② （清）蒋湘南《春晖阁诗选》卷3，1921年陕西教育图书社本，第9—10页。

歌》曰："黄獐黄獐草里藏，弯弓射尔伤。"①诗人虽有弯弓射猎之豪情，怎奈无此条件，所以叹道：还是回去注释《阴符经》吧。

《焚书处》一诗，多有惊世之言，一开始便说"孔子之功不在庇儒，秦人之罪不在烧书"，也自知"我为此语殊可杀"，故"请言孔子而后儒"。而后推究原始："兰台艺文所载数百种，厄言日出谁能详？一儒派亦分为九，孔门微言果何有？邹人空自说诗书，序成人不知谁某"；"一炬直将糟粕燔，死灰那禁烈风簸。汉人多事除挟书，赝鼎聚讼昏天衢。羲文卜筮虽逃祸，子弓传已人人殊。何况春秋诗礼烬，余乎道学传出儒又变，胎息释老归空无"（按，子弓，孔子弟子）。然后又说："安得祖龙燎原永不灭，收拾侮圣之言付一炉。朝不必多法制，野不必多文字。文字多则诔，法制多则戏。唐虞文思岂书契，烧书讵非孔子意。"末了又写"洛阳年少来过秦，可怜攻守之势异"。这是他在诗中又一次地讥讽贾谊。《过秦论》之不可取，因攻守之势已有所不同。此诗与前述《秦始皇陵》等一样，颇有些"愤青"的意味。

蒋湘南吟咏古迹的诗，结尾往往能另出新意，如《苏子卿墓》咏苏武墓，尾联写"一碧春风苏汉草，牧童日日叱羊来"，于牧童以及羊群的意象中表达出古今沧桑之意；如《马嵬》诗咏杨贵妃墓，末联写"拟种海棠香冢上，春来血雨洒梨花"，尤其出人意表；如《马伏波墓》咏马援墓，写"要作死边男子易，想称乡里善人难。帝王大度休深恃，里闬前盟未尽寒"，不仅仅称赞伏波将军的军功，亦赞其乡里为人。又以马援身死蒙冤的事实，感叹"帝王大度休深恃"，是为马援而叹，亦是为古今臣子而叹；最后写"我亦耻将章句守，为君顾盼据雕鞍"，因马援之生平而

① （清）彭定求等编《全唐诗》，中华书局，1960年4月第1版，第428页。

发感慨，而这种志愿在他另外的诗中也多有表达，正说明了诗人自身的愿望。

蒋湘南吟咏古迹的诗，还可以举出《乾陵》《昭陵石马歌》等作品来看他此类诗歌的特点。《乾陵》二首曰：

> 应是雄才死尚奇，雨风能使贼魂迷。
> 汉家竟秽长陵土，鹦鹉神灵笑野鸡。
>
> 九嵏山对碧崚嶒，家法推原祸水凝。
> 太息佳儿佳妇托，乾陵不吊吊昭陵。[①]

乾陵是唐高宗李治与武则天的合葬墓。前首诗起二句称墓主为"雄才"，因而贼亦不能盗其墓，自注曰"唐末盗掘诸陵，惟乾陵风雨不可发"。看似在褒扬武则天。后二句以汉陵作比。长陵，是汉高祖刘邦与吕后合葬墓，同茔不同陵，位于陕西省咸阳市东约20公里处。吕后名吕雉，雉即野鸡，故诗人称"鹦鹉神灵笑野鸡"，而评价二人合葬是"汉家竟秽长陵土"，字面上似乎对唐代这一合葬未有微辞，亦即对墓主未有明显的贬义。然第二首便另有新意：九嵏山，位于陕西省礼泉县，是唐太宗李世民的陵墓，即昭陵。九嵏山在梁山（乾陵所在）东部稍偏北方向，与乾陵遥遥相对（"碧崚嶒"当指乾陵）。高宗李治为李世民之子，《旧唐书·褚遂良传》载，褚遂良对唐高宗说："先帝不豫，执陛下手以语臣曰：'我好儿好妇，今将付卿。'"[②]通观全诗，尤其是

---

① （清）蒋湘南《春晖阁诗选》卷4，1921年陕西教育图书社本，第14页。
② 《旧唐书·褚遂良传》，中华书局，1975年5月第1版，2739页。

"祸水""乾陵不吊吊昭陵"等词句，诗人对武氏的态度也就十分明朗了。

乾陵。摄于 2016 年 8 月 7 日

《昭陵石马歌》诗曰：

> 真龙失穴猪龙笑，九嵕山泣顽魂啸。
> 衔恩怕羞六骏名，阴风到卷黄旗耀。
> 华清舞马工登床，蹀躞凝碧娱儿皇。
> 不知玉面照夜白，能否蜀道铃淋浪。
> 帝灵下天阵云热，沙棱余汗珠珠血。
> 卧烟褒鄂非英雄，转羡神龙去飘瞥。[①]

---

① （清）蒋湘南《春晖阁诗选》卷 4，1921 年陕西教育图书社本，第 14 页。

唐代彩绘贴金白陶舞马，长武县出土，2015 年 12 月 23 日摄于陕西历史博物馆

唐代白陶舞马（一级文物），出土于昭陵陵区，2020 年 8 月 11 日摄于大明宫遗址博物馆

昭陵六骏之白蹄乌，西安碑林博物馆藏，摄于 2015 年 12 月 25 日

此诗用典较多，猪龙，即安禄山。《安禄山事迹》卷上载："（唐玄宗）尝夜晏禄山，禄山醉卧，化为一黑猪而龙首。左右遽言之，玄宗曰：'猪龙也，无能为者。'"①九嵕山为唐太宗昭陵所在，亦即石马所在。诗题曰"昭陵石马歌"，前四句其实是写了一个有关昭陵六骏的传说，《安禄山事迹》卷下载，安史之乱时，安禄山部将崔乾祐与唐军哥舒翰所部战于潼关，唐军败绩，此时昭陵石马显灵，前往潼关参战："乾祐领白旗引左右驰突往来，我军视之，状若神鬼，又见黄旗军数百队，官军潜谓是贼，不敢逼之。须臾，又见与乾祐斗，黄旗不胜，退而又战者不一，俄然不知所在。后昭陵奏：是日灵宫石人马汗流。"②接下来几句写玄宗时期的马，玄宗也有名骏，名曰玉花骢、照夜白等，据说是大宛的宁远国王向玄宗贡献的"汗血宝马"。唐代著名画家韩幹曾绘有《照夜白图》，马极威武刚烈。然而玄宗时的骏马已不用于作战，《新唐书·礼乐志》载："玄宗又尝以马百匹，盛饰分左右，施三重榻，舞《倾杯》数十曲，壮士举榻，马不动。乐工少年姿秀者十数人，衣黄衫、文玉带，立左右。每千秋节，舞于勤政楼下。"③故本诗谓"华清舞马工登床，蹀躞凝碧娱儿皇"。由此也联想到安史之乱、玄宗幸蜀而"雨淋铃"的故事。诗最后写昭陵石马的去向，"卧烟褒鄂非英雄，转羡神龙去飘瞥"。褒鄂即唐太宗时功臣褒国公段志玄、鄂国公尉迟恭，飘瞥即迅速飘过，说是石马欣羡神龙而飘走了。而末句后诗人自注："乡民苦官役之推拓，一夕舁石马不知所往。予过昭陵，

① （唐）姚汝能著，曾贻芬点校《安禄山事迹》，上海古籍出版社，1983年9月第1版，第6页。
② （唐）姚汝能著，曾贻芬点校《安禄山事迹》，上海古籍出版社，1983年9月第1版，第33页。
③ 《新唐书》，中华书局，1975年2月第1版，第477页。

但见翁仲满地而已。""推拓",原文字形似"推拓"又似"椎拓",笔者所见选本均作"椎拓",或当以"椎拓"为是。椎拓,即椎搨,制作拓片也。乡民将古陵墓的石人石马移走或扔掉,这在历朝历代多个地方是常有的事,因为对他们来说,他人或参观,或椎拓这些古物,往往对他们的生活与耕作造成了严重的干扰。因此,诗人到此,见到的只是"翁仲满地而已",并未见到石马,但却根据他掌握的资料和想象,生动地写出了昭陵六骏的神姿;而与玄宗骏马的比较,更突出了昭陵骏马的神勇和功绩。清人写太宗六骏的诗很多,如前述管世铭、陆元鋐等人都写过,也都用过石马显灵的传说,而这首诗,依然显得很有个性。

蒋湘南的日常诗有《凤翔试院作》四首,其四云:"沙碛荒荒怕出城,扶风内史莽纵横。地多古物能藏鼓,民守穷山仗卖鹦。喜雨亭空文有气,法门骨朽佛无情。心香祗在姬公庙,乞赐灵波润

周公庙内润德泉。古自有泉,唐大中元年皇帝赐名润德泉,清道光二十七年重修。摄于 2020 年 8 月 2 日

肺清（自注：润德泉在周公庙中）。"① "地多古物能藏鼓"，是以当地出土的著名的石鼓写本地文物众多的特点，又点出当地代表性的古迹东坡喜雨亭和法门寺，而评价却有不同（一曰"文有气"，一曰"骨朽佛无情"），而民风风俗则是"民守穷山仗卖鹦"。最后表示"心香祇在姬公庙"，因为那里可以"赐灵波润肺清"。

《金锁关道中》是一首行旅诗，也是一首很能体现蒋湘南诗作特点的诗。诗曰：

> 万山裹一溪，细径蟠山缝。疲骡学蚁缘，云气压人重。
> 阴崖龙蠕蚕，豁窦天缩瓮。骨剥太古灰，乳流千尺汞。
> 药味肥千花，薰风酿而冻。涧冰入夏深，峰田上天种。
> 乐哉营窟民，婚嫁在仙洞。半残金锁关，当路费迎送。
> 想当宋明朝，雄镇三边控。时清不设险，屝卒闲罄鞚。
> 我生抱壮怀，到处山灵颂。过兹本匆匆，豪情时一纵。
> 一麦根已锄，秋禾弱难弄。出云不成霖，虽奇恐无用。②

金锁关，位于今陕西省铜川市北约20公里处，是关中与陕北的锁钥，自古为"榆塞秦关襟喉要地"。诗前八句，就眼中所见，写金锁关之地形地貌，写群山、溪流，有意作奇，写出金锁关的奇峭。"药味"四句，仍是实写，点明时已入夏。之所以写"药味"，一则或因山中产药材，再则盖因此地区乃药王孙思邈之故乡。"乐哉"二句，写当地民俗。"半残"二句，仍是实写，写眼中所见及切身体会（道途不易）。"想当"二句，回顾历史。"时

---

① （清）蒋湘南《春晖阁诗选》卷3，1921年陕西教育图书社本，第14页。
② （清）蒋湘南《春晖阁诗选》卷4，1921年陕西教育图书社本，第1页。

清"二句，写当今。"我生"四句，写诗人自己之豪情壮怀。"一麦"二句，写庄稼长势不好。末二句承前，因庄稼缺雨，故谓天上云朵，不能化为甘霖，虽变幻奇异而并无作用。这首诗很能见出蒋南湘诗歌的总体特点，至少是其关中诗的特点：奇崛，有豪情，也关心现实。

陆元鋐、蒋湘南等人的关中诗（尤其是其怀古诗），有一个共同特点：有意作奇，别出新意。而与陆元鋐等人相比，蒋湘南的诗中，有更多个人的独特观点，甚至有不少惊人之论，有些看法即使在今日也是很惊人的。这是他个人的性情？抑或是一种时代的暗潮涌动？

二、纪实怀古、心态昂扬：张琛、成瑞等人的关中诗

前述陆元鋐、蒋湘南等，其在关中的主要身份是书院主讲。还有一些入关文人，其主要的身份是地方官员。这种身份的不同，影响他们的心理，进而影响到他们的创作。就内容而言，他们的诗，主要是写实、纪行、咏怀古迹等。

张琛，字问亭，宛平人。乾隆五十七年（1792）副贡。嘉庆、道光时期在关中大荔、朝邑、渭南等多地任知县。

张琛写关中名胜、古迹或关中相关人物（多是以人名为诗题，实为咏其祠墓或其他古迹）的诗非常多，如《马嵬驿》《禹王庙》《秦岭》《盘古冢》《女娲陵》《伊尹墓》《周公》《太公》《授经台》《咸阳》《阿房》《蔺相如墓》《扶苏太子墓》《焚书谷》《坑儒谷》《始皇冢》《灰堆》《荆轲墓》《孟姜女》《咸阳北阪》《潼关》《扁鹊》《邵平瓜田》《武关》《鸿门》《张良》《章邯》《新丰》《钟室》《戚夫人墓》《露台》《细柳营》《望儿湖》《李夫人》《通天台》《太史公祠》《苏武祠》《杨太尉》《郿坞》《五丈原》《王猛》《鸠摩罗什》《献陵》《乾陵无字碑》《顺陵》《章怀

日鋤齋詩集

宛平問西氏著

日鋤齋詩集

嘉慶丁丑年鐫

松林堂藏板

叙

日鋤齋詩集舊刻日春暉堂計十二卷今止四卷蓋日覺其穢鋤之速也再數年安知不鋤之且盡哉古琴無絃乃得正聲大羹無菋乃得正味芰之弗存則弗能知吾聲之清耶濁耶是耶非耶歸諸無何有之鄉而吾乃得眞吾豈非至願顧弗能者蓋執鉛爲利割劣不完不秀之苗溺愛者翁以爲碩也宛平問西氏張琛自叙

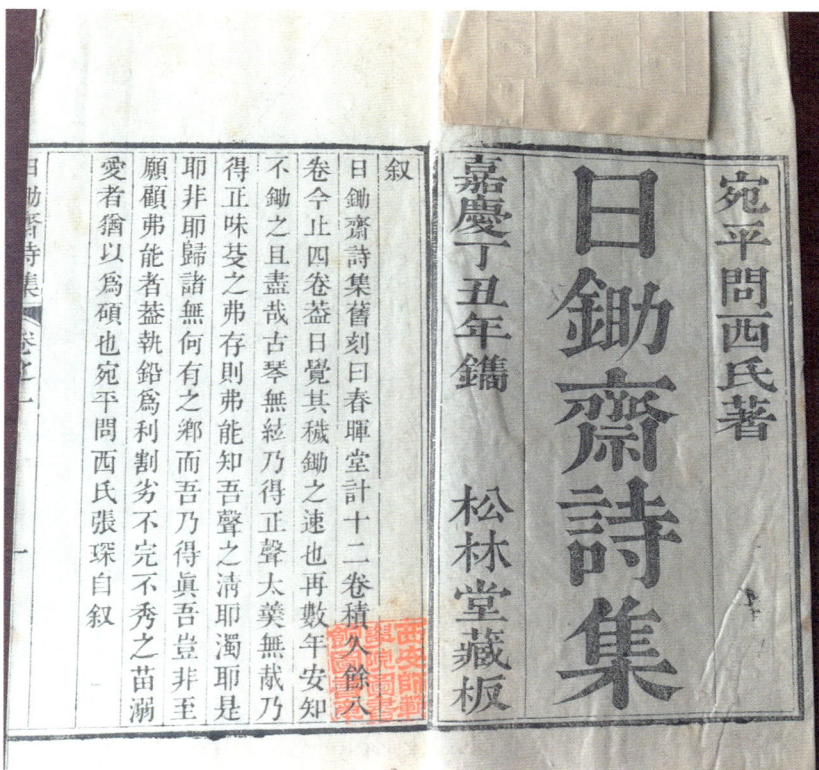

张琛《日锄斋诗集》（清嘉庆二十二年刻本）

太子》《虢国夫人宅》《郭汾阳故宅》《温泉》《辋川》《武元衡》《法门寺》《裴度》《大散关》《寇莱公》《华山》《曲江》《子午峪》《龙门》《栈道》《渭河》《雁塔》，等等。这些诗，有的古迹纯属传说傅会，作者便在诗中注明，如《伊尹墓》一首自注"在澄城，伪也"，《蔺相如墓》一首自注"在临潼县城东，盖附会其说也"。而这些古迹名胜，有的作者可能实至其地，也有的可能并未去过，只是根据各种资料而写。而且，以笔者目前所掌握的材料，有的作品也不能断定是在关中所写。而如果不是关中写的作品，则不在本书讨论之列，故从略。但其中一些诗作，明显能够看出是关中实历的作品。如《子午峪》："眼前忽觉道途宽，勒马回头几次看。山色一齐收拾去，不随俗吏到长安。"[1]从前两句看，显然是实历实写。而后两句，则明显有归山或高隐之意。《渭河》一首："阵阵回风吹白云，何妨我亦醉醺醺。请看泾渭双流水，清浊何曾自己分。"[2]诗写小醉赏景，醉醺醺，很不错的小日子。泾渭双流水，或为泛写，或具体写。泾渭汇流处，在今西安市高陵区境内，泾河渭水，水色分明，春秋两季最为明显。而"清浊何曾自己分"，则显然有哲理意味。这是诗人醉后的清醒感悟。另有《雁塔》一诗，有"九层高处白云连"[3]，与今日所见七层不同，用诗歌的形式，提供了大雁塔层高的变化史料。

　　张琛的关中诗，有自己的体验。亲身经历，所见所感，使其诗显得生动、真实、亲切。如《牧邠州二首》，第一首写了邠州的形胜与历史，第二首着重写邠州的文明史，亶父、《诗经》，是其描写的重点，而"一片镰声刈黍忙"[4]，生动地描绘出一幅农忙丰收景象。《华州晓行》，写拂晓时分，旭日初升、晓月高挂的景象。而"拔地芙蓉凌斗汉，参天松柏别商周"则描写华州特有的景象：华山高耸（芙蓉，谓华山。华山西峰称莲华峰）、西岳庙内松柏参天（作者自注："岳庙松柏皆有牌额，曰商柏周柏。"）。至于尾联"三秦陈迹风烟尽，供我吟哦过华州"[5]，则栩栩如生地勾画出了一

---

① （清）张琛《日锄斋诗集》卷3，清嘉庆二十二年刻本，第20页。本节其他张琛零散诗句，亦引自本书。

② （清）张琛《日锄斋诗集》卷3，清嘉庆二十二年刻本，第20页。

③ （清）张琛《日锄斋诗集》卷3，清嘉庆二十二年刻本，第21页。

④ （清）张琛《日锄斋诗集》卷1，清嘉庆二十二年刻本，第14页。

⑤ （清）张琛《日锄斋诗集》卷1，清嘉庆二十二年刻本，第16页。

位心情愉悦的诗人的形象。《同州府二首》中"回纥至今根踞久，夕阳三百见羊群"，"强羌杂处民常斗，高阜深耕税岂艰"①，则反映了不同民族杂居的现实情况。

张琛的关中咏古诗，明确地表达自己的褒贬。《马嵬驿》一首，指责"六军"不去"锄强贼"而"逼至尊"，对杨妃寄予了深刻的同情②。这一主题，在此一时期的诗作中颇多，前文屡有述及。《司马太史公墓二首》，咏史，评司马迁，评史事。"蚕室非其罪"，对司马迁寄予深刻的同情，表达了诗人自己的愤懑之情；"不怜降将意，竟上大夫刑"，表达了对汉武帝的不满；"应识千秋恨，良朋没二庭"就李陵之结局及司马迁与李陵之关系表达了复杂的情感。此二句，《晚晴簃诗汇》又作"陵也真欺汝，居然仕二庭"，似乎李陵就在眼前而很生气地责怪他。"黄河坼地阔，青史比天尊。死后文章显，生前寺宦论"，"史例开三代，词华重六经。冢高埋圣笔，河曲护文星"③，则是对史圣功绩的高度推崇。

张琛还有《西安府二首》，从整体上吟咏西安乃至关中的人文历史，谓关中的地理形势是"紫气腾腾乍入关，万年县接古长安"，"如环曲渭绕平原，收束秦关半壁天"，而其文化积淀是"如林碑竖几回看"，"丰镐人文欲胜难"，"周召开风三百首，帝王卜宅二千年"。最后，两首诗收尾均婉转绵渺，不作张扬之语，曰"前朝剩有终南在，日望红云独倚阑"，曰"欲向章台问杨柳，美人不见意缠绵"④，有内涵，有诗意。

①　（清）张琛《日锄斋诗集》卷1，清嘉庆二十二年刻本，第16—17页。

②　（清）张琛《日锄斋诗集》卷1，清嘉庆二十二年刻本，第14页。

③　（清）张琛《日锄斋诗集》卷2，清嘉庆二十二年刻本，第18页。

④　（清）张琛《日锄斋诗集》卷2，清嘉庆二十二年刻本，第23—24页。

张岳崧（1773—1842），字子骏，一字翰山，广东定安（今属海南）人，嘉庆十四年（1809）一甲三名进士。历官至湖北布政使。道光三年（1823）任陕甘学政，颇有政绩。

张岳崧的关中诗，有一首《温泉》，诗曰："秦冢今何在，唐宫迹已虚。玉池羞粉黛，金碗出丘墟。故事空千载，清泉尚一渠。振衣聊眺望，山色又征车。"①古来华清怀古诗，车载斗量。此诗亦无多少新意，然"故事空千载，清泉尚一渠"，表现了诗人的胸襟与气量。"振衣聊眺望，山色又征车"，有骨力，有气度。

今西安碑林博物馆，藏有清嘉庆二十一年（1816）八月胡枝蕙撰文并书的《太白纪行诗》。该碑文前半部（九石）为行纪，后半部（三石）为四首七言诗，记述作者修葺太白山诸庙后奉命前往祭告的经过，以及沿途的风物景观。撰书者胡枝蕙，史籍不载，据碑文，知其为湖北六安人，时任"分巡陕西凤邠等处地方盐道兼管水利事务"。几首诗，也与此时期关中诗的总体风格比较吻合，体现出一种昂扬向上的心态。如这样两首：

> 奇峰灵异峙咸京，绝顶神祠快落成。
> 上界清虚凌太乙，中天辰宿应长庚。
> 关前紫气回头合，云外青梯裹足行。
> 为是上官宣命切，岩花涧草一时荣。

> 芒鞋初着趁朝暾，未抵崇祠已骏奔。
> 阴洞蛟虬晴有气，高崖云雾昼还昏。
> 松坪远接雷神峡，莲萼平看玉女盆。
> 莫遇羊肠便回顾，当年叱驭壮王尊。

---

① 徐世昌编，闻石点校《晚晴簃诗汇》，中华书局，1990年10月第1版，第5188页。

胡枝蕙华山诗碑。2019 年 12 月 9 日摄于西安碑林博物馆

盖钰，字式如，一字玉山，山东蒲台人，道光二年（1822）进士，曾任陕西大荔县知县、石泉县知县、佛坪同知等。其中大荔地处关中。盖钰道光九年补大荔知县，勤政为民，尤善决狱，民呼为青天。"在县三年，兴利剔弊，无非为民者。后升佛坪同知去，老幼垂涕送之。"①

盖钰有一首《游仙游寺》，写盩厔（今周至）仙游寺："从游来胜地，古刹访遗踪。竹暑闻清磬，松凉纳远钟。崖花迎面发，涧草染衣浓。无限登高意，山深更几重。"②诗表达了作者一种轻

① （道光）《大荔县志》卷 11，清道光三十年刻本。
② 徐世昌编，闻石点校《晚晴簃诗汇》，中华书局，1990 年 10 月第 1 版，第 5629 页。

松惬意的心情，诗以一种昂扬的调子结束，"山深更几重"，引发继续探索的兴致。

成瑞（1793—？）①，字辑轩，满洲旗人，官陕西候补道。道光末年，曾任凤翔府知府、西安府知府②。

因为职务与经历的关系，成瑞的关中诗，写凤翔和西安的诗最多。而且，与其他人相比，他寻访、吟咏古迹（陵墓）的诗作要比其他人少得多。也就是说，他咏史怀古的作品比较少，更多的是写亲身亲历的感受。

成瑞很少有意识地去寻访古迹并且为之写诗，古陵墓方面更少，似乎只写过马嵬杨妃墓等个别古墓，还是途经。其《马嵬偶成》曰："古驿控秦中，荒祠依渭曲。今日土成丘，昔日颜如玉。高歌长恨篇，冷雨秋林绿。"③诗一开始就写"古驿控秦中，荒祠依

---

① 成瑞《嘉平月六十生辰戏作》诗自注："余生于乾隆壬子，历嘉庆、道光，至咸丰辛亥，计花甲恰一周矣。"乾隆壬子即公元1792年。当今学者多将成瑞生年定于1792年。但，成瑞《赠王杏农太守》诗曰"我后坡仙一日生"，诗后自注"新任凤翔太守王杏农与坡公同日生辰，先余一日，距立春前九日"。苏轼生于宋仁宗景祐三年十二月十九日，即公元1037年1月8日。如是，则成瑞当生于乾隆五十七年十二月二十日，换算为公历则为公元1793年1月31日。

② （清）张祥河著，许隽超、王晓辉整理《张祥河奏折》，凤凰出版社，2015年5月第1版第4页"朱批奏折007"《呈道光二十九年份陕西省司道府各员密考清单》："凤翔府知府成瑞，满洲镶白旗笔帖式，现年五十八岁。"第185页"道光朝234"《奏为已革典史杨德怀取供后愁急自尽验讯明确事》："委署西安府知府成瑞，咸宁县知县唐李杜，署长安县知县谢质卿验明填格。"道光三十年十二月十八日奉朱批："□□。钦此。"第211—212页"咸丰朝268"《奏为遵旨审拟富平县县丞李世钦禀讦知县沈功枚处置命案久悬不结等一案事》："经委员前署西安府知府成瑞，督率宜川县知县姚洽……"咸丰元年五月十五日奉朱批："□□。钦此。"

③ （清）成瑞《薛荔山庄诗稿》卷1，清咸丰七年刻本，第17页。本节其他成瑞零散诗句，亦引自本书。

薛荔山莊詩文集序

余自黃寨塞來庭州變遊零落所可問詩法者壹人

而巳而皆在於當道其一爲惠詩塘郡護郡詩不常作偶一拈詠出以性靈其一爲圓橋觀察觀察詩亦不常作而典至立成傲兀岩蕩之氣有若其人其一爲雲蘭舫觀察觀察詩成闆不示人必累索而後出蓋以百錄爲純剛而非粗繪求工者也其一爲姚心薔明府心齋家學淵源故其爲詩如棻艷之奏於目顰笑皆宜如八珍之充於廚

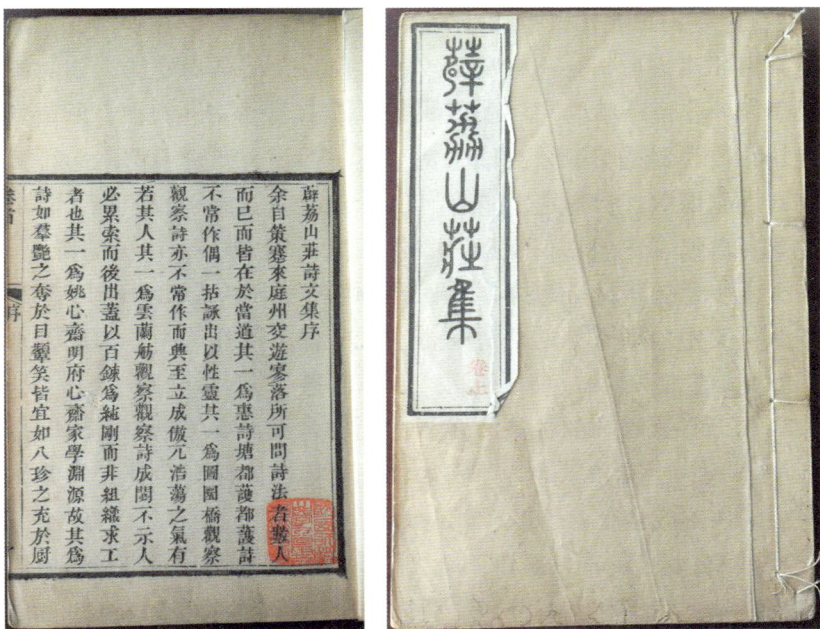

成瑞《薛荔山庄集》（清咸丰七年刻本）

渭曲”。渭曲，作为地名，有在西安之东大荔县者，有在西安之西鄠县（今鄠邑区）者，这里当然不是指这些具体地名，当指渭水之曲。实际上，马嵬离渭河远着呢！诗最后两句写“高歌长恨篇，冷雨秋林绿”。秋日，冷雨，又对着每令文人感伤的杨妃墓，一般的文人，多是抒悲秋之情了，而成瑞则不然，他眼中看到的是绿色，《长恨歌》不是低吟而是高歌，实在是一位很乐观的人了。《重过马嵬怀古》：“韦家司录矢忠诚，泣谏非因跋扈兵。悔祸君王能割爱，捐躯妃子竟留名。堪嗟环上罗衣系，却笑坟边腻粉生。重过荒祠春照晚，棠梨花落野禽鸣。”[1]本诗有两条自注，一曰：

---

[1] （清）成瑞《薛荔山庄诗稿》卷1，清咸丰七年刻本，第65页。

"马嵬之变，京兆司录韦谔谏元（玄）宗曰：今安危在晷刻，愿速决。因叩头流血。"一曰："今坟边生白土，俗名贵妃粉，妇女拾取黦面，能悦泽颜色。"关于后一条，清代诗中自注很多，所谓贵妃粉，传说或能美颜，或能去痣，不一而足。诗赞韦谔之忠，赞玄宗之能悔祸，赞杨妃之能捐躯。末了，"重过荒祠春照晚，棠梨花落野禽鸣"，荒凉却不孤寂，淡淡的怅惘中有一种优美的诗意。前文所述允礼涉及马嵬的《兴平》诗也写"棠梨瑟瑟水无波"。棠梨，是关中地区常见的一种树木，这一意象用在诗中，构成了别样的优美意境。

成瑞有意吟咏的古迹，多与古代著名文人有关，主要地域是他所任职的西安和凤翔。西安如杜公祠等，凤翔则大都是与苏轼有关的古迹或名胜。

《春暮游牛头寺，谒杜子祠二首》："韦曲东边杜子祠，山川依旧世更移。我来独立苍茫里，敢向先生浪咏诗。""微雨初晴日渐西，绿阴如幂子规啼。嚣尘已远身心澹，好觅终南幽处栖。"[1]又有《方卓人邀游牛头寺，共憩杜子祠畔小轩，雨中对酒，书赠》："云满遥峰水满陂，乐游原上树迷离。清樽共话春将晚，细雨微风杜老祠。"[2]三首或为同时所作（暮春作），不用典故，娓娓道来，潇洒，谦虚，平和，却洋溢着一种柔和的诗意。牛头寺在杜公祠隔壁，均在今西安市长安区少陵塬畔。这里，距离乐游原最短距离也接近30华里，在此处是无论如何也看不到"乐游原上树迷离"的，尤其是雨中。看来，与前述《马嵬偶成》"荒祠依渭曲"一样，成瑞写诗，并不十分看重现实的空间距离，他更多的是抒发一种感受和心境。

---

① （清）成瑞《薜荔山庄诗稿》卷1，清咸丰七年刻本，第107页。
② （清）成瑞《薜荔山庄诗稿》卷1，清咸丰七年刻本，第107页。

春行

重過馬嵬懷古

韋家司錄矢忠誠泣諫非因跋扈兵〔馬嵬之變京兆司錄韋鍔諫元宗曰今安危在晷刻願速決罔頭流血悔禍君王能割愛捐軀如〕

子竟留名堪嗟環上羅衣繫却笑墳邊膩粉生

女拾取磧面能悅澤顏色重過荒祠春照晚棠梨

花落野禽鳴

題錢貞女節畧後

揚州貞女錢七姑笄年喪兄遺侄尚稺女

〔能悔禍而割愛即杜詩不聞自夏誅殷衰中自意褒如之〕

以親衰嫂篡侄孤矢志不嫁養親佐嫂教

成瑞《薜荔山庄诗稿》（清咸丰七年刻本）

牛头寺，始建于唐贞元年间。宋、明、清曾有大的修葺。1956 年被确定为陕西省第一批重点文物保护单位。1997 年重修。摄于 2017 年 3 月 8 日

　　成瑞的关中诗集中写的两个地方，凤翔和西安，他都当过知府。此外，他的诗还写了潼关，因为潼关是出入关中的门户，又是历史名关，文人至此，自然少不了抒情。还有几首诗写了华山。

　　成瑞写凤翔的诗，多于西安诗，或许因为他在凤翔任职时间更长的缘故。

　　凤翔诗，主要有两类：一类是与苏轼有关之名胜的诗；一类是祈雨诗。

　　《东湖二首》诗曰：

> 疏来万斛凤凰泉，种就东湖十顷莲。
> 宛在亭边怀笠屐，风流千载属坡仙。

> 经济文章自有真，余闲湖上寄吟身。
> 长公遗爱扶风遍，先占苏堤一段春。[①]

当年苏轼签判凤翔，以他无与伦比的影响力，为当地留下了不少人文名胜，有的是他自己留下的，如东湖、喜雨亭、君子亭、宛在亭等，有的是后人根据苏轼在当地的活动或诗句修建的，这一类就更多了。成瑞此诗有两条自注，一条是："湖在凤翔郡城东，宋苏文忠公引凤凰泉水潴成湖，上有君子、宛在二亭"；诗末"苏堤"一句后又有注"苏堤在杭州西湖上，亦文忠公所筑，今名苏堤春晓"。作者任凤翔知府，在苏轼当年工作、生活过的土地上，思接千载，遥想坡公风流，不胜欣羡。东坡的"经济"与"文章"，自然成了他学习的榜样；坡公引泉修湖，以及"余闲湖上寄吟身"，成了他心中的一种标杆。至于末句"先占苏堤一段春"，突破时空界限，将遥远的两个地方连接起来，是诗人写诗的惯用手法，而成瑞似乎更喜欢突然之间将两个看似连不起来的地方连接在诗中。

成瑞有关凤翔东湖的诗还有《君子亭二首》《喜雨亭》《苏文忠公梅菊竹画石刻》《雁南亭》《闰八月望日，凤翔郡东湖莲花重放，夜游湖上漫题二首》等。这些诗，与苏东坡都有或直接或间接的联系。另有两首《凤翔郡署东园菊花初放，乘月游赏口占》，则是直接写自己的体验：

> 深苑无人静不哗，霜枝绕砌影交加。
> 偷闲自灌灵和草，扶醉来看隐逸花。

---

① （清）成瑞《薛荔山庄诗稿》卷1，清咸丰七年刻本，第58页。

秦時墨英奇未覯，郿潭仙液美休夸。

岐南地僻秋光好，不让柴桑处士家。

莲褪红妆柳减丝，英英丽草逞幽姿。

田园秋老人归后，篱落宵深月澹时。

世外风流惟尔占，此中真意有谁知。

延龄宜佩还宜酿，寄语金飙好护持。①

　　诗人月夜独赏秋菊，"此中真意有谁知"，颇有陶潜之意味。而他对凤翔这块地方的评价是"岐南地僻秋光好，不让柴桑处士家"；面对瑟瑟秋风，他的心中和笔下并无丝毫萧瑟之意，而是"寄语金飙好护持"，恬淡而有逸情。可见，他的心态是何等的平和、愉悦而乐观。

　　成瑞在凤翔，有多首祈雨诗。在这些诗中，他"为民请命欲呼天，虔爇心香畏日边。愿得商霖千里沛，好将夏暑一时捐"（《祷雨凤翔城东太白祠，郭心斋广文赠诗，即次原韵》）②；"野鸟迎风噪，农夫待雨耕。我来乞灵貺，不为踏春行"（《仲春下浣清明后一日，祀风伯雨师于凤翔北郊山麓，途中偶成》）③。一旦天降甘霖，他喜不自胜："田苗得润芃芃绿，野卉临风澹澹香。更愿秦中数千里，咸沾惠泽庆丰穰"（《季春朔五得雨》）④；"神庥敬答舆情悦，饮福何妨酒量加"（《祷雨得雨，敬祀太白祠，喜赋》）⑤。在古代，百姓往往"靠天吃饭"，农作物的收成，很大程度上取

① （清）成瑞《薛荔山庄诗稿》卷1，清咸丰七年刻本，第59页。

② （清）成瑞《薛荔山庄诗稿》卷1，清咸丰七年刻本，第62页。

③ （清）成瑞《薛荔山庄诗稿》卷1，清咸丰七年刻本，第65页。

④ （清）成瑞《薛荔山庄诗稿》卷1，清咸丰七年刻本，第66页。

⑤ （清）成瑞《薛荔山庄诗稿》卷1，清咸丰七年刻本，第62页。

决于苍天是否风调雨顺，黄土高原尤其如此。这种情形到近几十年才有所改变。所以，干旱时节，人们往往要去求雨。对地方官员来说，这也成了他的一项工作职责。成瑞自不例外。难得的是，他的心态从来是乐观的；可喜的是，他又能把这些情形付者诗篇，让我们能够看到当时的情形，体会到他的心境。

在关中，名山祈雨，一直是一个传统，甚至是主政官员的一项重要工作。宋代时，苏轼在凤翔通判任上，就曾自己或者代替主官去太白山祈雨并有诗作传世。成瑞任职凤翔时也多有太白祈雨诗。今西安碑林博物馆尚存一碑，是康熙三十九年（1700）三秦观察使贾鉝太白山祈雨后所作《太白山全图》，说明太白祈雨的传统一直在延续。

成瑞写西安的诗，从时间上来说大都作于凤翔之后。或因游宦太久且年纪渐老，其情调不如凤翔诗那么乐观。作时较早的能稍好一些。《除夕抵青门》诗曰："车声枥辘暗销魂，万里行来晓复昏。秋雨秋风离紫塞，春盘春酒憩青门。迎年恰喜千郊雪，近日先承九陛恩。我欲焚香祝如愿，旧时辛苦事休论。"[1]诗第二联后自注：

《太白全图》，清康熙三十九年贾鉝绘图并题识，李士龙、卜世刻石。2019 年 12 月 9 日摄于西安碑林博物馆

---

[1] （清）成瑞《薜荔山庄诗稿》卷 1，清咸丰七年刻本，第 89 页。

简括中氣
勢沉雄

甲寅

卷一

弔江鏡庭

西地論交後知心二十年我今剛返轡君竟早游
仙直道衡湘少　先生楚
　　　　南籍
清聲隴塞傳所欣流澤厚
蘭玉滿堦前

除夕抵青門

車聲轆轆暗銷魂萬里行來曉復昏秋雨秋風離
紫塞春盤春酒慰青門　仲秋自烏垣啟迎年恰喜
　　　　　　　　　　今四閏月矣
千郊雪近日先承九陛恩我欲焚香祝如願舊時
辛苦事休論

成瑞《薛荔山庄诗稿》（清咸丰七年刻本）

"仲秋自乌桓启行，今四阅月矣。"道光二十五年，成瑞卸任迪化（今乌鲁木齐）知州而东归。此诗当为东归至西安而作。是年，成瑞54岁。万里行旅，历时四月，着实辛苦。然而，恰逢新年，"迎年恰喜千郊雪"，面对遍地大雪，他感受到的不是寒冷，不是愁，而是喜，也可见出他的心态了。另一首《青门侨寓，岁暮值雪，戏题》大概也作于此后不久，诗写"青门羁滞五旬余，须鬓全苍貌亦臞"，感叹"大不易居薪米贵""愧我穷如阮籍途"，最后写"落拓一官奚所恃，方知清福是农夫"①。此诗写自己"羁滞五旬余"，盖为候官，五个多月羁滞异乡，实在是难熬得很了，而诗人除了感叹穷困外，并无什么怨言。

成瑞的西安诗，情调相对低沉者，如下面两首：《上巳后一日雪》云："流觞曲水胜游虚，节近清明冷尚余。春服未成裘已脱，满天风雪闭门居。"②《重九日青门旅馆独坐》云："西塞归来客，三年久住秦。秋高霜气肃，天净月华新。对菊思名酒，闻鸿企远人。燕齐音信杳，此际倍伤神。"③两首诗，一春一秋，春日大风雪，秋日亲朋远，故而"闭门居""倍伤神"。但是，与常人不同，成瑞往往能苦中作乐，能够化愁苦为享受，其《上元夜醉中口号二首》云："春月春灯夜景妍，青门小住又三年。名场亦有贫于我，沉醉东风莫问天。""在秦犹算太平人，何必桃源作隐沦。趁此良宵烟月好，梦中归看故乡春。"④"名场亦有贫于我"，所谓比上不足比下有余。"梦中归看故乡春"，虽然远离家乡，但梦里却还可以回到故乡，去饱览故乡的春色。这种心态，实在令人敬佩。至

---

① （清）成瑞《薜荔山庄诗稿》卷1，清咸丰七年刻本，第71页。
② （清）成瑞《薜荔山庄诗稿》卷1，清咸丰七年刻本，第111页。
③ （清）成瑞《薜荔山庄诗稿》卷1，清咸丰七年刻本，第112页。
④ （清）成瑞《薜荔山庄诗稿》卷1，清咸丰七年刻本，第110页。

于旅途顺畅、家人相聚，那就更高兴了，《返青门喜赋》一首可见一斑："五千里路八旬中，来往无虞车马通。朋友久睽情切切，妻孥重见乐融融。归装富有囊头句，客况清余袖底风。抛却闲愁暂相慰，小窗酒绿夜灯红。"①

成瑞还写过几首潼关诗，这些诗，是他往来关中的写照。

《晓渡潼关望华山》："镇日崤函险隘经，雄关西度倦眸醒。寒飙猎猎天初晓，雪拥峰莲分外青。"②寒风，冷雪，但在他的诗中却感受不到冷意。这首诗，很能令人联想到宋人陈与义的《早行》："露侵驼褐晓寒轻，星斗阑干分外明。寂寞小桥和梦过，稻田深处草虫鸣。"两首诗，虽然一写北方雄关，一写水乡小桥，但都是写晓行，都同样的清雅。不同的是，成瑞此诗有陈与义诗的清幽，而更多了一份劲峭。他还有一首《潼关》诗写道："渭川挟洛自西来，南望秦山翠作堆。晋豫途分天堑隔，黄流东转一关开。"③描绘潼关之地理形势，很是壮阔。而他出潼关的诗则写"驱车出险隘，返照已临关。岳色连秦树，河流隔晋山"（《出潼关渡河入晋》）④。同样的壮阔大气，饱满有力。

成瑞还有其他几首与潼关有关的诗，《潼关谒扎桐君告留防堵》诗曰："香山雅会羡群英，冯妇今犹攘臂行。欲佐元戎防要隘，敢辞鞅掌惜余生！轮台难作三游计，蜀道虚牵两度情。暂返青门听消息，朽株能否再滋荣？"⑤首句自注："谓惟鉴堂、云兰舫均致仕在京。"次句自注："自谓。"这一联先作跌宕，谓羡慕他人已经

---

① （清）成瑞《薛荔山庄诗稿》卷1，清咸丰七年刻本，第96页。
② （清）成瑞《薛荔山庄诗稿》卷1，清咸丰七年刻本，第21页。
③ （清）成瑞《薛荔山庄诗稿》卷1，清咸丰七年刻本，第90页。
④ （清）成瑞《薛荔山庄诗稿》卷1，清咸丰七年刻本，第51页。
⑤ （清）成瑞《薛荔山庄诗稿》卷1，清咸丰七年刻本，第94页。

致仕闲居，再以自嘲的口吻说自己犹如冯妇攘臂。《孟子》云："晋人有冯妇者，善搏虎，卒为善士。则之野，有众逐虎，虎负嵎，莫之敢撄，望见冯妇，趋而迎之。冯妇攘臂下车，众皆悦之，其为士者笑之。"①冯妇攘臂搏虎而为士所讥，以其旧业重操。诗人在这里，看似自嘲，实则亦是表明自己依然坚持做一些有用的工作。所以次联便说"欲佐元戎防要隘，敢辞鞅掌惜余生"。鞅掌，职事烦忙也。第三联也有两则自注，上句自注曰："余曾再出玉关，今老病不能三游矣。"下句自注："余前为兴文令，今拟解组，入川赴长男玉符任所就养。"成瑞一生曾两度西域任职，道光十一年（1131）补授宜禾县（今新疆巴里坤哈萨克自治县）知县，十七年升补迪化（今乌鲁木齐）直隶州知州，直至二十五年返京。此时年事已高，想再赴西域已不可能，故曰"难作三游计"；而诗人此前曾在四川兴文任县令，如今长子又在四川任职，意欲投其任所，故曰"蜀道虚牵两度情"。最后一联，期待"朽株"丕荣，表达希望能再做贡献的入世精神。可以看出，这首诗，在某种程度上是诗人自己一生经历的回顾，也是花甲之后依然期望有所作为之心态的表达。又有一首《奉檄权潼商道篆华，阴道中作》，此诗写自己奉命潼商道任职，故诗一开始就写"冬至阳生物候新，匆匆捧檄指潼津"②。他不说冬日严寒而说物候新，也是反映着自己的一种昂扬乐观的心态。诗后两联写"画戟双开迎晓日，羽书叠至动征尘。休夸龙寨鸡关险，幸有严防劲旅屯"。自注："时常蓉舫熊丽堂观察、陈均甫太守督率将弁兵勇，严守龙驹寨鸡头关暨

---

①　（宋）朱熹《四书章句集注·孟子集注》，中华书局，1983 年 10 月第 1 版，第 369 页。

②　（清）成瑞《薛荔山庄诗稿》卷 1，清咸丰七年刻本，第 112 页。

商南、雒南等处，以防豫匪西窜。"①既赞扬了守关将士，又表明自己的看法：关隘虽险但关键还在于要有靠得住的守关之人。

凤翔、西安、潼关之外，成瑞写关中其他地方或者说作于关中其他地方的诗不多。有几首华山诗，包括《沿途望华山口占》《欲游华山不果》《夏日游登华岳，敬成四十韵五言长句一篇，用纪景仰之诚兼致祷祈之意》等，没有多少特异之处，兹不赘述。倒是一首《邠州道中》有些意趣："策马邠州路，苍凉对夕晖。山空冰雪满，土厚井泉稀。野俗犹营窟，行人半褐衣。皋兰何处是，翘首冻云飞。"②从末联看，此诗当是作者西去兰州途经邠州所作。诗写"土厚井泉稀""野俗犹营窟"，形象生动地绘出了当地的一些特征。邠州（今咸阳市下属县级市彬州市）地处黄土高原，气候干旱，所以"土厚井泉稀"。而当地民居，多为"地坑院""地坑窑"，即在平地上向下挖一方形大坑，坑内四壁再凿窑洞，所以称"营窟"。这一传统，一直到近年在政府新农村建设政策的推动下才逐渐消失。

前文已述，成瑞的关中诗，一个显著的特点是始终保持一种平和、乐观、昂扬的心态。即便在枯燥的行旅途中，他也是乐观的，绝少见有颓唐消沉的语句。旅途中的他，总能"饱看秋色"（《送张诗舲中丞入栈》），能看到"秦山多白云，秦水遍红树"，能享受"红叶三秋路，青云万里情"（《闰八月下浣六日至宝鸡县……》）③，他看到的是途中的美景，而自动忽略了旅途的艰辛。且看其《中秋日阻雨岐山，书以自嘲，即呈刘述舫明府志谢兼索

① （清）成瑞《薜荔山庄诗稿》卷1，清咸丰七年刻本，第112页。
② （清）成瑞《薜荔山庄诗稿》卷1，清咸丰七年刻本，第21页。
③ （清）成瑞《薜荔山庄诗稿》卷1，清咸丰七年刻本，第70页。

和章》一诗："青门来去两旬间，节序惊心道路艰。双袖晓风过渭水，一车凉雨驻岐山。天能留客花应笑，月不窥秋梦亦悭。有酒有书堪破寂，主人情重为开颜。"①这首诗有几条自注，"双袖"句自注曰："余小住青门，迨就道西返岐阳，旅囊已告罄矣。""天能"句自注："时座间有桂花一盆，芬芳可爱。""有酒"句自注："述舫屡惠酒肴，并假异书，俾余自遣。"行旅途中遇雨，阻断行程，又恰逢中秋佳节，羁滞道中，而且囊中已空。即便在这种情况下，他却依然是一种乐观的心态，实属难得。

　　成瑞的诗中，即便有时表达困顿之苦，又能旋即振起。如《除夜感怀寄谢……之赠》一首，当时他已是66岁的老人了，诗先写"白头六十六春风，碌碌浮生一梦中"，紧接着又写"滇蜀陇秦游未倦"，最后又写"幸得良朋多馈赠，居然度岁晓灯红"；《七夕立秋》一首，写"我今旅食青门冷，室无瓜果祀女牛"，而最后又能自我安慰和陶醉："金风入枕梦飞远，飘飘逸气凌沧洲。"他的思乡也不同于他人，"趁此良宵烟月好，梦中归看故乡春"（《上元夜醉中口号二首》）。总之，一切的不美好，都能被他有意无意地化为美好。这是一种很难得的心态。而成瑞本人，一生在京城、西域、蜀中、关中等多地为官，他不是一个未出过远门的井底之蛙，而他的诗中能够表现出这种心态，出现在道光末年的诗坛，值得重视和研究（前述蒋湘南，所处时代与成瑞同时，而其关中诗歌及其所表现的心态，大有不同）。

　　道光十五年(1835)中进士的张锴，写过两首灞桥诗，题为《调任长安过灞桥》，诗曰："年年折柳灞桥过，风雪征鞍句漫哦。管领春光看此度，棠阴可比柳阴多。""闻道长安不易居，折腰元

---

① （清）成瑞《薜荔山庄诗稿》卷1，清咸丰七年刻本，第68页。

亮意何如。送迎忙似桥边柳，莫笑邮亭绿影疏。"①诗意虽有无奈、有苦笑，然哦诗的行为、明快的节奏，透露出诗人的心情还是比较愉悦的。

沈兆霖，字朗亭，浙江钱塘人。道光十六年（1836）进士。同治元年，任陕甘总督，负责进剿起事回民。七月，师还，遇洪水，兆霖与全军尽没于水。

沈兆霖在关中，作有《潼关》一诗："禁谷天开望若悬，凭高设险拱秦川。峥嵘太华排云出，曲折浑河抱堞圆。此地纵横经百战，前朝控制抵三边。尚书废垒知何处，落日残鸦一怅然。"②此诗一起极雄壮，末了却以"落日残鸦一怅然"收束，正是怀古诗词之常例，有如东坡居士起句曰"大江东去"，何等地豪壮！煞尾却喟叹"人生如梦，一樽还酹江月"一般。

牛树梅，字雪桥，甘肃通渭人。道光二十一年（1841）进士，授四川彰明知县，民咸爱戴之，称牛青天。咸丰三年（1853），奉诏参陕甘总督舒兴阿军事。《清史稿》将其列入《循吏传》。

牛树梅有《武功店题壁诗后》："帝王将相逝如波，百二秦中感慨多。却怪低回文士笔，从来只咏马嵬坡。"③雍乾时期的果郡王允礼《兴平》诗曾说"汉庙唐陵残照里，路人偏指马嵬坡"。一百多年后，牛树梅也发出这样的感叹，说出了人们的一种普遍心理：相对于历史上帝王将相的丰功伟绩，人们对那些曲折的故事更感兴趣。

还有一些人，身份为官员，不是在关中任职，却有关中的经

---

① 徐世昌编，闻石点校《晚晴簃诗汇》，中华书局，1990年10月第1版，第5993页。
② 徐世昌编，闻石点校《晚晴簃诗汇》，中华书局，1990年10月第1版，第6025页。
③ 霍松林主编，陕西省地方志办公室编纂《历代咏陕诗词曲集成》（古代部分·下），三秦出版社，2007年12月第1版，第1317页。

历和诗作。

张井，字芥航，陕西肤施（地属今陕西延安）人。嘉庆六年（1801）进士，一生主要政事活动在嘉庆、道光年间。

张井的不少诗，字里行间洋溢着一股劲壮之气，如《潼关》："斗觉形神王，西来此壮观。河流盘地曲，角响切云寒。势扼崤函近，天开晋豫宽。候缮今不事，底用说泥丸。"[1]不论对地势的描绘，还是情怀的抒发，都流动着一种劲壮之气、一种高远的志向。再如《望岳》一诗："更上层楼望，连山方皓然。云开才露影，高处已无天。掌迹谁曾见，游踪古竞传。便思扶杖去，把酒问呼先。"[2]诗写远望华山，题下原有注："雪后阴雾少霁，但见三峰尖而已。""掌"，当指华岳仙掌。虽是写"更上层楼望"华岳，却不无"欲穷千里目，更上一层楼"之意味。"便思扶杖去，把酒问呼先"，豪逸之气，直扑人面。

他的一些诗，即便是苍凉的，也不颓唐。如《灞桥》："略彴横斜高复低，垂虹旧迹望中迷。漫天风雪无情甚，灞水东流我向西。"[3]字里行间，流动着一股洒脱之气。

张井还有几首诗，从内容看，当是回归故乡途中沿途所作，录如下：

将归里门首途宿永乐店庙中

出郭明人眼，川原似画屏。野花香自媚，陇麦意全醒。
旷览成今适，前尘忆昔经。坊州何处是，高想半天青。

---

① （清）张井《二竹斋文集》卷6，清道光刻本，第21页。
② （清）张井《二竹斋文集》卷6，清道光刻本，第21页。
③ （清）张井《二竹斋文集》卷6，清道光刻本，第22页。

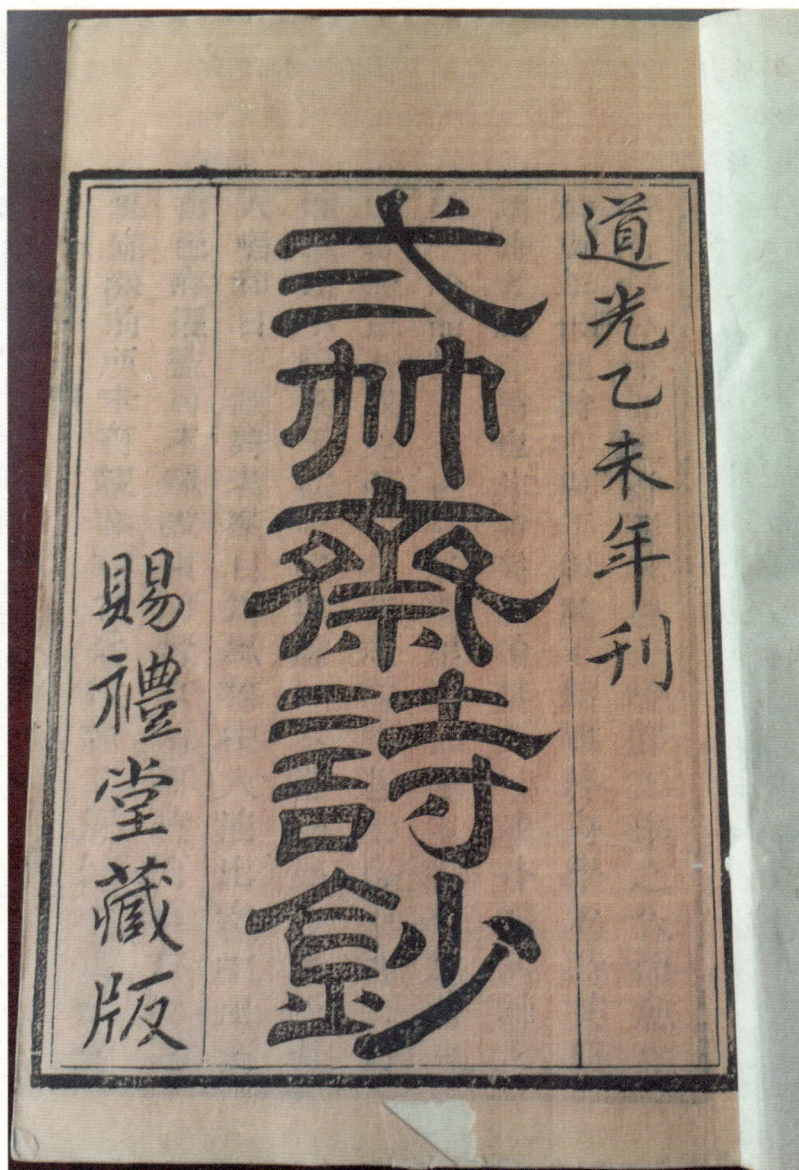

张井《二竹斋诗抄》（清道光刻本）

绝渭又浮泾，高田上几棱。村孤还有市，庙古久无僧。
矮屋尘凝榻，空廊月作灯。吟怀尽萧散，荒陋更谁憎。①

永乐店，在今陕西西安市正北，属西咸新区地界。诗曰"将归里门"，诗中急切期望的"坊州"，正是指家乡肤施。诗人此行，当是春天，他看到的是"野花香自媚，陇麦意全醒"。麦意醒，是指春天里麦苗返青，关中土话叫"起身"，意即经过了一个冬天的冬眠，现在醒来了，要生长了。第二首中"绝渭又浮泾"，渭与泾指渭河和泾河。此句很能让人联想到杜甫的"北辕又泾渭，官渡又改辙"，但毫无杜诗的凄苦，盖处境与心境不同之故耳。"矮屋"一联之情境，在一般人的眼里，应该是比较凄冷了，但诗人却十分洒脱，以月为灯，"吟怀尽萧散，荒陋更谁憎"，心态十分开朗。

晓过三原

嵯峨山晓潊含烟，一桁青连卵色天。
风物至今夸壮县，劫灰何处问甘泉。
长桥横跨双城迥，绮陌遥通万树圆。
却忆元公持节日，当时朋辈总如仙。②

嵯峨山，在今三原、泾阳、淳化三县交界处，也是诗人北行必经之处。甘泉，当指汉甘泉宫遗址，在嵯峨山北。长桥，指三原县的龙桥。本书第七章第四节有叙，为三原的标志性建筑。以致后来有民谣曰："三原的桥，泾阳的塔，高陵的牌楼一枝花。"元公，原注曰："周莲塘尚书昔视学关中，三原其驻节地也。"周莲

---

① （清）张井《二竹斋文集》卷6，清道光刻本，第24页。
② （清）张井《二竹斋文集》卷6，清道光刻本，第25页。

塘即周兆基，历任数部尚书，曾任陕甘学政。

耀州

沙路转回溪，空山鸟乱啼。一州界南北，两水合东西。
步寿宫可在？姚苌殿已迷。荒城斜照里，驻马欲鸡栖。①

　　耀州，在三原北。其地处关中与陕北交界，故"一州界南北"。
作者原注曰："州南路夷而候暖，北则险而寒矣。"两水，即漆水与
沮水。步寿宫与姚苌殿，均为耀州古迹，一在东北，一在西北。"驻
马欲鸡栖"即在鸡欲栖时驻马歇息，与前句"斜照"呼应。本诗字
里行间，也流露着诗人心中的骚动不平，盖回乡之心急切之故耳。

同官道中

晓度铜官水，寒烟扑面来。山深迟上日，溪陡远闻雷。
阳岸草初茁，阴崖雪尚堆。崎岖缘石磴，直欲拟邛郲。②

　　同官，即今陕西铜川市。过了耀州，便是同官，诗谓"阳岸
草初茁，阴崖雪尚堆"，正是早春之景象。其中"阳岸"之"岸"，
不一定仅指水边河岸，秦中方言，指称方位之"边""面"亦称
"岸"，比如"南岸"即指南面、南边。邛郲，山名，此处用来指
说同官地势的"崎岖"。

　　这几首诗，给人的感觉是一气呵成，即便不是同时所作，至
少是同一次行程所写。从地理方位讲，过西安向北，先永乐店，

---

① （清）张井《二竹斋文集》卷6，清道光刻本，第25页。
② （清）张井《二竹斋文集》卷6，清道光刻本，第25页。

再三原，再耀州，再同官；从诗中所写物候而言，从一开始关中地带的"野花香自媚，陇麦意全醒"到最后同官地区的"阳岸草初苗，阴崖雪尚堆"，均是早春风物。所以，可以认定这是同一次回乡途中所写。至于回到家乡以后，又有《抵舍二首》，读来十分亲切。诗曰："卌载归来计已迟，乡关入望喜兼悲。儿童聚看疑官府，父老将迎怨别离"，"急装步向荒茔去，斜日空山叫子规"，"古道斜通记宛然，一村榆柳远含烟。几家小阜成新筑，故友重寻半宿阡"①，颇有老杜回到羌村（其地亦属今陕西延安市）后所写《羌村三首》之意味而又另具悲喜。亲切，优美，读来令人几欲下泪。此二诗作于陕北，不属于本书讨论之"关中"范围，在此不复赘言。引此几句，借以说明诗人当时的心境心情。

　　张井写同官一带的诗还有《金锁关》和《宜君山行》等，前者曰："此地亦严关，门前万仞山。刺天石峭削，抱垒水弯环。浮

金锁关石林。摄于 2020 年 7 月 28 日

---

① （清）张井《二竹斋文集》卷6，清道光刻本，第26页。

马谁能渡，飞猱未可攀。承平今久矣，斥堠老兵闲。"①从诗中可以看出，当时的金锁关还有老兵把守，就是说它的军事意义还存在。后首诗写"寒日明孤戍，悲风入暮笳。炊烟青一缕，深涧有人家"②。孤戍、暮笳，亦是边塞之意象。而炊烟一缕、深涧人家，则是渭北高原人家的特征。

张井还有一首诗比较特殊，诗题曰《耀州阻雨》，诗写自己途中阻雨，倒也无甚特别，"窗暗书难把，日长睡有魔"，颇有些无所事事。而另两句却颇有特点："倘教农望惬，莫管客愁多"③——如果这雨能缓解旱情，让庄稼成长丰收，使农夫高兴，那么就毋须管顾客途之不顺了。其构思方式，颇有点像唐人诗句"莫嗔焙茶烟暗，却喜晒谷天晴"。

陆耀遹，字绍闻，江苏武进人，道光元年举孝廉方正。他有两首《从潼关至华阴西岳庙》，其二曰："琼宫绀宇郁嵯峨，遍访遗碑玩古柯。万树晴云浮太华，四山春水下黄河。咸阳建策貂裘敝，杜曲弢弓虎迹多。不信此生难自断，更从画壁恣摩呵。"④诗中的主调是惬意的，自任自适，访遗碑，玩古柯，"不信此生难自断"，心态也是昂扬的。

黄琮（1798—1863）⑤，字象坤，号矩卿，云南昆明人，道光六年进士，历官至兵部侍郎。

黄琮有一首《华清宫遗址》："朝元阁里不知秋，玉笛曾吹楼

---

① （清）张井《二竹斋文集》卷6，清道光刻本，第25页。
② （清）张井《二竹斋文集》卷6，清道光刻本，第26页。
③ （清）张井《二竹斋文集》卷6，清道光刻本，第29页。
④ 徐世昌编，闻石点校《晚晴簃诗汇》，中华书局，1990年10月第1版，第5729页。
⑤ 黄琮生年，参茶志高《黄琮生年考》，刊《昆明学院学报》2013年第4期。

上头。一夜空阶鸣蟋蟀，声声犹似按梁州。"①梁州，唐教坊曲名。诗作怀古，主题与写法均不新鲜，但却韵味悠然。

王培荀(1783—1859)，字雪峤，济南淄川（今属山东淄博）人，嘉庆八年秀才，道光元年举人，道光十五年赴四川任县令，咸丰五年卒于故里。

王培荀有一首《骊山歌》，前几句写："骊山火，诸侯不至谓诓我。美人一笑镐京堕。骊山水，冰肌赐浴温泉里。美人一笑鼓鼙起。美人美人真倾城，骊山何幸代受名？"②咏西周暨唐明皇故事，"美人美人真倾城"，老生常谈而不令人生厌。

罗绕典，字苏溪，湖南安化人，道光十二年（1832）进士，历官至云贵总督，卒谥文僖。前人对其人其诗评价很高，《晚晴簃诗汇》于作者名下谓："《诗话》：文僖多游览名胜之作，盖衔命远出，随时纪行，无意求工，自然入妙。后领疆圻，武功甚著，为曾、胡之先河。其诗如《韩将军行》《曹太保行》皆义形于色，凛凛有生气，《见稻》《见桑》诸篇，布帛菽粟，言近而旨远。李次青称其究心经世之学，信然。"③

罗绕典有一首《通天台》，诗曰："石鞭东海秦王误，台筑通天汉武痴。青史茫茫人并逝，碧空渺渺事难知。秋风盘冷铜仙露，夜月机虚织女丝。他日金茎和泪折，茂陵荒草夕阳迟。"④通天台，汉武帝建于甘泉宫。《史记·孝武本纪》曰："乃作通天台，置祠具其下，将招来神仙之属。于是甘泉更置前殿，始广诸宫室。夏，

① 徐世昌编，闻石点校《晚晴簃诗汇》，中华书局，1990年10月第1版，第5690页。
② 徐世昌编，闻石点校《晚晴簃诗汇》，中华书局，1990年10月第1版，第5794页。
③ 徐世昌编，闻石点校《晚晴簃诗汇》，中华书局，1990年10月第1版，第5831页。
④ 徐世昌编，闻石点校《晚晴簃诗汇》，中华书局，1990年10月第1版，第5833页。

汉甘泉宫通天台遗址。摄于 2016 年 9 月 2 日

有芝生殿防内中。天子为塞河，兴通天台，若有光云。"[1]其遗迹至今尚存。诗写汉武帝事。仙人承露盘、昆明池、茂陵等意象，紧扣主题。而写了"秦王"与"汉武"，实即批评秦始皇与汉武帝佞信神仙之说。这在当时诗坛是个比较普遍的主题。

　　郭柏荫，字远堂，福建侯官人，道光十二年（1832）进士。道光年间，曾任山西道巡抚。道光十九年(1839 年)，巡视西城。道光二十年后、二十三年前曾任甘肃甘凉道道台。

---

[1]《史记·周本纪》，中华书局，1959 年 9 月第 1 版，第 479 页。"芝生殿防"，
　　《史记·封禅书》作"芝生殿房"。

郭柏荫有《灞桥》一诗："桥亭立马暮天昏，秋色苍茫远近村。一抹斜阳万条柳，不因离别也销魂。"[1]见灞柳而惆怅、而销魂，乃文人之传统。此诗可以见出作者这位方面大员的文人心性。

蹇谔，字一士，贵州遵义人。道光二十六年（1846）举人。咸丰四年（1854）十一月，于贵州桐梓战死。蹇谔有《秦晋游草》，当为游秦晋所作。其中有一首《宝鸡县》：

> 到此平原尽，峰回径欲迷。岩疆连陇蜀，古道达羌氐。
> 石与人争路，云随马渡溪。风尘何日谢，惆怅散关西。[2]

宝鸡县，古称陈仓，后改称宝鸡县，今又改为宝鸡市陈仓区。此诗写宝鸡之地理位置，在陕西、甘肃、四川交界地带，故曰"连陇蜀""达羌氐"。而关中平原的西部到此为止，由此往西、往南便是山区，所以诗称"到此平原尽，峰回径欲迷"。而其地形及道途则是"石与人争路，云随马渡溪"。此诗形象地写出了古陈仓的地理位置和地形特点，堪称文学地理诗。

道光二十一年，林则徐被贬往新疆，途经关中，游华山，作有《华阴令姜海珊招游华山》一诗。诗曰："神君管领金天岳，坐对三峰看未足。公余喜共客登临，恰我西行来不速。樱笋厨开浴佛时，暂辍放衙事休沐。灏灵宫殿访碑行，清白园林对床宿。凌晨天气半阴晴，昼永无烦宵秉烛。竹杖芒鞋结侪侣，酒榼茶铛付僮仆。云梦观里约乘云，玉泉院中闻漱玉。同侪各挟济胜具，初陟坡陀踵相续。嶂迷峰回路忽穷，谁料重关在山曲。微径蜿蜒蚁旋磨，绝磴攀跻鲇上竹。箭镞依稀王猛台，丹砂隐现张超谷。莎萝坪

① 徐世昌编，闻石点校《晚晴簃诗汇》，中华书局，1990年10月第1版，第5901页。
② 徐世昌编，闻石点校《晚晴簃诗汇》，中华书局，1990年10月第1版，第6419页。

与青柯坪，小憩聊寻道书读。过此巉岩愈危绝，铁锁高垂手难触。五千仞峻徒跻步，十八盘经犹骇目。恨无谢朓惊人诗，恐学昌黎绝顶哭。游人到此怪山灵，奇险逼人何太酷。岂知山更怪人顽，无端蹴踏穿其腹。兹山峭拔本天成，但以骨挺不以肉。呼吸真教帝座通，避趋一任人间俗。如君超诣迥出尘，上感岳神造民福。荡胸自有层云生，秀语岂徒夺山绿。希夷石峡应重开，海蟾仙庵亦堪筑。独惭塞外荷戈人，何日阴崖结茅屋。惟期归马此山阳，遥听封人上三祝。"[①] 作者本是被贬，但诗作却无一点颓唐之气，"公余喜共客登临""竹杖芒鞋结俦侣，酒榼茶铛付僮仆"，开朗爽快；"游人到此怪山灵，奇险逼人何太酷。岂知山更怪人顽，无端蹴踏穿其腹"，幽默风趣；"独惭塞外荷戈人，何日阴崖结茅屋。惟期归马此山阳，遥听封人上三祝"，对未来又抱有希望。这样的诗作，与诗人自己的秉性，与这一时期关中诗歌的总体风格也是一致的。

总之，这一时期任职或途经关中之官员的诗，数量不少，大都写得不颓靡、不衰飒。张琛和成瑞二人的作品尤其值得关注。张琛诗生动真实，切近现实，尤其能表达对百姓的同情。成瑞诗，则以昂扬的心态为主要特征。

林则徐《游华山诗》，刻于清道光二十二年。原刻现藏西安碑林博物馆。图片来源：碑林博物馆官网

---

① 徐世昌编，闻石点校《晚晴簃诗汇》，中华书局，1990 年 10 月第 1 版，第 5346—5347 页。

三、一位理学家的"修炼"历程：路德的关中诗

路德（1784—1851），盩厔（今陕西周至）人，嘉庆十四年（1809）进士。其生平，几部《咸阳县志》《盩厔县志》均有记载，以（民国）《盩厔县志》卷六记载最为详细，该志将路德列入《人物·儒林》，摘录如下：

> 路德字闰生，号惊洲，父元锡有传。嘉庆丁卯举于乡，己巳成进士，翰林院庶吉士。卒未散馆，改分户部湖广司主事。甲戌以亲老告终养回籍。丁父忧，服阕，考补军机章京。公事之暇，读书作字，率四鼓乃眠，不及更次复起，兼以京师求文字者无虚日，劳苦过度，患目疾。壬午春请假旋归。对面不能见人，闭户习静，屏除药饵，调理年余，目复明。初，闰生在户部时，廉知捐纳房有假诏之弊，欲举发而当坐者前后官连累甚众，慨然曰：吾不忍以众人功名为进身之阶，他日吾自甘被议耳。后言官奏发，旨下根究，夺职者多。闰生亦镌级调用。或劝以援例捐复。闰生曰：吾年将半百，复随诸后辈驰逐软红尘中，人其谓我何？尝鼎一脔，已知味矣，遂决意不出。戊子，丁母赵淑人忧，葬有日，穿穴见枯骨数片。闰生曰，夺人之居以安吾母，吾不忍也。刻即停葬，市棺纳枯骨瘗之。碣曰：古人之墓。家被回禄，门人欲镶金营造。闰生阻之曰：吾饬子弟，恐惧修省，敬承天谴，随遇而安，诸生其勿强。凡遇亲友贫之者必饮助之，亲友殁后凡妻子无依者极力抚恤，不使有冻馁忧。邦人称之。生平学以汉宋诸儒为根柢，专主自反身心，不分门户。为制艺，一以经训传注为宗，力挽剽窃空疏之习。以故历膺乾阳、象峰、对峰暨关中宏道各书院前后二十

余年，订立课程，因材施教，一时全秦、三晋、吴楚人
士多从之游，掇甲科，任京外各职者以数百计，列胶庠、
食廪饩及再传弟子以数千计，列清班者强半出其门下，
而翰院中暨缁衣黄冠之徒持诗卷以求品题而增声价者尤
夥，所著时艺十一种，曰课、曰辨、曰话、曰综、曰核、
曰和、曰阶、曰引、曰开、曰窍、曰向，咸冠以仁在堂，
又有关中课士诗赋《蒲编堂训蒙草》梓行于世，其厘定
他人著作者，有《五经文漪》《曹尉曹少府三瓮老人诗集》
《歙吴仲徽周易本义爻征》《河帅张芥航二竹斋诗集》，
评改明文六十余篇，山陬水澨，不胫而走。朝鲜、琉球
亦皆贩鬻，奉为圭臬。噫，盛矣！论者谓闰生修身体道
之实，为文名所掩，有以夫！①

由以上记述可以看出路德的几个显著特点：一、为人敦厚，
心底极良善，但有自己的做人原则；二、勤奋刻苦而博学；三、长
期授徒于各书院，弟子甚众；四、在关学方面贡献尤多，"以汉
宋诸儒为根柢，专主自反身心，不分门户"；五、著作流传甚广，
文名颇盛。

在后人看来，路德更主要的是一个理学家，诗文不过其余事
耳。"《诗话》：闰生以道谊高乡里，名为制艺所掩。阎文介称其
怀抱峻洁，遗弃荣利，言学言理，切近踏实，教人以不外求、不
嗜利为治心立身之本，非寻常才士文人可同日语。今观其诗，雅
赡修洁，不事涂泽，而一种雄直之气溢于楮墨，所谓不求工而自
工者。"②

---

① （民国）《盩厔县志》卷6，1925年铅印本。
② 徐世昌编，闻石点校《晚晴簃诗汇》，中华书局，1990年10月第1版，第5180页。

　　有清一代，关中理学盛行、书院众多，如此前的李因笃、李柏、王弘撰等人，此后的贺瑞麟、杨树椿、刘光蕡等人均是著名理学家，又都在书院授徒多年，也都长于诗文写作。就路德而言，授徒之余旁及文学，亦颇有影响："其师吴鸣捷令咸时延德教其子，馆于县署之东柽华馆。春秋佳日，讼庭花落，文酒吟咏，颇称一时韵事，而柽华馆之名遂著焉。"[①]

　　路德有一首长诗《雁塔》，写西安大雁塔，即著名的慈恩寺塔。欲写大雁塔，先以小雁塔（即荐福寺塔）作比衬："长安城南雁塔二，荐福慈恩两萧寺。"而他的比法是"少华难争太华尊"，少华山，在今陕西渭南市华州区，太华山即华山，在少华山东边的华阴市，两座山从各方面说，太华山都高出一头。所以，这里诗人以少华山与太华山作比，突出大雁塔。再写"雷雨无端堕劫灰，鬼斧神斤太犀利。小者中裂大独完，慈云偏仗法王庇"。小雁塔因明代地震而裂开，大雁塔却一直完好。而后，写大雁塔的建造历史及其在唐代的荣光，又重点写了新科进士雁塔题名之事。再写"自来科第因人重，岂在纷纷多立碑。竖儒穷年钻故纸，思把铅黄易青紫"。最后写"丈夫吐气成虹霓，车载斗量安足齿。刘蕡曾未登巍科，李贺何尝举进士？千古文章千古名，不勒青珉勒青史。沧桑变换春复秋，史上之名无时休"[②]。诗从雁塔议及人事，最后发表观点：青史留名，不在科第。唯有好的文章，可以流传千古。

　　从路德的关中诗来看，虽然路德后来成了一位德高望重的理学家，但他也和常人一样，经历了挫折，经历了心灵的转变。

---

①　（民国）《重修咸阳县志》卷7，1932年铅印本。
②　（清）路德《柽华馆诗集》卷1，清光绪七年刻本，第5页。

路德《柽华馆诗集》（清光绪刻本）

　　路德有一些诗，当是早年所作，如《乐游原》诗写："燕台北望暗伤神，十载名场阅苦辛。独立苍茫秋万里，乐游原上倦游人。"①因为名场的坎坷困顿，心灰意颓，连失意后的"游人"都"倦"了。《咸阳原上作》云："西风猎猎战蒿莱，毕郢原荒木叶摧。旷野无边单骑走，长空忽暝乱鸦来。碧云迢递人千里，青史功名土一抔。漫把文章夸不朽，百家书已变秦灰。"②此诗以为，青史功名亦不值得追求，再好的文章也不可能不朽、不可能传世，的是挫折时期的消沉心态。不过字里行间却也激荡着一股郁结不平之气。

　　路德有一首《举杯》，未知作于何时何地，或当作于关中家乡。诗曰："举杯欲饮意还慵，酒薄难浇磊块胸。空有声名能吓鼠，悔抛岁月学屠龙。六钧弓挽输豪士，百亩田荒愧老农。说与儿曹须解事，佢栽杨柳莫栽松。"③称自己既不能挽弓，又不能种田，悔恨学了无用的屠龙之技。《九日登乾州城楼》一首倒确是关中诗，亦写"万里无尘西去马，长天如水北来鸿。十年病客科头惯，何处龙山落帽风"④，亦是满纸牢骚，不过比前面的《咸阳原上作》一首倒是开阔了许多，"长天如水北来鸿"比"长空忽暝乱鸦来"也开朗了许多。

　　《旱》，是一首代农夫发声的作品，诗曰："敢说忧天下，无方拯一隅。野苗知已尽，园杏看将枯。赤日烧阡陌，黄埃涨路衢。行人犹望雨，况我是农夫。"⑤"是农夫"，或作"见农夫"。诗人心忧天下，为农夫而焦虑。

①　（清）路德《柽华馆诗集》卷2，清光绪七年刻本，第17页。
②　（清）路德《柽华馆诗集》卷2，清光绪七年刻本，第22页。
③　（清）路德《柽华馆诗集》卷2，清光绪七年刻本，第23页。
④　（清）路德《柽华馆诗集》卷2，清光绪七年刻本，第23页。
⑤　（清）路德《柽华馆诗集》卷2，清光绪七年刻本，第17页。

萬般能割愛誰解賤黃金壯士登財色交人誤墓心

舉世爲君死九原無悔心天公太多事生此不祥金

村南晚步

塔頹猶有根廟破久無門積水明前路炊煙煖一村幽尋

拌獨往偶語其人蹲料得香秫熟歸家趁夕飱

瓠落今安用浮沈二十年鵬宜招鷃笑蛟竟有夔憐天下

事難問古人名幸傳鰍魚風味好早上釣徒船

重陽前三日作

秋深寒淺未聞霜離菊無花野菊黃對酒便須拌一醉登

高何必待重陽新來僮僕呼先到久別賓朋姓亦忘詩境

自知多坦率題餻安敢笑劉郎

九日登乾州城樓

路德《柽华馆诗集》（清光绪刻本）

另有一些作品，当作于中年以后。有一首《乾阳对月》，诗曰："生平细数天边月，盈阙曾经五百回。人世荣枯亦如此，古今兴废只堪哀。城东秦畤余禾黍，山下唐陵翳草莱。且对醽醁开笑口，夜深还有素娥陪。"[1]从诗中的"秦畤""唐陵"可知，诗作于乾州（今陕西乾县），路德曾在乾阳书院授徒。诗因有感于"人世荣枯亦如此"，故"且对醽醁开笑口，夜深还有素娥陪"。另有几首诗，或当作于晚年，抑或当作于关中家乡：

村南晚步

塔颓犹有根，庙破久无门。

积水明前路，炊烟暖一村。

幽寻拚独往，偶语共人蹲。

料得香秔熟，归家趁夕飧。[2]

西村

花港波明竹屿昏，清流几曲到柴门。

高田一棱路旁路，矮屋数家村外村。

浣女归时衣半浣，钓师坐处石犹温。

稻粱闻说今年稔，浊酒同倾老瓦盆。[3]

重阳前三日作

秋深寒浅未闻霜，篱菊无花野菊黄。

对酒便须拚一醉，登高何必待重阳。

---

①　（清）路德《柽华馆诗集》卷2，清光绪七年刻本，第12页。

②　（清）路德《柽华馆诗集》卷2，清光绪七年刻本，第22页。

③　（清）路德《柽华馆诗集》卷2，清光绪七年刻本，第23页。

新来僮仆呼先到，久别宾朋姓亦忘。

诗境自知多坦率，题糕安敢笑刘郎。①

瓠落

瓠落今安用，浮沉二十年。

鹏宜招鹨笑，蚿竟有夔怜。

天下事难问，古人名幸传。

鳜鱼风味好，早上钓徒船。②

葫芦

坐卧葫芦下，不见葫芦长。

几日不曾看，葫芦大如盎。③

　　几首诗，大有陶渊明"复得返自然"之意趣，有的甚至有庄子的天然之趣了。

　　从他的诗作来看，早年的郁结不平、块垒牢骚到晚年的平和自然乃至萧散，变化之迹甚明，体现了一位理学家"修炼"的历程。

四、别样情怀、别样风味：杨夔生、周之琦等人的关中词

　　诗歌作品之外，道光、咸丰年间，关中文人的创作，还有一些词。

　　杨夔生（1781—1841），字伯夔，号浣芗，江苏金匮（今属无

---

① （清）路德《柽华馆诗集》卷2，清光绪七年刻本，第23页。

② （清）路德《柽华馆诗集》卷2，清光绪七年刻本，第23页。

③ （清）路德《柽华馆诗集》卷2，清光绪七年刻本，第24页。

锡）人。数次科考，名落孙山，遂四方宦游。大约于嘉庆二十年前后曾至关中。

　　杨夔生的关中词，大概是按行程顺序而写，从东到西，有《菩萨蛮·过华阴》、《菩萨蛮·咸阳早发》、《清平乐·宝鸡驿》、《生查子·晓行入栈》、《青玉案》（煎茶坪）、《鹧鸪天·大散关》等。这其中，《青玉案》一首词序曰"煎茶岭，其山东横陇坂，西连太白，出入云表，为入栈第一雄塞"，方位当有误，太白在东而陇坂在西才是。

　　或许由于作者科考失意，亦缘于词体自身的特质，这些作品，大都有些婉转，时或有低沉的情绪，但总体上并不颓唐。如《菩萨蛮·过华阴》云："破车羸马投霜堡，唐陵汉阙埋秋草。吊古独看山，载书西入关。　　盘涡清渭转，沙树秦川远。雕起岳天云，荒碑立暮曛。"[1]虽有"破车""羸马""秋草"等意象透出一种消沉的色彩，但总体上还是比较清劲，比较有力量，"雕起岳天云"的境界还相当开阔劲健。《菩萨蛮·咸阳早发》云："茫茫灞浐愁无限，当时只绕秦宫殿。贳酒小村墟，长烟柳覆渠。　　九峻横巘巤，苍翠看如积。细火落云中，残星流曙红。"[2]《清平乐·宝鸡驿》云："峰围三面，柳拂炉亭塞。听到灞陵霜角断，自觉渐行渐远。　　村头红日初斜，炊烟意欲为霞。县僻不知城处，来询傍驿人家。"[3]两首词，虽有"愁"一类的字眼，但也并不颓唐，反倒有一种诗情画意在其间。有趣的是，两首词都从西安的景象写起，前首写灞浐，灞河与浐河均在西安东郊，而咸阳在西安之西；后

---

① （清）杨夔生《真松阁词》卷4，清道光十四年刻本，第10页。
② （清）杨夔生《真松阁词》卷4，清道光十四年刻本，第11页。
③ （清）杨夔生《真松阁词》卷4，清道光十四年刻本，第11页。

首写"灞陵霜角断"，宝鸡更在咸阳之西，是无论如何听不到"灞陵霜角"的。作者如此写，或许像不少诗人那样有意地时空交错，表现的是意念中的时空感；抑或像他的《青玉案》词序中说"煎茶岭，其山东横陇坂，西连太白"一样，只要是本地区的地名，即可拿来使用，而并不在意其具体位置。

杨燮生关中的作品写得比较好的是一首《貂裘换酒·秦川怀古》，词曰：

> 绣岭烟光沐，叹书生、青骢蹀躞、古怀怅触。细草轻泥唐辇路，头上秦时月落。数貂髦、百年哀乐。孔雀松残鸳瓦碎，听草间、哽咽长生鹿。又吹起，戍楼角。　　谁家种柳真成幄。仗东风、婆娑官野，乱垂烟绿。鄠杜莺花余涕泪，过了几番樵牧。问何处、长陵乔木。沣水依然明似镜，照玻璃、碑坏铜仙哭。望灯火，数家屋。①

此词题为"秦川怀古"，视野相对比较宽阔。绣岭即骊山，在西安之东，词上片均写骊山风物及感喟。下片提到的鄠杜，即鄠县与杜陵，鄠县在西安之西，杜陵在西安南郊，沣水即沣河，在西安之西。词人用了这些地理意象，把视线范围拉开，在此范围内巡视，看孔雀松残鸳瓦碎，听戍楼鼓角，观长陵乔木、澄澈沣水，又"望灯火，数家屋"。因为词体独特的句式、节奏，与一般的诗比起来，别有一番婉转呜咽之致。

周之琦（1782—1862），字稚圭，河南祥符（今河南开封）人，嘉庆十三年进士，主要活动在嘉庆、道光年间，同治元年卒。

---

① （清）杨燮生《真松阁词》卷4，清道光十四年刻本，第10页。

周之琦有一些关中词，大致说来，有两种情形：一是怀古，如《高阳台·汉茂陵》，词曰：

> 宛马吟愁，粤鸡啼恨，流虹休问猗兰。丹鼎龙归，一丘空指苍烟。蒲轮正好贤良聚，奈褰裳、海上仙山。甚蓬莱、误了阿房，重误甘泉。　　神君帐里知何语，但返魂香烬，枉赋哀蝉。五柞鹃声，负他桃熟千年。谁论朱鸟窗中事，剩初明、泪洒通天。最难禁、玉椀凄凉，宛在人间。①

此词咏汉武帝茂陵，用了一大堆与汉武帝有关的典故，发咏史怀古之叹。我们特别注意到的是词中这样两句："甚蓬莱、误了阿房，重误甘泉。"批判汉武帝与秦始皇一样，佞信神仙妄诞之说。

第二种情形是写日常生活中所经所历、所闻所见，以及由此生发的感怀。如《高阳台·灞河阻涨》：

> 雪浪翻空，银涛拍岸，柳阴不解兰舟。顾影骄骢，几回踟足临流，倦怀桑下贪三宿。况关心、丽玉箜篌。慰离情、一水盈盈，多幸天留。　　寻诗待赴旗亭约，奈黄梅暗雨，懒试清游。香润红绡，从看纨扇都收。消魂桥上西风早，怕明朝、吹换凉秋。望京华、芳草天涯，何处高楼？②

---

① （清）周之琦《心日斋词集·鸿雪词》，清刻本，第5—6页。

② （清）周之琦《心日斋词集·鸿雪词》，清刻本，第6页。

　　此词写灞河水涨、行程遇阻之事。一起写"雪浪翻空，银涛拍岸"，宛若苏东坡《念奴娇》"大江东去"词所写情状。灞河，在今西安市东郊，河水再大，亦不至于有如此气势。词人这样写，无非是写水势大而已。当然，即便没有达到"雪浪翻空，银涛拍岸"的场景，在没有桥梁的情况下，水涨阻渡也是常事。因水涨阻渡，故有了眷恋不行的理由。词写离情，与前首一样，用了不少典故，《孟子·公孙丑下》："三宿而后出昼，是何濡滞也？"佛教亦有出家人不三宿桑下以免妄生依恋之说。"丽玉箜篌"，郭茂倩编《乐府诗集》于李贺《箜篌引》题下引崔豹《古今注》曰："《箜篌引》者，朝鲜津卒霍里子高妻丽玉所作也。子高晨起刺船，有一白首狂夫，被发提壶，乱流而渡，其妻随而止之，不及，遂堕河而死。于是援箜篌而歌曰：'公无渡河，公竟渡河，堕河而死，将奈公何！'声甚凄怆，曲终亦投河而死。子高还，以语丽玉。丽玉伤之，乃引箜篌而写其声，闻者莫不堕泪饮泣。"[1]"一水盈盈"，则是化用"盈盈一水间，脉脉不得语"也。下片，"寻诗待赴旗亭约"，又引入优雅的诗意，与天涯芳草合写，更为曲折婉转。消魂桥，灞桥也，紧扣词题。

探芳信

　　茶憩敷水驿，香山诗所谓"上得篮舆未能去，春风敷水店门前"者也。

　　晓莺唤，似陌上柔桑，秦筝弹怨。想画楼初日，芳魂定余恋。素波不照婵娟影，遗恨天涯远。遣羁愁、艳质难留，好山还见。　　依约翠眉展。尚仿佛城南，那

---

① （宋）郭茂倩编《乐府诗集》，中华书局，1979年11月第1版，第377页。

时人面。秀倚东风，露华映，黛痕浅。玉莲花色春如笑，任着帩头看。店门前，怪底篮舆去缓。[①]

　　此首写旅途中敷水驿小憩，敷水驿，在今陕西省渭南市华州区与华阴市交界地带。词一开始，以晓莺啼唤、陌上柔桑，写出一幅优美的春景图，因此而引出离愁，引出对"婵娟影"的思念。下片，集中写敷水驿茶店之女老板或女招待。看她"依约翠眉展"，仿佛是城南那"人面桃花相映红"，"那时人面"兼写思念之意。春风中，她满面含春，得体大方。"任着帩头看"，从"少年见罗敷，脱帽著帩头"化来，虽然未写"行者见罗敷，下担捋髭须"，"耕者忘其犁，锄者忘其锄"，但相关含义，自蕴其中。末了写"店门前，怪底篮舆去缓"，亦是补足前句之意。茶，康熙时期的诗人魏礼《西行道上一百三首》诗序中就写"茶为关中少有之物"，再加上茶店有如此美女，自然是"去缓"了。有意思的是，这首词化用了秦罗敷的典故，而词的作地，正是传说中汉乐府《陌上桑》故事发生的地方。作者写作时，脑海中一定是浮现了"秦氏有好女，自名为罗敷"的情景。

　　清代后期的重要人物翁同龢也曾在关中任职，有诗作。

　　翁同龢（1830—1904），字叔平，号松禅、瓶庐居士等。咸丰六年（1856）状元，历任户部、工部尚书、军机大臣兼总理各国事务衙门大臣。先后担任清同治、光绪两代帝师。对晚清政治有重要影响。

　　翁同龢有一首词《台城路·登咸阳原》："冷云颓日咸阳道，莽然更无秋草。白阁如螺，樊川似带，阅尽兴亡多少。倚风凭吊，

————————

[①] 周之琦《心日斋词集·鸿雪词》，清刻本，第6—7页。

有词客同来，冷吟闲啸。我自工愁，绿笺悔写旧时稿。　　天涯一樽醉倒，渭城春已怨，何况秋杪。官柳依然，碧梧何在，可许凤凰栖老？宦游倦了，吹绿鬓婆娑，年来渐缟。羞对秦川，北流波浩渺。"①翁同龢咸丰六年中状元，咸丰八年（1858）任陕西学政，词当作于此时。此时，他也刚步入官场不久，词谓"宦游倦了"，显然是"为赋新词强说愁"，后来的经历也证明了这一点。此时的翁同龢，还不到 30 岁，词作就表现出一副老气横秋的样子，也是文人的故习了。

由于体裁、句式等原因，加之词体"要眇宜修"的特质，与诗作相比，上述词作，呈现出一种别样的情怀、别样的风味。

从这些诗词作品可以看出道光乃至咸丰时期关中诗的一些特点，也可以看出这些诗人（实则大多是官员）的一种普遍心态，大都比较舒缓、平和，没有多少忧虑，更无惊惧，实为一种和平年代的普遍心态。虽然这些诗反映的不可能是他们每时每刻的心态（每个人的心态随着各种情况的变化随时会有变化），但这么多的诗作合在一起，可以反映出一种普遍的情况。

---

① 叶恭绰编《全清词钞》，中华书局，2019 年 1 月第 2 版，第 1243 页。

第四节　同治至宣统年间的关中诗

一、理学精神与现实关怀：贺瑞麟、杨树椿等关中理学家的诗

贺瑞麟(1824—1893)，字角生，号复斋，陕西三原人。贺瑞麟年轻时从学于关学大儒李元春，后来他本人也成了著名的理学家、教育家。同治九年(1870)，在家乡创清麓精舍，授徒讲学。光绪七年，知县焦云龙资助建为书院，贺瑞麟坚持主讲书院20年。

《清儒学案》《清史列传》记其生平较详，现摘《清史列传》于下：

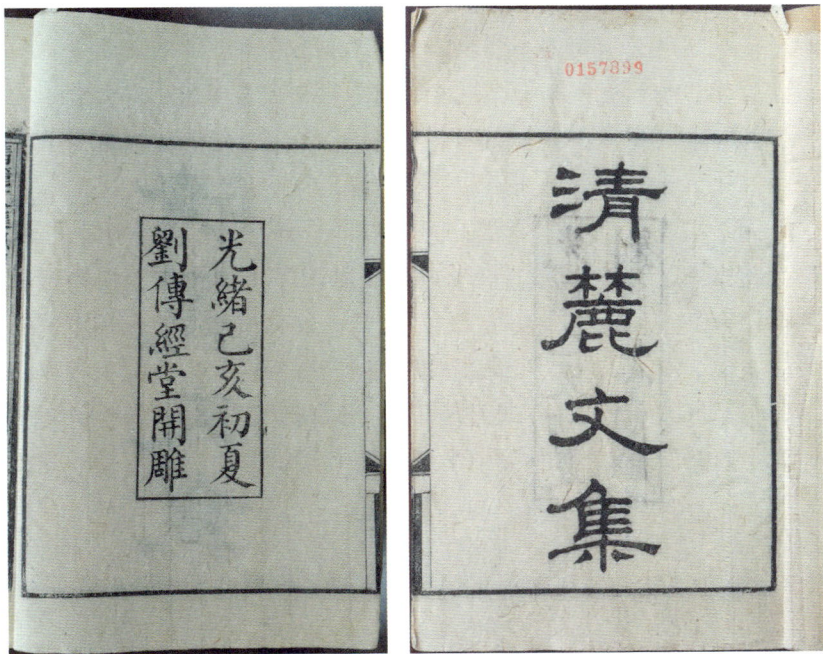

贺瑞麟《清麓文集》（清光绪二十五年刻本）

　　　　贺瑞麟，字角生，陕西三原人。……年二十四，闻
　　李元春讲学朝邑，从之游，遂弃举业，致力于儒先之书。
　　其学以朱子为准的，于阳儒阴释之辨尤严。与芮城薛于瑛、
　　朝邑杨树椿友善，以道义相切劘。同治元年，关中乱，避
　　地绛州，颠沛之中，仍与于瑛、树椿讲学不辍。乱定归里，
　　知县余赓飏请主学古书院。手定《学要》六则……赓飏举
　　孝廉方正，不就。巡抚刘蓉、总督左宗棠复聘主关中兰山
　　书院，皆固辞。晚辟清麓精舍于泾阳之清凉原，来学者益
　　众。生平以倡复横渠礼教为己任，或延讲古礼，不远千里。
　　郡县屡请行古乡饮酒礼，观者如堵墙，风俗一变。时人于
　　妻丧服多略，瑞麟独依礼而行，作《妻服答问》以解众惑。
　　居恒不入城市，惟于振穷、垦荒、均田、积谷诸事，则莫
　　不躬亲赞治。同治十三年，学政吴大澂疏荐，奉旨加国子
　　监学正衔。光绪十七年，督学柯逢时复以经明行修荐，奉
　　旨加五品衔。十九年，卒，年七十。①

　　《清史稿·吴大澂传》载，同治年间，吴大澂任陕甘学政，"荐
诸生贺瑞麟、杨树椿笃志正学，给瑞麟国子监学正衔，树椿翰林
院待诏衔，士风为之一变"②。左宗棠《答吴清卿学使》信中，于
关陇人文，只荐二人，"秦人贺瑞麟，尝有所闻。陇人惟王权喜读
书，行谊亦卓"③。幼年时经历了那个时代并且见过贺瑞麟的于右
任先生这样记述："那时关中学者有两大系：一为三原贺复斋先生

---

① （清）佚名著，王钟翰点校《清史列传·贺瑞麟传》，中华书局，1987 年 11
　　月第 1 版，第 5408—5409 页。
② 《清史稿·吴大澂传》，中华书局，1977 年 8 月第 1 版，第 12551 页。
③ （清）左宗棠著，刘泱泱等校点《左宗棠全集》，岳麓书社，2009 年 11 月第 1 版，
　　第 403 页《答吴清卿学使》。

（瑞麟），为理学家之领袖；一为咸阳刘古愚先生（光蕡），为经学家之领袖。贺先生学宗朱子，笃信力行。"[1]

贺瑞麟的关中诗，写得最多的是山水清趣。且摘录几首如下：

钓台

桃花春水锦鳞肥，坐对南山钓未归。
岂有飞熊曾入兆，一竿风月老渔矶。[2]

游东初野园

不曾门户不墙垣，野趣无边到此园。
落叶西风秋雁影，斜阳北陌远烟痕。
荷残菊瘦蔬盈圃，池静渠流月满轩。
为语主人好培护，还期春暖过花村。[3]

山中雪夜读书

残灯明屋壁，夜深霜气浓。
罢书独端坐，真味留心胸。
开门雪满山，霁月照寒松。[4]

---

[1] 于右任《我的青年时期》，载中国人民政治协商会议陕西省委员会文史资料研究委员会编《陕西文史资料》第十六辑，陕西人民出版社，1984 年 12 月第 1 版，第 9 页。

[2] （清）贺瑞麟著，王长坤、刘峰点校《贺瑞麟集》，西北大学出版社，2015 年 1 月第 1 版，第 600 页。"矶"原作"几"，据清刻本改。本节其他贺瑞麟零散诗句，亦引自本书。

[3] （清）贺瑞麟著，王长坤、刘峰点校《贺瑞麟集》，西北大学出版社，2015 年 1 月第 1 版，第 601 页。

[4] （清）贺瑞麟著，王长坤、刘峰点校《贺瑞麟集》，西北大学出版社，2015 年 1 月第 1 版，第 603 页。

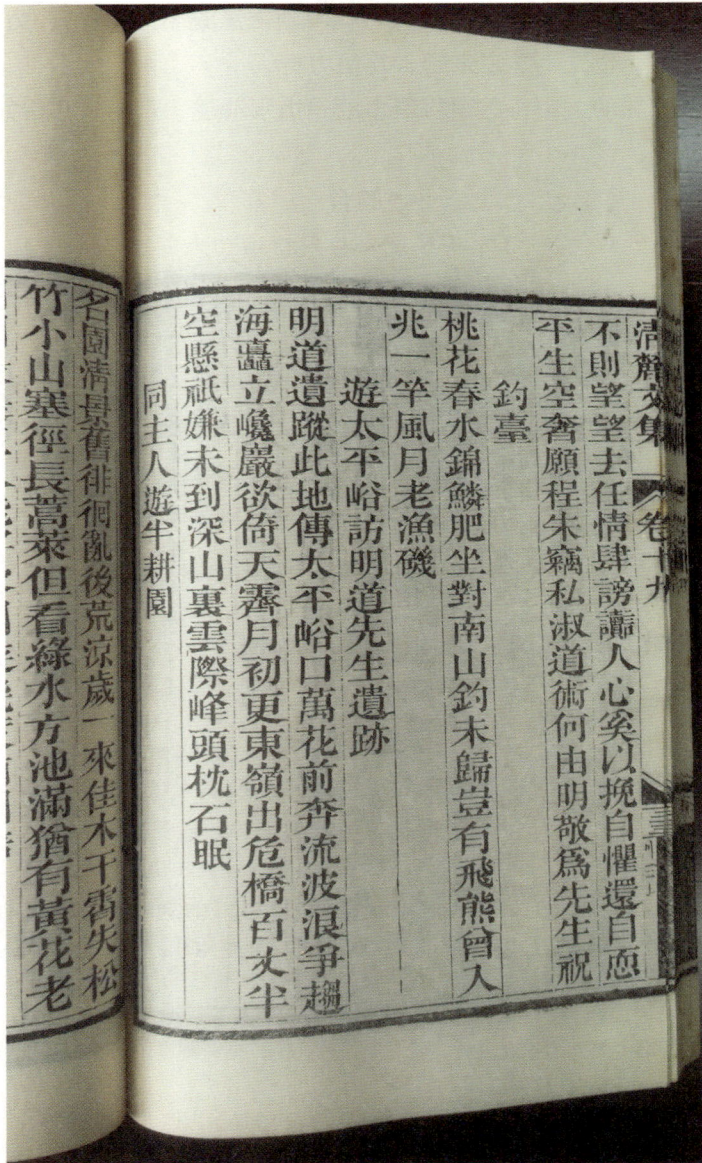

渭麓文集　卷十五

不則望望去任情肆誹人心奚以挽自懼還自恧
平生空齎願程朱竊私淑道術何由明敬爲先生祝

　　釣臺
桃花春水錦鱗肥坐對南山釣未歸豈有飛熊曾入
兆一竿風月老漁磯

　　遊太平峪訪明道先生遺跡
明道遺蹤此地傳太平峪口萬花前奔流波浪爭趨
海蝸立巘巖欲倚天霽月初更東嶺出危橋百丈半
空懸祇嫌未到深山裏雲際峰頭枕石眠

　　同主人遊半耕園
名園清曠舊徘徊亂後荒涼歲一來佳木干霄失松
竹小山襄徑長蒿萊但看綠水方池滿猶有黃花老

贺瑞麟《清麓文集》（清光绪二十五年刻本）

山中秋夜

微雪暗星光，凉风动树影。

中宵起读书，院深虫吟静。

怡然有所思，怀古心耿耿。

此道无终极，山水细参领。

秋灯照端坐，庶几思虑整。①

　　这些作品，无论是寻幽探胜，还是山中读书，抑或是探访野园幽村，共同的特点都是清静，幽静，没有尘世纷扰。清幽的境界，清幽的氛围，清幽的心态，人的心境与自然十分契合，有王右丞山水田园诗的意境，又多了一份人世间的温暖。

　　而这类作品，往往又透出一份豪逸之情，某种程度上可以说透出一种高远的志向。如《坐石上濯足》，前两句写"坐石看山日夕曛，粼粼清泚玉生纹"，后两句又写"临流一洗尘中足，要踏群峰顶上云"②；《游终南小寨竹园》，前面写"竹疑千亩密，水爱一渠清"，末了便写"会当凌橡岭，一览渭川平"③；《九日同仁甫暨诸友登说经台》，前面写"千林自秋色，曲曲流泉声"，末了便写"明当陟绝顶，吾意方纵横"④；《登橡峰示诸生二首》（其二），前两句写"涧流峰峙自年年，秋叶红黄树万千"，后两句便写"欲

① （清）贺瑞麟著，王长坤、刘峰点校《贺瑞麟集》，西北大学出版社，2015年1月第1版，第605页。

② （清）贺瑞麟著，王长坤、刘峰点校《贺瑞麟集》，西北大学出版社，2015年1月第1版，第601页。

③ （清）贺瑞麟著，王长坤、刘峰点校《贺瑞麟集》，西北大学出版社，2015年1月第1版，第594页。

④ （清）贺瑞麟著，王长坤、刘峰点校《贺瑞麟集》，西北大学出版社，2015年1月第1版，第595页。

见好山真面目，耸身须到白云巅"①。这些，与杜甫诗"会当凌绝顶，一览众山小"，可作同类观。

　　贺瑞麟的这类诗，也总能联系到时局与现实。作者生活的时代，社会矛盾相当尖锐，民众举义以及其他一些同类事件，使得社会并不安宁。《清史列传》本传谓其"同治元年，关中乱，避地绛州"。所谓"关中乱"，是指陕西回民大暴动，先是在华州举事，数天之内，连克华州以西大荔、渭南、高陵诸县，直逼三原。嗣后，举事回民与官军及地方团练武装时常进行激烈的战斗，战争状态严重影响到普通百姓的正常生活。这些社会现实情况，以及一些自然灾害，他的诗中也时常涉及，如《南坪》诗写"南坪远抱北坪高，树里河声急暮涛。满地干戈何日息，不妨吟兴此清豪"②，不过，在这首诗里，作者虽然关注到了满地干戈，也忧其"何日息"，但却称其"不妨吟兴"，令人费解，或是作者彼时彼地的特殊心情而已。而其他一些诗则与此不同，如《游楼台有感》诗写"贼火无端遍渭滨，紫云不复耸嶙峋"③；《秋雨不止，贼踞城外，读梅友断炊诗，赋此》写"四野无烟久绝炊，贼梳兵篦不胜悲。半餐半饱争愁我，百万流民正苦饥"④；《入桃花川》写："桃花谷口武陵春，恐有渔郎此问津。兵马已闻驱北地，王师何日定三

① （清）贺瑞麟著，王长坤、刘峰点校《贺瑞麟集》，西北大学出版社，2015年1月第1版，第596页。

② （清）贺瑞麟著，王长坤、刘峰点校《贺瑞麟集》，西北大学出版社，2015年1月第1版，第602页。

③ （清）贺瑞麟著，王长坤、刘峰点校《贺瑞麟集》，西北大学出版社，2015年1月第1版，第595页。

④ （清）贺瑞麟著，王长坤、刘峰点校《贺瑞麟集》，西北大学出版社，2015年1月第1版，第592页。

秦"①；游华山的《题仰天池》写"白帝峰高感慨生，烽烟数载暗西京。何当一倒天池水，永为人间洗甲兵"②；游周至楼观台写的《经台远眺》也说"可惜苍黎涂炭甚，当年丰镐旧周京"③，都表达了对时局的关切以及对和平安宁生活的向往。

由于作者理学家的本性，贺瑞麟的这类诗，又常常和理学的哲理融合起来。如《后山搜泉二首》（其二）前两句写"细流一线响淙淙，才出山时意尚慵"，后两句又写"只为源头来活水，终趋东海去朝宗"④；《院中少池嘱主人引泉》诗前两句写"疏得泉流万木栽，何如更引照亭台"，后两句又写"不开一鉴方塘里，那识天光云影来"⑤，游山寻泉，劝人在院中引泉筑池，都能写成这样，既是引用了朱熹的诗句，更是融入了其中的哲理。

史籍称贺瑞麟"生平以倡复横渠礼教为己任"，横渠，即北宋时期关中著名理学家张载，理学创始人之一。他的学说，对南宋朱熹有很大影响。这里，"横渠礼教"就是指理学，称"横渠礼教"更能体现出关学源流。比横渠先生晚生12年的另一位理学创始人程颢（世称明道先生）曾任京兆府鄠县（今西安市鄠邑区）主簿。因鄠县距贺瑞麟所在的三原县极近，又近邻终南山，所以贺

① （清）贺瑞麟著，王长坤、刘峰点校《贺瑞麟集》，西北大学出版社，2015年1月第1版，第603页。

② （清）贺瑞麟著，王长坤、刘峰点校《贺瑞麟集》，西北大学出版社，2015年1月第1版，第607页。

③ （清）贺瑞麟著，王长坤、刘峰点校《贺瑞麟集》，西北大学出版社，2015年1月第1版，第596页。

④ （清）贺瑞麟著，王长坤、刘峰点校《贺瑞麟集》，西北大学出版社，2015年1月第1版，第602页。

⑤ （清）贺瑞麟著，王长坤、刘峰点校《贺瑞麟集》，西北大学出版社，2015年1月第1版，第602页。

瑞麟经常来此游览，也写了不少诗。与"明道先生"直接有关的诗有《鄠县寻明道先生主簿旧所书怀》《高冠峪龙潭用明道先生韵》《游太平峪访明道先生遗迹》等。《鄠县寻明道先生主簿旧所书怀》写"孔孟道失传，有宋占星聚。濂溪既开先，伊洛屹砥柱"，"独此关学脉，横渠亦帜树"，"卓哉一篇书，微言阐邹鲁"，"斯文光烛天，圣学开兹土。所以朱晦翁，钦佩深有取"，"誓将奋吾志，终身奉绳矩"，"关洛本一辙，期以振三辅"①。梳理了周敦颐、张载、程颢、朱熹等建构理学的过程，并表达了自己继承学习并期以振兴三秦的愿望。后两首因是游山，则主要写山水景物及游山感怀，也流露出诗人自己的兴趣之所在，如《游太平峪访明道先生遗迹》诗曰："明道遗迹此地传，太平峪口万花前。奔流波浪争趋海，矗立巉岩欲倚天，霁月初更东岭出，危桥百丈半空悬。只嫌未到深山里，云际峰头枕石眠。"②洋溢着一种浓浓的诗意和洒脱。又有《鄠县城南》一诗："明道当年簿鄠时，天然风景天然诗。傍花随柳知何处，欲起先生一问之。"③天然风景与明道先生之学说，完美地融合在同一首诗中。而这一学说，至少在贺瑞麟心目中，是"天然"的，不需要着意雕琢的。在他看来，尤其与自然山水相关，《又游清川即用仁齐韵》一诗可证："明道行乐地，花柳过前川。晦翁寻芳日，东风识春妍。""平生山林癖，

---

① （清）贺瑞麟著，王长坤、刘峰点校《贺瑞麟集》，西北大学出版社，2015年1月第1版，第597页。

② （清）贺瑞麟著，王长坤、刘峰点校《贺瑞麟集》，西北大学出版社，2015年1月第1版，第600页。

③ （清）贺瑞麟著，王长坤、刘峰点校《贺瑞麟集》，西北大学出版社，2015年1月第1版，第598页。

奔趋如慕羶。埋头岂书册，到此心豁然。"[1]

值得注意的是，贺瑞麟力倡理学，对其他宗教类持排斥的态度。他有四首写鄠县草堂的《草堂有感》，分别标明是"道体""圣学""崇正""黜邪"。最后一首"黜邪"诗曰："西来罗什此传经，殿圮台荒一塔亭。寂灭何曾脱生死，徒留诞妄误人听。"[2]斥鸠摩罗什之说为"诞妄"，表明了他的专一态度。

幽兴、时局、理学，这三者，在贺瑞麟的诗中，能理出明晰的融合的线索，其融合的理论，便是"平淮有李愬，卧巷有袁安"（《青映阁对雪》）。各有兴趣，各有所长，各有职责，这，当是贺瑞麟的理念。

作为一位执着于书院教学的教育家，贺瑞麟也有一些有关书院的诗，如《过冯少墟先生关中书院》《灵峡书院感赋》等。冯少墟即冯从吾，号少墟，明万历进士，著名教育家，创办关中书院，人称"关西夫子"，前文有叙。《过冯少墟先生关中书院》一诗写了"关学启横渠"，又写了冯少墟创办书院的过程及其功绩，最后写自己"平生空奢愿，程朱窃私淑。道术何由明，敬为先生祝"[3]。《灵峡书院感赋》一首，写邀请好友"薛（于瑛）与杨（树椿）"会聚于华山之灵峡书院讲学的美好时光："三日留岳庙，讲论殊未央"，"干戈既可逃，读书更深藏"，或许可以帮助我们理解前文所述作者关于读书与时局的关系。"处则匿岩穴，出则立庙

① （清）贺瑞麟著，王长坤、刘峰点校《贺瑞麟集》，西北大学出版社，2015年1月第1版，第610页。

② （清）贺瑞麟著，王长坤、刘峰点校《贺瑞麟集》，西北大学出版社，2015年1月第1版，第599页。

③ （清）贺瑞麟著，王长坤、刘峰点校《贺瑞麟集》，西北大学出版社，2015年1月第1版，第599页。

廊。道义兼经济，庶几吾道昌。且修名山业，兹地多辉光"①，是
他对弟子的教诲，也是他对自己学说的解释。

　　贺瑞麟其他题材的诗很少，其中《过马嵬口占二首》，立意
与他人不同，诗曰：

> 马嵬坡下可怜吟，千载孤坟绿草深。
> 毕竟君王能爱妾，莫教妾负六军心。
>
> 蜀道归来悲妾身，马嵬绝命总深恩。
> 报君一死君须记，留取唐家二百春。②

　　诗以杨妃的口吻，写明皇"爱妾"，自己一死乃是报君、报
国。叮咛谆谆，言辞恳切。或可理解为反意讽刺，无论正、反理
解，都有些新意。

　　贺瑞麟志同道合的好友杨树椿（1819—1874），字仁甫，号
损斋，陕西朝邑（今属陕西大荔县）人。他们二人与芮城薛于瑛，
当时并称"关中三学正"。

　　杨树椿关中诗的内容与贺瑞麟有很多相同之处。同是理学
家，他们都有推崇程颢等人的作品，如杨树椿就有《鄠县寻明道
先生主簿故宅有感》等诗，其他诗中也有提及，如《草堂寺》一
诗写"名僧皆化土，翠竹不知禅。多少经游者，独钦明道贤"③。这

---

① （清）贺瑞麟著，王长坤、刘峰点校《贺瑞麟集》，西北大学出版社，2015
　　年1月第1版，第607页。

② （清）贺瑞麟著，王长坤、刘峰点校《贺瑞麟集》，西北大学出版社，2015
　　年1月第1版，第619页。

③ （清）杨树椿《杨损斋文钞》卷4，第5页，清光绪十九年刻本。

鮚堂講學想功何事雖死尚有全……言四知莫

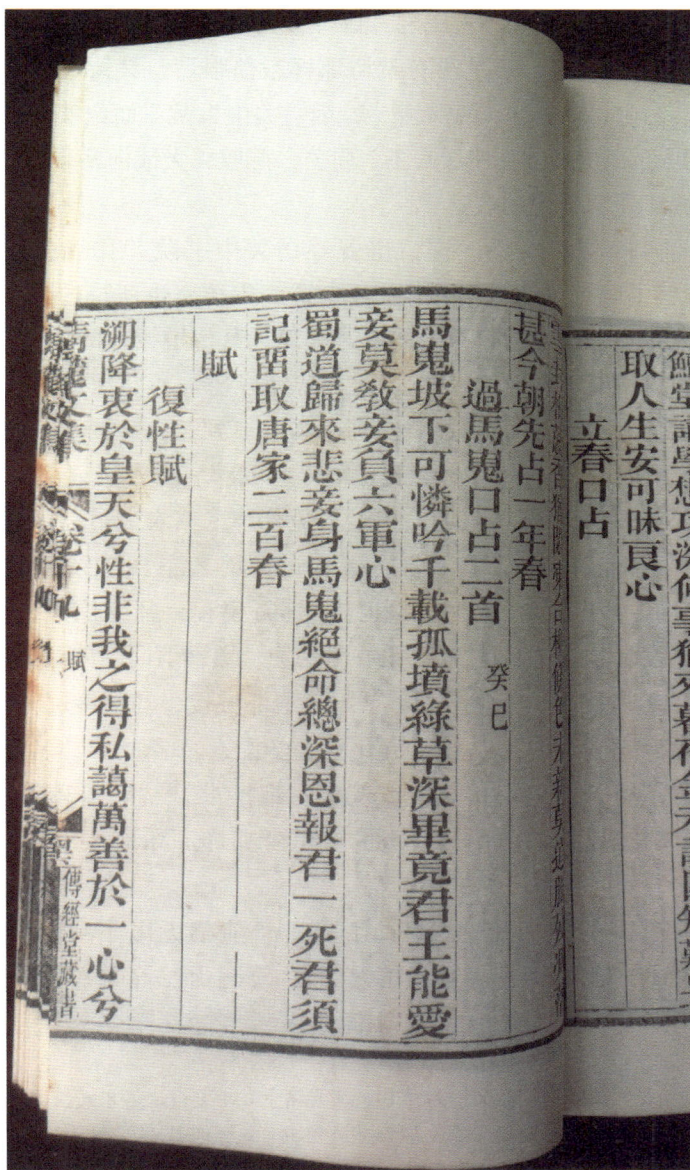

取人生安可昧良心

立春口占

甚今朝先占一年春

過馬嵬口占二首　癸巳

馬嵬坡下可憐吟千載孤墳緑草深里竟君王能愛

妾莫教妾負六軍心

蜀道歸來悲妾身馬嵬絕命總深恩報君一死君須

記囑取唐家二百春

賦

復性賦

溯降衷於皇天兮性非我之得私藹萬善於一心兮

贺瑞麟《清麓文集》（清光绪二十五年刻本）

与贺瑞麟《草堂有感》"黜邪"诗"寂灭何曾脱生死，徒留诞妄误人听"是一样的，只是没有贺诗那样激愤强烈。其诗中也多次提到横渠先生。而其《丰镐八章》，因"关中大乱"而纪实，诗中望"仁德"，怀周道、文王、武王、周公，感叹"大哉河岳佳气"，其实也是其理学思想的表达。

杨树椿与贺瑞麟一样，也曾寻访关中书院并作诗抒慨，有《吊少墟书院遗址》《关中书院怀少墟》等诗，也还写过《清川别业可作书院》等与书院有关的诗，表现了其传道授业的使命感。

杨树椿有些诗作，表现了他早年的经历与心路历程，如《长安晓起》写"唤醒谯楼钟鼓残，逐名谁遣到长安。栖鸦飞起霜天晓，秋雨连阴客子寒"[1]，当是他早年求取功名的真实记忆。《秋晚野望》诗写"才浅须知足，年丰不免贫。二三农夫过，呼我读书人"，自注"时应秋试被黜"[2]。《应试被黜二首》，更是明确写应试之事："才疏应试自知明，壮志空怀万里程。凡事惊人皆血气，平生误我是功名。读书未继关中学，食力深惭陌上耕。归去茅斋同小弟，半帘风雨夜灯撑。""夕阳欲下郡城楼，马踏秦川芳草愁。泮水青衿三试黜，高堂白发五旬秋。学因有待皆成误，名到何时方会休。插脚两途安处是，欲从詹尹细推求。"[3]诗有落第之愁，但更多的是反思，而不是一般的应试者那样一味地愁、泣，屡败屡试。

杨树椿的怀古诗，《过骊山》曰："前朝无限事，秋草暮烟中。"[4]与一般的怀古抒怀诗略无二致。《骊山二首》写："狼烟一

---

① （清）杨树椿《杨损斋文钞》卷14，清光绪十九年刻本，第8页。

② （清）杨树椿《杨损斋文钞》卷14，清光绪十九年刻本，第1页。

③ （清）杨树椿《杨损斋文钞》卷14，清光绪十九年刻本，第8页。

④ （清）杨树椿《杨损斋文钞》卷14，清光绪十九年刻本，第1页。

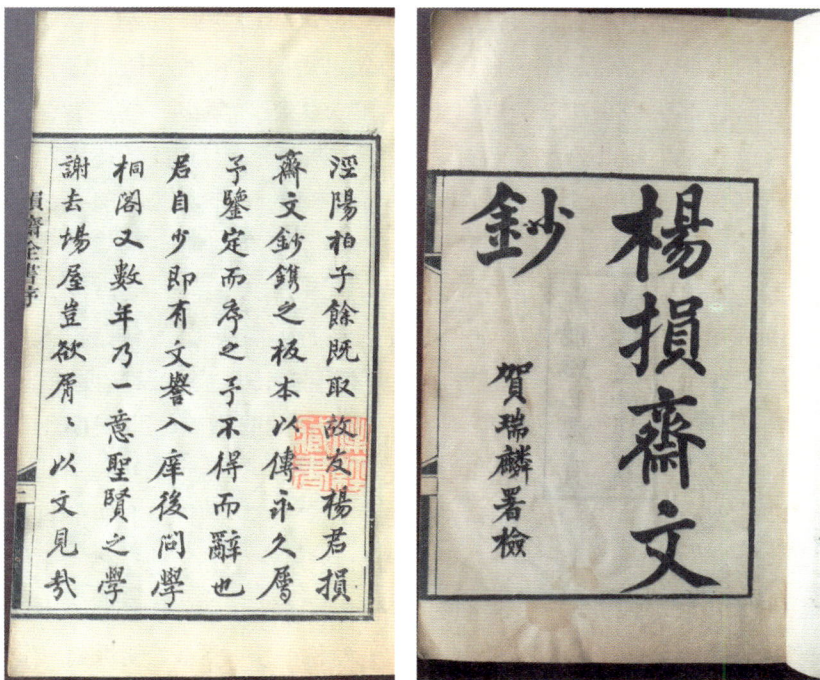

杨树椿《杨损斋文钞》，贺瑞麟题签并作序（清光绪十九年刻本）

笑灭西京，更有妖姬入绛城，先后祸胎如一辙，却嫌宜曰愧申生。""阿房焦土点苔斑，蜀道淋铃泪雨潸。都为香泉解倾国，教人千古怨骊山。"①诗写周幽王、唐明皇事，斥"妖姬"误国，本无新意，而"却嫌宜曰愧申生"之句，与众不同。《三峰怀古》末联写"讲学名山千载事，吾家弓冶在鳣堂"②。《礼记·学记》曰："良

① （清）杨树椿《杨损斋文钞》卷15，清光绪十九年刻本，第3页。
② （清）杨树椿《杨损斋文钞》卷14，清光绪十九年刻本，第15页。

冶之子，必学为裘；良弓之子，必学为箕。"①后用"弓冶"指父子相传的事业。《后汉书·杨震传》载："后有冠雀衔三鳣鱼，飞集讲堂前，都讲取鱼进曰：'蛇鳣者，卿大夫服之象也。数三者，法三台也。先生自此升矣。'"②后因称讲学之所为"鳣堂"。立足华山，可怀可想者颇多，而杨树椿心里挂念的，却是继承前人，于此讲学。《渼陂》一首，写鄠县渼陂湖："子美祠前空翠堂，乱来溪竹未荒凉。昆明曲水俱尘土，谁问唐皇并汉皇。"③渼陂湖，因杜甫诗句"岑参兄弟皆好奇，携我远来游渼陂"而著名，宋人因杜诗中有"空翠"二字，遂于此建空翠堂。诗以唐皇及其曲江池、汉皇及其昆明池作比，突出诗圣杜甫在后世的影响，也表明了诗圣在杨树椿自己心中的地位。

与贺瑞麟等人相比，杨树椿关注现实的诗更多，正如他自己诗所说，"人说太平侬说愁"（《朝坂竹枝词十首》）。他感慨"十二年来蒿满野，粮差岁岁要全收"，感慨"高原三月雨常干，不接青黄米借难。糜子棉花未下种，甲头两税一齐完"（《朝坂竹枝词十首》）④。他对现实有深深的关切，《避乱过二贤祠》诗曰"全生来此地，群盗满关中。沟壑亦何惜，求仁愧两公"⑤，《避寇合阳城夜感》诗写"中宵伏枕思名将，西土连年嗟我农"⑥。他有一首《赎儿行》，题下有序："岁丙午，关中大饥，有叟携儿鬻，需钱五百。

① （清）孙希旦著，沈啸寰、王星贤点校《礼记集解》，中华书局，1989年2月第1版，第970页。

② 《后汉书·杨震传》，中华书局，1965年5月第1版，第1759—1760页。

③ （清）杨树椿《杨损斋文钞》卷15，清光绪十九年刻本，第19页。

④ （清）杨树椿《杨损斋文钞·损斋外集钞》，清光绪十九年刻本，第19页。

⑤ （清）杨树椿《杨损斋文钞》卷14，清光绪十九年刻本，第3页。

⑥ （清）杨树椿《杨损斋文钞》卷14，清光绪十九年刻本，第12页。

友人王慈船闻，倍其数予之，儿得以存。翌日，叟求拜，坚不以
名告。慈船时从李东庄师游，年甫弱冠，循循然书生，为此事义
矣，为作《赎儿行》。"诗曰：

> 老翁无食饥欲死，膝前娇儿啼不止。
> 不忍食儿忍鬻儿，抱之路旁泪如水。
> 哀哉儿啼不能去，老翁宛转为儿语。
> 骨肉至此不得论，地角天涯知何处！
> 谁欤闻之心恻然，东庄弟子王慈船。
> 促仆提贯倍数与，叮咛勿以我名传。
> 老翁得钱良久立，惊喜无语转呜唈。
> 跟跄踵门欲拜谢，不得其人空感泣。
> 我昨见一儿，乞食足蹒跚。
> 沿村四百家，不能足一餐。
> 年荒人情薄，听此摧心肝。
> 仁术论心不论事，此事虽细人所难。
> 呜呼，关中赤地方千里，安得富人尽如慈船子！ ①

　　丙午，为道光二十六年，公元 1846 年。诗表扬王慈船之善
举，更是反映了灾年老百姓的苦难，摧人肝肠。

　　杨树椿关心国家的形势，他有两首七绝，题目很长，曰《七
月十二日立秋，闻洋寇逼天津，或云逼城下，草野不得确耗。于
时，李帅趋召出关矣。夜不成眠，呼童抱琴携酒，上落雁，已二
更。月色如昼，万籁寂然。未三弄，风起衣薄，凛乎不可留。归

---

① （清）杨树椿《杨损斋文钞》卷13，清光绪十九年刻本，第6页。

枕上赋二绝》，诗曰：

> 酒后思量家国事，无人可语泪长流。
> 携琴独上南峰顶，皓月当空知我愁。
>
> 渺渺海中三岛近，泠泠徽外七弦哀。
> 曲终孤坐一长啸，万壑松风天际来。[①]

　　从诗题看，当是写同治九年（1870）的"天津教案"一事。这一年的立秋是在 8 月 8 日，农历七月十二日。当时，杨树椿隐居华山读书，潜心研究理学。华山西峰摩崖石刻至今还有贺瑞麟

贺瑞麟题"杨仁甫先生借寓读书处"。图片来源：携程网：钟鸣a《西行记二：西峰看华山》

---

① （清）杨树椿《杨损斋文钞》卷15，清光绪十九年刻本，第31页。

题写"杨仁甫先生（借寓）读书处"。洋寇进攻天津的消息传来，诗人不胜忧愤，夜半时分登上华山南峰，抒发忧念家国之情。

杨树椿对现实的这种关切，还表现在他的许多诗中，而且他能把对现实的关切与自己的人生设计联系起来，如《青映阁暮雨》诗写"何日洗兵马，江湖一钓舟"[1]；《沙苑行》写"干戈满天地，世路尽榛荆。便欲携我书，又欲邀我朋。诛茅宅半亩，求田水一泓。将军载妻子，老此安凿耕"[2]。《夜听更声有感》，自注"时海疆有洋寇"，诗更是写"我亦关西一书生，独倚青灯匣剑吐"[3]，表达了自己跃跃欲试的心情。

在经历并看透了世情之后，杨树椿更是有不少诗，谈他的人生设计，如下面两首：

别华山

坐青松而谈经，呼白云而共醉。
抱予琴于月中，写予诗于烟际。
嗟秦乱之无人，望燕京而堕泪。
忧吾学之不修，辞名山而有愧。[4]

出山有感

芒鞋竹杖几经年，故国山川岂偶然。
只见疮痍全未起，吾生何意卧林泉。[5]

---

[1] （清）杨树椿《杨损斋文钞》卷14，清光绪十九年刻本，第5页。

[2] （清）杨树椿《杨损斋文钞》卷12，清光绪十九年刻本，第9—10页。

[3] （清）杨树椿《杨损斋文钞》卷13，清光绪十九年刻本，第1页。

[4] （清）杨树椿《杨损斋文钞》卷13，清光绪十九年刻本，第14页。

[5] （清）杨树椿《杨损斋文钞》卷15，清光绪十九年刻本，第19页。

若是小子雖憨頑請從今日始

沙苑行

咸豐庚申夏我從沙苑行來往將百里曲折始分明觸處

威風景陶然移我情岡陵如水浪鱗甲動千層合沓抱窪

凹便有人烟生千林比如櫛萬井界如繩桃李五色爛轍

轆十里鳴或斜如雲漢或整如棋枰瓜壺雜菜豆或架又

或棚艱難有婦女老弱同壯丁生死只此閒不識車馬聲

我聞豳風篇昔賢畫圖呈王化豈云遠要在上人與安得

徧天下盡如此閭氓亦欲將斯景寫作百幅屏就中指尤

勝兩處莫與京北有九龍泉唐代雷溪亭南有太白池華

峰當戶青魚蓮晴灩灩蟬畫冥冥羔羊酒能醉蓴蔡茶

可烹美哉此風味絕無與名桃源夫豈異心與陶公盟

干戈滿天地世路盡榛荊便欲攜我書又欲邀我朋誅茅

宅半畝求田水一泓將車載妻子老此安鑿耕

杨树椿《杨损斋文钞》（清光绪十九年刻本）

青松、白云、琴书，这是诗人向往的生活场景，然而秦中乱荒、满目疮痍，又令诗人不忍安居山中，表现了他复杂的心情和内心强烈的纠结。

张崇健，陕西蒲城人。关于张崇健之生平，《蒲城县新志》卷十有粗略而明晰的记载：

> 张崇健，字朴亭，号桥南，旌士坊人，涉猎书史，不喜章句之习，于诗古文辞不研究而能工。所交多四方知名士。闻咸阳李寅豪侠，往见之。与谈姚江之学，深相契。同治初，沙苑回变，县令檄督乡团，即条具时宜上之。令未及行，其所住镇城失守，遂扶母避洛川。当是时，凶焰方张，所在焚掠，搢绅先生或以寇至不去为高，因捐躯者比比。崇健俟寇氛稍远乃返，即约乡人筑镇城。工粗毕而捻匪至，谋战守之具，调度机宜，井井有条，镇人赖以无害。其平生急人之急，以意气孚乡里，于抚孤贫尤挚，曰负死友俗交耳。丧乱既平，房室多毁，乃先复宗祀，而后及其他。启翼后学，以反求其本心为归。昔人谓范文正公无理学之名而有其实，崇健近之。①

张崇健生逢乱世，阶级矛盾和民族矛盾极为激烈。他能保持本心，不乱方寸，为人做事，受人尊敬。

方志谓张崇健近乎"无理学之名而有其实"，张崇健也确实对当时的大理学家非常尊敬且有交往。他有一首《赠三原贺角生先生》，贺角生即前文所述三原大儒贺瑞麟，诗中肯定贺瑞麟

---

① （光绪）《蒲城县新志》卷10《人物志·儒林》，清光绪三十一年印本。

"格致遵程朱，日月朗户牖。力破虚寂谈，乾坤洗尘垢。中天树一帜，毅然大风吼"①，而自己"我亦负狂性，痴心追不朽。何时对芝兰，馨香重握手"。他还有一首《赠朝邑杨仁甫先生》。杨仁甫即前文所述之杨树椿，贺瑞麟的同道好友。诗谓杨"骤亲道貌严，折节来吾馆"②，如此看来，张崇健或在当地开设学馆书院。

张崇健因为未曾仕宦，故而少有远游的机会，他的诗，基本上都作于家乡蒲城，或者是蒲城周边一带。

张崇健的诗，最引人注目的是反映动乱现实、关注民生的作品。

《乞晴》一首，写久雨不晴，小麦难熟，故而乞晴，一开始这样写："三秦元气尽，劫火剩残黎。长安多饿死，米贵孰能支？赖此芃芃麦，眼穿望疗饥。夏初凝阴气，地冷穗吐迟。"③不仅写连日阴雨气温低而使"地冷穗吐迟"，更反映了"长安多饿死"的惨痛现实。又有《严霜》一首，曰："二麦秦中命，西南况又荒。人方期稔岁，天竟降严霜。兵火余残喘，饥寒迫旧肠。万家同一哭，何处问苍苍！"④诗写大麦、小麦未能丰收，又加灾荒，天降严霜，正值战乱年月，饥寒交迫的老百姓"万家同一哭，何处问苍苍"，真是叫天天不灵，呼地地不应。此诗之具体作年，暂不得知。据史书和地方志记载，道光至光绪年间，陕西颇多自然灾害，如"道光六年三月，严霜害禾稼"，"道光十四年三月，严霜害禾稼。

---

① （清）张崇健《桥南诗钞》卷1，1922年西安章含书局排印本。本节张崇健其他零散诗句，亦引自本书，第2页。

② （清）张崇健《桥南诗钞》卷1，1922年西安章含书局排印本，第2页。

③ （清）张崇健《桥南诗钞》卷1，1922年西安章含书局排印本，第5页。

④ （清）张崇健《桥南诗钞》卷3，1922年西安章含书局排印本，第5页。

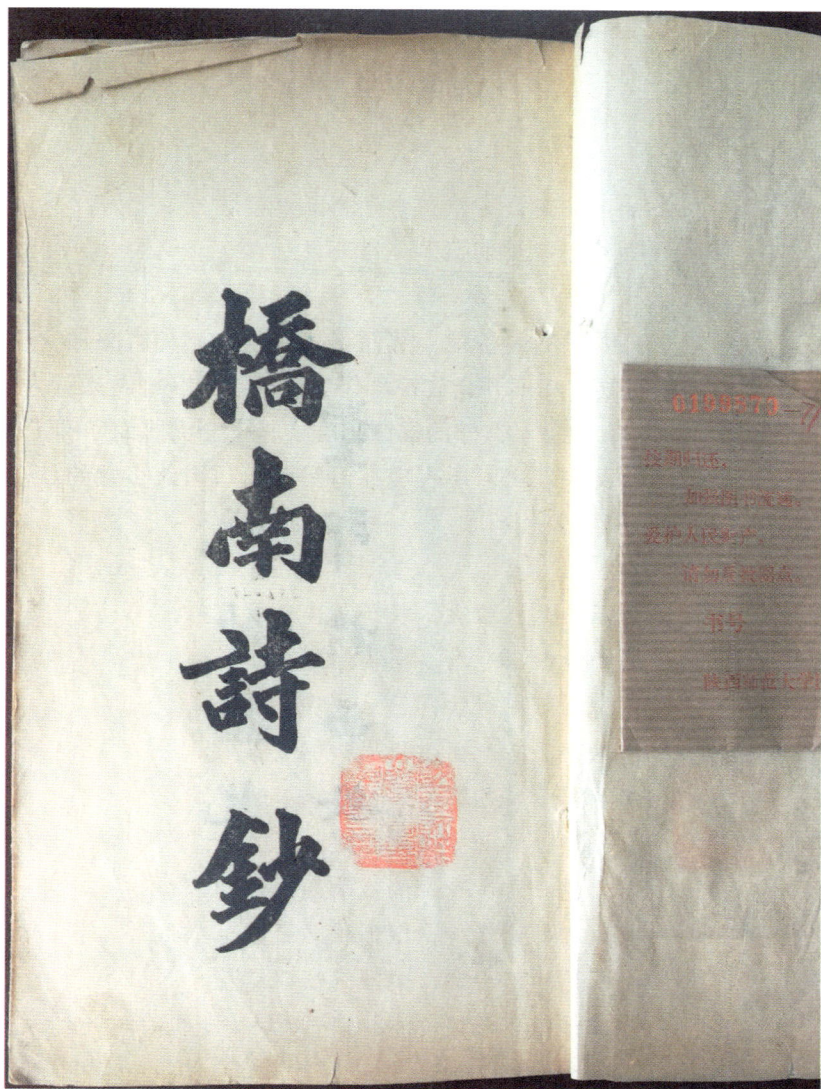

张崇健《桥南诗钞》，1913 年西安章含书局排印本

道光十五年夏，旱民饥"①，这样的记载，非常多。

张崇健还有一首《过邑城预备仓》，揭露了天灾之年的人祸，诗曰：

> 千间广厦聚余粮，自是朝廷重备防。
> 毁户饥寒谁悯恤，独怜硕鼠跃官仓。②

朝廷本来有大量的储备粮，然而当战乱与自然灾害叠加，百姓需要救助的时候，却不开仓放粮，任凭硕鼠在粮仓中跳来跃去，百姓却得不到一粒粮食。这样的揭露，委实是十分大胆而犀利了。

张崇健诗的反映现实，还表现在写民俗，写当地百姓的日常生活，如下面一首《割麦行》：

> 夏日烈烈红似火，轻花落罢麦成颗。
> 乌鸦满树雀噪场，樱桃烂熟杏凝朵。
> 东邻西邻相聚忙，三五成群人结伙。
> 腰镰磨刃自彭衙，百里挟粮夸勇果。
> 市上月落鸡初鸣，满城杂沓喧呼声。
> 豆剖瓜分各归主，南阡北陌黄云横。
> 剪刀风细薄于叶，隔陇遥闻玉铮铮。
> 初如夜雨淅沥响，继似秋飚潇洒生。
> 白杨万树波涛涌，蟋蟀鸣咽四野盈。
> 耳属目瞻乐意关，乡村四月无人闲。

---

① （光绪）《三续华州志》卷4，清光绪八年合刻华州本。
② （清）张崇健《桥南诗钞》卷4，1922 年西安章含书局排印本，第 17 页。

朝邑丰图义仓，建于清光绪八年。摄于 2019 年 10 月 20 日

顷刻千畦尽倾倒，亚旅牛车相追攀。

儿童拾穗田歌起，群女携筐带笑颜。

男勤妇馌都忘若，青山对面露双鬟。

布谷催耕栗留话，夕阳人影桑柘间。[①]

　　诗中所写之"场"，即打麦场，一块夯实过的平整土地，用于夏秋庄稼成熟时农作物脱粒收获，关中地区至今依然保留这一传统收获方式。"腰镰"，镰刀之一种，并不是腰里挂着镰刀或腰里所佩之镰刀。关中地区传统的日用镰刀有所谓腰镰、草镰、麦镰等等。这种镰刀，刃弯弓形，当然这里也可以理解为代指割麦所用之镰刀，不一定只限于腰镰一种。"百里挟粮"，麦子成熟时节，因地域气候的不同，各地成熟的时间有早有晚，所以，麦熟季节，很多人往往去别处"赶场"，等收割完了此地的小麦，又去收割彼地成熟的小麦，因离家较远，故需携带干粮。"儿童拾穗"，过去粮食产量低，人们也爱惜粮食，所以大面积收割之后，又要捡拾地下散落的零散麦穗，称为"拾麦"。这一工作，往往由缺乏强壮劳动能力的老弱妇幼进行，故多"儿童拾麦"。"布谷催耕"，指麦子刚刚收割完毕，就要播种秋粮了。此时布谷等时鸟正在鸣叫，似乎在催促人们不忘农时。诗写夏日麦收景象和丰收的喜悦，使人如临其境。在写法上费了些功夫，如"隔陇遥闻玉铮铮"，用"玉铮铮"形容割麦子的声音，"初如夜雨淅沥响，继以秋飚潇洒生"，比拟、渲染也十分到位。

　　烟花炮仗，是蒲城的特产之一。这一传统产业据传起源于唐代，至今仍然十分有名。张崇健的家乡兴镇（旌士坊）尤其是核

---

① （清）张崇健《桥南诗钞》卷 2，1922 年西安章含书局排印本，第 19 页。

心产地。他写的《兴镇八景》组诗就有一首为《爆竹散彩》，诗曰：
"火树银花幻是真，元宵月朗艳阳辰。飞红无限休和象，散作人间
满地春。"[1]还有一首长诗《兴镇爆竹歌》，诗曰：

> 朗月磨镜涌海出，万家祷祀祈年丰。
> 爆竹通衢连珠响，大炮小炮声声急。
> 初如夏雨电撃红，雷霆轰轰听未息。
> 继似将军冲行阵，万马奔腾凌秋日。
> 高者乌鹊出巢鸣，低者鸡犬惊有声。
> 有时绚烂类星陨，有时蒸雾四野横。
> 万状迷离难尽绘，一时箫管写丰亨。
> 回忆兵戈才几日，烽烟变幻忽承平。
> 三川彭衙流离人，半从磷火作游魂。
> 骨肉聚散浑一梦，沧桑磨灭百年身。
> 乱后凄凉思故友，一轮秋月独伤神。
> 十年盛衰真泡幻，瞥眼繁华莫认真。[2]

　　诗前半写爆竹，"大炮""小炮"均指炮仗、爆竹。关中俗语，
将爆竹称为炮，一般成串的小型爆竹即鞭炮称为小炮，而个头较
大、单个爆响的称为大炮。"初如"八句，借助于通感，比拟、形
容爆竹燃放后的视觉和听觉效果，真是"万状迷离难尽绘"。"回
忆"以下数句，忽然转向写现实，烽烟变幻，战火不断，多少人
流离失所，又有多少人变成了亡魂。同治元年（1862），陕西回

---

①　（清）张崇健《桥南诗钞》卷4，1922年西安章含书局排印本，第28页。
②　（清）张崇健《桥南诗钞》卷2，1922年西安章含书局排印本，第1页。

民大暴动，后又有西捻军攻入陕西，连年战乱，直到同治八年，左宗棠才把战争推向甘肃，而后新疆。七八年间，陕西境内，清廷军队剿回、捻的战争，惨烈异常，清军、地方团练武装、起事回民、捻军，混战一团，无数人死于战乱。此前，"咸丰朝陕西人口一直稳定在 1200 万左右。陕西回民起义前一年，即咸丰十一年（1861 年），有 1197.3 万人，光绪十年（1884 年）降至 809.4 万人"①，而蒲城、渭南一带，锐减之人口大部分死于同治时期。所以诗中"半从磷火作游魂"绝非虚语。由此，诗人"乱后凄凉思故友，一轮秋月独伤神"，更得出了"十年盛衰真泡幻，瞥眼繁华莫认真"的悲凉结论。

张崇健的古迹诗很多，盖因经历的原因，其诗所涉古迹，多为其家乡蒲城及蒲城周边地带，稍远一点的，西南至西安，东南到潼关，皆不出关中之范围。

张崇健的古迹诗，写得最多的是他的家乡蒲城县的一些古迹，尤其是唐代的五个帝陵，有《唐睿宗桥陵》《唐宪宗景陵》《唐穆宗光陵》《唐元宗泰陵》《唐让帝惠陵》等诗，陪葬墓亦有《高力士墓》等诗。还有总写的《五陵闲云》。所谓"五陵闲云"是蒲城八景之一，诗人题下也自注"邑中八景之一"。诗曰："兴衰看破此崔嵬，万古伤心眼倦开。都解闲云空富贵，何堪华表长莓苔。形传龙虎空潇洒，幻作楼台任去来。多少英雄归寂寞，秋虫千载吊蒿莱。"②

蒲城之外，张崇健还曾拜谒了周边邻县如富平、华阴、白水等地以及西安的王翦墓、杨震墓、仓圣祠、杜少陵祠、冯少墟祠、董仲

① 郭琦、史念海、张岂之主编，秦晖、韩敏、邵宏谟著《陕西通史·明清卷》，陕西师范大学出版社，1997 年 3 月第 1 版，第 353—354 页。

② （清）张崇健《桥南诗钞》卷 3，1922 年西安章含书局排印本，第 11 页。

唐睿宗桥陵。摄于 2020 年 9 月 24 日

舒墓等，并且都写了诗。这方面比较突出的作品，如《重谒淮阴侯墓》。这里的淮阴侯墓，指西安市东郊灞桥一带的韩信墓。诗称"己未初谒"，故此次为"重谒"。己未年为咸丰九年（1859）。此次重谒，当在同治十年之后（后有"小丑十年未清肃"之句）。诗感叹韩信"泪洒鸟尽弓藏日，苦雨淅沥湿青袍"，讽刺刘邦"龙准自坏汉长城，悔思猛士歌徒劳"。而最后说"花门三辅肆猖獗，论战谈兵机或爽。小丑十年未清肃，凶焰西夏屡滋长。大将如公应指发，雷霆河渭普恩广"①，也是针对回民举事、关中战乱的现实有感而发。全诗慷慨纵横，沉痛苍凉。另有一首《王翦墓》，诗曰："八荒席卷虎狼雄，浑一君臣胜算同。何苦万军争满欲，可怜三户尽成空。骊山奥草无秦土，灞水长杨有汉宫。多少田原归寂

---

① （清）张崇健《桥南诗钞》卷 2，1922 年西安章含书局排印本，第 16—17 页。

寞，阿房一炬片时红。"①王翦，频阳东乡(今属陕西省富平县）人，
秦始皇时名将。秦灭六国，其中五国就是王翦父子带兵完成的。
王翦墓，在富平县。诗写王翦率虎狼之师席卷八荒，完成浑一大
业。"何苦万军争满欲"，大概是指这样一件事：《史记》载王翦出
征，"将兵六十万人，始皇自送至灞上。王翦行，请美田宅园池甚
众。始皇曰：'将军行矣，何忧贫乎？'王翦曰：'为大王将，有功
终不得封侯，故及大王之向臣，臣亦及时以请园池为子孙业耳。'
始皇大笑。王翦既至关，使使还请善田者五辈。或曰：'将军之乞
贷，亦已甚矣。'王翦曰：'不然。夫秦王怚而不信人。今空秦国
甲士而专委于我，我不多请田宅为子孙业以自坚，顾令秦王坐而
疑我邪？'"②"争满欲"，或指王翦求田赏之事。此事表现了王翦
的清醒与睿智。诗接着写秦朝的灭亡，所谓"楚虽三户，亡秦必
楚"，很快，骊山再也不是秦的土地，秦始皇陵上长满了荒草，灞
河边汉朝修建了长门宫，而终南山下秦朝的长杨宫也成了汉朝的
离宫。诗最后写"多少田原归寂寞，阿房一炬片时红"，项羽的一
把大火，烧毁了阿房宫，也烧掉了秦人的江山，王翦等苦战得来
的江山，也变成了寂寞的田野。诗题为"王翦墓"，实则回顾了秦
朝兴衰的历史，最后以"多少田原归寂寞"，表达了桑田沧海之
感叹。

　　张崇健总体性的咏古诗，有《长安怀古八首》。其中第一首
和第八首总咏，第二首至第七首分咏西周、秦、汉、前秦、隋、唐，
现将第一首和第八首迻录如下：

① （清）张崇健《桥南诗钞》卷3，1922年西安章含书局排印本，第29页。
② 《史记·王翦传》，中华书局，1959年9月第1版，第2340页。

慈恩塔顶净烟氛，三辅雄图望里分。

灞柳参天浓晓日，岳莲拔地艳秦云。

千秋龙虎成闲斗，六代冠裳剩旧闻。

惟有终南余秀色，千峰遥拱帝王坟。

抚剑凭谁论古今，苍凉百代寄愁深。

地围青嶂开雄略，天限黄河助霸心。

作赋班生虚势利，迁都刘敬大胸襟。

洛阳自是朝宗地，函谷丸泥几战侵。①

后一首，主要从战略的角度谈关中的地理形势，以鼓吹迁都洛阳的班固《两都赋》作比，指出娄敬（刘敬）主张迁都长安才是大胸襟。而前一首，回顾长安（实则是关中）的辉煌历史，最后以"惟有终南余秀色，千峰遥拱帝王坟"作结，将一切一笔抹倒，感喟遥深。

或许是因为个人秉性的原因，抑或也有其"不喜章句之习"、倾慕游侠的影响，张崇健诗中时常流露自己的豪情，这种豪情，他有时自称为豪，更多的时候自称为狂。其诗中有句："我亦负狂性，痴心追不朽"（《赠三原贺角生先生》），"登高发狂歌，焉知沧桑变"（《秋日登邑明远楼》），"阴森松柏劲，拂衣一长啸"（《登尊经阁》），"长安胜概堆满胸，磊落奇思涌泉吐"（《重谒淮阴侯墓》），"秋风怀古一长啸，断岸千尺晚云开"（《谒李西平墓》），"太华归来意气豪，满天星斗碧云高"（《夜过王景略墓》），等等。正是这种狂气豪情，使得他的诗歌作品，洋溢着一股慷慨之气。

① （清）张崇健《桥南诗钞》卷3，1922年西安章含书局排印本，第16—17页。

这种秉性，其实又与他的志向是紧密相联的。《同段昆山、张又川、王蘧庵、王西堂登太华》一诗写"胸中结奇藏五岳，虚拟江海游方壶。身行万里志空有，驽马恋常苦株守。温饱乡曲误一生，至今华发难回首。我怀抑郁何由开，梦里常登五云台。今日鼓力探幽境，滚滚黄河天上来。焦仙观外同立马，结友都是雄豪者"①，虽然多有志业未伸之悲、年华老大之叹，却也表露出他的志向。

二、关注现实、诗风劲健：刘蓉等同治时期地方官员的关中诗

刘蓉（1816—1873），字孟容，号霞仙，湖南湘乡人，晚清著名官员，湘军名将，理学家。同治二年（1863），刘蓉因擒石达开之功授陕西巡抚。同治五年（1866），刘蓉51岁。本年七月，因病奏请开缺回籍调理。八月，清廷调安徽巡抚乔松年为陕西巡抚，同时命刘蓉暂留陕西办理军务。十月八日，清廷谕令刘蓉在乔松年到陕后"仍当会商防剿，或出省扼要驻扎，不得遽行抽身引退，倘新旧交替之际，稍有疏虞，仍惟刘蓉是问"②。十二月十八日，西捻军大败湘军于西安城东之灞桥，进围西安。十二月二十五日，刘蓉上奏汇报灞桥兵败情形，并参劾乔松年诸多掣肘、贪利徇私等情。十二月三十日，清廷谕令着即革职回籍③。从史料看，刘蓉秉性耿直，在陕期间也"民情爱戴"。但因秉性刚直，加之官场自古以来的各种争斗倾轧，故灞桥兵败后便被革职归里，虽然他此前也自请归里，但被革职却是朝廷的处罚。而仕途的结

---

① （清）张崇健《桥南诗钞》卷2，1922年西安章含书局排印本，第10页。

② （清）王先谦《东华续录》卷59，清刻本，第20页。

③ 参韩洪泉《刘蓉年谱简编》，刊《湖南人文科技学院学报》2012年第1期。

束，倒也成就了他理学家的造诣。

关于灞桥之战的前后经过，《清史稿》记载，同治三年"五月，川匪合粤、捻由镇安、孝义突犯省城，蓉集诸军击之于鄠、盩厔之间，寻偕穆图善会击于郿县，贼西走略阳，入甘肃"。而同治五年十二月，"捻匪张总愚入陕，逼省城，蓉与松年议不合，所部楚军三十营，统将无专主，士无战心，屯灞桥，为贼所乘，大溃"。此时乔松年已接替刘蓉任陕西巡抚，而刘蓉继续留陕主持军务，"松年初至，与蓉意见不合，奏劾蓉军政隳坏，留陕无益，蓉亦劾松年掣肘，贪利徇私。十二月，贼逼省城，蓉军溃于灞桥"。

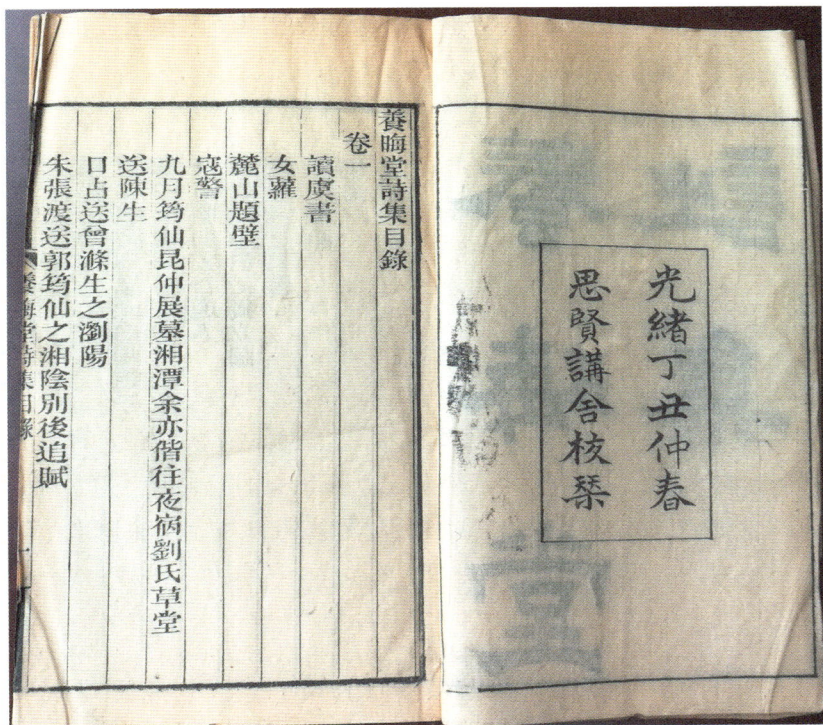

刘蓉《养晦堂诗集》（清光绪三年木刻本）

刘蓉有一首《悲灞桥》，题下有序："楚俗以七月望时为中元节，设酒食以祀亡者，因感去腊灞桥将士殉难之惨，诗以哀之。"诗曰："当年曾作虎貔看，谁使江边万骨寒。战后山河流碧血，夜来风雨激悲湍。安知卧地无豪杰，尚想飞天作羽翰。西望招魂但垂涕，故乡明月正团圞。"①就内容来看，此诗写的应该就是同治五年十二月的战斗。是役，刘蓉所部大溃，几近全军覆没。根据诗前小序，此诗为"七月望时中元节"追念去年腊月死难将士，故当作于同治六年。此时作者已归湘中，故此诗不属于本书讨论的"关中诗"之范畴。但我们可以从中看出当时已不可调和的阶级矛盾与民族矛盾在关中地区的激烈碰撞。

刘蓉有一首《次韵和黄子寿编修、邓伯昭学博寄示成都赏荷见怀之作，时在盩厔军营》，诗曰：

> 到眼狼烟又一春，终南佳气欲愁人。
> 犹龙老子能藏垢，坠马将军枉绝尘。
> 百二关山怜旧戍，五千道德惜陈因。
> 中兴事业谈何易，解组来朝访隐沦。②

诗首联后自注："贼倚终南之背，联营十余里，尽夜烟氛不息。"次联后自注："贼所据楼观上清宫、说经台、炼丹亭，皆老子向日修炼之所。是日督师进捣其垒，奋击竟日，炮子中予马首，遂蹶于地，颇致憾于柱史之贻戚云。"几句自注，徐徐道来，而

---

① （清）刘蓉著，杨坚校点《刘蓉集》（二），岳麓书社，2008 年 6 月第 1 版，第 301 页。本节所引刘蓉零散诗句，亦出自此书。
② （清）刘蓉著，杨坚校点《刘蓉集》（二），岳麓书社，2008 年 6 月第 1 版，第 287 页。

隐于字面后的艰危时局与激烈战斗，不难想见。诗人说朋友们写诗祝他建立中兴功业，而他自己则是期待着"解组来朝访隐沦"。"访隐沦"之类的表达，在他的诗中有多处。事实证明，他也只能是说说而已。

刘蓉的关中诗，大都涉及这样一些内容：吟咏历史上的英雄，反映动荡的时局，同情战乱年月民众的艰辛，叙写自己的遭际和心情。

刘蓉的关中怀古诗有《九嵕山》，九嵕山即李世民昭陵所在，诗赞李世民"一代英雄见霸才"，而末了则写"武功王气嗟云散，只剩昭陵一寸灰"。武功，李世民出生地也。另有一首《长安樊侯庙》咏樊哙：

> 丈夫意气酣杯酒，崛起他年佐命功。
> 泗上翔龙乘际会，市中屠狗是英雄。
> 枌榆远托秦时社，祠庙仍邻汉故宫。
> 日暮乡关何处是，长安东去又新丰。①

诗赞叹樊哙的英雄气、丈夫气，或有自寓之意在其中。"日暮乡关何处是，长安东去又新丰"，也显然有自己的思乡之情在其中。

同治四年（1865），刘蓉50岁。这年生日所写的《同治乙丑四月二十三日为予五十初度之辰，怅触平生，感而有赋，率成七言近体八章》，可以看作他对自己平生的一个小结。为篇幅计，只录前二首如下：

---

① （清）刘蓉著，杨坚校点《刘蓉集》（二），岳麓书社，2008年6月第1版，第288页。

少年奇气欲横空，掉阖思参造化工。
万仞自争山聿兀，百流兼纳海西东。
冲霄逸志凌黄鹄，贯日孤忠亘白虹。
四十九年一弹指，摩挲双鬓已成翁。

壮岁传经尚激昂，早烦庭训决行藏。
名山或许千秋业，瀚海终非一苇杭。
疾恶范滂嫌已甚，忧时郭泰果无方。
慈颜寂寞今黄土，回首湘山泪数行。①

　　第一首回顾了自己少年时的雄心壮志，感叹"四十九年一弹指"。第二首写壮年情形，写出了自己耿直的秉性，以汉时范滂、郭泰自比，自叹与世俗多违，亦寓自傲之情，且又因此而想起已经过世的父亲。自注曰："先赠公尝语小子曰：'尔无应变之才，而疾恶已甚，将不能有为于世。惟努力穷经，或尚有著作传于后耳。'每诵遗言，辄为陨涕。予小子之不才，先公早决之矣。"

　　刘蓉更多的关中诗，写他自己的经历和心绪，尤其是将要离开西安时的心情。如《乞病得请后留别秦中僚友》写"六年戎马关山道，昔来青鬓今华颠。君恩忽到闲鸥外，归心早落秋鸿前。书剑在囊琴在抱，一帆待放襄阳船"②。无论如何，能够回归故乡，心里还是很期待的。另有《将别西安，漫吟一律》写道："迢递关河走病翁，天涯飘泊逐飞蓬。人亡人得蕉中鹿，年去年来塞上鸿。

---

① （清）刘蓉著，杨坚校点《刘蓉集》（二），岳麓书社，2008 年 6 月第 1 版，第 289 页。

② （清）刘蓉著，杨坚校点《刘蓉集》（二），岳麓书社，2008 年 6 月第 1 版，第 293 页。

叢百慮無計噓枯槁延頸企徛艮犖黄今亦少豺狼况在邑誅

鶡鳥遺黎苦穴居終年不寫飽兵戈役未休塗地捐肝腦艱辛

疏圖泰術尤小亂後曠無人農田委荒草漂誰家屋白日嚎

平生抱迂圖祇覺巖泉好何期墼虛聲擾擾關山道策蜀計已

二月初十發西安途次感賦四首

怨月冷霜淒蕙帳空

來塞上鴻汗馬功名歸昨夢尊鱸心事向秋風故山猿鶴如相

超遞關河走病翁天涯飄泊逐飛蓬八七八得蕉中鹿年去年

將別西安漫吟一律

去天飌浩浩海蒼蒼

鶡居穀食兩相忘天淡雲閒今古長後水自驅前水逝他生仍

刘蓉《养晦堂诗集》（清光绪三年木刻本）

汗马功名归昨梦，莼鲈心事向秋风。故山猿鹤如相怨，月冷霜凄蕙帐空。"① 此诗若不看颈联，全然是一位长年漂泊异乡的老瘦文人的乡思归愿，而"汗马功名"则暴露了他往日的追求与辉煌。他还有《二月初十发西安，途次感赋四首》，录前两首如下：

平生抱迂图，只觉岩泉好。何期坠虚声，扰扰关山道。
策蜀计已疏，图秦术尤小。乱后旷无人，农田委荒草。
漂摇谁家屋，白日啼鸦鸟。遗黎苦穴居，终年不宿饱。
兵戈役未休，涂地捐肝脑。艰辛丛百虑，无计嘘枯槁。
延颈企循良，龚黄今亦少。豺狼况在邑，诛求到刍稿。
憔悴尔何堪，忧伤吾亦老。行矣复何言，归鸿邈苍昊。②

三载困秦疆，千忧转劳縠。恩诏许归田，神明返故屋。
有如久羁囚，脱然去桎梏。又如出樊鸟，归飞上丛木。
吾生会无涯，此身如可赎。春风嘘枯杨，瞥见新条绿。
倦影眷槃阿，清晨理归簏。父老意何长，扶携路相属。
道左暗无言，吞声挽吾襫。尚祝使君还，颇憾归程速。
厚意故难忘，凉德殊自恧。何以慰相思，松风动岩谷。③

① （清）刘蓉著，杨坚校点《刘蓉集》（二），岳麓书社，2008 年 6 月第 1 版，第 295 页。
② （清）刘蓉著，杨坚校点《刘蓉集》（二），岳麓书社，2008 年 6 月第 1 版，第 295 页。
③ （清）刘蓉著，杨坚校点《刘蓉集》（二），岳麓书社，2008 年 6 月第 1 版，第 295—296 页。

　　前一首，前六句写自己的平生志愿及不自愿的经历，中间十四句写关中百姓战乱年月的艰辛，"豺狼"二句，或有所指，作者受人排挤而去职，心中当不无愤懑。刍稿即农作物的秸秆，《史记·秦始皇本纪》载，秦二世还至咸阳，"五万人为屯卫咸阳，令教射狗马禽兽。当食者多，度不足，下调郡县转输菽粟刍稿，皆令自赍粮食，咸阳三百里内不得食其谷"[①]。"诛求到刍稿"令人想到杜甫的诗句"征求贫到骨"。最后六句写自己"三载困秦疆，千忧转劳毂"，即将回归日夜思念的故乡，却没有丝毫的喜悦之情。后一首，写自己即将归里的轻松心情，有喜悦，但也不全是喜悦。诗先抒陶潜式的羁鸟归旧林的喜悦，再写关中父老道旁相送的感人情景。末了，"何以慰相思，松风动岩谷"，高情雅致中也有着惆怅与一缕淡淡的忧伤。

　　《蓝田道中书所见》，也是刘蓉罢职还乡途中所作。诗写"秦民独何罪，频使罹其灾。岁旱寇复炽，饥疲吁可哀。破屋卧褴褛，将同鸠鹄猜。一翁荷锄立，瘦骨如枯柴"，而自己"道旁一洒泪，驻马重徘徊。去去勿复顾，徒使肝肠摧"[②]，表现了他同情百姓的慈悲心肠。直到离开关中地界，所作《出关》一诗仍写"出关两见月团圆，剩水残山忍再看！""群盗纵横关辅棘，不堪西望涕汍澜"[③]。无论他怎样表示要"访隐沦"，如何的"莼鲈心事"，时局、百姓，始终都占据着他心中最重要的位置。看他的关中诗，时时流露着一种担当、一种悲天悯人的情怀，这也是他后来能成为理

---

① 《史记·秦始皇本纪》，中华书局，1959 年 9 月第 1 版，第 269 页。

② （清）刘蓉著，杨坚校点《刘蓉集》（二），岳麓书社，2008 年 6 月第 1 版，第 296 页。

③ （清）刘蓉著，杨坚校点《刘蓉集》（二），岳麓书社，2008 年 6 月第 1 版，第 297 页。

学大家的内在基础。

在同治年间的入陕官员诗人中，刘蓉可以说是一种典型：有能力，有功绩，受排挤；其诗既关心生民疾苦，也表达自己的遭际与心境。

同治时期，还有其他一些人物，在关中任职时间不长或关中诗作数量不多，但也值得留意。

王权，字心如，伏羌（今甘肃甘谷）人，道光二十四年（1844）举人。同治十三年（1874），任兴平县令。其《大散关》诗曰：

> 千盘磴道入云中，秦塞严关此最雄。
> 扞水南来常带怒，武乡北度竟无功。
> 松根尚閟前朝雪，石洞时穿隔岭风。
> 叹息宋人轻弃险，赵兴原上韔交弓。[①]

诗写大散关的战略重要性，而松根的多年积雪、洞中吹出的隔岭山风，表现出大山的原始与幽深，最后"叹息宋人轻弃险"评说宋金大散关之战。赵兴原为南宋大将安丙屯兵之处。诗风劲健有力。

王权还有一首《潼关楼怀古》：

> 楚北腥风刮地吼，飞尘西噎秦关口。
> 关门朝闭鸣角哀，大纛翻空动星斗。
> 有客系马登高楼，倚笛吹出千年愁。

---

① 徐世昌编，闻石点校《晚晴簃诗汇》，中华书局，1990年10月第1版，第6361页。

太华无情天寂寞，云烟莽荡洪河流。
把酒凭栏忽惆怅。对此吾怀柿园将。
孤注一掷吁堪悲，横刀长驱抑何壮。
二崤风雨凄军声，三冢岖嵚缺转饷。
青山何处留忠魂，蒲坂桃林屹相向。
圣朝无外事应殊，杞人心悸良独愚。
此地乘高据全胜，铁壁远控荆山隅。
酒酣默诵少陵句，防关慎勿学哥舒。①

　　此诗所谓"楚北腥风"当指同治初年的捻军起义。柿园将，指明末领兵与李自成起义军在潼关大战的名将孙传庭。二崤，指崤山，在潼关之东，因崤山分为东崤、西崤，故称。蒲板故城位于黄河之东、潼关对岸。桃林，在潼关以东、今河南灵宝以西，相传为周武王放牛处。上述地名，都是潼关周边著名的古地名，而且自古有过许多重要战役。"少陵句"指杜甫《潼关吏》中"哀哉桃林战，百万化为鱼。请嘱防关将，慎勿学哥舒"的诗句。且抛却作者的历史局限性，诗人强烈的社会责任感与书生意气、诗人气质，在诗中充分融合并充分展现，情感充沛，诗风慷慨，悲抑中有劲壮。

　　袁保恒（1826—1878），字筱午，号筱坞。项城(今属河南)人。道光三十年（1850）进士，历官至刑部侍郎。谙练武事，曾辅佐李鸿章剿灭捻军。同治七年，又受命赴陕甘总督左宗棠处，管理粮务。有《骊山温泉》一首："荒椽短瓦日黄昏，遗恨沈归望

---

① 霍松林主编，陕西省地方志办公室编纂《历代咏陕诗词曲赋集成》（古代部分·下），三秦出版社，2007年12月第1版，第1317—1318页。

帝魂。不管马嵬寒彻骨，华清池水至今温。"①写出一种沧桑之感，而又有一丝愤懑的情绪贯穿其中。

可以看出，同治时期的关中诗，大都劲健有力，或慷慨，或抑郁，或悲愤，但大都有激越劲健之感，而无纤弱柔媚之态。

三、民生艰苦、公余惬意：李嘉绩、樊增祥等光绪时期地方官员的关中诗

李嘉绩，字凝叔，号云生，祖籍通州，四川成都人。据（光绪）《增续汧阳县志》卷13（清光绪十三年刻本）、（民国）《鳌屋县志·建置第二》（1925年铅印本）、（民国）《邠州新志稿》卷5（1929年钞本），知李嘉绩曾于光绪十三年四月署任汧阳县知县、光绪十六年时任鳌屋（今周至）知县、光绪二十七年在邠州任知县（据李嘉绩诗，应为知州）。又据清人孙雄辑《道咸同光四朝诗史》乙集卷5（清宣统二年刻本）之"李嘉绩小传"，亦知曾任临潼县知县②。又据（民国）《米脂县志》卷9（1944年铅印本）所录李嘉绩《过无定河》一诗作者介绍，知其曾任富平县知县。又据（光绪）《洋县志》卷2（清钞本），知其光绪十九年起任洋县知县（当然洋县不属于关中，属于陕南）。据其诗中自述，又曾在华州、韩城、扶风等地任职，故《道咸同光四朝诗史》"李嘉绩小传"称其"在

---

① 徐世昌编，闻石点校《晚晴簃诗汇》，中华书局，1990年10月第1版，第6539页。
② 曾做过陕西布政使的樊增祥《详督抚宪举劾文武各员文》中也提到："临潼县知县李嘉绩，名士好官，能文善断。"樊增祥自序中谓"发陈臬以后之公牍，自辛丑迄庚戌，凡十年，厘为二十卷，名曰《樊山政书》"。辛丑为清光绪二十七年（1901），而樊增祥于光绪三十年(1904)调任江宁布政使，由此知李嘉绩于光绪二十七年至三十年间任临潼县知县。引自樊增祥著，那思陆、孙家红点校《樊山政书》，中华书局，2007年3月第1版，第448页。

李嘉绩《代耕堂稿》（清光绪二十七年刻本）

陕历任十余州县"。

在清代非本土籍的诗人当中，李嘉绩的关中诗数量，无疑名列前茅，其诗所涉及之地域，也最广泛。

李嘉绩的关中诗，关中四关，似未见有武关诗，潼关、大散关、金锁关，他都写过诗。且看几例：

金锁关

陟山理荆棘，隃岭狭舆轿。春风不度北，白日冷相照。

惨淡客弗豫，彳亍路逾峭。云霞通屈盘，梯栈折险要。

时艰迫王事，身苦逊年少。皴瘃行敢辞，斗酒且自劳。①

大散关

铁马秋风大散关，放翁诗在梦魂间。
我今真到心尤壮，独立斜阳饱看山。②

潼关人日

人日诗成马上工，眼前郁郁复葱葱。
寒生峻岳参差雪，春入平原浩荡风。
锁钥即今无内外，波涛终古自南东。
欣看使者旌麾色，尽在关门紫气中。③

潼关

三年重到心仍壮，城是人非感易多。
雪岳未逢开翠巘，风陵犹自走黄河。
折冲尊俎伤情剧，笑语楼台忆梦讹。
非复昔年天险地，健儿何用苦横戈。④

　　三关当中，因潼关是西进东出的必由之路，故其潼关诗最多，我们也多选了几首。在他的笔下，这三关各有其特点：金锁关因

---

① （清）李嘉绩《代耕堂中稿》卷5之《榆塞草》，清光绪二十七年刻本，第1页。
　　本节所引李嘉绩零散诗句，俱出自本书。
② （清）李嘉绩《代耕堂中稿》卷1之《云栈草》，清光绪二十七年刻本，第5页。
③ （清）李嘉绩《代耕堂中稿》卷13之《龙门草》，清光绪二十七年刻本，第12页。
④ （清）李嘉绩《代耕堂中稿》卷16之《少华山堂草》，清光绪二十七年刻本，
　　第1页。

为最北，又在崎岖山中，故"春风不度北，白日冷相照"，"云霞通屈盘，梯栈折险要"，而由此经过，需要"陟山理荆棘"。但诗人"时艰迫王事，身苦逊年少。跋痪行敢辞，斗酒且自劳"。因为"王事"，明知艰辛也要前行，途中"斗酒且自劳"。大散关，因为有宋金战争等历史典故，又有陆放翁"铁马秋风大散关"的著名诗句，因此，诗人至此则是另一番心态，"我今真到心尤壮，独立斜阳饱看山"，由此可以看出陆放翁诗的历史影响，或者说体现出一种文化的积淀。潼关，历来就是战略险关，因其西近华山，东临黄河风陵渡，故诗中也体现出这些因素，如"雪岳六逢开翠巘，风陵犹自走黄河"等。而"非复昔年天险地，健儿何用苦横戈"，则是诗人对眼下潼关的概括。

大散关古战场遗址，摄于 2019 年 4 月 24 日

　　关中各地，出现在李嘉绩诗中的县级以上的地方就有：西安、凤翔、蒲城、澄城、华州、汧阳、郿县（今眉县）、盩厔（今周至）、

韩城、扶风、淳化、邠州、临潼、宝鸡、武功、同官、鄠县，等等。

　　李嘉绩在关中仕宦多年，期间经历，正如他自己诗所说，"入秦十六载，九睹太白峰"（《雨后见太白山》）[1]，"老我关中三十载，者番初共阿咸游（自注：谓犹子维锜）"（《霸桥至汤峪道中截句六首》）[2]。有的地方，他多次到过；有的地方，他几次任职，诗中也有反映，如"三年重到心仍壮，城是人非感易多"（《潼关》），"再来还再别，不忍见诸君"（《再别华州士民》）[3]。关中大地上的古迹、名胜、民俗，大都出现在了他的诗中。而他自己的感怀，有雅兴，有闲情，有官衙之情形，也有"在其位"的忧虑。

　　李嘉绩有多首以"至县""至州"为题的诗，写他初到任职之地的情况，录几首如下：

至县

一径入古县，数家留废村。兵戈二十载，耆旧几人存。
宦拙守吾道，民贫思圣言。汧流清在目，此志待公论。[4]

至县

扶风笔好继龙门，班马亲从故里论。
秦地河山文自卓，汉家人物气同敦。

---

① （清）李嘉绩《代耕堂中稿》卷10之《山水闲草·上》，清光绪二十七年刻本，第12页。
② （清）李嘉绩《代耕堂中稿》卷23之《华清草·四》，清光绪二十七年刻本，第27页。
③ （清）李嘉绩《代耕堂中稿》卷19之《华清草·四》，清光绪二十七年刻本，第12页。
④ （清）李嘉绩《代耕堂中稿》卷6之《汧上草·上》，清光绪二十七年刻本，第1页。

东瞻仙仗函关道，西费民财蜀使轩。

才薄难胜空学古，只愁何以惠元元。[①]

至州即事二首（其一）

易地令为牧，驱车西复东。云烟连堠迥，形势近关雄。

宿麦塍间绿，斜阳岭半红。诗情并山色，收满一堂中。[②]

　　第一首是到汧阳县，初到此地，见到的是兵戈之后"数家留废村""耆旧几人存"，而他自己，则希望"守吾道"，做好本职工作。第二首是到扶风县，所以诗一开始便提到了扶风历史名人班固，这是对当地历史的褒扬，也是对自己的激励，而最后落笔"只愁何以惠元元"，元元，百姓也，表达了一个"父母官"的忧心。第三首是到华州，首句后自注："州牧唐君佩廷调治扶风。"其后一首有"郑亭何处是"之句，郑亭，郑县亭子也，因杜甫诗《题郑县亭子》而闻名。华州，近关（潼关）临山（华山），尤能激发诗人的激情，故诗言"诗情并山色，收满一堂中"。

　　诗人一到任职所在地，就了解当地民情，面对百姓的疾苦，思虑忧愁。《苦雨吟》一首，作于汧阳。当时久雨不晴，诗人写道："苦雨连三旬，不雨止十日。吝此秋阳光，十日见者七。陌上桑始叶，田间粟待实。老农怯入城，遑问得与失。道路泥可畏，县门不得出。远闻潺湲声，知是汧水溢。欲渡无津筏，深历为民慄。低吟上灯火，虫语逼暗室。至夜转愁绝，孤枕听萧瑟。安得大放

---

①　（清）李嘉绩《代耕堂中稿》卷14之《扶风草·上》，清光绪二十七年刻本，第1页。

②　（清）李嘉绩《代耕堂中稿》卷16之《少华山堂草》，清光绪二十七年刻本，第1页。

晴，若医起沉疾。"①一月之中，有二十天都在下雨，庄稼不得正
常生长，河水涨溢，交通受到影响，作为县令的诗人，"至夜转愁
绝，孤枕听萧瑟"。他的忧虑，不同于一般的文人，"安得大放晴，
若医起沉疾"，救民之疾，是他的职责，也是他的心愿。《至邠
即事三首》：第一首写"朅来守邦邑，随处见流亡。树尽皮煎釜，
人多骨掩床"；第二首写"复穴多成废，原田半未耕"，"只恐行
三县，家家有哭声"。复穴，指当地"地坑院"民居。三县，指邠
州所辖长武、三水（今旬邑）、淳化三县。第三首写："刺史关民命，

"复穴"——地坑院俯瞰，2010 年 5 月 1 日摄于陕西省淳化县官庄乡

① （清）李嘉绩《代耕堂中稿》卷 6 之《汧上草·上》，清光绪二十七年刻本，
第 6 页。

迟回事可怜。村空十之五，户绝百而千。棼毁谁知过，疱肥尔昧愆。临门思继作，重为一潜然。"村空十之五，户绝百而千"，是灾荒战乱年月的现实；"临门思继作，重为一潜然"①，是作者的心境和志愿。

不过，面对种种困境，诗人忧心忡忡却又无可奈何，其《雨赴芝川镇》一诗这样写："韩原中断雨崔嵬，河水横流气壮哉。暮雨斜侵鸦阵散，秋风直送雁行来。农伤旱涝军妨食，市倍征输吏费才。不解东山丝竹意，愁心权为酒尊开。"②以酒浇愁，是他的消解方式。在诗人的笔下，较少能见到他的具体措施，更多地则是他的忧虑。这，或许是时代大势如此，诗人难有作为；或许是诗人自己虽有忧民之心但能力有限，他或许更多的是一位勤勉不贪的善良清官循吏，而不是有能力有魄力的能吏，这或许也是他数十年不被贬黜也不得升迁的原由之一。

当然，作为一个封建社会的地方"父母官"，由于他的兢兢业业，还是受到了下属和民众的爱戴。当他离开韩城调往扶风时，当地民姓自发地制作锦旗相送，一直送出县境。他也作诗表达感激之情："五千人送思依依，一路川原竞鼓旗。白傅祠南杯尚饯，芝阳桥畔泪同挥。"(《去县日廿八里民制旗相送并以金鼓送逾韩境，口占志愧》)③再次到一个地方任职，也会得到旧属的欢迎，"旧吏阶前齐望拜，讼人堂下误攀呼"(《至华州即事》)④，也着实不易。

---

① （清）李嘉绩《代耕堂中稿》卷17之《居邠草·上》，清光绪二十七年刻本，第3页。

② （清）李嘉绩《代耕堂中稿》卷13之《龙门草》，清光绪二十七年刻本，第4页。

③ （清）李嘉绩《代耕堂中稿》卷13之《龙门草》，清光绪二十七年刻本，第23页。

④ （清）李嘉绩《代耕堂中稿》卷20《华清草》，清光绪二十七年刻本，第3页。

很多时候，或者说更多的时候，李嘉绩的县官生活是舒适的、惬意的；作为一个读过书的文人，他的生活也充满了雅趣逸兴，其《雪后立春喜晴，同人小集，五叠前韵二首》（其二）云："公堂吏散噪昏鸦，薄暮门停柳惠车。寒舍客来诗赠草，夜窗人聚烛生华。才论上国延群彦，学受中郎感外家。莫放残年弹指去，春风已上树丫叉。"①另一组诗《长夏县居截句四首》所写情形，更为惬意，其一、其二曰："雷封百里几春秋，日暮三堂作卧游。五万卷书堆绕坐，有人真号小诸侯。""南堂高敞尽堪夸，十七房廊县令家。一树蔽庭刚半亩，绿阴开遍马缨花。"②按，雷封，古代县令的代称；百里，指一县之地。古云："雷震百里，县令象之，分土百里。"③马缨花，合欢树之别称。此诗当作于任临潼知县之时，内有五万卷书围绕，外有宽敞之庭堂及庭树花木，卧游其间，不可谓不舒适。

闲暇之时，他或登城，或游山，有时还能将公务与闲游结合起来，如《春兴六首》（其五）："从来讲武趁农闲，驿路春深仗节还。谈笑暂安秦四塞，氛埃犹伏陇千山。金尊夜醉牛羊道，铁甲朝临虎豹关。太息谁论司马法，一编空载渺难攀。"④此诗当作于沔阳，其第一首有"沔亭独上客愁侵"之句。农闲讲武，"谈笑暂安秦四塞"，也算适意。当然，有时也难免有一些不可名状的惆怅，如《雨后登沔城效元遗山》："潇潇风雨梦难成，薄暮

① （清）李嘉绩《代耕堂中稿》卷6之《沔上草·上》，清光绪二十七年刻本，第15页。
② （清）李嘉绩《代耕堂中稿》卷23之《华清草》，清光绪二十七年刻本，第3页。
③ （唐）白居易《白氏六帖事类集》卷21《县令》，民国景宋本，爱如生《中国基本古籍库》。
④ （清）李嘉绩《代耕堂中稿》卷6之《沔上草·下》，清光绪二十七年刻本，第23页。

凭栏感乍生。南去关山思故国，西来鸿雁带边声。荒村漠漠人入画，疏柳条条秋上城。如此登临太萧瑟，中年诗句不胜情。"①"荒村漠漠人入画"，荒凉而又美丽。秋风吹过，大雁南飞，不免会产生思乡之情，心中涌起种种难以言说的悲凉和怅惘，也在所难免了。

当然，如前所述，他的县令生活，更多的是舒适惬意，如在汧阳写的《游龙泉山普济寺二首》。龙泉山在汧阳境内，山上有唐代始建的普禅寺院。诗第一首曰"县小吏事稀，游山学陶谢。薰风一披拂，嘉日维闰夏"，"曲径随山转，流泉当户泻。客心洗无滓，鸟语若有讶"，最后写"对此发深省，何年得闲暇。不从祇树园，而说桑田驾"②。这真如鲁迅先生所说："文豪见了，大发诗兴，说，'无思无虑，这真是田家乐呵！'"③这种惬意，在韩城所写的《韩城杂诗八首》中，有着充分的体现。为篇幅计，仅录前三首如下：

> 一县都成画，平畴好纵探。天开大河曲，地号小江南。
> 晚稻云中碓，秋华石上龛。旗亭三十所，处处费停骖。
>
> 万木疑无路，随山路转通。堠迷云气外，村聚水声中。
> 弄笔松关雨，煎茶竹院风。此乡真绝境，不染一尘红。

---

① （清）李嘉绩《代耕堂中稿》卷6之《汧上草·上》，清光绪二十七年刻本，第8页。
② （清）李嘉绩《代耕堂中稿》卷6之《汧上草·上》，清光绪二十七年刻本，第2页。
③ 鲁迅《风波》，载鲁迅《呐喊》，中国青年出版社，2018年2月第1版，第61页。

界断洪河水，天成七里原。桑麻话邻里，鸡犬接丘樊。

暖暖连村远，茫茫隔岸昏。关心惟陇亩，此外不须论。[①]

这样的诗，一方面反映了作者生活的惬意，另方面也反映了关中山川的秀美、景色的迷人。韩城紧邻黄河，黄河对岸便是山西地界，故称"天开大河曲""界断洪河水"。而"旗亭三十所"，则颇有值得参考与研究的史地价值。

特别要指出的是，李嘉绩担任地方官，转辗于关中各县数十年。在此过程中，比一般的官员更多地了解社会现实，也写了不少反映社会现实、纪录民生苦难的诗作。

有一首《渭北饥民来者络绎，感赋》，诗曰："侧闻旱甚叹民饥，赤地无耕太惨凄。野有哀鸿清渭北，人如宿鹜华山西。贫怜失业犹携末，老逼还乡尽杖藜。我掷钱刀聊济尔，好谋生计向青齐。"[②]诗写百姓遭遇饥荒的凄惨景象，而自己没有别的好办法，只好"我掷钱刀聊济尔，好谋生计向青齐"。另有一首《即事》，当作于富平县令任上，诗曰："六旬重到乱民多，格杀颁条不奈何。事起高原风有信，人惊平地水生波。村中徭政新腾怨，市上盐屯旧失和。都是朝廷明诏事，蚩蚩焉敢说烦苛。"[③]此时，作者年已花甲，来此作令，无奈地发现，"乱民多，格杀颁条不奈何"。原因是，徭政已经引起无法平息的民怨。而这又是朝廷"明诏"之事，"抱布贸丝"的小民，怎敢说朝廷税苛！当时，清王朝

---

① （清）李嘉绩《代耕堂中稿》卷13之《龙门草》，清光绪二十七年刻本，第2—3页。

② （清）李嘉绩《代耕堂中稿》卷16之《少华山堂草·下》，清光绪二十七年刻本，第23页。

③ （清）李嘉绩《代耕堂中稿》卷25之《南湖草》，清光绪二十七年刻本，第5页。

已经穷途末路，回天乏术。作者作为一个地方官员，对百姓的同情与对朝廷的失望和不满，已经到了无以复加的程度。

李嘉绩还有几首诗，反映了当时强行征兵而使百姓遭罪之事，《选卒》诗曰："孟秋号令下关辅，选取健儿充卒伍。读者自读农者农，我始为之众情沮。仲冬使者重来过，军中奈阙千人何？京兆频呼舌欲燥，役夫里正还奔波。十日仅得人四十，勃窣婆娑县庭集。屏除旧学事弓刀，此辈安能耐勤习。侧闻它邑人称盍，村出一丁丁必劲。比户摊钱助应名，迄今私派无由定。吁嗟乎，先辈有言君请听，梅村马草捉船行。为民御患翻增累，太息何人达此情！"①与这首诗相关的，《霸桥至汤峪道中截句六首》中也提到"一个健儿钱五万，募人无奈患贫多"②，也是写某些地方当局的无奈之举。而本诗以为，当地这些被强行征走的人，一则没有兵士的条件和能力，更主要的是，强行征兵，"为民御患翻增累"，并以先辈的告诫为例证。这里的"梅村马草捉船行"是指吴伟业的两首诗《马草行》和《捉船行》，均与本诗主题相关。吴诗前首写官家强行为军马征收粮草，致使"十家蚕破中人产"，而另一方面，官家"辕门刍豆高如山"，草料根本用不完，"黄金络颈马肥死，忍令百姓愁饥寒"；后首写"官差捉船为载兵"，"郡符昨下吏如虎，快桨追风摇急橹"，而强行征船的同时，官家的大船却闲置不用，抢船纯属扰民："君不见官舫嵬峨无用处，打鼓插旗马头（码头）住。"诗的最后，李嘉绩"太息何人达此情"，一个县令，尚且有这样的喟叹，一般百姓就更是只能忍受了。与

---

① （清）李嘉绩《代耕堂中稿》卷23之《华清草·四》，清光绪二十七年刻本，第14页。

② （清）李嘉绩《代耕堂中稿》卷23之《华清草·四》，清光绪二十七年刻本，第27页。

《选卒》相关的，还有一首《逃卒》，诗这样写道："吁嗟三辅民，气已无同袍。但求耕稼业，不复戈矛操。竭来强募之，先后纷藏逃。飞檄擒其人，州县多绎骚。今晨队长来，戎服而带刀。搜索遍村舍，其人不可遭。尽逮父与兄，系之惟坚牢。……"①本来有着"岂曰无衣？与子同袍"传统的秦地人民，已经"气已无同袍"了，他们只想耕稼，过太平日子。被强行征走的人，纷纷逃走。于是，官家自然要追索，找不到这些人，便将他们的父兄逮住捆走。很明显，百姓已经没有活路了。要么任人宰割，要么揭竿而起，清廷江山覆灭的趋势，已然不可挽回了。

李嘉绩的关中诗，还记录了一些重大的历史事件，尤其是慈禧太后与光绪帝逃难至西安的事件。

光绪二十六年（1900）七月，八国联军进攻北京，慈禧太后带着光绪帝等人，仓皇出逃，于当年九月四日逃到西安。闰八月下旬，途径华州。李嘉绩当时任华州知州，有诗《闰八月二十九日迎驾于州东柳子镇，恭纪四首》，其一云："华山山色秀林隈，水浥黄尘大道开。万马无声人过尽，传呼天上六龙来。"其四云："百官策辔尽前行，跸路迢迢似砥平。几度回头望车驾，不知身已到州城。"②作为一个朝廷命官，他对"圣上"自然是十分崇敬的，对慈禧太后及光绪皇帝来到自己管辖的地盘，是感到荣幸的，但几首诗中，明显缺乏一种热烈的情绪。而在事后，当那份荣幸之感冷静之后，他在诗中再次提及此事，完全是一种冷静的心态，《城楼晚眺八首》其二这样写："六龙西幸两经过，地有行宫傍涧

① （清）李嘉绩《代耕堂中稿》卷24之《华清草·五》，清光绪二十七年刻本，第10—11页。
② （清）李嘉绩《代耕堂中稿》卷16之《少华山堂草》，清光绪二十七年刻本，第27—28页。

阿。"像在述说一个前朝的故事。其三有句"三年前事有余哀，几处荒田未剪莱"，如果这"三年前事"指的就是这件事，那么，他的态度和认识就更清楚了，只能用一"哀"字表达。

李嘉绩的关中诗，还有不少怀古咏史之作。关中的许多历史古迹、名胜，他都写过诗，如马援墓、寇准祠、王翦墓、秦始皇陵、鸿门宴旧址、段秀实祠、班固祠墓、凤翔喜雨亭、秦穆公墓等。这里举出一首《咸阳怀古》：

> 铜人十二嗟何处，天下兵销志太狂。
> 自诩万年长作帝，谁知三世复为王。
> 斯高族灭阿房外，楚汉威加轵道旁。
> 千古群雄争战后，只今惟见草茫茫。①

诗写秦始皇统一六国后为防止人民反抗，尽收天下之兵器，销而铸成十二金人（铜人像），自诩能长久万年做皇帝，自称始皇帝，没想到三世就又成为"王"：秦二世三年（前207）九月，丞相赵高逼杀秦二世，去秦帝号，立子婴为秦王。而"斯高族灭"——秦二世二年(前208)，李斯被腰斩于咸阳，夷灭三族；而赵高在立子婴为秦王后不久，也被子婴设计杀掉，诛夷三族。再不久，"子婴为秦王四十六日，楚将沛公破秦军入武关，遂至霸上，使人约降子婴。子婴即系颈以组，白马素车，奉天子玺符，降轵道旁"②。诗题曰"咸阳怀古"，因咸阳是秦代的都城，故诗人重点写了秦朝兴亡的历史，而后用了两句"千古群雄争战后，只

---

① （清）李嘉绩《代耕堂中稿》卷1之《云栈草》，清光绪二十七年刻本，第6页。
② 《史记·秦始皇本纪》，中华书局，1959年9月第2版，第275页。

今惟见草茫茫", 将两千年的历史一笔统括, 以满地荒草写出兴衰之感, 写法虽然有些老套, 但却颇有些"大手笔"的感觉。

李嘉绩有《城楼晚眺八首》, 据诗意, 应是晚年任临潼县令时所作:

孤城独上倚危楼, 原野纵横豁壮眸。
高下骊山皆北向, 古今渭水自东流。
千家市井寒烟集, 百代兴亡夕照收。
满地芦华萧瑟甚, 笛声呜咽起人愁。

六龙西幸两经过, 地有行宫傍涧阿。
不见甘泉留驾驻, 只余哀草上城多。
云中山色趋名岳, 林外涛声赴大河。
怅望长安今日远, 健儿归去罢横戈。

三年前事有余哀, 几处荒田未剪莱。
邻县尽驱粮橐去, 上河新报碱船开。
人多负戴谋儋石, 市重征输利货财。
正是闲愁销不得, 群乌啼上女墙来。

关山西望朔云寒, 度陇迢迢正据鞍。
路上客随鸦阵宿, 天边人共雁行单。
画图曹玮经千驿, 衣食镏璠寄一官。
料得金城朋盍好, 斜阳红处几回看。

北来兵卒太矜骄, 道路沙虫尽遁逃。
部吏难挥诸葛笔, 将军敢带赫连刀。

城边无计归千马，海上何人钓六鳌。
矫首陪京忧不释，极天惟见暮云高。

睥睨茫茫百感生，天涯剧寇尚难平。
当风笛送三年曲，落日砧传万户声。
列疏荐材仍画诺，封疆驰檄且专征。
谁知百粤能成患，不与楼船海上兵。

慎选丁中禁吏钱，家家门巷户重编。
农安佃器怀羊续，传宿乡亭拟鲍宣。
大愿欲栽君子树，高风难觅孝廉船。
喜观市上蚩氓业，友助犹能说懋迁。

半载栖迟矢在公，民生同境不同风。
地形畛域分南北，人事衣冠别富穷。
通塞尽归清梦里，是非权付苦吟中。
多才宋玉伤摇落，目极寒郊类转蓬。[1]

　　这组诗，诗人是花了心思写的，不像其他大部分诗那样直白，而是用了许多典故。第一首为总写，登高抒怀，抒发兴亡之感。一起"倚危楼""豁壮眸"，气象开阔。"骊山"点出己身之所在。"千家市井寒烟集，百代兴亡夕照收"，"笛声呜咽起人愁"，正是传统诗歌惯用的抒写兴亡之感的手法。第二首，回顾慈禧太后

---

[1]　（清）李嘉绩《代耕堂中稿》卷20之《华清草·一》，清光绪二十七年刻本，第19—20页。

与光绪帝逃难西安之事，"两经过"谓一来一返。"云中"二句，写临潼地势，近名岳（华山），临大河（黄河）。末二句，"长安日远"谓皇帝回京，"健儿罢横戈"当指《辛丑条约》已签，兵士不必再持戈作战。第三首，先述"三年前事"，或指征兵之事，或指"二圣"逃难西安之事，联系第二首，当指后者。中间数句写此"事"之后百姓生活情状。最后两句以鸟啼女墙写诗人之"闲愁"怅惘。第四首，怀念赴陇朋友，"斜阳红处几回看"，其情绵缈。第五首，重点写"北来兵卒太矜骄"。赫连刀，原是少数民族随身携带的一种腰刀，此处泛指刀。"极天惟见暮云高"，仍是写惆怅忧伤之感。第六首，一开始就写四顾茫然，百感丛生。"天涯剧寇"指边地各种暴动与起义，或许也指此时俄国等列强的侵略。"荐材""专征"，谓朝廷仍在筹划处置。画诺，指主管官员在文书上签署意见，典出《后汉书·党锢传》："汝南太守宗资任功曹范滂，南阳太守成瑨亦委功曹岑晊，二郡又为谣曰：'汝南太守范孟博，南阳宗资主画诺。南阳太守岑公孝，弘农成瑨但坐啸。'"[1] 百粤成患，当指广东等地革命党人的暴动。第七首，先谈赋税之事。古代课税，征徭役，以年龄分为黄、小、中、丁、老五类。丁、中是其中主要的两类。吏钱，历史上某些朝代的一种杂税，即州县雇用下级属吏而向民间摊派费用。中间两联借用了古代两个人物：羊续与鲍宣，以及一个典故：孝廉船。羊续，东汉大臣，曾大败黄巾起义军，擒其首领，而"其余党辈原为平民，赋与佃器，使就农业"[2]。佃器，指农具。鲍宣，西汉大夫，正直敢言，时常上书抨击时政。孝廉船是对有才识之士的美称。典出南朝宋刘义

---

① 《后汉书·党锢传序》，中华书局，1965 年 5 月第 1 版，第 2186 页。

② 《后汉书·羊续传》，中华书局，1965 年 5 月第 1 版，第 1109—1110 页。

庆《世说新语·文学》，东晋张凭举孝廉，自恃才高，乘船访丹阳尹刘惔，得刘之赏识，清谈弥日，归船不久，刘派人来称觅张孝廉船，后荐举其作太常博士。诗人在这里引出这两个人物，并用这样一个典故，是期望能有爱民的官吏、正直敢言的官吏、举荐贤才的官吏。末联写百姓乐业，贸易恢复，令人稍感宽慰。蚩氓，指普通百姓。懋迁，指货物贸易，语出《书·益稷》。第八首，回转自身。通塞，谓境遇之顺逆，类乎"穷通"。李商隐《无题》云"嗟余听鼓应官去，走马兰台类转蓬"，刘长卿《落第赠杨侍御兼拜员外仍充安大夫判官赴范阳》诗云"念旧追连茹，谋生任转蓬"，诗人化用此类诗句，并以宋玉自比。此时，他的身份是县令，他的心境更是一位漂泊的文人，身如转蓬，终日苦吟，"悲哉秋之为气也，萧瑟兮草木摇落而变衰"（《楚辞·九辩》），"沉沦穷巷，芜没荆扉，既伤摇落，弥嗟变衰"（庾信《枯树赋》），"如何对摇落，况乃久风尘"（杜甫《谒先主庙》），不仅宋玉，历代文人的忧伤嗟叹，涌入他的脑海，呈现出强烈的共鸣。

李嘉绩之外，另一个在关中任职的代表性诗人是樊增祥。

樊增祥（1846—1931），字嘉父，号云门、樊山，晚号天琴老人，湖北恩施人。光绪三年（1877）进士，光绪十年至光绪三十年，在陕西任职，曾官富平知县、长安知县、咸宁知县、渭南知县、陕西按察使等。入民国后，任参政院参政。

樊增祥自幼在父亲的严督下学习，有特殊的背景：其父樊燮湖南永州镇总兵任满，将任湖南提督时，拜见湖南巡抚骆秉章，未向骆的师爷左宗棠请安。左倚恃骆的宠信，喝斥樊燮，令其请安。樊燮反唇相讥，称朝廷没有规定武官见了师爷也要请安，而且自己官居二品，没有必要向一个师爷请安。左大怒，喝斥："王八蛋，滚出去！"两人为此争斗，官司打了两年，实为朝内两派势力斗了两年，最后左胜出，樊被罢官。回到家里，因为自己没有科场功名而受此侮辱，樊燮愤愤不平，遂建读书楼，延请名师教育儿子，并将一木牌立于祖宗牌位之下，上刻"王八蛋滚出去"六字，称之为洗辱牌，要求儿子在科场功名超过左宗棠后再将其焚毁。受这种教育，樊增祥自小刻苦学习，加之天性聪颖，成年后颇有所成：在官场方面颇有能力，尤其擅长断案；在文学方面又长于作诗，遗诗达三万首之多。他在长安任知县时，将自己关中诗作编为《关中集》。此后，因疾去官，寄居长安，与诗友结成"青门萍"诗社，光绪十四年（1888）又将唱和作品编为《关中后集》。光绪十八年（1892），再入关中，任咸宁县（唐代为万年县）知县，又将此时写的诗编为《万年集》。光绪十九年（1893），任渭南知县，住紫兰村，又将在这里写的诗编为《紫兰堂集》。此后，又将他在渭南的"闲情绮语"编成《染香集》。再后来，他又将在渭南与诗友避暑酬唱的作品编为《清门消夏集》。光绪二十四年（1898），又将在渭南写的另一些诗编为《晚晴轩集》。光绪二十六年（1900），樊增祥主动要求为慈禧太后西逃西安做准备，又来到关中。后又将本年秋天到冬天的诗词编为《西京酬唱集》①。此外，他的《西征集》《后西征集》《身云阁集》《身云阁后集》《朝天集》《赴召集》《鲽舫集》《近光集》等集中，也都有作于关中的诗。所以，樊增祥的关中诗，数量相当多。这里，仅就其要者略述如下：

樊增祥在关中，从头至尾，心情一直是比较惬意的。

"城南韦曲与花邻，素萼垂垂欲破春。生小不知江上水，谁言渠是弄珠人。""江南风物本无尘，记折横枝向早春。今日乐游

---

① 参邓治凡《清末文学家樊增祥》，刊《武汉教育学院学报》（哲学社会科学版）1988 年第 2 期。

原上见，风流犹似素衣人。"①这两首《城南访梅》编入《关中集》，是他初到西安时的作品。暇日访梅，闲雅，惬意。另一首《晓至江柳村》又写"晓入鸡豚社，萧然水竹居。渠清知稻美，林暗觉花疏。篱枣初垂帽，溪云好荷锄。爱兹真朴意，酌水荐园蔬"②，同样的惬意悠然。此后因疾去官，闲居长安，寻幽访胜，与诗友唱和，更是悠然自得，有《昨得钱叔美辋川图，既尝赋诗矣。二月二日消寒九集，同人集敝斋，索观此图，宠以嘉什。余不能无言，因检右丞〈辋川集〉，起〈孟城坳〉讫〈椒园〉，各和一绝，凡二十首》，一气写了20首诗，皆依王维《辋川集》中诗名，诗作与右丞诗亦是同样的风格。又有《四月三日约客杜子祠看牡丹，半为雨阻。余与西屏、诚斋流连竟夕，翌日乃返。西屏赋诗四章，即次其韵》："鼠姑时节暖清阴，马上黄尘不敢侵。莲社酒朋春后健，凤城烟树雨中深。青衫白骑无拘检，乳燕鸣鸠尽好音。差与虎溪同故事，三人来照水如襟。"③又有《雪后用宛陵韵简诸同社》诗："扶头昨酒酽，半臂晓寒加。庭榭家家玉，江山处处花。萧闲调茗酪，亲切问桑麻。掼学洛生咏，凭栏伫晚霞。"④雅集之乐，唱和之趣，洋溢纸面。即便独自寻幽，亦是"罢食长安三斗葱，

① （清）樊增祥著，涂晓马、陈宇俊校点《樊樊山诗集》，上海古籍出版社，2004年4月第1版，第165页。本节所引樊增祥零散诗句，若非特别注明，俱引自本书。
② （清）樊增祥著，涂晓马、陈宇俊校点《樊樊山诗集》，上海古籍出版社，2004年4月第1版，第180页。
③ （清）樊增祥著，涂晓马、陈宇俊校点《樊樊山诗集》，上海古籍出版社，2004年4月第1版，第397页。
④ （清）樊增祥著，涂晓马、陈宇俊校点《樊樊山诗集》，上海古籍出版社，2004年4月第1版，第211页。

攀林踏阁喜相同","登临自整高檐帽,不畏桓温席上风"①。《自题斋壁》,也写"乞得南窗半日晴,梅花香扑暖帘轻。客来看画无寒具,几叶秋茶雪水烹"②。

一直到后来,光绪二十四年(1898),樊增祥最后一次在关中任职,尽管国家的形势已是岌岌可危,而他的心境依然十分惬意。《初入县署作》写:"昨是鸠巢今鹊居,柳边重认旧精庐。抚摩绕屋扶疏树,爱玩清池活泼鱼。傍砌扶栏堆烛泪,糊窗故纸用文书。呼僮缚取新苕箒,鼠迹蛛丝迅扫除。"③又一次回到了昔日为官办公的县署,十分高兴,像是回到了久别的家一样。《东园》诗写"五年别馆始围墙,睡起翻书觉昼长","冰片角巾鹤翎扇,自揩花碗试茶枪"④(按,茶枪,茶叶未展之嫩芽);《东园纳凉》诗写"拂扇流萤穿竹去,照书凉月上窗来","乌木养和竹如意,莫教闲却好亭台"⑤;《舆中遣兴》诗更是写:"今年盛夏比秋凉,车骑辉辉满路光。行幰携茶惟冷饮,驿墙落墨半斜行。秦云蒨丽如娇女,渭竹檀栾是故乡。怪底酒痕红上面,殷勤父老致壶浆。"⑥不仅他自己十分闲适惬意,还深得父老的爱戴,殷勤地给

① (清)樊增祥《十二日登杜陵原望终南诸山仍用前韵》,见《樊樊山诗集》,上海古籍出版社,2004年4月第1版,第202页。

② (清)樊增祥著,涂晓马、陈宇俊校点《樊樊山诗集》,上海古籍出版社,2004年4月第1版,第211页。

③ (清)樊增祥著,涂晓马、陈宇俊校点《樊樊山诗集》,上海古籍出版社,2004年4月第1版,第747页。

④ (清)樊增祥著,涂晓马、陈宇俊校点《樊樊山诗集》,上海古籍出版社,2004年4月第1版,第749页。

⑤ (清)樊增祥著,涂晓马、陈宇俊校点《樊樊山诗集》,上海古籍出版社,2004年4月第1版,第755页。

⑥ (清)樊增祥著,涂晓马、陈宇俊校点《樊樊山诗集》,上海古籍出版社,2004年4月第1版,第1101页。

他送上美酒。此时的大清形势，在后人看来，已经岌岌可危，甲午战争惨败，马关条约签订，一切都在走下坡路。光绪二十二年（1896）樊增祥曾去过北京，发现因俄国入侵士民流散，连他在北京寓所的看守人员都逃走了，可以说他已亲身感受到了战争的阴霾。这一时期他也写过一些感时诗，但回到关中后写的诗，依然是一种适意的情调。如光绪二十三年（1897）所作而编入《朝天集》的《雨宿华清》，仍然写："晓折垂杨向霸亭，满衣香雨入华清。秋池留得残荷在，来听跳珠第一声。""阁道飞虹整复斜，石梯溜雨长苔花。无聊三上花神庙，闲倚危栏盼晚霞。"①依然是十分的闲适惬意。这到底是他个人的问题还是当时普遍的问题？或者是文学的虚伪性与"自娱"性？当然，我们现在所看到的有些材料，比如当时的绘画大肆渲染"天朝"的"胜利"，也可能有信息屏蔽的原因。但当时也有康有为等人"公车上书"这样轰动性的事件发生。而当时关中的实际情况是如何呢？此时的关中，经济、人口、民生、社会治安等情况，并不像这些诗作中写的这样太平逸乐。这说明了什么呢？是当时关中人的真实生活及心态？是当时人一时一地的自我感觉？还是文学的虚伪性？等等，都是值得我们进一步深入研究的问题。

樊增祥的关中诗，也有不少反映了当时的时局。

《感事》一首，编入《关中集》。这是他初到关中任知县时的作品，诗曰："计相持筹在庙堂，监门图里任流亡。青苗已算民钱尽，墨牒徒令士气伤。社稷有灵终窜杞，皇天不雨愿烹桑。九重

---

① （清）樊增祥著，涂晓马、陈宇俊校点《樊樊山诗集》，上海古籍出版社，2004 年 4 月第 1 版，第 682 页。

若遣论新法，臣是当时唐子方。"①第三联后自注："时关中久旱。"
诗写了当时关中百姓的生存状况，反映了赋税问题，并且表示
"九重若遣论新法，臣是当时唐子方"。唐子方即唐介，字子方，
北宋著名谏臣，以"直声动天下"。这表明当时诗人还是有相当坚
定的为国为民的志向。

　　同一时期写的《春兴八首》，第二首写"十年甘陇息戈矛，父
老如闻说隐忧。游猎时时惊拽骑，耕犁往往杂降酋"，表达了父
老的隐忧；第三首前六句写了"土旷丁稀"、"荒田无主"，"河
山残破春无色，亭堠凋疏盗转多"，末两句写"为语司农经国计，
莫教穷鸟困虞罗"②，劝告地方官员关怀百姓；《寄云生汧阳》也写
"陇鹦如雪休登贡，汧马经秋易着膘。西面早为门户计，如今回鹘
是天骄"③，同样是劝告地方官员，不过是让其更多地注意边防一
类问题。

　　后来的诗，如光绪二十八年（1902）写的《壬寅岁暮关中杂
感九首》，其一写："左户飞书促算缗，封桩底处觅钱神。黄金已
尽催填海，白璧何年再入秦。蒙汉新多熬碱户，澄蒲渐少采硫人。
流亡未复疮痍在，最念天寒白屋贫。"第三联后自注："制造局硝
磺取之澄、蒲二县。荒后硝户逃亡，日益不足。"前两句写经济吃
紧、财用不足，中间写澄城、蒲城一带人民逃亡而致开矿采硝的人
手不足，末了感叹"流亡未复疮痍在"，表达对白屋之人的同情。

---

① （清）樊增祥著，涂晓马、陈宇俊校点《樊樊山诗集》，上海古籍出版社，
　　2004 年 4 月第 1 版，第 178 页。
② （清）樊增祥著，涂晓马、陈宇俊校点《樊樊山诗集》，上海古籍出版社，
　　2004 年 4 月第 1 版，第 178 页。
③ （清）樊增祥著，涂晓马、陈宇俊校点《樊樊山诗集》，上海古籍出版社，
　　2004 年 4 月第 1 版，第 193 页。

这组九首的诗里，作者还写"铜官未凿生金矿，炭井谁煎猛火油。度岭拟开盘马路，入关新置寄书邮"，记录了开矿、议开秦岭之事；写"鸡人叫旦班行肃，螺女朝天语笑温"，自注"各国使臣夫人并随朝觐"[①]，有史料价值。

或许是因为时局的变化，樊增祥最后一次在关中期间，关注时局的诗比此前多了一些。作于光绪二十一年（1895）的《上元日渭南县试，先一夕携中儿宝衡入宿试院》一诗，前面大段写了相关考试的情况，最后却这样写："吁嗟乎，儿辈不谙破贼事，海上兜烽照天地。二十万人不解甲，却进诸生试文艺。"[②]此时，海疆战事吃紧，诗人对学子们"不谙破贼事"表示忧虑和不安，对国家危急时刻仍然忙于"试文艺"表达了强烈的不满。这，在樊增祥的诗中是相当少见的。

樊增祥的关中诗，也还写了他自己为官的情形，向人们展示他一个好官的形象，如《卸咸宁县事之明日，有男妇抱儿乘车至县庭呼吁。隶曰已受代矣。妇咎男子曰："我固云早来，今何如？"太息登车去。感赋二首》。这样长的一个诗题，说他自己已经卸任咸宁知县的第二天，有两口子抱着孩子来找他打官司，具体职员告诉那两口子樊县令已经调离，于是引起了那妇人对丈夫的埋怨，埋怨不早来申诉。诗的第二首这样写："騃女痴儿绝可怜，相逢争道使君贤。平生苦虚名累，俯仰庭柯一怅然。"[③]表面上说他自

---

① （清）樊增祥著，涂晓马、陈宇俊校点《樊樊山诗集》，上海古籍出版社，2004 年 4 月第 1 版，第 1068 页。

② （清）樊增祥著，涂晓马、陈宇俊校点《樊樊山诗集》，上海古籍出版社，2004 年 4 月第 1 版，第 550 页。

③ （清）樊增祥著，涂晓马、陈宇俊校点《樊樊山诗集》，上海古籍出版社，2004 年 4 月第 1 版，第 180 页。

己"平生苦被虚名累",还感到"怅然",实际上心里自然是很得意的。最后一次在渭南任职时,还作有一首《出华州屏去牌蠹》:"王融掼壁亦何求,苦道车前少八骓。何必霓旌与芝盖,莲花仙掌在前头。"出门不摆谱,不讲排场,这或许是一次两次的事实,但也算是比较难得了。

樊增祥的关中诗,还有一些其他的内容,比如表现关中的民俗民风,《过华阴庙作》诗写华山万寿阁"汉柏龙形从古瘦,唐碑蝉拓至今肥。岁时望祀风犹古,羁旅登临兴屡违"①,古柏树龄悠久,形状奇异,而庙里的古碑,因多次被人椎拓,刻纹变浅,故而字形笔划变"肥"。至于望祀古俗,也是由来已久。这样的诗,有史料价值。

当然,作为一个文人,樊增祥的诗也少不了要表达文人特有的情思,除过前述那些表现闲适雅趣的作品外,还有如这样的作品:

八月六日过灞桥口占

柳色黄于陌上尘,秋来长是翠眉颦。
一弯月更黄于柳,愁煞桥南系马人。②

这样的作品,表现的纯属文人的情趣,很容易引起历代文人的共鸣。当代清诗选本,樊增祥的诗很少入选,而这首诗被好几部选集收录,洵非偶然。

---

① (清)樊增祥著,涂晓马、陈宇俊校点《樊樊山诗集》,上海古籍出版社,2004 年 4 月第 1 版,第 384 页。

② (清)樊增祥著,涂晓马、陈宇俊校点《樊樊山诗集》,上海古籍出版社,2004 年 4 月第 1 版,第 180 页。

西岳庙万寿阁，始建于明万历年间，1932 年毁于火，此为现代原址重建。雷静摄于 2020 年 8 月 6 日

西岳庙乾隆御笔"岳莲灵澍"。雷静摄于 2020 年 8 月 6 日

樊增祥有一首《敷水驿食冷淘》，诗曰：

> 柳花如雪午阴凉，新摘槐芽入嫩汤。
> 三月春风敷水店，一杯淡绿冷淘香。①

敷水，地名，位于今陕西渭南市华州区与华阴市交界地带，即前文嘉庆、道光年间词人周之琦《探芳信》词所写之地也。冷淘，一种小吃。具体为何物？《唐六典》载："凡朝会、燕飨，九品已上并供其膳食……冬月则加造汤饼及黍肚臛，夏月加冷淘粉粥，寒食加饧粥。"②由此看，当是一种粉或粥。杜甫写过《槐叶冷淘》诗："青青高槐叶，采掇付中厨。新面来近市，汁滓宛相俱。入鼎资过熟，加餐愁欲无。碧鲜俱照箸，香饭兼苞芦。经齿冷于雪，劝人投比珠。"《读杜心解》引朱鹤龄注曰："以槐叶汁和面为冷淘。"③由此看来，是一种面食，而且是凉的。宋人孟元老《东京梦华录·食店》："大凡食店……软羊面、桐皮面、姜泼刀回刀、冷淘棋子、寄炉面饭之类。"④宋人孔平仲也有诗云："须烦玉手自操刀，便趁槐芽作冷淘。剩泼葱油抹羊肉，不嫌潇洒爱萧骚。"可知为一种类似于油泼面的面食。清代潘荣陛《帝京岁时纪胜·夏至》："夏至大祀方泽，乃国之大典。京师于是日家家俱食冷淘面，即俗

---

① （清）樊增祥著，涂晓马、陈宇俊校点《樊樊山诗集》，上海古籍出版社，2004 年 4 月第 1 版，第 384 页。

② （唐）李林甫等著，陈仲夫点校《唐六典》，中华书局，1992 年 1 月第 1 版，第 6 页。

③ （清）浦起龙《读杜心解》，中华书局，1961 年 10 月第 1 版，第 173 页。

④ （宋）孟元老著，邓之诚注《东京梦华录注》，中华书局，1982 年 1 月第 1 版，第 127 页。

说过水面是也。"①晚清俞樾撰《茶香室丛钞·都中著名市肆》记北京名店有"双塔寺前赵家蕙酒，顺承门大街刘家冷淘面"②，这几条清人记述，又多称冷淘为过水面。也有史料称为凉面、凉粉等，盖时代不同、地域不同，做法各异。如今关中已无此种吃法，亦无此称谓。笔者请教诗中"敷水"当地年老居民，亦从未听说此种称谓和吃法。如今的关中人，普遍喜欢吃的是槐花麦饭或者蒸魂花菜，即用鲜嫩洋槐花拌面粉而蒸食。关中人嗜食面食，也做各种菜面（即用鲜菜汁和面制作面食），但罕有用槐花或槐叶做的。上诗中称"春风三月"，也不是上文诸说所谓夏天。诗中称"嫩汤""一杯淡绿"，显然也不是面食，而是一种汤。具体为何物，俟再考。总之，此诗描写了关中的一种小吃，有民俗价值和史料价值。

　　李嘉绩与樊增祥的关中诗，都记录了公事的勤勉，或多或少地反映了民生的艰苦，也记录了一些历史事件和民风民俗，而在他们的诗中，公事之余的生活，都是惬意舒适的。

四、感事成诗、伤时念乱：万方煦、王先谦、谭嗣同等人的关中诗

　　这里所谓其他人，是指一些没有在关中任具体官职的人，或作幕僚，或是途经关中而在关中有诗歌创作。

　　万方煦（？—1880），字伯舒，号对樵，浙江山阴人。少时随父仕黔。咸丰六年（1856），避黔乱来秦，光绪六年（1880）二月卒。在陕20多年，长年供职于幕府，是"青门萍社"的重要成员。

---

① （清）潘荣陛《帝京岁时纪胜》，北京古籍出版社，1981年8月第1版，第23页。

② （清）俞樾著，贞凡、顾馨、徐敏霞点校《茶香室丛钞》，中华书局，1995年2月第1版，第1504页。

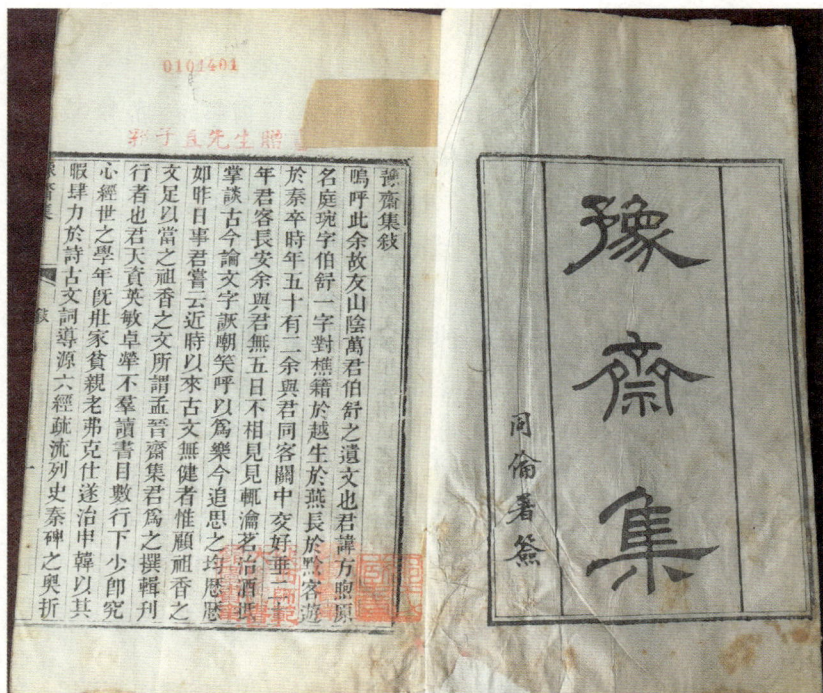

万方煦《豫斋集》（清光绪刻本）

万方煦身处咸、同、光之际。而同治年间的回民起事，是关中社会的一个转折点。

万方煦的关中诗，对当时关中的乱离景象，对民生疾苦，都有比较多的反映，也有怀古等题材的作品。

乱离景象，是万方煦关中诗写得最多的内容。而这些内容，又往往与他自己的经历相联系。如《次同州》写"乱离三载阔，辛苦一城留"①；《之华州出霸桥，至是盖三矣。适得弟书，将往从

①　（清）万方煦《豫斋集》卷1，清光绪七年刻本，第7页。

之》写"干戈历乱迷陈迹，骨肉飘零事远游"[①]；如《大荔途次》写"终年事行役，劳劳何为者。蹊径寂无人，敝车策驽马。朔风号元空，白日寒原野。墟里黄蒿间，饥禽时复下。谁能拯斯民，叹息泪盈把"[②]。诗写自己的行程是"敝车策驽马"，字里行间尽是一种衰颓气象，而所见则是荒草遍地，饥禽翻飞，战乱后的凋敝、百姓的流离，于此尽见。所以，诗人不由得发出这样的感叹："谁能拯斯民，叹息泪盈把。"诗人还有《十月宫农山太守至渭南劝积谷，出菜根图索句二首》，其第二首这样写："忧民菜色使车忙，野圃殷勤话夕阳。饥馑动关吾辈事，肯教郑侠绘流亡？"[③]宫农山即宫尔铎，字农山，曾任陕西延安、同州知府。郑侠，北宋官员、诗人、画家，因绘《流民图》而著名。本诗虽然是赞颂宫尔铎，但也反映了当时饥民流离的现状。又如《杜陵》一诗写"杜陵何处问桑麻，弹铗归来日已斜。兵乱难归安作客，他乡住久渐成家。乾坤战斗销尘劫，衣食奔驰老鬓华。学剑习书都不就，听天位置作生涯"[④]，写因为兵乱而流离，衣食奔竞，自己的生活及命运无由主，只好听天由命。又有《京之瞿丈出霸桥走马图索句……赠别三首》，其二这样写："词客飘零余画本，沧桑身世欲魂销。盛衰都付悠悠水，莫问当年旧霸桥。"[⑤]还有一首《霸桥》诗写："秋风秋雨柳条条，万古伤心剩此桥。战血模糊流水碧，虫沙历劫更魂销。"[⑥]直接以"战血模糊"入诗。这样的诗作，看不到此前很多

① （清）万方煦《豫斋集》卷1，清光绪七年刻本，第7页。
② （清）万方煦《豫斋集》卷1，清光绪七年刻本，第10页。
③ （清）万方煦《豫斋集》卷1，清光绪七年刻本，第32页。
④ （清）万方煦《豫斋集》卷1，清光绪七年刻本，第3页。
⑤ （清）万方煦《豫斋集》卷1，清光绪七年刻本，第11页。
⑥ （清）万方煦《豫斋集》卷1，清光绪七年刻本，第15页。

诗人的作品中那种昂扬与慷慨的气概，更没有乐观的情绪。总之，他的作品，写自己的亲身亲历，又同时反映了所历所见百姓的生活、生存状况，表达对百姓的同情。

万方煦还有一首《哀秦民》，诗曰："关中健儿喜杀回，长戈大戟气如雷。花门势寡初乞哀，一朝拼死万众摧。回怒汉怯齐缩首，可怜健儿不如狗。兵连祸结戎首谁，十万健儿安在哉？君不见，草间白骨森成堆。"①写当时回汉惨斗之情形，触目惊心，用诗歌的形式，反映了当时社会的混乱，表达了诗人沉重的心情。

万方煦写灞桥的诗多，写长安杜公祠和凤翔的诗也多。写杜公祠的诗有《登雁塔后将赴孙心老谒牛头寺杜祠之约，天雨不果，归读心老诗赋此酬之二首》②《刘孟惺重九约游城南杜子祠，因病不赴》③《夏日偕农山、子林、星府、子嘉、次菊游少陵，宿杜子祠下，不寐有作二首》④，"杜老不可作，大雅空古今"，"韦曲至今有遗庙，少陵终古属先生"，"感时余涕泪，酹酒拜荒祠"，表达一位诗人对千古诗圣的崇仰之情。

写凤翔的诗，有祷祝七百年前的凤翔通判苏东坡的，还有写当时陕甘学政汪鸣銮在凤翔选"耆士"的，另有一首《缚狼歌》特别值得注意。诗题下有序："凤郡兵后多狼，郡人有缚之以献者，感赋其事。"诗曰：

---

① （清）万方煦《豫斋集》卷1，清光绪七年刻本，第5页。
② （清）万方煦《豫斋集》卷1，清光绪七年刻本，第22页。
③ （清）万方煦《豫斋集》卷1，清光绪七年刻本，第28页。
④ （清）万方煦《豫斋集》卷1，清光绪七年刻本，第31页。

頻年兵燹村落荒，蒿莱满地犷兽藏。

呜呼世无缚虎手，兽则食人谁其偿。

有狼有狼岐之阳，阴风惨惨导以伥。

狼也人也两相直，突前搏噬恣跳踉。

人避腾挪作鹰侧，忽跃而上嗌其吭。

怒目睒睗奋爪距，欲起不起气不降。

人兽相持将伯襄，巨绳束缚如牵羊。

村氓拥献守之堂，跋前疐后何驯良。

毒龙可屠虎可伏，力能制之固寻常。

于今猰貐盈西方，磨牙吮血吁猖狂。

安得壮士往与抗，弯弓挟矢射天狼。①

　　诗先写战乱后村落荒芜，野狼出没且吃人。再写人与狼的搏斗，这一段写得十分逼真，气氛紧张。最后两句写"安得壮士往与抗，弯弓挟矢射天狼"，由人与狼的搏斗写到"射天狼"，表达了希望消灭强敌、恢复和平生活的愿望。

　　万方煦的关中怀古诗，写曲江、咸阳、杜陵、华清宫、渼陂、昆明池、五丈原等。兹录两首如下：

曲江

凌波无复鹢舟来，宫殿江头拾劫灰。

细柳新蒲都不见，秋风付与杜陵哀。②

---

① （清）万方煦《豫斋集》卷1，清光绪七年刻本，第19页。

② （清）万方煦《豫斋集》卷1，清光绪七年刻本，第15页。

縛狼歌

鳳郡兵後多狼郡八有縛之以獻者感賦其事

頻年兵燹村落荒蒿萊滿地獷獸藏嗚呼世無縛虎手

獸則食人誰其償有狼有狼岐之陽陰風慘慘導以倀

狼也人也兩相直突前搏噬跳跟人避騰挪作鷹側

忽躍而上嚙其吭怒目眈眈距欲起不起氣不降

人獸相持將伯襄巨繩束縛如牽羊村氓擁獻守之堂

跋前躓後何馴民毒龍可屠虎可伏力能制之固尋常

于今獮猶盈西方磨牙吮血吁猖狂安得壯士往與抗

彎弓挾矢射天狼

有感

万方煦《豫斋集》（清光绪刻本）

咸阳

渭水东流日夜忙，渭城云树郁苍苍。

周秦唐汉无从问，一片荒原淡夕阳。①

　　这样的诗，茫然、落寞，充满哀感，与前述诸人诗明显有了区别。

　　王先谦（1842—1918），字益吾，晚年号葵园，湖南长沙人。同治四年（1605）进士。清亡后改名遁②。

　　王先谦有一首《从军陕西述怀》。这是他尚未进入陕西时的作品，诗曰："祖道亲朋泣，关山鼓角愁。西悲度关陇，东望阻江流。尝胆三年苦，知心一顾酬。迟回意不尽，恻恻入行舟。"③诗指出入陕是因为"鼓角"之事，尚未出行，亲朋就泣，就愁，诗人的心情也是"恻恻"的。此诗作于同治二年（1863），之所以要入陕，是因为李桓督办陕南军务，其兄李概荐先谦入幕。光绪二十八年，王先谦为李概写的《李征君墓碣》中回顾了事情原委："余以妻党姻连故，谒见先生，尝荐入山东军营，辞不往。先生曰：'子索居，胡自给？盍从吾弟行乎？'盖是时，先生弟桓方以江西布政使督办陕南军务也，卒从至湖北而返。然余少穷困，不为亲戚容接，独被先生两荐，私感至今。"④这就是诗中所谓"知心一顾酬"，李概荐他入其弟幕府，是为了解决他的衣食生存问

① （清）万方煦《豫斋集》卷1，清光绪七年刻本，第19页。

② 王先谦虽然活到了清亡以后，而其关中诗则作于同治时期。姑置于本节讨论。

③ （清）王先谦著，梅季点校《王先谦诗文集》，岳麓书社，2008年9月第1版，第368页。本节引王先谦零散诗句，均录自此书。

④ （清）王先谦著，梅季点校《王先谦诗文集》，岳麓书社，2008年9月第1版，第368页。

题，是在帮助他，所以他说是酬"知心"。但对他而言，并不是心甘情愿地去入陕从军，所以诗的情感是悲戚的。而这次他并没有到陕西（虽然原本只是去陕南），"至湖北而返"。这是他未入陕时对入陕的态度。

王先谦真正的关中诗，则是途经关中所作。

同治七年（1868），王先谦二十七岁。七月，出京，经河南、陕西，往四川。关中途中有《谒西岳庙望华山》《慈恩寺塔》《马嵬驿》《叹泉水》《五丈原》《李辉武荔友筵上简罗甫恬，兼述近日行旅之作》《别张子恒汧阳》《发宝鸡》等诗①。

王先谦的关中诗，在其诗集中基本都是按照行程顺序排列，首先是一首关于华山的诗。或因时间紧迫，未能登山而谒西岳庙，有诗《谒西岳庙望华山》。或许由于心境的原因，他笔下的西岳庙和华山，都是阴森森的，"阴宫森罗弱地轴，真宰愤踊干天庭。吁嗟仙掌不可见，白日黯黯云冥冥"②。

到了西安，有《慈恩寺塔》诗："地形随级阔，云气上门高。秦塞登临壮，唐时结构牢。五陵空草树，八水静风涛。来往西征士，秋霜明带刀。"③诗提到"来往西征士"，其背景是，起事回民与捻军正在陕甘一带活动，气势正盛，风起云涌。陕甘总督杨岳斌焦头烂额，请求病免。朝廷于同治五年九月，调补能征善战的帅才左宗棠为陕甘总督。左宗棠接受任命后，立即着手相关征剿事宜。此时，战事正紧，所以诗曰"来往西征士，秋霜明带刀"。

---

① 参李和山《王先谦学术年谱》，苏州大学2007年博士学位论文。

② （清）王先谦著，梅季点校《王先谦诗文集》，岳麓书社，2008年9月第1版，第410页。

③ （清）王先谦著，梅季点校《王先谦诗文集》，岳麓书社，2008年9月第1版，第411页。

西岳庙内石牌楼。雷静摄于 2020 年 8 月 6 日

再西行，至兴平，有《马嵬驿》一诗："霓裳按罢鼓鼙催，又送铃声蜀道哀。何事花钿零落后，唐宫犹进荔支来？"①《杨太真外传》有一段很凄惨的记载："京兆司禄韦锷进曰：'乞陛下割恩忍断，以宁国家。'逡巡，上入行宫，抚妃子出于厅门，至马道北墙口而别之，使力士赐死。妃泣涕呜咽，语不胜情，乃曰：'愿大家好住。妾诚负国恩，死无恨矣，乞容礼佛。'帝曰：'愿妃子善地受生。'力士遂缢于佛堂前之梨树下。才绝，而南方进荔枝至，上睹之，长号数息，使力士曰：'与我祭之。'祭后，六军尚未解围。以绣衾覆床，置驿庭中，敕玄礼等入驿视之。玄礼抬其首，知其死，曰：'是矣。'而围解。瘗于西郭之外一里许道北坎下。妃时年三十八。上持荔枝，于马上谓张野狐曰：'此去剑门，鸟啼花落，水绿山青，无非助朕悲悼妃子之由也。'"②王先谦此诗，伤杨妃，恐亦有感于时局，明清之际的刘道开作诗《马嵬驿过杨妃墓》云"最是伤心烽燧日，人亡犹进荔枝来"，饱蕴兴废之感，或有助于理解此诗。

再往西，至岐山，有《五丈原》诗，一起就写"悲风号阴天，赤日当晶光"，如此起笔，当与当时局势及作者之心境有关。诗表达了对诸葛孔明的崇敬之情，最后说"崔嵬千载前，允矣振纲常。曷不新庙貌，式此臣节芳？"③

至宝鸡，有《李辉武荔支筵上简罗甫恬兼述近日行旅之作》。

① （清）王先谦著，梅季点校《王先谦诗文集》，岳麓书社，2008年9月第1版，第411页。

② （宋）乐史《杨太真外传》，见李剑国辑校《宋代传奇集》，中华书局，2001年11月第1版，第29页。

③ （清）王先谦著，梅季点校《王先谦诗文集》，岳麓书社，2008年9月第1版，第411页。

此诗题下自注："罗名寅，宁乡附生。"诗中自注："李时以汉中总镇督勇宝鸡，罗在李幕。"显然是行至宝鸡而作。这位李辉武，《清史稿》有传，他人传内亦多有提及。《清史稿·周达武传》载："（同治）六年，捻匪窜陕西，左宗棠咨调会剿，令部将李辉武率三千赴陕。七年，破越嶲倮夷于普雄，进克西昌交脚夷巢，斩级数千，诸夷悉降，赐黄马褂，晋号博奇巴图鲁。"①《清史稿·李辉武传》载："李辉武，湖南衡山人。周达武部将。……（同治）六年，捻匪窜陕西，辉武率步队五营赴援，剿破汧阳、陇州、宝鸡诸贼，西路肃清。八年，剿董志原窜匪，毙贼目王明章，晋号福凌阿巴图鲁，授汉中镇总兵。"②这，就是这首诗的写作背景。诗甚长，一开始回忆此次西行之由："忆昨出渑池，短景遵路急。维时西兵过，吹角动原隰。"诗中有句"花门乱关内，数载未安谧"，花门，指回民。花门乱关内，即是指这几年关中的回民大暴动。而这首诗，我们重点关注的是诗人写的他自己沿途之所见所感："居人畏祸乱，逃遁空城邑"，"晨兴就长道，斜日不得食。坐恐死饥寒，啜泣嗟何及。岂知咸阳外，烽火更萧瑟！望望只荆榛，行行绝樵汲。残黎三五辈，枯槁负墙立。野苋竞烹煮，独苗就收拾。不复哀其穷，歇鞍买残汁。天门掘草根，此味颇相习"③，客观上表现了战乱年月四野萧条、百姓饥寒的苦难现实，具有很强的纪实性。

　　继续西行，诗人又写了《发宝鸡》《别张子恒汧阳》《过草凉驿》《鸡头关》等。至此，诗人已经离开关中，进秦岭，走栈道，

---

① 《清史稿·周达武传》，中华书局，1977 年 8 月第 1 版，第 12303 页。
② 《清史稿·李辉武传》，中华书局，1977 年 8 月第 1 版，第 12305 页。
③ （清）王先谦著，梅季点校《王先谦诗文集》，岳麓书社，2008 年 9 月第 1 版，第 412 页。

虚受堂诗存卷一

雜述三首以下辛酉

長沙　王先謙　益吾

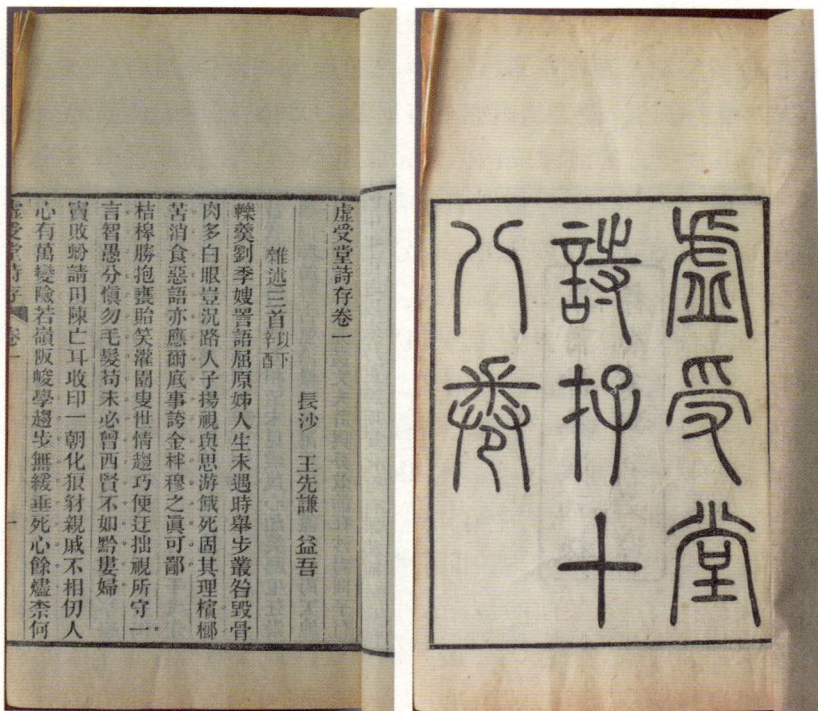

王先谦《虚受堂诗存》（1921年刻本）

往四川去了。这些诗中，《发宝鸡》一首，写冬日秦岭景色很逼真："朔风吹雪陈仓麓，乱石作骨冰作肉。细溜千寻冻不流，悬岩有丈惊相突。舆夫蹭蹬马蹄翻，壮士饮泣声复吞。"于是，诗人感叹："嗟哉蜀道之难有如此，行子安得开心颜？"最后盼望："何时太阳照九州，万里凝阴尽消灭？"①阳光普照，天下太平，正是诗人的心愿。

---

① （清）王先谦著，梅季点校《王先谦诗文集》，岳麓书社，2008年9月第1版，第413页。

可以看出，王先谦诗，格调已明显不同于此前诸关中诗。伤时念乱、忧愁悲凄，是其主要特征。

顾复初（1812？—1894），字幼耕，号道穆，江苏元和（后并入吴县）人。咸丰、同治、光绪年间，在成都任幕僚三十余年。其人长寿，或记其生年为1800年前后。

顾复初有一首《秦中》，诗曰：

> 陈仓北去别烟萝，漠漠神皋电转过。
> 天外三峰朝白帝，关中八水走黄河。
> 秦灰劫尽龙蛇远，汉殿春空雉雀多。
> 王气伯图俱灭没，终南晴翠郁嵯峨。①

诗总咏关中。陈仓，在关中西南，秦岭之北。三峰，即华山，在关中东部。八水，即所谓"八水绕长安"之八水，是关中著名的八条河流：泾河、渭河、沣河、涝河、潏河、滈河、浐河、灞河。八条河流最终都汇入黄河，故曰"走黄河"。伯图，即霸图。多少功名霸业皆成为历史云烟，只有巍巍的终南山依然翠色青青。如此描写，虽然老套，但也确有概括力。

张之洞（1837—1909），字孝达，号香涛，同治二年（1863）探花，授翰林院编修，历官至两广总督、湖广总督、两江总督、军机大臣、体仁阁大学士。是晚清名臣、近代重要的风云人物。

同治十二年（1873），张之洞37岁，充四川乡试副考官，简放四川学政。张之洞本人在陕西凤翔写的《住喜雨亭》一诗小序称："余以癸酉秋（按，即同治十二年，1873）充四川考官，过凤

---

① 徐世昌编，闻石点校《晚晴簃诗汇》，中华书局，1990年10月第1版，第6974页。

翔宿此。时值霖雨，丙子冬（按，光绪二年，1876），由蜀还京。"
据此看来，他的关中诗，当作于此次往返途中。

张之洞的关中诗，大都体现出途经游览的特点，这从题目中
就可以看得出来，如《过华山》《骊山》《灞桥二首》《马嵬驿读
壁上石刻诗》《住喜雨亭》《游东湖》《住华山下玉泉院》《登牛
首山，望终南、曲江、樊川、辋川作歌》等。这些诗，总的来看与
一般文人的游览诗没有多少区别，但词句之间往往会有一些与众
不同之处，如《过华山》第二首写"乱世酣眠涧谷幽，承平策蹇
汴京游。救时悟主都无策，终是神仙第二流"①诗当是写华山睡
仙陈抟老祖，一反众人歌颂、神往的常调，称其"救时悟主都无
策，终是神仙第二流"。又如《灞桥》第二首写"祖帐征夫怨别
离，骑驴孤客苦吟诗。谁怜灞水伤心处，见惯降王系组时"。灞
桥自古是离别之地的代名词，文人们大都写折柳相别，或如本
诗所写"骑驴孤客苦吟诗"②，而本诗却别出心裁地写了"降王系
组"。《史记·高祖本纪》载："汉元年十月，沛公兵遂先诸侯至霸
上。秦王子婴素车白马，系颈以组，封皇帝玺符节，降轵道旁。"③
诗写这一典故，既切灞桥，又表现出诗人与众不同的思维。再如
《马嵬驿读壁上石刻诗》写"玉貌从来善累身，杨妃更累帝蒙尘。
香山歌曲陈鸿传，凄感何干到小臣"④。诗首句化用欧阳修诗句，

---

① （清）张之洞著，庞坚校点《张之洞诗文集》，上海古籍出版社，2015 年 10
　　月第 1 版，第 66 页。
② （清）张之洞著，庞坚校点《张之洞诗文集》，上海古籍出版社，2015 年 10
　　月第 1 版，第 66 页。
③ 《史记·高祖本纪》，中华书局，1959 年 9 月第 1 版，第 362 页。
④ （清）张之洞著，庞坚校点《张之洞诗文集》，上海古籍出版社，2015 年 10
　　月第 1 版，第 67 页。

并自注曰："欧公《崇徽公主手痕》诗：'玉颜自昔为身累。'"而体现诗人个性的在末句："凄感何干到小臣。"彼自凄凉，干汝何事？与我何干？

　　张之洞在关中写的最有个性的是一首长诗《登牛首山，望终南、曲江、樊川、辋川作歌》，诗甚长，不全录。诗先从"我升燕台望太行"写起，然后才切到"今登牛首望秦岭"，而后用多地比较，写了幽雍、汴京、金陵、临安等地及其历史，写了"辽金并起黄龙外，周秦先居汧渭西"，总结出"建国由来戒沃土，势高气厚人文武"，又概括当今的天下大势："方今天子守四海，提控诇在西秦隈"，"后拥突骑护辽沈，前调兵食收江淮"，最后总结："一朝立国有根本，况复驾驭今恢恢。守国在德亦在险，大险惟有轩辕台。"①此时的张之洞，还没有到后来那样位尊权重的地步，但这样的诗歌，也表现了他的大气魄、大胸襟，而不同于一般的文人官员。

　　吴汝纶，字挚甫，安徽桐城人，同治四年（1865）进士，官至深州、冀州知州。他有一首《五丈原怀古》："不尽兴亡感，临风吊武侯。荒烟屯戍古，宿草墓原秋。列阵通蛇鸟，奇功到马牛。驰驱先帝命，开济老臣谋。汉鼎三分定，桑田八百留。余威惊北敌，私祭遍西州。巾扇英风杳，星辰上相收。祠堂森古柏，题咏遍名流。"②诗写兴亡之感，已无同治时期一些诗人那种慷慨激昂的情绪。

① （清）张之洞著，庞坚校点《张之洞诗文集》，上海古籍出版社，2015年10月第1版，第75页。
② （清）吴汝纶著，施培毅、徐寿凯校点《吴汝纶全集·诗集》，黄山书社，2002年9月第1版，第477页。

刘树堂（1830—1903），字景韩，云南保山人。光绪年间，于天津、直隶、浙江等多地任职，历官至浙江巡抚、河南巡抚。

刘树堂有一首《灞陵怀古》："火猎灞陵百草芜，将军犹是故时无。才虽盖世勋何补，相不封侯心自舒。主圣还思先帝用，数奇偏为幸臣愚。英雄往古多如此，几见功成泛五湖。"[①]诗题曰"灞陵怀古"，却以主要的笔墨写飞将军李广，而以"主圣还思先帝用"一句挽结，因汉文帝对李广说过："惜乎，子不遇时！如令子当高帝时，万户侯岂足道哉！"[②]不封侯、数奇，是李广的"名片"。尾联沉痛有力。

徐坊，字梧生，山东临清人。徐坊曾至关中，但不是担任具体的地方官职。"（光绪）二十六年，奔赴西安行在。明年，扈驾返……逊位诏下，遂弃官。旋命行走毓庆宫，坊已久病，力疾入直。未几，卒，谥忠勤。"[③]

徐坊在关中，有《樊川春望》一诗："旅食京华两鬓丝，江湖落魄亦堪悲。谈兵忧国人何在，小杜坟连老杜祠。"[④]诗从樊川的具体地址，想到了唐代两位著名的杜姓诗人：杜甫与杜牧，杜甫自称少陵野老，杜牧本身就是樊川人氏，而小杜坟与老杜祠亦皆在樊川，所以诗人联想到他们二人，也是十分自然的，而诗中的情绪则是"落魄""堪悲"，诗人喟叹的是眼前缺少"谈兵忧国"之人，也就是说眼前现实已经到了"谈兵忧国"的程度了。

这里，我们再来集中看一些光绪进士的关中诗：

---

① （清）孙雄辑《道咸同光四朝诗史》乙集卷4，清宣统二年刻本，爱如生《中国基本古籍库》。
② 《史记·李将军列传》，中华书局，1959年9月第1版，第2867页。
③ 《清史稿·徐坊传》，中华书局，1977年8月第1版，第12823页。
④ 徐世昌编，闻石点校《晚晴簃诗汇》，中华书局，1990年10月第1版，第7871页。

于式枚，字晦若，广西贺县人，光绪六年（1880）进士，官至吏部侍郎。

于式枚有《秦中怀古》组诗，共8首，录四首如下：

浮云白日莽秦关，如梦兴亡去不还。
金虎宫邻唐北寺，玉鱼陵墓汉南山。
丛台露冷铜仙别，野殿风高石马闲。
杜老哀吟沈郎表，无端幽怨道途间。

东井西河辟上都，文谟武烈递乘除。
云霓赤帝三章法，日月苍姬六典书。
栖凤何年来白虏，伏龙从古护皇图。
金戈铁马纵横地，放眼千秋几丈夫。

旧曲淋铃乐府传，仓琅驿骑望秦川。
江花江草愁无极，秋雨秋风梦悄然。
青琐华年怀鄠杜，白头遗事说开天。
红楼珠箔遥相忆，摧断青春蜀国弦。

草檄题诗意若何，百年心事足悲歌。
新书甲乙编南部，奇策纵横画北河。
宣室鬼神原恍惚，梁园宾客竟蹉跎。
何从更觅封侯印，付与温岐哭逝波。[①]

---

① 徐世昌编，闻石点校《晚晴簃诗汇》，中华书局，1990年10月第1版，第7506—7507页。

　　这组诗，给人最强烈的印象是，用典频繁，节奏急促，情感激越，抑郁与慷慨交织，幽怨与激愤杂糅。即如末首，用了一系列古代失意落魄文人的典故，暂未知其写作背景，就常例而言，这样的诗作，字面写贾谊、梁园客、温庭筠等人，实则大都是说自己。温庭筠《苏武庙》诗云："茂陵不见封侯印，空向秋波哭逝川。"这里当是只取其字面义，写逝者如斯、诉仕途坎坷而已，或是代历代众多文人倾诉而已。

　　沈家本，字子惇，晚号寄簃，归安人，光绪九年（1883）进士，官至法部大臣。

　　沈家本有诗《西安八仙庵牡丹最盛。二月三十日，雪堂同人召饮，感赋长句，呈何松僧郎中》，诗中有这样的句子："翠华西巡修旧仪，车骑联翩四方会。我亦述职来自东，天颜咫尺朝离宫。"①可知乃是慈禧与光绪西逃西安后的作品。这首诗引人注意的是，西安当时的牡丹仍很有名，赏牡丹是当时西安的一种时髦。

　　葛宝华，字振卿，浙江山阴人，光绪九年（1883）进士，官至礼部尚书。

　　葛宝华有《唐昭陵》一首："神威龛定虎狼都，海外虬髯一着输。天策军声推上将，瀛洲胜境集名儒。一门骨肉残龙子，百战河山付雉奴。今日五云松柏路，乐游登望有人无。"②"一门骨肉残龙子"，指唐初玄武门兵变。雉奴，唐太宗李世民之子，即唐高宗李治，小字雉奴。诗前六句写唐太宗李世民的生前身后事，末二句写沧桑之感，抒怀古之情。

---

① 徐世昌编，闻石点校《晚晴簃诗汇》，中华书局，1990年10月第1版，第7600—7601页。

② 徐世昌编，闻石点校《晚晴簃诗汇》，中华书局，1990年10月第1版，第7597页。此诗暂未知是否作于关中，姑置于此。

史悠咸，字泽山，浙江山阴人，光绪十八年（1892）进士，官内阁中书。

史悠咸有一首《潼关》："扶舆两戒望中分，终古雄关峙独存。白帝三峰尊太华，黄河一气走昆仑。盘雕沙碛闻传箭，散马秋原见列屯。揽辔临风感兴废，承平形势漫重论。"[1]诗前半写潼关这一"雄关"的地理形势，左黄河，右太华，亦极险要。后半由潼关的战略地势联想开去，"承平形势漫重论"，含蓄而深沉。

李希圣，字亦元，号卧公，湘乡人，光绪十八年（1892）进士[2]。

李希圣《曲江》诗云："曲江宫殿锁莓苔，蜡炬炉薰认劫灰。玉碗已随芳草出，銮舆曾为看花来。残灯不照秦乌返，落日惟余汉雁回。夜雨秋衾鸡塞梦，归时应过李陵台。"[3]曲江，本是唐代胜地，此诗却将视线伸得更远，伸到了汉朝，劫灰、鸡塞、李陵台等，均是汉代典故，甚至写傍晚的乌鸦、大雁，也要说是秦乌、汉雁。诗题曰"曲江"，而除首句及第三句外，多与曲江无关。《晚晴簃诗汇》在作者名下说："《诗话》：'亦元少秉异资，为学使侯官张文厚所奇赏，以国士期之。通籍后，志在用世，无意吟咏。辛丑以还，感事成诗。'"这大概就是"感事成诗"吧。

董敬舆，字临之，闽县人，官常熟典史。董敬舆具体生卒年暂未知，然《晚晴簃诗汇》排在卷一百七十九，列于李希圣、史悠咸诸人之后而与谭嗣同等晚清诗人同卷排列，当是生活在同一时代。

董敬舆有《重至关中》一诗："陵墓累累古道旁，我来凭吊感

---

① 徐世昌编，闻石点校《晚晴簃诗汇》，中华书局，1990年10月第1版，第7802页。
② 按，葛宝华、史悠咸、李希圣三人所作几首写关中的诗，是否作于关中，尚无确切依据，暂置于此。
③ 徐世昌编，闻石点校《晚晴簃诗汇》，中华书局，1990年10月第1版，第7797页。

兴亡。碑焚野火埋秦時，瓦出春耕识莒阳。旱苦叶雕黄阁树，宵深磷语白沙场。城南韦杜莺花劫，一度吟看一断肠。"①情调很低沉，很苍凉。

这里，还要特别介绍一下谭嗣同的关中诗。

谭嗣同（1865—1898），字复生，号壮飞，湖南浏阳人，近代著名的政治家、思想家，光绪二十四年（1898）参与领导戊戌变法，失败后被杀，为"戊戌六君子"之一。

光绪四年（1878），谭嗣同14岁，是年，其父任官甘肃，谭嗣同侍父赴甘肃任，次年夏归湖南。光绪九年（1883），谭嗣同19岁，赴兰州。此后一直到光绪十五年（1889，是年谭嗣同25岁），谭嗣同基本上每年都要去兰州，而往返途中，必过关中，于是有了他的关中诗作。

谭嗣同的关中诗，最大的特点是意气风发，充满着激荡不平之气。其《潼关》诗云："终古高云簇此城，秋风吹散马蹄声。河流大野犹嫌束，山入潼关不解平。"②诗中充满着跌宕不平之感。他还有一首《出潼关渡河》诗亦写"平原莽千里，到此忽嵯峨。关险山争势，途危石坠窝"，并称"为趁斜阳渡，高吟击楫歌"③，高歌击辑，实在是畅快淋漓了。他的《秦岭》一诗前几句亦是写潼关："秦山奔放竞东走，大气莽莽青嵯峨。至此一束截然止，狂澜欲倒回其波。百二奇险一岭扼，如马注坂勒于坡。"④同样的激荡

---

① 徐世昌编，闻石点校《晚晴簃诗汇》，中华书局，1990年10月第1版，第7869页。

② （清）谭嗣同著，蔡尚思、方行编《谭嗣同全集》，中华书局，1981年1月第1版，第59页。

③ （清）谭嗣同著，蔡尚思、方行编《谭嗣同全集》，中华书局，1981年1月第1版，第68页。

④ （清）谭嗣同著，蔡尚思、方行编《谭嗣同全集》，中华书局，1981年1月第1版，第65—66页。

不平，气势不凡。

　　谭嗣同的关中诗，多次写到秦岭，尤其是多次写到韩愈祠，有一首五律《秦岭韩文公祠》写"登峰望不极，霁色远霏微"，"碑残论佛骨，钟卧蚀苔衣"[1]，一首七绝《秦岭韩文公祠》写"我来亦有家园感，一岭梨花似雪飞"[2]，而《秦岭》长诗中也写到了韩愈及韩愈祠："唐昌黎伯伯曰愈，雪中偃蹇曾经过。于今破庙兀千载，岁时尊俎祠岩阿。关中之游已四度，往来登此常悲歌。仰公遗像慕厥德，谓钝可厉顽可磨。由汉迄唐道谁寄，董生与公余无它。公之文章若云汉，昭回天地光羲娥。文生于道道乃本，后有作者皆枝柯。惟文惟道日趋下，赖公崛起蠲沉疴。"甚至受了韩愈

秦岭韩愈祠，旧址新修。摄于 2018 年 11 月 24 日

---

[1]　（清）谭嗣同著，蔡尚思、方行编《谭嗣同全集》，中华书局，1981年1月第1版，第82页。

[2]　（清）谭嗣同著，蔡尚思、方行编《谭嗣同全集》，中华书局，1981年1月第1版，第82页。

的启发与激励："观公所造岂不善，犹然举世相讥诃。是知白璧不可为，使我奇气难英多。便欲从军弃文事，请缨转战肠堪拖。誓向沙场为鬼雄，庶展怀抱无蹉跎。"又想到了关中另一历史名人马援，"生平渴慕矍铄翁①，马革一语心渐摩。非曰发肤有弗爱，涓埃求补邦之讹。班超素恶文墨吏，良以无益徒烦苛"。受此激励，"谨再拜公与公别，束卷不复事吟哦。短衣长剑入秦去，乱峰汹涌森如戈"②。

他还写了秦岭山中的另一处所、关中的另一标志武关，诗题即为《武关》，诗曰："横空绝磴晓青苍，楚水秦山古战场。我亦湘中旧词客，忍听父老说怀王。"③同样的慷慨激昂，激荡不平。

谭嗣同又有《陕西道中二篇》，其一曰："曾闻剥枣旧风流，八月寒螫四野秋。翻恨此行行太早，枣花香里过邠州。"④写经过陕西赴兰州途中的感受，具体地说是写过邠州（今陕西彬州）时的所见所感。诗中激荡着一股少年意气，踌躇满志，意气风发，有一种掩抑不住的跃跃欲试的少年志向。另有一首诗题直接为《邠州》，诗曰："棠梨树下鸟呼风，桃李蹊边白复红。一百里间春似海，孤城掩映万花中。"⑤写春花春树，却有一种苍茫之感，很大气。

---

① 按，矍铄翁，指马援。《后汉书·马援传》："援据鞍顾眄，以示可用。帝笑曰：'矍铄哉，是翁也！'"

② （清）谭嗣同著，蔡尚思、方行编《谭嗣同全集》，中华书局，1981年1月第1版，第66页。

③ （清）谭嗣同著，蔡尚思、方行编《谭嗣同全集》，中华书局，1981年1月第1版，第84页。

④ （清）谭嗣同著，蔡尚思、方行编《谭嗣同全集》，中华书局，1981年1月第1版，第63页。

⑤ （清）谭嗣同著，蔡尚思、方行编《谭嗣同全集》，中华书局，1981年1月第1版，第87页。

　　这一时期的关中本土诗人，值得一提的是柏景伟。

　　柏景伟(1830—1891)，字子俊，号忍庵，晚号沣西老农，陕西长安人，咸丰五年举人。同治年间，钦差大臣左宗棠督师入关，与谋军事。同治八年以后归里，不复出。"光绪三年，秦大饥，景伟请于大吏，发粟振恤，创为村各保村法，以贫民稽富民粟使无匿，以富民覈贫民户使无滥。手定章程，全活数十万人。景伟少刻苦于学。既归，主泾干、味经、关中各书院，思造士以济时艰。创立求友斋，令以经史、道学、政事、天文、地舆、掌故、算法、时务分门肄习，造就甚众。"①

　　柏景伟有一首《拟禽言·旋黄旋获》：

> 旋黄旋获，谨防五月雨风恶。
> 雨久麦根枯更生，风多麦穗折复落。
> 收麦收麦如救火，麦黄满地胡不获？
> 将毋罂粟花未收，忍使新麦饱乌雀？
> 关中民食麦为大，无麦且将填沟壑。
> 罂粟虽收可奈何？旋黄旋获计毋错。②

　　旋黄旋获，是一种鸟名，确切点说，是关中人给它取的名字，其鸣叫声听起来就像是"旋黄旋获"。有人说它就是布谷鸟，还有人说它也是"担水浇葫芦"：当需要割麦子时，它就叫"旋黄旋获"；当需要播种谷子时，它就叫"布谷，布谷"；当天旱无雨、土壤干涸时，它就叫"担水浇葫芦"。也有人说这是三种不同

---

① 《清史稿·柏景伟传》，中华书局，1977 年 8 月第 1 版，第 5411 页。
② （清）柏景伟《沣西草堂文集》卷 8，清光绪二十六年刻本，第 27 页。

擬禽言　旋黃旋穀

旋黃旋穀謹防五月雨風惡雨久麥根枯更生風多麥穗
折復落收麥如救火麥黃滿地胡不穫將毋罷粟花
未收忍使新麥飽烏雀關中民食麥為大無麥且將填溝
壑罷粟雖收可奈何旋黃旋穀計毋錯

滿江紅

昨見滿麓先生手書岳忠武王滿江紅詞幷讀跋
語法夷背盟不勝髮指訕愚忠無以自效不禁
慨然歎唈然與也昔忠武云君臣之義本於性生

旨患得患失閭非名利其視國家事無怪如秦人
視越人肥瘠吾不知所學果何事也因步忠武原

柏景伟《沣西草堂文集》（清光绪刻本）

的鸟。到底是几种鸟，且待进一步的考证。这里要说的重点是，诗是"拟禽言"，"旋黄旋获"为鸟名，关中一些地区叫"算黄算割"——某些地区，说话时声母"s"和"x"不分，即"suan"发音为"xuan"，本诗作者的家乡长安县就是如此。不管是"旋黄旋获"还是"算黄算割"，意思都是一样的，即"一边黄一边收获（收割）"。为什么要如此？因为麦子成熟有一个特点，即便是同一个村庄、甚至同一块田地，麦子的成熟有少许的时间差，或先或后，有的地方成熟了，有的地方还没有完全成熟，当然这种时间差很短。而夏季气候多变，如果不能及时收割并脱粒为粮，万一下一场雨，诚如诗中所说，风会折断麦穗，雨水会泡坏麦根，而如果已经收割尚未脱粒或未晒干入仓的麦粒则会被泡发霉发芽。关中人的饮食习惯，一天也离不开面食，且小麦是关中最重要的农作物，是主粮。所以诗说"关中民食麦为大，无麦且将填沟壑"。因此，要"旋黄旋获"，"算黄算割"。值得注意的是，这首诗也提到了罂粟，而且写有些人把罂粟看得甚至比麦子还重要。道光以来，陕西许多地方开始种植罂粟。咸丰十年，陕西开始征收土药厘金（即征收鸦片税），罂粟种植合法化[①]。因为有暴利可图，一发而不可收拾。后虽有禁止，成效甚微。另一位诗人林鸿年就有一首诗直接写咸阳的罂粟情况。

　　林鸿年（1805—1885），字勿村，福建侯官人，道光十六年状元。官至云南巡抚。他有一首《咸阳道中见罂粟花感赋》。暂未知林鸿年何时入陕，姑置于此。诗曰：

---

① 参郭琦、史念海、张岂之主编，秦晖、韩敏、邵宏谟著《陕西通史·明清卷》，陕西师范大学出版社，1997年3月第1版，第263页。

浓红淡白间禾麻，流出膏脂几万家。

原隰畇畇田上下，可怜栽遍米囊花。[1]

畇畇，田地平整貌。平整的土地上，种满了罂粟。"栽遍"，那场景，很震撼！令人触目惊心。

五、纪行抒怀、汉语作诗：日本人竹添井井的关中诗

竹添井井（1842—1917），日本国人，本名竹添进一郎，字光鸿、鸿渐，号井井居士。光绪元年（日本明治八年，1875），随日本公使驻北京，次年，从北京出发，经河北、河南、陕西到达四川，再由四川沿长江三峡顺流而下，直至上海，进行了一次旅游考察[2]。有学者指出，当时日本各类人士对中国的考察有其特殊的背景和目的。这些不是本书讨论的范围，我们且看他此行途经关中写的诗。

《潼关》一首写道："匹马蹄声急，风陵欲起风。河流抱城阔，山势入秦雄。市近人烟密，关高鸟道通。长安何处是，目断夕阳中。"[3]这首诗，应当是诗人过潼关初入关中时所的，首句写马，说交通工具；次句写风陵渡，为潼关旁著名的黄河渡口；三、四两句写潼关两侧的黄河与华山，五句写市，六句写关，最后两句写前方目的地。全诗层次井然，浑然一体，让我们惊讶一个外国

---

① 徐世昌编，闻石点校《晚晴簃诗汇》，中华书局，1990年10月第1版，第6038页。

② 参冯岁平《日本徐霞客式的学者——竹添井井》，收入《徐霞客在浙江·续二——徐霞客与越文化暨中国绍兴旅游文化研讨会论文集》，中国大地出版社，2004年9月第1版。

③ 霍松林主编，陕西省地方志办公室编纂《历代咏陕诗词曲集成》（古代部分·下），三秦出版社，2007年12月第1版，第1326页。

人对汉语汉诗的掌握程度。

竹添井井又有一首《灞桥》，俨然一派中国古代风雅文人的标志性闲愁，诗曰："水绿山明阅几朝，古陵寂寂草萧萧。多情只有风前柳，飞絮随人过灞桥。"[1]而另一首《长安旅夜》后两句也写"无情一片长安月，偏向离人照鬓丝"，同样是中国古代文人标志性的离思愁情。

竹添井井还有一首《咸阳》，诗曰："洗尽炎尘一雨晴，田田苜蓿马蹄轻。终南山色长安月，夜送行人入渭城。"[2]明快，爽净，形象传神地写出白日行旅而又夜入咸阳城的情形。

其实，竹添井井在陕西写的诗，有一首《留侯祠》应该说是最有特色的。此诗不仅熟练地运用了有关张良的典故，还有"史家徒说知几早，千古无人识苦衷"这样慧心独具的认识，只不过留侯祠在陕南留坝县，不在本书讨论的"关中"之范围，因此就不多费笔墨了。

六、巾帼须眉、豪爽大气：张印、慕昌溎、武淑等女诗人的关中诗

张印（1832—1872），女，陕西潼关人，陕西布政使林寿图继室。结合《清史稿》《庆防记略》[3]，及今人赵维玺《左宗棠参劾

---

① 霍松林主编，陕西省地方志办公室编纂《历代咏陕诗词曲集成》（古代部分·下），三秦出版社，2007年12月第1版，第1326页。

② 霍松林主编，陕西省地方志办公室编纂《历代咏陕诗词曲集成》（古代部分·下），三秦出版社，2007年12月第1版，第1327页。

③ （清）惠登甲著，马啸校释《〈庆防记略〉校释》，天津古籍出版社，2011年3月第1版。

林寿图案考论》①、陈晶晶《林寿图研究》②等，知林寿图及其妻张印相关情况如下：林寿图（1809—1885，或谓1823—1899），字恭三、颖叔，别署黄鹄山人，闽县（今福建福州）人，道光二十五年（1845）进士，同治二年（1863）出任陕西布政使。同治九年（1870）十二月，其母卒，扶棺归乡。此后虽曾出任陕西邻省山西布政使，但再未到过陕西。而其妻张印，字月潭，陕西潼关人，刑部右侍郎张澧中次女，生于道光十二年(1832)，卒于同治十一年(1872)。

张印能诗善画，其关中诗有《别秦中亲故》一首，从诗中"将雏"看，自当作于同治二年到九年之间，诗曰：

> 人生聚散等浮萍，九载茫茫一梦醒。
> 握手恐劳坚后约，掉头莫笑少乡情。
> 终南马首愁难见，灞水关前惜此行。
> 今日将雏何处去，也同春燕暂南征。③

诗写随夫将雏离开故乡的不舍之情，感情十分真挚。她还有一首《谢秦中亲族》一诗，虽不作于关中，也可以辅证她对家乡和亲人的感情。

张印还有一首《出关》：

> 往岁来青门，车中同白发。今岁去青门，惟见车碾雪。
> 雪中乌鸦飞，令人意凄绝。念我与我姑，今乃成永诀。

① 赵维玺《左宗棠参劾林寿图案考论》，刊《暨南学报》(哲学社会科学版)2018年第8期。
② 陈晶晶《林寿图研究》，福建师范大学2011年硕士学位论文。
③ 徐世昌编，闻石点校《晚晴簃诗汇》，中华书局，1990年10月第1版，第8651页。

灵旐何迟迟，辒车何兀兀。妇行及关前，延伫未敢发。
望姑魂归来，同出此秦阙。相将供南返，卜葬先人穴。
棺只一板隔，身直九泉彻。音容日益远，痛苦声难达。
山深狐狸多，夜静鹃啼血。姑寒衣谁进，姑饥食谁设。
不如此长途，朝夕得奠醊。①

从内容看，当是扶其婆母之枢回返夫家而作。同治九年（1870）十二月，林寿图之母卒，寿图扶棺归乡。诗当作于此时。这首诗，又表现了张印对婆母深深的悼念与眷恋之情，感情真挚，催人泪下，实属难能可贵。

慕昌湅，女，字寿荃。其父慕荣干，字慈鹤，山东蓬莱人，同治七年（1868）进士。光绪八年，以编修视学陕西。昌湅随父入关中。

慕昌湅能诗，性格又刚烈奇特，《南皮县志》将其列入"烈女传"。为了了解这一奇女子，谨录如下：

> 慕昌湅，字寿荃，翰林院侍讲蓬莱慕荣干之女也。生而聪颖，十余岁赋《航海图》诗，苍古有奇气，事父母有至性。母患末疾，女朝夕代其劳。嗜学，博涉传记，尤喜读史。其外祖母陈氏读书知大义，喜与女过从，每言及古今人物，臧否死生大节，不少假借，而父母前讱讱然，沉默若无能者。年十八，许字南皮张元来。光绪元年，元来举于乡，父望子通籍后始完昏。迁延且十载，元来以疾死。时荣干方视学陕西，讣至，秘不使女知。

---

① 徐世昌编，闻石点校《晚晴簃诗汇》，中华书局，1990 年 10 月第 1 版，第 8651—8652 页。

女亦微觉之，不哭，亦不言，见父意有不怡，反用他词慰藉之。试竣还京。逾岁，女年已二十有八，距元来死三年矣，有定兴翰林某方失偶，闻女之贤，遣冰至。荣干以问女，女不答。再问，则云愿事父母以终。再三谕之，无言而退。命自理嫁衣，观其意，女怡然无难色。将以六月十六日受某氏聘。前一日，为母王诞辰。女内外扫除，集百戏，宴宾戚，盛服捧觞为父母寿。是夜酒散，父母命之寝，依依然不忍去。既闻更鼓声，曰：时至矣。即起趋出，徘徊复返顾。良久，微叹而去。是夜大雷雨。迟明，女奴过后园，见空室有人影，微露其衣，稍近，知女自缢矣，大惊呼。荣干仓皇起，急趋断其缳，延医视，心脉尚未绝，灌之药，不入。时某氏聘适至。荣干恍然悟曰："止此女尚能活邪？死矣，复何言。"遂具衣饰敛之。都察院给事中润惠邬纯嘏为之请，得旨，旌于朝。南皮张氏闻之，以柩为请，将合葬元来之墓。荣干许之，从女志也。初，女死后，家人启其箧，得遗书数纸，痛言不获终事亲。复为别亲诗四章。又一章则其绝笔也。其外祖母闻而伤之，为书啙其父并述女之言曰"人生若朝露，庸福蠢寿与草木同腐，惟瑰行奇节为不死耳"。其他语多类是。女工书画，喜吟咏，所为诗凡千余首。死之夕，尽焚之。其存者，则寄外祖母诗一卷，所谓《古余芗阁遗诗》也。君子曰：女可谓从容蹈义者矣。诗曰：心之忧矣，其谁知之？其谁知之，盖亦勿思。若父母者，其亦不思之甚矣。①

---

① （民国）《南皮县志》卷10，1932年铅印本，第52—53页。

《南皮县志》还收录了慕昌溎临终别亲诗四首和另一首绝笔诗。别亲诗四首其二、其三曰："伯道无儿真恨事，中郎有女剧堪怜。淮阴易帜原良策，急为相攸慰九泉。""祈招兴咏幸三思，叔世陵夷亦可悲。门户已分闽蜀洛，坡公端不合时宜。"《绝笔》诗曰："雨中杜宇啼，溅尽一腔血。莫化断肠花，肝肠已断绝。"读罢令人唏嘘不已。

从其生平来看，慕昌溎的关中诗，当作于光绪八年其父视学陕西后这段时间里。有一首《潼关行》，诗曰：

> 东走黄河西华山，屹然当险开潼关。
> 雉堞高插青云端，一夫坚守称万全。
> 桃林战士二十万，谁致死之哥舒翰。
> 三秦流血膏胡锋，长蛇封豕蟠关中。
> 銮舆播荡身降虏，勋名百战皆成空。
> 哥舒失机诚自辱，悲哉胜朝孙白谷。
> 慷慨临关血战频，孤忠卒难撑全局。
> 朝廷政事伤陵夷，乾坤坐令烟尘飞。
> 譬如全体皆已失，咽喉虽存将安为。
> 是知在德不在险，吁嗟关兮空崔巍。[1]

这首诗，写得很大气，豪气干云。而回顾潼关的血战史，诗中的感情又悲怆激烈。诗人选取了潼关战史上的两个典型人物：哥舒翰与孙传庭，对两人有不同的评价："哥舒失机诚自辱，悲哉胜朝孙白谷"。最后又发表了自己对守城的看法："譬如全体皆已

---

[1] 徐世昌编，闻石点校《晚晴簃诗汇》，中华书局，1990年10月第1版，第8853页。

失，咽喉虽存将安为。"核心思想则是"是知在德不在险"。这种
看法，历史上不在少数，而能将其在诗中表现，尤其是一位女诗
人写在诗里，又写得如此具有阳刚性，诚不多见。

《关中胜迹图志·潼关》

这里，再列举慕昌溎的两首诗：

太华山闻钟

太华新晴宿雨收，清钟遥度夜天幽。

一声初动三峰迥，万籁都沉孤月秋。

天外微传玄鹤唳，树间时见碧云流。

松风飒起余音杳，霜气横空失斗牛。①

望终南

终南晴后势崔嵬，积雪皑皑万壑堆。
天外奇峰连日白，山头老树尽花开。
惊风摧木号阴岭，冻瀑挟冰走涧雷。
晓起长安排闼望，岚光如水入城来。②

　　这两首诗，同样写得很大气，充满豪气，又颇具动感，有一种踌躇满志的大气度。而作者，则是一位外表柔弱、处事恭谨而内心深处充满幽怨的女子，实在令人称叹。

　　当然，慕昌溎的关中诗也有写得比较婉转的，如《霸桥》一首：

几株新绿雨冥冥，玉笛吹来隔岸听。
柳色不知前代改，春来还向霸桥青。
初添弱线萦烟水，送尽行人过短亭。
最是夜深离别处，一林残月酒初醒。③

　　春天的大背景，霸桥的具体处所，"新绿""玉笛""柳色""弱线""残月"等意象，营造了一种迷离而略带感伤的意境，而"玉笛吹来隔岸听""一林残月酒初醒"，又给诗作增添了一种闲愁，也增添了一份雅兴。这样的诗，如《雨中游曲江》写"一天

① 徐世昌编，闻石点校《晚晴簃诗汇》，中华书局，1990年10月第1版，第8853页。
② 徐世昌编，闻石点校《晚晴簃诗汇》，中华书局，1990年10月第1版，第8853页。
③ 徐世昌编，闻石点校《晚晴簃诗汇》，中华书局，1990年10月第1版，第8854页。

疏雨且衔杯，寒食寻芳曲水隈"，"回首当年修禊事，兰亭诵罢更徘徊"①，也属同类，淡淡的闲愁中，又荡漾着掩抑不住的雅兴。

　　光绪、宣统年间，还有一位女诗人武淑。

　　武淑（1850—1921），女，字怡鸿，号仪光阁主，陕西富平人。其父曾任湖北省嘉鱼县令，咸丰后期卸职还乡。武淑幼读家塾，喜学诗画。后随夫吕申游宦外省，因得遨游山川名胜，以诗文书画，酬和官场。宣统元年（1909），应陕甘提学使余坤聘，任陕西省女子师范学堂首任监督（校长）兼教席，为当时陕西妇女主持教育的第一人。顶着"大伤风化，悖俗萌乱"的舆论和世俗压力，移风易俗，为全省各县开办女校树立了榜样。女子师范学堂也很快博得了社会的积极支持。宣统三年(1911)，辞女师监督，回归家园，教授子女并个别生徒，重温诗画生涯②。

　　武淑人有个性、有魄力，诗也很大气。她喜欢写大意象、大场景，如"华岳凝清霜，天高云不动"（《过华州郭汾阳祠墓》），"阴云沉大野，隔水失遥岑"（《灞桥遇雪》），"晴云初擘掌，晓日正当头"（《癸未初冬同外子登西岳庙望华楼》），"关门开四扇，岳色锁三秦。陕路真天险，河流入海滨"（《晓发潼关》），"野云归大岭，秋色满高楼"（《秋日雨后登富平尊经阁远眺》），"携手同登节署楼，千营万户眼中收"（联句），等等。可以看出，她不仅喜欢写大意象、大场景，还喜欢用"大"一类的字眼，也喜欢将动态的东西静止化或缓滞化，如"云不动""沉大野"等，这样造成的"通感"效果就是凝重、厚重。她多次写到登楼之类，真怀疑她是不是没有缠裹小脚。

---

① 徐世昌编，闻石点校《晚晴簃诗汇》，中华书局，1990年10月第1版，第8854页。
② 武淑生平，据富平县人民政府官网"人物荟萃"。

武淑的诗，常常像男子一样，喜欢写"振衣""策马""驱车"，仅用词就充满了丈夫气，如"振衣拂轻尘，征骓暂停控"（《过华州郭汾阳祠墓》），"飞烟洒征车，峰峦望里遮"（《华阴道中遇雨》），"二月春寒重，驱车急霰侵"（《灞桥遇雪》），"寂寂驱车山下路，晓风残月不胜情"（《过华清》），"策马度潼津，烟消晓日新"（《晓发潼关》）等。

这里，我们再来看她两首完整的作品：

华阴道中遇雨

飞烟洒征车，峰峦望里遮。绿沉前岸柳，红湿一林花。

仙掌翠新蘸，佛头青更加。营丘好粉本，泼墨迥无差。[1]

灞桥遇雪

二月春寒重，驱车急霰侵。阴云沉大野，隔水失遥岑。

未写桑林景，先裁柳絮吟。野农占岁熟，天意合为霖。[2]

前一首，"飞烟"而着一"洒"字，知是春天的细雨，故柳沉花湿。"翠新蘸""泼墨"等，乍看有些生硬，但全诗品读，则少有乖戾之感，有如一组看似笨拙实则沉厚的丹青画幅。后一首，虽写春寒、阴云、大野、雪遮远山，但无衰颓肃飒之感而有大气、昂扬、祥和之气。颈联就早春的实景实境生发，末联竟能从旅途

---

① 霍松林主编，陕西省地方志办公室编纂《历代咏陕诗词曲集成》（古代部分·下），三秦出版社，2007 年 12 月第 1 版，第 1302 页。本节所引武淑零散诗句，亦出自此书。

② 霍松林主编，陕西省地方志办公室编纂《历代咏陕诗词曲集成》（古代部分·下），三秦出版社，2007 年 12 月第 1 版，第 1303 页。

阻雪的尴尬处境中想到瑞雪丰年的前景，说明作者的心态是积极昂扬的。

七、学以致用、图强奋起：刘古愚、于右任等人的关中诗

刘光蕡（1843—1903），字焕唐，号古愚，陕西咸阳人。清末著名思想家、教育家。刘古愚是晚清关中大儒、理学家。于右任在《我的青年时代》中曾说："关中学者有两大系：一为三原贺复斋先生瑞麟，为理学家之领袖，一为咸阳刘古愚先生光蕡，为经学家之领袖。"但刘古愚又绝不是穷经皓首的书斋经学家，他提倡读书致用，致力于兴邦济世，致力于教育救国，是陕西维新的倡导者、实践者和推动者，甚至对全国的维新都有一定的影响。陈三立《刘古愚先生传》称其"遂益究汉宋儒者之说，尤取阳明本诸良知者，归于经世"，"当是时，中国久积弱，屡被外侮，先生愤慨，务通经致用，灌输新学、新法、新器以救之。以此为学，亦以此为教"。陈三立《传》称，刘古愚生平持论，略具于所为《学记臆说（解）》。刘古愚自序批评时人之学"以骛于利禄之途而非修齐治平之事"，"然则兴学无救于国之贫弱乎？曰救国之贫弱，孰有捷且大于兴学者？特兴学以化民成俗为主，而非仅造士成材也。风俗于人材，犹江河之蛟龙也。江河水积而蛟龙生，风俗醇美而人材出焉。无江河之水，即有蛟龙亦与鱼鳖同枯于肆，而安能显兴云致雨以润天下之灵哉？故世界者，人材之江河，而学其水也"[1]。刘古愚响应康有为、梁启超等人的维新运动，颇有影响，与康有为并称"南康北刘"，他的学生宋伯鲁、李岳瑞等人在朝廷做官，积极参与康有为等人的新政运动，甚至康有为的一些主张

---

[1]　闵尔昌《碑传集补》卷52，1923年刊本，第1—2页。

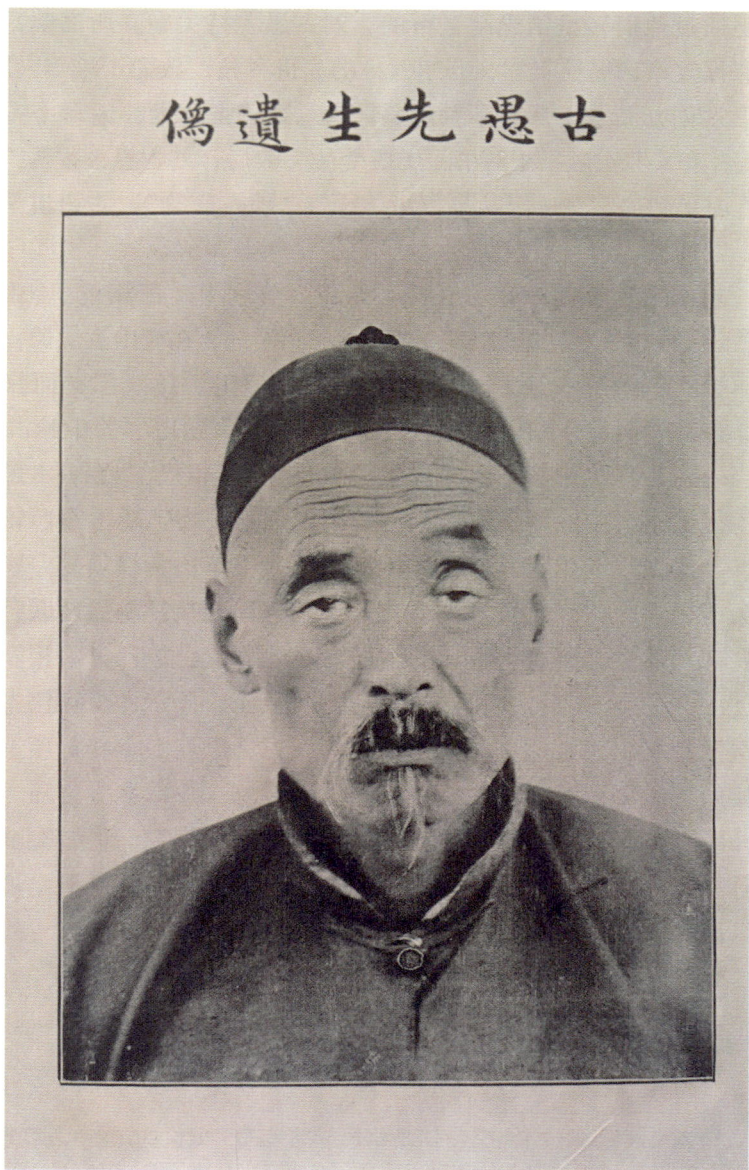

刘古愚像。选自 1918 年刊本《烟霞草堂文集》

也是通过他们转呈给光绪皇帝的。刘古愚主持关中多所书院，实行课程改革，倡导实学，介绍西方的先进科技，致力于培养人才，又倡议创办新式工厂，还种植桑园、总结养蚕技术，编写《蚕桑备要》和《养蚕歌括》两书。戊戌变法失败后，刘古愚被视为"康党"而受到迫害，遂至礼泉，诸弟子筑"烟霞草堂"，古愚讲学其中，继续授徒。

　　刘古愚有《关中咏古五首》组诗，分别为《萧相里》《张良庙》《武侯祠》《卫霍冢》《王猛台》。武侯祠，在岐山五丈原；卫霍冢，在兴平市；王猛台，在华山；萧相里，在咸阳；而张良庙，在秦岭南麓紫柏山，并不在关中。所以，题曰"关中咏古"，或当理解为在关中咏古而非咏关中古迹。《萧相里》诗曰："愚弱苍生祸始秦，中原莽荡屡风尘。焚书虐焰存灰烬，斩木军容辇锦鳞。足捷先收丞相府，首功遂压汉家臣。千年法令终须变，毕郢原头祷祀频。"[①]诗前两联写秦之暴虐与人民之反抗，后两联赞萧何之功及后世之祭祀怀念。"足捷"句，源自《史记·萧相国世家》："沛公至咸阳，诸将皆争走金帛财物之府分之。何独先入收秦丞相御史律令图书藏之。沛公为汉王，以何为丞相。项王与诸侯屠烧咸阳而去。汉王所以具知天下阨塞，户口多少，强弱之处，民所疾苦者，以何具得秦图书也。"[②]"毕郢原"即咸阳北塬，简称毕塬（原），由此也可知此处之"萧相里"乃是咸阳之萧相里，而并非沛地（今属江苏）之萧何故里。其他几首，如《武侯祠》写"魏史宜存魏帝统，汉民自拜汉臣祠"，《王猛台》写"誓扫鱼羊存种族，肯容鳞介撼蓬莱"，都体现了作者强烈的民族意识。

① （清）刘光蒉著，武占江点校《刘光蒉集》，西北大学出版社，2015年1月第1版，第265页。

② 《史记·萧相国世家》，中华书局，1959年9月第1版，第2014页。

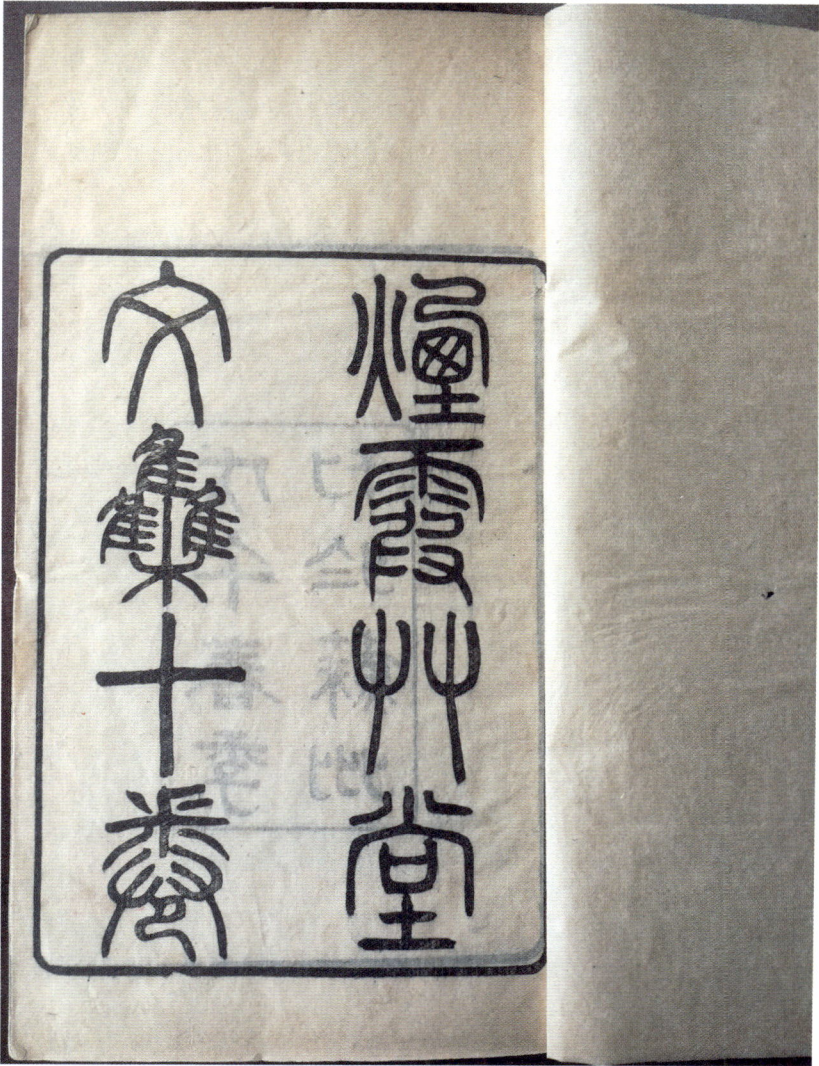

刘古愚《烟霞草堂文集》（1918 年刊本）

刘古愚有《山居述怀六首》，写他在戊戌变法失败后退居烟霞草堂，教授弟子的情形，六首诗，计有《复邠学舍》《烟霞草堂》《谷口渠水》《水磨机器》《西沟牧厂》《柿园蜡树》等，每首诗都有他当时的弟子作注。让我们感兴趣的是，他们师徒当时"课徒闲种木棉花""农桑庠序是经纶"，除过学习书本知识外，还种树，"购田百亩，以耕自给，种桑五六亩，又梨、柿皆成园"，还"拟造织纺各机器"，还"拟买羊千头牧于沟内"，还"拟百羊一冠者一童子牧之，牧时各负一火枪防豺狼，归则读书、习艺、体操"[1]，表现了完全不同于传统学堂的特点。

刘古愚还有《游潼关杂咏五首》，为《蒲阪》《禁阬》《城堞》《水栅》《旧关》，每一首都写得慷慨激昂，淋漓中带有悲壮，如《旧关》：

> 海水横飞海雾昏，回风西转撼昆仑。
> 祈灵华岳神仙掌，为向苍梧叫帝阍。
> 十二齐关余半壁，一丸函谷备三门。
> 深心守险须雄略，潼水东流有万村。[2]

此诗，民国《烟霞草堂文集》本题下有注："为天下计宜新安，为秦计宜阌乡，为关计宜上南门外，皆旧址也。"诗前半写潼关左黄河右华山的险要位置及其撼人声势，后半写对守关的看法：仅凭十二连城这样的关隘是不行的，必须有人的"远略"。三门，即

---

[1] 按，此数句，皆为刘古愚弟子于诗下原注，见 1918 年刊本《烟霞草堂文集》卷 10。

[2] （清）刘光蕡著，武占江点校《刘光蕡集》，西北大学出版社，2015 年 1 月第 1 版，第 269 页。

潼关以东的黄河"人门""鬼门""神门"。末联既是写实，更是写潼关位置之重要。此联，民国《烟霞草堂文集》卷十作"守险深心须远略，潼津东有石壕村"。两种版本，各有侧重，若言"有万村"，乃强调干系重大；若"石壕村"，则是联结了诗圣杜甫的《石壕吏》诗，增强了劝诫的意味。

陈涛（1866—1923），字伯澜，三原县人。幼随刘古愚学习，后受学于康有为。1889 年乡试，中陕西第一名举人。甲午战后，陈涛在北京，参与公车上书。后积极参与维新及实业救国。

陈涛有一首《茂陵怀古》，自注"时在甲午"，诗曰："未央宫瓦散如烟，习战昆明事渺然。天马葡萄消息绝，茂陵风雨自年年。"①也是茂陵怀古诗习有的传统写法，无甚新意。

于右任年幼时曾在泾阳味经书院学习，是刘古愚的学生，他的思想，在一定程度上也受了刘古愚的影响。

于右任（1879—1964），原名伯循，后以右任为名，号髯翁等，陕西三原人，中国近现代政治家、书法家。于右任光绪二十九年（1903）中乡举。光绪三十二年（1906）参加中国同盟会，从此参与推翻清朝的革命活动。

于右任少年时起，便有不凡之志。光绪二十八年〔1902），兴平令杨吟海久闻于右任有"西北奇才"之名，聘其到兴平任教。此时，于右任 24 岁。这一年，他写过一些咏史怀古诗，《马援》诗曰："历史英雄有数传，据鞍犹自羡文渊。谅为烈士当如此，是好男儿要死边。"②《兴平寄王麟生、程搏九、牛引之、王曙楼、朱仲尊诸同学》诗曰："转战身轻意正酣，无端失足堕骚坛。近来进

---

① （清）陈涛《审安斋诗集》卷1，1918 年刊本，第 1 页。

② 于媛主编《于右任诗词曲全集》，世界图书出版西安公司，2006 年 9 月第 1 版，第 11 页。下引于右任零散诗句，均出自此书。

三原于右任故居。摄于 2015 年 8 月 8 日

步毫无趣，诗意凭陵陆剑南。"[1] 他羡慕的是马文渊（马援字文渊）这样建立功勋的奇男子，向慕的是陆游那样的诗人。有一首《咏史》诗也说"独立亭亭命世雄，男儿何必哭途穷"，表露了不甘寂寞、跃跃欲试的心态。

　　因被清廷通缉，于右任不得不出逃上海，后又赴日本。宣统元年（1909），他潜回陕西家乡葬父（此前之 1906 年，他已加入同盟会），有《入关》一诗，写"虎口余生再入关，乌头未白竟生还"，"慷慨歌谣灵气在，忧愁风雨鬓毛斑"。又有《灞桥》一诗："吾戴吾头竟入关，关门失险一开颜。灞桥两岸青青柳，曾见亡人

---

① 诗题，据杨中州选注《于右任诗词选》校补，河南人民出版社，2011 年 9 月第 1 版，第 10 页。

几个还？"①对自己这个亡人（逃亡之人）竟然能够安然潜回，窃喜且感叹。再次离开时，又有《出关作》，谓"自断此身休问天，余生岁岁滞关前"，"殷勤致谢关门柳，照见行人莫妄牵"。另一首《出关》诗曰："目断庭闱怆客魂，仓皇变姓出关门。不为汤武非人子，付与河山是泪痕。万里归家才几日，三年蹈海莫深论。长途苦羡西飞鸟，日暮争投入故村。"②一方面深深地眷恋父母，另方面是对河山的责任，所以，蹈海三年，流亡沪上及日本，"万里归来才几日"而又要踏上征程。此时此刻，真心羡慕那归鸟，日暮西飞入故村。而他，却要东出潼关，去继续他的事业。

这里，再完整地引一首于右任光绪二十八年（1902）写的《从军乐》：

> 中华之魂死不死，中华之危竟至此！
> 同胞同胞为奴何如为国殇，碧血斓斑照青史。
> 从军乐兮从军乐，生不当兵非男子。
> 男子堕地志四方，破坏何妨再整理。
> 君不见白人经营中国策愈奇，前畏黄人为祸今俯视。
> 侮国实系侮我民，恧恧觍觍胡为尔！
> 吾人当自造前程，依赖朝廷时难俟；
> 何况列强帝国主义相逼来，风潮汹恶廿世纪。
> 大呼四万万六千万同胞，伐鼓搅金齐奋起。③

---

① 于媛主编《于右任诗词曲全集》，世界图书出版西安公司，2006年9月第1版，第22页。
② "庭闱"，原作"庭帏"；"蹈海"，原作"韬晦"，据杨中州选注《于右任诗词选》校改，河南人民出版社，2011年9月第1版，第30页。
③ 于媛主编《于右任诗词曲全集》，世界图书出版西安公司，2006年9月第1版，第8页。

　　山河残破，百姓罹难，先觉者已经奋起抗争。武昌暴动的炮声即将轰鸣，西安城头的枪声就要响起，一个旧的时代行将结束，另一个新的时代就要到来了。

　　总之，晚清时期的关中诗，有其明显的特点。大致说来，同治时期的作品，慷慨激昂，有骨力；光绪前期也基本如此，又多了一些平和之气；光绪后期，渐趋消沉；至光绪、宣统之际，又多了一些慷慨之气。而这种慷慨，则有了一种新的因素，这就是反抗旧世界而建立新世界的思想、精神和努力。

　　诗人，在不同的时间、不同的地点，自然会有不同的感触和心境，其作品自然也会有不同的格调。但是，一个人在多时多地，或多人在不同时、地写同一情调的作品，这就多少有了一些代表性和普遍性，其所体现的，就是某些时代的共性特征，包括社会、民生、文化、风俗等诸多方面。我们在叙说诗人的个性之外，又力图概括、呈现的，正是这种普遍特征。

参考文献

一、史地类

（汉）司马迁著，（南朝宋）裴骃集解，（唐）司马贞索隐《史记》，中华书局，1959 年 9 月第 1 版

（汉）班固著，（唐）颜师古注《汉书》，中华书局，1962 年 6 月第 1 版

（晋）陈寿著，（宋）裴松之注《三国志》，中华书局，1959 年 12 月第 1 版

（南朝宋）范晔著，（唐）李贤等注《后汉书》，中华书局，1965 年 5 月第 1 版

（北齐）魏收《魏书》，中华书局，1974 年 6 月第 1 版

（唐）李百药《北齐书》，中华书局，1972 年 11 月第 1 版

（唐）房玄龄等《晋书》，中华书局，1974 年 11 月第 1 版

（唐）令狐德棻等《周书》，中华书局，1971 年 11 月第 1 版

（唐）魏征等《隋书》，中华书局，1973 年 8 月第 1 版

（唐）李延寿《南史》，中华书局，1975 年 6 月第 1 版

（唐）李延寿《北史》，中华书局，1974 年 10 月第 1 版

（后晋）刘昫《旧唐书》，中华书局，1975 年 5 月第 1 版

（宋）欧阳修、宋祁等《新唐书》，中华书局，1975 年 2 月第 1 版

（宋）薛居正等《旧五代史》，中华书局，1976 年 5 月第 1 版

（宋）欧阳修著，（宋）徐无党注《新五代史》，中华书局，1974 年 12 月第 1 版

（元）脱脱等《宋史》，中华书局，1985 年 6 月新 1 版

（元）脱脱等《金史》，中华书局，1975 年 7 月第 1 版

（明）宋濂等《元史》，中华书局，1976 年 4 月第 1 版

（清）张廷玉等《明史》，中华书局，1974 年 4 月第 1 版

赵尔巽等《清史稿》，中华书局，1977 年 8 月第 1 版

（清）佚名著，王锺翰点校《清史列传》，中华书局，1987 年 11 月第 1 版

（宋）司马光著，（元）胡三省音注，"标点资治通鉴小组"校《资治通鉴》，中华书局，1956 年 6 月第 1 版

（宋）李心传《建炎以来系年要录》，中华书局，1988 年 4 月第 1 版

（清）谷应泰著，河北师范学院历史系点校《明史纪事本末》，中华书局，2015 年 8 月第 1 版

（清）夏燮著，沈仲九标点《明通鉴》，中华书局，2009 年 5 月第 2 版

（明）陈建著，钱茂伟点校《皇明历朝资治通纪》，中华书局，2008 年 12 月第 1 版

（清）刘於义等监修，（清）沈青崖等编纂（雍正）《陕西通志》，清文渊阁四库全书本，台湾商务印书馆影印

陕西省相关县志若干，不一一列出。

（汉）赵岐等著，（清）张澍辑，陈晓捷注《三辅决录》，三秦出版社，2006 年 1 月第 1 版

（汉）刘珍等著，吴树平校注《东观汉记校注》，中州古籍出版社，1987 年 3 月第 1 版

（晋）葛洪著，周天游校注《西京杂记》，三秦出版社，2006 年 1 月第 1 版

（唐）李泰著，贺次君辑校《括地志辑校》，中华书局，1980 年 2 月第 1 版

（唐）李吉甫著，贺次君点校《元和郡县图志》，中华书局，1983 年 6 月第 1 版

（宋）宋敏求、（元）李好文著，辛德勇、郎洁点校《长安志·长安志图》，三秦出版社，2013 年 12 月第 1 版

（元）李好文编，（明）张敏校正，（清）毕沅新校正《长安志图》，长安志局，1931 年刊印

（元）骆天骧著，黄永年点校《类编长安志》，中华书局，1990 年 8 月第 1 版

（清）毕沅《关中胜迹图志》，陕西通志馆，1936 年刊印

（清）毕沅著，张沛校点《关中胜迹图志》，三秦出版社，2004 年 12 月第 1 版

佚名著，刘庆柱辑注《三秦记辑注》，三秦出版社，2006 年 1 月第 1 版

（唐）赵元一著，夏婧点校《奉天录（外三种）》，中华书局，2014 年 4 月第 1 版

（唐）封演著，赵贞信校注《封氏闻见记校注》，中华书局，2005 年 11 月第 1 版

（唐）张鷟著，赵守俨点校《朝野佥载》，中华书局，1979 年 10 月第 1 版

（唐）薛用弱《集异记》，中华书局，1980 年 12 月第 1 版

（五代）王定保《唐摭言》，上海古籍出版社，1978 年 5 月第 1 版

（五代）王仁裕著，曾贻芬点校《开元天宝遗事》，中华书局，2006 年 3 月第 1 版

（宋）王溥《唐会要》，上海古籍出版社，1955 年 6 月第 1 版

（宋）乐史著，王文楚等点校《太平寰宇记》，中华书局，2007 年 11 月第 1 版

（金）刘祁《归潜志》，中华书局，1983 年 6 月第 1 版

（明）谈迁著，张宗祥校点《国榷》，中华书局，1958 年 12 月第 1 版

范文澜、蔡美彪等《中国通史》（1—10 册），人民出版社，1994 年 10 月第 1 版

蔡美彪等《中国通史》（第 11 册），人民出版社，2007 年 10 月第 1 版

［加］卜正民主编《哈佛中国史》，中信出版社，2016 年 10 月第 1 版

讲谈社《中国的历史》，广西师范大学出版社，2014 年 1 月第 1 版

周良霄、顾菊英《元代史》，上海人民出版社，1993 年 10 月第 1 版

郭琦、史念海、张岂之主编，杨亚长、王社江、段清波、周春茂著《陕西通史·原始社会卷》，陕西师范大学出版社，1997 年 3 月第 1 版

郭琦、史念海、张岂之主编，斯维至著《陕西通史·西周卷》，陕西师范大学出版社，1997 年 3 月第 1 版

郭琦、史念海、张岂之主编，黄留珠、周天游著《陕西通史·秦汉卷》，陕西

师范大学出版社,1997年3月第1版

郭琦、史念海、张岂之主编,王大华、秦晖著《陕西通史·魏晋南北朝卷》,陕西师范大学出版社,1997年3月第1版

郭琦、史念海、张岂之主编,牛致功、马驰、牛志平、史先智著《陕西通史·隋唐卷》,陕西师范大学出版社,1997年3月第1版

郭琦、史念海、张岂之主编,秦晖著《陕西通史·宋元卷》,陕西师范大学出版社,1997年3月第1版

郭琦、史念海、张岂之主编,秦晖、韩敏、邵宏谟著《陕西通史·明清卷》,陕西师范大学出版社,1997年3月第1版

郭琦、史念海、张岂之主编,史念海、萧正洪、王双怀著《陕西通史·历史地理卷》,陕西师范大学出版社,1997年3月第1版

谭其骧主编《中国历史地图集》(1—8册),中国地图出版社,1987年4月第1版

陕西省文物局编《陕西省历史地图集》,西安地图出版社,2017年12月第1版

史念海主编《西安历史地图集》,西安地图出版社,1996年8月第1版

二、文学类

(一)作品总集、选集

(汉)毛亨传,(汉)郑玄笺,(唐)孔颖达疏《毛诗注疏》,上海古籍出版社,2013年12月第1版

(宋)朱熹注,王华宝整理《诗集传》,凤凰出版社,2007年1月第1版

(清)王先谦著,吴格点校《诗三家义集疏》,中华书局,1987年2月第1版

(清)方玉润著,李先耕点校《诗经原始》,中华书局,1986年2月第1版

高亨《诗经今注》,上海古籍出版社,1980年10月第1版

陈子展著述，范祥雍、杜月村校阅《诗经直解》，复旦大学出版社，1983年
　10月第1版

程俊英译注《诗经译注》，上海古籍出版社，2012年8月第1版

周振甫译注《诗经译注》，中华书局，2010年3月第2版

赵逵夫注评《诗经》，长江文艺出版社，2015年7月第1版

（清）杜文澜辑，周绍良校点《古谣谚》，中华书局，1958年1月第1版

（清）严可均辑《全上古三代秦汉三国六朝文》，中华书局，1958年12月第
　1版

逯钦立辑校《先秦汉魏晋南北朝诗》，中华书局，1983年9月第1版

（宋）郭茂倩编《乐府诗集》，中华书局，1979年11月第1版

陈庆元《三曹诗选评》，上海古籍出版社，2002年10月第1版

（清）彭定求等编《全唐诗》，中华书局，1960年4月第1版

陈尚君辑校《全唐诗补编》，中华书局，1992年10月第1版

傅璇琮、陈尚君、徐俊编《唐人选唐诗新编》（增订本），中华书局，2014年
　第1版

刘学锴《唐诗选注评鉴》，中州古籍出版社，2013年9月第1版

曾昭岷、曹济平、王兆鹏、刘尊明编《全唐五代词》，中华书局，1999年12
　月第1版

（清）吴之振、吕留良等选，（清）管庭芬等补《宋诗钞》，中华书局，1986年
　12月第1版

北京大学古文献研究所编《全宋诗》（第8册），北京大学出版社，1992年6
　月第1版

北京大学古文献研究所编《全宋诗》（第34册），北京大学出版社，1998年4
　月第1版

唐圭璋编《全宋词》，中华书局，1965年9月第1版

曾枣庄、刘琳主编《全宋文》，上海辞书出版社，2006年8月第1版

李剑国辑校《宋代传奇集》，中华书局，2001年11月第1版

（清）张金吾编纂《金文最》，中华书局，1990 年 8 月第 1 版

薛瑞兆、郭明志编《全金诗》，南开大学出版社，1995 年 11 月第 1 版

阎凤梧、康金声主编《全辽金诗》，山西古籍出版社，1999 年 11 月第
    1 版

（金）元好问编，萧和陶点校《中州集》，华东师范大学出版社，2014 年 5 月第
    1 版

唐圭璋编《全金元词》，中华书局，1979 年 10 月第 1 版

（清）顾嗣立编《元诗选初集》，中华书局，1987 年 1 月第 1 版

（清）顾嗣立编《元诗选》，中华书局，1987 年 7 月第 1 版

隋树森编《全元散曲》，中华书局，1964 年 2 月第 1 版

李修生主编《全元文》，江苏古籍出版社，1998 年 9 月第 1 版

杨镰主编《全元诗》，中华书局，2013 年 6 月第 1 版

（清）朱彝尊选编《明诗综》，中华书局，2007 年 3 月第 1 版

饶宗颐初纂，张璋总纂《全明词》，中华书局，2004 年 1 月第 1 版

（清）钱谦益编，许逸民、林淑敏点校《列朝诗集》，中华书局，2007 年 9 月
    第 1 版

（清）卓尔堪编《遗民诗》，华东师范大学出版社，2012 年 12 月第 1 版

（清）沈德潜等编《清诗别裁集》，上海古籍出版社，1984 年 3 月第 1 版

徐世昌编，闻石点校《晚晴簃诗汇》，中华书局，1990 年 10 月第 1 版

霍松林主编，陕西省地方志办公室编纂《历代咏陕诗词曲集成》（古代部分），
    三秦出版社，2007 年 12 月第 1 版

（二）作品别集

（三国）曹植著，赵幼文校注《曹植集校注》，中华书局，2016 年 10 月第
    1 版

（三国）曹植著，黄节注《曹子建诗注》（外三种），中华书局，2008 年第 1 版

（三国）曹植著，聂文郁译《曹植诗解译》，青海人民出版社，1985 年 8 月第

1 版

（北周）庾信著，（清）倪璠注，许逸民校点《庾子山集注》，中华书局，1980
　　年 10 月第 1 版

（北朝）王褒著，牛贵琥校注《王褒集校注》，新华出版社，1993 乞 12 月第
　　1 版

（北朝）卢思道著，祝尚书校注《卢思道集校注》，巴蜀书社，2001 年 6 月第
　　1 版

（唐）李世民著，吴云、冀宇校注《唐太宗全集校注》，天津古籍出版社，
　　2004 年 2 月第 1 版

（唐）张说著，熊飞校注《张说集校注》，中华书局，2013 年 11 月第 1 版

（唐）杜审言著，徐定祥注《杜审言诗注》，上海古籍出版社，1982 年 5 月第
　　1 版

（唐）骆宾王著，（清）陈熙晋笺注，王群栗点校《骆宾王集》，浙江古籍出版
　　社，2015 年 9 月第 1 版

（唐）卢照邻著，任国绪笺注《卢照邻集编年笺注》，黑龙江人民出版社，
　　1989 年 8 月第 1 版

（唐）卢照邻著，祝尚书笺注《卢照邻集笺注》，上海古籍出版社．2011 年
　　10 月第 1 版

（唐）杨炯著，祝尚书笺注《杨炯集笺注》，中华书局，2016 年 4 月第 1 版

（唐）沈佺期、宋之问著，陶敏、易淑琼校注《沈佺期宋之问集校注》，中华
　　书局，2001 年 11 月第 1 版

（唐）李峤、苏味道著，徐定祥注《李峤诗注　苏味道诗注》，上海古籍出版
　　社，1995 年 6 月第 1 版

（唐）王昌龄著，胡问涛、罗琴校注《王昌龄集编年笺注》，巴蜀书社，2000
　　年 10 月第 1 版

（唐）王维著，陈铁民校注《王维集校注》，中华书局，1997 年 8 月第 1 版

（唐）高适著，刘开扬笺注《高适诗集编年笺注》，中华书局，1981 年 12 月

第 1 版

（唐）岑参著、陈铁民、侯忠义校注，陈铁民修订《岑参集校注》，上海古籍
　　出版社，2004 年 9 月第 1 版

（唐）岑参著，廖立笺注《岑嘉州诗笺注》，中华书局，2004 年 9 月第 1 版

（唐）李白著，安旗、薛天纬、阎琦、房日晰笺注《李太白全集编年笺注》，中
　　华书局，2015 年 10 月第 1 版

（唐）杜甫著，（清）仇兆鳌注《杜诗详注》，中华书局，1979 年 10 月第 1 版

（唐）杜甫著，萧涤非主编，张忠纲统稿《杜甫全集校注》，人民文学出版
　　社，2014 年 1 月第 1 版

（唐）杜甫著，谢思炜校注《杜甫集校注》，上海古籍出版社，2016 年 8 月第
　　1 版

（唐）刘长卿著，储仲君笺注《刘长卿诗编年笺注》，中华书局，1996 年 7 月
　　第 1 版

（唐）韦应物著，孙望校笺《韦应物诗集系年校笺》，中华书局，2002 年 3 月第
　　1 版

（唐）钱起著，王定璋校注《钱起诗集校注》，浙江古籍出版社，1992 年 8 月
　　第 1 版

（唐）元稹著，杨军笺注《元稹集编年笺注·诗歌卷》，三秦出版社，2002
　　年 6 月第 1 版

（唐）元稹著，冀勤点校《元稹集》，中华书局，2010 年 7 月第 2 版

（唐）白居易著，谢思炜校注《白居易文集校注》，中华书局，2006 年 7 月第
　　1 版

（唐）白居易著，谢思炜校注《白居易诗集校注》，中华书局，2011 年 1 月第
　　1 版

（唐）王建著，尹占华校注《王建诗集校注》，巴蜀书社，2006 年 6 月第 1 版

（唐）张祜著，尹占华校注《张祜诗集校注》，巴蜀书社，2007 年 7 月第 1 版

（唐）卢纶著，刘初棠校注《卢纶诗集校注》，上海古籍出版社，1989 年 9 月第

1 版

（唐）刘禹锡著，瞿蜕园笺证《刘禹锡集笺证》，上海古籍出版社，1989 年
12 月第 1 版

（唐）刘禹锡著，蒋维崧、赵蔚芝、陈慧星、刘聿鑫笺注《刘禹锡诗集编年笺
注》，山东大学出版社，1997 年 9 月第 1 版

（唐）李益著，范之麟注《李益诗注》，上海古籍出版社，1984 年 8 月第 1 版

（唐）张籍著，徐礼节、余恕诚校注《张籍集系年校注》，中华书局，2011 年
6 月第 1 版

（唐）权德舆著，蒋寅笺，唐元校，张静注《权德舆诗文集编年校注》，辽海
出版社，2013 年 12 月第 1 版

（唐）李绅著，卢燕平校注《李绅集校注》，中华书局，2009 年 11 月第 1 版

（唐）孟郊著，华忱之、喻学才校注《孟郊诗集校注》，人民文学出版社，
1995 年 12 月第 1 版

（唐）韩愈著，刘真伦、岳珍校注《韩愈文集汇校笺注》，中华书局，2010 年
8 月第 1 版

（唐）韩愈著，（清）方世举编年笺注，郝润华、丁俊丽整理《韩昌黎诗集编年
笺注》，中华书局，2012 年 5 月第 1 版

（唐）戎昱著，臧维熙注《戎昱诗注》，上海古籍出版社，1982 年 2 月第 1 版

（唐）李益著，范之麟注《李益诗注》，上海古籍出版社，1984 年 8 月第 1 版

（唐）姚合著，吴河清校注《姚合诗集校注》，上海古籍出版社，2012 年 11
月第 1 版

（唐）李贺著，吴企明笺注《李长吉歌诗编年笺注》，中华书局，2012 年 2 月第
1 版

（唐）贾岛著，李嘉言点校《长江集新校》，上海古籍出版社，1983 年 11 月第
1 版

（唐）贾岛著，齐文榜校注《贾岛集校注》，人民文学出版社，2001 年 11 月第
1 版

（唐）雍陶著，周啸天、张效民注《雍陶诗注》，上海古籍出版社，1988 年 6 月第 1 版

（唐）独孤及著，刘鹏、李桃校注《毗陵集校注》，辽海出版社，2006 年 12 月第 1 版

（唐）许浑著，罗时进笺证《丁卯集笺证》，中华书局，2012 年 7 月第 1 版

（唐）韩偓著，吴在庆校注《韩偓集系年校注》，中华书局，2015 年 8 月第 1 版

（唐）罗隐著，雍文华校辑《罗隐集》，中华书局，1983 年 12 月第 1 版

（唐）杜牧著，吴在庆校注《杜牧集系年校注》，中华书局，2008 年 10 月第 1 版

（唐）李商隐著，刘学锴、余恕诚著《李商隐诗歌集解》，中华书局，1988 年 12 月第 1 版

（唐）温庭筠著，刘学锴校注《温庭筠全集校注》，中华书局，2007 年 7 月第 1 版

（唐五代）韦庄著，聂安福笺注《韦庄集笺注》，上海古籍出版社，2002 年 4 月第 1 版

（唐）郑谷著，严寿澂、黄明、赵昌平笺注《郑谷诗集笺注》，上海古籍出版社，2009 年 10 月第 1 版

（宋）欧阳修著，李逸安点校《欧阳修全集》，中华书局，2001 年 3 月第 1 版

（宋）苏轼著，（清）王文诰辑注，孔凡礼点校《苏轼诗集》，中华书局，1982 年 2 月第 1 版

（宋）苏轼著，邹同庆、王宗堂校注《苏轼词编年校注》，中华书局，2002 年 9 月第 1 版

（宋）文同著，胡问涛、罗琴校注《文同全集编年校注》，巴蜀书社，1999 年 6 月第 1 版

（宋）张舜民著，李之亮校笺《张舜民诗集校笺》，黑龙江人民出版社，1989 年 1 月第 1 版

（宋）贺铸著，王梦隐、张家顺校注《庆湖遗老诗集校注》，河南大学出版社，

2008 年 4 月第 1 版

（宋）苏颂著，王同策等点校《苏魏公文集》（附魏公谭训），中华书局，1988 年 9 月第 1 版

（宋）张载著，章锡琛点校《张载集》，中华书局，1978 年 8 月第 1 版

（宋）张咏著，张其凡整理《张乖崖集》，中华书局，2000 年 6 月第 1 版

（金）元好问著，姚奠中主编《元好问全集》三晋出版社，2015 年 8 月第 1 版

（元）白朴著，韩瑞、王博、韩小瑞编《白朴全集》，三晋出版社，2013 年 11 月第 1 版

（元）苏天爵《滋溪文稿》，中华书局，1997 年 1 月第 1 版

（明）杨一清著，唐景钟、谢玉杰点校《杨一清集》，中华书局，2001 年 5 月第 1 版

（明）方孝孺著《逊志斋集》，宁波出版社，2000 年 1 月第 2 版

（明）王廷相著，王孝鱼点校《王廷相集》，中华书局，1989 年 9 月第 1 版

（明）王九思《渼陂集》，国家图书馆出版社，2014 年 8 月第 1 版

（明）王九思著，沈广仁点校《碧山乐府》，上海古籍出版社，1989 年 12 月第 1 版

（明）康海著，金宁芬校点《对山集》，社会科学文献出版社，2016 年 8 月第 1 版

（明）康海著，（新加坡）陈靝沅编校，孙崇涛审订《康海散曲集校笺》，浙江古籍出版社，2011 年 4 月第 1 版

（明）冯从吾著，刘学智、孙学功点校《冯从吾集》，西北大学出版社，2015 年 1 月第 1 版

（明）袁宏道著，钱伯城校笺《袁宏道集笺校》，上海古籍出版社，2008 年 4 月第 2 版

（清）顾炎武著，华忱之点校《顾亭林诗文集》，中华书局，1959 年 8 月第 1 版

（清）顾炎武著，王冀民笺《顾亭林诗笺释》，中华书局，1998 年 1 月第 1 版

（清）顾炎武著，王蘧常辑注，吴丕绩标校《顾亭林诗集汇注》，2006 年 6 月

新 1 版

（清）魏际瑞《魏伯子文集》，文奎堂藏版，清刻本

（清）王弘撰著，孙学功点校《王弘撰集》，西北大学出版社，2015 年 1 月第
　　1 版

（清）李柏《槲叶集》，清康熙刻本

（清）李柏著，程灵生校点《李柏集》，西北大学出版社，2015 年 1 月第 1 版

（清）李因笃《受祺堂诗集》，清康熙刻本

（清）王士禛著，袁世硕主编《王士禛全集》，齐鲁书社，2007 年 6 月第 1 版

（清）黄家鼎《西征诗录》，清光绪刻本

（清）王心敬著，刘宗镐、苏鹏点校《王心敬集》，西北大学出版社，2015 年
　　1 月第 1 版

（清）张洲《对雪亭文集》，清乾隆五十七年刻本

（清）钱大昕著，陈文和主编《嘉定钱大昕全集》（增订本），凤凰出版社，
　　2016 年 3 月第 1 版

（清）袁枚著，王英志校点《袁枚全集》，江苏古籍出版社，1993 年 9 月第 1 版

（清）李星沅著，王继平校点《李星沅集》，岳麓书社，2013 年 5 月第 1 版

（清）张琛《日锄斋诗集》，清嘉庆二十二年刻本

（清）成瑞《薛荔山庄集》，清咸丰七年刻本

（清）吴文溥《南野堂诗集》，清乾隆五十九年刻本

（清）洪亮吉著，刘德权点校《洪亮吉集》，中华书局，2001 年 10 月第 1 版

（清）管世铭著，马振君、孙景莲校点《管世铭集》，凤凰出版社，2017 年 5
　　月第 1 版

（清）左宗棠著，刘泱泱等校点《左宗棠全集》，岳麓书社，2009 年 11 月第
　　1 版

（清）刘蓉著，杨坚校点《刘蓉集》，岳麓书社，2008 年 6 月第 1 版

（清）张井《二竹斋文集》，清道光刻本

（清）路德《柽华馆诗集》，清光绪七年刻本

（清）贺瑞麟著，王长坤、刘峰点校《贺瑞麟集》，西北大学出版社，2015年1月第1版

（清）杨树椿《杨损斋文钞》，清光绪十九年刻本

（清）张崇健《桥南诗钞》，1922年西安章舍书局排印本

（清）李嘉绩《代耕堂稿》，清光绪二十七年刻本

（清）樊增祥著，涂晓马、陈宇俊校点《樊樊山诗集》，上海古籍出版社，2004年4月第1版

（清）柏景伟《沣西草堂文集》，清光绪二十六年刻本

（清）万方煦《豫章集》，清光绪七年刻本

（清）王先谦著，梅季点校《王先谦诗文集》，岳麓书社，2008年9月第1版

（清）张之洞著，庞坚校点《张之洞诗文集》，上海古籍出版社，2015年10月第1版

（清）谭嗣同著，蔡尚思、方行编《谭嗣同全集》，中华书局，1981年1月第1版

（清）刘光蕡《烟霞草堂文集》，1918年刻本

（清）刘光蕡著，武占江点校《刘光蕡集》，西北大学出版社，2015年1月第1版

于右任著，于媛主编《于右任诗词曲全集》，世界图书出版西安公司，2006年9月第1版

（三）作家传记及相关史料

（唐）孟棨等著，李学颖标点《本事诗》，上海古籍出版社，1991年3月第1版

（元）辛文房著，傅璇琮主编《唐才子传校笺》，中华书局，1987年5月第1版

（元）辛文房著，周绍良笺证《唐才子传笺证》，中华书局，2010年9月第1版

（宋）计有功著，王仲镛校笺《唐诗纪事校笺》，中华书局，2007 年 11 月第
　　1 版

傅璇琮等主编《宋才子传笺证》，辽海出版社，2011 年 12 月第 1 版

（清）陈田辑《明诗纪事》，上海古籍出版社，1993 年 12 月第 1 版

钱仲联主编《清诗纪事》，江苏古籍出版社，1989 年 7 月第 1 版

《中国历代著名文学家评传》（1—5 卷），山东教育出版社，2009 年 3 月第 1 版

夏承焘《唐宋词人年谱》，上海古籍出版社，1979 年 5 月新 1 版

张可礼《三曹年谱》，齐鲁书社，1983 年 5 月第 1 版

张作耀《曹操评传》，南京大学出版社，2001 年 5 月第 1 版

刘维崇《曹植评传》，台湾黎明文化事业公司，1977 年 12 月第 1 版

钟优民《曹植新探》，黄山书社，1984 年 12 月第 1 版

曲绪宏、董尚峰主编《东阿王曹植》，山东友谊出版社，2000 年 11 月第 1 版

江竹虚《曹植年谱》，台湾商务印书馆，2013 年 10 月第 1 版

徐公持《曹植年谱考证》，社会科学文献出版社，2016 年 11 月第 1 版

韩隆福《隋炀帝评传》，武汉大学出版社，1992 年 10 月第 1 版

胡戟《隋炀帝新传》，上海人民出版社，1995 年 6 月第 1 版

张志烈《初唐四杰年谱》，巴蜀书社，1993 年 4 月第 1 版

冯至《杜甫传》，百花文艺出版社，2007 年 8 月第 1 版

陈贻焮《杜甫评传》，北京大学出版社，2003 年 7 月第 1 版

蹇长春《白居易评传》（附《元稹评传》），南京大学出版社，2002 年 5 月第
　　1 版

朱金城《白居易年谱》，上海古籍出版社，1982 年 6 月第 1 版

孙昌武《柳宗元评传》，南京大学出版社，1998 年 12 月第 1 版

傅璇琮《李德裕年谱》，中华书局，2013 年 1 月第 1 版

陶礼天《司空图年谱汇考》，华文出版社，2002 年 3 月第 1 版

张文利《苏轼在关中》，三秦出版社，2005 年 1 月第 1 版

吴太等《宗泽》，上海人民出版社，1965 年 8 月第 1 版

周宪、程爱民《顾炎武》，南京大学出版社，2014 年 1 月第 1 版

沈嘉荣《顾炎武》，江苏人民出版社，1982 年 4 月第 1 版

邬庆时《屈大均年谱》，广东人民出版社，2006 年 2 月第 1 版

郑幸《袁枚年谱新编》，上海古籍出版社，2011 年 10 月第 1 版

张波《李颙评传》，西北大学出版社，2015 年 1 月第 1 版

高春艳、袁志伟《李因笃评传》，西北大学出版社，2015 年 1 月第 1 版

常新《李柏评传》，西北大学出版社，2015 年 1 月第 1 版

刘宗镐《王心敬评传》，西北大学出版社，2014 年 12 月第 1 版

（四）文学史著作

曹道衡、沈玉成编著《南北朝文学史》，人民文学出版社，1991 年 12 月第 1 版

傅璇琮主编，陶敏、傅璇琮著《唐五代文学编年史·初盛唐卷》，辽海出版社，1998 年 12 月第 1 版

傅璇琮主编，陶敏、李一飞、傅璇琮著《唐五代文学编年史·中唐卷》，辽海出版社，1998 年 12 月第 1 版

傅璇琮主编，吴在庆、傅璇琮著《唐五代文学编年史·晚唐卷》，辽海出版社，1998 年 12 月第 1 版

傅璇琮主编，贾晋华、傅璇琮著《唐五代文学编年史·五代卷》，辽海出版社，1998 年 12 月第 1 版

孙望、常国武主编《宋代文学史》，人民文学出版社，1996 年 9 月第 1 版

王庆生《金代文学编年史》，中华书局，2003 年 3 月第 1 版

王庆生《金代文学家年谱》，凤凰出版社，2005 年 3 月第 1 版

牛贵琥《金代文学编年史》，北京师范大学出版集团、安徽大学出版社，2011 年 3 月第 1 版

陈文新主编《中国文学编年史》（十八卷），湖南人民出版社，2006 年 9 月第 1 版

（五）诗话及其他文学研究

（宋）何溪汶编，常振国、绛云点校《竹庄诗话》，中华书局，1984 年 5 月第
　1 版

（元）方回著，诸伟奇、胡益民点校《瀛奎律髓》，黄山书社，1994 年 8 月第
　1 版

（明）杨慎著，王大厚笺证《升庵诗话新笺证》，中华书局，2008 年 12 月第 1 版

（清）潘德舆著，朱德慈辑校《养一斋诗话》，中华书局，2010 年 8 月第 1 版

（清）钱泳著，张伟点校《履园丛话》，中华书局，1979 年 12 月第 1 版

郭绍虞辑《宋诗话辑佚》，中华书局，1980 年 9 月第 1 版

唐圭璋编《词话丛编》，中华书局，1986 年 11 月第 1 版

曾枣庄主编《宋代序跋全编》，齐鲁书社，2015 年 11 月第 1 版

薛瑞兆《金代艺文叙录》，中华书局，2014 年 10 月第 1 版

张进、侯雅文、董就雄《王维资料汇编》，中华书局，2014 年 3 月第 1 版

陈友琴《白居易资料汇编》，中华书局，1962 年 12 月第 1 版

闻一多《神话与诗》，中华书局，1956 年 6 月第 1 版

闻一多《唐诗杂论》，古籍出版社，1956 年 6 月第 1 版

施蛰存《唐诗百话》，上海古籍出版社，1987 年 9 月第 1 版

程千帆《唐代进士行卷与文学》，上海古籍出版社，1980 年 8 月第 1 版

傅璇琮《唐代科举与文学》，陕西人民出版社，1986 年 10 月第 1 版

杨波《长安的春天——唐代科举与进士生活》，中华书局，2007 年 3 月第 1 版

汤燕君《唐代试诗制度研究》，中国社会科学出版社，2014 年 11 月第 1 版

葛晓音《诗国高潮与盛唐文化》，北京大学出版社，1998 年 5 月第 1 版

杨恩成《唐诗说稿》，商务印书馆，2013 年 12 月第 1 版

骆祥发《初唐四杰研究》，东方出版社，1993 年 9 月第 1 版

安旗《李白研究》，西北大学出版社，1987 年 9 月第 1 版

林存阳《乾嘉四大幕府研究》，中国社会科学出版社，2016 年 6 月第 1 版

侯冬《乾嘉幕府与诗歌研究》，中国社会科学出版社，2018 年 10 月第 1 版

三、其他

（清）阮元校刻《十三经注疏》，中华书局，2009年10月第1版

（清）孙希旦著，沈啸寰、王星贤校《礼记集解》，中华书局，1989年2月第1版

（宋）朱熹《四书章句集注》，中华书局，1983年10月第1版

何建章注释《战国策注释》，中华书局，1990年2月第1版

（晋）葛洪著，周天游校注《西京杂记》，三秦出版社，2006年1月第1版

（南朝宋）刘义庆著，（南朝梁）刘孝标注，余嘉锡笺疏《世说新语笺疏》（修订本），上海古籍出版社，1993年12月第1版

（唐）段安节著，吴企明点校《乐府杂录》，中华书局，2012年3月第1版

（唐）姚汝能著，曾贻芬点校《安禄山事迹》，上海古籍出版社，1983年9月第1版

（唐）范摅著《云溪友议》，上海古籍出版社，2012年11月第1版

（五代）孙光宪著，林艾园校点《北梦琐言》，上海古籍出版社，1981年11月第1版

（宋）宋敏求编《唐大诏令集》，中华书局，2008年4月第1版

（宋）王铚著，朱杰人点校《默记》，中华书局，1981年9月第1版

（宋）孟元老著，邓之诚注《东京梦华录注》中华书局，1982年1月第1版

（宋）李昉等编《太平广记》，中华书局，1961年9月第1版

（宋）赵明诚著，刘晓东、崔燕南点校《金石录》，齐鲁书社，2009年4月第1版

（宋）吴处厚著，李裕民点校《青箱杂记》，中华书局，1985年5月第1版

（宋）马端临著，上海师范大学古籍研究所、华东师范大学古籍研究所点校《文献通考》，中华书局，2011年9月第1版

（明）焦竑《玉堂丛语》，中华书局，1981年7月第1版

（明）王履《王履〈华山图〉画集》，天津人民美术出版社，2000年7月第1版

（清）谈迁著，罗仲辉、胡明点校《枣林杂俎》，中华书局，2006 年 4 月第 1 版

（清）叶昌炽编《邠州石室录》，吴兴刘氏嘉业堂刻本，1915 年

（清）钱仪吉纂，靳斯校点《碑传集》，中华书局，1993 年 4 月第 1 版

（清）永瑢等《四库全书总目》，中华书局，1965 年 6 月第 1 版

徐世昌等编纂，沈芝盈、梁运华点校《清儒学案》，中华书局，2008 年 10 月第
　　1 版

曹彬《公刘豳国考》，三秦出版社，1993 年 3 月第 1 版

赵力光主编《古都沧桑》，三秦出版社，2002 年 9 月第 1 版

李淞《长安艺术与宗教文明》，中华书局，2002 年 12 月第 1 版

任长安编《华清池碑刻荟萃》，西安地图出版社，2003 年 10 月第 1 版

刘泽民主编，杨晓波、李永红分册主编《三晋石刻大全》，三晋出版社，2012
　　年 12 月第 1 版

《庆贺饶宗颐先生九十五华诞敦煌学国际学术研讨会论文集》，中华书局，
　　2012 年 12 月第 1 版

四、电子数据库

北京爱如生数字化技术研究中心《中国基本古籍库》《中国方志库》

中华书局《中华经典古籍库》

超星数字图书馆